易水秋寒 作品

瀚世 上卷

青岛出版社
QINGDAO PUBLISHING HOUSE

图书在版编目（ＣＩＰ）数据

溯世／易水秋寒著. — 青岛：青岛出版社，
2017.12

ISBN 978-7-5552-4634-3

Ⅰ．①溯… Ⅱ．①易… Ⅲ．①长篇小说－中国－当代
Ⅳ.①I247.5

中国版本图书馆CIP数据核字（2016）第223164号

书　　名	溯　世	
著　　者	易水秋寒	
出版发行	青岛出版社	
社　　址	青岛市海尔路182号（266061）	
本社网址	http://www.qdpub.com	
邮购电话	010-85787680-8015　　13335059110	
	0532-85814750（传真）　　0532-68068026	
责任编辑	郭林祥	
责任校对	赵一诺	
特约编辑	李文峰　　时　瑜	
装帧设计	80零·小贾　樱　瑄	
照　　排	梁　霞	
印　　刷	三河市南阳印刷有限公司	
出版日期	2017年12月第1版　　　2017年12月第1次印刷	
开　　本	16开（700mm×980mm）	
印　　张	29.5	
字　　数	350千	
书　　号	ISBN 978-7-5552-4634-3	
定　　价	59.80元	

编校印装质量、盗版监督服务电话　4006532017　　0532-68068638

建议陈列类别:畅销·古代言情

目录
CONTENTS

目录
CONTENTS

第一章　假面真容初相见

　　翠薇山位于商州城的西侧，山上是颇负盛名的昭云观，此时虽已至春末，因着昨晚才下过雨，阴云未散，山林里尚有几分寒气未退。昭云观内钟声长鸣，打破了山间的寂静，那钟声醇厚绵长，圆润洪亮。一辆马车从昭云观往商州城赶去，来到商州城最大的药堂——福瑞堂。

　　一名身着素色衣衫的女子掀开马车的帘子，女子袖口绣了几朵玉簪花，平添了几分雅致。她从马车上跃下来，身手敏捷，随即放置好马凳，里头有人猫着腰掀开帘子出来。

　　弯腰抬首的女子容貌温润，面色较之常人略有几分苍白，象牙白的衣衫衬得整个人看起来愈加单薄柔弱。

　　叶熙宁将手递给她，扶着她下车，皱着眉头朝她看去，面上有几分怪责，将车内的披风和手炉取了出来，把手炉塞到她手中，又将披风给她披上，才打着手语道：“天气不好，你要注意些才是。”

　　叶熙宁不会说话，眸子里的清冷利落也因着这几分嗔怪，多了些灵动暖色。

　　女子朝叶熙宁淡淡地笑着，像是取笑似的道：“你以前可不是这样的。”

叶熙宁的目光忽地一暗，随即责怪似的朝她剜了一眼，却仍旧伸出手来扶了她朝福瑞堂的大门走去。

此时药堂正是忙的时候，十几名大夫在外堂会诊，依然有很多病人排着队。打通的几间屋子里，好几十排高出人很多的药柜依次排着，伙计们正忙碌着抓药，有人正踩着小梯子抓需要的药，有人从这个药柜一直小跑着往后去，七八个伙计提着秤杆按照药方上所写配着药量。毕竟是百年老店，虽忙碌却仍旧井然有序、有条不紊。

叶熙宁冷冽的眼神扫视着药堂四周的情况，犹如盘旋在高空之中捕食的猎鹰，观察着堂内所有人的举动，待确定没有异常之后，方朝身侧的女子点了点头，示意她和自己一起进去。

她们跨门而入，行至柜前。那披着薄披风的女子只扫了一眼眼前伙计正在称的药材，待他将最后一味药材倒至牛皮纸上，正要包起来，她道："错了，这一味药应是一钱，不是一两。"

那伙计一听，朝女子看去，见是一名年纪轻轻的小女子，便不耐烦地道："你懂什么！"他指着药方道，"这是马大夫开的药方，你看，就是一两，我可没搞错！"

叶熙宁闻言略有不悦，微微蹙了蹙眉头。反倒是那女子毫不在意伙计恶劣的态度，缓缓地道："是这药方错了。"

不巧，那被提了名的马大夫正坐在靠近这里的位置，听见这话不由得停下手上的动作。本来他这几日就已忙得心烦气躁，又听见说他开错药方，心头不由得怒起，皱着眉头大声道："谁这么大口气啊？"他一边说一边拿眼角的余光看去，还没看清那说话的人，便已瞧见旁边站着的正是叶熙宁，心下一凛。

叶熙宁是什么人，别人不知道，他在福瑞堂待了二十多年又怎会不知！此时他已觉自己失言，忙正了正脸色，目光所及之处，已然看到旁边站立的女子的背影。这阳春四月里还会披着披风出门的人，不用想也知是谁了。

马大夫立马站起来迎过去，脸上努力挤了些笑容出来，道："原来是李姑娘，正忙着没瞧见您来，我……我这……"他面对李微吟竟有些局促，全然没了刚刚的火气，再也不好意思说下去。

李微吟面上始终浅浅地笑着，也不介意马大夫方才的无礼，只说道："您还是这么大火气，天热该降降火了。"她将话说到这里，便不再说下去。

这位马大夫在福瑞堂坐诊的时间，比她的年纪还大上许多，方才她已在众人面前拂了他的面子，现在提醒他一二就好，也不好再叫他难堪。她这话听起来不轻不重，却已叫马大夫大为汗颜，他赶紧认错道："是是是，李姑娘说的是。"他转头就指着方才那伙计斥道，"还不赶紧改过来？"

那小伙计忙不迭地重新称量了那一味药，见马大夫对这两位姑娘态度如此恭敬，心中不觉担忧自己方才是不是得罪了这两位姑娘，连称药的手都抖了起来。

叶熙宁冷眼看着那伙计与马大夫的态度转变，转头朝李微吟看去，听见她问道："秦掌柜不在吗？"

"在内堂呢，我领您过去。"

马大夫立马想给她带路，却被一旁的叶熙宁抢步一拦，用手语示意道："我们自己过去就好，您忙。"

马大夫立即道："那我就不领二位过去了。"

叶熙宁与李微吟朝着马大夫点了点头，转身朝着内堂行去。

看着她们消失在门口的背影，这位马大夫才大松了一口气，不由得抬手擦了擦额间冒出来的冷汗。

那方才称药的伙计见平日行事乖戾的马大夫见了这二位姑娘竟如此恭敬，忍不住怯怯地问道："马大夫，这二位姑娘是什么来头啊？"

马大夫横了这伙计一眼，将方才的怒气迁到他身上，道："不关你的事就别多问，以后见到这两位姑娘过来机灵些！"他又骂骂咧咧了几句，才坐回去继续看诊。

不消多时，隔着内堂与外堂的帘子被撩起，秦掌柜亲自送李微吟与叶熙宁二人出来，手中执着方才叶熙宁交与他的药材单子，慎重地道："还请李姑娘转告静慈法师，请她放心，这些药材三日内我必定送到昭云观内。"

昭云观乃商州城翠薇山最有名的道观，观主静慈法师不仅道法高深，还是名满天下的妙医圣手。李微吟自小拜在静慈法师门下，是昭云观唯一的俗家弟子，亦是静慈法师唯一的入室弟子，跟随静慈法师修道法，习医理。

凡是商州城叫得出名头的医馆，无不知晓李微吟虽年纪轻轻，医术却比城中做了几十年大夫的还要精湛，又加之她的身份，都对她敬重三分。连福瑞堂这样的老字号，身为掌柜的秦老板也对她极为礼遇。

而李微吟虽医术精湛，却先天便有心悸之症，加之体寒重症，身体较之常人畏寒，因此虽早已过了春寒之日，她仍披着披风。与她一同前来的哑女叶熙宁则是昭云观三年多前收留的孤女，因与李微吟投缘，又身怀武艺，便被静慈法师安排在她身旁照顾她。

"那就有劳秦掌柜了。"李微吟就此与秦掌柜告辞，才走到马车旁，又想到前阵子缝制药包，丝线已经剩余不多，便想去附近的铺子里购置一些，朝着身旁的叶熙宁道，"阿宁，我去买些丝线，你在这儿等着我便好。"

叶熙宁闻言，眼神朝着路边柳树下正打着盹儿的乞丐看去。

那乞丐却是假装睡着，眯着眼看见叶熙宁面朝这方看来，他抬手挠着脖子搔了搔痒，转了个身调整了下姿势又睡去。他是昭云观遍布在商州城内的暗探之一，负责传递消息。而刚刚他抬手挠脖子的手势，恰是在告知她前方情况正常。

她心思一定，警觉地观察着四周的情况，确定无事，又看了一眼李微吟常去买丝线的铺子，见就在不远处，便牵了牵唇角点头答应，朝李微吟打手语道："我先去前面查探，你办完事情见机行事。"

李微吟微微笑了一下，声音温和地道："放心吧。"

叶熙宁看着李微吟走开的背影，朝着城门口的方向行去，不过一会儿，便瞧见一队车马不急不缓地行驶而来。

此时李微吟刚买完丝线从铺子里出来，叶熙宁随着那一队车马缓缓行走，待看见李微吟时与她眼神交会，两指蓦地一展，那手掌之间的内力将路边的石子倏然吸了过来，飞至她两指之间。

骤然之间，她已运气将那石子弹出，石子犹如箭矢般朝着那牵着马车前行的马匹袭去。那马忽然吃痛受了惊，长嘶一声疯狂地向人群中冲去。

人来人往的大街上，爆发出阵阵惊呼和尖叫声。

正驾着马车的车夫被这突如其来的意外惊到，怎么拉都拉不住受惊的马，只能惊慌失措地喊着："让开！让开！都让开！"

旁边的路人见马车胡乱冲撞，连忙朝边上躲开，李微吟眼看着那受惊的马已然冲向自己。千钧一发之际，只见一青衫人从马车内出来，马夫跳下车后那人果断地飞身上马，拼命勒住了缰绳堪堪叫马儿停下。停下时那马已至她身前不到两尺的地方，吓得周遭的行人都开始惊呼。

众人见李微吟方才差点死在马蹄下，犹是惊魂未定，人群之中一阵唏嘘声。

李微吟的面色也因这变故微微一变。只是她相信，有叶熙宁在她一定不会有事，所以方才她看见马车朝着她冲过来时，仍是坚定地站在原地。

陆澈本想下马向她致歉，待看到李微吟时身子明显僵了僵。

那双深眸随着他内心的震惊倏然收缩瞳孔。

陆澈蓦然陷入四年前的回忆中。

靖阳城内。

那一日正是宁国侯府宁家独女宁朝歌拜将之时。她的乌夜从靖安门一路飞奔驰骋，路上的行人纷纷闪避，陆澈却不闪躲，差点死在她的马蹄之下。

宁朝歌用力勒住马缰绳，险险地在马前蹄踏落之前扭转马头才没闹出人命。她怒目瞪向不知好歹的拦路之人，手中的银丝软鞭凌厉地劈向他的身前，鞭子堪堪贴着他的面庞飞过。

陆澈只听得耳畔一阵鞭啸声后，那鞭子打在地上惊起一阵尘土，还未抬眼他便又听见一声娇斥："你不要命了？敢拦我的去路！"

"皇城之下岂容你的马惊吓路人。"陆澈沉眉，双眸清冷，见她如此态度不由得语气略略一沉，没有生气，没有怒指，却尤为不屑。

宁朝歌出身将门世家，年少成名，十八年来从没有人敢这样对她说话。

"我叫宁朝歌，不服气就到宁家来找我！"她扬眉，掉转马头冷笑，"在这里，还没有谁敢跟我过不去！"

宁家在姜靖国几乎是一人之下万人之上，整个朝堂，得罪谁都不能得罪宁家，这是众所周知的事情。而宁家的独女宁朝歌，是出了名的飞扬跋扈、嚣张任性。

陆澈这才挑眉看向白马之上的女子，只见女子红袍银盔，柳眉杏眸，明明是极温柔的长相，却透着一股英姿之气。

而此时站在他马前面色苍白的女子，竟与宁朝歌长得一模一样。他心中惊疑不定，眼神忽明忽暗。

他欲从眼前女子的神色中探究出些什么，却终是一无所获。这世上竟有如此相像之人？

陆澈难以置信的凌厉眼神，盯得李微吟有些发怵。

陆澈的眉目之间俱是沉冷，他一直审视着眼前这位女子，心中在判定她的身份和她为何会如此"巧合"地出现在他面前。方才那一幕，令他回想起他与宁朝歌初见时的情景，如此相似的相遇，令他不得不疑心此人的身份，尤其是她的长相与宁朝歌别无二致。

李微吟一时间竟被他的气场震慑得定在了那里，完全做不出任何反应来，直到叶熙宁过来将她掩到身后，她的心才在错愕、惊吓中定下来。

叶熙宁霍然对向陆澈，眼神充满敌意，目光内带着一股萧凉的肃杀之气。

陆澈被这眼神盯得回过神来，翻身下马。

李微吟不等他开口说话，伸手轻轻晃了晃叶熙宁的手臂，低声道："阿宁，算了，我有些乏了，我们回去吧。"

叶熙宁点头，正要与李微吟一同离去，却听见陆澈开口阻拦道："慢着。"她心中冷冷一笑，眼神与李微吟交会，陆澈的话，正中她们下怀。

他的声音清冷而洪亮，目光越过叶熙宁，停在李微吟的侧颜之上，忽然一拱手道："在下陆澈。"

李微吟微微一怔，回过身来，朝陆澈看去。他的眉目极为清冷，眸子里的冷寂犹如霜雪，她缓缓施了一礼，道："原来是陆相，小女子李微吟。"

陆澈乃当朝丞相，年纪轻轻就已位高权重，为相三年有余，肃清朝政，手段杀伐果决，当年宁国侯府一案至今为平民百姓茶余饭后的谈资。

早已耳闻前些时候因云州郡动荡导致商州城流民激增，朝中某些官员却趁机贪污赈灾款，而此番陆澈南下商州城，想必是为此案而来。

"李姑娘与一名朝廷重犯长得极为相似，查清之前先委屈姑娘了。"陆澈扬手示意跟在后面的侍卫上前。

叶熙宁见陆澈身后的人有所动作，立马伸手将李微吟向身后掩了掩，拳头不自觉地一握。若他们当真动手，她随时准备应对。

李微吟原本一直掩在披风之下捧着手炉的手，轻轻覆上她的手腕一握。

叶熙宁感觉到手腕上的温度，回头朝李微吟看去，见她微含笑意的眼神正看着自己。

李微吟的手掌又微微一握，示意她少安毋躁。那掌心的暖意随着叶熙宁手腕的肌肤，传至她心口，让她紧张的情绪放松下来。

李微吟方才虽有些反应不及，此时心思却已然定了下来，面对如此情状她亦是一副坦然处之之态，丝毫没有惧怕之色。

陆澈看着她安抚身旁的女子，听到她轻声道："阿宁，回去找师父。"又见她转头朝自己看了过来，笑意单薄，"陆相亲自要抓的人，必是紧要之人。"

叶熙宁的目光落在陆澈面上，见他看着李微吟的神色冷峻如常，她胸口钝痛，因忍耐握紧的双拳指甲掐进了掌心。

仿佛只有掌心的刺痛，才能压制她心中生出的疼意。

陆澈感受到叶熙宁不寻常的目光，但冰冷的面庞之上看不出任何情绪，只将目光向她投去。

眼神相交片刻，见叶熙宁的一双黑眸幽深清冷，像是万丈深渊，死死地盯着他，他心下略感不适，移开眼，示意李微吟上他的马车，道："请。"

叶熙宁不由得蹙了蹙眉头，不太情愿让李微吟就这样跟着陆澈走了，却仍是上前将她扶上马车，随后急忙打手语道："你放心，我快去快回。"

7

"我不会有事的。"李微吟的声音里听不出特别的情绪，可那温和的一句话却万分笃定似的。

她温和地笑了笑，将怀中才买的丝线掏了出来，交给叶熙宁道："方才买的，帮我带回去，回头上府衙找我便可。"

她说话的时候朝陆澈看了一眼，见他没有反驳，算是默认了她让叶熙宁上府衙找她的说法，她又朝着叶熙宁安抚了几句，然后看着叶熙宁离去。

为了方便，叶熙宁解了方才来时乘的马车，交代马夫等着便自行骑马赶回昭云观。

陆澈看着叶熙宁的背影，心头觉得这哑女方才看他的眼神，透着不寻常的敌意，见人远去，便吩咐手下的人继续往府衙去。

此时队伍后面骑着马赶来一人，手中还捧着一包牛皮纸包着的桂花糕，懒懒散散地坐在马背上一边吃一边往前来。他看到陆澈站在马车之外，才惊讶地将口中的桂花糕吞了下去，瞪着眼睛问道："相爷，您怎么下来了？"

陆澈深深地看了他一眼，又瞧了瞧他手中的点心，眼神微冷，一点都不打算理会他的样子。

此人却一副恍然大悟的样子，方才他瞧见路边有卖糕点的，赶了许久的路肚子倒有些饿了，未曾跟陆澈说一声便独自去买了。可是他没想到，堂堂丞相，竟也嘴馋至此，忍不住停下来等他，他诧异地道："相爷不会是在等我吧？"

他赶紧将手中打开的点心胡乱一包，以防撒了，又伸手从怀中掏出两包包好的点心来，俯身一递，得意地道："我都给您带了。"

陆澈瞧着忽然递到眼前的点心，脸色一黑，斥道："穆东亭！"

穆东亭一副不明所以的样子，看到陆澈黑着脸上了马车，自言自语道："这又是怎么了啊？"

马车晃晃悠悠走得不紧不慢，陆澈与李微吟两人坐在狭小的马车里，谁也不说话。

李微吟觉着车内有些沉闷，便掀了帘子去看街道上熙熙攘攘的人群。天空阴云不知何时已经散去，有阳光从车窗外照射进来，映得她雪色的肌肤倒生出几分红润来。

那淡雅到极致的清冷，反倒让陆澈愈加想起那张明媚张扬、与她一模一样的脸来。

"我和她长得有多像？"李微吟瞧着窗外，忽然没来由地问道。她缓缓放下窗帘，回首看他。

陆澈的目光落在她脸上，端详许久，收回目光似极不在意地道："像是孪生姐妹。"

他这话让李微吟微微一怔，掩在披风下的双手不由得摩挲着温热的手炉，心头掂量着他的话。

见他闭了眼睛靠在锦垫上养神，没有再说话的意思，李微吟倒是不太介意他这副模样，挪了挪身子坐得更舒服一些："长得像，年纪又一般大，能成为朝廷重犯的年轻女子，我想整个姜靖国除了当年的镇南宣威将军宁朝歌，再无他人了。"

李微吟顿了顿，又缓缓道："如果我没记错的话，她还是陆相曾经的未婚妻。"

"宁朝歌"这三个字，这三年来从未有人在他面前提起，身边之人皆知这是他的忌讳，无人敢提。如今却被这个和宁朝歌长得一模一样的人，这样毫不在意地提及，他心中止不住地情绪翻涌，尤其是听到她说的最后一句话时，仿佛将他积攒已久的理智轻而易举地逼至内心的深渊之处。

李微吟看着他脸上的神色变化，陆澈竭力让自己平静，缓缓睁开双眼看向她。他不知道眼前的女子出于何种目的说这话，是无意提及，或是有心试探？

李微吟始终微微侧首看着他，眼底澄澈清明。

马车内的气氛幽沉压抑，陆澈看向她的目光变得凌厉，冷笑道："心有玲珑七窍，小心聪明反被聪明误。"

李微吟顿时觉得心口气息一窒，连带掩在披风之下的手也颤了一颤。

叶熙宁一路快马加鞭赶回昭云观，远远看向与翠薇山相接处的天，原本沉沉地压在山头的阴云，不知何时已破了一个大口，中央泛着一团带金的白亮之色，云雾拨开，天光乍破。她原本心弦紧绷，看到此番景象竟也消了些许心中的冷意，手上的马鞭不由得抽得慢了一些。

她回到昭云观，此时观内香客众多，她穿越人群径直朝着后院的方向走去。行至静慈法师的房门口，她耐着急切敲了敲门，听到静慈法师沉静的声音："进来吧。"她才推门而入。

叶熙宁将门掩上，见静慈法师敛襟坐在蒲团之上看向她，便打手语道："师父，阿吟被陆澈带走了。"

静慈法师微微叹了一口气，从袖中取出一封信交给叶熙宁："拿着这封信去府衙，交给知县张献忠。"

叶熙宁双手接过那封信，面上难掩感激之色，慎重地将信收好，向静慈法师道谢。她退出房内，将门合上之时，听见静慈法师道："世间之事皆有缘法，万事不可执念太深，否则伤人伤己。"

闻言，她的心不由得紧了紧，双手在门上停留片刻，转身朝着远处那一方无边的天际看去，心中想着事情，片刻后深吸一口气离去。

李微吟跟着陆澈来到府衙，暂且被安置在内院，陆澈对她算是礼遇，除了门口有把守的人并未苛待。

待到午膳之时，陆澈从府衙回到内院，刚推开门想踏入房门之时，就瞧见李微吟坐在榻上闭着眼撑着胳膊靠在一侧。那张与宁朝歌别无二致的脸庞，让他不由得细细对比起两人的不同来。

宁朝歌从不会有眼前女子这样安静柔和的神色，许是常年征战养成的习惯，她即便是这般闭目养神，亦警觉性极高，绝不会待他走至此处，还毫无知觉地睡着。

10

宁朝歌性情刚烈，即便是三年前生死攸关之时，也未曾低头。

"我告诉自己，如果你没有带人来这里，许是我误会了什么。可是，终究是我在骗自己。"

那时宁朝歌平静得让陆澈觉得，自己从未认识过她。

他下令让人给她戴上枷锁之时，她甚至没有反抗。

"陆澈，我宁家有什么对不住你的地方？我宁朝歌有什么对不住你的地方？"

她的声音铿锵有力，却也除了这两句之外，再无其他的话。

她那时眉目沉冷，傲气尤盛，虽无红妆缀颜，但那股英姿凛然之气，衬着一身的红衣，仍是震得所有人微微动容。

姜靖国开国以来唯一的女将——宁朝歌，年仅十八岁就战功显赫，十四岁随父出征，武艺超群，一手梨花枪耍得极为漂亮。她从小极爱舞刀弄枪，因其父宁盛泽对她宠爱至极，网罗江湖高手教她习武，她年少之时便已在军中难逢敌手，成为姜靖国军中第一高手。

十七岁时，宁朝歌任副帅协助其父大胜离楚。她极具军事才能，有超其父之风，两年间大小十四场战役，每一仗都赢得相当漂亮。其中束原之战是她真正扬名的一战，与离楚最骁勇善战的定远王楚照南对峙，不但大败其军，使得楚照南下落不明，又恰逢离楚朝内党派斗争，趁机扭转了边疆的局面，将常年盘踞在云州郡的离楚大军压制，立下姜靖大军的旗帜。

那年她十八岁，束原之战后直接被任命为镇南宣威将军，成为姜靖国第一位女将。

拜将之日，她与他相识。

宁朝歌身上有股子不达目的誓不罢休的韧劲，她高贵的出身以及年少成名，令她有着常人难以企及的骄傲。相识不久时，她总是碍于颜面不肯低下姿态，有一次非要与他这个丝毫不懂武艺的书生较量身手，失手将他推入湖中害他呛了水，被他厉声呵斥。

他记得那时也是这样的春日里，阳光甚暖。见他当真生气了，她的身子止不住地发抖，死命地憋着委屈说了一句："是我错了。"

那是她第一次低头认错，眼里泛着泪光，他忽然就心软了。

其实他心中了然，眼前之人与宁朝歌相去甚远。

陆澈微微蹙眉，这三年里他甚少想过去的事情，可是这仅仅半日里他想的关于她的事情，竟然多于过去那三年的时光。

他的目光定定地留在李微吟的面庞之上，快至初夏，她却还披着披风拿着手炉取暖。

他刚想叫醒她，却见穆东亭走来，陆澈示意他噤声，走远几步才问道："何事？"

穆东亭是陆澈的近侍心腹，方才在街上发生的事情，他后来从车夫那儿听说了，回道："那个刚才走掉的哑巴姑娘，已经到了府衙。"

陆澈闻言，不由得将目光转向屋内，神色竟有些恍惚，他没有看穆东亭，迟疑了一下道："走吧。"

穆东亭看着陆澈的背影，有点狐疑地朝屋内看去，也不知他方才的神色是为何。他疾步跟上陆澈的步伐，边走边侧首看着陆澈，觉得自家主子今天太反常了，明知道不该多嘴，他还是忍不住问道："相爷，那姑娘是谁啊？还有那个哑巴也很奇怪。"

陆澈不动声色地睨了他一眼，吓得穆东亭赶紧缩了缩脖子，暗恼自己多嘴，却又不知死活地讪笑道："我这不是关心您嘛，万一您哪天突然间看上谁家姑娘了，回去韶筝知道了，还不得掐死我。"

陆澈深深地吐了一口气，像是忍耐到了极限，停下脚步狠狠地朝他看去："越发没分寸了，韶筝是我妹妹，以后切勿拿她开玩笑。"言行虽是警告，却也未对穆东亭怎么样，说完径直朝前走去。

穆东亭在后面嘀咕："您当韶筝是妹妹，韶筝可是想当您的夫人。"

陆澈装作没听见。

陆澈一到，知县张献忠便迎了上来，双手作揖要请安，陆澈摆手示意他免了。陆澈的目光朝着叶熙宁看去，见她也正盯着自己。张献忠和穆东亭见两人神情怪异，也不敢出声。

叶熙宁见到陆澈，不像起初那般一副无畏、愤恨的神色，迎着陆澈坦荡的目光，她的心不由得紧了紧，忍不住想要后退一步与他拉开距离，却在踮起右脚的时候又忍住了动作。

陆澈注意到她细微的动作，微微转身瞧向张献忠递过来的一纸书信，伸手接了过来，垂下眼睑扫视上面的内容。

待他看到书信落款上的印章之时不由得一震，目光投向叶熙宁，想要从她的脸上看出些什么来似的，愣神片刻后才将书信收拢，漠然道："那就劳烦张知县领人过去，将人带走吧。"

张献忠便立刻带着叶熙宁往后院方向去了。

陆澈略一沉思，眉头微蹙，又将书信展开看了一眼，眼神落在那落款的印章之上。这是景泰六年圣上御赐金印，名为法印，实为官印，有上达天听之权。

陆澈神色肃然，开口道："东亭，你去查一查李微吟的身世。"

穆东亭见状，不敢怠慢，收敛起那副吊儿郎当的模样，立马作揖道："是，我这就差人去办。"

"我是让你自己去办。"陆澈侧首看向穆东亭，"给我查仔细了。"

陆澈未曾想到，这看似娇弱的女子竟是昭云观观主静慈法师的弟子。当年先皇驾崩，当今圣上几番波折才登上帝位，改年号景泰。

景泰四年，离楚进犯云州，圣上御驾亲征不幸身负重伤，避难于昭云观，当时伤势极重，幸得静慈法师相救。景泰六年，战事稍有平息，离楚大军驻扎云州边境不退，两军对峙僵持不下。时至今日尚未解决云州大患。

然而昭云观却从此受封于朝廷，圣上曾七下云州，必经商州城而绕道翠薇山，昭云观深得皇家尊崇，多次扩建，地位如日中天，圣上更是金口称之"龙潜福地"。

加之静慈法师妙手回春，云州每有战况不利之时，必有昭云观相助。久而久之，昭云观便集结了天下有才之士，替朝廷收集南疆崇延、云州、大封三郡的消息。

　　穆东亭刚跨出门，陆澈又改了主意，叫住他："还是等我解决完这里的事情，亲自去一趟昭云观，也好拜见静慈法师，亲自向她请教些事情。"

　　闻言穆东亭脱口而出："什么？她们是昭云观的人？昭云观里的难道不都是道姑吗？"

　　说完他又觉得自己的反应太过夸张，忙收了声。

　　陆澈的声音却平静至极，反问他："昭云观的人就全是道姑吗？"

　　穆东亭觉得这话问得奇怪，昭云观的人不是道姑那是什么？

　　那方叶熙宁与张献忠一同去了后院，她步子略快，张献忠一面说着往哪个方向走，一面紧跟着她的步子，生怕怠慢了她。张献忠道："李姑娘来的时候，我便觉得有几分眼熟，不想竟是静慈法师的弟子，眼拙未能认出来，平白叫姑娘受了委屈。"

　　叶熙宁有些厌烦张知县套近乎的言辞，不管认没认出来，他一个小小的知县还能将陆澈怎么样？

　　她见到李微吟之时，李微吟依旧撑着手在桌子旁闭目靠着，神色平静，叶熙宁的一颗心才略略放下，不由得放轻步子，走到李微吟身旁轻轻碰了碰她的肩膀。

　　李微吟察觉到这番动作，抬起头来放下手臂，见是叶熙宁，神色并不意外。她站起身来浅浅地笑着，道："这么快就来了？"

　　还未等叶熙宁回答，张献忠便笑着走上前来道："下官不知姑娘的身份，有得罪之处还望姑娘谅解。"

　　李微吟这才朝他看去，客气地道："张知县这是折煞小女子了，微吟非贵非官，岂可承您'下官'二字，即便是我师父也不敢受您此谦。您这么说，倒显得微吟不懂事了。"

张献忠听着她这不硬不软的话语，竟品出几分绵里藏针的意味来，只得干笑几声应付过去："那我送姑娘出去？"

叶熙宁极不喜欢张献忠这近乎谄媚的样子，皱着眉头打手语道："要不是不能揍他，我早把他扔出去了。我们快些走吧。"

李微吟见她这带了些许任性的模样，忍俊不禁，朝她嗔怪地笑了笑，与她交会的眼神分明在说："你就欺负人家看不懂手语吧。"

张献忠见她们一个沉着脸，一个温和地笑着，也跟着呵呵笑起来，这倒让叶熙宁也绷不住笑了。

李微吟这才与张献忠道："有劳张大人了。"

张献忠带着她们二人往府衙门口行去之时，见到陆澈正立于前方的亭中，一袭淡青色的衣衫将他衬得犹如青竹般，颇有几分铮铮风骨之意。

陆澈的肤色偏白，面庞的轮廓透着棱角分明的清冷，这样一身颜色倒与他分外合适。

他远远地等在那一处，眸子深而黑，目光落在李微吟身上，却无意与她们打招呼。

穆东亭见他眼巴巴地在这儿瞧着，却不上前，忍不住说道："我倒不曾瞧见过您这婆婆妈妈的样子，若是韶筝知道可要伤心了。"

他故意将"韶筝"二字咬得重些、缓些，却不见陆澈有半分动容，他不免大声叹气道："唉，落花有意流水无情，这'流水'说的就是大人您啊！"

陆澈冷不丁地回首，对上穆东亭的眼神，让他忍不住打了个寒战。陆澈薄唇微启，淡淡地说了两个字："闭嘴。"还未等穆东亭有所反应，人已走开。

穆东亭瞧了瞧他的背影，又看了看方才李微吟与叶熙宁路过的地方，见早已不见身影，才愤愤不平地朝着陆澈渐行渐远的身影小声道："嘴长在我身上，我愿意闭嘴就闭嘴！"

一个月后，昭云观。

叶熙宁正站在后院的大石臼旁喂鱼，这石臼中养的两尾锦鲤一尾通体金黄，一尾通体银白，都浑身发出璀璨的晶光。因着这两尾鱼是稀世奇珍，又恰逢是当年圣上驾临昭云观之时获得，被视为祥瑞之物，饲养起来自然也十分娇贵。

姜靖国毗邻离楚，因地处九泱之北，冬季甚是严寒，湖面结冰长达三四个月，因此冬日里这两尾鱼被养在屋内，需要保持室温，夏日里又要为其进行遮阴。近日严寒刚刚退去，叶熙宁才将鱼儿移出来。

她将手中的馒头捏成小碎屑扔进水中，鱼儿便向着食物相簇而来。忽然一尾鱼打挺摆尾，将水激得溅了叶熙宁一脸，她不禁皱了眉头，愤恨这鱼儿没有良心戏弄于她，便拔了脚边一根狗尾巴草去逗鱼。那两尾鱼极有灵性，随着她手中的草游动逗乐。

陆澈站在远处静静地瞧着叶熙宁面上的神情，她那佯怒后的笑如乍破云层的瑰丽日光般亮眼，他竟有种似曾相识的感觉。

叶熙宁一抬首，便从眼角的余光里看到远处衣衫影动，原本闲适的神情瞬间绷紧，警觉地朝那方有异之处看去。

当看清来人是陆澈之时，她心头不由得松了松，却又对自己这样的心情转变有些愣怔。

陆澈索性现身，朝着她的方向不急不缓地走去。今日倒是没有随从跟在他身侧，他将目光从叶熙宁身上移至那两尾锦鲤身上，平淡地说："早有耳闻昭云观内有两尾鱼乃稀世奇珍，今日得见，果然名不虚传。"

距离上次从府衙离开，已有一月，她料想陆澈会亲自来一趟昭云观，只是不想会是这样的情景。

叶熙宁不欲理会他，正想后退一步，却被陆澈忽然伸出手来从她手中拿走那根狗尾巴草的动作惊了一下。

他神色坦然毫无异色地照着她的样子去逗弄鱼儿，可偏偏那两尾鱼极为傲慢，各自游开，引得陆澈讪讪，如玩笑般轻轻地道："我有那么惹人嫌？"

他这话是对着那两尾鱼说的，意思却是冲着叶熙宁而来。

陆澈弯着腰，仍是一副正在逗鱼的姿态，头却微抬着看向她。

叶熙宁不知陆澈这是何意，只是看着陆澈的神色，气氛一下陷入尴尬。

陆澈显然从她身上感受到一股抗拒之态，心中却是疑惑，不过数面之缘，为何李微吟身侧这位不能说话的女子，对他的态度竟如此充满敌意？

而他本能地觉察到，这份敌意并非因为月余前的那一场误会。

陆澈的目光从她的面庞之上落到她的手上，眉心蹙了蹙。

叶熙宁这才发觉自己的异样，慌乱之下与他目光相撞，见他眼神深沉，正探究地看着自己，她不由得脸色微微一变。她竟不察自己的手在发颤。陆澈生性多疑，一定发现了她不太寻常的反应，想到此处，她心思微敛，收了收掌心握成拳，克制自己的情绪。

她向后退开一步，直接背过身去迅速离开，留下陆澈一人缓缓直起身来，瞧着她疾步离去的身影沉思。

叶熙宁回到禅房，忙将门关上，几番情绪克制，才拖着极为沉重的步子走到床榻边坐下。

李微吟恰巧前来寻她，远远便瞧见她神色异常，走至房门口轻唤了她一声，听见屋内没有反应，便伸手叩门。

叶熙宁听见敲门声，从榻上起身开门，见门外站着的是李微吟，才舒缓了神色，笑了笑让开路请她进来。

李微吟边跨步进门，边说道："陆澈来了。"

叶熙宁听到"陆澈"二字，覆在门框上的白皙修长的手指颤了颤，将门掩上。

"你见过他了？"李微吟见她如此反应，便问道。

叶熙宁波澜不惊地点了点头，走至李微吟身侧："陆澈多疑，越是毫无疑点之事，在他眼里才是最可疑的，所以他一定会来。"

李微吟见她如此说，不由得点了点头，又似叹息地轻声道："阿宁所言极是。"

这一月间，陆澈迅速查惩贪污赈灾款之事，上至州郡官员，下至各府衙，凡是涉及此案有违朝廷法度之人，总共牵涉官员十三人，无一幸免。陆澈的铁腕手段，震慑朝野。此事早已在商州城传遍，百姓们对陆澈大为赞誉，更自发筹款，相赠"贤相"金字牌匾为之称贺。

三年前，陆澈因宁国侯府一案颇受争议，更因肃清朝政手段过于杀伐果决，多少有些遭人口舌，却不想此番因云州赈灾之款被贪污一案而博得美名。

这段时间，陆澈虽忙于公务，可也没让穆东亭闲着，将李微吟的身世彻底底查了个清楚。

昭云观虽为道观，但早年已在各处布下线人互通消息，多年来情报网早已十分成熟，甚至比朝廷的密探获得消息更为迅速。自陆澈进入商州城以来，其一举一动皆在掌握之中。穆东亭近日来所为何事，叶熙宁与李微吟早已知晓。

叶熙宁瞧着李微吟，右手比了个"二"字，李微吟便心领神会——不出两日，陆澈便要回靖阳，今日前来别有目的。

果如她所料，陆澈走后，静慈法师便差人来通知她与李微吟，命她们二人即刻收拾行囊，明日随陆澈一道回靖阳，替靖阳城中一位贵人医治。

这不过是陆澈"邀"李微吟进靖阳的说辞，他对李微吟始终怀有戒心。这却也正中二人下怀。

翠薇山地处姜靖国之南，与邻国离楚仅隔云州郡，距离靖阳城，马车徐行大约半月行程。

李微吟向静慈法师辞行之后，便携叶熙宁与陆澈一行人北上靖阳城。

陆澈所用的马车不大，原本只他与穆东亭二人还算宽敞，然而此刻却多了两名女子，已略显拥挤。

张知县原本想借机讨好，另备车马供李微吟与叶熙宁乘坐，却不想被穆东亭笑着给拒绝了："知县大人有这经费给我们家大人，还不如拿这些银子救济灾民和穷苦百姓呢！"

穆东亭虽是笑着说的，可那盯着他的眼神让张知县抖了抖，他忙道："穆爷说的是，说的是啊！下官一定照办，一定照办！"

穆东亭嗤笑了一声，示意车夫将马凳从车上取下，朝着李微吟与叶熙宁道："路上委屈二位了。"

李微吟倒也不介意，搭着叶熙宁的手便与叶熙宁先后上了车，随后陆澈也进了车内。

车夫将马凳收了起来，穆东亭便利索地与车夫一道坐在了马车外："大人，我就不挤着你们了，坐外面就成，有什么事情喊我一声就好。"见陆澈没有反对，看来是应了，他便双臂抱在脑后靠在马车门上跷着二郎腿，看起来好不惬意。

一路之上，原本以为会沉闷尴尬，却因为穆东亭讲的那些奇人异事，引得众人专心倾听，倒也显得没那么无趣了。

李微吟虽博学多才，却对这些江湖逸事闻之甚少，如今听穆东亭说起，便与他攀谈起来，不过几日，穆东亭对她的称呼已从"李姑娘"变成"好姐姐"了。不过他显然对李微吟身侧的叶熙宁更感兴趣，总是想方设法地与她交流，可叶熙宁本就性情孤僻，加之不会说话，穆东亭索性掀了帘子坐在马车门口，与李微吟学起了手语。

陆澈对此视若无睹，四人中就连不会说话的叶熙宁都比他活跃，倒显得他尤为怪异。

直到到了靖阳城门外，穆东亭原本心情甚是兴奋，只是这一路虽不急于赶路，却也着实疲于行程，这会子终于回来了自然是心情愉悦。他正想交代马夫赶紧往城门口驾车，去大呼一声"穆小爷我终于回来了"，便远远地瞧见有一队兵马正朝着城门口徐徐而行。

穆东亭机灵，忙回身侧了侧身子，将视线让开，让陆澈一眼便能瞧见那方的动静，他禀报道："大人，是平西王的兵马。"

陆澈的目光随着穆东亭的话语向那队兵马瞧去，不觉微微蹙眉。

姜靖国每三年一次藩王回靖阳述职，按律兵马只能驻扎于城外五十里外，带兵行至皇城，乃有藐视君上、不安于人臣之意。

穆东亭拍了拍车夫的肩头，示意他停下，等平西王府的人马过去之后再进城。

他与陆澈前往商州城已一月有余，虽与靖阳互通消息，却从未听闻此次平西王回靖阳述职皇上竟允了他携带兵马入城。

他看着那方人马离城门口越来越近，不解地问道："相爷，这平西王是什么来头？三年多前无端捡了个大便宜，让皇上这么信任他，这几年在军中升职如此之快，去年又因平了西川侑魅一族立了军功，外姓封王，这是祖上积了多少德才能运气这么好，碰上这么多好事儿？"

他的话音刚落，便瞧见城门处有人出迎，正是当今御林军统领，姜靖国大族裴氏一族的少公子裴衍。

穆东亭不由得眼前一亮，稀奇地回首朝陆澈看去，道："皇上竟还让这裴二少亲自相迎！"

说完他看向城门处，只见平西王竟连马车都不下，那看着像平西王府总管的与裴衍说了什么，裴衍一笑了之，便退开几步，由着平西王府的人马先行朝城内行去。

裴衍的出现，别说是穆东亭，连陆澈也有些意外。

第二章　遥遥何处寻芳踪

裴衍回身时看见陆澈一行人，便驻足望向这边。

陆澈与裴衍眼神交会，一点首算是打了招呼。倒是裴衍像是犹疑了片刻，还是留在原地等着，陆澈见此便示意穆东亭与他一同下车。

两人徐步行至城门口，裴衍似笑非笑地瞧着陆澈，一双桃花眼此时在穆东亭眼里，投射出几分不怀好意的意味。

裴衍向来行事不遵礼法，若不是他身边有个李豫白替他打点着，纵然他亲姐姐是当朝皇后，也免不了要被责难。

"当年没见识到陆相的凌厉手段，现在才知皇帝姐夫如此器重陆相的原因。"裴衍与陆澈在前头并行，话语里左右听不出个赞赏的意味来，倒是掺杂了些许讽刺。

他今日身着的那身银白盔甲，还是圣上特许定制的，连盔甲上的纹饰都是照着他的意思由专门的画师绘制后照着图纸打造的，才使得这位极为讲究和注重外表的裴二少肯穿一身官服。

陆澈微微侧首朝他看去，只见裴衍头发束得一丝不苟，容色俊朗出尘，若是不论他平日里放浪形骸的行径，那"面若冠玉，芝兰玉树"活脱脱就是用来形容这位天子骄子的。

　　姜靖国的朝堂，素来文臣、武将两股势力泾渭分明，虽不至剑拔弩张之态，私下里却是彼此不屑。姜靖国以武得天下，然而太祖皇帝极为重视文化发展，也奉行"文以靖国"的治国之道，皇朝世代以此为先，直至后来皇朝兴盛，天下太平，颇有"右文抑武"之势。

　　只是近几十年来，南疆三郡频遭离楚大军所扰，才让朝廷意识到强兵之重要性，令一番武将扬眉吐气起来。

　　三年多以前，文臣以老丞相张首正以及端穆王府一派为首，而武将则以世代从戎的宁国侯府为首。只是当年宁国侯宁盛泽虽任兵马大元帅，却素来与端穆王府交好，亦极为尊重老丞相张首正，是以朝中向来一派和睦之态。

　　然而宁国侯府被冠以谋反之罪，其党羽亦尽数铲除瓦解，端穆王爷也因一力担保宁国侯而深受牵连，满朝文武因此案被牵涉过半，腥风血雨之后老丞相也因此事避世而居，不再过问朝堂之事。

　　此后陆澈平步青云，从一个小小的刑部侍郎一跃成了姜靖国的丞相，而宁国侯府之后，军中势力也尽数分散，无人主持大局。这些年来，军中独当年助皇帝平宁国侯府之乱，亲手将宁国侯斩杀的平西王曹正韬为大。

　　只是陆澈与平西王曹正韬素来政见不合。

　　如今整个朝堂之上，陆澈成了那个天下人口中的权臣，军中则以平西王马首是瞻。

　　如此一来，却令坐在龙椅之上的皇帝忌惮起来。

　　皇上有意扶植裴氏，只是裴皇后身后的裴氏一族，裴国公早已远离朝政，只与夫人闲云野鹤，行踪飘忽不定，放眼之下只得裴衍一人尚堪重任。

　　然而偏偏这位裴衍虽有一身不俗的武艺，却志不在此，几番劝说之下才在两年前提了些奇奇怪怪的要求，答应皇帝入了朝堂，却也总是非常散漫，不甚上心，就连早朝也是想去就去，不想去便不去了。

在陆澈眼里，裴衍此人极为善于守愚藏拙，平日里为人处世圆滑，遇上厉害的人物常常主动示弱认输，竟没有人知晓他的武功到底如何，反倒增添了世人对其更大的好奇心。

如此一来，世人更将此人传得神乎其神，倒颇似那些传闻中的世外高人了。

裴衍有几分真才实学，连裴皇后都有些拿捏不准，皇帝要他领御林军统领一职时，着实让裴皇后有些吃惊。她是个聪慧之人，皇帝是什么意思，她自然知晓，虽对裴衍有些不放心，只是想着他既愿入朝堂，行事虽多出人意料，却也是个知轻重的，便也由他去了。

如今的朝堂局势未明，文臣们明面上虽以陆澈为首，却也亲见他对待宁国侯府一案时的狠辣手段，加之陆澈本身性格孤高，不爱结交政党，纵然有人想多与这位陆相亲近些，也难以捉摸他的性子，是以朝中有不少人仍寄希望于因宁国侯府一案而受牵连的端穆王爷有朝一日能重回朝堂主持大局。

而军中势力，除却当年威震姜靖国的宁家军派系虽仍有旧部残存，却被分派至各地镇守军之中，以及靖阳城的三十万御林军，其余各部已被平西王曹正韬尽数收拢。

平西王的野心在独揽军事大权之后渐渐显露，大有染指朝政之意，令皇帝多有不满，早有心压制平西王的势力。

是以放眼如今这满朝文武，怕是只有裴衍才敢以此种神态和口气跟陆澈说话了。

陆澈对此一笑置之，话锋一转："平西王回靖阳述职，裴少向来不理俗事，这次既亲自相迎，怎么又留下来和本官一道走了？"

裴衍长长叹了一口气，刻意欲言又止，问道："陆相难道对这次平西王的事情一无所知？不该啊……"

"哦？有什么事情是本官必须要知道的吗？"陆澈面上挂着清浅的笑意，等着裴衍说下去。

"陆相可知道这次平西王回靖阳，多半是不走了？"裴衍试探性地问道。

"此事早些时候已听圣上提及。"陆澈表情丝毫未变，与裴衍相视一眼后回道。

"那陆相可又知道，平西王住在哪儿？"裴衍又问道。

陆澈听他这么一问，心下已是了然，想来裴衍刻意留下来，就是为了说这事儿。他神色平静，道："前宁国侯府已成平西王府了吧？"

裴衍面上露出几分诧异，他与陆澈虽不甚相熟，却知道宁国侯府一事于陆澈而言是个禁忌，不想自己几句话刻意引导，他竟如此坦然以对。

裴衍欲侧首去看他的神情时，忽来一阵风将陆澈的马车帘子吹起，他无意间瞧见坐在马车中的人，神色突然一变。他想起几年前宁朝歌大胜离楚被封镇南宣威将军之时，他的幼妹裴清懿想前去偷看她景仰已久的这位巾帼女将，可又怕父亲责怪，便央求了他带她一起去看。

那时他刚远游归来，也早对这位宁家的奇女子有所耳闻，一时兴起，就应了裴清懿的请求，和她一起换了侍卫的服装，混入了护城禁军中。

他记得很清楚，那一天皇上与皇后一同亲自召见宁朝歌嘉奖。

他站在宫门的城墙之上，遥遥望着那骑着白马从远处缓行而来的人。

她一身的红袍随风飞扬，手中红缨枪上的枪穗甚为醒目，好似黎明之际天光乍破时，那一抹瑰丽的艳色，无比炫目。

仿佛周围只有他们二人，他只能听见自己心跳的声音，和她行来时的嗒嗒马蹄声。

春光甚好，人，更好。

他仅是遥遥看着，便知是个英姿飒爽的美人。不同于身侧裴清懿的雀跃激动，他切切实实地感受到自己的心，似乎与平日里跳动的频率不太一样。

而不过半月有余，他便听说宁朝歌有了心上人，整日缠着刑部的一位侍郎不罢休，他心有惆怅之余，只得一笑置之，便再次离开靖阳城。

待他再次归来之时，宁家已经不复存在，而曾经在他心头的那一抹红色，也已烟消云散。本来极为厌恶入朝为官的裴衍，在皇上有意留他在朝，让他担任御林军统领之时，便也没有再推辞。

然而方才那惊鸿一瞥，他分明瞧见了她！

裴衍身形一动，快得令原本跟在他与陆澈身后吃着零食的穆东亭，被眼前掠行如风的人影惊得连手中的梅子干都掉在了地上。穆东亭还未反应过来这是出了什么事情惹得这位裴二少如此反常之时，裴衍已经闪至马车旁。

在裴衍的手伸向那帘子掀起的同时，一只穿着干净素白的绣鞋的脚，出其不意地袭向他的手腕，令他脸色微变，却也令他平静的一颗心，再次澎湃。

他忙松开抓着帘子的手，身子一侧躲开，另一只手抓向那只脚。就在他几乎要抓住对方之时，里面的人忽然又一个连环踢让他分毫便宜都未占得，反而手上沾了一鞋底的灰。

哦不，是两鞋底的灰。

裴衍素来极爱干净，穆东亭看着他此番狼狈的模样，看得五官都挤在一块儿了，一脸替这位裴二少着急的模样。

穆东亭是知道叶熙宁的身手的，也不明白裴衍为何突然对马车里的人感兴趣起来，但见到裴衍稍处下风，就连连发出啧啧之声，甚为同情惋惜的样子，手中的零食却未停止往口中塞。

那方打得越不可开交，情势越紧张，穆东亭往嘴里塞梅子干的动作便越快。

裴衍无暇顾及一旁看笑话的穆东亭，只想一探究竟证实自己方才所见。两人交手之间，裴衍几番想要看清那人的模样，却未能得逞。可见到车内之人身手如此了得，又联想到方才看见的那一幕，他心下有种难言的情绪呼之欲出。待他再出手之时，已是刻意诱她出腿，而他占她在车内看不清他的招式的便宜，几招过后，便寻了契机，一把将人从马车里拽出来。

谁知他过于心切，竟被叶熙宁一脚直袭胸口，待他心道不妙之时已为时晚矣，而那一脚踢中他的心口，令他知晓对方并未用劲，只是对不速之客的小惩大诫。还未等他再次确认她的模样，只见她一个旋身，脚踝已从他手中脱开，居高临下地站在马车上，用极为轻蔑的眼神看着他。

而那一张容貌清丽，犹如空谷幽兰般沉静的脸，却不是宁朝歌。

裴衍垂着眼睑，蹙眉看了眼自己胸口的脚印，一副不知道该拿胸口那一块脚印如何是好的模样，又瞥向傲立在马车之上的女子，只见对方极为不在意地与他对视一眼后，翻身下了马车。

马车的帘子忽然被撩开，闯入裴衍眼帘的女子，令他脑中嗡的一声，胸口像是被狠狠砸了一下。

李微吟言语中略有责怪，唇边却噙着笑意，话语虽听着像是告诫，言语之间却尽是维护之意："阿宁，不许伤人。"

裴衍抑着心中的万般疑惑，连眼前这长相与宁朝歌极为相似的女子，如此堂而皇之地说了拂他面子的话都无暇顾及了。他瞧着叶熙宁扶着李微吟下了马车，目光一直停留在李微吟身上。

穆东亭看裴衍这番举止，凑到陆澈耳边道："相爷，不会是裴少也认识李姑娘吧？她到底是谁啊？"

话音刚落，穆东亭便瞧见裴衍忽然换了一副神色，笑吟吟地道："陆相带回的姑娘，长得可真是招摇啊！"他刻意拖着话音，那言语中的暧昧，仿佛方才急不可耐又举止轻佻地掀起马车帘子的人，不是他裴二少，而是陆澈，他裴衍反倒成了那个不吝言辞，好心夸赞陆澈马车中"藏匿"的美人如何貌美之人。

几人之中，唯有穆东亭不懂这话外之音，心想这夸赞虽听着有些怪异，不过这位裴二少向来如此，倒也见怪不怪了。随即他摇了摇头，内心感叹，这裴二少可真是够不要脸的啊……瞬间与传闻中难搞的形象，贴合得别无二致。

穆东亭的话说起来无意，却叫陆澈留了意。他迎上裴衍的目光，心道裴衍方才的举动还真有些异于平常。

陆澈虚虚笑道："裴少有过之而无不及。"

他的言下之意便是，裴二少花名在外，素来风流，是真流连于纸醉金迷之

26

中忘返也好，还是为了掩人耳目隐藏实力也罢，他陆澈兵来将挡水来土掩。

未及裴衍出言反驳，便听见一阵清越的笑声，众人闻声朝城楼之上看去，只见一紫衣少女坐在城楼的墙上，一边拍手称赞，一边笑着脆声道："陆大人说的对，若论招摇不要脸，别说这靖阳城了，整个姜靖国恐怕也无人能及我二哥！"

裴衍一看，那紫衣少女不是别人，正是自己的幼妹裴清懿，他不禁扶额叹息，恨不得一把将她从城墙之上抓下来揍一顿："裴清懿，我是你哥！我是你哥！"

裴清懿见他抓狂的模样，甚为愉悦地站立在城墙之上，冲着裴衍做了个大鬼脸："是不是很想抓我下去揍我一顿？接好啦！"

在众人的惊呼之中，她从两丈有余的城墙之上纵身跃下。

裴衍当下运起轻功，飞身过去将她揽在臂弯之中，从容落地。

"谢谢哥哥！"裴清懿忽然踮起脚，猝不及防地亲了一下裴衍的脸颊，以示对裴衍不计前嫌的感激。

裴衍对裴清懿的举动甚为受用，抚了抚裴清懿的头，仿佛刚才咬牙切齿地想要揍她的那个人不是他，宠溺地道："真是胡闹，要是我没接住怎么办？"

裴清懿满脸惋惜，言语之间十分鬼精灵："那恭喜你，你多了一个不是摔死就是摔得半身不遂的妹妹！"

裴衍捂着心口，万分痛心，就好似裴清懿如今已然半身不遂："我妹子半死不活了，就再也没人欺负我了，好生寂寞啊！"

李微吟看着这兄妹俩旁若无人地一唱一和，觉得甚为有趣，忍俊不禁，连向来不苟言笑的叶熙宁脸上都挂上了笑容。

裴清懿清亮的双眸朝着笑声的方向看去，当看见李微吟之时，她那张精致的小脸上渐渐浮现吃惊的神色，张着嘴抖着手指向她："你你你……她她她……哥！她不是宁将军吗？！我我我……我这是见鬼了吗？！妈呀！"她瞬间抓住裴衍的双臂，一边激动地晃着，一边使劲掐他的胳膊，"我不是在做梦吧？哥，你说我这是见鬼了还是在做梦啊？"

裴衍被裴清懿掐得嗷嗷直叫，叫旁人看着都觉得疼……

"再掐我就要动粗了！"裴衍疼得抓狂，忍不住吼道。

裴清懿被惊了一下，瞬间缩了手，努力眨着眼睛在眼眶里蓄了泪光，委屈地道："哥你凶我，你这是要打我吗？别打啊……打人多疼啊……"

裴衍气愤地捋了捋袖子将胳膊亮出来，全然没了方才斯文高贵的气质："你也知道疼！青了！都掐青了！"

裴衍无语凝噎，自这丫头学会调皮捣蛋开始，他心中只有一个疑问：他爹娘为什么还要生一个裴清懿！

穆东亭瞧着这兄妹俩，悄声朝陆澈叫了声"相爷"，右手两指比了个小人走路的动作，见陆澈点了点头，他赶紧示意叶熙宁带着李微吟跟上，又指着车夫让他待在那里不准动，以免引起这兄妹二人的注意。

几人走开一段路后，穆东亭回身看去，看到再也瞧不见裴氏兄妹二人的身影时，才长长舒了口气，一副可惜的神态，一边摇头一边向李微吟解释道："这裴家小姐可是我们靖阳城里出了名地难缠，好好的名门淑女不当，偏偏爱舞刀弄枪，满脑子稀奇古怪的想法，早些年还有人上门提亲，可不是被折腾得进门是个人出门像条落难狗，就是被吓得晕过去竖着进门横着出，导致这些年连上门的媒婆都没有了，一提她就吓得一溜烟跑光了。"

李微吟掩了掩嘴笑道："裴小姐挺有意思的。"

"哎哟哟，我的好姐姐，你可不知道，上回礼部侍郎冯道乐的女儿抛绣球招亲，裴家这位小姐女扮男装把绣球给抢了，到拜天地的时候一把掀起新娘子的红盖头，告诉人家她是女的不能成亲，她只是想看看成亲有多好玩儿，把冯侍郎都快气吐血了，皇后娘娘亲自上冯侍郎家给她这小妹收拾烂摊子，人家才没再追究。"

说起裴清懿来，穆东亭对她的那些行径，简直如数家珍，滔滔不绝地讲了起来："还有她干过的那些令人大开眼界的事儿简直数都数不清，上大理寺地牢里把一群罪犯绑起来挠痒痒，跟着牢里的小偷学开锁，下手的第一个目标正

28

是她哥哥裴二少的小金库！"

　　说到此，穆东亭又联想到方才裴衍的惨状，不由得对他生出同情来，一副扼腕的模样，继续道："不仅如此，她还上赌坊赌博，去青楼学人喝花酒，结果被庆王爷家的小世子当成青楼里的姑娘给轻薄了，哎哟那小世子可惨了，都被打成猪头了，结果你猜这么着？"

　　穆东亭一副卖关子的神态，朝着李微吟和叶熙宁笑问。

　　"结果肯定是那位小世子觉得裴小姐是他见过的最有个性的女子，自然对裴小姐青眼有加了。"李微吟料事如神，一猜即中，令穆东亭大为诧异。

　　"你怎么知道？"穆东亭瞪着眼睛问，又惊又奇。

　　"要是他们从此结下梁子，你就不会反问我结果了。"

　　"哈哈哈哈，好姐姐你可真是聪明！"

　　……

　　几人边走边说笑，这一路上几乎是听着穆东亭历数裴清懿的"累累罪行"走来，乍听之下这位裴三小姐是位任性妄为的姑娘，可听得多了，李微吟竟有些艳羡于她。

　　生在裴氏这样的世族，她竟还活得这样潇洒恣意，裴氏一族对她宠爱的程度，从方才裴衍对她的态度，便可见一斑。

　　丞相府是新建成的府邸，离皇宫不过七八里，反是离靖阳城城门更远些。走至丞相府门口时已近中午，门口的下人远远就瞧见陆澈一行人，已殷勤地候着，其中一人道："我去告诉温姑娘大人回来了。"说着朝府内跑去。

　　穆东亭看见府邸前的动静，兴奋地说道："哎呀，终于回来了。"他又冲陆澈别有深意地道，"相爷，这么些日子不见，韶筝一定很想您。"

　　陆澈听着他的话，一反常态地没有拿眼色横他，反倒怔了怔，没有搭理他。走到府邸门口时，他忽然停了脚步，穆东亭跟在他身后差点撞上他。

　　"相爷！您怎么忽然就停下来了？差点就撞上了！"穆东亭咋咋呼呼道。

　　陆澈还未来得及嫌弃他的一惊一乍，便瞧见前方的女子向这边跑过来，面上的喜色溢于言表，待跑到他前方几尺之处时，才忽然停下脚步，故作镇定地缓缓向他走来。

她期期艾艾的神色，让一旁的穆东亭备感失落。

"你回来了。"待走至陆澈跟前，温韶筝才如此平静地说了一句。她看陆澈这两个月似乎又清瘦一些的样子，温声道，"累了吧？要不要……"她话还未说完，眼角的余光朝着他身后的穆东亭看去，发现后面还站着两名女子。

温韶筝的目光越过穆东亭的肩头，侧了侧首，话锋一转道："这两位是……"

待她的眼神从叶熙宁的面庞之上掠至李微吟身上时，脑中犹如晴天霹雳，震得她整个人晃了晃，脚步虚浮地向后跌退两步，眼看就要摔倒。

陆澈手疾眼快，一步上前拉住她的臂膀，另一只手又托住她的后背，才稳住了她的身子。

"韶筝！你怎么了？"穆东亭被这突变惊了一下，立马抢步上前，关心地道。

温韶筝看着李微吟的表情惊恐又震惊，她的手指向李微吟，想要说话却哽在喉间，她又把手搭上陆澈的胳膊，转首看向他，面色惨白，神色有些恍惚地颤声道："她不是死了吗？她明明已经死了！"

"死了？谁死了？"穆东亭有些摸不着头脑，看着温韶筝如此激烈的反应，又联想到方才在城门外裴清懿的反应，他迅速看向李微吟，用和裴清懿一样的姿势，抖着手指着她，脱口而出道，"难道你是已经死了的宁朝歌？！"

温韶筝听到"宁朝歌"三个字时，惨淡的脸色犹如被深深刺痛，目光难以置信地落在李微吟身上，失魂落魄地问道："她没有死？"

她仿佛感受到自己身体里的鲜血正一点点地失去温度，整个脑海中充斥着与眼前一模一样的一张脸，那少女一身红衣，张扬又明快，却令她极度畏惧不安。

"她没有死。"温韶筝极力地克制微颤的身体，勉强镇定下来道，"你去商州，是不是就是为了找她回来？"

世人都以为陆澈冷情薄幸，可是她从小与他一同长大，知道他其实最为重情重义。若不是因为当年那些事情，陆澈也不会下如此狠心，对宁家痛下狠手，更逼得他亲自斩断与宁朝歌之间的情丝。

可是她绝没有想到，陆澈竟然如此煞费苦心，让所有人以为她已经死了，好保全她的性命。

"为了保全她你可以做到如此，可既然这样你为什么又将她带回来！你就不怕皇上问你欺君之罪吗？"温韶筝终究无法克制心中的寒意。

"韶筝，"陆澈郑重地看着她的眼睛，摇首道，"她不是。"

温韶筝与他对视着，想从他的眼神里找出他撒谎的蛛丝马迹，却一无所获，她这才又疑虑地看向那侧站着的女子。

"如你所说，若我为保全她的性命，又何至于让自己苦心经营的谋划毁于一旦？"陆澈渐渐松开扶着她的双手。

温韶筝似乎有所动容，仍是不确定地颤声确认："她真的不是？"

"真的不是，"陆澈答道，眼神落在李微吟身上，又道，"只是李姑娘的相貌确实与她极为相似，我已命东亭将她的身世查得一清二楚，为了今后不惹人质疑，仍旧得上报朝廷，入案调查，以明身份。"

话及此处，穆东亭才恍然大悟："我说呢！我说呢！我说呢！"他连道了几声，目光在李微吟周身打着转来回审视着她道，"在商州的时候说你长得像朝廷重犯，我说像谁呢，原来是宁朝歌！怪不得我们家相爷反应这么诡异，原来……"

陆澈冷冷地瞥向穆东亭："这种时候，我宁愿你和叶姑娘一样。"

陆澈的言外之意，穆东亭自然领会得彻底，他立马讪讪地噤了声，又嘿嘿笑了笑，努力缓解着气氛道："谁让您一路都没告诉我呢，您要是告诉我，就不会有这么一出了，我肯定先通知韶筝，让韶筝做好准备，看您把韶筝吓得……"

陆澈的脸色越来越冷，穆东亭的声音也越来越小，最后嗫嚅地转移话题："我饿了……我先去吃饭！"

看着穆东亭一溜烟儿地跑了，温韶筝心中仍旧极度不自在。她忍不住去看李微吟的脸，从上到下地打量，依旧回到她的脸上，这张脸实在与宁朝歌太过相像了。

她从小和陆澈一起长大，小时候常常跟在陆澈身后，那时候爹娘都还在，娘那时候就常常说，她这么小就爱跟着他，等她一长大就把她嫁给陆澈做娘子。后来爹娘都死了，陆大娘将她当亲生女儿一样养着，她十六岁那年陆大娘也因积劳成疾撒手人寰，从此以后她与陆澈相依为命。

陆澈考取功名入朝为官之后，便立即修书回乡，派人将她接至靖阳城。

她满心以为，她来到靖阳城后，陆澈就会娶她。

谁知，宁朝歌出现了。

她就安慰自己，男人三妻四妾实属正常，何况陆澈以后是当官的人了。只要能跟在他身边，即便那位官家小姐日后为正室，只要对陆澈的前程有帮助，名分她不在乎。她可以安分守己地守在陆澈身边，能看着他、照顾他便已心满意足。

可是有一天宁朝歌满心欢喜地跟她说："我要嫁的男子，一定是最好的男子，他这一生只能爱我一个，韶筝，那个人就是阿澈。"

那个天之骄女，她要嫁给陆澈，从她说那一句话开始，温韶筝就知道，陆澈再也不是自己的了。

思及此事，温韶筝眉目变得凄清，即便眼前之人不是宁朝歌，这三年多以来陆澈也对过往只字不提，可越是这样，她就越是明白陆澈始终不曾放下。

她心中有太多不平，却无法说出任何质问他的话，无论是有关宁朝歌的，还是有关如今眼前这位与她长相一样的姑娘的。

温韶筝失神地转身朝府内走去，叶熙宁看着她的背影，内心微微牵动，紧紧握着李微吟的手看向陆澈。他的神色倒像是刻意压制着内心的情绪，仿佛将所有的情绪都掩藏起来，就能将身边的人都摒弃在一旁，一副不让人靠近的姿态。

为什么？为什么这个曾经一手扳倒宁国侯府的罪魁祸首，如今却一副受害者的模样？

李微吟察觉到她的心绪不宁，将另一只手覆在她的手上，不动声色地朝着陆澈道："看来陆相说的没错。"

陆澈怔了怔，才明白她说的是什么。

她所指的是那日第一次相见，在他的马车之上。

她问："我和她长得有多像？"

他答："像是孪生姐妹。"

陆澈的目光向着温韶筝的背影望去，经过方才那一事，他格外清冷的性子更加重了几分淡漠。陆澈沉着一张脸，目光尤为冷淡地朝着李微吟看去，那双在深夜里也透着明亮的眼，仿佛要穿透她似的。

李微吟见他这副神色，不免觉得有几分虚伪，心中冷冷一哼，面上却噙着笑意，声音柔软又毫不留情地说："陆相方才的断定去哪儿了？人走了倒自己怀疑起来了。"

李微吟的话语不轻不重地落在陆澈心头，她温婉柔和的笑意却噎了他的话头。

陆澈神色淡淡的，只道了一声："请吧。"便转身向着府内走去。

李微吟见他不再抓着此事，稍稍松了一口气，朝着叶熙宁安慰似的笑了笑，也不再多言，两人一道跟在陆澈的身后朝着府内行去。

陆澈像是在发泄心中的郁气，脚下的步子故意快了一些，令李微吟的步子也不由得紧跟着快了起来。

叶熙宁心有不满，欲上前与他理论，被李微吟拉了回来，李微吟朝她摆了摆手，又用手语与她沟通："阿宁，别这样，我没事的。"

见李微吟这样忍气吞声，又想到她所受的委屈皆是因为自己，叶熙宁心绪复杂，只得点了点头。这一路行来，她虽早已做好了要面临许多问题的准备，事到临头却还是有些沉不住气。

陆澈走至正厅，见温韶筝正招呼着丫头将菜端上来，又亲自摆着，穆东亭站在一旁拣了一片牛肉就要往嘴里塞，被温韶筝一掌打在手腕上呵斥道："就你嘴馋！手也不洗！小心吃坏肚子。"

穆东亭赶紧将那片牛肉扔进嘴里，一脸幸福的神色，也不在意温韶筝凶他，边嚼边说："还是韶筝你做的菜最好吃，在外面两个多月，我都不知道怎么过来的，你看我都瘦了！相爷也是！我们都想死你做的菜了！"他恬不知耻地一边咀嚼嘴中的食物一边笑，嚼了几口后囫囵咽下嘴里的肉，"要是你能像对我们家相爷那样亲切地对我那就更好了。"

温韶筝听到穆东亭提及陆澈，想到陆澈清癯的模样，当真瘦了不少，心疼起来，却对着穆东亭道："我可没见你瘦了，比走的时候还胖了不少。"

穆东亭一副不服气的样子，一定要她好好再看看，到底是瘦了还是胖了。两人争闹间，温韶筝才发现站在门口的人，堂堂一国丞相，平日里见谁也低不下半分头的人，就这样静立在那儿，她终是不忍心，道："洗手吃饭。"

陆澈微微舒了一口气，突然像是想起什么，对着旁边的一名下人道："等吃完饭收拾两间厢房给这两位姑娘。"

温韶筝闻言，边低着头摆菜边道："这事儿我来安排吧，他们做事我不放心。你这一路上都没吃好，赶紧吃吧。"

几人净了手坐下来用餐。

用饭时，陆澈竟一反常态地说起一些在商州的事情，他的话并不多，众人都静静地听着，偶尔穆东亭应和几句，几人倒也不至于太过尴尬。

温韶筝听着陆澈的话，也渐渐缓和了神色，端起他旁边的小碗替他舀了一碗汤，闷声道："别说了，再说还以为我使脸色给你看呢。"

穆东亭仿佛浑然不知陆澈与温韶筝之间微妙的气氛，又不合时宜地插嘴道："可不就是你在使脸色嘛。"

"你闭嘴。"陆澈冷冷地瞥了他一眼。

"你闭嘴。"温韶筝没好气地冲他道。

穆东亭讪讪地缩了缩脖子，嘟囔道："得，合着你俩生气，拿我开涮了。"

他们几人你一句我一句的，虽是拌嘴，却让旁人看着都觉得他们亲近。

叶熙宁像是极为不习惯这样的热闹，总是蹙着眉头，索性放下碗筷，打手语道："我饱了，你们慢用，我出去走走。"也不待几人反应，便起身向外走去。

温韶筝见叶熙宁用着她看不懂的手语，方才一直不曾注意，这时才发觉她的异常，诧异地道："她不会说话？"

听到她的话，李微吟两道柳眉向眉心一聚，已有不悦之色。叶熙宁是不会说话，她竟从未像此刻这样，讨厌从别人嘴里听到这么一句话，她便也放下碗筷，缓声道："我也饱了，各位慢用。"

李微吟出门不见叶熙宁，心知自己在这里她不会走远，四处寻了一遍，才发现她竟坐在屋顶之上，她朝着叶熙宁道："你坐这样高，欺负我上不去吗？"

叶熙宁像是在生闷气，朝她看了看，继续不动。

李微吟假意顾影自怜地道："才来靖阳城第一天，我家阿宁就不理我了，还说护着我呢，我看过不了多久，就该丢下我一个人回翠薇山了。"

听她如此说，坐在屋顶之上的人才动了动身形，像是犹豫了一下，飞落下来，气结地打手语道："我心情不好，你就不能安慰我几句，非要激我。"

"因为我知道，你永远不会生我的气啊。"李微吟笑道，"做惯了别人眼里的好人，想在你这里做个随性的人。"

李微吟看着她倔强的面庞，回想起最初见到她时的模样，想着她从最初眼里充满仇恨到如今显露的冷静成熟。她的阿宁经历过的那些她永远无法想象和体会的痛苦，叫她无法置身事外。

清风徐来，日光笼罩在两人身上，稍稍增了些热意。

这时有一位年纪只十五六岁的少年过来，噙着笑意，分外礼遇和尊敬地道："两位姑娘，要不先去后院坐一会儿吧，过会儿日头大了该晒了，温姑娘已经吩咐下人替两位姑娘安排住所，稍后便差人来告知二位。"

李微吟点了点头："那就麻烦了。"

"姑娘您客气了，您是我们家大人的贵客，这是应当的。小的姓游，以后两位姑娘有事可以随时吩咐小游去做。"

那名唤小游的少年一路上简单介绍了一下丞相府的格局，又与她们说了一些关于丞相府的情况，然后将她们带到了丞相府后院。整个府邸虽不大，但是极为精致，院中亭台楼阁俱全，还有一片鱼池。

李微吟和叶熙宁便往亭中坐着，亭中的石桌上早已摆了几样水果和点心。小游指着北边道："那方便是居住的厢房，等会儿温姑娘会安排丫头过来领二位过去。如果二位姑娘没有其他事情，小的就先告退了。"

李微吟再次向他道了谢后，便与叶熙宁在亭中歇息。

午时尚未过去，倒有稀客上门。

拂月阁坐落在丞相府后院西侧，视野开阔，远望能及皇宫，裴衍此时已然换了一身缎面白色锦衣，发冠束得一丝不苟，正倚在拂月阁的栏边看着四处的风景，摇着手中的折扇，这样一看倒像是个风流文人，实难与"御林军统领"这样的身份相联系。

而那裴清懿却端坐在李微吟对面，双手撑着脸笑吟吟地看着李微吟。

"姐姐，你长得好像宁将军啊。

"姐姐，你知道宁将军是谁吗？她可是我朝第一女将，我最崇拜的人。

"姐姐，你知道我最想成为什么样的人吗？我最想成为宁将军那样的巾帼女英雄！"

裴清懿一边说一边比画着招式，裴衍看得直叹气，却没想到李微吟倒是挺感兴趣地道："我知道宁朝歌宁将军。"她的眼神有意地向陆澈瞥去。

拂月阁的回廊之上摆着一张案几，陆澈一袭轻薄的青衫被微风吹得轻轻飘

36

动，犹如青莲盛开。他自顾自地倒了一杯茶，顺便也向裴衍那方放置了一只小茶杯，听见她们在一旁大张旗鼓地谈论宁朝歌，竟也无动于衷。

叶熙宁闷声扯了一张凳子坐在窗边，将脚架在凳子之上，一只胳膊撑着脑袋支在膝盖之上望着窗外，看不清她的神色。

"只是我不太清楚她的事情，你能跟我讲讲吗？"李微吟噙着笑意与裴清懿攀谈起来。

裴清懿好不容易遇上一个不嫌她烦，反而愿意听她讲话的人，激动得差点从凳子上掉下来，将她所知道的、打听到的关于宁朝歌的一切事宜如数家珍地一一向李微吟道来。

李微吟听得津津有味，就连裴衍也在陆澈对面坐了下来。原本略显诡异的气氛，倒因为裴清懿这大条的神经，反而变得像是众人在听她说书。

直至裴清懿说至宁朝歌结束云州战役之后定居靖阳城的日子，她才顿了下来看向陆澈，眼中忽然大放光芒，裴衍心道不好！

果见裴清懿一下飞奔至他们这方，裴衍连忙起身，说时迟那时快，在裴清懿还未开口之前果断地扔了手上的折扇，一把捂住裴清懿的嘴巴，将她捞到自己怀里摁住。

裴清懿呜呜地挣扎着，却被裴衍摁得死死的，裴衍腾出一只手来，笑呵呵地看着众人，取了一只新的白瓷杯子，拿起陆澈的茶壶迅速倒了一杯茶塞到裴清懿唇边。

"这可是今年新进的碧螺春，上次我向皇帝姐夫讨要才取了一些回来，今天来陆大人这儿喝上了，皇帝姐夫倒是对陆大人大方得很。"

他的动作一气呵成，语速也极快，明眼人都看出来了，裴衍是在阻止裴清懿下面要说的话。只见裴清懿咕噜一声将那一杯茶尽数吞下，差点没呛着，气愤地将茶杯用力搁在桌上，瞪着裴衍："哥！你干吗呢！你想谋杀亲妹妹吗？"

"我哪敢啊，"裴衍笑着回道，一副无害的神色，"这茶着实好，哥哥想与妹妹共同品尝一番，前阵子我和豫白才喝了一回，他小子倒好，将我讨来的茶分了一半去。"

裴清懿狐疑地看着他，忍不住又自己倒了一杯，嘟囔了一句："豫白不是喜欢喝酒吗？什么时候喜欢喝茶了？"

那从茶壶中冲出来的茶叶，色泽银绿，翠碧诱人，原本卷曲成螺的茶叶，被冲泡之后在茶水中翻滚膨胀，她凑近闻了闻，顿时清香袭来，甚是甘香。

裴衍本就是拿话唬她，见她的注意力已然被分散，终于松了口气。若不是他反应快，依照裴清懿这没脑子的性子，肯定会缠着陆澈问他和宁朝歌之间的事情。与陆澈同朝为官两载，他甚是清楚陆澈的脾性。当年他与宁朝歌已有婚约，本将为宁家东床快婿，最后却踏着整个宁国侯府平步青云。

陆澈此人表面虽一副清冷谦逊的模样，心机城府却极深，手段亦是极狠。若非如此，当年仅仅一个刑部侍郎，又怎么能一举扳倒树大根深的宁国侯府，甚至连宁朝歌都是他亲自抓捕监斩。如此之人，裴衍怎敢任由裴清懿说什么不该说的话，得罪了他。

想到此处，裴衍原本生辉的眼中像是蒙了灰色。

裴清懿将茶壶放回原位，取了茶杯浅浅抿了一口茶，只觉唇齿留香，沁人心脾："豫白喜欢的东西果然好，陆大人你还有吗？能送我一些吗？"

"噗……"裴衍一口茶没忍住，喷在了裴清懿脸上。他原本得意于他这妹子终于成功地被他转移了注意力，没有冲上去问陆澈和宁朝歌的往事，可现在堂堂裴氏千金，竟然向人讨要茶叶，叫他这面子往哪儿搁！

再看裴清懿，啊的一声尖叫响彻丞相府。那场面，啧啧，真是叫人大开眼界。

送走裴氏兄妹之后良久，李微吟想到方才的场面，犹忍不住发笑道："有趣，太有趣了。"

叶熙宁也忍不住笑着摇了摇头，手指十分灵活又熟练地打着手语："我看以后还是要远离这对兄妹。"

"可是阿宁，你不觉得这靖阳城压得人有些喘不过气来吗？我倒觉得裴氏兄妹都挺不错的。还有，我喜欢听她讲话。"她的话中，有那个她从未见过的女子的事情，她想知道、想了解，却无法开口相问。

叶熙宁怔了怔，手指动作迅速，面上尽是抱歉之色："对不起。"

李微吟抚上她的手，轻轻握了握："从今以后再也不会是你一个人独自承担一切，那些原本就属于你和我的过去，我没法参与，可是将来的路我会陪你一起走。"

她的手指触及叶熙宁的脸颊，指腹轻柔地抚着，清亮的双眸里透露出的不忍心和痛惜，让叶熙宁的心不由得收紧。

"阿宁，我很想见见从前模样的你。"

叶熙宁弯了弯唇角，给她一个安慰的笑，手覆在她的手上，然后拉着她的手搁在桌上，将她的手掌掌心朝上压在自己的手上，手指在她掌心快速写道："我很高兴。"

很高兴她在这个世界上，尚有亲人，与她风雨同舟。

很高兴她在这个世界上，并非孤身，有人与她心脉相连。

皇帝借平西王回靖阳述职之机，为他新赐了府邸，正是前宁国侯府，将他暂时留在了靖阳城。

朝廷之中为此事，也是猜测众多。有传言，这是圣上对其恩宠有加，单从近年来平西王异姓封王便可得知如今圣上对他有多信任，也是有意将平西王扶植成昔日的宁国侯。又有传言，是这些年来军权散乱，导致陆澈以丞相之位插手军权事务，几乎权倾朝野，皇上欲让平西王驻靖阳，平衡朝中两派势力，稳固皇权。

而这平西王到靖阳城，从第二日起便大宴宾客，早有不少人因攀附不上陆澈这棵大树而投奔平西王了。一时之间朝堂之上众说纷纭。皇帝表面上虽无举动，却是私下召见了陆澈和裴衍二人，于文德殿中相谈。

陆澈入殿之时，并不知晓裴衍也在此处，裴衍正背靠在一旁的椅子上架着腿，手里拿着咬了一半的点心，见他来了，方才将眼神投过来。

陆澈拜见皇帝之后，侧了侧身，与裴衍打招呼道："裴大人也在。"

他瞧着裴衍慵懒地放下手中的糕点，一旁的近侍立即端了清水上来让他净手，对此也见怪不怪了。裴衍向来不为官俗国体所缚，即便是大宴之上，身后亦是站着近侍端着水盆，供他随时净手之用。

他有洁癖之症，众所周知。

虽说如此，裴衍的行事做派在旁人眼里，未免太过不遵礼法，不过是仗着裴氏一族的名望和长姐乃当朝皇后恃宠而骄罢了。只是即便如此，朝堂之上谁见了这位御林军统领，都是多有礼让奉承之态，哪敢将心中的真实想法摆到台面上来讲。

"陆大人姗姗来迟，我都快吃这些点心吃撑了。"裴衍含笑说着，"今日皇帝姐夫召你我二人前来，我却不知是为何事，陆大人不来，皇帝姐夫也不肯说，可叫我一番好等！越是如此，我便越是好奇。陆大人可知所为何事？"

陆澈听着裴衍这番说辞，却没有什么歉意，面上平静无波，朝着皇帝道："皇上可是为了平西王一事？"

近日朝内百官对平西王一事的议论，陆澈早已听闻许多。即便他不相问，也总有人借着穆东亭之口传到他耳里。今日皇帝召见他，心中怕是已有打算。

当今圣上今年不过三十二岁，登基十余载虽无什么重大建树，也算是勤政爱民。他穿着玄色的常服，襟口广袖之上绣着龙形暗纹及祥云，身形挺拔，两道剑眉自有一股英挺之气。

"真是什么都瞒不过陆相。"他含笑对陆澈道，又唤了人来赐坐奉茶。

几人坐定之后，皇帝方又道："此次平西王回靖阳述职，朕留他在靖阳，是想陆相辅助阿衍彻查平西王私造兵器一事。"

皇帝的目光落在陆澈身上，只见他好似听着极为寻常之事，脸色平静，连眉头都未曾蹙一下。

"皇上可是有线索了？"陆澈拿起茶盏，用杯盖拂开漂浮在水面上的茶叶，抿了一口问道，心中琢磨着皇帝话里的意思。

"我不同意！"裴衍未等皇帝开口，便赶紧反对道，"陆大人这样的人物，我怎么能让他来协助我！再说了，皇帝姐夫，我可还没答应接这案子，当初我入朝之时可都说好了，我不愿意做的事情您不能强迫我做，这是条件！条件！"裴衍愤愤地强调道。

皇帝见裴衍如此反对，却不着急，缓缓地道："等这案子结束了，朕准你一个月的假，你想做什么就做什么，如何？"

裴衍一听，眼中一亮，道："当真？"

"朕金口玉言，岂能有假？阿衍你也不小了，皇后可对你寄予厚望，此番平西王一案，你若是能办好了，朕重重有赏！"

裴衍一听皇帝又拿出皇后来压他，不由得头大，原本想着那一个月的假这时也瞬间没了热情，心中计较着得亏。皇上和皇后分明是想借此将他绑在朝中，办不成，于天下不利；办成了，于自己不利。他的目光忽明忽暗，瞧着正温和笑着的皇帝，心想真是只老狐狸，打的算盘又响又亮，只好假意为难地看着陆澈道："只是要陆大人……"

"无妨。"陆澈将茶盏轻轻一放，眼神看向裴衍，清冷地道。

"喂！"裴衍一副吃瘪的模样，朝着陆澈喊道，对方仿若未闻，这种被忽视的感觉真是不太好受啊……

皇帝也像是未曾看到裴衍的模样，立即开怀笑道："既是如此，那再好不过了！前些时日丞相不在靖阳城，朕已命朝史宬的人前去查探此事。朕早有疑虑，凭曹正韬的本事，如何能在三年之内将军中势力归整，幕后必有人替其出谋划策。只是朝史宬也没查出个究竟来。等下我便命人将朝史宬那边所查到的卷宗交与阿衍，丞相可与阿衍一同查阅。"

两人竟旁若无人一般，商讨起如何彻查平西王私造兵器一案，将裴衍晾在一边，直至谈及派遣何人去查探此事时，才犯了难。

"微臣的丞相府内并无什么合适的人选，朝中其他人，自然是越少人知道此事越好。"陆澈道。

皇帝赞同地点了点头，尚在思索间，裴衍却见陆澈将眼神投向自己，让他有种极为不妙的感觉，果听陆澈轻声道："听闻裴氏族内有八大暗卫，无论是追踪还是查探的本事都不俗，而且各个武艺高强，微臣想没有比他们更合适的人选了。"

裴衍没好气地瞪了陆澈一眼，轻哼一声道："这暗卫可是只负责我裴氏族人的安危的，奉的可是国公的命令，我可没那个能耐调遣他们替我办事。还有，他们拿的可不是朝廷的俸禄，若是出了什么事情，对我裴氏来说可是不小的损伤。陆大人怎么不从自己门下挑选一个合适的人出来？"

陆澈倒不介意裴衍的话，只是态度不软不硬地回道："本官只是辅助裴大人，岂能将功劳全占了，如此重要之事，自当由裴大人来办才是。"

他的言下之意便是，主意我替你出了，你做便是，回头功劳是你的，我只沾些光而已。这话听来，换作旁人那是奉承，可换作陆澈嘛……裴衍面上露出让人不解的笑意。

皇帝本以为这两人今日要在这文德殿中对上了，岂料裴衍却笑吟吟地道："这听起来似乎没什么问题，那就这么办吧。"

直到红日西斜，两人才从文德殿中出来。裴衍跟在陆澈身旁出了宫，一路之上絮叨着自己是何等冤枉，无端就卷进这是非当中来。饶是陆澈这样冷淡的人，也受不了他的聒噪，只得加快了步子往前走。未等裴衍讲完，他已经掀了马车的帘子，欲坐进车内，却被裴衍拉住了衣角。

陆澈诧异地回首去看他，本在宫外等着陆澈的穆东亭见到这一幕，惊诧得下巴都快掉下来了。

堂堂裴氏二少，居然伸手拉人衣角，拉的还是个男人的衣角，这个男人还是当朝丞相，这要是传了出去，被好事者添油加醋一番，还以为放浪形骸的裴二少有了新癖好呢。

如此一想，穆东亭不由得惊恐地咽了一口口水，抖着手指着那抓着他们家相爷衣角的手道："你……你们何时有了这样的交情？"

陆澈一怔，待反应过来穆东亭所指，面色一滞，咬着牙蹦出几个字来："你、闭、嘴!"

裴衍却不在意，只要陆澈停了下来便可，他松了手笑吟吟地朝着穆东亭道："才有的交情，不过日后交情会更深。"

他言外有意，落在穆东亭耳里，又是另一个令他难以消化的重大消息。

之后便是裴衍死皮赖脸地跟着陆澈来了丞相府，说是要与他商量平西王一事，到了之后却径直朝着后院去。

穆东亭指着他的背影问陆澈："相爷，裴二少不是来和您商量事情的吗？怎么自个儿就往后院去了？"

陆澈瞥了他一眼，一点儿都不想承认自己被将回一军，成了旁人的挡箭牌一事，亦朝着后院跟了过去。

温韶筝做了一些小食，端着送往李微吟的住处。这几日穆东亭与她说了李微吟之事，她才知晓李微吟与宁朝歌长相如此相似，不过是桩巧合而已，便常常与李微吟走动。

李微吟见她来了，忙请她坐下，只听她道："也不知道陆澈什么时候回来，我准备了小食先用一些，等他回来了就开饭。"

温韶筝取了一个空碗，舀了一碗糊放在李微吟面前，噙着笑意道："这是我刚磨的，香得很，你尝尝。"

李微吟又向她道了谢，拿起碗闻了闻，香味溢满鼻间："芝麻、核桃还有……"她声线温柔，说到此处似是故意拖了尾音，与叶熙宁对视一眼，眼神回到正充满期待地等着她尝过后评价的温韶筝身上，浅浅一笑，道，"还有花生。这味道闻着就香，尝起来也一定很不错。"

"李姑娘真是厉害，光闻就将食材辨出来了。"温韶筝称赞道。

叶熙宁不动声色地坐在一旁看着，李微吟几乎是在温韶筝的注视下，舀了一勺糊细细品尝，面色含笑，连连点头，称赞道："甜而不腻，口感极为细腻，吃下后唇齿留有余香，温姑娘的厨艺怕是比之宫中御膳房也不逊色。"

温韶筝脸上的笑意放大："李姑娘过奖了，不过是做的年数多了，自然就掌握各种分量了。"

她见李微吟吃得香，便伸手给叶熙宁也舀了一碗，正要递给她，却被李微吟给半途截了去，只见李微吟嫣然道："阿宁她不爱吃甜食，不如将她的这份分与我吧，我倒是喜欢得很。"她一边说着，一边将那一碗糊添进了自己的碗中。

温韶筝有些讪讪地看了一眼叶熙宁，无措地道："对不起，我不知道熙宁姑娘不爱吃甜食，下回我再做一些咸的点心送过来。"

李微吟忙道："温姑娘不必如此客气，我与阿宁在府上已是叨扰，阿宁素来不爱吃这些东西，倒是我总爱吃。"她含笑看向叶熙宁，叶熙宁便看着温韶筝点了点头。

温韶筝这才放下心来，忽然又看着李微吟出神，轻叹道："李姑娘与朝歌长得如此相似，性情却差得极大。"

第三章 风云初起藏暗机

叶熙宁面色清冷，目光低垂，在听见那个名字的时候，眼神微微一闪。不知道为何，每每与温韶筝交谈时，氛围虽融洽欢愉，却总让她觉得有些怪异。未及她深想，裴衍却出现在了此处，接了温韶筝的话奇道："温姑娘曾与宁小将军相熟？"

温韶筝脸色微诧，不料裴衍忽然出现在此处，忙起身行了个礼，面色忧伤地道："我和陆澈与朝歌相识的时间差不多，初来靖阳城时她对我照顾有加，全然没有大户人家小姐的架子，只是没想到之后会发生那么多事情。"

裴衍若有所思地点了点头，身后陆澈已跟了上来。

此时李微吟与叶熙宁也起了身，朝裴衍与陆澈行了礼，道："两位大人寻小女子有事？"

裴衍的目光朝着叶熙宁看去，用手中的折扇指着她，清俊的面容上是一种别有意味的笑容，道："我寻的不是李姑娘，而是熙宁姑娘。"

他这话一出，连叶熙宁都有些诧异地看着他。她与裴衍不过是前些日子刚到靖阳城之时才相识，他能有什么事情找她？

裴衍似笑非笑地看着陆澈道："陆相方才说丞相府内没有武艺高强之人，

想向我裴国公府借用人手，我看丞相府内明明就有最为合适的人选，陆大人倒好，藏着掖着不舍得。那日在城外我与熙宁姑娘过招，可是半点便宜都没占得。"

裴衍这一番说辞出口后，叶熙宁与李微吟不由得相视一眼，他话中的意思虽是如此，却绝非为此而来。

陆澈心如明镜，这裴衍如此不依不饶，为的可不是今日文德殿中一事。那日城门外穆东亭无意间的一句话，如今让他越发觉得，裴衍与宁朝歌或许真的曾经相识。任凭他舌灿莲花，左右不过是借此机会将李微吟与叶熙宁牵扯进此事当中。

"熙宁姑娘并非我丞相府之人，裴大人若要请她帮忙，需征得李姑娘和熙宁姑娘本人同意。"陆澈口气平淡，将问题推给她们二人。

陆澈对裴衍到底意欲何为，他又和宁朝歌曾有什么关系，又为何要将李微吟与叶熙宁牵扯进此事，尚无头绪。当初在商州之时，穆东亭虽查证了李微吟的身份无可疑之处，陆澈心中却始终有疑虑。

若说惊马之事属于巧合，长相如出一辙亦是巧合，可在两个巧合之下，这事却始终透着些许蹊跷。裴衍如此不依不饶，他倒也可顺水推舟，查清她们的底细。

李微吟不明他们所指，疑惑地朝叶熙宁看了一眼，问道："裴大人所说的是……"

裴衍一反方才激进之态，看了看几人又瞄了瞄温韶筝，没有说话。

一旁的温韶筝倒会察言观色，见裴衍的神态，已明白他的心思，便识趣地道："你们有事情先商讨着，我去厨房吩咐下人们将准备好的晚膳传上，今日裴大人便留在府中与我们一起用饭吧，等你们谈完了直接去正厅便可。"

裴衍见温韶筝竟是如此聪慧之人，拱手道谢道："如此便麻烦温姑娘了。"

温韶筝微微笑了笑道："裴大人客气了。"

她正要离去，又想起桌上端来的小食，便伸手收拾了。陆澈见她的动作，这才注意到她们几人吃的东西，脸色却是微微一变。

温韶筝抬头时，见到陆澈面上未曾退去的异色，端着盘子的手不由得暗暗握紧，正想走，却听陆澈道："以后不要再做了。"

温韶筝的手微微一抖，心也跟着微微一凉，未曾答话，只垂头转身离开。

几人被陆澈这没来由的言语引得有些奇怪，却也未曾深究。

裴衍说明缘由之后，李微吟虽有些诧异，却也平静得很，只看了看默然坐在身侧的叶熙宁，面色露出些许为难来，道："如果阿宁愿意的话，我自不会阻止她。只是阿宁身患哑疾，我想……"

"我想如此才更好呢！"裴衍像是听不出李微吟话中的拒绝来，截断了她的话道。

李微吟面色一滞，疑道："此话怎讲？"

裴衍笑吟吟地道："原本此事攸关朝廷机密，有如此武功又不会多嘴之人，岂不是最合适的人选？"他将目光投向陆澈，"陆相你说，这世上是不是再找不出像熙宁姑娘这般合适的人了？"

陆澈清瘦的身形微微怔了怔，这裴衍拖人下水的本事，真是无人能出其右了。他只是抿唇浅浅地笑了笑，道："裴大人说什么，便是什么。"

裴衍也不去计较陆澈话里的意思，只是兴致颇浓地瞧着叶熙宁，等她首肯。

李微吟深深地看了一眼叶熙宁，道："此番我姐妹二人前来靖阳城，本不愿多生事端，此事又事关重大，不可草率决定，裴大人可否容阿宁考虑两日？"

裴衍见李微吟如此说，手中的折扇在掌心轻轻一敲，立即爽快地道："有求于人，岂有不允之理？"

晚膳过后，李微吟与叶熙宁回到房中，方得空谈论今日之事。

裴衍的行径，虽看起来颇为荒唐，却连李微吟都感觉到了异常，而陆澈未曾阻止，也必定有缘由。

47

李微吟瞧了瞧叶熙宁，忽道："阿宁，你与裴衍从前就相识？"

叶熙宁一怔，摇了摇头，打手语道："不曾，前几日在城外，第一次见。"

李微吟见她如此回答，心中更是奇怪："可我怎么觉得这位裴二少，从前就认识你？那日他忽然来掀马车的帘子，我想他是无意间看见了坐在马车之中的我，将我误认成宁朝歌，才有此举动。而今日之事，我想他是刻意为之，并非不舍他裴国公府的几名暗卫。"

叶熙宁亦觉她说得有理，裴国公府的暗卫训练有素，绝非寻常侍卫可比。她虽未曾与他们交过手，可传闻裴氏的暗卫各个身怀绝技，若是八大暗卫一起围攻，她也难以确保能全身而退。如此厉害的暗卫组织，又怎会轻易有什么闪失？

她打手语问道："你是说他已经在怀疑你我二人的身份了？"

李微吟摇了摇头，平静地道："也不尽然。若是他怀疑我是宁朝歌，想必商州城已有人传来消息了。正因为他知道我不是宁朝歌，才会有现在的举动。我所想不明白的是，他是如何仅凭一眼，便认定了我并非宁朝歌？"

就连陆澈，也是几番确认之后，得知她从小便生活在翠薇山，才勉强信了她并非昔日的宁朝歌。然而即便如此，他仍是未曾放心，才将她们姐妹二人"邀"至靖阳城，放在自己眼皮底下亲自看着。

与其说此番一行，是她们计划之中的事，不如说是陆澈的将计就计。

"可我确实与裴国公的二公子不曾相识。"叶熙宁打手语道，"我甚少回靖阳，据闻裴国公府上的二公子和三小姐从小便随裴国公夫妇二人云游四海，是以从未见过，遑论相识、相熟了。"

"那就奇怪了……"李微吟轻声道，尚在思虑，忽又想起什么，道，"你觉不觉得温姑娘很是奇怪？"

叶熙宁蹙了蹙眉，疑惑地看着她。

"她似乎是刻意在试探我，她在那碗糊里加了花生，你对花生过敏她又怎会不知？"李微吟顿了顿，"如果不是陆澈后来那一句话，我只当她是无意的，可陆澈的那一句话让我越发确信，她在怀疑宁朝歌没有死，只不过她认错了人。阿宁，她当真是一个单纯善良的女子吗？"

李微吟话中的意思，让叶熙宁不由得一怔，神色亦变了变。她想起陆澈后来那一句话"以后不要再做了"，原本她也未曾在意，可经李微吟一提醒，却是醒悟温韶筝是刻意用一碗加了花生的糊，来试探李微吟用过之后会不会过敏。

那年大胜离楚，她回靖阳城受封，朝中虽有诸多官员的女儿希望与宁家结交一二，可她从小在军营中惯了，着实受不了与那些知书达礼的官家小姐打交道，反倒是与温韶筝，因为陆澈的关系，情同姐妹。

那个善良胆小的女子，怎么会用这样伤害人的方式，来试探她曾经当作姐妹对待的人？

如此一想，叶熙宁心头如同这夜色一般微凉。

人心，当真是这世间最难测的。

叶熙宁正踌躇着裴衍提的那件事情，这两日裴衍倒是未再出现在丞相府，他的妹妹裴清懿却出现了。

那时她正陪着李微吟在丞相府后院的鱼池边喂鱼，遥遥就听见裴清懿的声音："熙宁姐姐！李姐姐！"

裴清懿瞧见她们二人，雀跃地加快了步子，小跑着过来。叶熙宁闻声瞧去，只见她靠近时，忽然被台阶一绊，惊呼一声就要向地上栽去。

叶熙宁眼明手快，手中的鱼食不知何时已经落到一旁的李微吟手中，一个旋身后俯身抬手托住正往下扑的人，将她扶正。

裴清懿惊魂未定，原本以为这下非摔个结实不可，没想到叶熙宁接住了她，她立即感激地抓着她的手臂道谢："谢谢熙宁姐姐，姐姐好快的身手！要不是你，我可就惨了！"

叶熙宁无声地笑了笑，从她手中抽出胳膊退开一些距离。

李微吟对方才的一幕并不惊讶，她的阿宁是姜靖国最优秀的女子。她唇角带着笑意，将手中的鱼食放至一边，起身上前几步，温和地说道："裴小姐来了。"

"对呀！"裴清懿笑吟吟地回应，面色一派悦然，一双清亮的眼睛乌溜溜地转了一圈，落到叶熙宁身上，"听我二哥说，熙宁姐姐功夫可好了，今天我来这儿，是想求熙宁姐姐教我功夫，不知道姐姐能否答应收我为徒？"

她的眼神充满希冀地看着叶熙宁，期盼叶熙宁能立即点头答应她的请求。

叶熙宁惊诧地看着裴清懿，又朝李微吟看去，李微吟已然替她问道："裴小姐怎么想起和我家阿宁学功夫了？"

"我今日方听说熙宁姐姐武功甚是厉害，恐怕连我裴国公府的八大暗卫都打不过呢！"裴清懿一副崇拜的神色看着叶熙宁，眼里透着兴奋之色，转而又是一副沮丧的神态道，"只可惜爹娘虽宠着我，却不准我跟着他们习武，说是有他们保护就成了。"

叶熙宁见她这副神色，听她这么说，又想起穆东亭口中那个混世魔王三小姐，心道，裴国公夫妇果真是有先见之明。这丫头如今功夫平平已这么会闯祸了，要是再学出个一二三来，那岂不是要搅得这靖阳城不得安宁了？

李微吟掩唇笑了笑："你爹娘说的不无道理，裴小姐身份尊贵，自有人保护，我家阿宁习武却是为了自保与保护他人。"她笑看着裴清懿，眼内波光一转，回到叶熙宁身上，笑意深长地道，"不过，我倒是不介意你常来找我们家阿宁。"

叶熙宁体会到她的用意，神色怔了怔。她本以为李微吟会选择推辞，不去招惹旁的麻烦，不想李微吟虽没有明着替她应承下此事，却暗示她大可答应裴三小姐的请求。

裴氏一族乃姜靖国簪缨世家，亦是当朝最大的外戚世族，本朝三十二代帝王，原配皇后就有十七位出自裴氏，十五位继皇后当中，也有六位来自裴氏。

当年九决天下四分，裴氏先祖以一介谋士之身几出奇谋，助太宗皇帝夺得天下。太宗皇帝顾念裴氏先祖的功劳，在姜靖国天下大定之后，立其妹为后，并留下遗训，后世帝王当立裴氏女子为后，是为忠孝仁义。

当今皇上尚未登基之时，诸位皇子明争暗斗，朝中党派众多。当年本是康王姜綦焱最得先皇欢心，谁知康王谋位心切，竟与离楚勾结，以姜靖国崇延、云州、大封三郡作为交换，里应外合，妄图逼宫造反，随后被先帝命当年尚为宁国侯世子的宁盛泽领兵抓捕，将其斩杀。

康王死后，余下魏王姜綦烨、秦王姜綦麟、赵王姜綦煜，以及登基前的皇帝齐王姜綦湛，和当年封号仍为"端王"的端穆王爷姜綦阳。这五王之中，秦王因军功显赫，最有希望登上皇位，而端王为康王的同母胞弟，自康王一案后深受牵连失去圣心，又因意外坠马而导致断腿，失去争夺皇位的资格，其余三王平分秋色。

当时裴国公长女裴清徽尚待字闺中，齐王姜綦湛因得裴国公之女倾心，娶为正妃而获得了裴国公的倾力相助，为其登上帝位添一大助力。齐王登基为帝之后，裴国公却携夫人以及二子三女从此游山玩水，不涉朝政。可即便如此，他在朝中的地位仍是举足轻重，裴国公夫人又是当朝一品诰命夫人。

裴氏的实力，仍是不容小觑。

如今裴清懿虽已成年，但因家中极为宠爱，眼下也无须她背负一桩与政治利益相关的婚事，是以到了婚配年龄也无甚管束。

若是能与裴氏关系密切，对将来行事，必大有助益。

院内清风徐徐，叶熙宁迎风而立，看着眼前的少女一双眸子期许地看着自己，不由得点了点头，蘸了一旁的茶水，在桌上写道："我教你。"

裴清懿见叶熙宁答应，激动得一下扑了上来。叶熙宁猝不及防被她撞了个满怀，这几年里她从不曾与人如此亲近，一下有些不太习惯，手足无措地站在原地，局促地看着李微吟求救。

裴清懿却一副浑然不觉的样子，紧紧地抱着她兴奋地大声道："太好了太好了，熙宁姐姐你真好，我太喜欢你了！"

面对她这么直白的表达，叶熙宁难得地笑了笑。

51

裴清懿身子娇小，只及她的肩头，紧紧地揽着她的腰身，靠在她身上，忽然闻到她身上的味道，觉得甚是好闻，令她心神舒畅。

她松开了抱着叶熙宁的双臂，像只小狗似的在她身上闻来闻去，越发觉得这味道好闻。

“你是在找阿宁腰间的香囊吧？”李微吟笑吟吟地看着她们，提醒道。

裴清懿这才发现叶熙宁腰间别着一个素雅的小香囊，弯腰努力吸了吸鼻子，眼睛一亮，好奇地道：“香囊里放了什么，这么好闻？”

“那是我给阿宁做的小药包，若是你喜欢，改日我给你做一个。在翠薇山的时候，我常与道观中的师姐妹们一起缝制香囊，里面装了些药材，做成药包分派给前来道观祈福的村民们，能预防一些疾病。阿宁身上这个，我放了安神用的花草，味道极是好闻。”李微吟解释道。

她的话音刚落，便传来旁人的声音：“这么好的东西，怎么能少了我的份儿？”

来人面庞灿如朝阳，连那声音里都含着股风流之姿，叫人忍不住随着他的声音看去。一身白底暗纹的锦衣穿在他身上，显得他身姿格外清匀修长，比之陆澈多了几分明润俊朗。他面上含着笑意，脚下步伐沉稳，片刻便走至她们身前，不是裴衍又是谁！

“二哥你不是在御林军军营吗？怎么来这儿了？”裴清懿没有想到裴衍会突然出现，有些心虚地问道。

裴衍睨了她一眼，道：“下回偷听的时候，注意藏好点，别这么容易就被发现了。”

裴清懿一听，噘着嘴道：“原来你早就知道了，还跟着我来丞相府了。”

“谁跟着你来了！”裴衍执着折扇往她的额头上轻轻一敲。

裴清懿捂着额头轻呼一声，不满地瞪着他：“你又打我的头！”

裴衍没有理会她的控诉，含笑看向叶熙宁道：“我原本就要来见熙宁姑娘，是你偷听了我跟豫白的话，得知熙宁姑娘武艺不凡才来丞相府的吧？你这恶人先告状的行为，什么时候能收敛一点？”

裴清懿只朝着裴衍吐了吐舌头做了个鬼脸，便得意地挽着叶熙宁的胳膊道："哼，不管怎么样，熙宁姐姐已经答应了教我功夫。"

　　叶熙宁乍听裴衍提及自己，眼神下意识地落在他的面庞上，目光冷淡疏离。

　　裴衍正笑着打量她，不知为何，总觉得她的身影似曾相识，一定是在哪里见过，只是对上她一张清冷秀丽的脸，与记忆里的人的样子相比较，都没有谁与这副容貌相似。

　　裴清懿存心与裴衍作对，见他与叶熙宁相视着，便上前一步，将裴衍挤开，朝着叶熙宁笑道："熙宁姐姐，你的香囊借我瞧瞧行吗？"

　　叶熙宁收回目光，看了眼裴清懿，无声地牵动唇角，伸手解下腰间的香囊递给她。

　　裴清懿刚要欣喜地接过来，却被身后伸过来的一只手抢了去。

　　裴衍将香囊放到鼻子边闻了闻，眼光有意无意地瞥向叶熙宁，刻意顿了顿才道："果然好闻。"

　　"喂！二哥！"裴清懿不承想裴衍竟先抢了去，伸手便要去夺回来。只是她只及裴衍肩头那么高，几番想要拿回来都被他扬着手躲开。

　　裴衍一边躲，一边瞧着那香囊，只见那香囊颜色素净，上面绣着一朵秀气的玉簪花。他看着那香囊，神色满意："不如就将这个赠予我，来日李姑娘再做一个新的送给熙宁姑娘如何？"

　　虽说那不是紧要的东西，但也是自己的随身之物，叶熙宁对这物件被非亲非故之人取走极为不适。

　　她面色冷淡地朝裴衍一伸手，想将它要回来。

　　裴衍装作没有瞧见，自顾自地将它系在腰间，道："与我今日这衣衫极为相称。"

　　叶熙宁眉心微微一蹙，已有不悦之色，当下掌风一动，裴衍便觉一股内力将他的衣袍掀动，他便向后一退，避开她的手，故意笑道："不过是一个香囊，何必动粗呢？"

叶熙宁不理会裴衍的话，两人你攻我闪，最后竟动上了手。

裴清懿兴奋地看着他们，走到李微吟边上道："我还未见我二哥和谁较真过，李姐姐你说，今日是我二哥得逞呢，还是熙宁姐姐会拿回她的香囊？"

李微吟拉着她坐了下来，只含笑道了声"我家阿宁脾气不太好"，并未回答她的话，又看向缠斗在一处的两人。

因此处尽是回廊，两人也未真正动手，不过看谁的反应更为机敏。

"熙宁姑娘好身手。"

裴衍不肯将她的香囊交还，处处闪躲，也不出手，只是一味地退让，嘴上却一直说着话，像是要扰乱她的心绪。

"这么好的身手，却屈才做了一个小小的护卫，实在可惜。"

"我御林军中倒是缺少姑娘这般人才。"

"那日我与姑娘确定的事情，姑娘可考虑好了？"

"若是姑娘应了那件事情，我就将香囊还给姑娘，若是姑娘不答应……"

裴衍话语一顿，叶熙宁亦停了手，只见他笑吟吟地道："若是姑娘不答应，我便赖在丞相府了，姑娘何时能从我身上取走这香囊，就何时才能拿回去。"

裴清懿听他这么说，眼中兴奋之色愈浓："我二哥从不轻易与人动手，唯一一次出手是一年多前校场上赛马之时，皇上骑的马忽然受惊，二哥出手驯服，将皇上毫发无损地救下。平日里因着他的身份也甚少有人与他动手。不过我二哥这人嘴巴毒得很，刚回靖阳城时，没少得罪人，人家又不认识他，倒是和人动过几次手，但是他嘴巴虽毒，手下却留情得很，不想麻烦总是主动认输，好生没趣！"

李微吟一边听着裴清懿谈及裴衍的往事，一边观察着不远处的两人，心中对裴衍倒有了新的见解，他绝非表面这般玩世不恭。

几十招过后，两人未分出胜负，裴衍轻功极好，叶熙宁渐渐察觉到他每次闪躲时虽在旁人看来都是惊险躲过，可几次下来自己未占得半分便宜，倒像是他刻意为之，招式变得凌厉起来。

裴衍细细观察她的招式路数，一一化解。

叶熙宁的招式繁复却极为精妙，攻势层出不穷，她出招越来越快，他也收起他的漫不经心认真应对起来。

叶熙宁拿定了他只守不攻之态，可每当她攻向他时，裴衍不是笑意暧昧，便是刻意贴近，大有戏弄她的意味，她的攻势倒成了纠缠。

心烦之下，她调起周身内力，手掌之间的力量瞬间犹如猛虎扑来之势，周身之气如浪般向他压来。

裴衍惊诧于她的内力深厚精纯，大感意外之后对此起了几分兴趣。他沉着地化解，却也讨不了什么便宜。强压之下，他感受到她的内力运转自如，攻势虽强，却无凌厉的压迫感，不过是想逼他交出那香囊而已。

裴衍心生一计，口上道："住手住手住手！我还给你还不成吗？你马上收手，我立刻还给你！"

叶熙宁虽不太相信他的话，却知他也不敢过分造次，便将内力收回。谁知电光石火间，她竟被一股内力一吸，朝着裴衍倒去。

裴衍解了那香囊，见她扑向自己，顺势揽腰将她抱住，一个旋身稳住了两人的动作。

他面上明明浮着笑意，在叶熙宁眼里的愠怒之色生起时，竟换了一副诧异的神色，惊讶地道："听闻商州民风开放，不想竟到了如此奔放的地步？"

毕竟是女子之身，叶熙宁从未遇见过像裴衍这般厚颜无耻之徒，方才一不小心着了他的道，又被他出言调戏，心中一股道不明的情绪令她面色绯红。她伸手将他手上的香囊夺了回来，一把将他推开。见他踉跄地向后退了两步，她心中仍是有一股怒气，上不来下不去，又狠狠地瞪了他一眼。

她快步走回李微吟身边，神色不悦。

李微吟嘴角含着淡淡的笑，道："头一次见你这般狼狈。"

叶熙宁心中有气，朝着她打手语道："此人心思狡猾，行为轻佻，奸

55

诈！"

李微吟从未见过如此模样的她，竟忍不住扑哧一声笑了出来。

"姑娘背后说人坏话，欺人不懂手语，无良！"裴衍潇洒地走来，全然不似才与人动过手的样子。

李微吟与叶熙宁颇为惊异，他竟能看懂手语。

李微吟道："裴大人竟也懂手语。"

不等裴衍开口，裴清懿就先道："早年我与二哥随爹娘游历，在离楚时曾遇见过一位会用手模仿动物影子演戏讲故事的老人家。那位老人家的小孙子天生聋哑，他为了哄小孙子开心，便又学了手语一点点地教给他的孙子。二哥常常去听那位老人家讲故事，便是那时候从老人家那儿学会的手语。"

"原来如此。"李微吟闻言道。

"如此说来，我也不算是背后说人坏话，欺人不懂手语了。"叶熙宁立即打手语道，"倒是你，确与我说的一般无二。"

"喂喂，"裴衍不服气地道，"我可真是冤枉！不过谁叫我有求于人呢。"

他目光灼灼地看着她，又道："姑娘应是不应？"

那日叶熙宁与李微吟琢磨着裴衍此举是何目的，万般想不出理由来，不知他因何要将她们二人牵涉进此事。然而此时局势于她们而言尚未明朗，贸然与裴衍合作，又恐多生事端。

叶熙宁瞥了他一眼，做了个手势："另请高明。"

裴衍的眼神毫无意外，像是料定了她会拒绝，面上却一副愁苦的模样，叹息道："想不到我裴衍居然还有被女人拒绝的一天。"

陆澈差穆东亭前来告知李微吟替人医治一事时，又是三日已过。

备好的马车已经停在丞相府门口，李微吟携着叶熙宁出门，见陆澈也等在门口，微微点了点头，与叶熙宁先行上了马车，随后陆澈便掀了帘子进来。

李微吟见陆澈也不多解释此刻要去哪里，要医治的人是谁，她也耐着性子不问。

穆东亭一路赶着马车平稳地行驶着，叶熙宁忍不住挑起窗户的帘子朝外看去，街道之上人来人去，他们置身于闹市之间，却仿佛与这闹市有千里之远。

见她撩起帘子探出头来，穆东亭便为她介绍。此时行驶的路段正是小南街，街上有各种各样的食品点心，小南街的中段有一家名叫七珍斋的铺子，他家的酥糖最为香甜可口，入口即化，甜而不腻。行过小南街是琉璃街，多为姑娘们买胭脂水粉、首饰布匹的地方。当马车行入崇安大街时，叶熙宁远远便瞧见朱门大开的门口有几位兵士把守着，那朱门之上的牌匾，赫然写着"平西王府"四个字。

穆东亭的眼神此刻也投向那方，看着原本荒废的宅院此刻已丝毫看不出之前的落魄景象，他啧啧了两声，不甚在意地道："曹正韬这个老莽夫，看他好日子还能过几天。"

"东亭！"陆澈警告道，听见他如此说，不由得蹙了蹙眉头。

叶熙宁的瞳孔倏然收缩了一下，眼里的神色有几分刺痛，那疼痛连带着刺痛她的神经，她忙放下帘子回身坐好。

平西王乃朝中重臣，如今风头无两，穆东亭作为陆澈的心腹之人，口无遮拦，若是被旁人听了去，必定惹出麻烦来。听见陆澈轻声呵斥，穆东亭虽心中仍有不服气，也噤了声不再说话。

叶熙宁微微垂首，默然地坐在一旁，眼内忽明忽暗，胸腔里隐隐作痛。

三年多前，曹正韬尚为护城军中的一个小将领，因身怀神力，在军中脱颖而出，也颇受重视。可他生性好色，自恃在军中颇得赏识，便与手下之人在靖阳城内横行霸道强抢民女，被人告到了官府。因曹正韬的身份，京司衙门不敢得罪他，此案就移交到了刑部，接管此案的正是当时的刑部侍郎陆澈。

然而那日在刑部大堂之上，陆澈尚未到场开审，宁朝歌好奇便往大堂之上欲看看这个给军中将士抹黑的曹正韬到底长什么模样，却不想曹正韬不开眼，见到宁朝歌的美色，竟不顾场合，公然在刑部大堂之上欲调戏她，反遭宁朝歌狠狠一顿戏弄，打得他颜面全无。

原本陆澈只是迟来，见到宁朝歌正教训曹正韬，也立在一旁不加阻止，只见宁朝歌出了这口恶气，朝着被她打趴在地上的曹正韬呸了一声，道："连本将军都敢调戏，也不撒泡尿照照镜子，看长了个什么熊样！"

她的话虽粗俗，却让人觉得分外解气，陆澈憋着笑看着脸上青一块紫一块的曹正韬，在宁朝歌耳畔轻声道："出够气了吗？"

宁朝歌这才知道陆澈一早就看到曹正韬对她出言不逊，却在一旁袖手旁观，不满地瞪着他，伸手拧了一下陆澈的胳膊，见他痛得眉头一蹙，才松了手道："你就这么看着我被这个丑八怪调戏也不阻止？"

陆澈见她笑颜灿烂，并无生气之意，揶揄道："调戏宁大将军的下场便是这个，用不着我出手。"

宁朝歌扑哧笑出了声，瞥了一眼地上的曹正韬道："可若是你，定然不会成这副模样的，你放心吧。"

从她的话里听出些别的意味来，陆澈脸上的神色依旧平静，心中却像是春草被微风吹了又吹，开始蔓长。他别过头去，只是淡淡地说了声："好了，我要开审了。"

宁朝歌拉着他的手，眼底俱是笑意，道："陆澈，你的耳朵都红了呢。"

那身着官服的少年再也绷不住，叹了口气，拍开她的手道："别闹……"

最后曹正韬因此事被陆澈判杖责三十，刚受了宁朝歌的一顿揍，又被杖责，他几乎去了半条命。交给军中处置后，他又因得罪了宁国侯府的小将军，被降职看守城门。他从此与陆澈和宁朝歌结下了梁子。直至后来宁盛泽赶赴鸿门宴，被击杀于大宴之上，曹正韬实有报复的私心。

虽说曹正韬罪有应得，可她亦是几度憎恨厌恶自己往日的放肆骄纵和任性妄为，自恃武功不凡，又以宁国侯府大小姐和镇南宣威将军的身份，让曹正韬备受屈辱。

而陆澈，亦是她自己招惹的人。

他们二人，都是她亲手种下的因，成了宁国侯府的业报。

她一人，牵连了一百多条人命。

思及此处，她心绪难以平复。

宁国侯府世代为将，忠于皇朝。

宁家的人，绝不能就这样背负着谋反的罪名载入史册，成为抹之不去的污点。

她的仇人此刻就在她身边，她却只能装作陌生人，忍着那些让她日夜难以安眠的痛苦，不能亲手将他杀了。

她还要替宁家洗清冤屈，从他身上查清当年事情的原委。

裴国公府。

李微吟抬首见是裴国公府时，心中略有诧异。陆澈既将她迎至裴国公府，那他口中的人，必是府上的。裴国公夫妇二人不在靖阳城内，而这几日她们与裴氏兄妹相交，倒不曾听闻府上有谁得了病，还得需陆相亲自请人。

裴国公府内气派不凡，百年世族的风光从这老宅便可见一斑。几人由裴府的家丁一路引着，行至正厅，已另有丫鬟等候。

那丫鬟的衣着打扮较之一旁的其他人显得更为讲究，只说那脚上的一双软缎绣鞋，便不是一般丫头能穿的，料想她是有身份的人。李微吟朝她礼遇地笑笑，她亦回以一笑，道："奴婢宝玺，特在此等候姑娘，姑娘这边请。"

叶熙宁不料前来迎接之人，竟是皇后身边的宝玺，面色骤然一变。见李微吟已跨步向前，她回过神来，正欲跟上，却被宝玺抬手挡住，面上歉然地道："我家主子只见李姑娘一人。"

叶熙宁心中又是一怔，如此说来，李微吟要见的人竟是当今裴皇后。裴皇后不会不认得李微吟的样貌，若是她追究起来……不知里面又有多少侍卫看守着，若是发生什么事情，自己又不在她身边，该如何是好？想到此处，她不由得微微蹙了蹙眉，责怪自己竟未曾细想陆澈当初所言，以为他不过是寻个借口，在他彻底消除怀疑之前，将李微吟安排在他能掌控之地。

她面上细微的变化落在陆澈眼里，以为她在担心李微吟的安危，陆澈便道："放心吧，不会有什么事情，你就在此等候。"

叶熙宁对陆澈存有敌意，并不愿相信他所言，只当未闻。只是想到方才宝玺见到李微吟之时，并无诧异之色，她心中已觉有异，如此想来，心便放宽了一分。

宝玺跟随裴皇后多年，是裴皇后的随嫁丫鬟，主仆二人情分非旁人可比。她既像不认得李微吟这副样子一般，想必早已知晓李微吟之事，那裴皇后就决然不会不知。

她看了看李微吟，打手语道："万事小心，我在这里等你。"

她伸手握住李微吟的手，用衣袖挡住所有人的目光，悄悄在李微吟的掌心写了一个字。

李微吟面上不动声色，只是笑着点了点头，并未交代什么，便向宝玺说道："有劳宝玺姑娘了。"

宝玺听见这称呼，不禁笑了笑道："已经许多年不曾听见有人这么称呼我了。姑娘请吧。"

李微吟松开叶熙宁的手，定了定心思，便跟着宝玺走去。她的拇指在掌心轻轻摩挲着，方才阿宁在她手心里写的，是"凤"字。

她所见之人，是当今皇后，裴清徽。

方才从裴府门口走至前厅时，已见府内的建筑气派恢宏，景色极具姜靖北国特色，然此刻行至内院，一路行来亭台楼阁，水榭池馆，风光一派迤逦。此时正值夏日，池中莲花盛开，景色皆仿离楚园林风格，清新雅致，令她心中惊叹。

宝玺常年侍奉皇后，只方才的接触，便已叫李微吟意识到她为人极为严谨，这一路她只指引着，并不多言。李微吟心中思绪百转，将皇后安排于裴府与她见面，不知陆澈是何用意。

宫中御医众多，若是皇后当真凤体有恙，又何需千里迢迢请她来靖阳城？只是她转而想到，若是对她的身份有疑，何需如此大费周章，劳当今皇后亲自审问？只需将她送往大理寺或者刑部即可。

60

李微吟心中千回百转,直到宝玺将她带至一间屋子前。那屋子门大开着,宝玺示意李微吟候在门外,她提步进门,立在门口不远处,朝着里屋道:"主子,人带到了。"

李微吟敛了敛心神,听见屋子里传来声音:"让她进来吧。"

宝玺退了一步,从屋内出来,朝着李微吟微微做了个请的姿势,道:"姑娘里边请。"

李微吟点了点头,跨步进门,屋子里珠帘之后的床边正站着一个人,她看不清那人的面容。身侧有一个丫鬟,见她进来,便走近几步,挑起珠帘道:"姑娘请。"

李微吟向挑着珠帘的丫鬟笑了笑以示感激,这才跨步朝里走去,刚进去便闻到一阵清香,方瞧见裴皇后旁边的窗台之上正摆着几株粉色的莲花,清香沁人。

裴皇后身着素藕色的薄衫,发髻上只别了一支晶莹剔透的玉簪,眉目端然,这一身比之她的身份而言过于清爽简单的打扮,却让原本就容色清丽的女子,带有一股叫人舒心无比的风韵,配合着她身旁的荷花,倒有纤尘不染的脱俗之感。

见裴清徽带着恰到好处的微笑看着她,李微吟正踌躇着该如何开口,便听她朝着一旁的丫鬟道:"你下去吧,留宝玺在这就好。"

站在一旁的小丫鬟福了福身子,道了一声"是"便规规矩矩地退了出去。

宝玺听见裴皇后的话语,已站在外边候着,此刻屋内只余下珠帘相碰的脆声。

此刻裴皇后的眼神才落在李微吟面上,心中虽惊诧她的模样,却仍旧波澜不惊地道:"李姑娘不必拘谨,坐吧。"

李微吟微微颔首,待她先坐下之后,才与她隔了一人的距离坐下。

裴皇后一双黑亮的眼眸里,沉静如水,仿佛是幽深的海水,能掩暗潮汹涌。她恬静地看着李微吟,亦不表明身份,只将自己当作裴府中人。

"先前听闻李姑娘长得像一位故人,"裴皇后静静地看着她,眼神又在李

61

微吟面上扫了一圈，"不想世间竟有如此相像之人。"

李微吟听她如此说，心中微微一震，心绪竟因她的话有些起伏。当朝皇后，将一位以谋反罪名处死的罪犯称为"故人"，怎能叫她不震撼？

不知怎的，因为这一句话，她对这位身份极为尊贵的皇后，竟心生了一些好感。

那方叶熙宁与陆澈在前厅候着，她想着他们今日来裴国公府上，裴衍与裴清懿都未曾出现，想来他们二人皆不知晓此事，她心中的疑虑和担忧更大，却不能问陆澈。想得多了，时间长了，她心中的不耐烦便越来越大，不知李微吟此刻如何了。

李微吟的医术虽不及静慈法师高明，却毫无理由需要在内院花如此长的时间。叶熙宁起身欲往里闯，却被站在门口的家丁拦了去路。她心中有些愤然，见那些家丁的举止，显然是侍卫所扮，她的眼波扫向院中把守的下人，见各个身怀武艺，心中的隐忧更是重了几分。

叶熙宁目光冷锐，朝着陆澈看去，若不是不能开口说话，她真想上前责问，现在她只得愤然地重新坐回位置上。

陆澈眉如远山，轻轻拢了拢广袖，将手中的茶盏放下，目光虽未投向叶熙宁，却将她的焦虑一览无遗。叶熙宁对他没来由的敌意，此刻像是达到了顶端，已是忍无可忍，却依旧克制着。

陆澈轻飘飘地瞥了一眼叶熙宁，淡然道："如此沉不住气，不像静慈法师教出来的人。"

叶熙宁听他所言，愈加不悦，明知他与穆东亭一般已对手语略懂一二，却也不肯搭理他，只装作听不见的样子。可是她心中倒因为他这一句明为讽刺，实为叫她安心的话，定下心来。

再过片刻，李微吟随着方才带她进去的宝玺从内院回来，叶熙宁立即上前，见她安然无恙才松了一口气。

"以后每逢初一、十五，都有劳李姑娘了。"宝玺向李微吟福了福身，面上带笑道。比之方才，她对李微吟敬重了许多。

"宝玺姑娘言重了，不过尽我应尽之责。"李微吟回道。她的眼神移到叶熙宁身上，浅浅笑着，手掌覆上叶熙宁的手，示意她安心。

那方宝玺与陆澈言语几句，只听陆澈道："如此本官便与李姑娘先行离去了。"

宝玺点了点头，特意送至裴国公府门口才离去。

几人坐在马车之内，叶熙宁这才忍不住打手语问道："怎么去了那么久？我很担心。"

李微吟朝她安慰似的笑了笑，说道："你看我不是没事吗？"她的眼神投向欲置身事外的陆澈，"何况有陆相在，我又怎会轻易出事。"

陆澈感受到她的目光，像是事不关己一般，道："李姑娘心思机敏聪慧，无须旁人相助也能自保平安。"

他瞧着李微吟的面庞，明明知道她们并非一人，却在看着这张脸时，忍不住想起另外一个人。李微吟不像她，张扬明媚，将所有的美好都展露无遗。眼前的人心思沉稳，玲珑剔透，想必早已猜出今日面见之人是谁，却不点破。

李微吟见他的目光在自己身上停留许久，不知怎的心中竟有些异样，不知该回什么话，马车之内一下陷入了静默。她思及叶熙宁，转过眼，只见她正掀帘看着马车之外，那张神情淡到极致的面庞上，蒙着一股哀伤。

她顺着叶熙宁的目光看向窗外，马车之外是平凡无奇的街景，天色澄明湛蓝。

"熙宁姑娘很喜欢崇安大街的景色？"陆澈忽然问道。

叶熙宁惊了惊，将马车的帘子放下。

她目色冷冷的，对向他的目光，只看着他沉默不语。她眼里虽不浓郁，却也有显而易见的憎恶，让和她眼神交会的陆澈，心中细细思量着她的意思。

见陆澈眼中带着锋芒的探究，深邃的眼睛如同湖水，神色难辨，李微吟心中含了几分担忧，道："阿宁生性孤僻，陆相莫怪。"

陆澈微微颔首，轻笑一声，道："不会。"

从裴府归来之后，叶熙宁便与李微吟回了住处。一回到屋内，她便将房门关上，看向李微吟，眼中充满询问。

李微吟坐下后，才轻声道："果然是皇后娘娘，她是个很好相与的人。"见叶熙宁担忧，她如是道。

叶熙宁并未放松，紧接着打手语问道："她看见你的脸，是何反应？"

"全然不认识宁朝歌一般。"李微吟略一沉吟，"只是不知她与陆澈到底是何用意，照如今的情形看来，陆澈所言非虚，的确是受皇后娘娘之托，才将你我二人带至靖阳城。"

叶熙宁疑惑："从未听闻皇后娘娘有何隐疾，怎会请陆澈前往昭云观？"

李微吟摇了摇头道："皇后娘娘看似凤体无碍，却是体寒之身，无法生育，即便怀上也很难保住龙子，太医们开的药方过于保守，只保不出错便好。"

叶熙宁恍然想起几年前皇后确实曾怀有一胎，胎儿至四个月大时未能保住，皇后吃了大苦，才将死胎生下，此后便再没能怀上。如今她与皇上成亲已十余载，尚未有一位嫡出的皇子或者公主。

叶熙宁打手语道："如此想来，陆澈确实是受皇后之托，不过他原本想请的人是师父，而非你。"

李微吟心领神会，点了点头道："没错，他没有想到的是，从他进入商州城开始，就已经在我们的计划之内了。我出现在他面前，并非一个意外。"

叶熙宁深深地看了她一眼，想起那日陆澈的马车经过福瑞堂附近时，自己暗中将手中的石子打到马脖子上，让陆澈以为马是意外受惊，才冲向李微吟。

"今日见皇后娘娘的反应，她只当没见过我的样子，我想陆澈早已将我与宁朝歌相像之事禀报。依目前的情形来看，你我尚是安全的。"李微吟视线柔和，将心中的判定说与她听。

叶熙宁点头同意她的说法，又听她问道："阿宁，接下来，我们如何打算？"

"我本想联系昔日爹的旧部，可当年与爹走得近的叔伯都已被牵连，剩下一些旧部早已被遣散各处，想要联系需花费许多时间。这几日我在城中打听过，王爷这几年一直在外，甚少回靖阳城。原本我想等他回靖阳之后，再行打算。不过现在裴衍的出现让我有些意外，他既想要我帮忙，我便能趁此机会查探平西王之事，倒也给了我们不少方便。"

提及裴衍，叶熙宁顿了顿，心思有些走远，直到李微吟唤了她一声，她才回过神来，朝李微吟淡淡一笑，又打手语道："如今只有一个 字——'等'。"

李微吟才把药包缝制好，裴清懿就得了昨日李微吟和叶熙宁来过裴府的消息，这日一早她便出现在丞相府。她本是闷闷不乐她们上裴府竟然不事先告知她，见到李微吟为她准备好的药包，便立即忘了这事。

她心中甚是欢喜，忙将香囊挂在了腰间，十分满意地凑近叶熙宁，与她站在一起比对，又朝着李微吟郑重其事地叮嘱道："李姐姐，你可不能给我二哥做，我可不想和他戴一样的东西。"

李微吟笑着摇了摇头，依言道："好。"又问，"今日裴大人怎么没和你一道来？"

"哦，今日端穆王爷回靖阳了，我哥去端穆王府了。"裴清懿不在意地道，坐到李微吟身旁，熟门熟路地径自倒了水喝，"空担着御林军统领的职位，整天游手好闲的，不知道的还以为我们裴府出来的是个纨绔子弟，真是太不像话了！"

裴清懿说着不禁一脸嫌弃地摇了摇头，一副恨铁不成钢的样子，叫李微吟觉得好笑。

叶熙宁听闻此言，神色愣怔，她一直在等端穆王爷回靖阳，不想今日裴清懿来丞相府，却为她带来这么重要的消息。

当年端穆王爷因宁国侯府一案深受牵连，曾举万言书，从宫门一步一跪，高喊"请皇上重审宁国侯府一案"至玄武殿，传闻当时看见此景的官员，无不动容，纷纷跟随端穆王爷跪求皇帝重审宁国侯府一案，惹得皇帝震怒，端穆王爷被罢免参政职权，从此这位声名远扬的贤王成了"闲王"，也令朝中再无人敢为宁家一事求情。

如今若要再查当年之事，能帮她的或许只有端穆王爷。

李微吟察觉到叶熙宁的异样，知她心中所想，转而朝着裴清懿含笑说道："端穆王爷可是我朝贤王，人品贵重，裴二少与端穆王爷往来，怎会被人说成纨绔子弟？裴三小姐这可是连端穆王爷都骂进去了。"

裴清懿听李微吟这么一说，也觉得甚是在理，自己竟没有想到，她生怕引起什么误会，连忙摆手道："我可没说端穆王爷坏话的意思，我可不敢。"

"这天下竟还有裴小姐怕的事情，端穆王爷有那么可怕吗？"李微吟神态惊讶，眼里闪过一丝狡黠，看着她的反应。

裴清懿一听又急了，立刻站起身来连连摆手，埋怨道："没有没有，我绝没有那样的意思。李姐姐，你怎么欺负我呢！"

想她平日里古灵精怪的，只有她戏弄别人的份儿，今日却被李微吟给抓了错处，她懊恼得直跺脚。

李微吟见她这副恨恨的模样，忍不住笑了起来，拉了她的手坐下来，道："好了，姐姐错了。"

裴清懿也笑了起来，宛如花盛开。

"听闻端穆王爷因宁国侯府一案，这三年多甚少在靖阳。你与裴二少留在靖阳城之时，端穆王爷早已不理朝政，闲云野鹤，不想裴二少竟与端穆王爷相熟。"李微吟温婉地笑着，像是无意地说道。

"因为端穆王爷的女儿嘉柔郡主喜欢我二哥啊！"裴清懿拣了桌上的杏仁糕咬了一口，口中咀嚼着道，"因为皇后姐姐的关系，我与二哥幼时曾在国子学读书，那时候嘉柔郡主就一直跟在我二哥身后黏着我二哥。我到现在也没有明白，见过我二哥小时候那个样子，嘉柔郡主怎么还会看上他。"

肆意任性的少女，容色潋滟，那一双灵动的黑瞳里闪着光，捂着肚子大笑起来。

　　叶熙宁想到裴衍的模样，若是端坐着，又或是站着不动，绝对是一位眉目俊朗的男子，她不明所以地看着笑得喘气的裴清懿，倒起了几分好奇之心。

　　裴清懿便说起幼时的事情，将裴衍的丑事抖了个干净。

　　比如裴衍自小身体弱，长得又过于秀气，总是闹出些误会来。有不少一道在国子学学习的小王爷与世子，竟将他当成女娃娃，写过情信给他，在得知裴衍亦是男子之后，惊得惶惶不安，以为自己得了断袖之症，惹得一众学子都不敢与裴衍走得太近。

　　裴衍为此事甚为苦恼，认认真真地想过如何才能让自己看起来更像一个男子。他听人怂恿在脸上抹过锅底灰，又为了不让自己看起来如此好看将自己吃成过小胖子，得了伤风忍着恶心没有擦鼻涕等等，做过不少糟践自己形象的蠢事。

　　听着裴清懿的话，李微吟笑得面颊都有些僵硬了，连向来少有笑容的叶熙宁，都眯着眼睛忍不住笑了起来。

　　"没想到如今风度翩翩的裴二少，小时候竟有过这么多的趣事。"李微吟躺在摇椅上，清浅的笑意浮在面上。因方才听了裴清懿讲的趣事，她此刻面色红润，瞧着眼前欢跃不知半点人世凄苦的少女，竟有些艳羡。

　　"所以你们能想象当年被所有人捧在手心里疼爱的小郡主，竟会看上成天挂着鼻涕虫的小胖子吗？就算我二哥如今多么玉树临风潇洒倜傥，我脑中总想着那时候他的样子，连我这个亲妹妹都不想与他走在一道。"裴清懿摇着头，撇嘴说道。

　　待裴清懿说够了，又缠着叶熙宁教她武功，消磨了大半日时光，直到裴府来人请她回府，她才不舍地离去。

　　入夜之后，叶熙宁换上夜行衣准备出门，李微吟叮嘱道："一切小心。"

　　叶熙宁点了点头，今日听闻端穆王爷回靖阳之后，她便决定夜探端穆王府。

67

她朝李微吟安慰地笑了笑，打手语道："端穆王府又不是龙潭虎穴，以我的功夫区区一个端穆王府，不会有事的。"

　　见她如此自信，李微吟心中的沉重不禁一扫而去，想起那日她被裴衍夺了香囊戏弄，李微吟有些揶揄又有些自傲地抬了抬下颔说："我家阿宁的功夫我自然是信得过的，若是较真起来，那传闻中厉害的裴二少，都不是你的对手。"

　　叶熙宁从她的话里听出取笑的意味来，责怪似的朝她剜了一眼，随即蒙上面罩。她的一双黑瞳在夜里亮而沉静，见李微吟眉目舒展，俱是温柔之色，心中陡生几分温暖。

　　她推开身旁的后窗，翻身跃上，回头朝李微吟看了一眼，以手示意道："放心吧。"

　　李微吟点了点头，见她飞身掠向黑暗中，平静的心又起波澜。

　　她们来靖阳城，是为查明当年宁国侯府一案的真相。

　　她与叶熙宁，是血脉相连的亲人。

　　这一趟的凶险，远未可知。她们所有的行事都必须谨慎为之。

第四章　暮色夜行邀入局

叶熙宁如轻燕一般在寂静无人的夜色下飞掠，一路行动迅速，不消片刻，便已至端穆王府附近的屋顶之上。抬眼望去，端穆王府内一片宁静祥和。她潜入王府中，王府之内不过有几个守夜的家丁，轻松便避开。

她一路飞檐走壁，朝着端穆王府的后院而去，待摸清端穆王爷所住的屋子后飞檐而下。这端穆王府虽为王爷府邸，但因端穆王爷为人低调，府邸也不多着华丽，厚重的皇家气派之下却极为朴实。

她悄悄走至端穆王爷的屋子外，未见异样，便伸手轻轻推开窗户，见屋内漆黑一片，她摸了摸腰间的飞镖，将夹着一笺纸的飞镖掷向屋中的梁柱之上。

正当她欲悄声关上窗户时，只听见一阵翅膀的扑棱声，这才发现摆在窗台附近的鸟笼。那鸟笼被黑布罩着，她原本不在意，只想悄悄退去，不想里面的鸟竟会说话，忽然大声叫了起来："有刺客，有刺客……"

叶熙宁顿时一惊，心道不好，这鸟笼里竟养着一只鹦鹉，此时屋内已有人起身的响动，必已惊醒端穆王爷。她万万没有想到自己千般小心，最后会栽在一只鸟身上！

"什么人！"屋内端穆王爷的声音中气十足，十分威严。

附近守夜的家丁听见声音，立马敲锣打鼓地喊了起来，叶熙宁欲飞檐而上却见院中已有下人往这边跑来。

眼见前已无去路，她慌忙之下朝后退去，刚退至旁边的屋子前，那房门陡然被拉开。这一连串的突变，令叶熙宁神经紧绷，本能地将藏于袖中的匕首滑入手中，反手一握，将一只脚踏出房门之人挟持。

那人被她一带，重新退回屋内，慌忙关上房门。

叶熙宁将那人抵在门后，低声喝道："别出声，不然我杀了你！"

端穆王爷听见屋外的响动，心知刺客已被惊走，才点燃屋内的蜡烛，屋内光线一亮，他便看见房梁之上的暗器。他疾步上前取下飞镖，打开飞镖上的那卷纸，瞳孔倏然一缩，脸色一沉，将飞镖和暗器藏入袖中，推门而出。

老管家带着家丁们赶至端穆王爷的房门口，见他无恙，方擦了擦汗道："王爷您没事就好，没事就好！"

说罢他指了两个身体健硕的护院留下，命其他人赶紧搜索刺客的下落。

隔壁那间屋子里，叶熙宁紧张地听着屋外的动静，身边之人安安分分地被她挟持着，她本以为那人是害怕自己伤他性命，却不想只听他说道："这么大动静，我要是不出去，旁人肯定会进来搜查，到时候你想走也走不了了。"

叶熙宁乍听见耳边这声音，脑中一瞬间嗡的一声，这分明是那成天无所事事的裴衍裴二少！她心中极为震惊，黑暗之中，两人的眼神直直地对视着。

裴衍的眼神亮而戏谑，哪有半分此刻正被来历不明的刺客要挟而性命堪忧的样子？

他神色淡定，并无慌张之色，伸手毫不在意地推了推叶熙宁架在他脖子上的匕首，又轻声戏谑道："你又不是真想杀我，何必挨得这么近，这温香软玉的小心我把持不住啊！"

叶熙宁这才发觉自己与他紧紧抵在房门之上，姿势暧昧，又加之裴衍之语，心中已有愠怒，她用手扣住裴衍的肩头，身体退开一步，又将匕首凑近了些压着声音警告道："闭上你的臭嘴！"

她却没想到，在这样的情况之下，裴衍居然大声问道："外面发生什么事情了？"

叶熙宁情急之下欲捂住裴衍的嘴，却被裴衍反手握住手腕，裴衍黑亮的眼中笑意更深，竟然不顾匕首的锋利，脖子往叶熙宁这方凑了凑。

她本就无意伤人，拿匕首要挟也实属无奈之举，见裴衍并未有意将她供出来，怕真伤了人，她便收回握着匕首的手。

裴衍舒眉一笑，微微俯身，低首在她耳侧道："这才乖嘛！"然后趁她因他的调戏举动心神不备，一把搂住她的腰身，几步回身飞旋将她带至床边，一把将她压在床上。见她眼中怒色起，手中的匕首欲向他刺去，他忙机灵地起身，一只手将她推入里面，一只手掀起被子将她盖住。

正在此时，裴衍的房门被推开，他回身装作才起身的样子，将床头的蜡烛点上照明，见端穆王爷与下人们立在门口，他忙走到门口关切地问道："方才听见有人喊抓刺客，王爷可有恙？"

端穆王爷行走时右腿有轻微的瘸，若不仔细观察，旁人不太会注意他的腿。他见裴衍安然，松了一口气道："无碍，那人意不在伤我性命。裴贤侄没事就好，我已命府中之人搜寻此人的下落，本多年不见留裴贤侄一晚，却没想到差点连累你置身险境。"

"王爷这是哪里的话，裴某身兼御林军统领一职，护卫皇城、保护皇家本就是在下的职责，又何言置身险境一说。"裴衍难得地撤去一身的痞气，肃然道。

"裴贤侄的职责是保护皇上，若在我端穆王府发生意外，就算皇上不降罪，本王也难辞其咎啊！"

裴衍笑而言他："既然刺客无意伤人，王爷可以放心歇下了。我想若是他寻王爷另有目的，来日必定还会登门。"

71

端穆王爷听了裴衍所言，点了点头道："裴贤侄说的是。"

裴衍一笑："如此，王爷在府上静候便是。"

此刻躺在裴衍床上的叶熙宁听到他说的话，心中暗恨，自己的打算竟就这样被他说了出去，她若是再来，岂不是自入瓮中？

她又听裴衍与端穆王爷寒暄几句后，有脚步离去的声音，直到房门被关上，叶熙宁立即掀开被子从床上跳了下来。

她向四周看了看，还未行动，裴衍已开口道："现在就想走？"

叶熙宁反问道："你想要挟我？"

"方才脖子上被架着匕首的人，可是在下，姑娘这颠倒是非黑白的本事，真是不小。"他笑吟吟地瞧着她。

方才情况如此惊险，此刻他还能这般镇定自若地与一个拿他性命相要挟的人开玩笑，不知怎的，叶熙宁觉得他这笑，有些危险。

"今日之事你若敢泄露半句，我就杀了你。"她冷冷地道。

裴衍连眉头都没有皱一下："你若是想杀我，方才一刀下去岂不方便？我好心提醒你一句，你以为这端穆王府真的像你所看到的那样让你来去自如？"

叶熙宁蹙了蹙眉头，一双黑眸不解地看向他。

此时房中只剩他们两人，又因点了灯，叶熙宁方才注意到裴衍只着了一件里衣，此情此状，她不免觉得有些不妥。

裴衍向站立在床边的叶熙宁走去，她紧张地向后一仰，不慎被床榻绊了脚，向身后的床上跌去。裴衍手疾眼快，拦腰将她稳住，两人的身体贴得极近，叶熙宁呼吸一窒，以为他要行轻薄之举，却听他不怀好意地笑道："你紧张什么，我又不会吃了你。我就是吹个蜡烛，免得叫人看见这屋子里忽然多了个玲珑有致的身影，还以为长夜漫漫，我无心睡眠呢。"

叶熙宁只觉心头轰的一下烫了起来，僵硬着身子不说话，裴衍已松开手，却忽然又微微侧首在她耳边轻笑道："你身上的味道可真是特别，我闻过。"

他与她的目光相接，眼内的亮色带着笑意，转身拿起灯罩将烛火吹灭。

黑暗之中，叶熙宁分明觉得自己的手控制不住地微微发抖。方才裴衍的话，是有意告诉她，他早就识破了她的身份！

叶熙宁正犹豫要不要动手时，裴衍已行至窗边。

此时他以背相对，不知是相信眼前这个刺客不会伤害他，还是他足够自信即使身后之人有所动作，他也能全身而退。

叶熙宁正思虑间，那方裴衍轻轻将窗户推开一条缝隙，幽蓝的月光之下，她能清晰地看见裴衍面上的神态。

他那贴身的里衣领口微开，抿着唇角含笑看向她，抬手朝她勾了勾食指，示意她过来。

叶熙宁心口竟微微一烫，犹疑片刻，还是上前走至他身边，顺着他指的方向朝窗外投去目光。

此刻屋外灯火通明，风波虽已过去，今晚端穆王府的戒备怕是不会松懈下来了。

裴衍见她不是很明白的样子，叹了口气，摇了摇头道："孺子不可教也！"然后伸手一把将叶熙宁拉近，指了指四周悬挂的鸟笼，只见每个鸟笼皆用黑布遮盖，"看到没有？"

叶熙宁陡然被他一拉，与他贴得极近，甚至能感受到他身上的温度，身子本能地有些僵硬。只是他未有什么轻佻的举动，她只当他是无意之举，便敛了尴尬的心思，思绪回到裴衍的问题上来。

想到方才就是因为鹦鹉的叫声才坏了事情，她恍然明白，刚欲转头说话，却未承想他亦恰好偏首一转，两人鼻子相触，几乎贴面，若不是叶熙宁脸上的面罩，此刻怕是……亲上了……

她猛然一怔，脸上微微发烫，以为裴衍故意捉弄她，心中已然后悔方才未曾设防，慌忙想往后退去，却被裴衍摁住，他警告道："小心！"

她身子一怔，朝后看了一眼，只见身后的架子上摆着一盆兰花，已经被她的动作蹭得架子倾斜，那盆兰花差点滑落。裴衍无奈地叹了一口气，将架子扶正，又将花盆挪好："就你这样，还敢夜探端穆王府，再白痴的护院都会被你惊动！"

"你闭嘴，你才白痴！"叶熙宁被裴衍的话刺得脸上一烫，想反驳又觉今日确实多番失误。不过若非碰上他，又怎么会让人知晓她如此狼狈？

"嗯？看你的样子，倒像是在怪我让你发生这么多意外。"裴衍好笑地看着她，将窗户合上，走向桌子边坐下。

"端穆王府的每一个鸟笼中都放置着一只训练有素的鹦鹉，每个鸟笼都以黑布遮蔽光线，锻炼其在黑暗之中的听力。一个鸟笼便是端穆王府的一只眼睛，但凡有风吹草动，必然全府都会被惊动。"裴衍似是漫不经心地说着，眼中却时刻注意着叶熙宁的反应。

她听着裴衍的话，心中有些吃惊，虽早有耳闻端穆王爷喜爱养鸟，却不知道他养的鸟还有这般作用。她不禁咬了咬唇，想到方才自己的轻敌，暗自恼恨，也不欲再和裴衍说话。

裴衍借着微弱的月光看着叶熙宁，问道："怎么不说话了？"

见她朝自己看过来，狠狠白了自己一眼后继续沉默，他满不在乎的样子，惬意地倒了杯茶水，看了看她又朝着自己身边的位置使了使眼色，示意她过来坐下。

叶熙宁内心挣扎了一下，虽不欲和裴衍走得太近，又想着这一晚上自己不能总站着，便也不再执拗，坦然地走过去坐下。

"我说你这么大热天戴着个面罩不热吗？"裴衍眉眼带着笑意，眼神扫向叶熙宁的眼睛，面上一副"我早知道你是谁了，还用得着这么遮遮掩掩吗"的神色。

她继续沉默着移开眼，又听裴衍含笑道："你知道你说话的声音很好听吗？"

叶熙宁心中一紧，为什么这个裴衍一开口就没个正形，普普通通的一句话从他的嘴里说出来，总有着一股调戏人的味道？她微微偏转脑袋，只见裴衍正支着胳膊，一只手抵在鬓边笑睨着她。

她正想来个抵死不认账，裴衍趁她不备，出其不意地伸手揭下她的面罩，叶熙宁本能地闪躲，立即别开脸去。

"陆相家中长得像朝廷逆犯的贵客，身边有个装哑巴又武艺高强的护卫，还在大半夜潜入曾因宁国侯府一案受责的端穆王爷的府中……"他声音缓慢，有股耐人寻味的味道，"若是我把这个消息告诉皇上，你说李姑娘还能不能安睡至天明？"

裴衍浅浅的笑意中声音平静无波，可那一字一句却敲啄着她的内心。

明明是三伏夏日，她却如坠深渊。

裴衍三言两语，便将她们掩藏之事道尽，让叶熙宁彻底坐立难安起来。

微光之下裴衍甚至能看见她强自镇定的侧颜上闪烁着的慌乱。她的唇微微发颤，放在桌上的手亦因为用力握着而骨节分明。不知哪根神经被拨动了，他心中竟然生出一股淡淡的怜惜，但还是低声说出了一句几乎要压垮她的话："嗯？熙宁姑娘！"

叶熙宁觉得自己的灵魂有那么一瞬间的恍惚，喉咙艰难而微颤着发出的声音带着哑涩，像极了一个因为常年不开口而陌生于说话的人："你什么时候知道的？"

"你一靠近，我便知道是你。你常年戴着李姑娘给你做的草药香囊，你以为现在没戴就可以让旁人找不到破绽？"他顿了顿又道，"你身上有股特殊的草药味，夹着花香，太容易辨认了。"

她未料自己竟露了这样的破绽，转头面向裴衍，神色依旧保持着与平日里一样的坚定。他果真如裴清懿所说，表面看似一个世家纨绔子弟，实则心中自有丘壑，心细如尘。

真当看见面罩之下的脸，裴衍心中反而有几分难言情绪。

"你既然救了我，至少暂时不会把我供出去，又何必说方才的话来要挟我？"叶熙宁缓缓说道。

"你觉得那是要挟，可我觉得那是交易。"裴衍弯了弯唇角，脑袋离开撑在桌子上的手，右手的食指指尖无意识地轻轻摩挲着桌面，浅显地便看见她眼中的疑惑和震惊。

"交易？"

"对，交易。"

沉沉的夜色笼罩在他们身上，室内只余几缕从窗户纸间透出的灰蒙光线，叶熙宁看着裴衍眼中令人难以捉摸的亮，心中揣测着他的意思。

"我让你安然出府，但是你得答应我一个条件。"

月光透过窗户洒在裴衍身上，犹如给他镀了一层银光，此刻他在叶熙宁的眼中似幻似真。

"就是你答应帮我查平西王一案。"裴衍含着笑的目光审视着叶熙宁，那笑意中一副"看吧，最后你还是得答应我，你再瞪我你也会答应我"的戏谑。

叶熙宁咬着牙瞪着他，虽不知道裴衍到底为何执着于将她牵涉进此案，但于她而言，其实也并非不可。这样反倒让她有更多的机会，借此查清一些自己想要查的事情。

她眼内一沉，应道："成交。"

裴衍一双黑瞳分明，笑容缓缓："哎呀，这漫漫长夜本来无趣得很，不过有熙宁姑娘作陪，倒也是美事一桩。"

叶熙宁脸上霍然一烫，裴衍不说这话还好，他一说，这孤男寡女共处一室，当真十分尴尬。她脸颊之上不由得染上一层淡淡的红晕，在夜色之下流光晶莹，衬着她白皙的肤色，竟有种说不出的娇艳。

裴衍心头一动，瞧着她的眼神未曾移开。

叶熙宁双臂被脑袋枕得发麻，她醒来时，天刚蒙蒙亮。她不适地伸了伸胳膊，才发现裴衍已经穿着妥当，发冠亦是一丝不苟。

她见天光微亮，心中想到自己一夜未归李微吟必定万分焦急，问道："怎么走？"

"嗯？"裴衍一愣，反应过来后道，"当然是竖着走。"

他转身便去开门，叶熙宁心中一惊，一把将他正欲开门的手摁住，焦急中带着些薄怒，责怪地道："喂！"

裴衍见她这副火急火燎的样子，忍不住笑了出来，微微俯身靠近她道："没想到你这么好糊弄。"

"什么？"叶熙宁睁大了眼，不解地看着他。

"你想想，谁家养的鹦鹉能摸黑数清刺客的人数，指认哪个是刺客？"裴衍笑得欠揍，看着叶熙宁脸上神色万般变化，却克制着心中的怒气，深深吸了口气极力忍耐的样子，觉得甚是有趣。

"这就当作你拿刀架我脖子上的代价了。"裴衍一副极不在意的样子，"我说的可是保你安然，可没说用什么法子。"

叶熙宁心中气极，唇角扯出一个弧度，按着裴衍的手忽然收紧，看见裴衍的面色越来越僵硬，手臂越来越向身体夹紧，手掌想抽又抽不出来，而面上却要极力保持着笑容的样子，心中才略略解气。

"礼尚往来嘛，理解理解！"叶熙宁咬着牙笑道，手上的劲道不减，看着裴衍疼得几乎龇牙咧嘴，心情甚是舒爽。

裴衍此刻觉得，自己深刻体会了什么叫作"宁得罪小人，也不可得罪女子"，手上疼得冷汗直冒，却也只能赔笑。

他堂堂一个大男子，竟会被一个小女子，欺得有口难言，颜面尽失。

叶熙宁回到丞相府之时，天色尚未全亮。她从窗户翻入房内，李微吟正靠在桌上睡得极不安稳，听见响动立马惊醒。见她安然归来，李微吟忙起身走至她身前，又见她身体无碍，并没有受伤，才松了一口气，问道："怎么去了这么久？"

她面上歉然，张口说道："出了点意外，我……"

李微吟听见她开口说话，倒抽一口气，震惊地看着她。

这三年来，叶熙宁即便是与李微吟两人独处，亦是用手语交流，为的就是将自己当作一个真正不会说话的人。她见李微吟惊诧的神色，无奈地长长吐了一口气，解释道："阿吟，对不起，我在端穆王府遇上裴衍了，他已经知道了。"

"什么！"李微吟脸上越发震惊，紧张地看着她道，"他认出你了？他知道你并非真的不会说话了？"

叶熙宁垂下眼睑，点了点头，便将事情的来龙去脉说与李微吟听，不过刻意回避了她与裴衍之间发生的那些令她尴尬之事。

听完叶熙宁所言，李微吟略略松了一口气，忽然察觉到有什么地方不太对劲，又问道："也就是说，裴衍在识破你的身份之后，非但没有揭穿你，还找借口和你独处了一晚上？"

叶熙宁刚换下身上的夜行衣，听李微吟如此问，明显一怔，抬眼向李微吟看去，开口道："好……像是……"

回忆起裴衍的诡异行为，又想起昨晚裴衍那些有意无意的轻佻话语，叶熙宁蹙了蹙眉头，评价道："这个裴衍，脑子有病。"

担心了一晚上，见到她平安归来，又得知昨晚的事情，此时听叶熙宁如此说，李微吟不禁无声地笑了笑，轻声道："看来以后，我们还有很多地方免不了与这位裴二少打交道。"

叶熙宁镇定地系好腰带，又拿起香囊欲将之系在腰间，忽然想起裴衍那一句"你身上的味道可真是特别，我闻过"，不由得愣神。

这话萦绕在她耳边，让她拿香囊的手停住了。

李微吟瞧见她出神的样子，疑惑地问道："怎么了？"

叶熙宁摇了摇头不答话，将香囊系在腰间佩戴好。

自叶熙宁答应裴衍的要求之后，裴衍便常常下朝之后与陆澈一道回丞相府。

他一到丞相府，便去寻叶熙宁。

穆东亭奇怪地朝着陆澈道："相爷，裴大人最近上朝如此勤快，还天天往我们丞相府跑，朝中的各位大人对此都颇有想法。"

陆澈才跨入丞相府的门口，听穆东亭这样说，眼神瞟向他。

穆东亭立即又说道："今日谢驸马爷府上的人，与我一道在宫外候着的时候，还与我说起此事，说竟不知裴大人什么时候与相爷您有了这般交情，他还学谢驸马爷的话说与我听。"穆东亭咳了两下清了清嗓子，模仿着谢闫枳平日里说话的神态，"小衍哪，不管做什么都这么引人注目，可是这陆相怎么也转了性子，竟与他搅和在一起了？"

穆东亭说的这谢驸马爷，是先帝爷最小的妹妹灵姝大长公主的夫婿谢闫枳，官拜大理寺卿。

这位谢驸马爷，也是个嘴上不饶人的，平日里就他与裴衍走得最近，也是个极为难缠之人。论起辈分来，连皇上都得称他一声皇姑父。而裴衍又是裴皇后的亲弟，是以谢闫枳还与裴衍有着这层沾亲带故的关系，他一向以长辈的身份自居，见着裴衍便是一声"小衍哪"，颇有欺他矮自己一个辈分的意味。

穆东亭说完这话，就瞧见陆澈的脸黑了黑。

陆澈用眼角轻轻朝他凉凉地瞥了一眼，道："我看你不适合在我身边待着，适合去厨房和那些妇人一道。"

裴衍的身影早已不见，陆澈提脚往府内走去。

隔了一会儿，穆东亭才反应过来陆澈话里的意思，追着走远的陆澈喊道："喂！相爷！您怎么能拿我和那些长舌妇相提并论！"

他疾步跟上，不服气地说："您挖苦我倒也罢了，可好歹我也是您身边的人，我要是长舌妇，您岂不是连自己也骂上了？"

陆澈的脚步没有放缓，只觉得耳畔甚为聒噪，微不可闻地叹了口气，道："大约是当初看走了眼，不知现在后悔还来不来得及？"

这下轮到穆东亭垮下脸，耷拉着脑袋跟在后面道："我这不是替您抱不平嘛……这谢驸马爷也真是的，明日早朝，我一定和他家那小厮说，裴大人可是和我家相爷一点儿关系都没有。"

陆澈觉得，这种时候他当真怀疑自己的眼光。

裴衍叫上叶熙宁，与她一道朝着陆澈的书房走去。

要说平西王这案子，是皇帝强加于裴衍的，原本压根就不关他的事情，理应交由大理寺卿和刑部去查，只不过怕朝中眼线太多，反倒误了事，才让裴衍和陆澈二人去办这件事情。

叶熙宁一边走，一边想着这件事情，自己就这样莫名其妙地被裴衍牵扯进来了。看似这是她与裴衍之间的一场交易，可那日晚上在端穆王府中裴衍所说的话，让她觉得裴衍绝对另有目的。

只是她至今未曾明白，她与裴衍从未相识，他即便当初错将李微吟认作宁朝歌，可照他如今的反应来看，早已断定李微吟与宁朝歌并非一人，怎么反倒缠上她来了？

一路上见她神色凝重，蹙着眉头，裴衍慢悠悠地道："去一趟书房见见陆相而已，你这表情倒像是奔丧似的。"

被他如此形容，叶熙宁嘴角微微抽搐，继续沉默不太想搭理他，只是脚上的步子加快了一些。

裴衍仿佛完全感觉不到她的冷淡："哎，你走这么快做什么？"

陆澈听见门外两人的声音，抬首时已见叶熙宁走至门口，被裴衍拉住，她神色不悦地避开，瞪了他一眼。两人这动作，落在旁人眼里，平白生出了些许熟稔。

陆澈看到这一幕，瞬间有些出神。

待叶熙宁避开裴衍的手，转首时恰见陆澈的目光看向这方，心头微微一怔。

她收回目光，眼睑微垂，脸上神色淡然，只看着自己脚下的地。

裴衍将她面上的落寞瞧得清楚，抬眼时见陆澈正看着他们，心头起了些异样的感觉，只是未曾深想，拿胳膊碰了碰叶熙宁道："怎么到门口反而停下了？走吧。"

他一笑，率先走了进去，叶熙宁跟着他入内。

陆澈将手中执着的紫毫笔搁在一旁，收起了手中正写着的文书，说道：

"裴大人可是对如何查平西王一事有计划了？"

"今日来，我就是想与陆相商议此事的。先前我已命人监视平西王府的动静，这几日倒没有什么异常。平西王若确有谋反之心，也必然行事小心，不会轻易叫人抓住把柄。"裴衍说道。

陆澈点头同意他的说法，起身问道："那裴大人的意思是？"

裴衍立即道："今日下朝时，谢大人与我说，皇帝姐夫已差了朝史宬的人，将与此案有关的卷宗送往大理寺了，不如陆相与我们一道去一趟大理寺？"

陆澈看了一眼裴衍与叶熙宁，随即点头道："走吧。"

几人往大理寺去时，都没有再说话。

叶熙宁思忖着整件事情的来龙去脉，今日来大理寺，倒让她想起了另外一件事情。当年宁国侯府的案子，本应由大理寺主审，刑部配合，可这件案子实际上是由刑部主审，大理寺不过空担了虚名而已。结案之后，刑部才将卷宗转交至大理寺封存。

想起此事，她心头犹如被泼了冰凉的水，从头寒到了脚。

三人刚到大理寺门外，便有衙役眼尖认出了来人正是当朝丞相和御林军统领，忙引路带至大理寺内堂。

叶熙宁一路安静地跟在他们身后，那位大理寺卿想必已听闻衙役通报，正迈着轻快的步子往外走，遥遥便拱了拱手含笑道："陆大人可是稀客啊！"

她是见过这位大理寺卿谢闫枳的，对他的事情倒也有所耳闻。他当年以新科状元的身份入朝为官，以博学多才名满天下，娶的是先帝的皇十九妹，灵姝大长公主。灵姝大长公主是先帝爷最小的妹妹，算起来今年方二十八岁，年纪比她那当了皇帝的外甥还小。

他们三人寒暄一番后，谢闫枳才诧异地看着叶熙宁，朝着裴衍与陆澈瞧了又瞧道："这位是你二人哪位的随从？竟还是位姑娘。"

他眼里含笑，这笑却有些别样的意味。谢闫枳看看叶熙宁，又看看陆澈，再看看裴衍，一副恍然的模样道："哦，我知道了，一定是小衍的是不是？"

他见裴衍含笑不语，更是料定了自己的猜想，朝着陆澈上下一指，又道："像陆相这般风姿高雅之人，是极爱自己的名声的，这些年也没见陆相身边有过哪位红粉知己。倒是小衍你，自从回了这靖阳城，成天惹得那些闺中小姐想着，今日身边还多出一位如此气质清冷的美人来，又该伤许多人的心了。"

叶熙宁听他这么一说，面色僵了僵，抿着唇不作声。

裴衍顺着谢闫枳的眼神，目光落到她身上，笑意中带着几分暧昧不明，道："驸马爷，这回你可是冤枉我了。"

谢闫枳一副受了惊的模样，看向陆澈，咋舌道："这是陆相府上的人？难怪今日不见东亭跟在陆相身边，我道是什么缘由呢，陆相真是……真是……令下官大感意外啊……"

叶熙宁不想他们几人的话题一直绕在自己身上，本以为沉默就能显得低调一些，哪知这谢驸马爷竟是这样一个喜欢八卦的人物，她的脸色僵了又僵，十分不好看。

陆澈似乎对这两人的消遣习以为常，只口气冷淡地说道："谢驸马爷和裴大人在一处，黑的都能说成白的，白的自然也能说成黑的了。"

谢闫枳面上的笑意分外浮夸，道："我只当陆相这话是夸赞了。"随即领着他们朝内堂而去。

几人在路上聊起此事，谢闫枳竟也不知此番是为何事："我说呢，最近小衍怎么总是往陆相府上走，今日朝史戚的人将卷宗送来，只说这卷宗只有你二人方能查阅，我才明白过来，原是有什么紧要的事情让你二人去办。"

陆澈闻言，想起今日下朝回府之时穆东亭说的话，沉吟道："驸马爷近日来闲得很？"

谢闫枳听了，未曾反应过来："嗯？尚可。"

"哦，我还以为你太闲了，想着这几日岳安县恰巧出了一桩事情，若是驸马爷闲得有空扯一些闲话，明日早朝我便奏请皇上，派你去岳安办案。"陆澈的语气不咸不淡，那双锐利的眼却瞧得谢闫枳背后发凉。

岳安县那桩事情他是听闻过的，那县里的大户赵家有位小姐，被土匪看上抢了去，这县令本是上山剿匪，哪知这赵家小姐竟与山上的土匪郎有情妾有意，知道家里不会同意便索性佯装被抢。可这县令见这赵家小姐生得美貌，起了色心，将土匪给剿杀了，自己霸占了这赵家小姐，谎称赵家小姐坠崖死了。

后来这赵家小姐忍辱负重，终于有机会向家里人求救，哪知赵家却因女儿干出此等丑事，只当作她已经死了，不愿再起什么事端。可就在这之后没几日，赵家一夜之间全家人被害，那赵家小姐成了最大的嫌疑犯被通缉着东躲西藏。

事情到这里，原本只待抓了那赵家小姐审问便可，哪知近日这赵家小姐一纸状书，告到了刑部，说那县令不但强占了她，又为谋财杀害了她全家。

可这县令竟是平西王的外族兄弟，如此一来，刑部的人对此也是觉得颇为棘手。刑部尚书魏良毓又是个怕事的人，不敢轻易招惹平西王，想着这朝堂之上也唯有丞相能与平西王相匹敌，便三天两头往丞相府跑。

谢闫枳干笑了两声道："这烫手山芋，陆相怎忍心抛给下官？"

陆澈脚步一顿，眼神淡淡的，道："哦？我什么时候在驸马爷眼里，竟是个心软之人了？"

谢闫枳被他说得哑口无言，擦了擦额间冒出的汗，心中直懊悔自己言多必失。陆澈是何许人也？当年亲自抓捕未婚妻宁朝歌，还亲自监了斩，若不是那时亲自见证这一幕，他怎么也想不出来，眼前这位看起来对什么事情都不会有太大情绪的人，竟是手段如此狠绝之人。

裴衍见谢闫枳吃了暗亏，忍不住发笑，凑近他身边压低了声音取笑道："你也有这时候。"

谢闫枳叹气，与裴衍一道放缓了脚步，见陆澈走得稍远一些了，才轻声回应道："陆相就是陆相，当年宁国侯府一案历历在目，至今令我心生畏惧啊……"

叶熙宁走在他们身后，一听到这话，只觉得胸口一刺，仿佛全身的血液突然变冷，令她的面色苍白灰败。

谢闫枳亲自取了朝史宬送来的卷宗给陆澈和裴衍之后，便先行离去了。

姜靖国自开国以来，入朝官员在上任之前，皆由朝史宬调查其身份来历。昔年九决天下统一，自两百多年前，统治九决的洛琴国祚日渐衰弱，由此这天下四分为北疆姜靖国、西川侑魅一族、南朝阙歌，以及一向视自己为九决正统的离楚一国，形成天下四分之态。

离楚自定国之后，一心想收复其他两国及一族大定天下，却一直不能得偿所愿。至今已两百余年，除西川侑魅一族人烟稀少，凭借巫术苟延残喘，因敌不过姜靖与离楚连年的铁骑倾轧，于两年前平西王南征之时终于归入姜靖国版图之外，仍成三足鼎立之态。

自姜靖国开国初年，离楚曾多次派遣奸细潜入姜靖国内，企图祸乱朝纲内外联手，一举吞并姜靖国。至此之后，从姜靖国第三任帝王开始，便设下朝史宬专司收集情报之事，由皇帝亲自统领。每位入朝官员皆需经受朝史宬的调查，除了其本人之外，其亲属也都在调查范围之内，待朝史宬确认无疑之后方能上任。

朝史宬虽只是姜靖国的一个情报机构，却成了最为秘密的组织。它直接听命于皇帝，却不占朝中一官一职。为朝史宬办事的所有密探，除了当今圣上，无一人知晓。其有可能是天潢贵胄，有可能是贩夫走卒，有可能是烟花柳巷间的某一风尘女子，亦有可能是路上行乞的乞丐，还有可能是江湖之上哪位绿林好汉，总之没有人知道他们的真实身份，而他们无所不在。

但凡被朝史宬查获罪证，经由皇帝亲自批复，他们可以逮捕任何人，包括皇亲国戚。但凡见到朝史宬的令牌，被拘捕之人可当场处决。

他们三人一一查阅过卷宗之后，得知平西王这些年与朝中官员有极为密切的往来，所涉及的人员竟占朝中过半之多，军中尤为严重。

连平日里嬉皮笑脸的裴衍，看过之后都神色凝重："怪不得皇帝姐夫忍不了了，就算没有私造兵器一案，这结党营私、贪赃枉法、纵容宗亲为非作歹几项罪名压下来，也足以治他死罪了。"

84

陆澈微微皱着眉，说："这几年平西王在军中的势力不可小觑，这些罪名若是放到其他人身上，大可治个死罪，皇上担心的是他已有不臣之心，若是动他一分，他当真有谋反之举，届时军事大权皆在他手中，会动摇朝廷根基。"

他这话说出来，不免叫叶熙宁又想起了宁国侯府，脸色白了白。

裴衍觉察到她的异样，问道："你怎么了？不舒服？"

叶熙宁忽闻裴衍的关切，抬首时见陆澈也带着疑色看着自己，有些不自在地摇了摇头，示意自己无碍。

裴衍疑惑地看了她两眼，方又与陆澈谈论起此案来，最后还是叶熙宁察觉了些许不对劲。

她立即取了笔，将自己的疑惑一一写下来。

平西王从前在禁卫军中，虽小有名气，可自他与宁朝歌有了过节之后，便被贬去看守城门。当初因他天生神力，才被选中为击杀宁盛泽的人员之一。

也因此一案，平西王才被军中提拔。可以平西王的智谋，怎么会在这几年之内，如此迅速地一统军权，甚至因南征平定西川侑魅一族，被封平西王？

裴衍经她一提醒，眼中一亮，道："如此说来，必定有人在背后替他出谋划策！"

陆澈皱眉，脑中迅速将可能的人员一一想了一遍，思索片刻后道："此人似乎在设一个很大的局，而我们所有人，都只是这棋局中的一子。"

"既有棋局，那必有设局之人。是人，便终有破绽能让人寻到，届时必定会露出狐狸尾巴来。"裴衍沉吟片刻，忽而将话题一转，眼神落在叶熙宁身上，道，"接下来就要靠熙宁姑娘了。"

叶熙宁静静地看了他一眼，她从未见过裴衍这般认真的神色，倒有些不适应了。

三人又一起商量了对策，由叶熙宁去平西王府内查探证据，今日晚上便动手。

她点了点头，搁下笔，将方才写字的纸燃烧殆尽后，与他们二人一道离开了大理寺。

走出大理寺后，裴衍没再与他们一道回丞相府，在门口便与他们分道而行。

陆澈转身上了马车，叶熙宁立在马车旁，正想着要不要上去，陆澈已经掀了帘子看向她："还有何事？"

她的目光陡然与陆澈的双眸相撞，他就这样在她面前，挑着马车帘子，微微俯身看着她。温和的日光下，他的面容隐藏在阴影之中，深黑如潭的目光让她的心瞬间像是跌进了深深的冰湖底下。

陆澈见她出神，不知为何竟觉得这样的目光有种似曾相识的感觉。

此时马儿像是不耐烦地发出了突突的声响，晃了晃脑袋，叶熙宁这才恍然回过神来，避开他的目光。

陆澈看了她一眼，又道："没有别的事情，就上来吧。"

他放下马车帘子，不一会儿便见叶熙宁俯身坐进马车内，一路之上只低着头看自己的手。

陆澈漫不经心地看着她，忽然开口问道："熙宁姑娘三年多前才到的李姑娘身边？"

叶熙宁猛然一惊，抬眼去看他。

她放在膝盖上的一双手，因心口突如其来的一痛下意识地一颤，好不容易才控制住不发抖，面上却平静无波。

陆澈的神情舒缓从容："昭云观中藏龙卧虎，我本以为你不过是一个普通的侍女，不过一想李姑娘既是静慈法师唯一的入室弟子，安排在她身边之人，必然也非寻常人可比。"

叶熙宁本以为他是发现了什么，听他如此说，神色反而有些愕然。

"那日进城，没想到会碰上裴大人，倒给姑娘招惹了许多不必要的麻烦，陆某在此向姑娘致歉，等案子一结束，李姑娘也替那位夫人医治好，我便差人送你们回翠薇山。"陆澈的声音风轻云淡。

他没有发现她此刻眼内的忽明忽暗，以及有些苍白的面容，说完他便闭上

86

了双目。

叶熙宁未曾想到陆澈会说这番话，只觉得心口暗暗涌着一股道不明的情绪。他若知晓，此刻坐在他身边的人，就是当年的宁朝歌，他还会不会说出这样的话来？

她永远忘不了当年亲眼看见他带着兵马闯入宁国侯府的那一幕，全家一百三十多口人，被屠杀殆尽。

在这三年多的时间里，她每时每刻都想着要如何报仇，可是事到眼前，却又冷静了许多。

杀了又能如何，宁家死去的那些人，再也不会活过来了。而"宁国侯府"四个字，就像是一把铡刀，架在她的脖子上，成了随时让她脑袋落地的利器。

她的身子微微发颤，忽然觉得极为乏累，几乎是茫然地盯着眼前这张熟悉的面容。

宁国侯府世代忠烈，效忠皇朝，绝无半点谋逆反叛之心，她无论如何都不会相信她的父帅会有那样的心思。

她的心仿佛被无形的巨石沉沉压着，让她喘不过气来。

回到丞相府之后，叶熙宁不见李微吟在房中，方才想起今日恰是十五，上午出门之前，陆澈告知了她今日穆东亭会陪着李微吟去裴府替那位夫人看病。

她一个人待在院子里，心中竟觉得有些空落落的。

自从宁国侯府出事之后，她被关在天牢之内等候处斩。当年她父帅身边最为倚重的将军萧常绎也深受牵连，在听闻宁国侯府之事后，心知萧家必将难逃劫难，立即遣散家中奴仆，携家眷逃亡。

原本他们一家可以隐姓埋名，从此远走高飞，却在得知她被捕关押在天牢内后折回。

萧将军重金买通了看守天牢的狱卒，用自己的小女儿碧芸换出了她，一把火将天牢点燃，让她趁乱逃走，而他假意劫狱。她就这样生生看着碧芸在大火之中痛得撕心裂肺，却喊着让她快走。

87

最后天牢的大火被扑灭之时，碧芸虽被救了下来，却已经被火烧得面目全非，而萧将军在"劫狱"之时被乱刀砍死。

她这一生，若不替宁国侯府洗清污名，怎么对得起那些为宁国侯府牺牲的人？

李微吟回来之时，见叶熙宁坐在围廊边出神，直到她走近，叶熙宁才发觉她已经回来。

"怎么像是不开心，怎么了？"见她起身，李微吟伸手替她理了理衣衫，轻声问道。

叶熙宁勉强笑了笑，摇首打手语道："只是想起了些往事，心里难受。"

她在李微吟面前，便不遮掩什么了。

当初萧将军救她时，要她前往翠薇山的昭云观找观里的静慈法师，说会收留她，到那儿一定安全，她便一路朝着商州而去。

那时她身无分文，身负血海深仇，浑浑噩噩途经梓阳城时，又逢瘟疫身染重疾。城中人心惶惶，城门口亦被官兵看守，不许人进出，以免病源扩散。

若不是她身怀武艺，怕就出不了梓阳城了。

李微吟极少见她提及往事，微微一怔："怎么忽然想起那些事情来了？"

叶熙宁甚少与她提到从前的事情，当初认识裴清懿时，听裴三小姐说那些事情，她才知道她的阿宁，曾经是多么风光的人物。李微吟看着眼前神态凝重的女子，只见她眉宇间依旧透着一股英气，容色亦极为清丽。

叶熙宁垂下眼睫，神色有些哀伤，为了不让李微吟担心，再看向李微吟时，她已然神态平静。

"今日晚上，我要去一趟平西王府。"她告知李微吟今晚的行动。

李微吟只当方才的事情是因为此事，又听她说今日晚上要去平西王府，心中有几分担心，道："可有危险？"

叶熙宁拉着她进了屋子，摇了摇头，又打手语与她道："那是我最熟悉的地方，若是有危险，我也自有脱身的方法。再说了，这靖阳城里，能打得过我的，怕也没有几个，你不必担心。"

听她如此说，李微吟心中便也释然了："虽是如此，不过还是万事小心。"

她在这世上，原本没有什么血缘至亲，直到叶熙宁出现，她才知道原来自己在这世上还有亲人。

第五章　本为双生并蒂开

临行之前，陆澈又差了穆东亭让叶熙宁去书房找他，只交代了她几句行事小心之类的话。

叶熙宁看着眼前这个人的面容，他穿着天青色的衣衫，身形瘦削，薄唇微启。明明是关切的话，从他嘴里说出来，却带着一股冷漠疏离。

仿佛所有重要的事情，在他这里，最后都成了超脱的淡然。

想到此，她不由得想，只有这样冷漠的人，才能在双手沾满鲜血后，装得一副清高的姿态吧？

她走出陆澈的书房，抬头望向高悬的明月，整个丞相府笼罩在夜色之下，只听得几声蛙鸣虫叫。愣神片刻后，她一跃飞上屋脊，迅速离开丞相府，朝着崇安大街的方向而去。

不消多时，她已行至平西王府一侧的屋顶之上，匍匐着身子观察王府内的动静。

这个她曾经熟悉的地方，不过几年时间，已然物是人非。

此刻平西王府灯火通明，府内到处有巡视的侍卫，门口与白日无异，有重兵把守。整个王府之内，唯有一处不着灯火，她的视线朝着黑暗中最高的楼阁处看去。

那原本是一处藏书阁，宁国侯府虽是将门世家，却偏偏有全姜靖国藏书典籍最全的私人藏书楼——文溯阁。

她原本想径直往平西王府后院而去，脑中却想到当初她藏身密道之内，无助地在黑暗中等待，就像在等待死亡向她靠近，她不自觉地伸手摸了摸手腕上的银绞丝，决定往文溯阁的方向而去。她动作娴熟地避开府内所有放哨侍卫的视线，在这世上，再也没有人比她还熟悉这王府的布局了。

她朝着离文溯阁最近的楼角之处行去，按动手腕上的银绞丝，机关一动箭头便缠上文溯阁围廊的梁柱，借着银绞丝之力，轻松便潜到文溯阁之上。她又从身上取出一根早已备好的软铁丝，几下便撬开了门上的锁，潜入文溯阁之内。

刚一入楼阁内，一股陈旧的刺鼻味道扑面而来，叶熙宁忍不住呛了几声。文溯阁内常年无人打扫，到处结满了蜘蛛网，借着窗户纸透入的微弱月光，她扫了一眼屋子里的情况，文溯阁里的藏书早已不见踪影，只积满了厚厚的灰尘。

她朝着楼梯盘旋而下，每走一步，脚下便带起一阵灰尘，直至底层，又顺着空空如也的书架走到第三个架子边，挪开书架，寻到第二块地板，用匕首撬开，底下便是一条暗道。

因为灰尘的积累，地板撬动时扬起一阵灰，她蹙了蹙眉头，身子向后微倾三分，伸手挥了挥眼前的灰尘，才潜入暗道之内。

三年前，姜靖国百万雄师，独宁国侯府便掌权七十万大军，宁家的门生从文到武遍布朝野，权倾一时。只是没想到，如此地位却被扣以谋反罪名。皇帝大摆鸿门宴，将宁盛泽击杀于御前。

见叶熙宁潜入平西王府之内，黑夜之中，裴衍与裴氏的暗卫守在平西王府外，他悄声道："你们守在王府外，我亲自去探探王府内的情况。若是没有什么紧急情况，不必现身。"

他身后站着四名女子，是裴府的八大暗卫之四，分别是以白绫为武器的掠影，手执双刀的破月，善用暗器的拂衣，以及轻功极佳善用剑、弩的追鹊。

甫听裴衍要亲自潜入王府内，破月上前一步阻拦道："少主不可以身犯险，若是不放心那位姑娘，让我等去便可。"

其他几位亦是劝阻道："少主让我们去便可。"

裴衍的目光落在她们脸上，不由得笑道："区区一个平西王府能奈我何？你们这么小瞧我？"

几人一愣，连忙摇头否认。

"那便听我的话，你们几人这几日天天盯着平西王府的动静，已经够辛苦的了。"裴衍留下这句话，便飞身而去。

掠影瞧着他身影消失的地方，神色镇静。她们这位少主，平日里待人性情虽极为温和，却是说一不二之人。他既已做了决定，便也容不得她们再反对。几人便分散开来，守在平西王府四周。

叶熙宁从暗道之中上来，推开尘封已久的暗门，暗门之后是如今平西王府书房内。她转动墙上的机关，柜子随着机关的转动缓缓挪开，灰尘簌簌而下。她屏息挥了挥眼前的灰尘，将火折子熄灭收好，上前一步身体向外一探，只见四周安静，没有什么异常。

她从暗道内出来，几步开外摆放着一张书桌。她走上前蹲至书桌旁，伸手摸向主桌之下，敲了敲，听见沉闷的咚咚声，确定这张桌子并无挪动迹象，那机关仍旧在桌子底下。她起身轻轻用力将那张桌子推开几分，掰开地上的暗格，暗格内是身后暗道的机关，她伸手转动机关，身后的柜子复又关上，挡住了那条暗道。

叶熙宁将地板重新盖上，把书桌归至原处，才观察起书房里的环境。里面陈设极少，平西王虽至靖阳已有多日，但看起来甚少使用这间书房。

叶熙宁也不久留，将书房的门打开几分，平西王府内不比端穆王府，有侍卫把守巡逻，她观察了一阵子，掐着两列巡逻侍卫交换的空隙，闪身而出。

她轻车熟路地一路向西，极为轻巧地避开巡查的侍卫。

那方裴衍飞檐而上，在平西王府的屋顶之上观察着府内的动静，行至中央时，只见灯火通明，亮如白昼，莺莺燕燕的欢声笑语充斥耳内。

他俯身在屋顶之上向下看去，只见亭台之内霓纱幔帐，有一名身形粗壮的汉子正蒙着眼睛与两名女子嬉戏玩闹，皆是衣衫不整。

"美人儿！你们在哪儿呢？"那男子声音洪亮，满面色欲。

能在这里如此宣淫的，除了平西王曹正辒还会有谁？

裴衍撇了撇嘴，边摇头边轻叹一口气，早就听闻这平西王贪杯好色，今日一见果如传闻所言，绝无虚假。

"将军，我在这儿呢！"一名女子手中扬着丝巾朝着平西王面上拂去，声音极为引诱勾人，裴衍听得不由得哟的一声捋了捋自己的胳膊，只觉浑身起了一层鸡皮疙瘩。

平西王一把向前扑去，却只抓到了那女子透如薄纱的外衣，那女子灵活的腰身一闪，外衣已被脱了去，身上只剩一件红色兜肚。他抓着手中的衣衫闻了闻，一股香气入鼻："好香啊！"急忙伸手将手里的衣服扔了去。

只听另外一名女子又道："将军来抓我呀，我在你后面呢！"

平西王却甚为满足，淫笑道："抓住谁，今晚上谁就留下来陪本将军！"

那两名女子姿色倒是尚可，只是浓妆红唇太过庸俗，再看这平西王体壮腰圆，看得裴衍一阵恶寒，不由得啧啧了两声，评价道："真是够重口味的！"

裴衍不再多留，心想这厮在这里和他的美人们玩闹，正好方便他和叶熙宁行事，便悄悄离去。

叶熙宁径直朝着卧房处行去，平西王住的必是最大的那间，她避开所有耳目，悄悄潜入。

裴衍正行到内院之处，看见身着一身夜行衣的叶熙宁进入一间房，不由得一笑。他刚想跟上，眼见一队侍卫经过，避了避才上前。

叶熙宁进入房间之后，发现屋内的陈设已然面目全非，她心中一黯，这原本是她爹娘的卧房。她心中难受，当初宁国侯府一案震惊朝野，宁家倒台之时，为了防止朝中宁家旧部势力包藏祸心，皇帝下命，让陆澈彻查所有与宁家有关的官员，一共牵连一百余人。

整个宁家军从此土崩瓦解，就连一直驻守云州郡的云州三十六将，也因宁家一案无一幸免，皆遭责难。而朝中大大小小的官员，凡是与宁家有关的，或被斩杀，或被流放。念及此处，她的心就像是被刀绞着。她深吸了一口气，克制自己不再想更多的事情，才渐渐将心绪平复。

叶熙宁刚想翻查房间内的东西，看看有什么线索，便察觉门外有一道身影，她慌忙躲在帷幔之后。她在暗处悄悄看着门口，见一人闪入门内，行为鬼祟。她原本提着的心瞬间放了下来，既是与她一样偷偷潜入之人，至少不是敌人。

黑暗之中，她看不清那人的面目，却忽然生出一股熟悉的感觉。那人进屋之后也不动作，反而四处观察着什么。

他走至房间中央，沉默片刻后忽然压低了声音道："出来吧，是我。"

叶熙宁不由得一怔，那声音分明是裴衍无疑！她当下便从帷幔后走了出来。

裴衍见她现身，眼中一亮，上前便将她的面罩扯了下来，抖着面罩道："整天戴着这破玩意儿有什么用！"他又退开一步看了眼叶熙宁，见还是上次那一身夜行衣的打扮，道，"真丑！"

叶熙宁面色尴尬，没好气地伸手将裴衍手中的面罩夺了回来，放入怀中，打着手语问道："你跟踪我？"

裴衍见她又打手语，满面不屑，伸手拂开她的双手，低声道："好好说话，打什么手语。"

叶熙宁见他伸过手来，忙将双手分开垂在两边，生怕他碰到自己似的避开他的动作。裴衍撩了个空，讪讪地道："这里就我们两个，你有什么好担心的。"他忽然走近一步，含笑道，"更何况你说话的声音甚为悦耳，我怪想念的。"

叶熙宁听他言辞轻佻，狠狠地瞪了他一眼，神色满是警告，让他离她远点。她自己也向后又退了两步保持距离，紧抿着唇，打手语问道："你来做什么？"

"帮你！"裴衍倒是毫不在意她的刻意疏离，负手而立，映着月光与灯火的光芒，他悠闲自在的眉目间含着笑意，慢悠悠地问道，"此刻平西王正在和他的美人们喝酒嬉闹，你确定要浪费如此好的机会，追究我为何会在此处？"

叶熙宁略一思忖，无奈地转身，继续走到旁边那一整排柜子边开始翻查东西。

裴衍见她不再赶自己走，识相地走向门边，推开一条缝隙观察着外面的动静。叶熙宁见身后如此安静，忍不住侧首向后看去，见裴衍站立在门口替她放哨，心中微微一怔，随即加快手上的速度。

裴衍一边盯着外面，一边催促她："你快点，这里可是曹正韬的卧房，这老色鬼要是回到房间，发现自己屋子里藏着个如花似玉的美人，别怪我到时候救不了你啊！"

叶熙宁心中刚有些感动，被他的话激得唇角略微抽动了一下，拿起手边厚厚的一册书向裴衍砸去。

裴衍轻松就将叶熙宁飞过来的书接住，得意地晃了晃手中的书，低声却清晰地说："我要是没接住，引来外面巡逻的侍卫，你更危险了！"

"闭上你的嘴！别妨碍我！"她憋着一口气，差点忍不住要开口骂他，还是忍了忍，压低声音道，说完她回身继续翻查。

裴衍掩上门，轻声走至她身后。叶熙宁听见脚步声，便让开一步，裴衍又向她挪了一步，她又让一步，裴衍又跟一步，几次之后她便有些薄怒，回头瞪着他。裴衍装作无辜，伸手越过熙宁的肩头将书册放回架子上。

叶熙宁见他突然向前一倾，连忙紧张地转回头，身子向眼前的架子上靠去，几乎是贴着，尽量避免与裴衍接触。

如此一来，她倒像是被圈在了裴衍与书柜之间。两人离得极近，叶熙宁甚至能感觉到，只要她微微一动，她的后背便能碰上裴衍的胸。

她蹙了蹙眉，不满地道："好了没？"

裴衍见她极为不自然的反应，忽然心生戏弄，低首在叶熙宁耳边轻声道："你干吗这么紧张？"

他的声音因为刻意压低，显得低沉而暗哑，声带微震导致声音酥酥痒痒地从她耳畔传来，瞬间传遍她的全身。

叶熙宁那平静已久的心湖，像被投了一粒小小的石头，却惊起一层层涟漪。她身体僵硬地靠在柜子上，好一会儿才用胳膊肘向后狠狠一顶，裴衍吃痛，捂着胸口退开一步，见她转身，一副他活该的神色。

"下手这么狠。"他屈着身体，一副忍痛的样子。

叶熙宁见他如此痛苦，想到方才自己确实用了狠劲，心中有些愧疚，咬了咬唇道："谁让你这么耍流氓。"

裴衍的目光停留在叶熙宁清丽的面容上，她白皙的肤色在黑暗之中泛着绯红，仿佛成了这黑暗中绚烂的光芒。

裴衍本只想戏弄一二，却不想自己也因这一举动，心中犹如密林忽然起风，簌簌不止。

他刚欲开口，便听见外面吵吵闹闹的男女声音从远处传来，越来越近。

"不好，曹正韬来了。"裴衍神色一凛，脑中回想了一下方才进屋之时房中的陈设，一把抓住叶熙宁的胳膊，揽住她的腰身，滑入那张大床底下。

两人刚躲入床底，那扇开了一道缝的门便被一脚踢开。

叶熙宁从床底下看去，能看到那一对纠缠不清的男女的腿，两人走到房间中央时，那女子娇柔地轻呼一声："呀！门还开着呢！"随即推开平西王往门口走去，将门关上。

那平西王早已急不可耐，直呼："美人！美人！"待搂住那女子时，两人便迫不及待地往床上一滚。

96

随着头顶的床砰的一声，叶熙宁满目震惊地瞪着裴衍。两人还未反应过来，便瞧见床上飞下来的衣衫，那一件艳红的兜肚正好落在两人头边。叶熙宁内心又是被猛然一击，惊得瞪圆了眼睛，目光一转，见裴衍也睁大了眼睛。

两人对视着，都被这突如其来的状况搞得有些茫然。

叶熙宁一想到接下来要面对的事情，只觉得头大如斗。

裴衍微不可闻地在她耳边轻笑道："虽然躺在床底下的滋味不是那么好受，不过人家温香软玉，我也美人在怀，倒也不吃亏。"

方才情急之下两人躲入床底，叶熙宁亦未太过在意两人的处境，此时才发现裴衍揽着自己的腰身，两人的身体极为贴近，姿势暧昧，此番又听裴衍如此说，她忙将裴衍的手从自己身上拿开，又小心翼翼地向后挪了几分。

"裴衍你臭不要脸！"叶熙宁气极，忍不住开口低声骂道。

"再骂一句听听。"他越发笑得深，十足欠揍地又凑近了些，几乎与她贴面，"真好听，就再骂一句听听。"

叶熙宁控制着想要揍他的心，只推开他狠狠瞪了他一眼，艰难地在这狭小的空间里打手语道："你是无赖吗？"她从前任性又蛮横，却谨守"光明磊落"四字，面对裴衍的无耻，着实有些手足无措。

然而此时她又听着床上两人此起彼伏的呻吟声和床的摇晃，她恍然意识到隔着这一张床板之上的两人正在做什么。待她反应过来，脸上蓦然涨红，别扭地转过脸去。

裴衍先是尴尬，可见她如此反应，忽然很想笑，凑到她耳畔用微不可闻的声音说道："哎呀，没想到我裴衍今生还能有跟你在人家床底下听活春宫的际遇，辛苦是辛苦了点，可居然觉得挺乐的。"

叶熙宁看向他，忽然笑了笑，那眼里的光竟让裴衍忍不住打了个激灵。便听得她轻柔地说道："裴衍你的脸既然不要了，那我糟蹋一下也无妨是不？"

他还没体会出那话中的意味，叶熙宁敏捷地翻身一只手捂住他的嘴，另一只手袭向那张俊俏的脸蛋儿，对着脸颊的肉狠狠一捏。

裴衍痛得眼泪瞬间从眼角滑落，想叫一声又怕惊动床上的人，只得忍着痛，瞧着此时正得意地看着他的女子。他眼里控诉着她下手太狠，又见此时她几乎伏在他身上，他心想，没道理光他吃亏啊！

下一刻，他便一只手环过她的腰身将她扣住，一只手拉下她的右手用力握住，任凭她怎么挣扎都无法挣脱。

"没想到你这么热情，主动投怀送抱。"裴衍一说话，牵动脸部便疼得嗞的一声。

叶熙宁原本心中一股怒气，见裴衍疼得龇牙咧嘴，她忍不住笑意，轻声斥道："活该！"

裴衍从平西王府回来，哼着曲子步子轻快，即使他堂堂裴家的二公子，御林军统领，当朝皇后的亲弟弟，刚憋屈地在人家床底下窝了一晚上听了一场活春宫，也无碍于他此刻愉悦的心情。

李豫白满脸疑惑地瞧着平日里打死也不会开口唱曲儿的人，今日哼着不成调的音律进来，入眼便是他脸颊上大块的瘀青："嘿哟，这是怎么了？被人打的？自己个儿摔的？"

裴衍笑嘻嘻地道："被人捏的。"

李豫白大为诧异："谁那么大肥胆儿，敢在你脸上动手？"

裴衍蹙了蹙眉，十分不乐意他的说辞，又想到叶熙宁那反应，与她平日里冷冰冰的模样对比起来煞是可爱，美滋滋地纠正道："什么叫谁敢？那是我让的。"说完又强调，"那是我让她捏的。"

他一副无比受用的样子，摸了摸受伤的脸，脑中尚回旋着她那句话："裴衍你的脸既然不要了，那我糟蹋一下也无妨是不？"

他觉得，这世上再也找不出像叶熙宁这般有趣的女子了。

而这个意识，又令他心中微微一怔，想起深深藏在心底的那一抹身影。

他当初错过了一个人，如今又遇上了一个令他心动的女子。

或许有些事情，就是命中注定的，而她，是上天刻意带到他身边的。

叶熙宁回到丞相府，寻遍几处李微吟常去的地方都不见她的踪影。

府中的下人们见她心急如焚的样子，既不懂手语，也不认识字，而陆澈与穆东亭去了早朝尚未归来。直到常帮助温韶筝打点府上事务的小游看见，几番比画之下，才明白她是在问李微吟的去向。

小游立马道："李姑娘今日一早，便和温姑娘一起去街上了，熙宁姑娘不必担心。"

叶熙宁的神色才松缓下来，又听他道："温姑娘见您近日时常外出，怕李姑娘一个人在府上没人陪着无聊，今日恰好要上街去采办一些府上需要的用品，就顺便邀李姑娘一同前去了。"

她听小游如此说，心中想到李微吟，有些愧疚，朝着小游感激地点了点头，便放心回了屋子里。

一夜未眠，刚刚又因此事过于紧张，回到房中，她已觉得乏累，便和衣躺在了一旁的榻上，等着李微吟回来。

可她醒来之时，却是被外面的声音吵醒的。她警觉地听着这异常的喧闹声，心中顿时一个激灵，从榻上起身，拉开门便快步朝外走去。

入眼便是陆澈神色沉冷地抱着捂着胸口的李微吟，疾步朝这方走来，而温韶筝满面惊慌，啜泣着跟在陆澈身边，像是被吓坏了。

叶熙宁尚未明白这是怎么一回事，陆澈已将李微吟抱进屋内放在床上。李微吟的脸色苍白得几乎透明，忽见她这副模样，叶熙宁耳畔嗡嗡作响，耳边的声音也渐渐变得不太分明，她几乎抖着手慌乱地从李微吟常吃的药中找出了师父炼制的碧心丹给李微吟服下。

叶熙宁喂她服下药后，用枕头支着，轻轻地将她的头向后仰着，一只手抚着她的胸口，让她急促的呼吸渐渐缓下来。

穆东亭一路急匆匆地引着背着药箱的大夫往内走，口中急道："宋太医，您再快些，李姑娘这症状来得急，您快些走。"

宋太医被一路催着疾走，一进屋见陆澈在内，就要行礼，被陆澈拦了下来，道："不必多礼，您先看一下这位姑娘。"

宋太医忙点了点头，将药箱放在床边，刚欲上前看一看躺在床上的病人，一见李微吟的样子，心中骇然。他惊诧地回头朝陆澈看看，又看看躺着的姑娘，颤声问道："陆大人，这可是宁小将军？"

陆澈心知宋太医也将李微吟误认，忙道："老太医先救人要紧，一会儿再与您解释。"

宋太医郑重地点了点头，忙替李微吟诊治。

宋太医看过之后，面色极为凝重，叹了口气向外走了几步道："这姑娘患有极为严重的先天心悸之症啊，早已药石无灵，能活到今日已属不易，怎么能让她受这么大的惊吓？"

陆澈不想宋太医竟将话说得如此严重，心下一沉，下意识地便朝着躺在床上的李微吟看去。

叶熙宁在听到这话时，像是被击垮了似的，原本紧绷着的身躯缓缓低下。她蓦然回首，转头看向陆澈的刹那，泪水夺眶而出。

她的愤恨与憎恶，在回到这个地方之后，从未这样浓烈过。

她咬着牙，暗暗握紧了拳头，指甲深深地掐进掌心，她却不觉得疼痛，仿佛只有这样，才能将她心上的痛，减去一两分。

他是她的仇人，手上沾着宁家一百三十多口人的性命，还有许多因此无辜枉死和深受牵连的人。

他在她面前，她若是想杀他，易如反掌！

此时，温韶筝哽咽着道："都是我的错，如果我今日没有带李姑娘出门，就不会发生这样的事情，要怪就怪我吧，我没想到事情会变成这样……"

她泪水涟涟，哭得手足无措，将自责满满地写在了脸上。

穆东亭一脸欲言又止的模样，看看叶熙宁又看看温韶筝，无奈地安慰道："韶筝，你别这么自责了，谁也不会想到会发生这样的事情。"

他的话音刚落下，叶熙宁运气提步，还未等众人看清，只觉屋内忽然被带起一阵风，她已经出现在温韶筝面前，抓着她的手腕狠狠地盯着她，一副责问是什么情况的神色。

她的速度快得惊人，温韶筝只觉一道影子一闪，随即劲风迎面而来，下一秒叶熙宁的脸已然逼至眼前。

屋内瞬间一片死寂。

方才这一幕令温韶筝的身子不安地发着抖，连唇都在发颤。

她从未见过这么可怕的眼神，像是要将她杀了。

陆澈大惊，上前一步欲拉开叶熙宁。而她面无表情，眼里只剩下森冷的光，挥手一拂，浑厚的内力让陆澈的动作被压制，生生向后踉跄了一步。

"熙……熙宁姑娘……"穆东亭被惊得不知该如何是好。

而宋太医亦惊诧地看着他们几人，口中喃喃道："这……这……"

片刻僵持后，叶熙宁冷漠地将温韶筝一推，只见她一个趔趄，朝后跌去，撞上一旁的凳子，摔倒在地。

"叶熙宁！"陆澈的声音中明显带着怒气。

穆东亭忙去扶了温韶筝起来，只见她咬着唇一副泫然欲泣的样子，又不敢哭出声，强忍着，眼泪在眼眶里打转。他见这情景，知道若是还不带着温韶筝离开，怕更是要闹出什么乱子来，便直接带着她离开。

等出了屋子，温韶筝一下哭了出来，抓着穆东亭的胳膊道："东亭……我不是故意的，我没想到这么多人会将她当成朝歌，我不知道……"

穆东亭也着实被方才叶熙宁的样子吓到了，只是不断地安抚温韶筝。

屋内叶熙宁脸色铁青，与陆澈怒目对视着。

宋太医不知该去还是该留，正犹疑间，只见叶熙宁走到一边取了纸笔，写完之后将那纸交与他。宋太医一看，竟是一张药方，且是他都开不出来的极妙的一张药方。

他面色一喜，舒展了眉眼，心道怪不得这位姑娘能安然活到如今，原是有高人相救。他刚欲问这药方出自何人之手，又见他们二人僵持着，只颤颤巍巍地道了声："这药方极妙，丞相大人吩咐府上的下人即刻去抓了药给这位姑娘煎药即可。"

陆澈沉着脸色喊了一声"东亭"，命他亲自去抓药，又将宋太医送走。

屋内除了尚在昏迷之中的李微吟外，只余下陆澈和叶熙宁二人。

陆澈一袭如水的青衫立在那方，面色沉冷，一双深黑的眸子里目光透着凉意，抿唇注视着叶熙宁。

她知道，陆澈每每露出这样的神态时，心中定是生气了。

她也明明知道方才的所作所为会惹怒他，却越发想要这么干。

她面色沉冷，目色沉沉，望着他瘦削的身形，屋内安静得甚至能感受到他极力平缓呼吸的声音。

"今日之事，韶筝虽有过错，也并非有意为之，待李姑娘醒来，本官会给你们一个交代。"他皱着眉头，语气比平日里更加疏冷几分。

叶熙宁凉凉地看了他一眼，似乎一点都不在意他会不会给她们一个交代。

"在事情没有真相大白之前，熙宁姑娘就对我府上的人动手，是不是有些过了？"陆澈的神情冷漠冰凉。

先退一寸，再进一尺。

她心里清楚地知道，他忍下的事情，必会讨个说法回来。

然而，她不是他眼前所看到的叶熙宁，也非曾经那个天真的宁朝歌。

在这个世界上，除了他自己，再也没有人比她更了解他。

叶熙宁心头薄怒，听了他的这话，哧地一笑，打手语回道："在事情没有真相大白之前，陆丞相就先护起短来，是不是早了些？"

陆澈似乎没有料到平日里性情寡淡的叶熙宁，竟也有这般锋芒毕露的时候。

"从商州城第一次相见之时，姑娘似乎就对我存着些敌意，我当日只当是差点冲撞了李姑娘，可这些时日里的相处，令我不得不怀疑姑娘对我这份敌意究竟是为何。"他的一双眼睛定定地瞧着叶熙宁，眼波微微流转，想要从她细微的神态变化里，看出些什么。

"阿宁……"李微吟的声音虚弱无力，正在半睡半醒之间，似乎听见耳畔有人在说话，却不是她的阿宁。

叶熙宁蓦然听见李微吟的声音，本充满怒色的面容瞬间转为欣喜，忙走回她的床边。

李微吟仍在昏睡之中，眉头蹙着，一直说吃语喊她的名字，睡得极不安稳。她的额头上冒着细细的冷汗，唇色苍白干涸，双手紧紧抓着被子。

叶熙宁忙替她擦去了额上的汗，又倒了水喂她喝下，伸手覆上她用力抓着被子的手，轻轻安抚着她。好一会儿，才见李微吟渐渐缓下神色来，蹙着的眉头舒展开来，双手也松开了抓着的被子，叶熙宁便替她掖了掖被角，微微舒了一口气。

这世上，她就这一个亲人了，若是李微吟也出了事，她不敢想象当自己再一次一无所有的时候，会是什么样子。想到此，叶熙宁不由得眼眶一红，又是深深吸了一口气，才不至于落下泪来。

陆澈静静地瞧着这一幕，终是悄声转身出门。

李微吟醒来时，天色已经微亮，她刚一睁眼，便看见伏在她床边睡着的叶熙宁，她心中一酸，想要伸手去摸她的头，又怕惊醒了她，眼内泛起雾气来。

昨日她随着温韶筝出门，等一切需要的用品采办完之后，温韶筝吩咐人直接将东西送往丞相府上结账，两人便准备上街买一些胭脂水粉用。

可是两人一到琉璃街上，她便察觉到不对劲，人群里的议论和指指点点越来越盛。等她欲拉着温韶筝走的时候，不知是哪里冒出来的人，喊着"这不是宁家的余孽吗？她居然还活着！快将她抓起来交给官府"，随后场面一片混乱，她已来不及脱身。

温韶筝一直抓着她想冲出人群，可终究还是被挤散了。

温韶筝被挤在人群外，神态焦急，说立刻回府上喊人来救她。

温韶筝走后，她便被一群人押着去了京兆衙门。那京兆尹王贤礼确实见过宁朝歌，识得她的模样，这时也是大惊失色。按理说，这事情涉及当年宁国侯府余孽一案，这案子虽然是由陆澈主审，终究还是在刑部的管辖范围之内，理应请求刑部介入，并与大理寺共同调查此案。

可那王贤礼犹豫再三，想着堂下之人若当真是昔日的朝廷要犯，头一个牵涉之人便是丞相，而丞相一旦有什么差池，可能会动摇国之根本。他一想到当年宁国侯府一案，几乎让整个靖阳城血流成河，心下便决定先派人前去丞相府通知陆澈，没有遣人告知刑部。

陆澈来的时候，她已经因这突如其来的事情，勉力支撑到最后，只听得陆澈一句："她不是宁朝歌，是我府上的客人，王大人若是质疑什么，改日你我上一趟大理寺。"她便昏了过去。

最后一眼，她看见的是陆澈向来冷淡疏离的神色一惊，冲过来将她揽进了怀里。

她的视线变得模糊不清，神志却清醒地知道，是他抱着自己喝退了围在京兆衙门外的人，将自己抱出了那里。

她竟觉得那一刻，从未如此安心过。

叶熙宁坐在李微吟的床头，靠在床上睡了过去，只是睡得极不安稳。她梦见李微吟站在一片白光处远远地看着她，和她说道："阿宁，以后我不能再陪在你身边了，你要好好地活着，连带将我未能过完的一生，好好地过。"

她惊慌地朝着李微吟奔去，大悲大恸之下，她猛然惊醒过来，伏在床边尚未从梦里的悲戚中回过神来，就听得耳畔有声音道："阿宁，你又做噩梦了？"

叶熙宁乍听到李微吟已经苏醒，面上的哀色立即敛去，欣喜地抬头朝她看去，抓着她的手开口道："你醒了？你没事了？"

李微吟见她神态紧张，朝她温和地笑了笑说："你守了我一夜，让你担心了。"

见她挣扎着想要坐起身来，叶熙宁立即起身想扶她起来，不料心急之下忘记自己伏在床边睡了一夜，腿被压得麻了，一个趔趄便摔了一下。

李微吟着急地侧身去看她，又是责怪又是心疼，说道："怎么这样莽莽撞撞的，摔疼没有？"

叶熙宁摇了摇头朝她看去，两人眼神相接，忽然都笑了起来。

此时仍是黎明之际，天色尚早，屋子里点的蜡烛燃了一夜，已经殆尽，只闻得一股烛火的味道。

她看着李微吟仍旧苍白的脸色，竟有种劫后余生的感觉。

叶熙宁揉了揉腿，待麻痹的感觉退去，起身将李微吟扶起来，替她垫好枕头让她靠着。

因屋子里只有她们两人，此时也不会有人过来，叶熙宁索性也不用手语与她交流了，直接问道："昨日发生了什么事情，怎么好好的又犯病了？"

见她嘴唇干涸，叶熙宁又给她倒了水来。

李微吟知道她必会问起昨日的事情，喝下她递过来的水后，便将昨日的意外说给她听。

叶熙宁听得心头一凉，没有想到竟会是因为这个，才害得李微吟病发，又想到昨日看见陆澈抱着昏迷的李微吟回来后发生的事情，她心中生出些愧疚来。

李微吟朝她莞尔一笑，声音温软道："昨日之事事发突然，谁也没有想到会发生那样的事情。"

"如此说来，是陆澈救了你，也并非温韶筝的责任，我昨日错怪了温韶筝，险些将她……"她心中隐约觉得有些不对劲，却说不出是因为什么，顿了下没再说下去。

"你将她怎么了？你不会动手了吧？"李微吟一惊。

叶熙宁目光深邃，有些懊悔自己的冲动，微一点头道："不过被陆澈拦了下来，所幸也没伤到她，只是吓得不轻。"

想到陆澈为了维护温韶筝而与她针锋相对时的样子，叶熙宁心中犹如被刺了一针，眼神一暗。

李微吟道："阿宁，往后做事不可如此冲动。你我来这靖阳城，本就是为了查清当年宁国侯府一案的真相，千万别因为一些旁的事情，牵扯出不必要的

105

麻烦。今后若是有些什么事情，你也要忍着，别忘了，我们还住在这丞相府上。"

叶熙宁心中，酸楚夹杂着疼意，仿佛整颗心被紧紧勒着，让她不得舒缓，只低声道："我知道了，你身子虚弱，再睡一会儿吧，我去厨房替你煎药，等一会儿药好了，我便喊你起来。"

李微吟应了一声，道："好，等会儿起来你我还需向陆澈和温姑娘道歉才是。"

叶熙宁一怔，声音微颤，带着沙哑道："这原本就是他欠我的，阿吟，他欠我宁家一百三十多条人命，还有那些因我宁家而无辜枉死的人，他不配得到你我的歉意，他没有资格。"

她眼里一股湿热的气息流转，心也跟着剧烈地疼痛起来，仿佛眼前看到的是尸横遍地的血腥和杀戮。

李微吟闻言，心中的情绪有些难以言表，她从未听叶熙宁主动提及陆澈的事情，如今听她提及旧事，心中却是遮掩不住的恨意。

那年她第一次见到叶熙宁的时候，叶熙宁身染重疾，脸上溃烂不堪，竟无一处完好的皮肤。她为叶熙宁医治之时，一寸寸地刮下叶熙宁面上坏死的肌肤，那样的切肤之痛下，叶熙宁浑身抽搐却始终咬紧牙关，一声不吭，一滴泪未掉。

她永远不会忘记，叶熙宁那时候眼内死灰般绝望的神色与恨，让她看着就觉得无望。整整半年时间，她才将叶熙宁医治痊愈。可让她无比震惊的是，叶熙宁竟与自己长得一模一样。而她也是那时候才从师父口中知道，原来自己并非孤女。她是靖阳城宁国侯府的二小姐，与宁朝歌是双生姐妹。

师父告诉她，她和宁朝歌出生在商州。那时候云州战事吃紧，她们的娘亲挂心她们的爹，便不顾自己身怀六甲，从靖阳城一路前往云州。

在途经商州之时，娘亲因一路奔波导致早产，她一出生，便被诊断为患有先天的心悸重症，而娘亲身体不支，产后血崩，幸得师父相救，保了一命下来。后来师父不忍她才出生，便随时可能夭亡，又得知她救的是当朝兵马大元

106

帅宁盛泽的夫人，顾念宁家世代为将，镇守边疆，忠君爱国，自当义无反顾地全力相救，才将尚在襁褓中的她保了下来。

娘亲感恩师父救了她们母女的性命，可为了让她能平安长大，主动提出让师父收她为徒，留在师父身边。宁家也必定对此事守口如瓶，不会打扰她清修，师父才收了她为弟子。

那时候突然知晓自己的身世，而自己救的姑娘非但是自己的孪生姐姐，竟也是从前她在茶楼听书时，说书人口中赫赫有名的本朝女将宁朝歌，她心中百般滋味。

世人不知，静慈法师除了医术了得之外，最擅长的便是易容术，而李微吟尽得真传，易容之术堪称出神入化，真假难辨。宁朝歌的脸好了之后，李微吟便替她做了一副面具，改头换面，亦抛却了往日的姓名，重新开始。

此后半年时光，对叶熙宁来说是地狱般的噩梦，身心剧痛之下她便不肯再开口说话。若不是在很长很长的时间里，李微吟半夜都会被她在噩梦中的尖叫声惊醒，李微吟都以为她原本就是不会说话的。

比起身体上曾经经受的痛苦，亲眼看着所有的亲人惨死在眼前，才是痛彻心扉的回忆。她只能耐心地去安抚叶熙宁，疏导叶熙宁的情绪。叶熙宁不肯说话，她就去学了手语，一点点地教叶熙宁，与叶熙宁沟通。如此又过了一年光景，叶熙宁的情绪才渐渐恢复正常。

她所知道的一切关于宁家和宁朝歌的事情，都是从旁人那里听来的，从未亲耳听她讲起过什么，她也从来不问她。

遭逢巨变，亲眼见自己的家人一个个惨死，被自己最爱的人背叛，这些暗无天日的日子李微吟陪着她一天天地走过来，都承受着巨大的压力，遑论叶熙宁内心所遭受的折磨了。

李微吟伸手抚了抚叶熙宁的手，道："阿宁，你可听过佛门关于'放下'二字之说？"

叶熙宁抬眼看着她，未曾说话，她明白李微吟所指的事情。当初她得知陆澈要前往商州时，想要报仇，想要回靖阳城查明当年一事的真相，当时李微吟说的话她仍记得清清楚楚。

她说："阿宁，这世上只有你我姐妹二人了，你既已在昭云观过得很好，何必再去追查那些令你不开心的往事？可若你坚持，我也必会帮着你的。原本我以为我生了这么一副病恹恹的身子，是老天爷让我遭了许多罪，可我知道，你心里的苦是我永远无法体会的。你也需明白，宁家不是只有你一人。"

她听李微吟轻声说着那个故事。

佛陀在世时，有一位名叫黑指的婆罗门来到佛前，运用神通，两手拿了两个花瓶，前来献佛。

佛对黑指婆罗门说："放下！"婆罗门把他左手拿的那个花瓶放下。

佛陀又说："放下！"婆罗门又把他右手拿的那个花瓶放下。

然而，佛陀还是对他说："放下！"

这时黑指婆罗门说："我已经两手空空，没有什么可以再放下了，请问现在你要我放下什么？"

佛陀说："我并没有叫你放下你的花瓶，我要你放下的是你的六根、六尘和六识。当你把这些统统放下，再没有什么了，你将从生死桎梏中解脱出来。"

黑指婆罗门这才了解"放下"的道理。

李微吟说："阿宁，我与你说这个故事，是希望你能明白，我希望你能活得开心一些，能从那些痛苦中解脱出来，而不是终日沉溺在悲伤里，它会毁了你的。"

叶熙宁心口像是被什么堵着似的难受，好一会儿才缓过神来，应了一声，说道："你歇下吧，我去替你煎药。"便扶她躺下，离开了屋子。

她知道，人这一生，注定是要忘却一些东西的。可是有些事情的真相，也不应该就这样被掩埋在时间的尘埃里，让那些逝去的人永远背负着沉重的枷锁。

活着的人，总要为那些死去的人，平反一些他们已无能抗争的不公的事情，才不枉她替那么多人活在这世上。

叶熙宁走到厨房外时，见里面还亮着灯火，走近才发现温韶筝支着胳膊在炉子旁睡着了。那炉子上正隔水温着一碗煎好的药，炉内炭火微亮。

温韶筝睡得沉，支着脑袋的胳膊便不由得一晃，这一晃便将她惊醒了。

温韶筝抬眼便看见叶熙宁悄无声息地站在身边，着实吓了一跳，忙起身问道："熙……熙宁姑娘，你怎么来了？"

见她有些害怕自己，又明白她彻夜未眠守在厨房里温药，是为了李微吟醒来便能喝上，想到昨日自己对她的态度，叶熙宁心中有些内疚。

她歉然地朝温韶筝笑了笑，启唇无声地道："谢谢。"

温韶筝一怔，看明白了她想说的话，神色欣喜，竟有些受宠若惊地说道："不必谢不必谢。李姑娘可是醒了？"

叶熙宁点了点头，回应她的问题。

温韶筝松了一口气，忙伸手去探了探炉子上锅里的水温，被烫了一下立即收回了手，笑着道："幸好这火还没灭，水还是热的，我这就把药拿出来，你拿去给李姑娘喝。我按照宋太医说的方法煎了药，不知道李姑娘什么时候会醒来，一早便煎好了药，一直守在厨房里温着怕药凉了。"

温韶筝一边说着，一边将药端了出来，放在盘子里递给她。

叶熙宁见她如此，怔怔地伸手接过，想着从前温韶筝便是这样细心的女孩子，自己是万万及不上她做事稳妥的，一时间竟不知道该做些什么，那些道歉的话也说不出来了。

温韶筝见她怔怔地端着盘子看着自己，问道："你是为了昨天的事情，觉得抱歉吗？"

见叶熙宁点了点头，她松了一口气，摇手笑道："这件事你不必放在心上，我知道你是着急。若是因为我，李姑娘出了什么事情，我……我也不知道该怎么办才好。如今她醒了就好，醒了我便也放心了。"

叶熙宁又牵动唇角朝她感激地笑了笑，将端在手上的盘子提了提，告诉她自己这就把药拿回去了。

温韶筝神色欣然地道："快去吧。"

见叶熙宁的身影消失在视线里，温韶筝挂在面上的笑容突然收敛，眼内神色不甘，咬着唇，泫然欲泣。

第六章　黑云压城现端倪

前几日夜探平西王府却出了意外，一无所获，本想再去一次，没想到出了李微吟这件事，因为这几日一直在丞相府内照料着，叶熙宁已有几日未曾出门。

每日裴衍下朝，便和陆澈一同过来。听闻这些日子，平西王到靖阳之后，私下笼络朝中大臣，已有多番动作，更加坐实了他确有异动。

而裴府的暗卫那边，一直监视着平西王的一举一动，加之朝史宬的密探这些日子在各地收集证据，案子已有了些眉目。

裴家的三小姐裴清懿已有好几日未曾来了，这日一早便出现在丞相府上。

"前几日听闻李姐姐病了，我本想来看望，可是我二哥不让我来，怕我打扰了姐姐休息。我想过了几日了，姐姐的身体应该好转了，便趁着我二哥上朝，偷偷溜了出来，姐姐的身体可好些了？"裴清懿难得乖巧地坐在一旁，看李微吟气色不错，浅浅笑着问道。

李微吟嘴角噙了一丝笑意，手指点了点她的眉心，笑道："三小姐今日来，可是有什么事情？"

裴清懿面上有些羞赧，伏在李微吟身上，抱着她的胳膊娇嗔道："李姐姐这样聪明，知道我是有事情，什么事情都瞒不过你。"

裴清懿极爱穿一身紫衣，衬着她姣好的容颜，鲜活而明朗。

李微吟弯了弯唇角，又道："三小姐几日不来，想的可不是我。来看我病好没好只是顺带的，来寻我家阿宁才是真的。"

她瞧着裴清懿，心下柔软，看着眼前这个放肆而骄纵的孩子，她总是在想，当年的宁朝歌，是不是就是这样？明媚张扬，有着所有人都不及的骄傲。

任性肆意的少女此刻乖乖地坐在一旁，笑着央求道："我原本是想来看看姐姐，姐姐的身子好了，那我便也放心了。今日前来，是想让熙宁姐姐陪我去一趟御林军，我既然跟着她学武，却没有一件称手的兵器，御林军中的军器监中十八般兵器样样俱全，我想一定能挑出一件合适的兵器来。"

她笑吟吟地说着，眼神看向静默地坐在对面的叶熙宁，稍显稚嫩的面容上透着她此刻雀跃的心情。她一身轻盈的淡紫色纱衣，随着春风飘扬，如同娇艳盛开的花一般，熠熠生辉。她问道："熙宁姐姐今日可有空？我特意问二哥要了他的令牌，方便你我出入军营之用。"

李微吟看着她殷切的神情，又看了看叶熙宁，带着笑意道："三小姐为了求阿宁跟你一同去，都扮得这副乖巧的模样了，阿宁又怎么忍心拒绝？"她笑意明媚地朝叶熙宁看去，"阿宁你说是吧？"

叶熙宁还是有些担心她的身体，面上有犹疑之色。

李微吟呷了一口茶，浅浅地笑着，眉目间俱是温柔之色，道："你不必挂心我，我在这府内哪儿也不去。若是无聊了，我便找温姑娘聊聊天。你总不能一直就守着我，哪儿也不去了吧？"

见她又劝自己，叶熙宁才点了点头，打手语嘱咐了一番，让她好好照顾自己，便随裴清懿一起出门了。

御林军军营处于皇宫西北侧，过去的路程尚有些远，马车需半个多时辰。

裴清懿一上马车便兴奋不已，一路上说着话，倒也不让叶熙宁觉得沉闷。原本颇长的路程，在她的谈笑间，很快就过去了。

　　两人来到御林军军中时，叶熙宁一眼望去，这军营虽比不得当年身在云州郡驻守之时，却也令她心中暗潮汹涌，仿佛浑身的热血都沸腾了起来。

　　裴清懿拉着叶熙宁的手，因着手中的令牌，一路畅通无阻地进了司兵库，那是御林军中专为打造兵器而设的。

　　司兵库门前两列架子上摆放着十八般兵器，裴清懿神采飞扬，漆黑晶亮的双眸里闪着熠熠光辉，展颜笑着指向那两排兵器，对叶熙宁说道："熙宁姐姐，你帮我挑一件吧！"

　　叶熙宁走至兵器架前，左边是长兵器，右边是短兵器，她的双眸扫视了一眼放在架子上的兵器，缓步走着，待走至长枪前时，她的步伐顿住，心中一动，想起了自己曾在战场上用的那一杆红缨枪，只是有一次为救人不慎折断。

　　她忍不住伸手将那杆长枪取出，仔细看了一眼，枪头锋利，泛着金属冷冷的光辉。

　　艳阳之下，她执枪而立，阳光斜照将她身下的影子拉得很长。她反手握住长枪，心中竟有几分压抑不住的情绪，似那厚茧之下想要破茧而出的飞蛾。

　　长枪枪法招数虽不多，用法却神妙灵活，刺、撒、拖、扫、挑、勾、回马等等，以这些常用的枪法动作为主，变化无穷。叶熙宁起手挑枪，出招迅速，迅疾如龙。

　　那一杆枪在她手中，简单的招式竟起无穷变化，手起枪落，微尘飞扬。

　　她的动作越来越快，看得裴清懿心潮翻滚，一双晶亮的眸子瞪得圆溜，只见最后叶熙宁手中的长枪枪尖起花，当空直刺，英姿飒爽。

　　裴清懿尚在惊叹中，叶熙宁已然凌空一掷，长枪迅速回落，转眼就回到了原先的位置上。

　　"哇！熙宁姐姐你好棒啊！没想到你的枪法这么好！我从前见豫白舞枪，

却没有你这般厉害！"裴清懿忍不住拍手称赞，眼神中透着艳羡。

叶熙宁回首朝她一笑，只听她问道："是不是所有当将军的，都使得一手好枪法？当年我曾见过宁将军一面，她有一杆红缨枪，甚是好看。熙宁姐姐，你能教我使枪吗？"

裴清懿身形娇小，长枪对于她而言，过于笨重，使用不便，实在算不上什么称手的兵器。方才她委实是因为许久不曾身临军营，心中情绪一时间难以控制，才忍不住耍了这一套枪法。她指了指裴清懿，又指了指那杆长枪，摇了摇头，示意她并不适合用枪。

裴清懿有些失落，却道："那我还是选别的吧。"

叶熙宁的眼神扫向旁边其他的长兵器，皆非裴清懿可使用，转而看向对面的短兵兵器架，唯有剑与鞭最为合适。

她伸手取了那两件兵器，回身用询问的眼神看着裴清懿，示意地问她：这两件兵器可喜欢？

裴清懿目光流转，眼神朝着她手上的鞭子看去，道："听闻宁将军随身佩戴的兵器，是一把银丝软鞭，十八般武艺虽不是样样精通，却也是我朝少有能将所有兵器运用得得心应手的，其中以枪法和软鞭最为精通。"

她上前几步，从叶熙宁手中接过那软鞭，随手一挥，那鞭子凌厉地朝地上拍去，耳边一阵鞭啸声，她眼内带着兴奋道："不如我就用这鞭子吧，和宁将军一样。"

叶熙宁有些好笑地看着眼前的少女，如果她知道，此刻站在她面前的，就是她口中的宁朝歌，不知是何反应。

她拔了剑，以剑尖在地上写字："剑素有'百兵之君'的称号，或许这两件兵器你可以都试试，再行决定。"

写罢她的眼神看向裴清懿，示意她看好了，随后一挥手中的剑，剑花微挑。她的深眸变得冷然明澈，素色衣衫影动，执剑一张一拢，将一套剑法使得行云流水。她旋身飞剑，将长剑抛离手中，剑身翻飞，又在下落之前将长剑收入鞘中。

裴清懿已看得呆了，见她将剑掷向自己，立即回过神来伸手接住那把剑，又将手中的鞭子飞向叶熙宁。

　　叶熙宁握着手中的长鞭，眼神沉稳。软鞭是软硬兼施的兵器，使用软鞭时鞭子与身形的协调性极强，她步伐轻捷迅速，软鞭舞动时上下翻飞，如蛇飞舞，极为灵巧。鞭身飞出之时，气势如龙如虎，柔中带刚，收回时劲力柔软，鞭随身转，亦随步换，收放自如。

　　她使鞭时挥击有力，抖击近乎直出直入，一招一式饱满流畅，快而不乱，密不透风，鞭起鞭落犹如秋风扫落叶，直叫人惊叹！

　　裴清懿的嘴被眼前叶熙宁的一招一式惊得张开，待她收鞭回身时，只见她眉目飒然生风，清瘦的身形在裴清懿眼中，犹如松柏长傲。

　　叶熙宁回眸看去，只见裴清懿眼中正泛着无比崇拜之色，痴痴地看着她道："熙宁姐姐，我以前最崇拜的人就是宁朝歌宁将军，可是我现在发现，我好像更加崇拜你了。"裴清懿一脸醉容，"我只听闻过宁将军是我朝第一女高手，但是究竟她有多厉害，我却没有亲眼见过，今日见姐姐为我一展武艺，我想姐姐若是愿意与那些所谓的高手一较高下，也必是排得上名号的。"

　　叶熙宁面上有些尴尬，这几年里，她甚少与人打交道，裴清懿对她莫名的崇拜与热情，让她有些无所适从。

　　裴清懿似乎一点都没有注意到叶熙宁不自在的神情，自顾自地道："完了完了，我原本是笃定了要与姐姐学怎么使鞭子的，可是方才又见姐姐的剑法，觉得用剑也不错，这下该如何是好？是选一种呢，还是两者都选？"

　　此时司兵库前方的长廊下，现出一道身影，眼神穿过回廊，落在叶熙宁身上，仿佛透过时光看到了另一端，有名女子神色倨傲，明艳张扬。

　　未待裴清懿从震惊、崇拜之中回神，裴衍人未到，声已到："旁人用得好的，未必你就用得好，一样未曾学过，你倒想着两样都选了，到头来一样都不会！"裴衍边说边朝着她们走来。

裴清懿乍一听见裴衍如此说，立即噘了嘴不满地道："二哥，我都还没学呢，你就这么看不起我。"

裴衍却没有理会她的埋怨，目光始终看着叶熙宁，眼神透着些不明的意味，言语中似有他意："听闻宁朝歌的梨花三十六枪法使得出神入化，以每三手枪法为母枪，而每一手枪法中暗含十二种变化，敏疾异常，上阵杀敌之时无往而不利，当年在云州几次大胜离楚，便是靠的她这一手好枪法！而她的鞭法亦是将灵巧与刚猛融会贯通。想不到今日竟能看见熙宁姑娘也有这等非凡的身手，实在有幸。"

叶熙宁心中一凛，方才因演示兵器而展现的明媚英姿因为裴衍的一席话，瞬间收敛，她神色没有任何改变地看向裴衍，淡定自如，只微微抿唇一笑，似乎一点都不在意裴衍所言。

裴清懿仿佛察觉不到二人之间微妙的变化，听见裴衍的称赞，方才因叶熙宁的演练心中久久的震撼越发难掩，眉飞色舞地与裴衍道："二哥，你也瞧见熙宁姐姐方才的演练了？二哥见多识广，也这般夸赞熙宁姐姐，那我可是选对师父了？"

叶熙宁只默默地将裴清懿手中的剑取走，安静地转身将兵器归于原位，面对他们兄妹二人的话，无动于衷，好像他们此刻讨论的，并不是自己。

裴衍含笑的眼神看向背向他的叶熙宁，缓缓地道："那是自然。"

听到裴衍肯定的回答，裴清懿的声音明显展露着兴奋之意，她双拳一握，一脸坚决地转向叶熙宁："嗯！我决定了，我一定要拜熙宁姐姐为师！"

叶熙宁一怔，她本想裴清懿若是想与她学个一招半式，自己也并不介意，可如今裴清懿竟要拜自己为师。她双眸微微一眯，心中思忖着方才自己是不是太大意了，因为对这裴三小姐没有什么防备之心，却也忽略了此刻身处御林军军营之中，这般张扬，叫人看见了，也惹人怀疑。

裴清懿满目神采，面上恳求，央着她道："熙宁姐姐，你就收我为徒吧！

116

我发誓我一定会好好跟着你学的！"转而又拉着裴衍的袖子撒娇道，"二哥，你就帮帮我，跟熙宁姐姐说说好话，让她收我为徒吧！"

叶熙宁见她神色恳切，沉默着未曾给予回复，反倒向裴衍看去。

裴衍与她相视一眼，忽地笑了，盯着叶熙宁平静的眸子，一字一句地道："小妹天真纯善，还望熙宁姑娘今后海涵。"

叶熙宁深黑的眸里看不出情绪，只想着裴衍此举是何意。当初在端穆王府，她暴露了装哑一事，后来他状似无赖地不肯动用府上的暗卫，才将她牵涉至平西王一案当中来。而今日在看见她展露锋芒后，他又将自己的妹妹托付于她，要她收裴清懿为徒，今后怕是要和他们有牵扯不尽的干系。

只是，她不明白，裴衍似乎已经对她起疑，那日他一句"陆相家中长得像朝廷逆犯的贵客，身边有个装哑巴又武艺高强的护卫，还在大半夜潜入曾因宁国侯府一案受责的端穆王爷的府中"已让她心中骇然。

叶熙宁目光回到裴清懿身上，微微一笑，点了点头。

裴清懿未曾想到叶熙宁竟然这般轻松地答应了她，惊喜不已，激动地抱着叶熙宁雀跃地道："啊！你答应了！你答应了！熙宁姐姐你真的答应收我为徒了吗？"

叶熙宁被她突如其来的拥抱惊得有些手足无措，不过片刻后也适应了她这一惊一乍的性子，抬手摸了摸她的头，示意她安静下来。

她朝着裴衍打手语道："你和她说，我既答应收她为徒，日后便要听我的话，绝不做违背道义之事。从今日起，收敛心性，专心习武，若是三心二意，那我们师徒二人的缘分，届时也当尽了。"

裴衍将她的话转告给裴清懿后，裴清懿微抬着下颌道："师父姐姐你放心吧，我才不会给你丢脸呢，我一定好好学，变得和你一样厉害！"

叶熙宁甫听她对自己的称呼，微微一怔，又觉这称呼甚是别出心裁，绽了笑颜，又打手语道："今日收了你为徒，我便赠你一件兵器，当作你拜师之礼，不过这件兵器需要借助军器监打造而成，改日我将图纸画好，你再拿去便可。"

裴衍听她如此说，心中有些诧异，这女子究竟有多少深藏不露的绝技，她究竟是什么人？他心中存着疑虑，嘴上不忘转告道："你的师父姐姐说要亲自设计一件兵器赠送给你。"

裴清懿惊喜地看着叶熙宁，笑得眉眼弯弯，问道："是什么样的兵器？师父姐姐竟还会设计兵器？你设计的，那定是最适合我的。"

阳光从云层里洒下来，照在几人身上。叶熙宁看着她含笑的面庞与满面期待之色，只见她脸上尽是掩饰不住的欢愉。叶熙宁神色浅淡地朝她笑了笑，执起她的手，在她手心写道："保密。"

多年以后，叶熙宁回想起此刻的光景，仍是难以自持地泪盈于睫。

这些纯粹的纯真，一点点地在今后残酷的岁月里，被抹杀殆尽。

从御林军军营回去时，马车先经过裴府，再往丞相府而去。

到达裴府之时，裴清懿跟叶熙宁道了别，便下了马车，走了两步见身后没有动静，奇怪地回身向马车看去，见裴衍还不下车便叫道："二哥，你还不下来！"

马车之内的裴衍依旧正襟危坐，丝毫没有下车的意思。

叶熙宁与他对视着，眼神有些警惕地看着她，听见裴清懿的声音，她的眼神朝马车门口瞥了瞥，示意他赶紧下去，她要回丞相府了。

裴衍清俊的面容上含着浅浅的笑意，眼神看着对面的叶熙宁，冲着马车外的妹妹喊道："二哥还有事情，你先回去。"

还未等裴清懿那一句"我也要去"落下，他已经吩咐车夫驾车而去。

叶熙宁疑惑地看着他，裴衍展开手中的折扇，慢慢摇着，低声道："这几日收到一个消息，我想你会感兴趣的。"

不知为何，她总觉得这个人有许多心眼，一不小心便会中了他的圈套。她继续看着他，等着他说下面要说的话，只是神态间多了几分防备之色。

裴衍轻笑一声，道："你何必如此紧张，我又不会对你怎么样。"

118

叶熙宁生硬地笑了笑，依旧用手语跟他交流："对狡猾的人，多些提防总是安全一些。"

听她如此坦言对自己的态度，裴衍有些愕然地看着她，连摇着扇子的手都停了下来，颇是受伤地道："你真是太没良心了，两次有险都是我帮的你，竟还如此看我。"

叶熙宁听他提及那两次意外，不由得想起当时的情景，面上略有尴尬之态，打手语回道："你有什么事情，赶紧说。"

裴衍转而一笑，将折扇一收，生出一股风姿神秀之感来，正色道："我府上的暗卫这几日意外得知端穆王爷在查探昔日宁国侯府一案的事情，像是在追查当年一案是否有幸存之人。"

叶熙宁微微一怔，马车一路颠簸，摇摇晃晃的，如同她此刻上上下下的心。她一动不动地坐在那里，目光虽落在裴衍身上，眼神却飘忽着，想着旁的事情。

她似乎又听见裴衍问道："那日你射进王爷屋内的飞镖上，到底写了什么？"

经他一问，她心中一凛，却不打算回答他，只垂了眼睑收回目光，沉默以对，不欲再与他说话。

裴衍又道："你越是如此，我倒越发好奇起来了，熙宁姑娘身上藏着的秘密，真是令裴某十分感兴趣啊……"

见她一副拒绝和自己说话的样子，裴衍也不在意，继续道："你若是肯将那日之事告知于我，我或许有法子帮你。"

叶熙宁听他如此说，心中一动。她虽不知道裴衍为何会对宁国侯府一事如此上心，却知道他并没有恶意。裴衍行事虽总是出乎她意料，此刻她却没有怀疑他所说的话。

她抬起头来，又看向他，等待着他的话。

裴衍像是料定了她会被自己说动，难得正经地说道："我不知道你究竟是什么人，可是我与你有着一样的目的，我想借平西王一案，彻查当年宁国侯府一案。"

叶熙宁未曾想到，裴衍竟然能凭着蛛丝马迹的线索，猜到她要做什么。想到平日里他玩世不恭的样子，她看着他的神色，不由得认真起来。

裴衍看着她的反应，越发肯定了自己的猜测。

"我知道你一定在好奇我为什么要查宁国侯府的案子，不过既然你对我也有所隐瞒，而我也不想追查你究竟是谁，那么我们何必保留着彼此的秘密而合作呢？"裴衍定定地看着叶熙宁的反应。

她此刻的内心，震惊之余也在慎重地考虑裴衍的提议。

她不知道自己将信任交与一个相识不久的人会有多危险，她唯一的牵挂便是李微吟的安危，除了李微吟她已经没有什么可以失去的了。

叶熙宁怔怔地看着眼前等待她回复的人，良久，脑袋僵硬地点了点。她缓缓抬手，手指翻动，告诉他："宁家尚有后人。"

不知道是自己的错觉还是他掩饰得太快，她竟发现他眼内有稍纵即逝的喜色，她心中微愕。

因为答应了要亲自为裴清懿设计一件兵器，叶熙宁这些日子一直忙于图纸的事情，着实费了一些心思。

李微吟瞧着她这副醉心的模样，心中有些酸楚。她从未见过阿宁像此刻这样专心地做着自己想做的事情，她从前当是极爱做这些事情的，如今却只能隐姓埋名，背负着那些令她痛苦的回忆活着。

只是这图纸尚未完成，却传来消息，京兆衙门接二连三地接到有人告状人口失踪。此事一开始并不怎么轰动，可是当报来的失踪人口越来越多时，便引起了些许骚动。京兆尹王贤礼便立即增派人手前往查探。这一查方得知失踪的人皆是男子，而且多为铁匠，他便察觉到此事定有蹊跷，又将此事呈报了朝廷。

刚得知这个消息，军器监那方又呈了消息上来，已有多名锻造师和官员无

120

故失踪。原先有人未曾按时来军器监，也没人在意，以为家中突发了什么状况，哪知随后又有几人失踪，又听闻京兆衙门那边呈上来的消息，军器监才察觉不对劲。

军器监一直与各州都作院负责掌造兵器、戎帐、什物等，又执掌着整个姜靖国的军用物料。此事一出，一下令朝中大臣们哗然。

这案子不消多时便传了开来，案发之后半月多，陆澈都在为此事奔波，终日不在府上，连裴衍都甚少再出现在丞相府。

叶熙宁也隐隐察觉到这事与平西王有关，到了案发快二十日时，裴衍有一日晚上，翻墙进了丞相府，险些被叶熙宁当成刺客给揍了。

见来人是裴衍，她才松了口气。

裴衍拉着她就进了屋，道："别惊动丞相府上的人。"

叶熙宁已有一段时日未曾见到他，没想到再次见着，竟是他大晚上翻墙进来。

她刚想责备，进屋后目光落到眼前男子的脸庞上，看到他眼里的疲惫和面上胡子拉碴的样子，有些错愕。

裴衍进屋后就自顾自地倒了杯水喝，放下杯子时转头看到叶熙宁正静静地看着他。

她的眼睛很明亮，见她直直地盯着自己，裴衍不由得摸了一把脸，调侃道："怎么？有些日子不见，熙宁姑娘不认得在下了？"

叶熙宁收回目光，摇了摇头，刚想打手语回他的话，却不料裴衍抬手抓住她的手，眼神深深地看着她。他的眼神透着莫名的炙热，竟让她有些心虚地想回避，都忘了要抽回手。

"就我们二人，你就不能同我说话吗？"

不知道为何，往日要是听他这么说，她一定不想搭理他，可今日见他这副狼狈疲倦的样子，她心中一软，开口道："你怎么成了这副样子？"

裴衍长舒一口气，松开了她的手，示意她坐下。两人坐定后，裴衍端正了一下脸色，道："这些日子查到了一些重要的线索，那些铁匠和锻造师失踪一案，确实与平西王有关。这些人都是被他抓去替他私造兵器的，军器监那些失踪的官员，也是因平西王想从他们那里得知一些朝廷执掌的铁矿所在。而今日朝史戎的人几经周折，查到平西王这些年来，一直有人暗中相助，只是至今尚未查到此人是谁。"

叶熙宁目光微动："平西王有勇无谋，这些年来却在军中大放异彩，收拢军权，已叫人刮目相看，背后若无人相助，实难有今日的地位。"

裴衍点头赞同她的说法："此人隐藏得如此之深，绝非将平西王推上高位如此简单。他将自己的身份隐藏得很深，背后必有大阴谋。"

经裴衍一席话，叶熙宁像是想到了什么，心中一动，道："可能查到当年曹正韬是如何成为击杀宁帅的人员的？"

裴衍微微眯了眯眼睛，慢慢地道："你是怀疑当年之事背后有隐情，还和此案有关？"他略一思忖，觉得叶熙宁所言甚有道理，"你这么一说，似乎又多了一条线索，明日我便告知皇上，看能否查到。"

他忽然起身，一边想着事情，一边往里走。

叶熙宁跟着他站起身来，看着他走到自己的床边，方觉察出不对来，忙闪身至他跟前，拦着他的去路，问道："你做什么？"

裴衍神色疲惫，打了个哈欠道："睡觉啊，我已有三日未曾合眼，一得到消息，便来这儿告知你。你看我都累成这样了，你就让我歇一下能如何？"

他伸手将叶熙宁挡开，倒头便往床上睡去。

"喂！"叶熙宁无奈地看着他，见他合眼睡着了，并没有其他的举动，想了想便任由他去了。她重新回到桌子边坐着，想着方才裴衍说的事情。

裴衍睁了睁眼，看见叶熙宁坐在桌子旁的身影，着实有些累了，心满意足地闭上眼沉沉地睡了过去。

堂堂天子脚下，接连发生人口失踪，连朝廷命官都跟着遭了殃，这件事情终究还是传了开来。御林军在城中加强了戒备，连宵禁的时辰都提早了，引得城中百姓人心惶惶。

此案发生之后，皇帝责令刑部和京兆衙门全力督办此案，又命裴衍和陆澈继续暗中追查。朝史戎的人，也秘密调查着关于此案的线索。

裴衍在旁人眼里，素来是个十足的纨绔子弟，如今倒是有条不紊地指挥着御林军护卫皇城。倒是那个刑部尚书魏良毓，因为这件事情拖了快月余，还未有什么结果，终日战战兢兢的，生怕圣上怪罪，惹得旁人闲话又多了些。

这案子时间拖得久了，难免令人心烦。

这日早朝，皇帝又发了很大的脾气，将魏良毓、王贤礼一干人等责骂了一顿，下了旨意要他们半月之内必须将此案了了，否则就革职查办。

大抵是因为陆澈从前是刑部出来的，魏良毓这些年来虽然碌碌无为，在当初陆澈还是个刑部侍郎的时候，对他倒也算不错，是以一有什么事情，他便求着陆澈给拿主意。

这些年来，陆澈虽做事不讲情面，对魏良毓倒也算仁至义尽，念着些往日在刑部供职的情分，便在朝上替他说了几句好话，才平息了皇帝大半的怒气。

下朝之时，魏良毓亦步亦趋地跟在陆澈身后，惶恐着要如何才能在这么短的时间内查明此案。

陆澈也甚为头疼，只说了一句："魏尚书再有时间在这里与本官说些没用的，半月后就该告老还乡了。"使得魏良毓脸色垮了又垮，赶紧继续去查办此案。

裴衍跟在他们身后良久，见魏良毓急匆匆小跑离开的身影，笑了笑走上前几步，与陆澈并行。

此时下朝的官员们，都已走出宫门，唯有他们二人还在宫里。

"看不出来，陆大人还有护短的时候。"裴衍瞧着方才那一幕，冲着陆澈感慨道。

裴衍这句话在旁人听起来，不过是觉得陆澈当初也是刑部的人，才会这么做。可是这话清晰地落在了陆澈耳里，却听出些别的意味来。

他向裴衍瞥了一眼，两人一同走着。

"听闻前两日，裴大人在查当年平西王和宁国侯府的事情？"他神色平静，看不出什么情绪。

裴衍笑笑道："这事竟还传到陆相耳朵里了。"

"若是不传到我耳朵里，怕是过阵子此案就与本相有什么牵扯不尽的干系了。"

"哦？陆相此话何意？"裴衍装腔作势地问道。

这几日裴衍不知为什么，忽然查起当年宁帅被杀一事。此案的卷宗，从刑部呈交至大理寺后，便没有人再查阅过。此等谋反叛逆的大案，若要重启卷宗档案查看，必须得经过皇帝御批才行。

这裴衍不知道用了什么法子，竟让皇上准了，将大理寺的卷宗给调了出来。

"本相是何意，裴大人莫非不清楚？"陆澈顿了脚步，朝他看去。

裴衍亦停了下来，摇了摇头，叹道："只可惜，当年的卷宗里并未提及是何缘由，不过今日陆相既然提及，裴某倒是想问问陆相，当年之事究竟为何？"

陆澈面上毫无意外之色，像是料定了他会有此一问，没有回答他的问题。

裴衍始终含着笑，不避讳地看着他，像是非要从他平静的脸上，看出些端倪来。

当年陆澈与宁朝歌有着婚约，他为何会转变如此之大？他对宁朝歌，究竟有几分真心？还是只是利用她，借此机会从此平步青云？

倘若他只是利用宁朝歌想要荣华富贵，宁帅并无子嗣，宁朝歌身为他的独女又屡立军功，将来执掌大姜军权的，便是这位宁小将军，成为宁家的东床快婿岂不更加如虎添翼，他又何必为此背负骂名？

陆澈和平西王作为当年致使宁国侯府覆灭的关键人物，两人之间又存在着什么样的关系？

宁国侯府一案作为他登上丞相之位的"政绩"，缘何他会如此忌讳提及？当中又有些什么隐情？

这一个个问题，在裴衍内心里蠢蠢欲动地想要问出口，他却不得不克制自己的冲动。

"裴大人在卷宗上所看到的，就是真相。"良久之后，陆澈终于说道。他的目光深郁清澈，好似他与宁国侯府往日那些千丝万缕的干系，都不曾存在。

裴衍也毫不意外他会如此回答，他不过是想试探一下陆澈对这件事情的态度，听到他如此回答，他不禁笑道："料想你会这么说，问了也是白问。"

陆澈淡淡地看了他一眼："裴大人近日来，倒让本官有些刮目相看。"

裴衍向来对朝廷的事情不大上心的模样，此番处理这一案子，他心思的缜密程度，让陆澈对他改变了些看法，方才之事甚至让他有些诧异。

裴衍听他这么一说，朗声笑了笑道："不想我竟还有一天能入陆相的眼，惶恐，惶恐至极啊！"

陆澈没有答话，只看着他有些浮夸的样子，笑了笑便负手向前抬步，身姿丰神俊秀。

裴衍深黑的双眸看着陆澈离去的背影，他那一身普通的官服这么瞧着也有一股正气之感，裴衍心头涌起一股暗潮，不由得玩味地笑了笑。

靖阳城城东五里之外有一片密林，周围多为农庄，常有农家住户在这片林子中打猎。这日有位猎户打猎归来时，发现了三具被遗弃在密林中的尸体，心中害怕，于是立马下山报了官。

京兆衙门一接到这个案子，本已被近日的失踪案弄得焦头烂额，现在又涉及人命，第一时间就通知了刑部，一起前往城东的山上。

先是失踪案，现在又出了命案，原本魏良毓的日子就不大好过，现在一下急得快火烧眉毛了，匆匆随着王贤礼去了命案现场，又着刑部侍郎林慎思前去丞相府上相告，望丞相能相助一二。

陆澈随林慎思一同前去，一到现场，便被告知那几具被丢弃的尸体，就是军器监失踪的两位锻造师和一位少监。

不消多时，工部也收到了这个消息，立马前来辨认，确认了就是军器监失踪的人。

而裴衍此时，却带着叶熙宁又去了一趟大理寺。因他拿着御赐的金牌，轻易便进了卷宗阁内。

叶熙宁见他屏退了衙役，让他们在外守着不许靠近，便放下心来开口问道："听闻军器监失踪的人已经被杀了，此时你不去协助查案，带我来大理寺是为何？"

大理寺卷宗阁内的卷宗，向来以历代皇帝分区而放。为方便查阅，每个年号均有标识。叶熙宁扫了一眼一排排高立的柜子，不大明白裴衍想要做什么。

裴衍正边走边扫视着柜子上的年号标识，又听叶熙宁问道："你是要查当年的卷宗？"

此时裴衍的脚步停留在先帝爷一朝存放的卷宗柜子前。

他回首，高深莫测地朝她笑了笑道："此当年非彼当年。"

见她面有疑惑之色，他解释道："当年宁国侯府一案，震惊朝野，谋反乃大罪，理应由大理寺主审，刑部配合。这件案子却是刑部主审，整个案子大理寺不过空担虚名。结案之后，刑部才将卷宗转交给大理寺。当年陆澈深陷两方的关系，却毫不被牵连，更因这案子从此平步青云，短短一年之内，便从小小的刑部侍郎一跃官至丞相。"

裴衍所说之事，众人皆知，叶熙宁难得地耐着性子听他说着。

他回过头去，极为迅速地扫过柜子上的卷宗，口中却未曾停下，继续道：

"一个小小的刑部侍郎，怎么能仅凭一己之力，扳倒权倾朝野的宁国侯府？"

叶熙宁的脸色微微一动，心中一凉，黯然道："只要皇上相信，又有什么是不可能的？"

"哼，"裴衍忽然冷笑一声，再次回首看向叶熙宁，"你说的不错，只要能让皇上相信，任何小小的罪名都可以成为大罪，何况一出口就是'谋反'二字！只是……"他的声音顿了顿，"只是如果陆澈想要的不过是权势，你觉得以当年宁国侯府的力量，选择成为宁家的东床快婿，他会得不到他想要的？"

叶熙宁的心忽然像是被针扎了一下，刺痛的感觉瞬间传遍全身。

她眼神一黯，下意识地避开裴衍的目光，道："我不知道。"

"除非，他对宁家恨之入骨，想除之而后快。"裴衍神色淡淡，言辞间下的判断却十分有把握。

叶熙宁与他一同站在柜子旁边，阳光透过窗户映射到屋内的光芒，让站在此处的两人身上，洒满了层层光辉。

因旁边的柜子遮挡，裴衍的面庞在阴影与光芒相交之下，让她看得有些不真切，如同他方才的话那般。

而她的内心犹如惊涛骇浪般拍打着，一时间难以消化裴衍所言。

"恨……恨之入骨？"她的声音轻而颤，带着难以置信的质疑。

恨之入骨的，难道不应该是她吗？

叶熙宁闭了闭眼睛，忽然明白过来："你怀疑此事背后另有隐情？"

"不是怀疑，是肯定。"裴衍的目光重新回到柜子上，向旁边挪动了一步，"我们今天要查的是我的皇帝姐夫还没登基之前的事情。"

他口气随意，像是在说什么无关紧要的事情，一点都不像是来办正经事的。他刚说完话，正要转身查看另一排柜子，无意之间看见脚边的一格，光线不十分明朗，阴影之下只看见挂在柜子旁边的竹牌之上刻着"神爵"二字，他眼中一亮忙蹲下身来。

叶熙宁见到他的动作，敛了敛心绪，一同蹲下身来，问道："你查那些事

127

情又是做什么？"

裴衍没有回答她的话，却说起另外的事情，道："我姜靖国所有入朝官员皆有秘密案卷，两年前我曾在机缘巧合之下，进入朝史庱查过陆澈的案卷，你猜怎么着？"

他转头看了看那堆卷宗，自己却不动手，眼神示意叶熙宁将那些卷宗取出，自己则起身退开，向旁边的桌子走去。

叶熙宁一怔，敢情这裴衍，将自己当成他的随从了？她顿时微微蹙眉，一回头看见裴衍正坐在桌子旁悠闲地摇着折扇，一副惬意的模样，她更是不悦。

"陆澈那卷宗，除了案卷表面标注的姓名、生源地以及是何年何月何日出生之外，翻开案卷，里面却是空的。"

叶熙宁被裴衍这一句话，惊得心中又是一怔。

裴衍的眼神落到蹲在地上愣神的人身上，提醒道："发什么愣呢？还不赶紧将那些卷宗抱过来？"

换作平日里裴衍若是敢这么对她说话，她定好好教训教训他。只是方才他说的话，却让她陷入思索之中，脑中不断想着一些事情，便也懒得与他计较旁的事情。

她伸手将架子上的卷宗一本本地放到怀里，裴衍坐在那方，看着她低首整理卷宗的身影，不知怎的，与三年多前皇城楼上看到的那个身影，竟然重叠起来。

"什么都没有？"叶熙宁抱着那一大摞卷宗走了过来，眼中有些不可思议，缓缓地问道。

裴衍瞧着她的容颜，五官虽算不上精致，眉宇间却透着一股英姿，仿佛峭壁上的幽兰洁净秀丽，遗世独立。

叶熙宁的长相与宁朝歌并不相似，他却莫名地觉得眼前的她与宁朝歌，有着难以言说的相似之处。

她低头思考着，长而浓密的睫毛在面庞上照出一小片阴影，难得地放下了警戒心，透着些许温柔，半遮半掩地藏在她的睫毛之下，仿佛春水被微风拂过后的涟漪，微微漾着。

裴衍的心仿佛也随着那温柔的涟漪一动，却又立即被自己这忽然而来的心动惊了一下，收回目光点了点头，道："堂堂陆相，他的案卷竟是空的，实在令人匪夷所思。"

"你是怎么查到的？"叶熙宁朝他看去，不解地问道，"朝史宬没有圣上御令，旁人休想进去。"

裴衍忽然凑近，叶熙宁面对眼前放大的这张脸，瞪圆了眼睛，只听他道："求我啊，求我我就告诉你。"

陡然见他如此痞态，与他尚算仪表堂堂的外形气质实在难以联系起来。

她伸手将他推开几分，朝他绽了绽笑容，呵呵一笑道："就不求你，憋死你。"

"阿宁，身为女子，怎能如你这般不识情趣？"裴衍直摇头，一副恨铁不成钢的模样。

叶熙宁怔了怔，忽然想起曾经自己也对一人说过相同的话。

"陆澈，你怎么能这么不解风情？"

那时候他是如何回答的？

他黑而亮的双眸上下打量了她一番，清俊的面容之上浮起笑意。笑意温柔，他靠近她反问道："你确定你身上有'风情'这东西？"

不知怎的，她向来灵活的身姿忽然就变得僵硬起来，连呼吸都困难，脸竟噌的一下染上一片绯红。

明明是自己先撩拨他，为什么会变成这样？

那个曾经经不起自己一点点撩拨的陆澈，竟然渐渐变得像狐狸般狡猾。

可是所有的这些温柔，最后竟然成了捅向宁家最利的一把刀，将她的心一片片凌迟。

裴衍见叶熙宁忽然出神，神色变得有些古怪，便伸手在叶熙宁眼前晃了晃。

　　叶熙宁见眼前裴衍的动作，心中本就不快，蹙着眉头抬手打开他的手，连看都不看他一眼，冷淡地问道："要查些什么？"

　　裴衍感受到她情绪的微妙变化，下意识地问道："怎么了？"

　　裴衍仔细瞧了她一眼，眼前的女子静柔的神色之中，带着几分疏离与肃然，手上不疾不徐地将眼前的案卷挪开，取了一本在面前摊开。

　　她方才忽然表现出来的俏皮与锋芒，此刻尽数收敛，像是从未展现过。

　　是他的话，勾起了她不愉快的回忆？

　　裴衍这么想着，心知她并无告诉自己的意思，嘴上回道："查一查神爵十三年前后，有哪些案子是涉及宁家的。"

　　叶熙宁心中一怔，如果没记错的话，陆澈出生于神爵十三年二月，联想到先前裴衍说的话，她心中隐隐有些明白他要查的是什么，只点了点头嗯了一声，便细细地翻阅起来。

　　一个多时辰后，裴衍终于从神爵十二年的一卷卷宗之上发现了一则案卷的异样，立即将卷宗递到叶熙宁面前铺开，指着纸页上的字迹，将卷宗之上提到的案子复述了一遍："你看，神爵十二年七月，云州无字关一战，副将陆文渊因求胜心切，不顾军令执意追击敌军，致使十万人马遭受伏击，惨败于离楚，被处以死刑，斩首示众。"

　　叶熙宁默然不语，眼睑被裴衍的话惊得微微一跳，目光顺着他的手指向泛黄的纸张上看去。

　　她越往下看，心情越是沉重。

　　她在军中跟随父帅多年，却从未听父帅说起过陆文渊此人，也没有听各位叔伯提及过此事。可是她知道，即便陆文渊因决策失误，导致整个战局失利惨败而归，斩首之刑也过于严苛。

　　她心中明白裴衍所指，沉静地问道："这只是怀疑，虽是同姓，可陆姓是

130

大姓，光我朝四品以上的官员，陆姓之人便有不少，你怎么确信此人与他有关？"

"是，我的确没有把握。"裴衍道，"但是堂堂一远征副将，说斩就斩，宁帅不像是如此草率之人。若说陆姓之人与宁家有些渊源的，我想除了这位陆文渊将军，也没有旁的人了。"

"二十几年前的事情，如何查？"她不由得问道。

裴衍深深地看了叶熙宁一眼，那眼神意味深长："有一人定然能解你我之惑。"

她不自觉地眯了眯眼，问道："你是说，端穆王爷？"

第七章　真作假时假亦真

　　裴衍携叶熙宁至端穆王府之时，端穆王爷正与前丞相张首正下棋。下人本要前去通报，却被裴衍拦了下来，道："等王爷和张老下完棋再说也不迟，千万别打扰了他们的雅兴。"

　　张老乃棋痴，如今已七十有八，为官五十余年，历经四朝，直至景泰十年方以年迈体衰，无法再替圣上分忧为由告老辞官。

　　圣上念他劳苦功高，又是先帝极为倚重的重臣，一切用度俸禄，仍以丞相之礼待之。

　　当年圣上刚登基皇位不稳，也全靠张老一言"臣既为臣，当以天子为尊，岂可做那乱臣贼子"让朝中心存异心之人纷纷归顺，使得圣上对其深有感激之心，如今见到张老，仍以"老丞相"尊之。

　　景泰十年，宁国侯府一案发生之际，张老因身体有恙，正于老家休养，得知消息后痛心疾首，立即赶回朝中。

　　他颤颤巍巍地拄着拐杖，在玄武殿中指着龙椅之上的皇帝，破口斥责其行事不计后果，动摇朝廷根本，离楚多年来对我朝虎视眈眈，皇帝竟然将忠臣名将悉数铲除，实乃昏君所为。

皇帝竟也垂首如黄口小儿，任凭张老怒斥。

张老喟然离去之时，三声痛呼"国之将倾，天将亡我大姜矣"，令皇帝敢怒而不敢言，至此君臣之间终是存了罅隙。

皇帝毕竟是皇帝，虽尊重这位四朝元老，可此事终究也是极度驳了皇帝的面子，有损皇帝威仪。所有人都以为，这君臣之间再无缓和的可能，然而在陆澈人主丞相之位时，张老的举动却令众臣颇为诧异。

他力排众议，支持皇帝的决断，赞陆澈"行事果决，明经擢秀，定能光朝振野"。

在旁人看来圣上、张老与陆澈之间剑拔弩张的关系，从此倒有些雾里看花了，甚至传闻陆澈为讨好张老，常常陪他下棋，以便借他的名望稳固自己的地位。

这几年陆澈虽手段杀伐，令人闻之心生畏惧，却也着实肃清了朝政，将国力提升不少。

裴衍正与叶熙宁在客厅中喝茶等着，叶熙宁忽然想到裴清懿曾和她提及端穆王爷的独女姜青璇从小便喜欢裴衍，又想起裴衍小时候的事情，眼角眉梢便浮起笑意来。

"什么事情让你这么开心？"裴衍瞧着她含笑的样子问道。

她打手语道："今日嘉柔郡主不在府上？你来了也不出来见见你。"

裴衍眼中忽然亮了亮，笑意渐深，道："是有些时日不见我那郡主妹妹了。"

叶熙宁本想取笑他，可裴衍的回答着实让她有些失望。

她的笑意顿了顿，落在裴衍眼里却是另外一种意味。他正欲开口再刺激刺激她，那方的珠帘被掀起，只听得一声"裴衍哥哥"，一名一身水绿衣衫的少女便已翩然而至。

叶熙宁朝着嘉柔郡主看去，只见她容颜虽称不上绝色，却也是明眸善睐，肤若凝脂。她看着裴衍的目光盈盈的，道："裴衍哥哥是来寻我父王的？"

裴衍笑着用折扇轻轻敲了一下她的额头，嘴唇微启，道："聪明！"

嘉柔郡主见他夸赞自己，展颜一笑，正欲拉着他坐下，瞧见旁边还站了一位容色清丽的女子。

叶熙宁见她的目光看向自己，便拱手行了个礼。

裴衍瞧着她，向嘉柔郡主解释道："她不会说话，郡主别见怪。"

甫一听裴衍的话，嘉柔郡主的神情有些吃惊，未曾想到眼前这位长得如此标致的姑娘，竟是个不会说话的，她眼里多了些心疼，说道："怎么会见怪呢，都坐下吧。"

几人坐下之后，叶熙宁只十分安静地坐在一旁，拼命让眼前两人忽略自己的存在。只是这裴衍故意总看向她，惹得嘉柔郡主亦频频看向她，让她好一阵尴尬，而她面上的神色越是别扭，裴衍却笑得越是开心。

那方正下着棋的端穆王爷看着对面合着眼的张老，轻唤了几声："老丞相？老丞相？"

见张老没回答，他心知张老这是因年岁已高，几局棋下来已不堪劳累，撑着胳膊便靠在案几之上打起盹儿来。

端穆王爷忙悄悄起了身，命下人过来将棋局撤下，扶着张老在榻上躺了下来，又取了薄毯来，替他盖上。

待一切收拾妥当，府上的下人才告知他裴衍裴二少已在客厅等候多时，他立即匆匆前往客厅相见。

得知裴衍二人的来由之后，端穆王爷面色肃了肃，眉心亦微微一挑，吩咐嘉柔郡主先行下去。

待女儿离开后，他才略一沉吟道："裴少为何突然问及此事？"

叶熙宁站在裴衍身侧，听端穆王爷相问，不由得将眼神投向裴衍，只见他坦然地笑了一下，回以二字："好奇。"

端穆王爷不想他竟答得如此随意，微怔之后才说道："当年宁家也如同裴

134

氏，显赫至极，只是凡事有可为有不可为。宁家之事，裴少还是不要好奇为好。"

那半是相劝，半是警告的言语，对裴衍来说似乎并不起作用，他道："裴某本以为王爷对宁家之事尤为关心，只是不承想当年举万言书叩请陛下的那一人，如今连旧事都不敢重提了吗？"

端穆王爷不置可否地缓缓一笑，面上略有无奈之色："宁家之事牵涉甚广，裴二少既与此事无关，又何必再提？旧事重提，不过是多连累一些当年与宁家有关之人。"

端穆王爷的话让叶熙宁内心深处的伤疤和沉痛像是被重新揭开了一般，一瞬间侵袭而来的疼痛传遍全身，让她呼吸都有些发颤。

端穆王爷叹了一口气，坐到座椅之上，取了茶盏抿了一口，又道："这件事情逆了龙鳞，真相如何其实并不重要，重要的是皇上想要铲除宁国侯府，收归兵权。"

裴衍面上笑意依旧，目光却变得深沉，道："王爷的意思是，这是皇上授意为之？"

端穆王爷叹了一口气，道："本王劝你们还是不要再查当年之事了。"

"那王爷呢？"裴衍笑意未明地看向端穆王爷，"王爷想置身事外，可是那日晚上王爷府中来的不速之客，却令王爷这些日子以来对此事耿耿于怀，又是为何呢？"

端穆王爷又是一怔，眼前这少年郎笑意明朗，眼神温和干净，却透着洞察世事的精明。那日之后，端穆王府的护卫便在靖阳城内搜寻那人，只是始终再无那人踪迹。

若非那日来人留下的飞镖与字条证明她曾出现在端穆王府之内，就好似此人从未出现过一般。

裴衍身为御林军统领，城中必然布满了他的眼线，靖阳城内发生的一举一动，必然逃不过他的眼睛。更何况，裴国公府的八大暗卫实力不容小觑。

可是端穆王爷怎么也不会想到，那让他费尽心思找寻的不速之客，今日堂而皇之地出现在他面前，他却不知道。

端穆王爷叹了口气，说道："想不到三年多过去了，宁家之事终究还是逃不过去。"

正如裴衍所猜测的，他们从大理寺卷宗之上查到的陆文渊，正是陆澈之父。

当年陆文渊与宁盛泽情同手足，两人相识于江湖，面对当时风雨如晦的朝政，难抑心中凌云之志，相谈甚欢，将对方引为知己，更是结为异姓兄弟。

陆文渊出生乡野，空有一身才华与武功，几番尝试报效朝廷，却屡遭小人排挤，早已对大姜朝廷失去信心。

宁盛泽却是将门虎子，一出生便有得天独厚的优势，此番游历江湖，不过是一时兴起，却不想结交了如此好友，为了不让陆文渊心生偏见，便对他隐瞒了真实身份。

在宁盛泽的劝说之下，陆文渊终于放下对朝廷的成见，愿意与宁盛泽一同投身军中，两人在战场上出生入死。凭着宁盛泽的骁勇善战与陆文渊的智谋，两人很快便在军中崭露头角。

当宁盛泽与陆文渊一起被封为领军大将军之时，宁家才得知，那一宝贝独子竟然独自闯荡江湖之后投身入军，从小小的兵士做起，不过一年时间便表现如此出色，甚是欢喜。

宁家派了人，前往军中请宁盛泽回家，陆文渊方知道自己这位生死之交的兄弟，竟然是宁国侯府的少公子。

然而，军中之人在得知宁盛泽的身份后，对其礼遇倍加，令陆文渊心中不是滋味。陆文渊更是以为宁盛泽是故意欺瞒，不把他当兄弟，心中不免多了几分芥蒂。

神爵十二年，朝局动荡，风雨飘摇。

先帝年迈体衰，疾病缠身，外有战事不熄，内有皇子门阀斗争之乱，急于定下储君之位，以稳人心。

　　宁盛泽与当初的四皇子康王关系颇好，原本宁国侯府就是将门世家，加之他现在在军中的威望不小。所有的皇子，除了母系一族的支持，最大的倚仗便是军中的势力，若是能寻得军中将士支持，天下莫不归心。康王满心以为宁盛泽会支持他力争皇位，他便能如虎添翼。

　　然而宁盛泽却当面拒绝了康王，坦言不欲参与皇位之争，无论将来谁坐上这皇位，他都将做好为人臣子的本分。若是康王当了皇帝，他定当鞠躬尽瘁死而后已，如若其他皇子坐上了这皇位，他也必将守卫边疆，效忠皇上。

　　康王一气之下，便与宁盛泽断了往来。

　　可是陆文渊为了与宁盛泽暗中较劲，主动与康王结交。

　　在无字关一役当中，陆文渊身为副将，本应听从宁盛泽的号令，突袭敌军，却在战事当中擅自违抗军令，改变行军方向，导致原本的布局全盘失利，被敌军大破。

　　十万大军惨败而归，仅剩两万余人保得性命。

　　那时候云州与离楚交界处的荥水河畔，都被血水染成了红河。

　　宁盛泽一气之下，将陆文渊绑下，陆文渊却抵死不认错。

　　宁盛泽支开了营帐内外的守卫，希望与陆文渊好好相谈，哪知两人在帐中大吵一架。宁盛泽怒极之下便下了军令，斥责陆文渊违抗军命，导致七万多男儿无辜战死沙场，处以斩首之刑。

　　此事虽是陆文渊犯错在先，可这斩首之刑也过于严重了，在当时军中引起了不小的轰动。宁盛泽也因此背上了害怕陆文渊军功胜过自己，想要排除异己的指责。

　　而陆文渊家中当时尚有一妻，已经怀有身孕，为保护这唯一的血脉，连夜逃离云州，从此杳无音信。

　　"这么说，当初陆澈来靖阳城，是早有预谋，为其父报仇？"裴衍的声音传入叶熙宁的耳朵里，让她心神俱震。

她的父帅杀了他的父亲，而他又毁了整个宁国侯府。

她与陆澈之间的缘分，不过是一场孽缘。

若陆澈当真是为报仇而来，那之后发生的所有事情，都在他的一手策划当中，让人心中难免觉得不寒而栗。

端穆王爷叹了口气摇了摇头道："当年宁国侯府出事的时候，我曾派人去查过陆澈的身世，他并不知晓自己的父亲当年曾是朝中的将领。陆大人在陆澈年幼之时便已病逝，至死都不曾相告他的身世，他应当并不知晓个中原委。"

叶熙宁低头站在裴衍身后，眼睛望着自己的脚，闻言眼神微闪。

裴衍一挑眉，脑中思绪飞转，眼中情绪未明，淡淡地道："陆夫人未曾相告，不代表别人不会告诉他。"

叶熙宁的呼吸不由得一窒，双手紧紧握拳。

端穆王爷与裴衍方才的那一席话，几乎让她站立不住。

即便是陆澈亲自抓捕她时，她站在他的面前，倔强得不曾落下一滴眼泪，也咬紧了牙关不曾开口问一句"为什么"。

因为她相信陆澈对她是怀着一颗和她一样的真心的。

皇命在身，他也许是迫不得已。

可当她听闻是陆澈亲手将所谓的谋反证据交给皇帝，请派御林军围剿宁国侯府，又听闻父帅惨死在宫中时，她才知道，他的狠心，远非自己所能想象。

当年事发突然，高傲的她即便面对这样的打击，也不曾低下头。如今却让她知道，其中有着这样的曲折。

她突然不知道该不该继续恨，该不该继续怨。

裴衍没有注意到身侧之人的神色变化，起身拂了拂长袍，朝着端穆王爷一拱手道："谢谢王爷今日解惑，裴某不再耽误王爷的时间，就先行离去了。"

他伸手拽着愣在原地的叶熙宁离开，走了几步才发觉她的不对劲，偏首看着她失神的样子，边走边疑惑地问道："今日是怎么了？老发什么愣呢？"他笑了笑道，"不过这样挺好，连我拉你的手都不会挣开了。"

叶熙宁这才回过神来，忙甩开他的手，朝他翻了个白眼。

端穆王爷起身相送，看着裴衍与叶熙宁打打闹闹离去的背影，略有所思。他刚一回身，便见张首正拄着拐杖由随从扶着从里面出来。

"唉，人老了，不中用了，下个棋居然睡着了。"张老的声音有些疲惫，已是风烛残年之态，见到前头离去的两人的身影，问道，"王爷这是有客？"

端穆王爷回道："是裴国公家的二公子裴衍，您见过。"

张老寻思了一番，想起裴衍，笑道："是他啊，我知道他，机灵得很。"

"张老您若是想下棋，下回差人告知本王一声，本王定亲自上您府上陪您下棋！"端穆王爷上前搀扶，笑道，"您年事已高，不便再如此奔波了！"

"唉，整天闷在府中，想出来走走，王爷一走就是三年多，这几年里甚少有人陪老头子我下棋咯！"张老叹息着，迈脚向外走去，"除了陆澈那小子，他倒是偶尔得空来陪老夫下上一两盘棋。"

他又似想起什么，停了脚步，侧首朝端穆王爷道："陆澈那小子，这几年棋艺大进，连老夫都不是他的对手了，改天你们俩下一盘看看，是谁更厉害？"

端穆王爷呵呵一笑，谦逊道："本王的棋艺不如张老您，若是陆丞相比您还厉害，那便堪称姜靖国的国手了，本王自然不如他。"

张老心情愉悦，笑着道："别以为老夫不知道，下棋的时候你让着我呢，哄老夫开心！"

端穆王爷只笑着扶张老上车，叮嘱随从照顾好张老之后，望着他的马车离去。他眼内的笑意敛去，望着广袤的天际，忽觉山雨欲来。

他蓦然回身，朝着暗处道："通知下去，继续盯紧，如有异动，即刻向我汇报。"未及周围有所回应，他便起身回府。

那隐藏在暗处的侍卫得到口令，朝着端穆王爷的身影拱手一礼后，便悄然退下。

从端穆王府回到陆府之后，李微吟正在小憩，见叶熙宁回来时脸色不太好，便担忧地问道："是出什么事了？"

叶熙宁回身将房门关上，与她一道坐了下来，才将今日在端穆王府内听闻的一些事情，悉数说与李微吟听。

李微吟微凉的手指握住她的手，在她清冷的面容之上看出了毫不掩饰的内心挣扎与震撼。

面前坚忍清冷的女子，这几年来经历的颠沛、痛苦，远非常人所能想象。

那一身的傲骨，都依靠着她对那一个人的怨愤磨炼而来。

如今却忽然叫她知道，宁家欠陆家的，也是一笔无法偿还的血海深仇。她不知道该如何面对这些她曾经所不知道的事实。

"阿吟，他知道这一切的时候，是不是如同我现在憎恨他一样憎恨着我？"叶熙宁的声音微微发颤，眼里盈盈泛着泪光，却克制着不让它落下来。

李微吟的手依旧牵着她的手，轻轻摩挲着，语调轻缓柔和，抚平着她内心的痛苦和挣扎："阿宁，只要我们愿意去追寻，总有水落石出的那一天。"

叶熙宁望着李微吟，唇舌之间有着微微的苦涩。

她的眼内微澜渐起，曾几何时，为宁家报仇这件事，成了她活下去的最大理由。

可当她知道陆澈之父的死，与父帅有关的那一刻，内心却有股说不出的愧疚。

叶熙宁惨淡地笑了笑，道："我不相信父帅是个是非不分之人，我也不相信父帅会有谋反之心。阿吟，这中间定有什么误会。我一定会将此事查个水落石出，还宁家一个清白。"

她起身，垂在两侧的手指慢慢收紧，清冷秀气的脸上，目光坚定而深远，抿唇道："我宁家之人，绝不能背上这污名，遗臭万年！"

宁盛泽一生光明磊落，宁国侯府世代为姜靖国鞠躬尽瘁，效忠皇室，最后竟然落下一个谋反的罪名，这是何等奇耻大辱！

李微吟看着她眼内的神色，心中微微有所牵动，问道："阿宁，我想问你

140

一个问题。"

叶熙宁朝她看去，以眼神问她是什么问题。

李微吟张了张嘴，却又良久未曾开口，最终叹了一口气道："算了，不是什么要紧的事情。"便止了话语。

可她的脑海里，却一直想着叶熙宁方才那一句："他知道这一切的时候，是不是如同我现在憎恨他一样憎恨着我？"

这让李微吟知道，即便是在这样惨绝的深仇之下，在她查明真相之前，她的内心深处对他还抱着一丝半点的期望。

连叶熙宁自己都不知道，她对陆澈还抱着期望。

这个意识，让李微吟的心微微发凉。

叶熙宁与裴衍才查得一些眉目，裴衍便被叫去搜捕城东那一片密林，看看有什么线索留下。

一连几日，将城东翻了个底朝天，也没发现些什么。

叶熙宁便得了空，在丞相府上陪着李微吟。

此时时节已入夏日，天气开始变得有些闷热。春困刚过去，可这时节似乎比那时候更难熬一些。可是比起这些日子朝堂之上的风雨如晦，又显得悠闲自在得多。

李微吟有些无趣地看着眼前的院落，身子懒得提不起半分劲来。

"这些日子裴二少和陆相忙倒是应当，怎么连裴三小姐都跟着许久不来丞相府了？"李微吟的眼神飘向远方，思绪放空。

叶熙宁笑笑，将手中剥了皮的枇杷递给她，眼神像是在问：你想她了？

李微吟叹了一声道："我还真有些想她了，这里的人独独裴三小姐最是性情中人，身份尊贵却无半点门第之见。她性子虽有些骄纵，但也纯善至极。"

她说这话的时候，心里又在想，阿宁从前是不是也是这般？

叶熙宁刚想回应她，温韶筝便又拿了些糕点和水果来，见她们正聊着，道："方才像是听见李姑娘在说裴三小姐？"

141

李微吟点了点头道："是啊，有些日子没见着她了，倒有些想她了。"

温韶筝将东西放下后，与她们坐在一起。因上次那一场误会，温韶筝反倒与她们更亲近了些，这些日子相处下来，几人已经熟稔许多。

"那还不容易，我马上差人去裴府，若说李姑娘和熙宁姑娘想她了，裴三小姐不知该有多高兴呢，定会愿意跟着来。"温韶筝笑道。

李微吟闻言，朝叶熙宁看去，面上似有些嗔怪地道："她来也是找阿宁的，到时候必定缠着阿宁学功夫，我反倒更无聊了。"

温韶筝扑哧一声笑了出来，取笑她道："李姑娘这是怕裴三小姐抢了你家熙宁姑娘？"

"谁说不是呢？"李微吟顺着她的话说道。

几人谈笑着，气氛颇为愉快。

过了小半日时光，温韶筝看着李微吟，忍不住问道："我之前听东亭说，李姑娘是昭云观静慈法师的弟子，医术很是了得，怎么会……"她顿了话语，眼神始终在李微吟的面上停留，似是不敢再问下去。

"我先天体弱多病，"李微吟浅浅笑着道，"若不是师父妙医圣手，恐怕早已不在人世。"

听李微吟如是说，温韶筝又问："李姑娘自小便是在静慈法师门下长大的？"

"是啊，若非自小拜在师父门下，与师父修道习医，怎能幸存至今。"李微吟心中想着，这些事情怕是她早已从穆东亭那儿知晓，如今不过是心中尚存着些疑惑，想亲自证实一番。

温韶筝神色松了松，像是放宽了心一般，伸手端起茶盏抿了一口，不禁笑道："那日第一次见李姑娘时，误将你当作……当作宁朝歌，"她深深地看了一眼李微吟，"你们长得实在是太像了。那日贸然将你带出府，原本是想带你上街看看，终日闷在府中也甚是无聊，只是没想到会发生那样的事情，如今我这心中还是愧疚得很。"

李微吟听她所言，掩唇笑了笑："自从与陆相相识以来，好像一直有人将我当作宁朝歌。那不过是一次意外，温姑娘莫要再将此事挂在心上。不过若非宁朝歌已故，我倒真想看看，这世间竟有一人，与我如此相像。"

温韶筝端详着李微吟的面庞，道："只不过啊，你和宁朝歌真的不一样。初看见相貌如此神似，难免将你们误认为是同一人，再仔细看看，又觉得不是。"

李微吟好奇："哦？哪里不一样？"

"神态举止，无一相像。"温韶筝摇了摇头，定下结论，"宁朝歌不比李姑娘，李姑娘温婉如水，说话轻言细语，这是她万万做不到的。"

听到此话，李微吟不禁看了看身旁的叶熙宁，叶熙宁颇有尴尬之色，幸好李微吟的眼神只扫了她一眼，便又看向温韶筝。

她像是对此极有兴趣，与温韶筝攀谈起来。

叶熙宁只觉得这烦闷的夏日，让她的内心也随之躁动起来。

温韶筝与李微吟说起初见宁朝歌时的情景，那方陆澈正往这处走来，刚走至围廊的转角处，便听见她们的谈话声，却因温韶筝说的事情，一时恍惚，被带起了回忆。

他不由得停下脚步，听着温韶筝的话。

那时陆澈来靖阳参加科举考试，高中状元，后入刑部任刑部侍郎一职。而一个小小的刑部侍郎，却惊了本朝第一女将的马，更是不依不饶地要治这位宁国侯府刁蛮的女将军的罪。

不想宁朝歌却对这位陆侍郎起了兴致，他愈是想要治她的罪，她愈是想看看他着急又治不了她的吃瘪模样。

只是一位是今年的新科状元郎，皇帝目前最赏识的才子，一位又是战功赫赫的镇南宣威将军，连刑部尚书魏良毓都不敢多言半句，犯难之下只得推托着朝陆澈说道："陆大人啊，宁将军的事情，我看还是找皇上最妥当，她官居一品，本官也不敢轻易将她得罪了啊！"

哪知陆澈竟耿直地真将此事捅到了皇帝面前，皇帝亦被这位新科状元弄得哭笑不得，直懊悔将他安排去了刑部。

只是不承想，向来嚣张跋扈的宁朝歌却一反常态，睨着陆澈，与皇帝说："皇上，本将军认了这罚，只是怎么受罚、受什么刑罚，只能由我自己来定。"

陆澈连日来见惯了这位本朝第一女将稀奇古怪的想法，听到她与皇帝谈条件，竟然一边说愿意受罚，一边又要求受罚条件要她自己来定，这受罚与不受罚又有何区别？

他神情镇定不变，跨步上前拱手欲进言，却被皇帝扬了扬手挡了回来。

"如此甚好！甚好！"皇帝见宁朝歌好不容易退让，龙颜甚悦，显然已经为这小事情不堪其扰，只想快快了结才好，忙朝陆澈使了使眼色，道，"宁将军既然愿意受罚，陆爱卿又何乐而不为？"

陆澈无法，皇帝金口已开，他只得硬着头皮应承下来。宁国侯府手握朝中大半兵权，是皇帝极为倚重的朝中世族，他又有何能力与之抗衡？

只是不知这宁朝歌葫芦里卖的到底是什么药。

当日从宫中出来，陆澈因此事心中甚是郁闷，一路无言。

宁朝歌倒也安静，跟着他一路来了刑部，笑着与他道："本将军常年在军营中，熟知军中军纪，却不知我姜靖国的刑罚还有不准在街上骑快马的。陆侍郎不如念与我听听我大姜的刑法典律，好让我尽快学习熟知。"

她与陆澈站得极近，笑吟吟地看着他。

陆澈面对忽然靠近的这张明媚娇柔的脸，不知怎的，心中一跳，慌忙退开一步应道："嗯。"

等他反应过来方才宁朝歌说了什么时，为时已晚，自己那一声"嗯"早已应了出去。他心中想着，怎么忽然乱了心神，做事颠三倒四起来？念刑罚给她听，这是她在受罚还是自己在受罚？

他轻微地叹了口气，摇了摇头，取了刑法典籍来，一本本念与她听。

此后不久，陆澈便将温韶筝接至靖阳城。

那时陆澈还没有自己的府邸，只是租了一处僻静的小院落住了下来。陆澈带着温韶筝来到住处，看着安静的院落门口，温韶筝兴奋地问道："这就是我们家？"

陆澈笑着点了点头，推开门，拉着温韶筝的手欲走进去，道："走，进去看看，以后这就是我们两个的家了。"

他的话音未落，耳边已响起一阵鞭子凌空挥起的声音。那银丝软鞭直直地打在陆澈脚边，温韶筝被这突如其来的一鞭子吓得惊叫起来，忙抱着陆澈的胳膊躲在他身后。

陆澈不看也知道这是谁干的好事，面上薄怒，朝着宁朝歌看去。

他刚欲对其责备，却看见红衣少女收回鞭子，神态倨傲地看着他们。她握着鞭子的手指着他身后的女子，抬着下颌道："你是谁？"

"我……"温韶筝被宁朝歌的强势压得说不出话来，又紧张地朝着陆澈身后躲了躲。

陆澈忙侧过身来安抚地护着温韶筝，蹙着眉头极为不悦，心道这宁朝歌嚣张跋扈的性子真是一点也改不了。

宁朝歌见陆澈与温韶筝举止如此亲昵，心中的不满又增了几分，瞪圆了眼睛盯着陆澈，固执地问道："她是谁？和你是什么关系？为什么你带她来你家，又让她住下？陆澈，你给我说清楚！"

温韶筝从未见过如此刁蛮的姑娘，却因为她方才一连串的问话，觉得她与陆澈之间定有什么。她心中充满疑惑，这女子又是谁？为什么会在这里？她和陆澈又是什么关系？看她的模样定是官家小姐。

心中的疑问越多，温韶筝越是不安，越是不安她越是往陆澈怀里躲去，甚至不敢去看宁朝歌。

可她暗暗以这样的方式来提醒对面的女子，她和陆澈之间的关系甚为亲厚，是旁人不能比的。

宁朝歌见她这副模样，果然心中越发生气，上前伸手欲将他们分开，陆澈却以为她要动手，急忙扬声斥道："闹够了没有！"

宁朝歌被他吓了一跳，顿了顿手，见陆澈当真生气了，瞬间没了方才的气焰，心有不甘地嗫嚅道："谁……谁叫你们两个抱那么紧！"

陆澈却被她的话激得怔了怔，心口一烫，松开围着温韶筝的臂膀道："韶筝是我妹妹。"

"妹妹？"宁朝歌诧异地看着他们，又变成一副恍然大悟的模样，笑意从唇角漾开，立马将手中的银丝软鞭别在腰间，已然没了方才盛气凌人的模样。

她上前一步，双手拉着温韶筝的手臂，与她挨近，目不转睛地盯着温韶筝看，笑吟吟地道："你叫韶筝？真是好听的名字！原来他还有一个你这样标致的妹妹，差点叫我……"话说了一半，她才觉不妥，顿时停住。

温韶筝的嘴唇紧紧抿着，不同于宁朝歌的明媚，她的脸色因为宁朝歌的话一点点下沉，眼神无助地看着陆澈。

宁朝歌本欲再说些什么，陆澈见到温韶筝求助的眼神，已移身挡在温韶筝面前。

他不着痕迹地拂开宁朝歌的手，面向温韶筝，却是对宁朝歌道："韶筝赶了很久的路才到靖阳城，已经很累了，都进屋坐吧。"

"啊对！光顾着说话了，"宁朝歌跟在他们身后一道进了屋子，见温韶筝将肩膀上的包裹取下，她快步上前将温韶筝手中的包裹一把取过来道，"给我吧。"

她转身看见正倒水的陆澈，道："我说你怎么租这么一间院子，还另外收拾了一间屋子，原是给你这妹妹留的。对了，你们兄妹两个来靖阳城了，怎么不把爹娘一起接过来？一家人生活在一起才好嘛！"

她这话却叫陆澈和温韶筝都沉默了，温韶筝见陆澈闷声不欲解释，心中忽然松了口气。看来陆澈从来不曾与她提过家中的事情，又想着以陆澈的性子，想来与这位姑娘不会有多亲近的，是以连他们到底是什么关系，他都不曾告诉她。

温韶筝细语道："他们都已经过世了。"

宁朝歌倒吸一口气，伸手捂住嘴，暗暗后悔方才一时嘴快。见陆澈没有责怪，她才稍稍松了一口气，讪讪地与温韶筝低声道："我帮你把行李放了。"忙逃离了此处。

温韶筝与李微吟说着这些往事，唏嘘道："因为陆澈的关系，她待我极好，我叫她宁小姐她都不乐意，一定要我叫她朝歌。她是个很好的人，也很聪明，可惜宁国侯府一门谋反叛逆，她也未能幸免于难。"

李微吟一直噙着笑意听她说着，见温韶筝如是感叹，又联想到那日她见到自己时的反应，心中略感怪异，说道："宁将军定是性情中人，你们的感情一定很好吧？"

温韶筝却顿了话语，良久才怅然地道："是。"也不知这话是回答宁朝歌是性情中人一事，还是回答她们之间的感情好不好。

陆澈一直在围廊的转角处，听她们不再谈及那些往事，他又默然站立了片刻后，离开了此处。

他和宁朝歌之间，也曾有过单纯而美好的回忆。

如今回想起来，那竟是他入靖阳以后，唯一真正令他内心宁静的时光。

待温韶筝离去之后，李微吟朝着叶熙宁看去，忽然道："这位温姑娘绝非表面这般简单。"

叶熙宁不禁一愣，迎上李微吟的目光，从椅子上坐起身来，道："从前我好像从未特别在意过她，甚至……"

叶熙宁欲言又止，话却被李微吟接了过去："甚至到如今你才发觉，她对陆澈的情意。"

李微吟道出的话，让叶熙宁又是一怔。

在她的印象里，温韶筝从来都是一个脸上挂着微笑，待在一旁安安静静的姑娘，无论做什么给予的回应都是"好"。

三年不见，物是人非。

她此时才发现，如今这个能一人独自操持整个丞相府的女子，自信、明亮，将丞相府打理得井井有条，和从前那个略显自卑的少女，大相径庭。

此时日落西山，夕阳余晖如金，照着叶熙宁有些迷茫的面容。

她的心，如同那片吹过院子里满庭紫薇花的风，一片荒凉。

这几日天气难得凉爽舒适，叶熙宁每日都被裴清懿拉去御林军军营，温韶筝便邀了李微吟一起在院内纳凉。

因入了夏日，李微吟便让温韶筝准备了些艾叶、白芷、金银花、薄荷、丁香、石菖蒲、藿香、苏叶八味药，吩咐府上的下人将这些药材磨成了粉，准备缝制一些小香囊分给下人们随身携带，用以驱蚊。

两人只要一得闲，便一道缝制香囊。

看到温韶筝一针一线极为迅速，李微吟浅笑道："温姑娘的手真巧，针脚又密又整齐。我家阿宁对女红可是一窍不通，她若是陪我，只能帮我将药材配好。"

温韶筝见李微吟夸赞自己，笑着道："不过是熟能生巧，自小做惯了，陆澈平时的衣服也都是我亲手做的。"

"你对陆相可真好。"李微吟瞧着她的面庞，说道。

温韶筝不由得微微一怔，目光沉沉，脸上的笑意渐渐消去，黯然地道："好有什么用。"

好如果有用的话，他就不会至今还对宁朝歌念念不忘，他就不会明知自己对他的心意，明知自己宁可孤独终老也不想嫁给其他人，却迟迟不肯娶自己，他就不会……就不会不顾自己的心情，将长得与宁朝歌如此相像的人安排在身边，日日相见。

温韶筝想得出神，心中像是被针细细密密地扎得千疮百孔，却只能自己承受着。

她不能表现出一丁点嫉妒，因为他不喜欢。

可是不管她做得有多好，陆澈都没有多看她一眼。

即便他们日日相见，他的眼里，仍旧没有她。

想到此，她的心一沉，不小心被针扎到了手指。她被这突如其来的刺痛惊得啊的一声痛呼出声，忙放下手中的针线与香囊，目光落在手上，左手的食指已然沁出一滴血珠。

"怎么了？扎到手了？"李微吟听见她的痛呼，也忙放下了手里的针线，伸手想去拉她的手过来看。

岂料李微吟刚碰到她的手，温韶筝却如遭雷击，霍然甩开李微吟的手，激动而又迅速地道："别碰我！"

李微吟看着温韶筝的神色，见她整个人仿佛陷入了恍惚中。

温韶筝的右手紧紧地掐着左手的食指，身体像是控制不住地在微微发颤。

她指尖的血珠越冒越大，从手指上滑落，看起来有些触目惊心。

李微吟被温韶筝的举动吓到，双目盯着她的一举一动。

忽然只见她低低地笑了起来，那声音犹如黑暗里的鬼魅一般，越笑越瘆人。她的身体也因为这笑声，抖得越来越厉害。

李微吟忍着心中的惊骇，伸手去碰了碰温韶筝的肩头，声音微微发抖，问道："温姑娘，你怎么了？"

温韶筝像是被她的触碰惊到，猛然站了起来。

她坐着的凳子也因为她突如其来的大幅动作被带得应声倒地。

温韶筝面目狰狞地看着李微吟，脸上的笑猖狂阴森，看得李微吟毛骨悚然。

她口中还不断喃喃着一句话："我要你们永世不得安生！永世不得安生！"

"哈哈哈哈！我诅咒你们不得好死！"温韶筝的笑声越来越大，越来越可怕。

她阴森的笑声，响彻整个丞相府。

府上的下人们听到动静，纷纷往院中跑来，恰见温韶筝像中了邪似的，扑

149

向李微吟，抓着她的胳膊发狠地拖拽她，李微吟毫无招架之力。

温韶筝平日里说话温言细语的，此时怎么变成这般发狂之态？

震惊之余，已有人上前去阻止温韶筝的动作。

不知是谁惊慌地喊道："快去请大人过来！快去！"

"我马上去！马上去！"

说罢有人慌慌张张地朝着书房的方向跑去。

此时温韶筝的双手一直用力地抓着李微吟的手臂，李微吟原本身体就虚弱，被温韶筝如此折腾，两只胳膊被她的手抓得生疼，恐慌之下，只觉得胸口发闷，喘不上气来。

一时间场面一片混乱。

李微吟看着眼前有两个年轻力壮的下人拉着温韶筝，想将她与自己分开，却不知道温韶筝哪里来那么大劲，一下就将两人挣脱。

那两个下人费了极大的劲，一人抓着温韶筝的一只胳膊，又冲站在一边手足无措地看着这一幕的奴婢喊道："赶紧上来抱住温姑娘啊！"

那婢女这才从惊吓中醒过神来，慌忙哦了一声，上前使尽全力抱着温韶筝拖着她的身子往后拉。

三人合力才将她与李微吟分开。

陆澈闻讯赶来之时，远远望着这方，恰见这一幕。

他心中震惊，连忙又加快几步。

穆东亭跟在陆澈身旁，见温韶筝发狂的样子，抢上前去冲到温韶筝面前，与几个下人合力将她制服。

穆东亭伸手抓着温韶筝的肩膀，急切地喊道："韶筝！韶筝！你怎么了韶筝！"

温韶筝像是不认识他似的，狰狞地哈哈大笑，口中念念有词："不得好死！我要你不得好死！"

陆澈面色深沉，声音一冷，当下吩咐穆东亭道："打晕她！"

穆东亭乍听陆澈的吩咐，看着疯了似的温韶筝，一时间却难以下手，焦急地看着陆澈道："大人，真打啊？"

"让你打晕她就打晕她，哪来这么多废话！"陆澈声音拔高，带着焦灼。

穆东亭看着眼前发狠的温韶筝，咬咬牙一狠心，往她后颈处就是一掌，将她打晕过去。

温韶筝双眼一闭，身体一下失去了力气，疲软地往地上倒去。穆东亭急忙将温韶筝稳住，一把将她横抱起，道："相爷，我送韶筝回房！"

陆澈点了点头，让开一步，让穆东亭先行。

下人们见此，纷纷让开道路。

陆澈这才朝着李微吟看去，方才情形混乱，他未曾注意到，李微吟正捂着心口，虚弱地喘着气撑在亭子的石桌之上，面色苍白无力。

他刚欲上前相问，李微吟只觉眼前一黑，脚下一软便要摔倒在地。

陆澈一惊，也顾不得男女大防，将她揽入怀中。

李微吟神志有些不清，迷迷糊糊地看见眼前的人影，低唤了一声"陆澈"，便失去了力气。

陆澈立即弯下身将她打横抱起，吩咐下人道："去请宋太医和梁太医过来。"

"是。"旁边的下人赶紧应声，尚未从方才混乱的局面中反应过来。

陆澈一路疾步抱着李微吟向她的房间走去，围在这方的下人们忙让开了路。

李微吟只觉心口难受得很，眼前一片恍恍惚惚的光景，整个世界都像在旋转，如梦似幻。唯一叫她觉得真实的，是陆澈抱着她的有力臂膀。

她靠在陆澈的胸口，身上虚弱无力，手却紧紧地抓着他的衣袖。

仿佛这是她在这虚无缥缈的意识当中，能抓住的唯一的真实。

李微吟被陆澈抱着快速往住处而去，她几乎能感受到他因为抱着她急切地行走，呼吸变得有些紊乱。

不知不觉间，她的神志陷入迷离，心口有种压迫的难受。

眼前光影恍惚，只瞧得见陆澈瘦削的面容在她眼前晃动。阳光投在他的面颊之上，他的面容微微发亮，显得风神如玉，清俊无俦。

陆澈将李微吟放在床上，起身时衣袖像是被什么挂了一下，这才发觉李微吟昏过去之前一直抓着他的袖子。

他俯身轻轻扯了扯衣袖，却没能成功扯开。无奈之下他伸手触及李微吟的手，想将她的手掰开，却被她毫无温度的手惊了下。

她虽已昏过去，抓着他衣袖的手却握得十分紧。

他看向她的面庞，只见她原本就苍白的面容，此刻双唇竟然微微发紫。

陆澈的心又是一沉，坐在床头将她抱在怀中，伸手去掐她的人中。他用了劲，李微吟终于吐了一口气，又重重地喘了几口气。

也顾不得什么男女大防，他学着上回叶熙宁的方法，用枕头垫着，让她的头向后仰着，扯得紧束在她胸前的衣衫松了松。

他一只手抚着她的胸口，感受到她急促的呼吸渐渐缓下来，那紧紧抓住他衣袖的手也松懈下来。

陆澈终于缓了口气，又翻了上次叶熙宁找的柜子，取了一样的瓶子倒了药丸给李微吟服下。

待见李微吟面色已经没有方才那般可怕，他才松了口气，走至门口，大声喊道："来人！"

下人听见陆澈的喊声，忙跑过来问道："大人有什么吩咐？"

"去御林军军营找熙宁姑娘回来。"他神色肃然，始终蹙着眉头。

那下人连忙道了声"是"，便向外跑去，却又被陆澈喊住："等一下，别告诉她方才的事情，就说我找她。"

下人又点了点头道了声"是"，问道："大人还有别的吩咐吗？"生怕陆澈又忘了事情。

陆澈挥了挥手，口气淡然："快去快回。"

陆澈搬了凳子坐在李微吟的床头守着，担心她万一又喘不过气来。

他心想着平日里叶熙宁见了他便没好脸色，又想到上次，温韶筝害李微吟旧疾复发，她几乎要将温韶筝杀了的神色，心中就有种不好的预感。如今她要是知道李微吟当真是因为温韶筝，就在这府中发生了意外，非要与他们清算不可。

他又想着方才那一幕，温韶筝像是变了个人似的，力大无比。

而最叫他心惊的，却是她口中喊着的话。

想到此处，陆澈心中一沉，思绪又乱得很，竟有些静不下心来。

叶熙宁得到消息之后，便离开了御林军军营回到丞相府。

才入丞相府的门口，她便听见下人们的议论，心下一惊，冲向李微吟的住处。她心急地冲进房间之时，只见陆澈正与宋太医说着话，她顾不得其他，忙走到床边去看。

见李微吟闭着眼睛睡着了，面色惨白如雪，唇色发暗，她忙回身想去找碧心丹给她服下。

陆澈送走宋太医时，见叶熙宁正抖着手倒着药丸，毫无平日里的镇定。

他几步上前，将她手中的药瓶拿走，那一瞬间，叶熙宁怒目瞪向陆澈，眼内却全是泪和无助。

陆澈被这一汪泪和无助惊了心神。

这一双眼睛，为什么会让他有如此熟悉的感觉？他尚未及深思，见叶熙宁急得伸手要夺回那药瓶，忙道："我已经给她服过了。"

叶熙宁听见陆澈的话，大松了一口气。她低着头一闭眼，大颗的眼泪瞬间滴落在地。

她又放松地笑了笑，抬手将眼周的湿润抹去，笑着看向昏迷不醒的李微吟。

她脸上露出的神态，让陆澈看着，竟有种劫后余生的感觉。

陆澈看了她良久，将手中的药瓶搁在一旁的柜子上，默默地退出了房间，

153

将房门关上，抬步走向温韶筝的住处。

他到时，房内只穆东亭一人守着，他问道："如何？"

穆东亭难得正了神色，蹙眉道："太医也瞧不出什么原因，只开了安神的方子让韶筝服用。今日到底是怎么回事？韶筝的样子像中了邪似的，把府上的下人们都给吓到了。"

陆澈沉默地看着尚在昏睡中的温韶筝，神态有些焦灼担忧，听到穆东亭的话，方才已在心中生起的疑惑又浓了几分。

他的声音极为冷淡："中邪？我陆澈从不相信鬼神之说！在府中休要让我再听见这样蛊惑人心的话！"

穆东亭心中五味杂陈，垂首道："可是韶筝的反应真是太奇怪了，平时虽说不是柔柔弱弱的女子，却忽然力气大得需要几个人才能将她制服，还说什么不得好死，她要谁不得好死？"

陆澈回首警告地向他瞥去，穆东亭悚然一惊，他极为清楚陆澈的神色意味着什么，心知陆澈此刻是真生了气，忙道："相爷，我……我不问就是了。"

而穆东亭方才的话，像是一根刺，扎在陆澈的心头，越想将它除去却扎得越深。良久，陆澈才缓缓地说道："你看好韶筝，她醒了差人告诉我。"

穆东亭点了点头道："知道了。李姑娘那边如何？"

陆澈一怔，没有回答他的话，跨步离开。

第八章　魍魉鬼魅辨人心

　　叶熙宁一直守在李微吟身边，一步也不曾离开。

　　这一次的病发，似乎比上一次要严重得多。本以为李微吟第二日便能醒过来，可是昏迷了两日还未转醒。

　　叶熙宁心里变得越发焦灼和担忧起来。

　　李微吟双唇紧抿，面上透着苍白之气，叶熙宁的手轻轻握着李微吟素白的手，明明是八月的天气，她身上却透着冰凉。若不是李微吟平稳的气息和已渐正常跳动的脉搏与心率叫叶熙宁安心下来，她如何能安坐在此。

　　这两日叶熙宁一直不眠不休地守在李微吟身边，连下人端来的饭菜都搁在桌上未曾动过一口。

　　陆澈来过几次，也请了宋太医看过几次。

　　叶熙宁没有像上次一样追究责任，只固执地坐在床边。

　　温韶筝被打晕之后，在那日下午便醒了过来。

　　除了穆东亭那一掌让她后颈有些疼痛之外，并没有其他不适。问及她与李微吟之间发生了什么事情，她竟然一无所知。

好像那一切未曾发生过。

陆澈只吩咐下人们不要再在温韶筝面前提及那日之事，又叮嘱了温韶筝按时服药。

见叶熙宁不吃不喝又不眠不休，陆澈终于忍不住，对她说道："宋太医说了，李姑娘马上就醒了，我让东亭吩咐厨房备了些饭菜，你吃一些。"

叶熙宁对他的话一点反应都没有，一直盯着李微吟的面颊。

陆澈看了看她，又道："李姑娘醒来之后也需你照料着，若是你不吃不喝也能挨到她身体恢复，我丞相府倒也乐得省了这份口粮。"

陆澈的话，让叶熙宁微微愕然。

她刚抬起头朝他看去，便见门口有个身影入内。

裴衍走到她面前，看着她一副要死不活的样子，又是心疼又是气极，道："好好的人，怎么折腾成这副样子了？"

他也不管叶熙宁会不会反抗，一把将她拉离床边，让她坐在桌子旁。

不知道是她懒得和他计较，还是因为饿了两天没了反抗的力气，叶熙宁眼神呆呆地看着裴衍，任由他摆布自己。

裴衍转身朝陆澈道："劳烦陆大人吩咐下人将饭菜端上来。"

陆澈点了点头，朝外走去。

陆澈走后，裴衍朝着叶熙宁重重地叹了口气，道："陆澈派人来通知我，说你已经两天未曾进食了。我先是有些担心，可心里居然还有些高兴。你看你病了，旁人想起能劝你的人，竟是我。"

叶熙宁听着裴衍的话，神色终于动了动。

裴衍见她有反应了，心中终于舒了口气，道："你答应我的事情还没办妥，可别借着生病的由头让我一个人东奔西跑的，我裴衍可从来不做赔本的买卖。"

叶熙宁本想给他一个白眼，却不知怎的，被裴衍这话说得心中有些感动，勉强笑了笑，无声地道了一句"谢谢"。

这几日裴衍公务缠身，失踪案加上命案，又隐隐查得一些线索，此案或与当年宁国侯府一案有所牵扯，是以整日为这些事情奔波着。

他陪着叶熙宁吃了一顿饭后，又匆匆离去。

裴衍离开后没多久，李微吟便醒了过来。

她昏睡的这些天里，除了灌了一些汤药，便没吃过东西。叶熙宁亲自下厨，为她煮了药粥。

待她熬好了粥，立即端着回房，因为担心李微吟饿着，不觉走得快了一些。

许是因为这些天跟着煎熬，她脚下的步子也跟着虚浮起来，在上台阶之时不慎绊了一跤，手上端着的粥便要朝地上滑去。

叶熙宁只觉得心底难以抑制想要哭的冲动，甚至让她忘了自己会武功。

李微吟的病发，好像不断地在提醒她一直不愿意面对的事情——生命的无常。

她不知道什么时候，这世上唯一的亲人也会离她而去。

她害怕，并且怕得要命。

害怕真到了那个时候，自己无能为力。

害怕自己只能眼睁睁地就这样看着李微吟，守着她却什么也做不了。就像当年眼睁睁地看着所有人惨死，看着萧将军死在她眼前，看着碧芸在大火中被烧得撕心裂肺地哭喊。

就在她绝望地感受到自己随着那一个趔趄就要跌出去的那一刻，身侧有人疾步上前。

一只灰色广袖在她眼前掠过，带起一阵风，有一只手从托盘下方覆上她的手，稳住了她手中的粥，另一只手又扣住她的肩头，将她按住。

陆澈看着她一副几乎要喜极而泣的样子，心中一怔。

叶熙宁回眸看向身边的人，蓦地一怔，慢慢地将脸上的笑意收敛。

她缓缓地抽出手来，向后退开一步，身上的锐气又下意识地展现出来，冷

157

下脸轻轻一福身以示谢意，便伸手将陆澈手中放着粥的盘子接了过来，头也不回地转身离开。

陆澈留在原地，看着叶熙宁离去的身影，心里一愣，他竟觉得叶熙宁的背影，像极了宁朝歌。

自温韶筝那日忽然魔怔之后，陆澈便让她好好休息，将府上的事情交给穆东亭去处理。

温韶筝知道这些日子，陆澈一直为朝廷的事情忙着，又因她和李微吟的事情，已是十分操心，想着吩咐厨房给他炖些补汤，便过来走一趟，却没想到恰好撞见方才的一幕。

她的目光望着陆澈一直看着叶熙宁离去的样子，脸色森冷，全然没有往日的宽容温和。

前几日还风平浪静的丞相府，忽然间就传起了谣言。

说温韶筝忽然性情大变发狂，是因为中了妖术。

那住在丞相府的神医弟子，自己却是个药罐子，也不知道是不是真的医术了得，长得又像昔日的宁小将军，其实是宁小将军借着她的身体回来报仇了。

传言温韶筝身上中的妖术，就是李微吟下的。因为宁小将军看到温韶筝与陆丞相关系亲近不高兴了，所以想要惩罚她，让她离丞相大人远一些。

穆东亭将这些话一一说给陆澈听的时候，陆澈没有什么表情。

"大人，他们这话传得是离谱了些，可是我一直想不明白的是，韶筝那天是怎么回事？力气大得吓人，不会是真的中了什么妖术吧？"穆东亭抓着脑袋，用试探的语气说着，看着陆澈的反应。

陆澈听到这句话时，眉心微微一蹙，目光扫过穆东亭的脸庞，将手中的书册一放，面色一凛。

穆东亭敏锐地感觉到陆澈难得表现出来的这种不悦情绪，心知这话已经惹他生气了。

陆澈沉着声音，冷冷地道："你心里也是这么认为的？"

陆澈的这一问，让穆东亭有些错愕，他霍然上前一步，急着解释道："这谣言是邪乎了一点，可是大人您难道没想过，韶筝平时温温柔柔的一个女孩子，怎么突然间就发了狂，力气大得两个男人都制不住？这也太不正常了。"

陆澈面容依旧微沉，穆东亭平日里虽然话多了些，也常常道听途说些消息，但也是个能分清轻重之人，否则陆澈也不会留他在身边待着。

穆东亭的这一番话，其实陆澈心中并非没有想过，是以沉默着没有阻拦他继续说下去。

"就算不是他们说的什么妖术、邪术的，肯定也是被人陷害。再说了，那个李姑娘不是静慈法师的弟子吗？那这府上能给韶筝下药的人，嫌疑最大的就是她了。"

这句话令陆澈下意识地蹙了蹙眉，只是神色依旧淡漠，继续沉默着没有说话。

穆东亭又道："虽然我也不太相信李姑娘会做这样的事情，可是仔细想想又觉得哪里都透着古怪。"

他小心翼翼地看了看陆澈，声音放低缓了些说："长得像谁不好，偏偏和那个宁朝歌长得一模一样，我还听说那天韶筝嘴里一直喊的话就是当初宁朝歌死前说的话，是对大人您的诅咒！"

陆澈眼睑微微一跳，神色清冷地道："你下去吧。"

穆东亭欲言又止，看了看陆澈又咬了咬牙，到底还是说了出来："大人您是不是心里还放不下那个宁朝歌？"

"谁跟你说的这话？是不是我对你太过纵容，让你如今越发不知道规矩了！"陆澈的眸光冷如霜雪，言辞也带着股警告的意味，俨然是生气的样子。

穆东亭心中虽是害怕，今日却硬着头皮顶撞了他："我就是看不过去了，这么多年韶筝在大人身边，大人的心难道是石头做的不成！除了那个死了的宁朝歌以外，大人感受不到韶筝对您的心思吗？"

"穆东亭！"陆澈已是怒不可遏。

"就算大人生气，就算大人因为这件事情要责罚东亭，东亭也绝无怨言。我就是想让大人知道，韶筝她喜欢您！大人就忍心一而再再而三地伤她的心？"

这些原本心照不宣的事情，就这样被穆东亭堂而皇之地讲了出来。

温韶筝早已到了该嫁人的年纪，却宁可守在这丞相府里替陆澈打理内务。虽然陆澈从未表过态要娶她，可是所有人都认为，这件事情是迟早的。

他们原本就是青梅竹马，感情甚好。

可是一年又一年，温韶筝都已经二十一岁了，即便姜靖国不像离楚那般提倡早婚，也已经算是颇大的岁数。

府上的下人们，也都将温韶筝看作丞相府的半个女主人。

陆澈也默许这样的流言，置之不理。

陆澈原本恼怒的脸色，在听到穆东亭的这句话的时候，反而冷静了许多。

他从不给她任何希望和回应，他的默许和置之不理，也都只是为保全温韶筝的颜面。可这一切放任，最后还是成了伤害她的利刃，并且到了他无法视而不见的境地。

陆澈与穆东亭的目光对视着，凛然道："不管这件事情是你自己想说的，还是在转达韶筝的意思，以后在这丞相府里我都不想再听见关于此事的任何议论。"

穆东亭还欲再说什么，被陆澈挡了回去："好了，你下去吧，这件事情我会查个明白。"

陆澈面容上的怒色已经悄然退去，清俊的脸庞上一丝表情也没有，又恢复到往日冷冷淡淡的模样，像是山间一汪清冽的泉水，又似傲立的青竹。

穆东亭见他一副拒绝再和自己谈论此事的态度，也知多说无益，只能道了声"是"便退了下去。

在叶熙宁的悉心照料下，李微吟的身体终于有所好转。

裴衍虽然甚少现身，却一直派追鹞将消息传递过来。一来二去，连这位裴国公府的暗卫，都忍不住笑道："丞相府的路我闭着眼睛都能摸进来了。"

到后来，她竟然还替裴衍传起相思之苦来。

往往这种时候，追鹞面上就有一股揶揄的神态，道："少主说了，姑娘竟这么不得空，如今李姑娘身体见好，也不愿抽个空去瞧瞧他憔悴成什么样子了，难道就一点都不想着他吗？"

叶熙宁又惊又怒，这裴衍怎的如此不正经！这样的话，竟然还差了手下过来口述，真是忒不要脸了！

才过了几日太平日子，丞相府里，却又起了风波。

这日入夜后，府上的人都刚睡下，一阵尖叫划破了安静的夜晚。

"啊——"

随着这一声尖叫，外面喧嚣声渐起，有人恐慌地嚷着："有鬼啊！有鬼啊！快来人啊！有鬼啊！"

叶熙宁被这声音惊醒，立即起身披上衣服，打开房门朝着隔壁李微吟的房间走去，看见里面也已起了灯火。

她焦急地敲了敲门，听见里面有脚步声正走向门口。

李微吟披着外套将门打开，见叶熙宁站在门口，心知她也是被这声音给吵醒了，来看看这边的情况，朝她摇摇头道："我好好的，没什么事情。"

叶熙宁听见旁边有开门的声音，和李微吟一道看去，只见陆澈、穆东亭和温韶筝也被这声音惊醒，出了门。

穆东亭一边穿着外套一边着急地问道："这是什么情况？"

温韶筝面色有些害怕，无措地摇了摇头。

几人相视一眼，陆澈没有说话，果断地朝着声源处疾步走去。

叶熙宁交代李微吟好好待在屋内后，也跟着他们一道过去查看情况。

声音是从下人居住的房间那儿传来的，除了温韶筝与穆东亭以外，丞相府的下人都住在对面院子里。

温韶筝亦步亦趋地跟在陆澈身后，却因为紧张差点摔倒。

"小心！"穆东亭眼见走在他前方的温韶筝脚步不稳，抢上前及时将她扶住。

温韶筝松了一口气，感激地朝穆东亭笑了笑，温声道："赶紧过去看看。"

穆东亭点了点头，扶着她一道赶了过去。

那方院子里的下人们早被这喧闹声吵醒，一窝蜂地拥了出来，一群人惊恐地站在门口，看着庭院中央有个人瘫软在地上，发了疯似的不断喊着："有鬼！有鬼啊！"

大家见到他如此模样，各个面色惊疑，人群中的声音此起彼伏，窃窃议论着怎么回事，又四处张望着，生怕真见着鬼。

叶熙宁和陆澈赶到后，迅速巡视了一下四周。丞相府的厢房分为东、西两处。此处的西厢都是下人们居住的屋子，地方相对东厢来说小而简单。庭院之中陈设也不多，一眼便能看到头，并无可以躲闪藏人的地方。

她仔细看了看，也未发现什么异状，对上陆澈的目光时摇了摇头，以示没有发现什么。

丞相府上下的人，温韶筝最为熟悉，此刻瘫坐在地上的人，正是她一向看重的得力帮手小游。

温韶筝忙将手臂从穆东亭手中抽离，上前欲将小游扶起："小游，你怎么了？先起来再说。"

她的手刚触碰到小游的手臂，小游便又是不断尖叫起来。

他像是不认识温韶筝似的，受到了极大的惊吓，边叫边胡乱地挥舞着自己的手臂。

温韶筝猝不及防被小游推搡了一下，朝地上摔去，胳膊肘立刻传来一阵尖

162

锐的疼痛。

　　陆澈见温韶筝被伤到，忙将她扶起来，皱了皱眉问道："怎么样？"

　　温韶筝疼得咝地抽了一口冷气，掀起衣袖一看，胳膊肘已经肿起一块，见陆澈关心她，她唇角弯了弯柔声说道："没事，过两天就不疼了。"

　　陆澈的目光极其清冷，眼神落到坐在地上将头埋在双腿间的小游身上，神色一沉，隐有暗流涌动，手上一动，将温韶筝拉到身后，眼神未动，交代道："东亭，把小游拉起来，扶到房间去。"

　　穆东亭立即应了一声上前。

　　陆澈拉着温韶筝往后退了退，将她护在身边。温韶筝心中一暖，脸上笑容绽放，抬头看向陆澈的目光充满眷恋。

　　叶熙宁一回头，恰见她看着陆澈的眼神，心中略有不适的感觉，移开眼去。

　　穆东亭上前抓着小游的肩膀，使劲摇着想让他镇定下来，喊道："小游！小游！你冷静点，没事了！"

　　他大声喊着，又安抚着小游，小游这才缓缓抬起头来，似乎恢复了些神志，看见眼前的人，已经能分辨出是谁，像抓住了救命稻草一般伸手用力抓住穆东亭，道："穆爷，我刚刚见鬼了！我真的见鬼了！"

　　小游的话让所有人又是一惊，人群中又起了一阵骚动。

　　穆东亭当下便半拖半拉地将他往屋子里扶去，嘴上说道："好好好，不用怕，先进屋再说。"

　　小游被扶进屋坐下后，手仍旧怕得发抖，眼神扫了一下围在他周围的人，颤声道："刚才我想出去上茅房，可是刚走到外面，我就……我就看见鬼了！"

　　"这世上哪有什么鬼！"穆东亭反驳道，"你是自己吓自己吧？"

　　小游见穆东亭不信他的话，慌忙摆着手，急切地解释道："不是的不是的！是真的是真的！你们相信我！"

　　下人们噤声站在一旁看着他，又想到前两日温韶筝突然间发狂的样子，最近丞相府里确实出了许多怪事，心中越发恐惧起来，将信将疑地互相看了又看。

"不……不会真的有鬼吧？"有一个下人已经吓得唇色发白，忍不住害怕地说道。

小游见已有人相信他的话，忙又道："我看见那个女鬼一身红衣服，还……还没了头！太可怕了！真的太可怕了！

陆澈原本只是听着，待小游说到这里时，温韶筝却倒吸一口气，脚下一个踉跄，陆澈及时伸手将她稳住，只见温韶筝有些恍恍惚惚的样子，难以置信地喘着气摇着头，唇色发白。

穆东亭转过身来，见温韶筝神色有异，问道："韶筝你是不是不舒服？"

温韶筝听到穆东亭的声音，勉强镇定下来摇头道："没事，我不要紧。"

陆澈一直紧绷着脸，扫了众人一眼道："鬼神之说，不过是人心在作怪。既无大碍，大家都休息吧。"

陆澈一开口，众人也不敢再议论。

小游见陆澈不相信他的话，急得站了起来，欲再解释，却被穆东亭按住肩头，让他坐回去，朝他使了个眼色，示意他不要再说话。

小游只得闭口不言，气馁地低下头。

其他下人见状，慌忙点着头应着"是"，便推搡着回到自己的床铺上去。

陆澈扶了温韶筝一路回房，掀起她的衣袖看了看她的手臂，已是一片瘀青，便取了药酒替她揉开。

他一直沉默着不说话，温韶筝也一直看着他沉着的脸色。

陆澈将她手臂上的瘀青揉开后，替她放下衣袖，收起药酒正欲起身离开，温韶筝突然说道："难道你没有话跟我说吗？"

陆澈一怔，脸上的神色并未有多大改变，淡淡地道："时候不早了，早些歇息吧。"

陆澈起身，向旁边走了一步。

温韶筝见他刻意回避，急切地道："我不信你不知道小游在讲什么，还有前两天……"

陆澈的眉峰朝眉心一聚，沉声打断她的话："这几日你受了惊，不要想太多了，早点休息吧。"

"是我多想还是你多想了？"温韶筝尖锐地问道。

陆澈显然不愿与她提及此事，她却不想再让他一直逃避这些问题，见他不想说话，又放低声音说道："我听东亭说了，前两天我突然间发病，像中了邪似的，可醒来后我却什么都不记得了，刚刚又发生那样的事情，你不觉得这些事情都太诡异了吗？"

温韶筝看着陆澈的神色变化，自从从商州回来之后，陆澈越发公务繁忙。那一身灰白的长衫穿在他身上，显得格外清瘦修长，他站在那儿，目光落在她身上，听着她如此说，却什么也没说。

温韶筝暗自咬了咬牙，站起身来与他平视，深吸了一口气，道："方才小游说的话你都听见了，如果你真的觉得这都是无稽之谈，你就不会不愿意和我谈论这些事情。"

"韶筝，我知道你想说什么，"陆澈看着温韶筝的面庞，"可是我从来不信这个。"

温韶筝见他如此坚定，神色失望，自嘲地笑了笑，道："现在府中已是人心惶惶，大家心里都有数，只有你在自欺欺人。"

温韶筝见他依旧守着心中那些往事，脸上的神色已见伤心："当初你既然那么做了，何苦现在又做这副对她念念不忘的样子？既然放不下她，你又为什么要那么做？"

陆澈怔了怔，目光从她身上收回，望着门外漆黑的夜色，轻声道："韶筝，有些事情你不会明白，就连我自己也不明白。"

"可我想知道，你究竟要折磨自己到什么时候？如果你真这么后悔，当初！当初你为什么不放她走？你明明可以放她走的，可你又偏偏亲手将她送上了绝路。"温韶筝的言语中充满了疑问，视线渐渐模糊，因情绪激动而哽咽着问道。

陆澈一双深黑的眼，如同这夜空中的寒星一般，没有任何温度。

温韶筝的话令他呼吸微微一窒，双手不由得紧握成拳。他很清楚，温韶筝所言，都没有错。如今这一局面，皆由他一手造成。

"这三年多，我以为你会忘了她的，可是没有。其实你不说我也知道，我心里清楚得很，你越是不愿意提及她，你的心里就越是在意，否则你就不会把李微吟接进府中。"温韶筝眼里泛着盈盈的泪光，痛苦地看着他。

陆澈只觉得心中甚累，眼里有看不见的痛色闪过，轻声道："我很清楚李姑娘不是她，韶筝，李姑娘和她无关。"

"我知道！"温韶筝吸了一口气，平复着心情，苦笑道，"正因为你心里清楚，李微吟不是宁朝歌，你才能骗自己，才能在面对李微吟时心中的歉疚少一分，却又可以放纵自己对她的关心。世上有与她如此相像之人，你在骗自己是不是上天给你的另一次机会，让你去补偿对另一个人的亏欠！"

面对温韶筝的怨责，陆澈无以反驳，她的话像是一股巨大的压力压在他的心头，他只是唇角微微扯了一下，说："谁也无法改变已经发生的事情，这世间如果有神佛鬼怪，那么我们曾经所犯下的罪孽，也将有赎罪的机会。"

温韶筝垂下眼，神色苦涩，听到他的话微微一哂，望着桌上的烛火一动不动，说："是啊，老天是公平的，行差踏错一步，都要让你偿还。"

陆澈默然地转身离开，走至门口时又停了脚步，微不可闻地叹了一口气，似是自言自语地低声道："如果真有鬼神那就好了……"

李微吟的身体渐渐好转，丞相府里的传言却越来越多。

这日一早，穆东亭往厨房方向而来，来拿给温韶筝喝的药，没想到刚走到厨房门口，便听见里面的人正在议论近日府中发生的一些事情。

"你听说没有，大人请来的那位姑娘，到底是什么人？"

"好像是什么神医的弟子。"有人回道。

问的那人又神神秘秘地说道："我听说那位姑娘长得和大人以前的那个未

166

婚妻一模一样！"

另外那人倒吸一口凉气，震惊又压低着声音问道："你说的是以前那个女将军宁朝歌？"

"对，就是那个谋反被处死的女将军！"

"那那天晚上小游见到的被砍了头的女鬼，难不成就是那个女将军？"那人追问道。

"嗯！我听说，当年那个宁朝歌本来已经逃走了！是大人亲自去抓的人，是被砍头死掉的！她死的时候就说要回来报仇！我看那天温姑娘突然间发狂也是被女鬼给附身了，小游见的那个没有头的鬼，不是她还有谁！"另一人肯定地说道。

"什么？还有这样的事情？"听的那人惊讶地问道，"我本来以为大人只是性子冷淡了些，又不爱说话，平时对下人还不错，没想到他对自己的未婚妻竟这么狠心。"说完又可惜地叹了口气。

"你啊，真是太天真了，要不然怎么能一下做到这么大的官儿？"

"也是……"

穆东亭听着这些话，心里有些不舒坦。

他待在陆澈身边已近三年，关于宁朝歌和陆澈的传闻，他也听了不少。这几日府上发生的这些事情，令他也不禁怀疑起来，尤其是温韶筝也被牵连进这些事情当中，他一向待温韶筝极好，她与李微吟之间，他自是维护温韶筝的。可是甫听旁人私下这么议论陆澈，他终归还是生气的。

他刚要抬脚进门训斥那两人，肩头却被人轻轻拍了一下，他正生着气，半张着嘴正要开口骂人，陆澈的脸便入了视线。

陆澈朝他摇了摇头，示意他不要进去，然后朝着另一处走去。

穆东亭闷声跟着他走远了些，愤愤不平地道："相爷！刚才您为什么不让我进去？"

陆澈毫不在意地道："你堵得住那两个人的嘴，堵得住所有人的嘴吗？"

"我虽然堵不住所有人的嘴，可这是我们自己府中的下人，议论自己的家

167

主就该好好管教！"穆东亭看了看陆澈，道，"这事情我虽对大人有些看法，也替韶筝委屈，可是……可是……"

穆东亭急了起来，却又不知道该说什么。

陆澈见他这样子，不由得笑了笑。

穆东亭却没消气，仍是气愤地说道："总之，就是不准他们这么议论你。"待他说完才奇怪地问道，"相爷，您怎么会来这种地方？您要吃什么用什么，尽管吩咐下人们去做就是，何必亲自跑一趟？"

穆东亭忽然转移话题，陆澈朝穆东亭看了看，没有回答他的话，只是转了个身又朝厨房的方向走去。

穆东亭亦步亦趋地跟在他身后："难道是替李姑娘过来取药？"

这几日听下人们都在议论陆澈和李微吟的关系，穆东亭心中有些不舒服。

陆澈不自觉地皱眉，心想，穆东亭虽然有些笨，可是难得有聪明的时候，却又总是多嘴得那么不合时宜。

两人回到厨房时，方才议论的下人已不在厨房。

穆东亭犹愤愤地道："幸亏他们不在了，要是在，看我穆小爷不好好教训他们一顿！要不然都不知道这府上姓什么了！"

他自顾自地说着，才发现陆澈已走到正熬着的两个药罐子前。他一双眼睛盯着这位平时看起来像是不食人间烟火的神仙般的陆大人，啧啧两声后酸道："相爷，这是我在您身边三年来，第一次见您亲自来厨房，在我眼里，您可是堪比那月中仙哪！怎么这回落凡尘了？"

陆澈听着穆东亭有些讽刺的话，像是没听见似的，拿着抹布覆在药罐子上，掀开盖子看了一眼，见药已熬得差不多，便取了碗倒了出来。

抬手时见穆东亭一副吃惊的模样盯着他，陆澈淡淡地瞥了他一眼，极为自然地伸手将抹布扔到了他脸上，轻描淡写地说道："看好韶筝的药，要不然今天就给我待在厨房熬一天的药！"

穆东亭急了，一把抓下突然袭在他脸上的抹布，委屈又不满地望着早已动作迅速地端着药行至厨房门口的陆澈哼哼道："喂！相爷！有您这样的吗？韶

168

筝要是知道了可是会伤心的！她要是伤心了，"穆东亭看着陆澈已经渐行渐远的背影，气呼呼地将抹布甩在灶台上，无奈又落寞地道，"她要是伤心了，穆小爷我可是也会伤心的……"说完看向那块抹布，泄气地又拿了回来，去看温韶筝的药。

陆澈对李微吟的态度，令丞相府的人猜测颇多，甚至有人说李微吟不是人，是宁朝歌化作厉鬼之后画皮假扮之人，是来迷惑丞相大人找他报仇的。

倒是温韶筝自那天忽然发狂之后，这几日又忍不住重新操持起丞相府的家务事来。

陆澈对这些议论充耳不闻，温韶筝却处处提醒他人不要乱嚼舌根，每日都到李微吟的房间看望她的病情，且叫她不要在意别人的话。

李微吟见温韶筝这般模样，便问道："温姑娘心里，难道就没有这么认为吗？"

温韶筝不料一向和颜悦色温柔的李微吟，会突然这般相问，笑容一僵，讷讷地道："李姑娘多虑了。那日是我和你一起，青天白日的，怎么会有……"她忽然一副像是意识到自己说了不该说的话的样子，忙止住话，转而道，"陆澈他信你，我也相信他的判断不会有错。下人们说的话，你千万别放在心上。"

李微吟扯了扯唇角，看向温韶筝的眼神暗含深意，笑道："我看是温姑娘多虑了，我从未把这些人的话放在心上。"

她气色不佳，眼神却不同于往日的温婉平静，那深黑的眸子里，竟然透着几分凌厉，叫温韶筝不禁心中一凛。

温韶筝有些心慌，双唇微微发抖，却强自镇定地问道："李姑娘这话是什么意思？"

李微吟察觉到她微妙的情绪变化，笑着看向她，语气全然不似方才，嘴角微微上挑道："自然是话里的意思。温姑娘放心吧，下人们爱说什么便让他们说去，待他们觉得没什么好说的了，自然也就住嘴了。若是你时时刻刻提醒他们不要再议论此事，反倒叫他们以为，我们心中有鬼。温姑娘你说是不是？"

温韶筝听着她不软不硬的话，却将自己的心理说了个明明白白，心里一股无名的怒火窝着，面上却像是没有听懂她话里隐含的意思，要哭出来一般道："李姑娘说的是，是我思虑不周，还请李姑娘不要误会。"

李微吟见她这副样子，面色微微一动，敛去方才有些凌厉的神色，像是不忍心地道："这几日听了许多闲言碎语，方才又听你提及此事，是我不该将心中的不快发泄在你身上。"

温韶筝一副松了一口气的样子，忙大方地道："无妨无妨，只要李姑娘不误会就好。李姑娘好好休息，我先走了。"

李微吟朝她笑着点了点头，目送她离开。

温韶筝走后，叶熙宁奇怪地看着李微吟，对于她今日对待温韶筝的态度有些意外。

李微吟朝她深深地看了一眼，若有所思地说道："阿宁，这个温韶筝，不简单。"

她对陆澈的心思越显而易见，对待自己的态度就越可疑。

叶熙宁心头微微一沉，几年前那个怯怯懦懦的温韶筝，如今操持偌大一个丞相府的家业，游刃有余之外，竟还博得整个丞相府的认可，确实和从前那个只会躲在陆澈身后的寡言少女有些不同。

叶熙宁打手语问道："你怀疑这次的事情，与她有关？"

李微吟笑着摇了摇头说道："阿宁，不是怀疑。"她的目光对上叶熙宁的眼神，肯定地道，"就是她。"

陆澈与宁朝歌的往事，若说能知道得那么清楚的，这丞相府之内，除了陆澈便只有温韶筝一人。

"攻人攻心，"李微吟轻笑道，"阿宁，你是不是从前连她心仪陆澈这件事情，都不知道？"

叶熙宁眼神一动,微微垂下头,神色黯然。

她一双手搁在腿上,握紧了又松开,松开了又握紧,听着李微吟的话,回想起曾经的种种,脸色一点点地沉了下去。

"阿宁,我们走吧。"李微吟忽然道。

叶熙宁霍然抬首看向她,不明白她为什么忽然间这么说,以眼神询问。

李微吟笑了笑道:"阿宁,我们……是时候该以退为进了。"

叶熙宁瞬间明白她所指,笑着朝她点了点头。

丞相府近日的一些风波,已传遍了靖阳城。

早朝一散,陆澈便匆匆离开了玄武殿,百官们也陆陆续续离开,裴衍好几次上前想与陆澈说话,都被他们的招呼给打断。

原因是今日早朝时,刑部尚书魏良毓禀奏了关于先前失踪案和命案的进展,在裴衍的相助之下,已查得一些线索,令皇帝龙颜大悦。

昔日这位一向被人看不起的御林军统领,如今已有崭露头角之势,又因他是皇后的亲弟,朝堂上那些官员最会见风使舵,一下早朝便蜂拥上来与裴衍寒暄,唯恐落了后。

裴衍望着宫门口,只见丞相府的马车正在门口等着,陆澈已快步走至马车旁。

穆东亭正坐在马车上等着,看见陆澈出来,忙跳下马车,将马凳取出来,道:"相爷,走吧。"

陆澈点了点头,掀了长袍下摆,踏上马凳,刚掀开帘子坐进马车,便听见远处传来裴衍的声音。

"陆大人等等!"裴衍高喊道。

见陆澈听见他的呼唤声,挑着马车帘子看向他,裴衍忙朝着围在他身边的几位官员笑笑道:"各位大人,裴某先行一步了。"

几人见裴衍与丞相大人有事相谈,也不便再挽留。

171

裴衍疾步朝着陆澈的马车走去，正欲踏上马凳，坐进马车，却见陆澈一副拒绝的样子，淡淡地看了他一眼道："裴二少跟着本官，所为何事？"

　　裴衍面容上带着三分笑意，一身锦衣清贵整洁，口中却不客气地道："我想去府上看看熙宁，陆相应该不介意我顺道坐一回你的马车吧？"

　　陆澈看着裴衍衣冠楚楚，眼中还有似有若无的笑意，却拒绝道："我介意。"

　　说罢，他便放下马车帘子，将裴衍隔离在外。

　　裴衍一脸愕然的模样，未曾想到陆澈拒绝得如此干脆，一口气提上来还没回下去，便听见身后的穆东亭扑哧一声笑了出来，看好戏似的看着他，催促他让道："对不起了裴大人，麻烦您让一让，我们还赶着回府呢！"

　　裴衍本想与穆东亭理论，想了想觉得还是不要与他计较的好，扯了扯嘴角笑着向后退了一步。

　　穆东亭一副幸灾乐祸的样子，将马凳收起跳上马车，歪着脑袋看着他，唯恐他听不见似的吆喝了一声："走咯！回府！"这才驾车离去。

　　待马车行出一段距离之后，穆东亭才问道："大人，这裴二少莫不是真看上熙宁姑娘了，怎么一得空就往我们丞相府上跑？"

　　陆澈气定神闲地坐在马车内，听见穆东亭的话，不免失笑："榆木脑袋！"

　　穆东亭听见陆澈这话，不乐意了，分外不服气地道："谁说我是榆木脑袋了，难道不是从李姑娘和熙宁姑娘来我们府上之后，他们裴家两兄妹就像着了魔似的？"

　　穆东亭一想，又自言自语地道："我倒有些好奇，像裴二少这样的人，向来是勾着人家姑娘围着他转的，现在怎么反过来了，成天围着熙宁姑娘转？"

　　他这疑问一抛出，连坐在马车里头的陆澈也是一怔。

　　陆澈淡淡地道："裴衍可不是什么简单的人物。"

穆东亭失笑，说道："大人您也太高看这裴二少了吧？谁不知道他整日不务正业，和那些纨绔子弟没什么两样！"

"有些人表面上看起来玩世不恭，对任何事情都不在乎，可越是这样的人往往藏得越深。"陆澈回道。

如若不然，这两年多里，任凭裴氏一族如何树大根深，裴衍如何能稳坐御林军统领一职，且能游刃有余地游走在朝廷各派系之间，确保自己不受摆布，又不显山露水地将整个皇城的安危，保护得固若金汤？有这般本事的人，岂是平庸之辈？

穆东亭满不在乎地笑道："大人您说的这是裴二少吗？我怎么听着那么玄乎，一点都不像他？"

陆澈没有再说话，若有所思地想着一些事情。

穆东亭驱着马车回到丞相府之时，前方正有一辆马车驶离。

他未曾在意那是谁的车驾，待陆澈下车之后，便将马车交给看门的下人，两人朝府内行去。

他们刚走至前厅，便见几个下人正围在一起窃窃私语。

穆东亭停了脚步，不觉有些疑惑，朝那方走去。

"你们几个，在聊什么呢？"穆东亭走近后问道。

那围在一处的三人被身边突然响起的声音吓了一跳，见是穆东亭，想起这几日府上几个议论闹鬼事件的，被他发现都受了责罚，生怕他误会，神色有些慌张地站在他面前。

"没……没什么！"

"对对，我们没说什么。"

"穆爷，我们就是随便聊聊。"

"对对对，我们就是随便聊聊。"

穆东亭越发觉得奇怪，回身朝陆澈看了一眼。那三人见陆澈正立在不远处，神色更加难看起来。

"没什么你们几个慌什么？"穆东亭拔高了声音责问道，"不想挨罚的就赶紧给我说！"

三人推搡着，使着眼色，都想让对方说。

穆东亭不耐烦地深吸了一口气，指着最右边的人道："来来来，你来说！"

那人嗫嚅道："早上……早上小游向温姑娘辞工，说是自从那天晚上见了鬼之后，天天做噩梦，还……还说了些不大好听的话，可恰好被熙宁姑娘听见了，熙宁姑娘就带着李姑娘走了。"

"什么？"穆东亭一怔，不由得朝身后的陆澈看去，见陆澈神色不悦，又问道，"去哪儿了？"

"不……不知道。"那人慌忙摇了摇头，连带着身旁另外两个下人也吓了一跳，低着头时不时地朝穆东亭瞟上一眼，察言观色。

穆东亭也无暇顾及其他，只问道："什么时候走的？你们怎么不拦着！"

"小的……小的也拦不住啊，才走了没多久。"那人一脸苦色，伸出胳膊肘碰了碰身侧之人，让他也说说。

站在中间的人一抖，忙苦笑道："就是，穆爷您也知道熙宁姑娘的厉害，我们哪是她的对手啊。她们前脚刚走，您和大人就回来了。"他又伸胳膊捅了捅另一个人。

"对对，要是现在去追，说不准还能请回来。"

穆东亭眼珠子一转，想起方才回来之时看到的马车，忙朝陆澈走去，说："相爷，要不要去找？"

陆澈点了点头道："多派些人手，李姑娘身体不好，想必走不远。"

穆东亭得了令，赶紧安排人手去寻李微吟与叶熙宁二人。

叶熙宁带着李微吟，找了一家名叫"闻波客栈"的住下。

待叶熙宁将一切安顿好之后，李微吟道："阿宁，既然丞相府闹鬼，那我们就来个将计就计。"

叶熙宁看向李微吟，了然地笑了笑，打手语道："若不是因为小游的娘是个爱炫耀的主儿，小游帮温韶筝做了这么多事情之后，得了一大笔钱，他娘便到处说儿子挣了大钱，要回老家去买一块地，怕是你我到现在都不会知道这些事情的缘由。"

李微吟眼内透着慧黠："当日我与她一起，她忽然发狂之时我已觉不对劲。只是她当时戾气太重，我倒不曾怀疑她竟会自伤，以撇清和这件事情的关系。但是后来她自作聪明，为了陷害我散布谣言说是我给她下的药，那时我还未在意，直至后来小游的事情便让我生疑了，才叫你暗中去查一查。"

叶熙宁看着她，面上浮起一抹清淡的笑。

李微吟又道："这么多年，温韶筝为了陆澈，能隐忍至今，眼看着快要熬出头的时候，没想到我会突然出现，她心中必是恨极了的。"

叶熙宁听着她的话，点了点头，打手语回道："我原以为几年不见，她只是变得不再像从前那样自卑胆小。"

一想到从前的事情，叶熙宁眼中一黯，继续打手语道："没有想到她竟有如此心机。"

她意识到这件事情的时候，只觉心底不断生出一丝丝凉意。

从前她将温韶筝当作极为信任的人，而这信任的背后，却是温韶筝充满了恨的隐忍。

思及此，她再也说不出话来。

李微吟见她神色落寞，心知她又想起那些令她伤心的事情。

曾经所有的好，如今不啻一把把锋利的刀，割在她的心上，痛得麻木之后，让她的心变得空荡和悲凉。

李微吟道："如今她必然以为她的计谋已经得逞，想必她会放松警惕，趁她处理掉那些东西之前，今日晚上你便上丞相府探上一探，顺便送她一份大礼。"想到温韶筝会被吓到的样子，李微吟忍不住笑了起来，"她这么爱装神弄鬼，那就让她见上一见。"

175

叶熙宁被她逗笑了，打手语道："吓不死她也会吓个半死了。"

叶熙宁走到铜镜前，看着镜中的这张脸，清冷有余，慧秀不足。

这张人皮面具，从她在昭云观里重生之后，便跟着她。

在那以后，她便以这副面孔示人，这面具几乎与她的脸贴合得天衣无缝，就连笑起来时面部表情都自然灵活。

叶熙宁看着镜子，抬手摸上脸颊，从面颊的边缘处一点点将脸上那层人皮面具揭了下来。

李微吟走至叶熙宁身后，两人一同看着镜中的影像，眉眼五官，即便是她们自己都分辨不出谁是谁，就连眼角眉梢都别无二致。

叶熙宁看着镜中一模一样的两张脸，心中微微一动。

她的唇畔勾起淡淡的笑，平静地道："谁能想到，当年的宁朝歌没有死，宁家当年生了一对双生女儿。"

李微吟转身取了面巾浸湿后递给叶熙宁擦拭了脸，绽了笑靥，拉着她坐到桌子旁，道："来看我给你准备了什么。"

叶熙宁好奇地看向她，像是在说她竟还有自己不知道的秘密。

李微吟含着笑意看了她一眼，打开柜子，取出一个盒子，放在桌子上，示意她自己打开。

叶熙宁依她的意思伸手将盒子打开，看见里面的东西，不由得失笑，问道："你哪来的这些东西？"

她伸手一一拿起盒中的东西，烟幕弹、血包，还有一包磷光粉。

叶熙宁面上俱是笑意，连带着眼内也是波光流转，眉目间都遮不住她那股明媚的英气。

李微吟看得微微出神，心道，阿宁终归与自己是不同的。

"有钱能使鬼推磨，方才你安顿的时候，我在客栈门口唤了一个正在玩耍的小孩儿帮我去买的。"李微吟笑道，拿过叶熙宁手中的烟幕弹晃了晃，语气略带俏皮，"装鬼嘛，要装得像点才够吓人，我家阿宁的轻功这么好，飞檐走壁不在话下，随意飘一个，再带点烟雾，到时候往脸上扑点磷光粉，这大晚上的又是烟又是一张鬼脸，叫人不信真见鬼了都难！"

她又指着那血包道："还有这个，到时候你就这么往脖子上抹一圈，不是宁朝歌回来了还能是谁？"

叶熙宁未曾想到，李微吟向来稳重温和，可戏弄起人来，比自己有过之而无不及。

她忍不住取笑李微吟："原来你这样坏！"

李微吟却不甚在意地道："这叫以牙还牙，以恶制恶！"

两人顿时笑作一团。

裴衍坐在案前，看着桌上那一盘棋局，无人对弈，他便一人下两人的棋子，正入神间，李豫白咬着苹果大咧咧地进门，见他正在下棋，奇道："今日怎么如此空闲，最近不是一直忙着查案的事情吗？"

裴衍头也不抬地回道："有些事情我想不明白，得静下来好好想想才行。"

李豫白也不问他想什么，只是极为不屑地道："我这儿有个消息，我觉得比你那破棋局更让你感兴趣。"说罢，他又咔嚓一口，便将手中的苹果又咬去一小半。

裴衍抬头看见他这副吃相，嫌弃地摇了摇头道："豫白，你能注意点你的形象吗？好歹也是堂堂御林军副统领。"

李豫白呛声道："嘿！就你平时那些臭毛病，比一姑娘家还麻烦！我说你还要不要听我的消息了？不听你可别后悔啊！"

"听！自然要听！是关于熙宁的？"裴衍含笑看着他，也不在意他方才对自己的嫌弃。

他深知李豫白的个性，极不爱管闲事儿，若非关于熙宁的消息，绝不会是如此"邀功"似的样子。

李豫白叹了一口气，一脸无趣的样子，说道："你怎么一猜就中！"

裴衍随手将手中执的一颗白子砸向李豫白，李豫白反应极快地伸手接住，只听他低低笑着又催促道："赶紧说！"

"我收到消息，叶熙宁带着李微吟离开丞相府了，现在陆澈正派人找着呢！"他手指翻飞，将手中的棋子一掷，噌的一声，那白子正落在棋盒之中。

裴衍听见这个消息，眼中一亮，不禁赞许道："我家阿宁走得真是时候。"

李豫白见他这副模样，忍不住抱着双臂捋了捋身上起的鸡皮疙瘩，嘴上啐的一声，道："裴衍，我怎么觉得自从你认识这叶熙宁之后，不要脸的功夫越发炉火纯青了？听小丫头说起这个熙宁姑娘，可不是什么省油的灯，你猜她要是听见你说这话，会不会打你？"

裴衍目光一沉，忽然点了点头，像是慎重想过之后才正色道："嗯！她应该会打死我的！"

谈及叶熙宁，裴衍心情愉悦，又似想起了什么，眼内波光流转，朝着李豫白道："吩咐下去，赶在陆澈之前找到她们。"然后毫不犹豫地起身朝门外走去。

留下屋内一脸讶异之色的李豫白怔怔地看着他离去的背影，长叹一句："裴衍啊裴衍，我看你这回是真栽了啊！"

已入夏季，蝉鸣声响，到了晚上叫声方低下来。

夜色一暗，整个靖阳城便陷入沉寂之中。

叶熙宁拿着李微吟替她备下的那些东西，在夜色之下飞掠过一座座高墙，犹如在长空中掠过的一只轻燕。

相对于深不可测的端穆王府和重兵把守的平西王府，丞相府对于叶熙宁而言，如入无人之境。

此时刚过夜半二更天，在寂静的夜色中，叶熙宁轻松撬开温韶筝的房门，闪了进去。

她的动作，如同落爪无声的猫一样，悄然走至温韶筝的床边。

她看着床上躺着的人，温韶筝睡得正沉，不知此刻床边正站着一个人。

叶熙宁果断地伸手点了她的睡穴，然后大大方方地将屋子内的柜子翻了个遍，也未曾找到温韶筝所服用的丹药。

她的眼神投向温韶筝，正想着温韶筝会将东西藏在何处之时，忽地想起从前温韶筝有个习惯，喜欢将银子藏在鞋中，她心中一动，上前两步，走回她的床边，蹲下身来，向床底一看，伸手往她那几双鞋的鞋面上摸去。

待她摸到第五只鞋子时，手按到鞋中藏有东西，立即将鞋取出来一看，鞋中却是温韶筝攒的银子。

叶熙宁一怔，想不到这么多年过去，即便她如今身份早已与从前大有不同，却仍旧有这样的习惯，心中难免唏嘘。

叶熙宁不放弃地又伸手去摸，察觉到第六只鞋中又有东西，手指伸进鞋中一掏，便摸到一个小瓷瓶，取出一看正是她要找的东西。

她打开瓶塞，闻了闻瓶中之药，眉头一蹙，这些年她与李微吟一起，耳濡目染已将药材辨识学得差不多。

她的五识较于常人异常灵敏，凭着敏锐的嗅觉，只靠闻药丸透出的气味，便能分出是哪几种草药制成的。

她眉头蹙得更紧，将瓷瓶中的药丸倒出一颗，便将东西归到原处放好。

叶熙宁将那一颗药丸收好后，起身看向温韶筝的睡颜，她从前从未像此刻这样认认真真地看过温韶筝。

温韶筝眉目浅淡，虽非一眼看去便觉容貌非常突出的女子，却是那种从她的一个动作一个眼神间，便能觉察出是细心文静的女子。

而叶熙宁才渐渐意识到，温韶筝对陆澈，怕是不亚于当年自己对陆澈的感情。

如今回想起曾经的种种，她方觉自己忽略太多细节。

她记得有一次，她喝了温韶筝做的核桃花生芝麻糊，因为糊中的花生并不多，芝麻的香味盖过了花生的味道，她便没有注意。

没过多久，她身上渐渐起红疹方知道原因，可是已经晚了。

她呼吸急促，喘不过气来，因过敏而昏厥过去。那时候陆澈焦急地抱着她一路飞奔至药馆。待她醒来之时，温韶筝红着眼睛闷声坐在一旁，叶熙宁以为温韶筝是担心她，因为内疚而哭，心中很是感动。

后来她才知道，因为这事情，温韶筝挨了陆澈的训斥，心中委屈才哭了。

那时候她一直以为，这不过是兄长对妹妹的训斥，如今想来温韶筝心中确实委屈，只不过那不是因为被陆澈责骂。

温韶筝委屈，是因为她的一个无心之举差点要了宁朝歌的性命，却也让她彻彻底底明白一件事情，那就是陆澈虽然平时对这位宁国侯府的大小姐冷冷淡淡的，可是他的心早就被宁朝歌占据了。

叶熙宁静静地站着，看着沉睡中的温韶筝，又想起刚到丞相府时温韶筝做的那一碗加了花生的糊，用来试探李微吟，心情顿时五味杂陈。

这些日子以来所经历的事情，让她不断地推翻之前自己意识当中所认知的一些事情。

叶熙宁努力深呼吸，平复了一下心情，刚想伸手解开温韶筝的穴道，又想到李微吟准备的那些东西，便取了出来。

她将血包掐破，一股血腥味扑鼻而来，她一脸嫌弃地闻了闻，手指蘸了血便往脖子上涂了一圈，又将烟幕弹点燃，挂在身后，最后才将那些磷光粉小心翼翼地涂在脸上，待准备好后，又检查了一下身边有没有留下蛛丝马迹，收拾好后才将温韶筝的穴道解开。

温韶筝的穴道被解开之后，微微蹙了蹙眉头，睡梦间只觉身子有些僵硬不舒坦，随即朝着床边翻了个身，却隐隐听见熟悉而又幽幽的声音："韶筝——韶筝——韶筝——"

温韶筝正在半睡半醒间，乍一听见这个声音，心中一凛，眼睛极涩，勉力才睁开。

恍惚间，她看见一道白色的身影，正站在她的床头，顿时觉得毛骨悚然。

"韶筝——韶筝——"

温韶筝的眼睛一下瞪大，意识从睡梦里收回，惊恐地看着眼前的一切。

那声音正是这如同鬼魅一般的身影发出来的。

温韶筝只觉得浑身战栗，不敢发出声音，生怕惊动了眼前的"鬼"。

更让她怕得要命的是，她竟然听出了这个声音！

这分明是……分明是宁朝歌的声音！

这个意识，让她连呼吸都觉得艰难起来，恐惧让她如同躺在冰床之上。

就在这个时候，她忽觉面上有衣袂带起的风掠过，令她汗毛竖起。

那白色的"鬼魅"披头散发，此时低垂的头一点一点地抬起来，藏在长发后的那张脸，透着幽幽的绿光。

叶熙宁抬起头后，头发自中间分开，完全露出了那张脸。

温韶筝清楚地感受到自己的头皮正在发麻，而身上一阵阵的冷汗，渐渐沁湿了衣衫。

那张泛着幽幽绿光的脸，赫然就是宁朝歌！

"韶筝……我的脖子好疼啊……真的好疼啊……帮帮我……你帮帮我……"那"鬼魅"痛苦地说着，脖子上一道血淋淋的痕迹。

温韶筝的精神几乎崩溃，原本屏息着，此刻忍不住大口大口喘着气，已近疯癫。

叶熙宁藏在衣袖之下的手渐渐凝起内力，她轻巧地使着轻功微步向后移着，在温韶筝眼里却是飘着，那身后的烟雾随着她的移动渐渐飘散开来。

叶熙宁抬手甩袖间，朝着温韶筝床边的窗户催动掌心的内力。

那扇窗被内力击开，窗轴吱呀一声转动，声虽不响，却在这样宁静的夜里惊得温韶筝原本哽住的喉咙，发出惊天的恐惧尖叫声："啊——啊啊啊——"

她迅速蜷着身子躲在床角，拉过被子蒙住整个人，一直不断尖叫。

叶熙宁心下冷笑一声，口中仍是念念有词："韶筝……帮我……帮我啊……韶筝——韶筝——"

她飘然而出，丞相府之内早已被惊动，她算好时间，犹如轻燕低飞，又如夜色中的蝙蝠一般，从西厢飘过，恰好让一群夺门而出想要看看发生了什么事情的下人看见她飘浮着的身影。

那披散的黑发被夜风吹起，让她整张泛着荧光的脸暴露在众人眼前，为首的下人一见这阵仗，腿一软直接被吓晕了过去。

那些人惊恐地乱窜着，全被吓得六神无主，只会惊恐地喊着："有鬼啊！有鬼啊！"根本无暇顾及她会去哪里，只期盼她赶紧从他们眼前消失。

第九章　风云暗涌露锋芒

从丞相府出来之后走远了些，叶熙宁才停下来收拾，想到方才的场面，心中居然有种特别解气的感觉。

她伸手摘了绑在身后的烟幕弹熄灭，又闻到身上一股血腥味，极为嫌弃，忙脱了白色外套，索性拿来擦拭脖子上的血。

当她做着这一切的时候，却不知身后正有一双眼睛，盯着她的一举一动。

叶熙宁仔细擦干净脖子上涂的血迹，却无意间看见地面上有一道影子，正越来越近……越来越近……

她心中一紧，忙将手里的衣服扔在地上，取出人皮面具往脸上一贴，胡乱地抹了抹脸，心道不做亏心事，不怕鬼敲门，她这才做了一件，就栽在阴沟里了吗？

方才奔出一身汗，此刻被夜风一吹，她的心如这身体一般，被吹得通身冰凉。

她僵硬着身子，直勾勾地盯着地上的影子，那影子越来越近，最后定在她身后，她只觉背后一阵阴凉。

她想，自回到靖阳城之后，一次夜探端穆王府遇上裴衍这个浑蛋，后来在平西王府好巧不巧又被他跟踪，今日她上丞相府装鬼吓人，裴衍虽不在，却又被人发现了。

那影子抬起了手，一下、两下……拍着她的肩头……却不吭声，让她有种毛骨悚然的感觉。

叶熙宁硬着头皮慢慢转过身去。

裴衍正一脸好笑地看着她，凑近道："你大半夜装鬼吓人还能把自己吓到了？"

她被这声音一震，立即转过身去，见他眉宇间不失风流，眼神内大有戏谑之意。

叶熙宁没好气地瞪了他一眼，忍不住压着声音道："怎么又是你！怎么哪儿都有你！"

裴衍听见这话，却十分高兴，停了手上的动作，眼睛里笑意微微，面上却一副失落的神色道："这么多天不见，你不想我？开口竟是这么一句话，叫我好伤心。"

叶熙宁面色一滞，僵硬地抽了抽嘴角，摇了摇头。

"啊……真是失望啊……"裴衍唇角含着笑意，嘴上说着失望，却将方才面上那副失落的神色撤得干干净净。

他们目光对视着，一个惊疑警惕，一个笑意浅浅。

叶熙宁正筹划着怎么甩掉裴衍这个麻烦，裴衍的眼神却仿佛在告诉她：别想了，我既然能知道你在这儿，知道你去干了什么，我如何不知道你要往哪处去呢？

而叶熙宁又像是意会到了他眼神里的信息，从警惕的神色转变成警告："别跟着我，不然揍你啊！"

见裴衍面色僵了僵，叶熙宁笑了笑。

"我知道你这么多秘密，你还对我这么凶，难道就不怕我揭穿你吗？"裴衍好整以暇地看着她。

叶熙宁冷笑一声，缓缓伸出拳头警告地看着他，道："要不认认真真打一

184

场试试？"

裴衍："……"

一场精神与眼神上的斗智斗勇，最终以叶熙宁扬起的拳头告终。

叶熙宁心满意足地笑了笑，语气舒适惬意，拍了拍双手，眼神瞟了一眼地上她扔的东西道："收拾干净了再回去！"然后转身便要离开。

裴衍心中着急，却悠然道："你当真不想知道我是如何知道的？"

叶熙宁面色不变，转过身来看着他，眼神微微一沉，沉吟道："裴二少身负御林军统领一职，没有点本事怎么行？何况你裴府的暗卫本事大得很。"

她的眼神如鹰隼一般锐利地扫了一遍四周，那夜色里不知藏了多少人。

裴衍一身锦绣长袍被风吹得微微飘动，他瞬间欺身上前。

叶熙宁虽不习惯与他人如此靠近，却也耐着性子等他的下一步动作，看他究竟意欲何为。

裴衍在她耳边轻声道："这几日我查到一件事情，当年宁帅身边的萧将军曾为救宁朝歌劫狱，而萧家在逃亡的途中被朝廷缉捕，唯独少了萧将军的小女儿萧碧芸，至今尚未归案。"

说罢，裴衍的身子微微向后倾了倾，两人依旧离得极近，几乎能感受到对方的呼吸轻轻拂在自己的脸颊之上。

"阿宁，那日你说宁家尚有后人，让我疑心得很哪！"裴衍这一声，暗藏深意，瞧着她的眼神亦带着毫无遮掩的探究之意，"你究竟是谁？和宁家有什么关系？"

裴衍的这两个问题，落入她的心湖，激起千层浪。

叶熙宁与他对视着，静默了一瞬，想着裴衍方才的话，心道他不会将自己误会成萧将军的女儿了吧？

他微微扬眉，看着眼前这一张脸，她虽眼神清澈明亮，神色隐忍，却也叫他一眼便看穿了她心中的不安。

不知为何，他从她的眼里，竟像是看到了几年前，他在城楼之上看见的那一道华光鼎盛而又明艳浓烈的身影。

那是任何人、任何事都阻挡不了的一道光芒。

他定定地看着叶熙宁，只听她道："裴衍，你与宁家又有什么渊源，为什么对宁家的事情这么感兴趣？"

裴衍浅浅地笑了起来，眼里的情绪叫人捉摸不透，墨玉般深黑的双眸光辉流动，唇齿微动，一笑道："我只是觉得百足之虫死而不僵，我不信堂堂一个宁国侯府世代为将，竟然没有一点防备之心，被当年一个小小的刑部侍郎整垮了。"

他唇角一勾，明朗的笑容中竟透着几分玩世不恭："所以，哪有什么为什么，不过是一点好奇心而已。"

裴衍低低的声音让叶熙宁心中微微一动，不知为何竟然想起那夜在平西王府之事，脸上一烫。

她又听见裴衍说道："若要问为什么，阿宁你可比我可疑多了。"

他的气息轻轻吹在她的耳侧，像是从前她躺在草地上看澄净明澈的广阔天空之时，身旁那疯长的狗尾巴草拂过她的面颊那细细密密的刺痒，在她心间漾开。

此番她才察觉到，两人之间姿态旖旎，气氛微妙。

裴衍语气轻柔地道："你看，我们两个都藏着些秘密，其实半斤八两。如此看来也挺般配的，你说是不是？"

叶熙宁已无暇顾及裴衍口气里的暧昧不正经，这张近在咫尺的面庞，笑颜温润，神态潇洒雅静，而眼眸深处的深沉，却像是早已看透许多事情。

裴衍见她神色微沉，又语气坦然地道："阿宁，其实对你来说这个'为什么'并不重要，重要的难道不是我能帮你做你想做的事情吗？"

他的这一问，让叶熙宁渐渐静下心来思考。

裴衍虽三番五次试探，可相识以来终究没有对她做过什么不利的事情，相反还帮了她不少忙，如此一想，她便点了点头。

裴衍见她同意自己的说法，脸上笑意渐深，道："哎呀，阿宁还是心疼我的，既然你已经从丞相府搬出来，不如就住到我裴国公府上吧，如此一来也方

186

便你我二人见面。"

叶熙宁咬着牙，耐着性子与他废话道："裴二少，还请自重些。做人要有些底线，何况你是堂堂裴国公府的二公子，御林军统领，裴皇后的弟弟，总要坚守些原则，别那么放荡不羁，你说是吧？"

"什么自重，什么坚守，什么底线，我统统不要了，换一个你好不好？"

霎时，叶熙宁的心头犹如惊雷炸开，心口不由得一烫。可毕竟她曾是姜靖国的第一女将，也是见过世面的人物，在男女之事上虽说不是在行之人，却也非那种三言两语便被调戏得面红耳赤之人。

她定了定心神，见裴衍又是那副欠揍的样子，朝他翻了一个白眼，无暇与他计较，心中还是有些疑心裴衍到底为何对宁家之事这么上心。

宁家从武，世代皆为武将，常年镇守边关。而裴氏一族从文，朝中上下遍布裴氏门生。两家虽无交恶但也并不交往过密，说到底不过是同朝为官而已。

她如何也想不出来，裴衍有什么理由冒这么大的险来为宁国侯府翻案。

叶熙宁略一沉吟，眼神朝他看去，分外认真地问道："莫非宁国侯府得罪过你，满门抄斩你都不放过？"

她的问话让裴衍嘴角抽了抽，只是一瞬间，他便改了神色，变得深情温和，语气中三分慵懒七分漫不经心，丝毫没有一分正经地道："倒是没有，不过曾见宁家小姐明艳风华，一见倾心。虽如今早已香消玉殒，化作黄土白骨……"

他缓缓靠近叶熙宁耳侧，见她的身体明显僵硬了一下，道："可是她的身影早已烙印在我心头挥之不去了，阿宁，这世上有痴情种，你可信？"

叶熙宁脑中轰的一声炸开，忙退开三尺，僵硬地笑了两声，将方才扔在地上的白衣捡了起来，干笑几声道："看不出来裴二少口味还挺重的，宁家小姐要是知道这世上还有一个痴情种在迷恋她，九泉之下也一定非常欣慰。"

她飞身跃上旁边的屋顶，准备离去。

裴衍也跟着上来，几步走到她旁边，道："哎，我话还没说完呢。"

叶熙宁疑惑地朝他看去，警惕着他又要说出什么令她恶心的话来。

“我想说啊，自从认识阿宁你之后，我就发现我似乎要对不起宁家小姐了。”裴衍一副极为为难的样子，“阿宁，我好像瞧上你了。”

　　叶熙宁被这话惊得差点从屋顶上掉下去，又干笑几声道：“我可没宁小姐的福气。”随即头也不回地运着轻功离开。

　　裴衍看着她慌不择路的样子，忽然心情大好。

　　他眉宇微微上挑，那笑容中带着得逞之后的狡猾，似乎因突然间发现什么有趣的事情而兴奋着。

　　他双眸微眯，饶有兴趣地看着叶熙宁离开的方向，轻笑着朝同一个方向运功行去。

　　裴衍将叶熙宁住在闻波客栈的事情告知了裴清懿，果不出他所料，裴清懿第二日一早，便带着裴府的下人，将叶熙宁和李微吟接到了裴国公府上。

　　叶熙宁原本不想如此折腾，可又想到客栈人多，不利于李微吟休养，便依着裴清懿的意思，与她一道去了。

　　因李微吟在裴府上有裴清懿相陪，又有其他下人照料着，叶熙宁便被裴衍拉着一道与他查案子。

　　这些日子她虽没有跟在裴衍身边，却有追鹘时时传递消息。

　　在朝中所有人还在寻找失踪的那些人的时候，裴衍已暗中派人去查探靖阳城周围的几座铁矿。

　　叶熙宁在得知此事时，颇为讶异。

　　国之铁矿，必由朝廷所掌，若要开采，需得一步步上报朝廷方可。

　　那些失踪的铁匠，必是被抓去打造兵器。那日被抛尸于城东密林的几名朝廷人员，不啻平西王知道朝廷正着人查办后，对朝廷的挑衅。

　　平西王如此肆无忌惮的作为，不臣之心昭然若揭。

　　在手下之人传递来消息之后，裴衍得知燕关城的铁矿有所异动。

　　裴衍看着那方传来的消息，神色一沉，道：“怪不得平西王明知皇上召他回靖阳是为将他留在靖阳城，好控制他削他的兵权，还如此爽快地回来了。"

叶熙宁也是一惊，燕关，那是姜靖国最大的铁矿所在地。

原来平西王回靖阳，竟是冲着这铁矿而来。

裴衍将手中的字条烧毁，以免泄露，目视着叶熙宁，道："走，去一趟燕关。"

燕关城位于靖阳城的东南方，快马不过两个时辰便可到达。

叶熙宁与裴衍一到燕关城，便与裴府的两名暗卫甫生和宋枭取得联系，被一路引至铁矿一带。甫生和宋枭已在此处观察多日，铁矿周围原本由官府看守，查探之下方知，前阵子忽然来了一些人将此处控制住。

燕关城的城主沈恪言也被同一伙人，看押在府上不得出入。所以这么些日子以来，朝廷并没有接到沈恪言的异常奏报，而所有被抓的铁匠和锻造师，都被挟制在燕关城的锻造所内，替他们打造兵器。

待了解燕关的情况后，裴衍立即修书一封，命甫生带着他的手书，回靖阳城通知李豫白，召集两万御林军精锐，前往燕关城。

甫生离开之后，裴衍与宋枭准备伺机混入锻造所中查探，叶熙宁则前往沈府与沈恪言取得联系，以防他们以沈府上下的安危相要挟之时，叶熙宁可护他们周全。

李豫白连夜率领两万精兵，趁夜悄然出靖阳城，以迅雷之势，直取燕关，破城而入。

城中的敌军猝不及防被袭，虽奋力抵抗，一盘散沙之下，不过一个多时辰，便被李豫白率领的御林军所控制。

事情进展得比想象中要顺利一些，裴衍见到李豫白之时，城中大局已定。

看着陆陆续续被解救出来的人，以及被俘虏的敌军，裴衍想到叶熙宁还在沈府，拍了拍李豫白的肩头，说道："走，去沈府。"

李豫白摘下挂在腰间的酒壶，呷了一口，道："去沈府作甚？你不立即回

189

靖阳城向皇上禀报此事？"

裴衍笑了笑，道："阿宁还在沈府。"

他这话刚落，李豫白脸色一变，察觉出些不对劲来。

裴衍见他神色有变，心中一凛，将笑容敛去，问道："怎么了？"

李豫白看了看裴衍，道："坏了，攻城的时候，我以为你们都在这儿……"

李豫白的话还没讲完，裴衍已经几步上前，果断跨上战马，只听裴衍一声"驾"，已牵着缰绳，骑着马冲了出去。

裴衍到达沈府之时，一群人正在围攻叶熙宁。她仅凭一己之力，将沈府上下十几口人护在身后的门后，拼死相抗。

她一面阻止着敌军靠近身后的门，一面还要躲避其他人挥来的长刀。

若是没有顾忌，她又怎么会如此束手束脚？

裴衍目光所及的身影，一身素衣已被鲜血浸染，让他触目惊心。

从沈府门口到那一扇门间，遍地的尸体。

他不知道这一个多时辰里，叶熙宁是如何苦苦撑到现在的。

裴衍一脚踢起地上的兵刃，那兵刃一下将前面正要一刀劈向叶熙宁的敌人，从后穿膛而死。

叶熙宁一回头，对上裴衍的目光，见他终于来了，心中一定，松了口气，微微扯了扯唇角。

看到她满身鲜血，见他来了之后竟一笑，裴衍只觉得心疼得要命。

他想要好好守护的一个人，竟被置于这样的危险之地。

裴衍面容一肃，提步飞身上前，一把拔出方才被他刺死之人身上的刀，那些人见对方来了援手，便分了心围攻裴衍，被裴衍连连斩杀了几人。

叶熙宁见裴衍已来，心知燕关城已破，马上便会有御林军支援，便没了顾忌，放开了手脚，将这些负隅顽抗的敌军一一斩杀。

两人杀红了眼，待李豫白率军前来时，已解决了沈府的危机。

190

裴衍一把丢了手上的兵器，上前盯着叶熙宁看了又看。她身上的素衣几乎不见原色，全是血腥味，衣服被划破了好几处，分不清是她受伤流的血，还是敌人的血。

他头一次声音有些发颤，问道："可有伤着？"

叶熙宁见他毫不掩饰的担忧，心中微微一动，朝他摇了摇头，无声地道："没有。"她欲言又止，想说些什么，却又沉默下来。

裴衍松了一口气，笑了笑道："不是厉害得很吗？就这些人，还得打上这么长时间？是你武功太不济，还是故意放水好让我趁机英雄救美？"

经历方才一场恶战，叶熙宁原本一脸严肃，可裴衍这一句话，便让她心中好不容易有的一点点感动，消失殆尽。

她没好气地白了裴衍一眼，冷着脸刚欲转身朝外走，可就在这时，躺在地上的"尸体"忽然抓起手中的刀，猛地起身朝着叶熙宁刺去。

裴衍陡见刀光一闪，来不及思考，一把抓住叶熙宁的胳膊，一扬手将她整个人护在自己怀中。叶熙宁只听见裴衍闷哼一声后，反手一掌，将想要伤她之人打得一口鲜血喷出，当场毙命。

见裴衍为救她受伤，叶熙宁心中涌起一阵激烈的波荡。

她忙焦急地查看裴衍被伤的手臂，那刀砍得极狠，伤口深得几乎能看见里面的骨头。

因为震撼，因为惊讶，因为被保护后免于受伤，而他此刻却疼得额头冷汗直冒，叶熙宁感觉到自己内心一些无法说出口的情绪，使得她的身体也微微颤抖起来。

裴衍见她面色惨白，哑声笑道："怎么？被吓到了？我还以为你会心疼我掉几滴眼泪呢。"

说完这话，裴衍便疼得站立不住，往叶熙宁身上靠去。

叶熙宁脑子里一片空白，看着李豫白冲了上来，将裴衍扶进沈府，一群人闹哄哄地收拾着残局。

而她的心，仿佛被撕开了一个口子，却又被全部堵住，让她呼吸渐渐不畅起来。

即便她再看不惯裴衍平日里无赖的样子，也知他即便疼得快晕过去了，还不忘强撑着说这样玩笑的话，想让她不要担心。她只觉得心里有无数的情绪翻涌着，却说不出任何话来，只能怔怔地跟在李豫白身后。

从前征战沙场，什么样的场面没有见过，她杀过多少人自己都记不清楚，可此刻，竟看不得裴衍的伤口，只觉得整颗心像是被狠狠扼住了，让她有种形容不出来的难受。

因裴衍意外受伤，在燕关多耽搁了一些时间，方回到靖阳城。

李微吟替裴衍缝合好伤口后，裴衍便睡了过去。

得知裴衍受伤，裴府的管家派了好几个丫头守在裴衍房中伺候着，也用不着旁人照看，叶熙宁便随李微吟一同离开了。

回去的路上，李微吟忽然问道："阿宁，裴衍是为你受的伤？"

虽是寻常的一句问话，却令叶熙宁心头一颤。

她唇瓣微动，往常清冷而面无表情的容颜，此刻透着异样的神色，最后点了点头，算是回了李微吟的问话。

李微吟眼里清明，望着身旁沉静利落的女子，没有再问下去，心里却多了一分判定。

叶熙宁将她送回房中，正想回自己的房间，却又被李微吟的话给留住了，只听她问道："阿宁，你有没有想过，如果有朝一日你发现陆澈并非陷害宁家的真正凶手，他亦是被人误导的一颗棋子，你当如何？"

她的声音很轻，却也很清晰。

李微吟的问题让叶熙宁瞬间愣神。她侧首回望，看见李微吟的面容上，有悲戚，有同情，也有疑问。李微吟说："阿宁，你会原谅他吗？"

在得知陆澈的身世时，叶熙宁也曾问过自己一样的问题。

活着的人，还有重来的机会，可是死去的人呢？

她的脸色煞白如雪，几乎是下意识地，抬手用手语回道："我这一生都不可能原谅他。"

失踪案虽已告破，可这案子又将私造兵器一案揭发，燕关城一事后，所抓捕的犯人尚在审讯当中。裴衍因受了伤，又立了功，被皇帝准了假在家中休养。

裴衍手臂上的伤，却不知因何好得极慢。

.李微吟每次替他把脉开药后，都觉得奇怪，按照她的方子调理，伤口早应该愈合，可这都快十日了，他手臂上的伤却仍旧让人看得频频蹙眉。

裴衍每每长吁短叹，道："李姑娘，我这胳膊会不会残废了？"

他每次这么说的时候，叶熙宁面上总有一股愧疚之色。一来二去，叶熙宁因着心里的愧疚，便亲自给他煎药换药。几次之后，终究被李微吟瞧了出来，趁着叶熙宁去拿煎好的药时，说道："裴大人如果继续这么下去，这胳膊早晚得废了。"

裴衍这样的聪明人，岂会看不出李微吟已经知道真相，索性便认了，道："小神医就是小神医。"

李微吟打量着裴衍，见他笑得眉眼温煦，总觉得这个人做什么事情，都有种耐人寻味的感觉。她笑了笑，道："再神的医术，也经不起裴二少这么砸场子。"

这时屋外传来一阵轻盈的脚步声，裴衍只听这脚步声便知道是叶熙宁拿药回来了，朝着李微吟做了一个噤声的手势，示意她不要揭穿自己。

叶熙宁端着药进来，李微吟看她将药放在一旁的桌子上，对她道："阿宁，过来替裴大人换一下外敷的药。"

平日里这换药的事情都是由下人来做的，叶熙宁总觉得今日李微吟和裴衍有哪里不对劲，眼神在他们身上来回看了半响，也没瞧出些什么来。

裴衍靠坐在床头，因着手臂上的伤，上身的衣衫解了大半，露出了半边身

193

子，眯着眼微挑着嘴角看叶熙宁。

他眼里仿佛有细碎的光芒，含着笑道："我为了你胳膊都快废了，原来你连替我换个药都不愿意，真是令人心寒哪。"

他这话说得委屈，却又有些厚颜无耻。

可一时间竟让叶熙宁无法拒绝，只能硬着头皮走过去。

裴衍见她就范，心里一喜，朝着李微吟投去感激的目光。他收回目光，将眼神落在叶熙宁身上时，眉梢微微一挑，缓声道："你可要仔细些，我若是残废了，来日说不了一门好亲事，你可是要负责任的。"

叶熙宁原本心头的一些愧疚和不忍心，瞬间被他这句话拨得烟消云散。

叶熙宁冷冷地看了他一眼，迅速替他换完了药后，便要起身离开。裴衍却又长长慢慢地出了一口气，道："哎呀，这药……"

叶熙宁有些生气，裴衍这是存心拿她当府上的下人使唤，又借着这机会干调戏她的勾当。

李微吟掩唇笑看着他们，道："阿宁就好人做到底吧。"

叶熙宁没有想到李微吟竟会跟着他一起胡来，怪不得方才回来时，她便觉察出了些古怪。

叶熙宁索性遂了裴衍的愿，将药端过来，拿汤匙搅了搅，凑近裴衍的唇边。

裴衍心中很是高兴，难得她也有这么乖顺的时候，刚欲张嘴说话，叶熙宁便露出了诡异的笑，还未等他反应过来，那碗药便对着他的嘴灌了进去，苦得他眼泪都快出来了。

李微吟笑得难以克制，她料想以阿宁这样宁折不屈的性子，是万万不会委屈自己的，果真没叫她失望。

"阿宁，你可知裴大人这伤为何好得这么慢？"李微吟笑得眉眼弯弯，"裴大人可是费尽了心思，唱了一出苦肉计，你若是不配合，岂不是白费了他的心思？"

裴衍笑得勉强，道："李姑娘这出卖人的速度，真是令在下猝不及防啊。"

李微吟不以为意，道："我不过是替自己正名，我师父的名声可不是让我来糟蹋的，他日若是传出去，还叫旁人误以为我是个庸医呢。"

裴衍面色一滞，她们二人没有一个好欺负的，这回他算是看得明明白白了。

在裴衍养伤期间，叶熙宁将先前替裴清懿设计好的兵器图纸交给了李豫白，让他带去军器监命人打造。

裴清懿这些日子便随着叶熙宁练习一些基本功，她悟性极高，之前又跟着李豫白和裴衍学过一些功夫，极得叶熙宁的赞许。

裴衍便常常吊着他那一条受了伤的胳膊，坐在院子里看她们练武。

他虽在府上养着伤，却依旧掌控着外面的动静。

燕关城一事结束后，大理寺已介入此案的审讯，谢闫枳也偶尔会上裴国公府借着探伤，与裴衍商议一些事情。

陆澈那边，原本派去寻找李微吟和叶熙宁的人，也在那日之后撤了回来。先前陆府的闹鬼传言弄得人心惶惶，近日来倒因李微吟和叶熙宁的离开渐渐风平浪静，不过追鹚那边却有消息传来，陆澈近日似乎与平西王的人有所接触。

这件事情，裴衍尚未告知叶熙宁。

只是到了替裴皇后诊脉的日子，陆澈倒是差了人修书过来给李微吟，信上写着，若是她想回陆府了，便让叶熙宁通知穆东亭过来接她们，却丝毫不提旁的事情，就像那些谣言和伤害，从来没有发生过一样。

只是这案子审来审去，并未查到什么关键的线索。那些被关押在刑部大牢里的犯人，也都是江湖上的人，受人雇佣办事，只知道有一个接头的神秘人，却从未露过面。

如此一来，案子又陷入僵局。

而此案发生后不久，平西王便调了五万兵马，两万驻守在燕关城一带，其余三万兵马全部驻扎在与靖阳城相邻的曲宋城。美其名曰，因此次燕关城平叛

195

之后，恐有人趁机作乱，便调集了兵马保卫靖阳城。

平西王此举，无疑是在挑战君威。然而这兵马并未踏足靖阳城五十里以内之地，倒真成了一副遥遥驻守靖阳城的样子。

因此，皇帝对此事并不能责难。平西王掌管全国大半兵权，若在此时有所动作，必定激起他的反心，届时靖阳城恐有危险。

裴衍得知此事之后，命李豫白拨出五万御林军，以操演的名义，全部调往曲宋城和靖阳城之间的一片区域，扎营候命。

按照裴衍的命令，其余御林军也在靖阳城中值守，上上下下将整个靖阳城围了个水泄不通。当所有的事情安排稳妥之后，他又让叶熙宁前往刑部，领了他的御林军统领令牌，将关押在刑部大牢里的犯人提到大理寺，与大理寺卿谢闫枳秘密审讯。

接连几天的严刑拷打之下，死了几个犯人，便有几个开始松口。每日朝堂之上，谢闫枳禀奏案子的进度，令皇帝这些日子因此案迟迟未破而产生的焦灼情绪，渐渐稳下来。

几番动作下来，平西王府便有些按捺不住了，屡屡暗中有所动作。只是身在皇城，除了府上的三千兵马，整个靖阳城内均是御林军的人，他亦不敢轻举妄动。

如是过了月余，已到盛夏时节。

这些日子，皇城之中风雨如晦，人人自危。这日，李豫白拿着按照叶熙宁为裴清懿设计好的兵器图纸所锻造的武器，来了裴国公府。

此时叶熙宁、裴衍和裴清懿三人，正在庭院中吃着刚从西川之地进贡来的葡萄，冰镇过后极为爽口沁凉。这院中的粉荷开得正盛，香气袭人，旁边又多树荫，比其他地方更凉快一些。

李豫白一进庭院，便见几人悠闲地坐在阴凉处，霎时不服地道："好啊，我在外面顶着大太阳领兵，你们几个倒好，这么舒坦。"

裴衍睨了他一眼，又拿眼色看了看自己的胳膊，道："你要是这么伤着，也可以这么舒服。"

　　李豫白仰首大笑，将手上的兵器匣子往石桌上一放，坐下来道："我可不需要在心上人面前卖惨，受这皮肉之苦逞一回英雄。"

　　说完他朝裴清懿看去，眼神瞬间柔了下来，拍了拍方才放在石桌上的匣子，推到她前面道："丫头，你瞧一瞧这是什么？"

　　裴清懿聪慧，已然从李豫白的神色里看出些什么，眼神亮了亮道："莫非是师父姐姐赠我的拜师礼？"

　　李豫白抬手摸了摸裴清懿的头，对她的话甚为满意，夸赞道："聪明！"

　　这一幕看得裴衍直摇头，感慨道："李豫白啊李豫白，我算是看出来了，阿懿这一身的臭毛病都是让你给惯的。"

　　裴清懿尚未反驳，李豫白就不满地出了声："嘿，说得好像你裴二少没有一身的臭毛病似的，论毛病谁还能跟你比？"

　　李豫白这话一说出口，连叶熙宁都忍不住笑了起来。

　　裴清懿见李豫白替自己出了气，又因新得了兵器，自然没空与裴衍计较，满面兴奋地抚上那装着兵器的匣子。

　　李豫白看着裴清懿欢愉的神色，用赞许的口吻道："熙宁姑娘真是高人，光这剑身，军器监那帮子人用寻常的生铁打造了上百次，最后才正经做出这把兵刃来，我敢担保你肯定喜欢得很。"

　　"当真？"裴清懿的眼睛亮了亮，又朝着叶熙宁投去欢喜的目光，见神色清冷的女子此刻容颜添了几分微笑，她伸手将匣子打开。

　　虽说军器监的锻造师锻造技术并非个个顶尖，但也聚集了不少技艺上乘的好手，裴衍也不由得好奇起来，究竟是什么样的兵器，打造了上百次才出一件能用的。

　　裴清懿将匣子打开后，只见匣子中卧着一柄无鞘的长剑，剑身通体黑亮，却比寻常的长剑薄上许多。

　　她拿起长剑，提起剑柄一握，剑身顿时上下颤动，隐隐之间泛着金光，发

197

出嗡嗡之声。

"这是乌金所造？"裴衍眉眼一挑，立即认了出来。乌金举世难得，传闻二十多年前宁国侯府曾得一块乌金，但并未见出过什么兵器，时间一长又加之宁家覆灭，便没人再记着这件事情。

如今陡见叶熙宁赠送给裴清懿的兵器，竟是乌金所造，他不由得又想起了这传闻。

裴衍瞧着这剑眼神深沉，心道这兵刃赠予裴清懿作为拜师礼，算是极为贵重之物了。

他的眼神转向叶熙宁，含笑说道："阿宁这是哪里来的乌金，就这么大方地赠给小妹了，倒让这丫头白白捡了个便宜。"

他这轻飘飘的一句话，旁人听了不过是一句寻常的话，叶熙宁的心，却微微动了动。

她的眼神对上裴衍的目光，果见他浅浅笑着的面容上，含着不明的探究之色，她不由得蹙了蹙眉，装傻充愣地看着他，打手语道："以裴小姐的身份，这算不得什么。"

裴清懿与李豫白看不懂她在说什么，关注点全落在了这剑上，便也不关心他们之间到底在说什么，又因方才听见裴衍惊异于这剑是乌金所造，以为他所在意的便是这剑的材质。

李豫白道："软剑素有'百刃之君'之称，这剑的妙处，可不只这剑是乌金所造。"

"哦？"裴衍来了兴趣，有意无意地朝叶熙宁投去好奇的目光，回首朝李豫白问道，"这剑到底是哪里不同？"

李豫白笑着道："你看这剑柄。"他指了指裴清懿正握着的剑柄。

裴清懿听李豫白所指，拿了手中的剑柄仔细一看，方察觉到这剑柄之处似另藏奥妙。她尚未瞧出个究竟来，裴衍已看透了玄机，恍然道："原来是这剑柄之中尚有兵刃啊！"

198

"若是这么简单，那就不是什么奇事了。"李豫白从裴清懿手中接过那柄软剑，扳动剑柄上的机关，为他们演示。

这剑柄可左右转动，无论往哪个方向旋转，皆会触动机关，令藏于剑柄之中的匕首弹出。而它的精妙之处在于，剑柄上另有一处机关，可使这剑身卷曲收回剑柄之中，这就是它没有剑鞘的原因。

李豫白言辞之间，不乏对叶熙宁的赞赏之色。

一般长剑对战，以硬剑为主，叶熙宁为裴清懿挑选了软剑，又将剑柄之处改造，让剑身能收回剑柄之中，用时按动机关，纵剑便可复直。

软剑剑身虽柔软如绢，却极具杀伤力，使用时重技巧，更适合如裴清懿这样身形灵巧娇小的女子。

李豫白手握剑柄，触动剑柄上的机关，顿时剑身被收入剑柄之中。

裴清懿惊喜地端详着李豫白手中已收起剑身的兵器，此刻看起来，倒像是一件圆筒信匣，若藏于袖中，极为便于携带。

"豫白，让我看看。"裴清懿眼中难掩兴奋之色。

李豫白笑着将收拢的软剑交与她手中，她尝试着触动剑柄上的机关，剑身瞬间从剑柄中弹出，闪着微微的金芒。

裴衍忍不住赞赏道："果然是件巧妙的兵器，想不到阿宁竟还有这等才华，真是深藏不露啊。"

裴衍看向叶熙宁，眼中的笑意有种莫名的深意。

裴清懿听见这话，一脸傲色，抬着下颌道："哼，那是自然，二哥整日散漫，可比不得我的师父姐姐。"

叶熙宁原本正愁着如何回应裴衍方才那一句别有意味的话，听裴清懿这么一说，不由得笑了起来。

"就是！"李豫白应和道，说话间他已起身走至裴清懿的另一侧，去取桌上的瓜果来吃。

裴衍见裴清懿的眼神落在李豫白身上，随着他转，他笑颜舒展，看着李豫白啧啧道："我这妹子啊，真是让你给宠坏的！"

李豫白飞了一个白眼给他，挑了挑眉头挑衅道："怎么？自己不宠着也不让我宠了？这是什么道理？"说完，他便含着笑，又抬手摸了摸裴清懿的头。

叶熙宁抬眼向他们看去，只见裴清懿对李豫白回以一笑，那笑容明媚温和，而李豫白的深眸里，亦闪烁着宠溺。

她的心忽然像是有一方塌陷，眼里那种从来置身事外的霜寒疏离，也渐渐消融。

李豫白又从裴清懿手中取过那柄软剑来，舞动几下之后深觉难以驾驭。

"这软剑极为注重巧劲，豫白，我看你是学不会了。"裴衍立在风中，白色的长衫随风飘动，捏了一颗葡萄，塞进嘴里吃着，笑看着李豫白对这软剑束手无策的样子，幸灾乐祸地道。

李豫白也不甚在意，径直将剑扔向裴衍。

裴衍虽受着伤，身姿却敏捷，微微一侧，出脚一踢，便让那剑恰到好处地掉转方向，朝着叶熙宁而去。

叶熙宁接住剑后置于桌上，朝着裴衍打手语，裴衍则一边看一边替她解释道："软剑使用时，注重的是削，剑身灵动不易掌握，然用力屈之如钩，纵之铿然有声，复直如弦。使用时动若海上蛟龙，静似崖间苍松，若是领悟了各种精妙之处，比硬剑更让人防不胜防。"

叶熙宁听他转达完自己的意思，复又将剑柄握在手中，行至中间空地之处，按动剑柄上的机关，待剑身弹出之后用力一抖，剑刃便微微颤动，散出一片剑花，剑身亦随着这一动作，发出嗡嗡震响，不绝于耳。

软剑的最大特色便是剑身柔似绢缎，此剑以乌金锻造，锋利无比，剑刃又柔软至极，极佳地诠释了何为百炼钢化为绕指柔。

叶熙宁挥舞着剑，速度极快，使出一套招式来演示。

她身形灵动，随剑而动，剑随身动，将此剑的妙处一一展示。

在众人看得入神之时，她的手陡然往下一摆，将剑身如同鞭子一般下弹至地面，顿时发出一道闪光。

当她起身时稍一用劲便抖直剑身，又以另一只手两指弹上剑柄，内力从剑柄直穿剑身，剑尖瞬间挽了一个剑花回弹，攻向自己。

叶熙宁身段柔软，向后一弯腰剑尖顶在青石地面之上，整个人连着剑，弯出一道圆弧，那剑尖接触到地面，发出噌的一声清响，如同一曲高山流水的琴音弹至极秒之处的铮然响声，听得人心中激荡。

裴衍不由得赞叹道："来如雷霆收震怒，罢如江海凝清光。昔有公孙大娘一舞剑器动四方，可惜先人风采已无缘得见，今日见阿宁剑舞，亦是幸甚。"

叶熙宁在他说话间，已旋身而立，收起软剑交与裴清懿，又打手语道："若是真心想学，以阿懿的聪颖伶俐，我想并非难事。"

裴清懿见叶熙宁夸赞自己，心中甚为高兴，对这把新得的兵器又十分喜欢，期许地看着叶熙宁道："既然这是师父姐姐为我设计的宝剑，不如就为它起一个名字吧！"

叶熙宁稍一愣怔，笑了笑点头。

她想起方才舞剑之时，裴衍念的那一句"来如雷霆收震怒，罢如江海凝清光"诗句，心中便有了主意。

她伸手将桌上茶盏里的茶水倒出了些，沾湿了右手食指，在桌面上写着字。

裴清懿盯着叶熙宁划动的手指，一字一字念道："清、凝、剑。"

"清凝剑？"裴衍看着桌上的字亦不由得念出声来，当他意识到这剑名出自方才自己念的诗句之时，一双黑眸立刻落到叶熙宁身上，目光炽热地看着她道，"原来你这样在意我啊。"

叶熙宁几乎是下意识地蹙了蹙眉，心道裴衍最大的能耐，就是丝毫感觉不到自己的厚颜无耻。

裴清懿又念了一遍清凝剑的名字，面上笑容绽放，一副极为欢喜的神色，心满意足地道："这名字真好听，谢谢师父姐姐赐名。"

叶熙宁看着她的笑容，眉目也舒展开来，眼底一片温柔之色。

201

眼前的少女天真欢跃的样子，让叶熙宁有些艳羡。

曾几何时，她也过着这样无忧无虑的日子，身世显赫，年少成名，有父母的疼爱，有军中弟兄们的敬重和爱护……她曾经所拥有的一切，都因为一场突如其来的谋反逆案，成了对她活在这世上的威胁，让她不得不活在黑暗之中。

裴衍懒洋洋地打了个哈欠，看着叶熙宁此刻脸上的神色，道："什么时候你对着我，也能这样笑就好了。"

叶熙宁横了他一眼，别过头去不理他。

"哎呀。"裴衍躺在太师椅上，捂着心口蹙眉道，"阿宁对我可真凶。"

几人围在石桌边，听裴衍如此说，笑得如春风摇曳后的桃林，温情而美好。

温韶筝自那日被叶熙宁装鬼所吓之后，精神一直不大好。太医替她诊脉多次，换了许多方子也无济于事，陆澈便只得上裴国公府来见李微吟。

李微吟在裴国公府住的这一个月，休养得极好，此番看来，面上也恢复了不少血色，看似与常人无异。

这日，叶熙宁与裴衍一同去了大理寺，连裴清懿都去了御林军那儿，找李豫白去了。

李微吟正静坐在卧房里，看着窗外漫天的阳光落下来，透过层层叠叠的树枝，映出斑驳的碎光来。她百无聊赖地摇着扇子，躺在椅子上晃着，正要沉沉睡去的时候，有下人来通报，说是丞相大人正在前厅候着，请她移步。

李微吟有些奇怪，自上次收到陆澈的书信之后，便再也没他的消息，也不知他寻自己是为何事，便随着前来通报的丫头一起去了前厅。

陆澈眸色清黑，身形一贯瘦削。一月不见，他似乎比之前又添了几分不易察觉的疲倦，让李微吟心头微微一怔。

"陆相今日来，是想说什么？"她看着他的眼神，微有不忍之态。

陆澈的目光落在李微吟身上，她的神色温和明朗，衬着一身水绿色的衣

202

衫，面颊上微微泛着红润，却有一股澄净之态。

他顿了顿，道："今日前来，是想请李姑娘过府替韶筝诊脉。"

"哦？温姑娘身体向来很好，陆相没让太医瞧过吗？"李微吟含笑看着他，心中明知他既然来寻自己，必定是旁人束手无策后，不得不前来。

陆澈神态微变，似乎没料到她会刻意刁难，道："太医们都瞧过了，药也吃了不少，并未有好转，所以才请李姑娘过府一看。"

"既是如此，民女自当应承。"李微吟笑意不减，见陆澈抿唇瞧着她的眼神不似往常那般漠然，又道，"我看陆相还有其他事情想问我。"

陆澈终是轻轻吐了一口气，问道："那日究竟发生了什么？"

李微吟明白陆澈所指，那日她受了惊吓之后昏迷，丞相府内便谣言四起，只是在府上之时陆澈并未相问，如今来此却问及当日之事，大抵也是与后来丞相府闹"鬼"之事有关，温韶筝又因为此事受惊过度而导致精神失常。

李微吟摇了摇头，走到一旁的椅子边坐下，偏首朝他看去，薄唇微微一抿，反问道："陆相缘何要问我一个外人？"

她的言下之意，那日之事，涉及之人并非只有她，若要问起缘由来，问温韶筝反倒更为方便一些。

陆澈闻言，眉头微微蹙了蹙，心知李微吟所指是他有意偏袒温韶筝，不由得眸色一深，不知怎的脱口而出道："此事并非我偏袒韶筝，我也并未将你当作外人。"

李微吟讶然地望着他，沉寂良久，才确信那一句话出自陆澈口中，沉吟道："陆相太客气了，我和阿宁本就是借住府上，那日之事我若多言，反倒有为洗脱嫌疑诬赖他人之嫌。"

她沉默了一下，看陆澈神色并无变化，才又说了下去："若是从我口中说出什么不利于温姑娘的话来，陆相怕也是甚为为难，所以微吟对此事，并无话可说。"

李微吟暗自揣摩着陆澈的心思，当日陆澈亲眼所见亭中发生的一切，即便旁人怀疑她的身份，信了那些无稽之谈，但是陆澈在她病发之后已然知晓她先天身体孱弱，根本不可能是宁朝歌，所以他若是怀疑，只会怀疑是她对温韶筝下药，才令温韶筝发狂。

如此一想，她心中竟有些心寒。可当她意识到自己因为陆澈的不信任而心中不适时，微微一怔。

从何时开始，她竟在意起他的看法来了？

李微吟那一句"无话可说"令陆澈微微动容，她的此番言语，既无撇清自己的嫌疑之意，又无意于将此事归咎于他人，不禁让陆澈对她另眼相看。

如此一来，倒让他心中有了些其他迟疑的想法。

"此事我定会查清楚。"陆澈的神情已然恢复了清冷之色，目光波澜不惊，又问，"那日既然已经离开丞相府，为何不回昭云观？"

"我既答应替你医治病人，又岂能失信于人。"李微吟抬起胳膊撑在椅子上，托着下巴眯着陆澈，一副懒散不甚在意的模样，淡淡地笑道，"我师父妙医圣手的清誉，可不能毁在我手上。"

若是换了旁人，怕是早已一怒之下回了商州城，再也不理这些乌烟瘴气的事情。李微吟却寻了这样一个不是理由的理由，既让陆澈下了台，又轻飘飘地将他的疑问挡了回去。

这度量，让他内心有些震撼，见她的心情并未被之前那些俗事所扰，反倒还有心情说笑，他不由得哑然，不免对她生出几分赞赏之色。

陆澈看着眼前这张熟悉的面孔，心中虽仍有诸多疑虑，一时间却无法将这一切微妙之处厘清，便将这些疑问压了下去，朝她道："既无怪罪之意，那劳烦李姑娘往丞相府走一趟。"

李微吟朝他一笑，顺口应道："好啊。"

陆澈微微一怔，对她的反应有些意外，点了点头起身道："那我与东亭在裴府门口等着。"

看着陆澈朝外走去的身影，李微吟面上的笑容减淡。

一旁的碧衫丫头问道："李姑娘是要随丞相大人去丞相府吗？今日熙宁姑娘不在，我们二少爷交代了，若是李姑娘要出府，千万要跟着。"

李微吟展眉笑道："不必如此麻烦，劳烦姑娘替我将房中柜子里的药箱拿来，我去去就回。"

那碧衫丫头嫣然笑着应承，立即去取了药箱来。

李微吟拿着药箱出了裴府，陆澈正站在马车旁候着，穆东亭坐在马车板上晃着腿，见她出来两眼一亮，立即跳了下来。

穆东亭虽因之前的事情对李微吟颇有微词，可多番变故下来，也觉得自己因与温韶筝相识已久，听多了那些闲言碎语而对李微吟产生怀疑，实在是有些不应该。如今见了，他心中不免有些愧疚。

面对李微吟，他有些不好意思地抓了抓头，道："李姑娘请。"

李微吟见穆东亭这副样子，心知他为先前的事情心中别扭，朝他看了一眼，眼内笑意不明，道："今日阿宁不在，要劳烦穆爷扶我一把了。"

穆东亭头一次听她这么称呼自己，面色立刻涨了个通红，羞愧难当，只道："李姑娘您这还怪着东亭呢！"

见他着急，李微吟才忍不住笑了起来，那双明亮的眼眸如同夜色下的星辰，熠熠生辉。

她笑过之后，浅浅地道："好了，我逗你呢。"说完便将胳膊往穆东亭面前抬了抬，让他扶了自己踏上马凳，坐进了马车内。

陆澈平静地看着这一幕，待李微吟上了马车之后，也跟着上了马车。

穆东亭收了马凳，大松一口气。他本以为经历了这么些事情，李微吟与叶熙宁一气之下离开丞相府，这次若是请她替温韶筝诊脉，她多半是不会答应了。

只是未曾想到，她非但答应了，且仍旧待他如初。

穆东亭刚将马车驱到丞相府门口，便远远地瞧见丞相府门口围着一群人，刚想这是发生了何事这么热闹，便听见阵阵惨叫声，这才发现不对。

"相爷，好像是平西王府的人将相府门口围住了。"穆东亭朝着马车内说

205

道，手上不由得加快了驱车的速度。

陆澈闻言，伸手挑起马车帘子，朝自己府邸门口看去，只见正有一队兵马把守在丞相府门口。

他面上看不出喜怒，只是静静地放下了帘子。

李微吟不想一来丞相府，便碰上这样的事情，道："看来我来得不是时候。"

待穆东亭将马车停在丞相府门口之后，几人下了马车，瞧见平西王带了手下的侍卫将整个丞相府门口占了，而此时平西王搬了一把椅子坐在丞相府门口，脚下更是踩着原本守在府门口的下人。

陆澈瞥了一眼趴在地上哼哼痛叫着的下人，又见温韶筝一脸惊慌失措地被两名侍卫押着，瞬间目光沉郁，疾步走向门口。

平西王见陆澈回府，立即起身朝陆澈冷笑道："丞相大人可算是回来了，叫本王好等啊！"

穆东亭也立即追上前，看见温韶筝正被人挟制，心下着急，便动手将那两名侍卫推开，急忙把温韶筝拉过来护在身后。

那两名侍卫欲再上前，却被平西王摆手制止了，他假惺惺地道："丞相大人在此，你们还敢造次？况且要懂得怜香惜玉不是？"

他一脸不怀好意地看向温韶筝，想伸手调戏，穆东亭警惕地挡在了他与温韶筝之间。

温韶筝被平西王伸过来的手吓得尖叫一声，紧紧抓着穆东亭的衣衫躲在他身后，将头埋在他背后，整个人受了极大的惊吓一般直发抖。

"韶筝别怕，有我在不会让别人欺负你的。"穆东亭一边尽力安抚温韶筝，一边愤怒地瞪着一脸不怀好意的平西王。

"王爷这是何意？"陆澈冷冷地看向平西王，语气虽无明显的逼问，却暗涌着雷霆怒意。

"本王是什么意思，丞相大人不懂？"平西王对上陆澈的眼神，不屑地冷哼一声，"本王多次派人请丞相大人往府上一叙，只不过手下的人都没能见到丞相大人，本王就只好亲自来了。"

这时穆东亭护着温韶筝往后退了退，又上前将躺在地上的下人扶了起来。平西王瞧着穆东亭的动作，并未有阻拦之意，反倒摆了摆手勒令其他人将制住的丞相府下人均放开了。

穆东亭将受伤的下人交给其他人，吩咐马上送去医馆。

温韶筝一直紧张地拉着穆东亭的手臂跟在他身旁，低着头抖着身子。

李微吟远远地站在马车旁，目光落在温韶筝身上，见她如今这副神志不清的样子，心道，那次阿宁扮鬼，竟将她吓成这副样子，心中隐隐生出些愧疚来。

平西王瞧见陆澈脸色阴沉，连日来心中堵着的那股不爽，像是得到了纾解："本王也不想动粗，只是丞相大人这府上的下人竟然辱骂本王，本王实在是气不过才下手重了些，"他摆出一副十分歉意的模样，口气却无半分歉意，"多有得罪，还请丞相大人见谅啊！"

陆澈面色沉冷，缓缓地道："王爷找本官所为何事？"

平西王见他冷冷的样子，朗声笑了笑道："当年那个小小的刑部侍郎借着宁国侯府那臭丫头的关系，成了如今的丞相大人，架子倒大了不少啊！"

他这一番话引得陆澈深黑的眸中阴郁之气愈深，连站在穆东亭身后的温韶筝听到这话，亦安静下来，脸色煞白地看着陆澈。

气氛瞬间陷入尴尬和对峙之中，此时有一道声音打破了僵局："王爷此言差矣，陆大人乃老丞相张首正张老保举之人，又是圣上亲封，王爷此话可是质疑圣上任人不贤？恐有大不敬之意。"

原本立于远处的李微吟提着药箱，缓步走到丞相府门口。

她这一番话，引起了平西王的注意，他不由得朝着声音的方向看去，那抹身影映入眼帘，还未看清来人的模样，只觉她走来时如弱柳扶风，别有一番柔弱的风情，叫他眼前一亮。

待李微吟走近之时，他竟觉有几分眼熟，忽然想起几年前的一幕，面色忽然一沉，指着李微吟大声道："给我抓住此人！千万别给逃了！"

平西王府的侍卫听到他这一声令下，立即提着兵器将她团团围住。

李微吟见到这突如其来的状况，神色一震，只听得平西王道："好啊，想不到宁家竟还有余孽未除！"她便已明白，他将自己错认成了宁朝歌。

陆澈一脸寒霜，眼神扫向将李微吟围住的平西王府兵马，上前抬手将挡路的侍卫拂开，走到李微吟身边，冷声道："王爷未免也太不把本相放在眼里。"

一旁的侍卫们见陆澈护着李微吟，也不敢轻举妄动，只提着兵器不动。

平西王长声而笑，指着陆澈道："丞相大人这几年执掌朝政事务，深得皇上信任。若是圣上知道你对宁家这个臭丫头余情未了，当年亲自监斩也是个幌子，竟然偷天换日将她私藏于府上，不知圣上会如何想，又将如何对待丞相大人你呢？"

当年在刑部大堂，宁朝歌是如何羞辱他的，他又因她而被贬去当了看城门的，至今他仍旧记得清清楚楚。如今竟然发现当年已被执行死刑的宁朝歌还好好地活着，他又怎么能善罢甘休？

陆澈仿佛被戳到了什么痛处，面色沉郁，冷冷地看向平西王，瘦削的身姿挡在李微吟身前，凛然而有霸者之气，说道："圣上要如何处置与你无关，只是我丞相府的人谁敢动，便是与我陆澈为敌！"

听到陆澈的话，李微吟心中一震。

"丞相大人是铁了心要与本王作对了？"平西王面色铁青地看着他，眼神里怒意极为克制，死死地盯着他。

陆澈虽是以一介布衣平步青云，可如今他在朝堂上的势力却不容小觑，满朝文官，皆以丞相马首是瞻。若当真要与他为敌，还需斟酌三分。

陆澈看向平西王的目光，带着不屑与轻蔑，慢慢地开口道："还未曾有人敢在我府上大放厥词。"

平西王神色倏然一冷，陆澈言语间的挑衅昭然若揭，倘若他不好好教训陆澈一番，岂不是怕了他！他眼神森冷，下了一道命令："给我抓起来！"

围在陆澈与李微吟周边的侍卫立刻提了兵器逼上前去，却未料此时裴衍竟带着一队兵马前来，在他们还未反应过来是什么情况时，便将他们团团围住。

叶熙宁见李微吟与陆澈一同被挟制在人群之中，立即从马背上飞身而去，落在人群之中，一脚便将挡路之人踢飞。平西王府的人陡然见有人动手，纷纷举了兵器朝着叶熙宁围攻过去，却被她轻轻松松地击退。

平西王见来的女子竟如此厉害，立即拔了剑大喝一声，上前与叶熙宁缠斗在一起。他虽身形魁梧，却空有一身蛮力，几招下来，已被叶熙宁压制。

裴衍一声令下，命御林军将在场所有平西王府的兵马抓捕，却遭反抗，双方的人马在丞相府门口交战起来。

裴衍悠闲地坐在马背上，笑吟吟地看着前方被围在打斗人群中的两人，展开手中的折扇挡着太阳，懒散地说道："哎呀，想不到堂堂平西王，竟连一个小小的弱女子都打不过，这说出去得多丢人哪，怪不得皇帝姐夫要我剿平了平西王府。"

正与叶熙宁较量的平西王听见裴衍的话，陡然抬首瞪向他，面上是掩饰不住的震怒和惊讶。他原本就已显了弱势，此刻稍一分神，被叶熙宁连番出招攻击之下，更是方寸大乱，节节败退。

他暴怒地朝陆澈吼道："陆澈！我原本是想与你好好商量，你竟联手裴衍这个王八蛋想将我平西王府剿了，我曹正韬和你势不两立！"

平西王一边应对着叶熙宁密不透风的攻势，被她逼得只能向后退，一边口中骂道："我呸！你个浑蛋！当年宁国侯府一案，要不是老子帮你除掉宁盛泽，你能坐上这丞相之位？"

他抬手挡住叶熙宁猛然劈下的一刀，握着刀的手竟被震得虎口发麻，几乎握不住兵器！

原本没什么表情攻击着他的叶熙宁，听见他方才的话，目光蓦然冷凝，竟停了下来，胸口不断起伏着，极力调整自己的呼吸和情绪。

她死死地盯着平西王，令他心中不由得一慌。

这女子看着他的眼神，比那劈向他的刀芒更为凌厉！

平西王忽然意识到，似乎是方才自己说的话起了什么作用，才让她停了下来。他虽不知道这是为何，可是清楚地意识到，这能救他的命，否则他定不敌这不知哪里来的厉害角色！

像是绝处逢生，抓住了救命稻草一般，他看着叶熙宁杀气渐深的眼眸，心中慌乱，情急之下朝陆澈喊道："你处心积虑地除去宁国侯府，究竟是为了什么咱俩比谁都清楚！今日我要是落到裴衍手上，你也没什么好果子吃！"

陆澈冷峻的容颜在他这言语之间，一分分地沉了下去，握着的手一寸寸地收紧。而几乎是同一刻，包括叶熙宁与裴衍在内，所有人都将目光投向了他。

陆澈冷凝的目光看着前方，他心里最清楚不过，平西王以为将他拉下水，他便会就范。看到所有人都以质疑的目光看着他，他忽然释然而笑，广袖一拂，如刀锋般的眉峰微微一动，倏地开口，声音不带一丝温度："你逃不掉的。"

平西王的脸色瞬间如死灰一般。就在这一刻，忽然四面八方出现一群蒙着面的人冲入人群之中。

这一群蒙面人显然是有备而来，并且训练有素，在所有人措手不及之下，将平西王劫走。

叶熙宁被方才平西王的话扰乱了心神，一时不察竟错失良机，眼见平西王被劫走，她心下一凛，几乎没有思考便想向前追去。

当年陆澈到底因何对付宁国侯府，他们之间究竟有什么交易，她想要问个清楚。

"阿宁！"见叶熙宁欲追上去，李微吟急急地喊住她，阻止她的行动。

叶熙宁一回首，见李微吟神色担忧地朝她摇着头，示意她穷寇莫追。

几乎所有人都觉察出叶熙宁的反常，一向冷静镇定的她，此刻情绪起伏不定，面对李微吟的劝阻也显得内心挣扎，只是再也没有迈出一步，定定地站在原地，仿佛失了魂魄一般。

这突如其来的变故，令所有人处于震惊之中。裴衍翻身下马，命御林军将平西王府的余兵迅速拿下收押。

　　就此之后，平西王私造兵器意图谋反一案，方算告破。平西王尚在潜逃之中，朝廷已下海捕文书悬赏通缉。随之而来的，却是丞相陆澈身陷与平西王勾结谋害当年的宁国侯一案，宁国侯府恐有被冤之嫌。

　　此案一出，举朝哗然。

　　可丞相终究是丞相，即便皇帝盛怒之下，也未革除陆澈丞相一职，只是下令暂停丞相的一切职务，由六部暂代丞相职权，命大理寺卿谢闫枳重审宁国侯府一案。

第十章 剑影流光杀机伏

裴国公府。

谢闫枳颇为苦恼地坐在裴衍面前，一面陪着他下棋，一面唉声叹气，而裴衍就像没注意到他发愁的样子似的，催促他："怎么磨磨蹭蹭的？赶紧下。"

近来裴衍暗地里在查探宁国侯府一案的事情，谢闫枳不是不知道，如今因为平西王一案，意外之下倒将此案又重新摆到了明面上，使得圣上开了金口要重审旧案。

原以为他今日来，裴衍会说些什么，可人坐在这里，裴衍反倒一副事不关己的样子。

谢闫枳终是不耐烦地将手中的棋子扔回棋盒中，直言道："我说你，非要我把话说得那么明白吗？"

裴衍诧异地看着他，无辜地回道："今日你来不是找我下棋的？"

"下棋我还用找你？"谢闫枳不由得翻了一个大白眼，没好气地道，"谁不知道丞相大人是我朝当之无愧的国手，他这几日可是天天在大理寺，我用得着顶着大太阳，眼巴巴地跑来这里找你下棋？是我脑子进水了，还是你脑子进水了？"

听到谢闫枳这话，裴衍也将棋子放回盒中，朝着一旁的下人使了使眼色，命人将棋盘撤下，只剩他们二人在屋内。

"皇帝姐夫既然要重审，那你就重审，这有什么难办的？"裴衍瞥了他一眼，抬手倒了杯茶，喝了一口后又道，"最难办的，难道不是皇帝姐夫不开这个口吗？"

谢闫枳又叹了一口气，道："你难道不清楚陆澈那个脾气？我是没法将他的嘴撬开。要不然你去试试？"

裴衍一愣，笑道："原先我就在想，若是你们两个交锋，究竟谁胜谁负。看来我高估了你的能力。"

谢闫枳一副无语的模样，朝他拱了拱手道："我可多谢你的抬举了，这事儿是你闹出来的，你可得想办法给我解决了。皇上虽然停了丞相的职权，可一没削了他的官职，二没将他关押，当年朝史宬都没能查到的事情，他要是打死不开口说实话，我大理寺捧着这烫手山芋，只能朝你这裴国公府送来了。"

裴衍慢慢地笑道："谢大人这是在担心，将来丞相大人重掌大权，会报复你？"

"也不全然是。"谢闫枳沉了脸色，若有所思。

自宁国侯府一案之后，他虽表面上与往日无异，却越发谨小慎微起来。

此案疑点重重，宁帅向来对朝廷忠心，若是想谋反，能坐上这个皇位的人，就该是当年的康王，岂用镇守边关近二十载？

如此浅显的道理，皇帝怎么会看不透？

而结果是宁国侯府被满门抄斩，宁家军一夕之间土崩瓦解，端穆王爷被朝廷放逐，整个靖阳城也几乎血流成河。

裴衍了然地笑了笑，看着窗外起了风，天忽然阴沉下来，像是即将迎来一场暴雨。

"不知为何，我有种感觉，这事情远远不是我们所想的那么简单。"他难得敛了笑意，蹙了蹙眉，沉声道。

谢闫枳也随着他这一言，有些担忧地道："怕的就是这个，不知道将来会

213

发生什么事情。"

因为，他们连敌人是谁，都不曾分清。

是平西王？是陆澈？还是那一群蒙面人背后，存在着另一个主谋？

而这个主谋，似乎对他们的一切，了如指掌。

裴衍放下手中的茶杯，神色深远："那就等。"

"等？"谢闫枳疑惑地看着他。

"对，等。"裴衍起身走到窗边，长风引得衣衫猎猎，他回首看向谢闫枳，"风起得久了，岂会不下一星半点的雨，就停了？"

靖阳城内，到处贴满了画有平西王头像的通缉令。

正当朝廷全力追查躲藏着的平西王时，他却自己出现了。

那日穆东亭驾着马车正朝丞相府的方向行去，忽然对面冲出一个骑着马的蒙面人。

他抬手就将手中的大刀劈向马车，惊慌之下穆东亭大喊一声："大人小心！快趴下！"便机敏地侧身躲开那一刀，在闪躲的过程中，不慎从马车上跌了下去。

陆澈听到马车外的动静以及穆东亭的喊声，忙应声弯腰。

电光石火之间，那马车棚的上半截竟然被削了去！

穆东亭跌下马车之后见马受惊疯狂地顺着大街往前奔去，而那杀手一击未中，顷刻间便勒住缰绳，立即掉转方向追着马车而去。

陆澈左臂撑在马车上，伏着的身子直起，朝后看去，只见那杀手越追越近。而穆东亭一个鲤鱼打挺从地上起来，奋力地往前追赶着。

陆澈森冷的目光朝前面狂奔的马看去，心中计算着自己若是从马车上跳下去，能有多大的把握躲开后面杀手的袭击。

他正踌躇之间，前方却有一人骑马朝着这个方向而来，马背上的紫衣少女忽见前方有人正拿着刀追赶一辆被劈毁了的马车，心中热血顿起，光天化日之下……哦不，夜黑风高之时，竟让她碰上这等事情，岂不是老天要她伸张正

214

义，保护弱者？

裴清懿面上兴奋，扬鞭一挥，双腿夹紧马肚子，朝着马车方向奔去。

穆东亭陡见前方来人，立即兴奋地道："裴三小姐！救我家相爷！"

裴清懿听见他的声音，面上绽开笑容，如四月间纷飞的桃花，扬声迅速道："放心吧，有我在陆大人不会有事的！"

转瞬间，她便凌空飞起，轻盈的身子在马背上一点足，伸手一拉腰间的清凝剑，旋身空翻，朝着那杀手刺去。那动作看似轻盈无力，却极具爆发力，那杀手提刀格挡，竟被她以一柄薄如蝉翼的软剑击得身躯向后倒去。

他心中一惊，未曾想到这小小女子，竟有如此内力！

裴清懿手下用力，清凝剑的剑身瞬间被注入真气，原本压着杀手大刀的剑身蜷曲着，此刻因真气而充满了力量，从上而下以压倒性的优势对抗着杀手。

浮云掠过明月，空无行人的大街之上，充满着杀气。待月辉再次显露之时，裴清懿飞身朝后退去，稳稳地落在马车之上。

她利索地抓着陆澈，从马车之上飞身而下："陆大人躲好了，这人就交给我了！"

说话间那杀手也已飞身下马，朝着他们的方向追来。

月色下，少女青丝飘动，半挑黛眉，眉眼一弯，以四两拨千斤之势挑开以蛮力劈来的一刀。几招过后，裴清懿似已看穿那人身手不过平平，空有一身蛮力只会乱劈乱砍，心下便起了戏弄之意。

她身形似灵蛇游动，手上清凝剑清光乍现，流泻出如同月色般的光华，她声音清脆，在夜空之下犹如夜莺一般："今日就拿你来试试师父姐姐新教我的一套剑法。"

那人大喝一声，以惊人的力量向裴清懿袭来，速度极快，幸好她机灵地往后一弯腰，抓住了这一瞬间旋身至他身后。

刀光剑影之间，她催动内力，脚步随剑而动，围着那人嗖嗖嗖地舞动手中的剑。

那杀手几乎看不清眼前这行动迅速的人，几圈之后，只见裴清懿立在他眼前三尺开外，笑吟吟地看着他，他只觉身上一凉，上身的衣服竟然被削成一片片的布条落下。

"哦！原来是你这个丑八怪！"裴清懿手指上挑着一块黑布，扬手一脸嫌弃地看着手上的黑布条，扔在了地上。

"死丫头，找死！"那人正是被通缉的平西王曹正韬！

此时他恼羞成怒，正要再次出招，裴清懿冲他扮了个鬼脸，说道："真是不知羞耻，大晚上不穿衣服在街上溜达。"

平西王一听她如此羞辱自己，脸色一阵青一阵白，提刀就要冲上来，只见裴清懿又戏谑地道："哎哎哎！你想好了啊！你再上来，我削的可就不是你的衣服了，别忘了你现在没衣服可以让我削了，要削……"她顿了一下，眸中厉色乍现，"就只能是你的皮了！"

平西王被裴清懿彻底激怒，眼中杀气狠厉，不由分说地再次攻击。

裴清懿以灵动的身法一一从容应对着他强势的招式，平西王竟占不得分毫便宜。几十招过后，突然从四面蹿出四名与平西王一样身着黑衣的蒙面人，分明就是上次在丞相府门口将他劫走的那一伙人！

陆澈目光一沉，身旁的穆东亭已然哭丧着脸，脱口而出："坏了！不会又是来杀您的人吧？"

对付一个平西王，裴清懿原本信心十足，可未曾想到他还有援手。她分神将目光投向陆澈和穆东亭，手中的清凝剑不由得又加快了几分。如若只是她一人，她尚可保证能全身而退，而他们二人面对这一群杀手，却无自保能力，想到此她不由得面色一沉。

平西王见她分神，朝四周看去，看到来了援手，面上大喜，手中的招式一顿，不怀好意地淫笑道："臭丫头，看来要被扒光衣服的可是你了！"

裴清懿面色凝重，见那四名黑衣人朝他们的方向而来，当下不再犹疑，伸手放在唇边，撮口而吹。三声口哨声，时长时短，她朝着立在她对面排开的黑衣人冷笑一声道："宵小之辈，也敢在这靖阳城中行凶！"

说完，她朝着穆东亭和陆澈道："你们两个躲好了。"

穆东亭立即机敏地拉着陆澈躲在一旁，看着她认真应对起五人的围攻。

那些黑衣人互相配合，招式密不透风，几招过后，裴清懿已抵挡得有些吃力。可仅仅如此，便已叫陆澈和穆东亭暗暗吃惊。

"没想到这平日里只知道闯祸的裴三小姐，竟有这样的身手！"穆东亭惊讶地感叹道，同时也带着隐忧地看着她，"只是看样子她也支撑不了多久了。"

陆澈却没有露出丝毫担忧，目光浅淡地看着眼前的一切。

穆东亭奇怪地看着他道："大人您就不担心吗？要是裴三小姐有个万一……"

在穆东亭说话之际，陆澈听到夜空之下似有其他动静，看向四周的目光变得深远，启唇道："没有万一，裴府的八大暗卫出动，没有人逃得了。"

他话音刚落，果见一批潜伏在黑夜之中的暗卫，瞬间一同出现在屋檐之上，长身而立。

裴清懿见八大暗卫已到，目光一盛，唇畔含笑道："以多欺少谁不会！"

她的笑容难得淡漠，看着与她敌对的五人，朝着屋檐上的暗卫们命令道："让他们见识见识你们八大暗卫的厉害，可别给我丢人了！"

夜色之下，长风猎猎，其中一名暗卫轻佻地吹了个口哨，道："小姐请放心，敢欺负到我裴府头上的人，我等一定会让他后悔生而为人的。"

立在他身旁的追鹞扑哧一笑，道："无绝，别没开打就把人吓着了。"

那四名黑衣人见情势陡变，互相传递着眼神，当下有一领头之人道："撤！"

"想逃？"八大暗卫中，一名肩上扛着一柄巨大的长刀之人沉声道，"那可得问问我手中的大刀了！"

说话间他大喝一声，执起长刀，从屋檐上飞身而下，朝着那几名杀手攻去。

其余人见同伴已经先行一步，立即尾随，围攻而上。

217

穆东亭见情况转危为安，大松一口气，朝着裴清懿叹道："裴三小姐，既然附近有你们裴国公府上的暗卫，为什么才让他们出来？"

裴清懿满不在乎地将目光投向他，面容之上浮现出一抹骄傲之色，说道："区区一个平西王，我一个人就能搞定，你们这不都安然无恙吗？要不是又来了几个人，我担心你们两个手无缚鸡之力，他们会去对付你们，我才不会动用我裴氏一族的暗卫。再说了，我裴氏的暗卫只有裴氏之人才有资格被保护。"

她眉眼弯弯，笑着道："如果不是我有危险，他们才不会出手呢。"

穆东亭咋舌，吃惊地咽了一口口水，看着她道："你的意思是，刚才要是你打得过他们，而又有人来杀我们，你又救不了我们，你们府上的暗卫就算看见了也会袖手旁观？"

裴清懿见他这副目瞪口呆的样子，俏皮地伸手拍了拍他的肩头，嗯了一声，沉重地道："是的，真是聪明！不过就算那样的事情发生了，像我这样古道热肠、乐于助人的人，也不会看着你们两个死的，至少在你们还能喘上一口气的时候，我会赶来救你们的！"

在八大暗卫的围攻之下，平西王一行人已见败势。

平西王为保自己的性命，竟将身侧的一名同伙推向敌方，以求得喘息之机。

他本想逃脱，转身之时却见那方裴清懿正与陆澈等人说笑，料想自己即便此刻能脱身，也定被追杀，心中一狠，出刀朝着裴清懿刺去。

陆澈眼角的余光隐约看见刀光一闪，已来不及做出任何提醒，只是下意识地伸手将裴清懿推开，挡在她身前。

在众人始料未及的情况之下，只听得陆澈闷哼一声，那刀便穿透了陆澈的肩胛骨。

平西王大喝一声，将刀拔出，一片殷红的鲜血染红了陆澈的肩头。平西王眼中杀意极盛，心道不如就此解决了陆澈，提刀欲再次攻击。

刹那间清凝剑出鞘，平西王只见眼前剑光一闪，耳旁一阵剑啸声，他的脖子便有一阵细微的刺痛，瞬间喷出了鲜血。

他惊恐地松开手中的刀，捂着自己的脖子，狰狞地看着裴清懿，大张着嘴却一个字也说不出来，神情痛苦而扭曲，缓缓地倒了下去。

穆东亭惊呼出声，忙将陆澈扶住："大人！"

那方八大暗卫不料有此变故，亦惊异于向来天真烂漫的三小姐裴清懿竟会下杀手，亲手取了平西王的性命。

见陆澈身受重伤，而且是为救自己，裴清懿心中愧疚，那双明净的眼里添了几分深沉，朝着尚与其余人缠斗在一处的暗卫们，平缓而不带情绪地下令道："投降可活，不降者，死！"

他们得到命令后，齐声道了声"是"，不再迟疑地改变了先前的作战方式，出招时招招狠厉相逼，直取对方要害。

陆澈因失血过多而面色惨白，大半个后背已被鲜血染红，裴清懿当机立断，上前将陆澈的穴道封住，阻止他失血过多，又朝着穆东亭沉声道："这儿离裴府近，赶紧将陆大人送到裴府，叫李姐姐医治。"

穆东亭已被眼前的这一幕吓得呆住，听见裴清懿的话，整个人一凛，立即回过神来，背起陆澈便朝着裴府狂奔。

李微吟与叶熙宁得知这个消息时，穆东亭已经背着陆澈冲进裴府。

那时连穆东亭身上的衣衫都已经被鲜血染透，李微吟只觉得眼前一阵眩晕，抖着声音道："东亭，快把他背进去！"

裴清懿则立即前去吩咐府中的下人准备热水，沉着地命人将一些止血的药材等备足，以备不时之需。

李微吟与叶熙宁一路跟在穆东亭身后，只觉得身体有些不受控制地发抖。看着眼前触目惊心的暗红，李微吟瞬间觉得有一股泪意冲上眼眶，她不知道自己抓着叶熙宁的手有多用力，将眼眶里的眼泪生生逼了回去。

穆东亭将陆澈放置在床上，那涌出的鲜血几乎将陆澈的整个肩膀染透了。

李微吟松开叶熙宁的手，强自镇定地走到床边，穆东亭红着眼看着她，带

219

着哭腔道："李姑娘，这回你真的要救救我们家大人，千万不能让他出事！"

李微吟看着神色痛苦的陆澈，只见他面色惨白如纸，可依旧丰神俊秀。

他的眼神疏冷而平静，勉力说了一声："东亭，回府上将我的换洗衣物拿来，穿着这身回去会吓着韶筝的。"

他不过是想支开穆东亭，好让他不用这么担心，已经顾不上其他。

身上的疼痛，像是要把他整个人撕裂一般。

在他昏迷过去前，只看见眼前穆东亭的身影晃了晃，最终夺门而出。

而叶熙宁在听到他这句话时，神色变了变。

李微吟未曾注意到她的神色，立即道："阿宁，快把我的药箱拿过来。"话音落下，却不见有所动静，才抬眼朝她看去。

叶熙宁呆滞地看着躺在床上昏死过去的人，面色一片苍白。

李微吟愣怔了一瞬，提醒道："阿宁！将我的药箱拿来！"

叶熙宁方回过神来，拿了药箱过来，让她替陆澈止血处理伤口。

陆澈受伤的消息，不多时便已传遍裴国公府。

裴衍听裴清懿说了陆澈因何受伤的事情，裴清懿前脚刚走，八大暗卫便回来复命，因那些杀手负隅顽抗，只能除之，且已通报刑部处理此案。

几人退出之时，掠影却慢了一步，留了下来。

裴衍抬眼朝眼前沉冷却又神情温和的女子看去，问道："怎么了？还有事？"

掠影想到方才裴清懿异于平常的行为，却又觉那或许是三小姐长大了，随即心念一转，笑了笑，看着他仍旧挂着绷带的胳膊，问道："没有，只是想问问，少主的伤还未好吗？"

裴衍听她这么问，释然一笑，懒懒地抬了抬胳膊，朝她道："好了，不过是诓一诓阿宁，若非如此，她怎么会因为愧疚对我和颜悦色？"说完连他自己都笑了。

不想他堂堂裴国公府的二少爷、御林军统领、皇后娘娘的亲弟，竟沦落到

220

为讨一人关心，需要用苦肉计的地步。

掠影一愣，笑如温玉，道："少主对熙宁姑娘如此上心，有朝一日她一定会接受的。"

一向自信的裴衍，听到掠影的这句话时，眼内却难得闪过一丝落寞，道："阿宁不是一般的女子，若是为她受伤会得她眷顾，我把命给她都成。可是我若真把命给她了，也许她就不稀罕了。"

掠影又是一怔，忽然感觉心头有一种难以言喻的情绪缓缓流动着。

她站在门口，望着屋内的男子，旁人不知，可她知道，平日里活在嬉笑之下的少主，心中怀着一颗凌云之心。她之所以如此忠于裴氏一族，不只是因为裴氏给了她一个栖身立命之所，更是因为这个将她从火坑里救出的人。

那年她被亲人卖给人贩子，流落青楼，遭人毒打，是少主出现，让她在绝望又暗无天日的人生中，看到了活着的一丝希望。

他将她带出青楼时问她："有一个地方可以让你再也不用受人欺辱，你愿意去吗？"

她说："我的命是你救的，你让我去哪儿我就去哪儿，即使是让我杀人，只要我能做到，我就一定会替你办到。"

她记得那时裴衍面上的笑容，像是一道光，将她的整颗心都照亮了。

他笑着反问道："我长得如此玉树临风英俊潇洒，看着像杀手头头吗？"

掠影笑了笑道："少主当局者迷，熙宁姑娘若是知道你诓她，以后定不会再信你了。少主不如见好就收，免得节外生枝。"

裴衍听着掠影的话，想到叶熙宁如果得知真相，知道他与李微吟联手骗了她，不知道该有多生气。

他敛去面上惆怅的神色，朝掠影笑道："你们几个人里，就属你最聪明、仔细。"

白衣轻扬的女子温婉地笑了笑，转身跨门而出。

屋子里不断有人将一盆盆血水端出来，李微吟好不容易将陆澈的血止住，又替他清理了伤口。

叶熙宁几乎是屏息看着李微吟救治陆澈，又听李微吟吩咐道："阿宁，将他的上衣脱了，伤口黏着衣服不好。"

平日里镇定冷静的女子，在听到这句话的时候，心止不住地颤了颤。

因陆澈的整个肩胛骨伤得极重，叶熙宁只能将他身上的衣服用剪子剪开，当她将那件被血染得乌黑的灰色衣衫脱下时，才发觉自己的手竟然一直在发抖。

叶熙宁脸色有些苍白，眼波里流露出隐晦的无助和慌张。

李微吟将叶熙宁眼底的情绪，看得清楚。

无论这几年里，眼前沉默寡言的女子表现出多少冷漠，终究在这生死关头，隐瞒不住自己的一颗真心。

李微吟手指微微握紧，在看出叶熙宁对陆澈余情未了之时，心中说不出是怎样的感受。她只知道叶熙宁做事比一般男子更为干净利落，如今却显得犹豫不决。而这一场复仇里，自己始终未曾尽心，也无法体会到叶熙宁的恨和挣扎。

她想象不出他们之间那近两载时光的相处，给了叶熙宁多少美好的回忆，才让叶熙宁即便隔着血海深仇，依旧不忍面对他的生死。

穆东亭回到丞相府时，满身褐色的血，甚为狼狈，吓得府上的人以为他受了什么重伤。温韶筝得知的时候，穆东亭正替陆澈收拾着衣物，在她得知他身上的血是来自陆澈时，几乎要昏厥，说什么也要跟着一起去裴国公府。

待他们一起赶至裴国公府时，李微吟正与叶熙宁准备以钢针固定陆澈被击碎的骨头，再替他缝合伤口。此时除了叶熙宁，所有人都被关在屋外。

等待的时间，极其难熬。好几次温韶筝忍不住要冲进屋去，都被穆东亭拦住了，即便他也很是担忧，但还是劝说她道："韶筝，李姑娘是静慈法师的徒

222

弟，她若是救不了相爷，恐怕连宫中的御医都束手无策了。"

温韶筝心知李微吟医术了得，为了陆澈也只能在外等候着。

叶熙宁取了匕首，用烈酒消毒之后，看着陆澈的伤口，那伤口虽只有刀口大小，然平西王用刀之力极大，那一刀直穿肩胛骨，将陆澈肩膀的骨头悉数震碎。

饶是叶熙宁这般从前久经沙场的人，见到如此伤势，也不忍相看。

看着昏迷不醒的陆澈，她竟有种不忍下手的感觉。

李微吟似看出叶熙宁的心神不宁，沉静的目光看着她，郑重地道："阿宁，若是你不动手，陆澈这一条手臂或许就这样废了。"

叶熙宁心神一震，陆澈这样高傲的人，若是知道自己的手废了，不知会怎样？

见她神色犹疑，李微吟沉默地看着她，终究开口又唤了一声"阿宁"，提醒她动手。

叶熙宁蓦然一震，深深地看了李微吟一眼，心中情绪难言。片刻的静默之后，她才将目光落至躺在床上的陆澈身上。

她握着手中的匕首缓缓靠向他的肩头，将他的肩头划开。因李微吟替陆澈上了麻沸散，此时陆澈未有什么反应，可肩头刚止住的鲜血，又瞬间喷涌而出，将叶熙宁一双素白的手染得通红。

叶熙宁呼吸一窒，几乎能感受到自己的心和手一样，颤了颤。她定了定心神，不让自己分心，将他肩头的皮肉割开，那肩头的骨头几乎断裂，看得她连呼吸都困难起来。

几近两个时辰，叶熙宁才用钢针将陆澈肩头的骨头一一固定，那些被刀击碎的骨头嵌进了肉里，叶熙宁几乎是用尽了力气才控制住自己的手不要发抖，一点点将碎骨头矫正，处理干净。

若不是从前见惯了这种场面，她难保自己能坚持下去。待她将这些处理完毕之后，李微吟取了针线开始缝合伤口。

直到李微吟将陆澈的伤口缝合完毕，叶熙宁又替他缠上绷带包扎好伤口，才算完事。

冗长的时间，让陆澈身上的麻药渐渐失去效力。昏迷之中的陆澈，也因肩头这剧痛生生疼得醒了过来。

视线模糊间，他看到一人面容沉静似水，正坐在他身旁替他处理伤口。

这样的场景，让他想起多年前一次去刑部大牢提审罪犯时，不慎被对他心怀怨怼的犯人划伤了手臂，宁朝歌一边忍不住责备他太不小心，一边又心疼地替他包扎伤口。

他看着她蹙着眉头一脸不高兴，絮絮叨叨地说个不停，道："有你给我包扎伤口，多受几次伤也愿意。"

宁朝歌一愣，抬眼朝他看去，只见向来清冷的少年，此刻唇畔含笑，眸光里绽着温色，她瞬间没了脾气。

她抿着唇，横了他一眼，道："我倒不曾晓得，原来你这样会哄女孩子。"

陆澈粲然一笑，神色中尽是温润："近墨者黑。"

他的笑别有意味，就这样静静地瞧着宁朝歌，待她反应过来他在取笑自己之时，佯怒道："既然跟着我都学坏了，我看陆侍郎以后要离我远些才好！"

陆澈却抬起没有受伤的那条手臂，伸手轻轻捏了捏她的脸颊，柔声笑道："可我愿意。"他的声音清润柔软，满目的宠溺，让宁朝歌对他再也凶不起来。

而现在，他怎么好像又看见她蹙着眉头，生着气替他处理伤口？

"朝……朝歌……"

听见陆澈的呓语，叶熙宁几乎不敢相信，眼睛震惊地瞪大，猛然抬眼看向陆澈。

他苍白毫无血色的面庞之上，因为疼痛而细细密密地渗着冷汗，那一双眼半闭半睁地眨着，像是要努力睁开却怎么也睁不开。

224

"朝歌……"陆澈又吃力地唤道，想要挣扎着起来，却半分力气也使不出来。

他想，是老天知道了他的悔意，所以又让她回到自己身边来了吗？可他越想看清眼前之人，他的视线便越是模糊，直到漆黑一片，又昏睡过去。

而此时，李微吟也因耗神过度，身体有些支撑不住。叶熙宁来不及深想方才陆澈为什么口中会喊着宁朝歌，忙扶着李微吟，想带她出去休息。

李微吟有些苍白的面上勉力浮起一丝笑意，声音浅淡温软，安慰道："他比我更需要你。"

叶熙宁蓦然一怔，有些讶异地看着李微吟的脸庞，她容颜清冷，素白的单衣此刻将她整个人衬得愈加单薄。

叶熙宁咬着唇，眼中隐隐泛着泪，她的心的的确确因陆澈那声"朝歌"而久久不能平静。

这么多年，她恨着陆澈，不知问过自己多少回，他怎么忍心这么对自己？他的心，真就是铁石做的吗？

而刚刚他那一声"朝歌"，却切切实实地告诉她，他心里并非全然没有她。

她也清晰地感觉到自己的心湖，又因为这一声呼唤，起了涟漪。

李微吟见她沉吟良久，犹疑之下又开口道："阿宁，当年宁家也欠着陆家一条人命……"

可她这句话，却让叶熙宁将心中才生出的心软和迟疑压了下去。她面容上又只剩下冷静与淡漠。

叶熙宁打手语道："即便当年宁家真的对不起陆家，三年多以前宁国侯府全府上下一百多口人的性命，还有因宁家深受牵连的人，也远远超出了需要偿还他的。我宁家即便对他有所亏欠，也不该背负那样耻辱的罪名成为大姜的罪人。"

叶熙宁艰难地深吸一口气："微吟，如果他需要别人的照顾，也不该是你我，这里大有可以照顾他的人。"

李微吟见她目色深沉，孤寂的清冷之色浮上眉目。叶熙宁的这一番话，竟叫她心中隐隐抽痛，她不自觉地伸手握住叶熙宁的手，艰难地开口说道："阿宁，你有没有想过，或许就算找到真相，也不能还宁家一个清白？"

叶熙宁浑身倏然一僵，看着李微吟的目光闪动，似乎穿透茫茫时光，又看到了宁家被灭门时的惨状。那些被她刻意忽略的事情，那些她不想面对的事情，就这样赤裸裸地被李微吟摊在了她面前。

她张了张嘴，双唇微微发颤，可此刻竟像是真的哑了一般，口中发不出半个音节。

她和陆澈一样，对当年的事情讳莫如深，只是她以为自己是为逃避痛苦，而他是不想承认那些他曾犯下的罪孽，以及不想听到她的名字。

可方才他在昏迷中叫出的名字，仿佛将他平日里的平静与沉默击碎。

那些看似已然过去的岁月，在他内心深处，从未得到解脱和释然。

如果怨怼和憎恨能让受过伤害的人更容易找到活下去的理由，那么叶熙宁和陆澈，都未例外。

李微吟深吸一口气，终于还是说道："当年宁国侯府一案虽是陆澈举报，却在如此短的时间内将宁家铲除，其中的深意难道你从未想过吗？"

李微吟凝眸看着叶熙宁，见她垂着眼睑沉默，又道："宁国侯府权倾朝野早已被皇上所忌惮，当年皇位之争宁家虽未与皇上敌对却也没有支持他，皇上登基十余年各地藩镇势力动荡尚未平定，内政虽有张丞相替他一心操持，维系和稳定各方势力，然而自当年皇上登基以来的十余年时间里，大姜与离楚战乱不断，唯有宁家可堪重任。内忧外患，唯有攘外才能安内，这就是皇上的聪明之处。宁家一旦平定离楚之乱，皇上就会迫不及待地将宁家除掉！"

叶熙宁被她这一席话震得心中疼痛，牙关紧咬。

李微吟所说的，她岂会不懂？

李微吟几乎是用一种同情的目光看着她，静静地道："所以阿宁，就算你能找到真相，却未必能还宁家一个清白。即便如今皇上下令大理寺卿彻查宁国侯府一案，也不过是查这些事情幕后的主谋是谁。届时一旦查清，也许还会有另一个名目安在宁家的头上，这就是皇权之下的悲凉。"

李微吟见叶熙宁眼眶中隐隐有泪，心中不忍，却依旧说道："虽然这很残忍，可我不得不告诉你，我不想你一直生活在仇恨里。有些事情，如果可以放下，为什么不学着放下，非要追求一个真相？"

见叶熙宁双眸暗淡，面色凄清，李微吟叹了一口气："这世间每天都会有很多真相被湮没在尘世间，你执念太深，苦的是你自己。阿宁，我不愿看到你这样。"

叶熙宁此时背着窗外射进来的光，那清秀的面容之上带着几分苦涩，想起那日在商州城又一次见到陆澈的时候，她赶回昭云观时静慈法师对她说的话："不可执念太深，否则伤人伤己。"

可这话从李微吟嘴里说出来，却叫她心头的凉意渐渐蔓延。

起先只是心理上的感觉，此刻就像是一道寒气，渐渐沁入她的肌肤之中，让她如何闪躲也无法逃脱这种冷意。

她慢慢沉下思绪，平稳下心头起伏的情绪，面色决绝，打手语道："从宁家覆灭那一刻起，我所活着的每一天都是偷来的，只要真相一天没有揭开，我一天都不会放弃替宁家沉冤昭雪。"

李微吟轻轻叹了一口气，仿佛想将胸口那一团郁结的担忧撇去，尽量放宽神色道："阿宁，在我有生之年，我最希望的便是看到你能快乐，对我来说这比什么都重要。也许你会怪我自私，可是宁国侯府对我来说只是存在于我完全不知道的岁月里，而你不一样，你就这样真真实实地站在我面前。"

叶熙宁听着她的话，眼内的萧凉渐渐退去。

她原先只以为她们有着相同的血脉便有着相同的责任，如今才发现，李微吟从未做过一天宁家的女儿，她却将李微吟拉入这个旋涡，要李微吟去承担与她毫无牵扯的责任。

她努力牵动唇角，朝李微吟笑了笑，情绪渐渐平和，以手语回应道："我不准你说这样的话，什么有生之年，我也不准你现在就做好随时要离开我的准备。"

李微吟见她这样说，紧绷的神经终于缓了下来，安慰似的顺着她的话说："好，我以后不说了，可是你得答应我一个条件，任何时候都不能以身犯险。如果达不到目的，那就放弃。"

叶熙宁郑重地点了点头。

叶熙宁回首呆呆地看着陆澈毫无血色的灰白面容，他不笑的时候，那严峻的面容，让人觉得分外内敛深沉。

从回到靖阳城，她从未有机会这样仔细地看他，比之从前她记忆中那个温和俊秀的少年，此刻在她眼前的人，似乎才是他原本的模样。

她想，从小到大，她所拥有的都是与生俱来的。

不用争不用抢，不用开口索要，她想要的都唾手可得。

可唯独陆澈，是她闹着缠着，死活不放手才拥有的。

从一开始他对她的冷淡，到后来的无可奈何，再到几乎宠溺的亲近，直至最后的冷情绝义，如今回想起来，竟像一场梦一样不真实。

一个人，怎么可能怀着一颗仇恨的心，对一个杀父仇人的女儿如此迁就宽容？

叶熙宁凝望着他的面容，心中微酸，明明从前如此亲近的两个人，却成了仇人。

她深深叹了口气，陆澈究竟是怎样一个人？

他看似清冷无情，从不主动与人亲近，可似乎又长袖善舞，若非如此怎能博得自己全心的信任，若非如此他又何德何能平步青云官拜丞相，成为皇帝跟前的股肱之臣？

这一夜，裴府上下灯火通明。李微吟打开房门时，见穆东亭与温韶筝还有裴清懿等人一直守在房门外。

夜风袭来，深觉凉意。

穆东亭陡见房门终于开了，立即抢上前一步问道："怎么样李姑娘？"

228

他眼神期许，希望李微吟能告诉他一个好消息。

温韶筝见她们出来，一个箭步冲上前。李微吟刚欲开口，却被冲上来的温韶筝撞得砰的一声顶在身旁的门上，胳膊吃痛，不由得倒抽一口气。

叶熙宁忙将她扶起来，为温韶筝这举动而恼怒，面色不悦地看向温韶筝，欲上前教训，被李微吟拉住，朝着她摇头劝道："阿宁，算了。"

穆东亭忧心陆澈的伤势，见李微吟神色平静，也知道陆澈定是性命无忧，而温韶筝近乎无礼的举动，让他颇为尴尬。

李微吟轻轻抚了抚被撞疼的胳膊，朝穆东亭看去，道："陆大人虽然性命无碍，但是整个肩胛骨几乎被击碎了，恐会……"

"恐会什么？"穆东亭见李微吟话有迟疑，急急地问道。

"恐会落下残疾之症。"

穆东亭听到这个消息时，几乎承受不住地跟跄了一下。连站在李微吟身侧的叶熙宁，脸色也变了变。

穆东亭红着眼睛看着李微吟，几乎是哀求地道："李姑娘你医术高明，一定要救救我家大人，他还这么年轻，还未曾娶妻呢，怎么能废了一条胳膊？那他……那他今后该怎么办？"

在屋内的温韶筝听到他们在门口的对话，又看着躺在床上呼吸微弱的陆澈，眼泪瞬间落了下来，口中不断叫着他的名字。

她心疼陆澈，可在听到这个消息的时候，心中竟又有些庆幸。

在她眼里，这个近乎完美的男人，和自己既亲近又疏离。他们日日待在一处，可她永远看不透他的心思。

如今他若是当真落下残疾，她是不是又多了一个理由待在他身边，一辈子照顾他？

裴清懿未曾想到因为自己的大意，让陆澈受了这么重的伤，面色愧疚地道："都怪我，是我大意害得陆大人受了这么重的伤。"

穆东亭听见裴清懿的话，努力吸了吸鼻子忍着哭腔，红着眼道："裴三小姐千万别这么说，若不是你，我家大人和我恐怕连性命都难保了，还未多谢裴

229

三小姐的救命之恩。"

说到激动处，穆东亭突然朝着她跪了下去，裴清懿一震，忙拉住他的胳膊将他拉了起来，道："你若是想谢我，等李姐姐医好陆大人也不迟。"

穆东亭感激地看着她们，一时间竟不知道说什么才好，哽咽着道："我……我先去看看我家大人。"

第二日午时，陆澈突发高烧，李微吟一得知这个消息，便守在他身边，生怕他有什么意外。

为了不打扰李微吟医治陆澈，温韶筝被穆东亭带回了丞相府，陆澈在裴府休养的院落也被封了起来，除了日常照看的下人们，严禁旁人出入打扰。

如此过了两日，陆澈的高烧总算退了下去，而李微吟已耗尽心力，终于支撑不住病倒。

裴衍立即请了太医院几位医术上乘的太医过来，替李微吟与陆澈会诊。所幸李微吟不过是耗神过度累倒，休养几日便可。

陆澈被平西王重伤的消息，虽早已传遍朝野，可因他身在裴国公府，又由李微吟亲自医治，是以外界并不知道他的伤势如何，如今一看，便令几位太医震惊。

在查看过陆澈的病情之后，他们亦感叹李微吟医术高超，不愧为静慈法师的关门弟子。陆澈在她的照看下，情况已然稳定，性命无虞。

陆澈在高烧退后的当晚便醒了过来，虽尚没有力气开口说话，却已能吞下些许流食。他伤及筋骨，不宜立即回丞相府，便又在裴府上休养数日，才被接回了丞相府。

朝廷上，因着平西王的死，大理寺与刑部断了重要的线索。因涉及命案，案子又落回刑部头上，几日下来毫无进展。

皇帝怒斥刑部办事不力，导致迟迟未能破案，且多发事端。

魏良毓每日战战兢兢，不过几日便受不了压力，一病不起。他便趁机递了折子，以年老多病为由，恳请皇帝准他辞去刑部尚书一职，告老还乡。

可哪知道这折子一递，便逆了龙鳞，皇帝非但未允他的请求，还将他贬谪至连年闹灾的黔岭，任黔岭知县一职。

魏良毓离开靖阳那日，新任的刑部尚书林慎思便到职了。这林慎思倒是个办实事的人，临危受命之下接手此案，办得却甚为仔细妥帖。旁人提及之时，赞其颇有陆相为官之风骨。

因皇上已下令彻查此案以及重审当年宁国侯府一案，又因近日来朝中对陆澈猜疑重重，待陆澈身体渐有好转之际，在林慎思的牵头之下，提议由裴衍相邀端穆王爷亲自上丞相府证实陆澈的身世，陆澈方开了口，将自己的身世与当年宁国侯府一案的前因后果和盘托出。

陆澈确为宁盛泽的结拜兄弟陆文渊之子，当年他与宁朝歌相识之时，并不知道自己的身世，一次在整理刑部案卷的时候，无意间发现陆文渊此人，他才想起当年陆母在病重之时，曾提及此人的名字。

因着这一丝好奇驱使，他查得陆文渊的卷宗，方才发现陆文渊的妻子便是自己的母亲覃月溶。那一瞬间得知自己与宁家之间有着杀父之仇时，震惊、愤怒、憎恨……所有意外之下得到真相所带来的复杂情绪，曾令他万分痛苦和挣扎。

他想过报仇，却终究选择放下。

他不忍让上一代的恩怨，毁了他和宁朝歌之间的缘分。

可是他没有想到的是，因为宁朝歌拉着不识字的温韶筝，非要教她认字，让温韶筝无意间发现了藏于宁家书房中的那几封通敌叛国、意图谋反的书信。

而那书信上所写的真相，令陆澈再也无法控制内心的悲愤。

陆文渊之死，全因他发现了宁盛泽的阴谋，不愿与他同流合污，含冤而死。他的母亲覃月溶在得知丈夫被害之后，为保全陆家最后的血脉而连夜逃走，从此隐姓埋名。

他只知道母亲常常半夜落泪，却从不愿与他提及生父之事，却不想背后藏着这样一段血海深仇。

这是他第一次谈及当年的前因后果，虽只是冷漠的言语和简单的陈述，却再一次令他的心如同被一把利刃狠狠剜着。

这个昔日意气风发，姿容清绝的少年，如今却难以掩饰心中的黯然，瘦削的手掌紧紧握成拳，令他肩头的伤口崩裂，如同他看不见的内心一样鲜血淋漓。

陆澈忍不住猛烈咳嗽起来，这一阵咳嗽才令在场的所有人从这往事当中惊醒过来。

叶熙宁几乎没有力气站在那里，她曾经问过无数次原因，今日忽然就这样明明白白地摆在了她的眼前。

她曾以为是陆澈心狠手辣，却没想到他曾为了她放下仇恨。

她曾以为是陆澈为了权势，陷害宁家，却没想到竟是这样的结果。

可她无论如何都不敢相信，父帅会通敌叛国。她宁家几百年世代为将，忠肝义胆，为大姜安危战死过多少先辈！父帅镇守边疆数十年，爱兵如子，向来公正严明，赏罚分明，备受军中将领和士兵的敬重，怎会是如此不堪小人！

她合眸低着头，藏在身后的双手攥得指节发白，却生生将眼内温热的液体逼了回去，只是沉默地站着，如同听着旁人的故事。

李微吟见陆澈身体不适，忙上前替他把脉。众人见陆澈身体疲惫，也已问得答案，便先行告辞，只留了裴衍等着李微吟与叶熙宁一道回府。

叶熙宁有些承受不住心中的压抑，抬头看了眼那方床上躺着的人，以及正为陆澈号脉的李微吟，终是默然地从房中退了出去。

裴衍见她的情绪似乎有些不对劲，便跟着她出去。

叶熙宁一路快步走到院中的亭中坐下，方觉得心中被压迫的感觉得以舒缓。明知裴衍一路跟着她，她却也无暇顾及。

裴衍站在她几步开外的地方，看着她的眼神清澈且深郁，忽然道："阿宁，你不高兴？"

叶熙宁怔住，目光落在他的身上，原本眉眼里的悲怆此刻尽数收敛，只是淡然而戒备地看着他。

裴衍朝她笑了笑，上前走近几步，忽然抬手伸向她的额间，想要抚平她蹙着的眉心。而他这一举动，却让眼前的人因这突然拉近的距离，僵硬地向后退了退。

叶熙宁忽然开口轻声道："裴衍，这辈子我不会再喜欢谁了，如果你对我有什么别的心思，还是尽早收敛起来吧。"

裴衍看着她眼底的落寞，动作顿了顿，哑然失笑。他再粗心大意，都能感受到叶熙宁自从陆澈受伤之后，便像是变了一个人似的。他讪讪地收回手，又问："是因为……陆澈？"

她还未体会出他言辞间的意思，便听到他声音闷而颓然地道："我好像妒忌了。"

叶熙宁的心微微一跳，她有些吃惊地看着裴衍，见到他十分失落的样子。

"阿宁，你是不是喜欢陆澈？"他的神色有些为难，却又忍不住急急地逼近一步问道，"方才你看着李姑娘和陆澈的眼神分外伤感，是因为你瞧出了李姑娘也心系陆澈，心中吃醋了？"

裴衍的这两个问题，令叶熙宁心神一震。

她惊诧于裴衍的心细如尘，也心惊于他说的后一句话，李微吟对陆澈有着非同寻常的情愫。

叶熙宁眼中的惊疑落在裴衍眼中，像是被看穿了心中所想后的慌乱。

裴衍神色复杂地看着她道："你这样让我……让我……"他深深吸了一口气，又长长地叹了一口气，继而自嘲地笑了笑道，"让我的心很不好受。"

他盯着眼前清秀素净的面容，有些不甘心地道："为何我总是慢他一步？从前的宁朝歌是，如今的你也是。阿宁，我……"

仿佛知道他要说什么，叶熙宁的眼皮不由得一跳，像是受了惊似的，狠狠地瞪了他一眼，无声地启唇警告他："闭嘴！"

她怕他说出令她难以应对的话来，只能用这种方式勒令他不准说下去。方才他话中又提及宁朝歌，令她想起他曾经说过对宁朝歌一见倾心的话来，如今看来那日他并非玩笑之言，竟是真的。

想到此，叶熙宁心口不由得微微一烫，面色有些涨红。而她因尴尬而局促的表现，和显得有些慌乱的神色，落在裴衍眼里，却有了另外一番意味。

裴衍的眼睛亮了亮，问道："你不会是不好意思，才这么凶地对我吧？"

叶熙宁的眼睛又吃惊地瞪圆，见她这副神色，裴衍越发觉得被自己说中了，联想到她平日里冷淡的样子，觉得她这样的举动十分可爱，他含笑问道："还是我方才提了宁朝歌的名字让你不高兴了？"

叶熙宁的嘴角忍不住抽了抽。

可裴衍好像并没打算住嘴的样子，反是为难地解释道："是，我从前是对宁朝歌有过那么一丝丝的……好感。"

裴衍试探性地看着她的神色，见她像是已忍到极限，心中却越发兴奋，激动地道："可是我发誓，自从遇见你之后，我对她绝无半分想法了。"

他又一步步逼近，叶熙宁想伸手推开他，却已被他夹在他与她身后的柱子之间，一时间进退两难。

裴衍却丝毫未意识到危险，自作聪明地看着她，含着笑意道："即便从前我和陆澈都曾倾心于宁朝歌，你也不用自卑。"

听到裴衍又提及他曾爱慕宁朝歌的事情，不知怎的叶熙宁心中甚为别扭，她从不曾记得自己从前与裴衍有任何交集，可他口口声声地说喜欢过自己，即便她现在顶着另外一张脸，也觉得颇为尴尬。

见叶熙宁紧紧抿着双唇，不知怎的，他的心微微一烫，便起了心思。

这起了心思不要紧，要紧的是他没控制住内心的躁动，忽然就低首覆了下去，将自己的双唇印在她的唇上。

柔软，酥麻，醇香。

只是轻柔触碰，叶熙宁却像是被雷劈中一般，瞬间吃惊地瞪大了双眼。

下一刻，裴衍忽然觉得腰间一阵剧痛，向后一退离开她的唇。叶熙宁拧着他腰上的一块肉，狠狠使着力。他几乎下意识地要尖叫，却被她迅速用另一只手捂住嘴。

234

裴衍内心一阵哀号，痛得眼睛一闭，眼角逼出了两行眼泪，无语凝噎。

叶熙宁见他这副惨相，心中才像是泄了愤，松开手一把将裴衍推开，狠狠抹了抹自己的唇。

可一想到方才裴衍忽然而来的轻薄之举，她心中极为羞恼，便上前又扯着裴衍的耳朵恶狠狠地盯着他，用警告的眼神看着他，示意他要是敢喊出声他就完了！

裴衍一脸苦色，忙轻声道："轻点轻点！"

叶熙宁气冲冲地扯着他的耳朵将他拉到亭子边，一脚踢在他的屁股上，将他从亭子里踢下了台阶。

亏得裴衍身手好，足下运功，才免得自己摔个狗啃泥。他不慌不忙地掸去身上的灰尘，又捂着耳朵揉了揉，转身朝倨傲地看着他的女子感叹道："世上竟有如此凶悍的女子！"

叶熙宁眉头微微一蹙，裴衍便识相地闭了嘴，不敢再多嘴半句，生怕又招来她一顿报复之举。

不过想到方才亲到了心上人，裴衍心中甚是高兴，喜滋滋地回味着。他那陶醉的神态让叶熙宁感觉活像是又被亲了一下，当下凝了内力，将地上的石子击向裴衍，见他嗷的一声满脸痛色捂着头蹲下身，她心中才畅快了些。

直至多年以后，裴衍回想起叶熙宁第一次回绝他的心意时的样子，笑着告诉李豫白："她说她这辈子断了情，可我偏从她的眼里，看出了爱恨，也失了魂。"

易水秋寒 作品

潲世

下册

青岛出版社
QINGDAO PUBLISHING HOUSE

第十一章　　山雨欲来风满楼

屋内，陆澈忍着身上的痛，看着李微吟低头替自己仔细地换药、包扎伤口，看着她低垂的脸庞，心中微微一动。

他抬了抬未曾受伤的右手，想要触碰那张几乎与宁朝歌一模一样的脸，却被忽然惊觉而讶异地看向他的李微吟瞧得怔了怔，停下了手。

李微吟看着陆澈眼中忽然而来的柔情，心中像是有一方陷落了。

可她又清楚地意识到，许是因为身上的虚弱，以及方才旧事重提，让他忍不住将她误认成阿宁。如此一想，她心中竟莫名有些酸楚，一时间不知该如何反应，就这样静静地看着他。

陆澈的手停在她的面颊旁，两人对视片刻后，他终是移开了眼，那手垂下的时候，手指轻轻擦过她的面颊，令两人皆是微微一怔。

这尴尬的气氛弄得两人都不太自在，李微吟只能笑了笑，继续将他的伤口包扎好，道了声："好了，我去唤温姑娘过来照顾你，我先回裴府了。"

陆澈也没有说什么，只是嗯了一声，由着她扶着自己躺下后，便合眸休息。

李微吟从陆澈的房中退出，便让守在门外的下人去告知温韶筝前来照看陆澈，自己则先行一步去寻叶熙宁。

得知当年宁家一事的原委之后，叶熙宁、李微吟、裴衍三人在回裴府的路上，却意外地显得有些沉默。

原本错综复杂的案情背后，藏着如此曲折的缘由，虽心中早有准备，却仍旧让人一时间难以接受。

此刻面容沉静的叶熙宁，心中却因另外一件事情久久不能释怀。

方才她因陆澈所说之事心中难受，却被裴衍一闹，多少令心情得到些舒缓。可裴衍无意间的一句话，令她不得不在意起来。

她的敏锐放在亲近的人身上，总会因着这一层关系，迷了她的双眼。

当年她瞧不出陆澈的挣扎，也察觉不到他与自己相处时细微的变化，如今面对李微吟亦如是。

叶熙宁一双清澈明净的眼眸，怔怔地盯着一处发着呆。她心中想着，若不是裴衍提醒，她竟丝毫没有察觉到李微吟对陆澈的感情。

究竟是从什么时候开始的？

她冷清的眉目间带着黯然，因为想着事情，放在腿上的双手不自觉地捻着，微白的手指被她捻得发红却不自知。

李微吟因有些疲惫，闭眼靠着未曾注意到叶熙宁的变化。

裴衍将这一切尽数看在眼里，从前不会流露出任何纠结与犹豫的她，此刻却像是遇到了从未遇见过的难题，令他心中渐生疑窦。

几人回到裴府，刚下马车，府上的下人便告知裴衍："二少爷，宫里的宝玺姑娘来了。"

裴衍挑了挑眉，吩咐道："知道了，就说我马上过去。"

那人应了一声"是"，便匆匆退下。

裴衍又见府邸门口停着两辆马车，略一沉思，没来由地朝着叶熙宁看去，问道："你说，长姐寻我是为何事？"

叶熙宁淡淡地看了他一眼，也不回答。

裴衍也没想从她这儿得到什么答案，随即笑了笑，自言自语般说道："我都不知道，你怎么会知道呢？"便跨步朝府内走去。

裴衍跟着宝玺来到太央宫时，皇后正拿着剪子修剪刚移栽入盆的几株芍药。裴衍一入内，便闻到香味，沁人心脾。

见那几株白芍开得正盛，他奇道："早过了芍药的花期，没想到长姐这里的芍药开得如此娇艳。"

见裴衍来了，裴皇后便收了剪子放在一旁，净了净手擦干，随后走到桌子旁拾起桌子上的青玉扳指套在拇指上。

宝玺便命宫人将修剪好的芍药盆栽挪出去，屏退了一旁伺候的人。

裴皇后见裴衍规规矩矩地站在一旁，睨了他一眼，道："在皇上面前也未曾见你这般守规矩，怎么到本宫这儿反倒端起来了？"

裴衍听长姐这般说，立即笑了笑道："皇帝姐夫宠爱长姐，自是对我宽容些，不与我计较，可我若在长姐面前惹了不高兴，皇帝姐夫怕是饶我不得。"

裴皇后目光温婉沉静，听着他巧舌如簧，既恭维了皇上，又在她这里讨了巧，微微笑着道："坐吧。"

"唉。"裴衍依言坐了下来。

裴皇后将青烟色的轻纱衣袖微微一撩，面上云淡风轻地笑着，看着眼前含笑与她对坐着的裴衍。他依旧是懒懒散散，对什么事情都不太上心的模样，让她再熟悉不过。

虽然旁人都道裴衍行为乖张，太过不拘礼数，可她向来知道他做事是极有分寸的，是以这些年来从未对他有什么管束，就连皇上也听之任之。

"身上的伤可好了？"裴皇后瞧着他问道。

"早就好了，"裴衍抬了抬受伤的胳膊，"长姐不必挂心。"

裴皇后点了点头，又道："本宫这些日子在后宫待着，也听闻了不少朝廷的事情。"

"哦？"裴衍目光一转，果真一副好奇的样子，神色颇感兴趣地问道，"长姐是听闻了什么有趣的事情？"

裴皇后道："几个月前，陆相前往商州城时带回了一个人，本宫曾有过几面之缘。"

裴衍目色深深，唇畔含笑，道："长姐说的可是李微吟李姑娘？"

她看裴衍神色并无异常，语气微微一缓，道："确实是她。"

裴衍一副了然的神色道："一早我便知晓李姑娘替长姐诊脉的事情，长姐每月回裴国公府，却让府上上下都瞒着我此事，每每挑我和阿懿不在的时候，是防着我插手宁家的事情？"

裴皇后有一瞬的讶异，未曾想到裴衍竟会如此坦白。

"长姐这副表情是做什么？"裴衍一笑，眼神炯炯，继续道，"长姐做这件事情，哪是怕我知道，不过是欲盖弥彰，以此警告我不要轻举妄动。"

裴皇后的眼眸亮了亮，如同夜色中的耀眼星辰，见他毫不留情地点破自己所想，笑了笑道："阿衍这是在告诉长姐，别在你面前班门弄斧？"

她刻意将自称改了，流露出几分对弟弟的疼爱与无奈来。

裴衍挑眉，未接她的话，道："想来当初陆相前往商州城的时候，皇帝姐夫就交代过陆相去翠薇山请静慈法师来靖阳一趟。只是不想中间出了些变故，这位李姑娘与当年宁国侯府的小将军宁朝歌长得颇为相似，医术又深得静慈法师真传，陆相便顺水推舟，将李姑娘带回了靖阳城，顺便查一查李姑娘的来历。长姐，我说的可对？"

"阿衍对此事了如指掌。"裴皇后眼眸微闪，极温柔地笑了笑。

裴衍虚虚拱了拱手，谦虚道："哪及得上长姐，虽是久居深宫，对我的事情却是事无巨细一概知情。"

话说到此处，裴皇后也不再迂回，直接道："可长姐还有一事，放不下心。"

裴衍见她终于说到正题上，打开折扇轻轻扇着，笑道："长姐是担心李姑娘的事情？"

裴皇后点头道："前些日子听闻李姑娘搬到了裴国公府，阿懿又拜了她身边的护卫为师，我虽不反对你们与她们相交，只是虽然陆相回靖阳城之前就已查明李姑娘确与宁国侯府无关，可皇上仍旧命陆相将其带回靖阳城，连静慈法师都无力阻拦，我想你能明白其中的深意。"

裴衍应了一声，道："皇帝姐夫左右不过因为李姑娘的长相，仍对其存着三分疑虑，又不想再多生事端，索性将其扣押在靖阳城，以防万一。"

见裴衍对此心如明镜，裴皇后也松了一口气，只是话锋一转，忽然道："前些日子听闻李姑娘搬去了裴府，朝中许多大臣都有意将家中待嫁的女儿许配于你，可这些年来你多番借口推托，如今倒是对这个李姑娘颇为不同。"

裴衍一愣，失笑道："长姐怕是误会了。"

"哦？"裴皇后眉梢染上笑意，原本端秀的脸上笑意舒展，显得越发恬静温和，"那三年前你回靖阳城时，为何查宁国侯府一事？"

正伸手斟茶的裴衍手略略一顿，不动声色地将那盏茶斟完后递给她，含笑道："真是什么事情都瞒不过长姐。"

裴皇后接了茶盏，嗅着茶叶的清香，道："你自小散漫惯了，忽然回到靖阳常住，皇上留你担任御林军统领一职你便答应了。旁人还以为你收了心性，我却知道其中必有缘由。只是这么多年来，我都不曾问过你，你和当年的宁小将军，似乎也不曾相识，最近皇上让你查平西王私造兵器一案，你又借着这件事情，联手谢驸马爷将宁国侯府的事情给翻了出来，如今我倒是不得不问一句，你为何对宁家一事如此上心？"

裴皇后十四岁时便与当年的齐王姜綦湛订下婚约，十六岁嫁为齐王妃。裴氏一族乃姜靖国最有名望的世族，几十代绵延至今，虽已渐渐退离朝政，可裴氏之中仍有不少族女嫁与皇室宗亲，与皇家关系匪浅。

裴皇后自嫁与皇帝以来，十余年来同心同德，执掌后宫也备受称赞。皇帝对她向来信任有加，朝中之事在她面前也不多加避讳。她虽是听着，却从来知分寸，不妄议朝政，即便是皇帝相问之时，也只得一句"臣妾只懂得如何管理后宫，皇上就莫要难为臣妾了"。且自她被立为皇后之后，裴国公便主动退离朝政，以避外戚干政擅权之嫌。

她方才如是问道，也是将皇帝的疑虑问了出来。

裴衍笑得有些意味深长，道："长姐这是替皇帝姐夫问的吧？生生憋了这么两年，如今才问，倒让我不胜惶恐。"

看他虽如此说，面上却无半分惶恐之意，裴皇后忍不住剜了他一眼，道："你到底与宁家有何渊源？"

宁朝歌自幼便与其父宁盛泽在军中长大，宁盛泽身居姜靖国第一将领一职，常年驻扎边外，反倒是回靖阳的日子甚少。而裴衍自少年时期便游学在外，生性洒脱，虽有裴氏做倚仗，长姐又是当朝皇后，仕途之路堪称光明坦途，然而他却不喜朝堂之事，也甚少回靖阳。

面对长姐的相问，裴衍黑亮的眼眸内，似有风云涌起，脑海里又浮现出当年在城墙之上看到的那一道身影。

他无法想象向来心高气傲之人，一夕之间遭逢巨变，被自己最亲信之人出卖以至于家门蒙难，连自己的性命也葬送于此，该是怎样难以平息的怒火和痛。

"我与宁小将军，不曾相识。"裴衍迎上裴皇后的目光，清声回道，"只是远远地见过一面，那日似乎是宁小将军被封镇南宣威将军之时，小妹一向崇拜这样的巾帼女子，长姐是知道的。"

裴皇后细细听着裴衍的回答，虽然他并未告知缘由，却也足以叫她放心，她只微微点了点头，轻声回应道："那你这几年驻留靖阳，又是为何？你与旁人不便言说，却连我也要瞒着吗？"

不知为何，裴衍此时忽然想起叶熙宁嫌弃的神色，但即便如此，他心中也甚是欢喜，笑道："长姐大可放心，我与宁家之事并无牵扯，且我已有心上人了，那人也绝非李姑娘。"

他笑容浅淡，又肃容道："我裴衍的一举一动，牵涉着整个裴国公府的安危，裴氏一族也将随我裴国公府一荣俱荣，一损俱损。即便我冒得起这个险，

242

我也不会将裴氏架在火上烤，这点分寸我还是有的。"

见他说起此番言论时，神色难得严肃，裴皇后的心再次定了下来，道："你心中既有此想法，我也就放心了，但愿你不忘今日这番话，也不要叫我失望，叫皇上失望，更不要叫整个裴氏失望。"

"自是不会忘记的。"裴衍回道。

见曾经少年心性的弟弟，如今已长成智谋双全的白衣郎，原本他满心山水逍遥之志，如今似乎也已习惯了在靖阳的日子，已有凌云气势崭露头角，尤其是近些日子的一番作为，让她察觉到裴衍身上细微的变化，裴皇后不由得舒展笑容。

姐弟二人又说了一些其他事情，裴衍才从太央宫中回来。

此后半个月间，皇帝将全国的兵权尽数收归，又将原平西王派系的军中势力迅速分化，重新委任分配各地驻军将领，即日起便各司其职，按调度赴任。

只是委任书刚下，各处将领还未及前往各自要赴任的军中，云州便传来八百里加急信件，离楚起兵攻打云州。

皇帝立即召见群臣，商讨此事。

此番离楚领兵的将领，正是五年前大举进犯云州的离楚四皇子楚照南。此人心机深沉，骁勇善战，当年若非宁朝歌率领云州三十六将突袭，令楚照南身陷险境，随后又遭离楚朝内党派斗争追杀，以至于下落不明，难回离楚，云州之事也不会那么快解决。

消息一经传出，朝堂之内乱成了一锅粥。然而朝中又刚逢如此军事调动，难出大将抵抗离楚大军，朝中大臣面对这样的局面，头疼不已，一时间竟谁也不能抉择让谁担任此次南征大将之责。

皇帝不得不下诏书，令驻扎在云州一带的大军死守云州郡，另调度二十万大军立即增援云州郡。只是如今军中无大将，剩下的一些将领谁也不服谁，满朝文武聚在玄武殿中，竟推选不出一个合适的人选来。

裴衍受不住这闹哄哄的场面，心想左右这事儿也落不到自己身上来，便悄悄退出了大殿。殿外笔直地站立着守卫，他刚欲转身离开，眼角的余光却注意到旁边通道上有人行来。他的目光转过去，原来是裴皇后带着宝玺还有两名端着吃食的宫女正朝这边走来。

　　裴衍等了一会儿，待裴皇后走到大殿门口后，行礼请安。裴皇后吩咐了宝玺先将东西带进去给皇上，才对着裴衍道："你怎么出来了？商量完了？"

　　裴衍摇了摇头，说道："几十个人关在玄武殿里都一天一夜了，我是偷偷溜出来的。"

　　裴皇后心知自己这弟弟的心性，见他面有疲惫之色，只剜了他一眼，也没有多加责备，道："如今陆相身负重伤未曾恢复，朝廷又正值用人之际，你何时能为皇上分忧一二？"

　　"有这么多人呢，哪用得上我啊。"裴衍笑了笑，不在意地道，"再说了，皇帝姐夫这么英明，总会想出好的对策，兵部尚书韦孟坚已经前往云州监军了，一时半会儿还出不了什么事情。"

　　"这么说韦大人已经出发了？"裴皇后问道。

　　裴衍点头："昨天夜里的事情，韦大人几年前与宁盛泽一道在云州与楚照南交过手，现今朝中除了韦大人，怕也没有其他合适的人选了。"说完他便打了个哈欠道，"不行了，我得赶紧回府好好歇一歇去。"

　　裴衍朝裴皇后行了礼告退，不紧不缓地朝着宫门口走去。

　　宝玺领着侍女出来时，恰见裴皇后正看着裴衍离去的方向，此时宫城上的朝霞刚刚升起，天色初开，景色瑰丽。

　　她走到裴皇后身后，向她禀告了皇帝龙体安好，又道方才端进去的银耳羹皇上用了半碗，见皇后只是默默地点了点头，并未说话，她便问道："娘娘是在担忧裴少将军？"

　　裴皇后微微叹了一口气，道："阿衍虽负凌云之才，可倘若志不在此，谁也强求不了他。"她转身由宝玺扶着，又问，"那女子的身份查清楚了？"

"查清楚了，少将军的心上人原来是李姑娘身边那个武艺高强的女子，"宝玺回道，"就是三小姐前些日子拜的那个师父。"

"那个哑女？"裴皇后一怔，想了想裴衍的性子，忽然又觉得并不奇怪，便释然地笑着摇了摇头道，"阿衍行事让人捉摸不透，连看上的女子也与旁人不同。"

裴衍从宫中回至裴国公府，才下马便有人上前拦了他的去路。

"裴将军，我家王爷有请。"那人一拱手朝着裴衍行礼。

裴衍朝他看去，来人正是端穆王爷的随从，贺春来。裴衍略一思量，云州刚传来消息，他便被传唤进了宫。此番才从宫内出来，端穆王爷便吩咐了人在裴府候着他，想必与云州之事有关。他随即点了点头，道了声"请"，便翻身上马，与贺春来一同前去王府。

等裴衍赶至端穆王府时，已是天光大亮，只是秋风萧瑟，有些凉意。

他跳下马，将马交给迎上来的王府下人，一路被贺春来引去王府的花厅。

见到端穆王爷时，他正煮着花茶，见裴衍前来，含笑朝他点了点头，抬手请他进来。

这花厅之中堆砌了几块假山石，假山处有一小泉，摆了水车。尽管昨夜一夜不曾安眠，裴衍依旧是一身清贵的模样，虽面有倦怠之色，但闻到花厅之中百花的香味，顿觉神清气朗。

他提袍坐下后，问道："王爷着急寻我，可与云州之事有关？"

端穆王爷点头，目光深沉："正是，听闻皇上还未做决定。"

"王爷请我来，可是心中已有属意的人选？"裴衍看着他，心中闪过数种想法。

端穆王爷昔年与宁国侯府结交甚厚，只是也因此获罪，已无参政之权，此番请自己来，想必是已经有一番对策。果不其然，他见端穆王爷点了点头。

端穆王爷徐徐起身，踱步到花厅门口，裴衍的目光随着端穆王爷的身形移动，只见他转过身来，直视裴衍的眼睛，用极慢又慎重的语速道："是你，裴少将军。"

裴衍对端穆王爷此言大吃一惊，不由自主地起身与端穆王爷平视，心中的疑云使他的眉头拧成一团："王爷何出此言？"

裴衍虽自负才华，却心知面对楚照南那样的人物，光凭智谋是远远不够的。如若不然，这满朝文武，单论智谋陆澈便可担此大任，大理寺卿谢闫枳也是个十分通透的人物，兵部尚书韦孟坚也不输这二人。只是监管军方不比其他，不但需要有足够的智谋，最重要的是有对军方的震慑力，来调派这群人物。

"皇上为何对此大为头疼，裴少将军可曾想过？"

裴衍走近几步，看着端穆王爷含笑的神色，心中一动，点了点头道："谁若是成了此次云州的主将，日后必成军方首要人物，成为皇上在军方的心腹。"

端穆王爷温厚的眼神此时犹如崇山压来，直逼裴衍："所以这个人，必须是皇上全心信任之人，可这人又不能太有野心。论身份，裴少将军不但是御林军统领，更是皇后娘娘的亲弟，背后有整个裴氏一族支撑；论智谋，这些年裴少将军虽一副浪荡潇洒的模样，但是皇上岂是庸君，不识你身负凌云之才？然而最得圣心的却是裴少将军从无醉心朝政之意。这些年又因在外游历，习得一身好武艺，岂不是最佳人选？"

裴衍皱起两道俊秀的眉毛，如此说来，自己的确是最合适的人选。

"王爷的意思是，要裴某自荐担任此次南征主将之职？"

"然也。"端穆王爷终是朗声笑道。

当日一早，裴衍离开了玄武殿，却去而复返。他走时并无多少人留意，回来之时，却将那一帮子又困又愁的朝臣给惊了一番。

"什么？裴少将军要领兵前往云州？"

听到裴衍主动请缨南征云州的话，玄武殿里一下子炸开了锅，朝臣们对此事议论纷纷。坐在龙椅之上的人，却像是终于放下了一颗悬着的心。

"裴将军虽有才谋，然毫无经验，怎能担此重任？不行不行！"

这是说得好听的。

"就是，不要说对抗楚照南那样的人物了，裴将军要是前往云州，恐怕首先要想办法解决的不是如何对付离楚大军，而是怎么让我军将领服他。"

这是不屑一顾的。

"让他前往云州，怕是离楚大军打到靖阳城了，裴少将军还不知道在哪里呢！"

这是说得难听的。

……

穆东亭憋着笑，又万分同情地将这件事转述给陆澈听，说道："裴二少这是自取其辱吗？这不像他能干的事情啊。"

陆澈虽有些暗暗吃惊，却也没有太大的意外。这些日子经过李微吟的悉心照料，他的身体稍有好转，已能下床走动。在床上躺了半月有余，实在有些难受，他便让穆东亭准备了一把躺椅放在院子的树下躺着。

因云州的事情突发，一早他便命穆东亭去打听此事，好想对策。此番听穆东亭如此说，他摇了摇头道："他这行为，正合了皇上的心意。"

"什么？"穆东亭大大吃了一惊，见陆澈伸手欲拿一旁茶几上的水杯，忙取了给他递过去，又问，"相爷为何这么说？"

陆澈喝过茶后，将杯子一放，道："裴衍此人，城府极深却从未表现出来，这正是他的聪明之处。皇上几次三番留他在朝中办事，他却偏偏挑了御林军统领一职，又奇奇怪怪地提了那么多无关紧要的要求。这几年裴衍虽任职御林军统领，实则甚少参与朝政事务，不过空挂了一虚职，御林军的实权却是李豫白掌控着。"

陆澈沉了沉心思，接着道："就算今日裴二少不提出来，到最后皇上也会让他去的。"

"皇上既然心中早有决断，又为何不直接让裴二少领兵出征，还召集了大

247

臣们在玄武殿等了一天一夜？"穆东亭将心中的疑惑问出。

陆澈的神情变得有些微妙，侧首看了一眼身边的穆东亭，道："皇上虽已收归兵权，却导致军方势力涣散，唯有裴衍是他信得过的人。可裴衍此人强留不得，皇上必须等到他自己主动请缨南征。"

穆东亭这才恍若懂了，道："难怪，难怪皇上连李副将都派去协助裴二少了。"

陆澈忽闻此言，心头竟微微一跳，有种说不出的隐忧之感："圣旨下了？"

穆东亭听他问话，忙点头嗯了一声，道："下了，这御林军正、副统领都被派去云州出征，要是谁趁着这个机会逼宫谋反，皇宫岂不是如同瓮中之鳖，轻而易举便可攻下？幸好如今朝内太平，那最有可能谋反的平西王已经死了，要不然这靖阳城没有可靠的人守着，也不知道会出什么乱子。"

穆东亭絮絮叨叨地说着，他无意的一席话，却让陆澈目光沉如千钧，眼内黑沉沉的，如暴风卷起。

穆东亭回身时见陆澈脸色不太好，忙关心地问道："相爷，您是不是肩膀又疼了？要不要叫李姑娘过来看一看？"

陆澈怔了一会儿，又被穆东亭唤了一声，才回过神来，道："不用，替我将工部和户部的几位大人请过来，你扶我起来去书房。"

穆东亭看到他已自己按住椅子要起身，忙上前帮忙，又是担心又有些埋怨地道："大人您就好好休息着吧，您忘了之前皇上已停了您的丞相职权？虽然平西王一事已经过去，可如今对恢复您的职权一事，连一道口谕都没有，您又何必这会子去蹚浑水呢！"

陆澈被他扶着起了身，因着移动，肩上的伤又疼了起来，只蹙着眉头忍着，问道："大军什么时候出发？"

"明日一早便走，说是让裴大人领几千精兵先行，其余大军随后赶去云州。"穆东亭回道。

陆澈心里一沉，忧心道："明日便走，粮草之事尚未安排，云州战事一触即发，必有难民拥向商州城，届时商州城也会受到牵连。"

穆东亭一听，忍不住不满地道："大人您就不能好好养伤，等好了再说？真到了那个时候，您自己不插手这件事，皇上也会来问，没来问就是还没到那个时候，您瞎操心什么呢！再说了，朝中那么多大臣，就不会替皇上分忧？"

穆东亭所言虽然不无道理，陆澈却还是放心不下，轻声呵斥道："这岂是你能妄议的？叫你去做就去做。"

被陆澈训斥，穆东亭虽心中仍有不愿，却也了解他的心性，心知自己劝说不了什么，情绪低落地道："知道了，等送您到书房，我立即就去。"

叶熙宁陪着李微吟来到丞相府之时，恰巧碰上穆东亭急匆匆地想要出门。

穆东亭见李微吟前来，神色亮了亮，高兴地与她打招呼，道："李姑娘，你来啦！"

李微吟见他方才一副神色凝重的样子，现在又高兴起来，以为陆澈的伤有什么变化，急急地问道："陆澈出事了？"

还未等穆东亭回答，她便着急地提了裙摆，跨过门口想要朝里走去。

"不是！"穆东亭拦住她道，"不是我们家大人有事，有事的是裴大人。"

"什么？"李微吟霍然回首，震惊地看着穆东亭。

叶熙宁听到这话时，也一瞬间屏住了呼吸，有些难以置信。

穆东亭见她们神色惊讶，忙又解释道："不不，裴大人身体无恙，都怪我说话不清不楚的。事情是这样的……"

云州之事，叶熙宁是有所耳闻的，只是不清楚具体情况，昨日裴衍被传召入宫之后，便没再回裴国公府。现在听穆东亭将事情陈述一番，她不由得暗暗心惊。

当年她与楚照南几次三番交手，楚照南是何等厉害的人物，她再清楚不过。

离楚向来视自己为九决正统，自天下四分之后，几百年来离楚一直妄图效仿洛琴之时，一统天下，定下边疆开拓之计谋。若不是当年离楚朝内党派斗争厉害，楚照南腹背受敌，下落不明，难保如今云州是何种局势。

她不敢再想下去，而心思已飞向那遥远的战场，想象此刻云州的紧张战况，又想到裴衍此番挂帅出征，心底克制不住地涌起一股恐惧和寒冷之意。

李微吟察觉到叶熙宁的神色变化，刚欲相问，只见她窈窕的身形一动，有些急切地上前抓住穆东亭的手，在他掌心写道："什么时候的事情？他什么时候出发？"

穆东亭被叶熙宁这一举动吓了一跳，咽了一口口水，睁大眼睛怔怔地回道："明天一早。"

他的话音刚落，叶熙宁连李微吟都顾不上了，头也不回地疾步向外走去。

李微吟转身追了几步，问道："阿宁，你上哪儿去？"

叶熙宁却没有工夫与她多解释，朝她看了一眼，便飞身上马，扬鞭而去。

天色一直阴沉沉的，叶熙宁行到途中，忽然下起雨来。她快马前行，所幸路程不远，不消多时便回到裴府。

见她淋着雨行色匆匆地赶回，府上的下人被她这浑身湿淋淋的样子惊着了，忙打了伞上去迎接。

叶熙宁像没有瞧见那人似的，一下马便朝着府内跑去。

才从宫里回来的裴衍，站在前厅的廊下看着这突然下起来的滂沱大雨，目光落在遥远的天际。他正想往里走去，外面却传来声音："姑娘您慢点儿，伞！伞！"

他回首，只见雨帘中一抹淡红色身影正朝这边跑来，身后跟着的下人打着伞追着，不一会儿那红衣女子便冲到了廊下，一身衣衫和长发均已被雨打湿。

裴衍还未看清来人的模样，人影已经来到他身前。等看到是叶熙宁，他面色不悦，有些气恼地一把将她拉着跨过门槛进到屋子里。

叶熙宁也说不清，自己为何在听到他要出征的消息时，便下意识地想要尽

250

快见到他。她脸上全是水珠，黏在额上和面颊上的几缕发丝，显得她此时的模样分外狼狈。

裴衍见她满面雨水顺着脸颊往下滑落，人却笑着，像是看怪物似的看着她道："淋雨就这么开心？"

他一边说着，一边往身上掏了掏却没找到帕子，索性扯了衣袖朝她脸上胡乱擦拭了一番。

叶熙宁摇了摇头，虽然夏日里淋湿了不是太凉，可穿着湿透了的衣服，极为不好受。她将了将两条手臂上的衣衫，哗啦啦挤下一摊水，这才走向旁边的柱子，用湿着的手指在上面写了"出征"二字。

裴衍一下明白过来，她定是在丞相府上听闻这个消息，才火急火燎地冒雨前来。他心中抑制不住欣喜，却又心疼她被雨淋湿，半是揶揄半是责备地道："原来你也会关心我？可下雨就不知道躲一躲？"

看着裴衍灼热的目光，她心头微微一热，展开手指刚欲打手语与他交流，手腕却被扣住。

裴衍抿唇笑着，朝她摇了摇头，道："都淋成这样了，小心伤风，先去洗个澡把衣服换了。"

他二话不说便拽着她往里边走，一旁的丫头见裴衍与叶熙宁往屋里走，忙福了福身在后面跟着，机敏地道："方才见姑娘淋着雨回来，已经吩咐准备了热水和换洗衣裳。"

裴衍拉着叶熙宁，脚下走得极快，只点了点头道："知道了，你下去吧。"

那丫头这才道了声"是"离开了。

裴国公府内廊院错落，叶熙宁住的地方是位于府中后院内最近的厢房，平时一路闲逛欣赏风景从未觉得远，此时却让裴衍觉得这路远得让他心里有些焦躁。

叶熙宁的手被他拽在手中，却毫无温度，冰凉至极。雨势极大，听着这满

251

院的雨声，随着裴衍走在这长长的廊道之上，她方才的着急此刻竟然安宁下来。

待走到厢房门口，裴衍一把推开房门。房内的空间极大，进门处是一个小厅，摆着一张红檀木圆桌。左手边的屋子隔着帘子，是卧房，右手处的屋子则摆了一张小榻，原本中央空着，此时放着装满了热水的木桶，旁边的桌子上放着一套崭新的红色衣衫。

他的眼神轻柔地落到叶熙宁清朗秀婉的面庞上，抬手一指道："快去吧。"

叶熙宁点了点头，走到木桶旁边，那氤氲着的水汽温热暖和，让她不由得放下紧绷着的神经，转身将一旁的屏风拉上，低头看了一眼身上的衣衫，正滴着水，脚下的地已经湿了一片。

她扯下外衫，往屏风上挂去，听见房门被关，脚步声却依旧在屋里，不由得脸色一变。

她拉开屏风，果见裴衍立在门口。她当下抬手一运内力，才被她挂上屏风的衣衫落到手中，朝裴衍扔去，正砸中他的脸。

裴衍气急败坏地扯下砸在自己头上的衣衫，道："恩将仇报！恩将仇报！"

她的面容沉静而平缓，眉目间透着一股英气，清冷的目光淡淡一扫，惜字如金地从口中吐出一个字："滚。"

裴衍知道，不到无法忍受的地步，她是绝不会开口的，他嘴角浮起一抹别有意味的笑意道："阿宁，你这是害羞？"

叶熙宁心口一烫，瞪了他半晌，沉着的脸色忽然放缓，低眸一笑，抬手便开始解环在腰上的带子，可那一丝波澜未起的黑眸里透着微凉的冷意。

裴衍不由得一抖，刚想提步开门出去，已是逃脱不及。那腰带一开，因着被雨水湿透而重了许多，随着她的手臂一震，顷刻间便化作软鞭，朝着裴衍击去。

他算是看出来了，叶熙宁就是一个一言不合就开打的女子，道理不能解决

252

的就用武力解决。他立即侧身躲开叶熙宁的袭击，却还不忘抱怨："怎么不通知一声就开打！"

那化作软鞭的腰带随着叶熙宁的舞动，像灵蛇一般上下左右地窜动。

"亏我还担心你会伤风！"

"啊——"脑门上被击中。

"把我打伤了明日我就不能出征了，你这可是谋杀朝廷官员，是重罪！"

"噢——"左腰被击中。

"哎哟——"右腰被击中。

"疼疼疼！"腹部被击中。

她下手巧劲十足，打得人生疼却又不伤及他。裴衍捂着腰又捂着肚子，左躲右闪，举止十分滑稽可笑。

叶熙宁已然出够了气，手起掌落，房门便被内力催动打开，而手中那腰带一甩，竟将裴衍捆住，再一用力，他已被扔出门。

那门口正对着的是一处观赏鱼池，随着巨大的落水声，房门应声关上，她这才漫不经心地走回屏风旁，抬手将屏风拉上，缓缓解开身上湿透了的衣衫。

只听见外面人声渐响，府上的人已被这方的动静吸引过来，她想象了一下此刻屋外的场景，嘴角忍不住微微上扬。

裴衍狼狈地从水池中飞身而上，只来得及抹了一把脸，家中的下人已然围了上来。

管家常叔不明情况，一见裴衍浑身湿透地站在雨中，忙不迭上前替他打伞，着急地道："二少您这是怎么了？好端端的怎么浑身湿透了？"

裴衍却漫不经心地笑了笑，眼神投向厢房，摆手敷衍地回道："喂鱼，哪知道雨天路滑，一不小心就跌进鱼池了。"

听到外面他说话的声音不急不缓，半点也听不出生气的模样，叶熙宁无声地笑了起来。

又听常叔着急的声音："大雨天的您喂什么鱼啊！这鱼每天都有人伺候，

饿不死！您要是有什么事情，常叔我一把老骨头可经不起您这吓啊！"

裴衍极为好脾气地不断点头肯定道："是是是，下回我再也不这样了，常叔您放心，这事儿就别跟我娘说了，吩咐下去谁也不准到我娘跟前嚼舌头。"

"您这……唉！唉！二少爷您慢些走，雨天路滑着呢，别又摔着了！"

主仆二人的声音渐行渐远，叶熙宁听着，却心生暖意。

叶熙宁沐浴更衣后，便有府中的下人过来撤去了屏风和沐浴的木桶，又将她湿透的衣衫拿去清洗，甚至还为她取了火炉来，让她将头发烘干。

不一会儿便有丫头端了一碗姜汤过来，说道："姑娘，这是二少交代了给您煮的姜汤，趁热喝了吧。"

叶熙宁感激地朝她微微一笑，取过那一碗姜汤，尚有些烫手，便舀着瓷勺轻轻地吹着。还未等她喝完，便见裴衍已然换了一身玄色衣衫回来，衣襟之上藏有暗纹，宽袖之上绣着一片金色祥云，乍一眼看去，倒还多了几分深沉的气度。

那丫头见裴衍过来，忙福了福身子请安："二少爷好。"

裴衍笑吟吟地点头，跨门而入，刚走到叶熙宁对面坐下，便忍不住打了个喷嚏。

叶熙宁眉头一蹙，见他似乎着了凉，心下生出几分愧疚来。

裴衍的目光落在她身上，只见她一身红色衣衫与方才那一身不同，窄袖束腕，虽坐在那儿，却仍显飒爽英气。见她面色微妙变化，看出她的心思，他目光含笑道："阿宁这是愧疚了？心疼了？舍不得了？"

叶熙宁眼中原本的几分不忍，随着他这一声声，渐渐淡了下去，神色清冷地看着他，嘴唇无声而动："滚。"

裴衍丝毫不在意，依旧是一副笑吟吟的样子，伸过手来将她眼前的碗端走，那碗中还剩半碗她尚未喝完的姜汤。

她不太明白裴衍这举动是为何，只见他抬眼看向她，那唇边的笑意变得古怪："不用担心，我喝点姜汤就没事了。"

在他端起碗凑近嘴边的那一瞬间，叶熙宁差点脱口而出要阻止他。

还是站在旁边那个小丫头忽然没憋住的笑意惊醒了她，让她生生将阻止的话憋在了喉咙里，眼睁睁地看着裴衍将她喝剩的那半碗姜汤喝了个干干净净。

"二少爷要是还需要的话，奴婢再去盛一碗来。"小丫头一双乌溜溜的圆眼看看叶熙宁，又看看裴衍。

裴衍手一扬，将手中的碗递到那小丫头面前，半是玩笑地道："好啊，那你就用这碗，再替公子我端一碗姜汤来。"他言辞间，刻意加重了"就用这碗"四个字的语气，颇是暧昧。

那小丫头立即接了碗放在托盘上，机灵地福了福身子，笑道："是，奴婢这就去。"

那丫头刚出门，叶熙宁便一脚踢向裴衍，小惩大诫，瞪着他打手语道："不要脸。"

裴衍清俊的眉眼因着她的举动，染上些许笑意，只偏首问她："这个时辰不是应该在丞相府上陪着李姑娘替陆澈医治吗？这么着急回来是为了我明日出征的事情？"

见他终于正经起来，叶熙宁点了点头，打手语道："云州地形险峻，久经战火，这几年防守布兵经常变动，军中局势十分复杂，兵力已疲惫不堪。此次你前去云州，情势堪忧。"

原本宁家驻守云州十余年，宁家军在云州的势力足以震慑离楚不敢轻举妄动。宁朝歌一手建立的云州三十六将，各个骁勇善战，都是凭实力挣得的军功，即便没有宁家驻守，云州三十六将也足以保全云州之势。

可自宁国侯府一案之后，当她历经千辛万苦逃离靖阳城，身染重病之际，却听闻昔日并肩作战的好友皆被屠杀，三十六人，无一生还。一夕之间，宁国侯府的势力分崩离析，她才明白过来，这一场灭顶之灾，早在策划之中。

裴衍看着她向他传递的意思，那带着笑意的神色几乎没什么变化，手指指着她的心口，含笑道："你担心我？"

255

叶熙宁微微一怔。她确实担心裴衍，才这样着急地过来见他。

自来靖阳城的第一天起，似乎不管她做什么，他都出现在她身边。他像是知道她的身份，却又不戳穿她，借口帮她查宁国侯府的案子，却还要用威胁的方式。

方才在来的路上，她甚至想，他若是有了危险，自己便欠了一个人的恩情，这一世都要偿还不清了。所以即使此刻他仍旧三心二意顾左右而言他，她依旧郑重地点了点头。

裴衍眼中的光亮如星辰，缓缓笑道："兵来将挡水来土掩，若真有不可避免之险，惧又有何用？不过阿宁，你会担心我，我很开心。"

习惯了自由散漫的生活，忽然将这样的重任揽在身上，他心里不是没有过矛盾。然而此刻他内心唯一的想法却是，他一定要守住那一座城池，一定不能失了云州。

他的内心，从来都不是如表面这样恣意放肆，只是那些偶尔冒出来的责任与担当，就已注定他不会是一介庸人。

叶熙宁见他此刻还有心情顾及儿女私情，心中不免有些气恼，连带着看他的神色都起了明显的意见，只得转移话题，认真地问道："府上可有地图？"

裴衍摇头道："没有，早些年家父向往山水，闲云野鹤，终年与家母游离在外。连裴清懿那丫头，都不是在靖阳城出生的。这两年我虽回了靖阳城任职御林军统领，可是你也知道这御林军多半是豫白替我看着，并不需要我做些什么。"

叶熙宁见裴衍如此大言不惭地说着本该羞愧难当的事情，不由得蹙了蹙眉，又打手语道："这房中可有纸笔？"

裴衍这才起身，道："要纸笔还不简单。"他朝着门外看去，吩咐站在不远处的下人去取了纸笔来。

这时，方才的小丫头又端了一碗姜汤回来，见裴衍立在廊下，忙道："二少爷着了凉，可别再往风里头站了。"

裴衍听着这话，回身朝叶熙宁看去，径直从小丫头手里接过盛着姜汤的碗，道："你下去吧。"

裴衍将那碗姜汤端给叶熙宁，叶熙宁却又推给了他，示意他喝下。裴衍也不再推却，将姜汤尽数喝完，胃部暖意顿起。

不一会儿，下人便将纸笔送了过来，裴衍又吩咐道："我和熙宁姑娘有重要的事情商量，没有什么必要的事情，谁也不要过来打扰。"说完又补了一句，"尤其是三小姐。"

待下人领了吩咐退下之后，裴衍才关了门道："好了，你可以说话了，不用打手语了。"

叶熙宁见他看似什么都不在乎，却是个十分心细之人，不由得道："谢谢。"

裴衍一挑眉，将纸摊开，取了水倒在砚台之上，一边磨墨一边道："不知为何，我更习惯你气急败坏骂我时候的样子。"

叶熙宁无声地笑着摇了摇头，又听他说道："这世上能让我裴衍磨墨之人，你是第一个。"

他笑意温暖，揽着宽袖认真地磨着那一方砚台，眼神干净温和，似霞光，又似星辰。

屋外风雨交加，雨声不断拍打着屋檐，似乎也在昭示着云州的局势，山雨欲来。

叶熙宁一面起手画着云州的地形图，一面替裴衍讲解云州的地形、局势。

孙子曰："夫地形者，兵之助也。料敌制胜，计险厄远近，上将之道也。知此而用战者必胜，不知此而用战者必败。"

地形对于每一场对战都有着极为重要的作用，居高临下，既能势如破竹，又易守难攻，可以占据绝对优势。临水防淹，临木防火，都是地形之要。关键时刻，若是能因地制宜，灵活考量地形因素，亦能置之死地而后生。

叶熙宁说话的速度轻而快，言及之处必在地图之上标记，以不同记号做标识，用心而细致。

257

裴衍的耳畔一直回响着她的声音，清亮柔缓。她的神色认真而严肃，却意外地透着几分温柔缱绻。

站在桌边的两人，一人说，一人听，不知不觉竟将整个云州的地形图画了下来。

起初裴衍只当她熟悉云州地形，然而她所提及之处，无一不涉及行军布阵之事，他心中已然疑云四起。

待叶熙宁讲述完毕，心中方略略安心，转首看向裴衍时，却见他犹疑地看着自己，眼中满是探究。她一瞬间有些发虚，握着毛笔的手也有些发颤，问道："怎……怎么了？"

裴衍眼神沉静，脸上是少有的严肃，看了她一会儿，抬手从她手里抽走毛笔搁在砚台上，唇角一勾，道："墨水要滴下来了，可别废了你辛苦为我画的这一张军事要塞图。"

他在言及最后五个字时，咬字轻而缓，一字一顿，像是在刻意提醒着什么。

她对云州的地形，如数家珍，熟悉程度绝非一般人可比。

叶熙宁手上一片冰凉，有那么一瞬间，竟不知如何应对裴衍，只是突如其来地觉得冷汗涔涔而下，面上透着紧张。

"阿宁的身手如此了得，却又刻意装作不会说话，而今我又发现你竟还有这方面的才能。"裴衍无声地笑了笑，拿起她方才画好的云州地形图扫了一眼，像是没有注意到她此刻神态中的几分不自在，话锋一转，看着手上的地图，赞叹道，"你画地图的本事这么好，等我回来必定向皇帝姐夫举荐，日后我大姜的地形图由你来画。"

叶熙宁睁大眼看着他，勉强笑了笑，一握手才发现自己手心尽是冷汗，道："我可没这本事。"

外面的雨依旧滂沱，似乎是越下越大了，偶有闪电照亮乌云密布的天空。

叶熙宁走了几步，将窗户打开，风一下吹进室内，拂在她脸上，有几分凉意。

她站在窗边，看着长空中有飞鸟在雨中横渡，往屋檐下飞去。

她望着天空，心略微激动起来，忍不住低声道："裴衍，平安归来。"

她知这一仗有多凶险，所以才如此担心。她深深吐出一口气，闭上眼睛便能想起从前征战沙场的岁月，恍如昨日。

远离了那些铁血刀口的生活，再去想象一场战争，才知竟是这样沉重的心情。

裴衍闻言，眼中有微光闪烁，偏首朝她看去，望着她的侧颜。那张清冷的面容上，仿佛有哀伤的神色。

叶熙宁一回首，便对上他的眼睛，两人之间仿佛有什么心照不宣的东西缓缓蔓延，呆呆地注视着对方。

裴衍胸口仿佛被一股灼热的血烫着，压抑着的情绪慢慢从心口的血脉，传遍全身，以及每一根手指。

他双手一松，那张地图轻飘飘地落在桌上，他脚下已经迈开步子，忽然走到她跟前，伸手将她一揽，紧紧拥在怀中。

叶熙宁骤然被他抱住，尚在讶异与震惊之中，身体微微僵硬，原本下意识地蹙起的眉头，又在一瞬间舒展开来。

她本想推开他，却因心中的一点迟疑和恍惚，竟有些不舍得打扰这难得的美好。

叶熙宁睁大了眼睛，黑白分明的眼眸里，微微闪动着挣扎的情绪。她内心的波澜，已然悄悄漾开。

虽然裴衍平日里就举止轻佻，但不知为何，这一个拥抱却让她觉得不太一样，是以她在呆滞间，丝毫未意识自己慢慢抬起了双臂，渐渐收拢。

她的双手覆在裴衍身后，轻轻拍了拍他的肩头，说道："活着比什么都重要，一定要小心。"

裴衍的下巴抵着她的头，嗯了一声，闻着她身上淡淡的药香味。两人沉默地相拥了一会儿，天空惊雷乍起，才让两人分开，却在对视时，不自觉地感觉到对方有着和自己一样的异样紧张。

次日，靖阳城城楼。

叶熙宁站在城楼之上，望着远处大军从靖安门行入崇安大街。天阴沉沉的，飘着细雨，裴衍与李豫白领着两千精兵，在风雨中徐徐朝着城楼的方向行来。

天空中的云层灰蓝灰蓝的，镶着亮白的银边，好似海中拍打而来的巨浪。

叶熙宁望着军队从远处缓缓行来，在路过城楼之时，她与裴衍遥遥相望，从城内转到城楼之外，从她与他对视，到他频频回首，直至长长的队伍出了靖阳城。

她方体会到，为一人送行，是何种心情。

裴衍率领的两千精兵，五日之后便抵达云州郡境内。

此后两月内，每日从云州传来两份加急件呈报给皇帝，云州局势紧张，两军对峙，离楚屡屡进犯却像是在试探，并未大举进攻。这也使得裴衍有了喘息的机会，去整顿云州的军务。

而这两月间，谢闾枳因平西王一案涉及谋反，且多项证据指证平西王身后另有主使，而偏偏这最大的嫌疑人竟是皇帝的重臣丞相陆澈，而令他非常忙。

因着陆澈牵涉进此案，连着当年宁国侯府一案存在的疑点也一一被提及，原本想着缉捕了平西王后便能审问，看能否得到新的线索，却哪知又出了意外。

平西王之死，没有将此案彻底了结，却反而因此将一个个疑点牵扯出来，令原本生性洒脱的谢闾枳，都被压得心头郁结。

刑部尚书林慎思倒是个非常精明能干的人。刑部侍郎周处安在刑部供职多年，前刑部尚书魏良毓在办理此案时，多有他在旁协助审理。可平西王一案的

260

卷宗递交上来，案卷之内却留有诸多模棱两可之处，而这几处竟皆与陆澈有关，却多对陆澈有失公正。

林慎思在拿到案卷之后，挑了好几个疑点出来，将周处安斥责了个灰头土脸。

周处安因此事受了林慎思的责骂，又被罚了一月的俸禄，才重新认真梳理了案件的所有疑点与发现。

亏得这位新任的刑部尚书，谢闫枳才稍稍松了一口气。

他指着一堆卷宗，皱着两道眉毛苦笑道："咱们这位丞相大人，不光是皇上眼前的红人，也是是非前的红人啊！林大人对陆相可有什么看法？"

谢闫枳话中有话，林慎思岂能不明白，只虚虚抱拳道："下官不敢妄议丞相大人之事。"

谢闫枳看了林慎思一眼，舒展眉峰道："林大人果然人如其名，做任何事情都是三思而后行。不过本官倒是有些好奇，当年丞相大人在刑部之时，周大人是给他小鞋穿了吗？还是陆相当年得罪过周大人？何以平日对陆相如此敬畏之态，却又在陆相落难之时落井下石？"

说完他又回想了一下陆澈的为人，他平日里虽沉默寡言，但心思缜密，手段铁腕，于当年宁国侯府一案之时，便可见一斑了，遑论之后这几年与平西王在朝中对抗，以区区一介布衣官至丞相，毫无世族门阀之背景却在朝中越走越稳，历朝历代也只这一位布衣丞相了。

要说陆澈当年在刑部得罪过什么人，倒也不奇怪了。

陡然又被谢闫枳提及先前的事情，周处安只尴尬地笑着，道："哪敢哪敢，只是下官看到皇上停了丞相的职权，以为各位大人是要抓丞相的错处，便在案子当中做了些不该做的事情，下官现在想来也是悔不当初，悔不当初啊！若不是林大人提点，怕是下官还未曾意识到自己的错，还要多谢林大人才是！"

周处安找了个看起来搪塞得过去的理由，倒也没让林慎思和谢闫枳起疑，这朝中见风使舵的人多了去了，眼前有这么一个也不奇怪。

刚领了罚，周处安说起话来，也是处处奉承。这令谢闾枳有些想笑，看到正被奉承着的刑部尚书林慎思却是坦然，心下竟对他佩服起来，世上原有这般经得住浮夸的人。

不过经周处安这么一提醒，他倒是又想起当年陆澈与宁朝歌是何等羡煞旁人，刑部之中谁人不知？可是人若无情起来叫旁人看着都觉得不寒而栗。

如今因为平西王一事，反倒牵扯出当年宁国侯府一案存在的疑点，而这案子却恰是陆澈主审。若是主审此案的人犯了如此大的错误，错害宁国侯府满门，以至于当年靖阳城几乎血流成河，天下人将会如何想？

谢闾枳挑眉一笑，对于周处安的说辞、态度有些暧昧，一只手拍在林慎思的肩膀上压了压道："林大人肩上的担子不小啊！"

林慎思又虚虚一笑道："哪里哪里，这案子可是由大理寺主审，刑部不过是协办，下官身上的担子与大人身上的，可是不能相提并论的。"

谢闾枳长长地叹了一口气，有种头大的感觉："唉，跟林大人这样的人共事，真是无趣，要是小衍在那该多好。"

他是真想念裴衍了，今日从云州传来的军报，说是楚照南已然在攻打乌雍关。他不知道裴衍究竟会如何，纵使他是天纵英才，然而对行军布阵却毫无经验。饶是当年军事才能惊采绝艳的宁朝歌，也与楚照南互相牵制了那么多年。

他摇了摇头，叹了口气道："真是让人不省心啊。"

林慎思挑了挑眉头，有些诧异地看了看眼前这位大理寺卿，不知道他说的是这些案子，还是远在云州的裴衍。

不过眼下这案子，确实棘手得很。

云州的战事已开，陆澈的嫌疑尚未洗脱，本应闲在家中养伤，可丞相府已频频有官员出入拜访，多半是借着探望丞相病情的借口，来丞相府商议政事。

除去寻常六部呈报上来的政务，刑部侍郎周处安过来时，已是今日第六位前来丞相府上的人。穆东亭原本想要打发了去，对方却说是与陆相之案有关的事情，他才放了进来。

周处安见到陆澈之时，他正处理着公文，李微吟正懒懒散散地坐在一旁，支着脑袋看着穆东亭替她寻来的一些怪谈逸闻录打发时间。

周处安既是借着探病的由头来的，必是先客套了几句，问了陆澈的病情之后，见陆澈态度淡淡的，便想着开口向他透露一些刑部办案的细节与进度，借此来讨好陆澈。

前些日子在那案子上，他确实耍了些心眼，被林慎思挑了错之后，心中着实不安，生怕这位新上任的尚书大人在陆澈面前多说了几句，哪天皇帝恢复陆澈的丞相职权，自己便遭了殃。

"下官今日来，是有些事情想要禀报给大人听。"周处安态度谦卑，规规矩矩地站在那方道。

陆澈本看着公文，听他这么说，便抬起头来看他，淡淡地道："周大人有什么话就说吧。"

周处安见屋子里还有一位姑娘低首看着书，面色为难地朝李微吟那方看去。

陆澈的眼光顺着他的视线看过去，只见李微吟正顺手翻过一页书，面上有了些困意，掩唇打了个哈欠。

听到交谈着的两人忽然没了声音，她像是察觉到了什么，抬眼朝陆澈看去，见他正瞧着自己，不由得一愣，又朝站在一旁的周处安看去。

她这一看，却让周处安全身明显一震。

原本稳稳当当站着的人，身子晃了晃，面色极为发慌，难以置信地看着眼前的女子，惊慌地看看她，又看看陆澈，来回确认了几遍，确认自己没有瞧错之后，颤声问道："这……这位是？"

李微吟见他这副神色，便知道又是一位将她错认的人。她云淡风轻地笑了笑，道："小女子李微吟，是翠薇山昭云观静慈法师门下弟子。"

得到的答案虽令周处安大松一口气，但他看着李微吟的神态仍旧复杂，尴尬地笑了笑道："姑……姑娘着实与昔日的宁将军长相太过相似。"

说起来，周处安曾与陆澈同在刑部为官，为人有些圆滑世故，爱占些小便宜，私底下在刑部也捞了不少好处。只是当初陆澈初到刑部，却不喜刑部一干人等的为官之风，向来公事公办不容情理，为人清高自傲，与刑部其他官员显得格格不入。

周处安当时虽只是刑部司的一名主事，却因在刑部多年，几番明里暗里暗示陆澈要多与同僚来往，陆澈却当场驳了他的"好意"，是以素来就与他有些罅隙。

谁知这位看起来刚正不阿的少年侍郎，却在不久后与宁朝歌热络起来，经常在刑部出双入对，旁人都对陆澈礼让三分。

周处安心中不是滋味，自己怎么就没有碰上这样的好事，便到处说陆澈假借职务之便，又有几分小才气，长得也算是俊俏，不知耍了些什么见不得人的手段，勾搭上了本朝第一女将，不顾闲言碎语，与宁朝歌旁若无人地出入刑部，有说有笑，暧昧不清，着实有伤风化。

只是这些话传到陆澈耳朵里时，又经人添油加醋，便有些不堪入耳了。

陆澈心想，他倒是无所谓，只不过宁朝歌身为女子，总是要顾及名声的。陆澈原本想找他理论，却没想到被宁朝歌抢了先。

她当着所有人的面道："我就是喜欢他怎么了，我就是喜欢和他出双入对碍着你们的眼了？我就是喜欢他的才气就是喜欢他长得好看怎么了？你们说的这些都没错，不过我告诉你们，不是陆澈勾搭的我，而是本将军看上了他。你们要说，也只能说我宁朝歌厚颜无耻，追男人追到刑部来了。"

宁朝歌此言一出，刑部这一群比她年纪大上许多的老爷们儿，各个吓得噤若寒蝉，抖如筛糠。

他们表面是敬是怕，心中却道，这世上竟有如此胆大妄为的女子！可一想到这女子不是别人，而是杀敌无数，战功赫赫，年仅十八岁就已被封为镇南宣威将军的宁朝歌，心中就有些释然了。

看着眼前这一群人胆小怕事的模样，宁朝歌才消了几分气，扬着手中的银丝软鞭，恐吓似的警告道："我告诉你们，这些不实谣言谁以后还敢乱传，我就把那个人拖到军营里去，按军法处置。我先打他个几十大板，再让他去当活靶子，哪天一不小心手抖了可能小命就没了。"

她一脸笑意，将手负在身后踱来踱去，看着他们都快被吓哭了，心中觉得甚是解气，叉着腰道："本将军可不是什么心慈手软之人，也不是什么大家闺秀，我在战场上杀过的人自己都数不过来了！看你们谁还敢污蔑陆澈，毁他清誉！"

"不敢不敢！下官以后再也不敢了！"

"对对，以后再也不敢了！还请宁将军饶命啊！"

"宁将军您放心，以后下官绝不敢再胡说八道了！"

……

对于自己为陆澈出头，教训了一下他们的效果，宁朝歌甚为满意，道："我有另外一件事情吩咐，你们给我仔细听好了！"

"是是是，宁将军您说。"

"下官一定照办！"

"宁将军吩咐的事情，我们一定办得妥妥当当的！"

……

陆澈站在门口看着这一切，想起初见时那鲜衣怒马的巾帼女将，与此刻如同娇艳怒放的红芍药般的女子截然不同。她或笑或嗔或怒，一举一动都像是踩在他心尖上似的，让他的心一点点开始深陷。

"从今天开始，你们要说我和陆澈郎才女貌、天生一对、天作之合、天造地设、才子佳人……还有……还有什么啊……"宁朝歌简直快把自己一生所学都搜刮出来，用到了这上面来。

"金童玉女！"忽然有一人邀功似的说道。

"对对对！还有这个！"宁朝歌十分满意。

"珠联璧合！"又有一人不甘落后。

"啊！是是是！"宁朝歌又十分满意。

"鸳俦凤侣！"又有人抢着道。

宁朝歌又十分满意地拍了拍那人的肩头，含笑夸奖道："不错不错，这个我喜欢！"

陆澈觉得，经过宁朝歌这一闹，自己与她之间的关系算是坐实了，就算他身上长满了嘴，也说不清了。她居然还当着那么多人的面，说是帮他澄清，还拿命要挟他们不准毁他清誉。他觉得自己很崩溃，他的清誉不是别人毁的，而是她亲手毁的她却不自知，这要他如何是好？

与她理论，她一定说："啊？这样不好吗？那我再去解释清楚？"

又或者是："陆澈，我都不怕，你怕什么？"

又或者是："陆侍郎若是要我负责，朝歌只能以身相许，堵上那些人的嘴了。"

又或者是："哎，我就是喜欢你呀，如果只能用我们两个已经不清不楚这种方法让你妥协，我才不介意别人怎么说呢。"

他竟能一一想象她会回以什么样的话，以及说话时的神情与口气，好似那不远处神情欢愉的少女，正与自己说着这些话。他不由得无奈地笑了笑，觉得自己是魔怔了，又叹了口气，默默地退开。

可回去的路上，陆澈心中竟然觉得她有一些纯真可爱，完全不似传闻中曾经征战沙场、杀敌无数的巾帼将领。他实难将这样性格迥异的少女与身边之人联系在一起，或许这女子比自己想象中要通透得多，而自己的担心更是显得多余。

从那天以后，他在刑部的日子竟起了惊天变化。平日里走在一起都不会与他说一句话的同僚，见到他便像是老友一般熟稔地与他打招呼，不是夸他一句博学多才，就是夸一句宁将军眼光好，两人甚是登对。这倒让他着实感受了一番位高权重之人所说的话，比起他这样人微言轻之人的话来，差别有多大了。

李微吟的眼光，温和而有力量，与年少时的宁朝歌眼眸间如星辰般熠熠生辉的神采截然不同。

一向将情绪掩饰得极好的丞相，因忽然想起旧事，一瞬间眼内隐隐流露出

266

些许柔软的情绪，如同幔纱般轻柔，在心里铺泻开来。

直至长风微微一吹，将案上的公文纸页吹起窸窣的声响，他方回过神来，而那些情绪也悄然隐去，仿佛从未在他眼中出现过。

李微吟知是因为自己在此，他们不便相谈，便起身与陆澈道："我让东亭派人送我回裴国公府，你的身体刚有好转，处理公务不便太久，需有些分寸。"

陆澈听着她的叮嘱，嗯了一声，没有说旁的话。

李微吟的目光停在他身上，略略一顿，才起身朝着门外走去。

第十二章　素衣雪夜踏月来

云州，乌雍关。

火光冲天而起，城下不断有敌军搭着扶梯往上攻城。城下的离楚大军已经
开始攻城门，杀伐声充斥在耳边，随处可见的火光烧得噼啪作响。

"杀！咚——"

"杀！咚——"

"杀！咚——"

……

长风过耳，城下敌军的怒吼声越来越响，杀声震天。裴衍一身银白盔甲血
迹斑驳，手中长枪横握，眼中神色坚毅，凝视着乌雍关外绵延的万里山河，昔
日风光秀丽，却因战火蔓延而变成一片焦土。

这两个多月以来，他经历了从未经历过的一切，望着眼前的焦土与四周竭
力抵抗的将士们，他心中明白，乌雍关一旦城破后果不堪设想。

云州郡与离楚，隔着荥水河畔与岐云山山脉，荥水河畔一带常年镇守大姜
几十万雄师，一旦战火四起，必定两败俱伤。

岐云山山脉一带乃云州郡的天然屏障，乌雍关作为岐云山一带通往云州郡

的要塞，地势易守难攻，可一旦攻下乌雍关，离楚敌军便可借道乌雍关，占据岐云山一带，直取云州郡。届时不但云州郡的局势将改天换日，连整个姜靖国都岌岌可危。

瑰丽的朝阳初升，照映在他银白的盔甲之上，折射出耀眼的光芒。

经过两个多月的周旋，离楚终于忍不住结束之前那些小打小闹似的试探了。他目光沉冷地看向对面骑在马上的敌方将领，两相僵持。

李豫白看着源源不断从梯子上往城墙之上进攻的敌军，蹙着眉头看着城门下的情况，肃然道："乌雍关占尽地势优势，大军想要越过岐云山攻破乌雍关也是万难，没想到楚照南竟然会选择最难的地方下手，可见此人极为自负。"

他转而看向裴衍，忽然笑道："只是我没想到，你竟然料到他会佯装攻打晋宁城一带，目的却是想将我们所有的兵力引开，到时候即便得知乌雍关有难，也来不及调兵力援助。"

裴衍向来一副对什么事情都不太上心的样子，然而从平西王私造兵器一案开始，李豫白便已知晓，这个看起来懒散的人，却心思缜密，做事滴水不漏，丝毫不比陆澈逊色。

李豫白没有听到裴衍的回应，反倒是身后响起急切的走路声和盔甲碰撞的声音，一回首，原是乌雍关的守城将领刘叔仁和新调遣至云州军的将领魏承彦。自从他与裴衍来到云州，这两位将军自恃从军多年，可没少为难他们。

"麻烦来了。"他朝着那两人的方向努了努嘴，提醒裴衍。

裴衍顺着他的目光看去，觉得眉心突突地跳着。这两位将军，一位自以为镇守乌雍关二十几年却是个胆小鼠辈，一位新调遣至云州全然不熟悉云州的战局却总是倚老卖老，对裴衍极为不服。

"裴将军啊！都已攻了一夜了，援军何时能到！何时能到啊！"刘叔仁一见到裴衍的身影，便急急地上前高声道。

魏承彦却一脸怒意地看着刘叔仁，大骂道："大不了打一仗，窝在这城里头当这缩头乌龟！老子带兵这么多年还没这么憋气过！"他转眼又瞪向裴衍，

"有些贵公子若是尿了，不如回家去！躲在这城里还打什么仗！"

"这要是再攻下去，乌雍关早晚得完蛋！我们都得死在这儿！"刘叔仁满面焦急，忧心不堪，又惦念着裴衍乃皇后的亲弟，虽想与魏承彦一般骂个痛快，却是不敢这么做。

李豫白冷笑一声，看着这两位一唱一和，倒比戏台上的戏子唱戏还精彩几分。

裴衍勾着唇角似笑非笑地朝他们看去，眼色极冷，倒有几分威仪，震得他们脸色僵了僵。

他伸手一展，手心中赫然是那虎符，只慢慢地道："虎符就在此，帅印尚在营中，二位将军若是觉得裴某没有能力指挥云州将领抗敌，大可拿去。"

两位将军从来没有见过像裴衍这样的人，一时间神色有些慌乱，不由得吃惊地瞪大了眼睛，简直不敢相信他方才说的话。

裴衍清楚地知道，他手下的这些人，并不比离楚的大军好对付，那一双双眼睛都在盯着他。他将手中的虎符一收，话锋一转，眼内厉色骤然绽放，道："离楚既已攻至乌雍关下，单凭乌雍关四万兵力必然支撑不了多久，魏将军是明白人，离楚军必须在几日之内攻下乌雍关，才有可能在援军赶到之前占据优势，一旦打开城门迎敌，若打得过则已，若打不过……"他深黑的眸子一沉，冷笑一声道，"其中的厉害关系，无须在下多言。"

魏承彦僵着脸，似有被说服的迹象，只屏息憋着心中的怒气，却也知晓裴衍所言不虚，又想到方才谁若敢接了这虎符，倒成了以下犯上之人，可以乱军之名处死，一时间后背一阵发凉，已是一阵冷汗。

李豫白笑看着他们，轻描淡写地道："楚照南必定急于攻下乌雍关，二位将军又何必急于一时，不如好好守着，你们说呢？"

他解下腰间的酒壶，呷了一口，烈酒入喉，让整个胸腔都跟着烧了起来。

他的眼神看向攻城的敌军，冷笑一声。只要援军一到，乌雍关城门大开，对于楚照南而言，根本毫无退路，而此时他们只需静静等待时机。

此时耳边忽闻嗖的一声响，长箭破空而来，裴衍霎时惊觉，眼神瞬间变得凌厉，手中长枪一舞，便将那射来的箭当的一声挡开。

刹那间对面箭矢如林般飞射而来，他大喊一声："趴下！"便与李豫白各自拽着身侧的刘叔仁与魏承彦蹲下，射来的箭嗖嗖嗖地从他们头顶飞过，钉入不远处的地上。

"老子都快憋出病来了，真想痛痛快快地打一场！"魏承彦被这突如其来的箭雨吓了一跳，忍不住叫道。

裴衍目光沉沉，等箭停下之后，脸上浮起一丝笑意，头也不回地道："魏将军，不出几日，你这心愿必定能了了。"

李豫白朝裴衍看去，见他似成竹在胸，心中不由得暗暗一喜，那个认真的裴衍又回来了。他倒要看看，认真起来的裴衍，究竟有多少潜藏的本事。

裴衍心头却又有其他隐忧，乌雍关虽占尽地理优势，却并非最佳攻城之地，何况前有岐云山山脉横亘，成了乌雍关的天然屏障，即使楚照南攻下乌雍关，也绝非最佳调遣大军之地。

试想，几十万铁骑翻山越岭尚过得去，然而粮草呢？何以补给后方？大军前行，粮草必定随后跟上，选择在此处调度大军，不是脑子有病是什么？

李豫白又呷了一口酒，将酒别回腰间，听着城下敌人的震天怒号声，他靠在城楼的墙壁之上，眼中精光微闪，道："这攻城之势越猛，说明楚照南越着急，大军驻扎在乌雍关外，粮草储备不足，攻不下乌雍关十万大军就只能坐以待毙。"

乌雍关的守军虽然不多，然而守着这一关卡等着援军到达绰绰有余，裴衍和李豫白都很清楚这一点。

见李豫白说出心中所想，裴衍朝他默契地笑了笑，即刻命魏承彦与刘叔仁指挥防守。

攻城之势还在继续，裴衍却与李豫白早早地退出了战斗。

李豫白跟着他一路回到帅府中，见裴衍眉头紧锁，忍不住问道："你在担心什么？"

裴衍将头盔一脱，扔在一旁的座上，屋内挂着一幅巨大的云州边境图，裴衍却像没看见似的，径直走向桌子旁。

　　桌上摊着一张有些磨损的军事布防图，正是他出征之前，叶熙宁为他画的那一张地图。

　　裴衍指着乌雍关的地点，又指着乌雍关附近的韶远与南庸两地，朝着站在一旁的李豫白问道：“韶远与南庸离乌雍关最近，从那里调兵可以以最快的速度抵达，消息已经传递出去三日之久，为何援军迟迟不到？”

　　李豫白被他这么一问，心头已有不好的感觉，警觉地问道：“你是怀疑，这两地的守军压根就没收到消息？”

　　乌雍关是何等重要的要塞，大姜一旦失去乌雍关，整个云州便裸露在外，届时敌军即便隔着一座岐云山，也可将乌雍关作为据点，慢慢将兵力北调，长驱直入。

　　裴衍神色凝重地点了点头，道：“否则援军最晚在日落之前便可抵达乌雍关，可一夜过去仍没有动静，这其中必定出了什么状况。”

　　李豫白一听便急了，道：“我亲自跑一趟，韶远离这里近，那边有五万兵力，留下五千守城便可，其他将士皆调往这里以解燃眉之急。韶远距南庸城大概一天的行程，等韶远大军出行，我即刻前往南庸，那里有十五万兵马，我们再从南庸城抽调八万大军，一半补上韶远的兵力以作后防，另外一半补给关内的兵力，如何？”

　　城楼那方传来的杀伐声犹在耳边响着，裴衍立即点头道：“就这么办，你即刻悄悄启程，路上注意安全。”

　　出征虽已两月有余，两人同进同出，形影不离，此刻却因战事吃紧，不得不分头行事。

　　裴衍心中尚有些担忧，先前派出去的信使既未抵达韶远与南庸，多半已是凶多吉少。李豫白此去韶远，必也是万分凶险。

　　听着兄弟的关切之语，李豫白伸手握拳轻轻捶在他的肩头，自信地朝他抬了抬下颌，道：“放心。”

他们都明白，若当真如猜想的那样，那么在这乌雍关内，必定有离楚的奸细。此时离城，若被人知晓，一来增加路途之上的凶险，二来也令城内人心不稳。

李豫白即刻着一轻骑，悄然出城。

夜色慢慢褪去，裴衍坐在桌子旁，因天光亮了起来，烛火将他的身影照得浅淡。

他棱角分明的脸庞上露出几分萧瑟的神态，目光看着眼前这一张地图，手指轻轻摩挲着，眸子里渐渐添了几分平静与温和。

裴衍笑了笑，喃喃道："阿宁，此时你在做什么？"

他抬起双臂枕在脑后，脑海中想起出征之前叶熙宁与他分析云州战局的样子，她身上所流露出的沉稳与担当、镇定与了然，是他从未见过的万丈光芒。

他早已断定叶熙宁的身份绝非只是李微吟的护卫那么简单。从她对宁国侯府一案的执着，以及与陆澈之间千丝万缕的关系来看，她与宁家有着极深的渊源。

起初他以为她是宁家世交萧常绎的女儿萧碧芸，萧碧芸一直在逃，至今未缉捕归案。可是萧碧芸虽是将门虎女，却远远不及宁朝歌，一个养在深闺，一个自小从军。叶熙宁绝非萧碧芸。

裴衍眉头微微一蹙，枕在脑后的双臂收回，将地图小心翼翼地收起折叠，放在桌子的抽屉之中，取了纸笔写了战报书信后，又添了一封家书，命人一同送往靖阳城。

靖阳城。

叶熙宁一早便前去大理寺，裴衍在出征之前曾与她说，可从谢闾枳那方打听云州的情况，又交代了谢闾枳有关宁国侯府一案，若有需要可寻叶熙宁相助。是以这些时日，叶熙宁常常在大理寺走动。

前几日传来加急军报，楚照南已正式开始全力攻打乌雍关，与楚照南曾交

273

手几年，她对此人了解甚深，此一战役，绝非那么简单。

叶熙宁刚踏入大理寺，谢闾枳瞧见她的身影，手中拿着书信朝她扬了扬，道："熙宁姑娘来得正巧，这是前日刚从云州送来的家书，可未承想这信是给姑娘你的。"

谢闾枳见她面色一愣，又有些尴尬地从自己手中拿过书信，不怀好意地笑了起来，道："阿衍这人真是过分，一封军报、一封打着家书名义的情信，啧啧，真不愧是裴二少，打仗也不忘鸿雁传情。"

陡然被他这么取笑，叶熙宁眉尖一挑，像是被触动了什么似的，刚想拆开书信的手又停了下来，将信收了起来。

谢闾枳瞧见她的动作，有些失落地道："哎，怎么不拆了？我还想瞧瞧他都写了些什么呢！"

叶熙宁瞪了他一眼，这位大理寺卿与裴衍说起话来的口气，还真是如出一辙啊，怪不得交情甚笃。

谢闾枳无趣地瞧了瞧她，满是疑惑地道："我说阿衍怎么会瞧上你呢，真是口味非同一般啊。"他的眼神在叶熙宁身上来来回回地瞧了好几遍，又道，"你和陆相倒是个性相近。"

他这一句话，让叶熙宁有些神思恍惚。

谢闾枳又与她说了一些云州的战况之事，末了又说起宁国侯府的案子未有大的进展，如今云州打着仗，朝中政务棘手，今日早朝皇上已有意恢复陆相之职。

自陆澈为相以来，勤于民政，大姜国力渐有提升，如今却因平西王一案被牵连在案，虽未能彻底洗清嫌疑，然而他这几年来为官手段凌厉，朝中大臣对其多有敬畏却无甚私交，朝史宬对此中关系，查得清清楚楚，也让皇上忌惮减少。

如今云州一战，牵一发而动全身，朝中无人主持大局，大臣们借探病之由前往丞相府内请求陆澈拿主意的，已不在少数，皇上对此早已心知肚明，却未言破。

叶熙宁从大理寺出来时，想起方才被自己收起的书信，这两月多来他虽时有军报传来，却未曾带什么其他的书信，她心想定是有什么在军报中不便提及的，便以家书为名写与她知晓。

待她拆来一看，信上大咧咧的四个字"可有想我"，她又想起谢闫枳那一句"情信"，脸噌地烧了起来，将手里的信纸揉成团刚要扔出去，又停了手怕被人捡了去，恨恨地又收了起来。

这裴衍，假借军务之便徇私起来，可真是要人命啊。还好他假借家书之名传递至靖阳，若是当作寻常信件寄与她，怕是她当场便在谢闫枳面前拆开出了糗。

叶熙宁咬牙走回大理寺内，谢闫枳见她去而复返，面有愠怒之色，咋舌道："怎么回事？谁把你气成这样？"

他话音刚落，手中的毛笔便被叶熙宁夺了去，那毛笔蹭过他的掌心，染了一摊墨在他手心。

叶熙宁沉着脸，扯过一张纸，背对着谢闫枳，给裴衍回以四个字："厚颜无耻。"

谢闫枳刚半起身，想要探过去瞧她写了什么，便被叶熙宁向后的胳膊肘一顶，给顶回了座位上。只见她动作迅速，将笔啪的一声丢回砚台上搁着，溅起的墨水沾了谢闫枳满脸。

他只觉面上一凉，目瞪口呆地看着叶熙宁将手中的纸叠好，又在他的抽屉中找了信封套上，且盖了火印。

直到她将信丢在他面前离去之时，他才反应过来，看看满手的墨汁，又感受着脸上一道道往下滑着的墨水，抖着手一脸苦相气急败坏地指着叶熙宁的背影喊道："裴衍！你的女人跟你一样嚣张！可恶！简直可恶！"

一日后，韶远城。

李豫白看着大军正以最快的速度向乌雍关行去，心中定了定，望着东南方向，那是去南庸城的道路。

此番前来韶远，未曾遇到凶险，可韶远的大军一动，那此去南庸的路途，必有人阻拦。若走官道，快马加鞭或许大半日便可抵达，若是走小道，也无法把握敌军不会在路上设伏。

思量之下，他命韶远守将挑选了一百精兵与他同行，直取官道前往南庸城。

两日后，乌雍关。

城楼之上，杀声震天，从韶远而来的兵马遥遥便已听见两军交战之声。

刘叔仁见离楚军攻势越来越猛，赶紧加派弓箭手射杀，然而随着敌军越来越多，面对敌军的大举进攻，已显得心有余而力不足。

他急切地跑向裴衍："裴将军，接下来该怎么办？再这么下去，我看马上就撑不住了！"

裴衍一笑："你着什么急？"他的眼中带着沉着镇定，没有因为现在的局面而显露出半分慌乱。

可这并不能安抚刘叔仁，乌雍关的守兵并不多，云州的重要兵力驻扎在荣水河畔一带。

此时忽闻一人急报。

"报——援军已到，援军已到！"那人气喘吁吁地跑上城楼。在振聋发聩的喊杀声中，这一声急报犹如破开黑暗的利箭，让人心头振奋！

那名士兵奔至裴衍身前，拱手跪地，将大军的消息向裴衍禀报："禀将军，后方已派人先行一步传来消息，五万大军片刻便可抵达乌雍关！"

裴衍霎时目光亮如星辰，立即吩咐刘叔仁道："你带领一队人马，将城中的火油运来，带着弓箭手，守住城墙！"

刘叔仁面上大喜，立即领了军命朝城楼之下疾步走去，吩咐手下将城中的火油集中运往城墙之上。

裴衍的眼神朝魏承彦看去，道："刘将军本就是乌雍关守将，是最了解乌雍关地形之人，关内由刘将军带兵守着。魏将军立即率已到的援军从城外绕至敌军后方，截住他们的退路。"

听得裴衍的军令，魏承彦心中热血沸腾，他早想和离楚痛痛快快地打上一场了，立即领了军命："末将领命！"

裴衍又高声问道："若本帅要魏将军立下军令状，将军可愿？"

魏承彦脸色一凛，因援军已到，信心已非方才颓态之势，立即正色领命道："若是敌军从属下手里越过云岐山得以退走，属下愿依军法，任凭处置！"

"好！"裴衍大喝一声，"本帅就等着魏将军凯旋的消息！"

魏承彦再一拱手，立即朝着城下奔去，领着援军从乌雍关后方绕行直取敌军后方。

裴衍的眼神又落向城下的敌军，道："城中将士听令，全力以赴！守住城门！"

一时间，所有人信心大增，不断高喊着："是！是！是！是！"

士气震天，振聋发聩。

敌军见乌雍关的守军突然士气大涨，号令又下："加派人手！稳住扶梯！攻上城楼！"

号令一下，越来越多的敌军开始加入攻城之列，一排排扶梯源源不断地朝着城楼上靠去。

眼见这方守城士兵快要抵挡不住，那方刘叔仁正带领着将士们捧着一罐罐火油奔向城楼之上，在裴衍的号令之下打开火油倒在城墙壁上。顿时那搭在城墙上的梯子，因为火油而摇摆不定，已有不少梯子纷纷倒了下去。

裴衍冷厉的目光看向城楼之下，此时敌军已大感不妙，却已来不及撤退。裴衍见时机已差不多，便吩咐道："点火！"

听到裴衍下令，刘叔仁立即命令士兵点燃火把，将倒在城楼墙壁上的火油点燃。

一瞬间，漫天大火烧开，只听见敌军四处的哀号声。

每一声哀号，都让云州的将士们血液沸腾。那熊熊燃烧的火光，烧得如同东方日出之时的天空，火云大盛。

一日前，李豫白在前往南庸城的官道之上，行至半路，遇险阻。

他携着一百将士拼死杀敌，一路从两城之间被追杀至南庸城之时，与他一同行来的将士已经死伤惨重，只余十余人坚持。

李豫白亦已负伤，手中握着的兵器上面沾满的血，早已在风中干涸。

前方离南庸城越来越近。南庸城每日早上五更二刻过后方开城门，而此时堪堪到五更天。他转身看向后面的追兵，心下一狠，将兵器插入马屁股，那马吃痛，长鸣一声，疯狂地朝着城门奔去。

"紧急军报！开城门！"

"紧急军报！开城门！"

"紧急军报！开城门！"

李豫白提足气一边快马前行一边高喊道。

守城的将士原本昏昏欲睡，被这高喊声惊醒，有人朝着城下喊道："来者何人？"

李豫白回道："本将乃此次南征兵马大元帅裴衍副将李豫白，快开城门，乌雍关军情紧急！快开城门！"

城楼上的将士一听，立即下令打开城门，李豫白策马冲入城门内。那马早已精疲力竭，又因失血过多，在拼尽最后的力气冲入城门之后，轰然倒下。

李豫白随着倒下的马摔落在地，两边的守城将士纷纷聚拢过来，他吃力地支起半个身子，看到远处的追兵已经放弃追杀，掉头而去，那些与他一同而来还活着的士兵也终于安全，大松一口气。

李豫白将军情带到南庸城之后，立即调遣了八万大军前往乌雍关，此去之路需三日之久。

乌雍关内，两军对峙时日已久，敌军却越战越勇。

裴衍计算着南庸城援军到达的时间，与敌军周旋，而魏承彦已顺着岐云山埋伏在敌军后方，只待另一批援军一到，裴衍发出信号，便开始攻打。

　　李豫白与南庸兵马抵达乌雍关，正是乌雍关激战之时。

　　裴衍见李豫白成功领着援军抵达，立即命人点了狼烟，通知魏承彦稍作等待便可从后方攻打。

　　他一声令下："开城门！杀！"

　　听到主帅号令，城门大开。

　　裴衍领着身后的千军万马，大吼一声"杀"，便纵马冲出城门。

　　两军激战不断，所有的人仿佛被眼前的鲜血蒙了眼，只知道不断地砍杀。

　　裴衍一身银白盔甲被溅满了鲜血，因着兵力足够，大姜的数万名将士士气大涨，飞奔而出，杀声震天。

　　他与李豫白带着云州军，一路往前冲杀，身后数万大军齐声呐喊，顷刻间便将靠近城楼的敌军压退，然而离楚军却仍旧不顾死活地拼命进攻。

　　此时云岐山上也渐渐起了拼杀声，裴衍心中略感不妙，停下手中的银枪，遥遥望向离楚大军中央的随军车辇，指挥着的敌军首领始终镇定自若。

　　他倏然眯了眯眼睛，楚照南似乎并未因为后方的动静而慌乱，如此被前后夹击包抄，离楚军却像是无畏生死一般，依旧前进着，这让他心中不好的预感越来越盛。

　　与敌军不要命似的打法相比，云州军渐显弱势。

　　一方像是从地狱中爬出来的鬼魅一般，带着森然的气息。

　　一方却是为了生存而战斗，被迫向后退开。

　　看着此刻的战局，裴衍心中渐渐凛然，连李豫白都看出他的隐忧，忍不住啐了一口道："楚照南这训的是兵还是死士？有这么不要命的玩法吗？"

　　裴衍的脸色瞬间阴沉下去，咬牙道："楚照南不、在、军、中！"

　　"什么？！"李豫白几乎是尖声问道，震惊地将目光投向远处的车辇之中，"你怎么知道那里的人不是楚照南？"

"以必死心态，攻一座城池，确实给人一种非攻下乌雍关不可的心态。可魏将军截断他们的后方，他却能置若罔闻，还以这样惨烈的方式进攻，你不觉得很可疑吗？"裴衍沉声道，心中却在不断重新判定对方的意图，"他这是拿这十万将士的性命做赌注，他真正的目的，根本就不在这里！"

在如此生死一战之下得出这个结论，令他们心生胆寒。

"你是说……声东击西？！"经裴衍一提醒，李豫白心头一跳，感到不妙。

楚照南既然派人以赴死之势拖住裴衍，那么他真正的目标是哪里？他尚在震惊中，只见裴衍忽然将令牌取出交与他，郑重地道："豫白，这里就交给你了。"说完他立即旋身朝城内飞奔而去。

李豫白见到裴衍的举动，向前冲了几步拦住裴衍的去路，急道："这个时候你要去哪里？全军将士都等着你的指令呢！"

"飞狐城！"他几乎是咬牙切齿地说出这三个字。一向洒脱不羁不愿为俗事所扰的裴国公府二少爷，一身戎装冷厉而微芒绽放。

半夜攻城，不惜代价，看似势在必得，却让他暗暗察觉出其中的微妙。

以如此惨烈的赴死之态攻城，哪里像是要攻下这座城池的心态，倒像是以死拖住乌雍关的兵力，让所有的视线都集中在这一处要塞之上。

乌雍关的援军不过大半日便可到达，届时城门一开，城中的将士尚有退路，而那夹在云岐山和乌雍关之间的离楚敌军，像是自入瓮中求死。楚照南这样狡猾的人物，怎会做如此愚蠢之事。

想到此处，裴衍心中便有计较，当即决定将乌雍关交给李豫白，自己则赶往另一处要塞——飞狐城。

李豫白瞬间面色一滞："你是说他们真正的目标是飞狐城？！"

飞狐城是唯一一座位于两国交界处的商埠重地，聚集了十几万姜靖国与离楚国的子民，更成了经济命脉。所以即便云州战火不断，两国之间却像是默契约定一般，从未将那一座城池放在战火之上。是以飞狐城像是这烽火乱世当中

280

的一处世外桃源。

"他是疯了吗？"李豫白几乎是脱口而出，"这个疯子！"

他努力平息着自己心中的担忧，目光坚定地看向裴衍道："你放心，我守住一座乌雍关的本事还是有的。要是守不住，那我大概也没本事提头来见你了，该是离楚的人提着我的脑袋瓜扔于你的阵前了。"

听到李豫白如此轻松地谈及生死，裴衍微微动容，目光清冷之余却是分外信任，在此刻紧张的局势下，终于舒缓了紧绷着的神经。

裴衍含笑，一拳轻轻地击在他的肩头道："交给你我怎么会不放心，等这里的事情结束，我还要把我家小妹交给你呢，到时你可别后悔啊！"

连日里奔波于云州郡各处，随着裴衍布防，行军调配，李豫白满是血丝的眼中，在裴衍提及那率性活泼的少女之时，不由得增添了几分柔色。

他神色坚毅地道："那么，为了她，我也必须要安然守住这里。"

那个在旁人眼里过于顽劣的少女，在他眼里却是极为干净清澈的人。

她是会娇声拉着他的衣角求他分自己一口酒喝，却又被辣得满脸通红的官家小姐；是会缠着他陪她练剑可疼了要哭输了也要哭，赢了又要哭着说他不认真的娇蛮少女；是会在他眼前极尽展现自己的所有成就，满心欢喜地等着他一句夸赞的明媚女孩。

他习惯于她成天雀跃地围着自己一声声"豫白"地叫，如今已有多月不曾相见，连他自己都不曾想到竟会如此想念那个总是笑靥如花的少女。

"我等着战事结束，你再来我裴国公府时可不能空手而来了。"裴衍眉眼里的笑意舒展开来。

李豫白听好友如此说，不由得笑了起来，说道："好了，一路保重！这里我会替你守着的，放心！"

裴衍又朝着他的肩头握拳轻轻击了两下，四周的将士们还在拼杀，他的笑意渐渐转为郑重的神色，与李豫白颔首道别，牵起一旁的战马飞身而上，便朝着乌雍关外奔驰而去。

这个曾经行事不羁的少年，也渐渐长成能承担重任的稳重男子，慢慢学会为了自己想要守护的人，为了守护这一座座城池而战斗。

云州的战线从东部乌雍关一带拉锯至西部的飞狐城，令姜靖国举朝哗然。

这不仅仅是因为楚照南以十万兵力做赌注，将大姜兵力东引而妄图打开西线战局的缺口，更因为他所选择的突破口——飞狐城的特殊性。

从飞狐城一带挑起战火开始，两国互市便被阻断。

每一日，从靖阳城的城门传来的一道道急报，惊得满城风雨，风声鹤唳。

所有人都心情凝重，担忧着云州郡的局势。

每日响彻在靖阳城入宫道路上的急报声和马蹄声，渗入深秋的萧条里，愈加令人心中不安起来。

叶熙宁记挂云州的战事，急于知晓那方的军情，去大理寺的次数愈加频繁起来，有时索性在那里一待就是一整天。

这种情况持续了半月有余，这日叶熙宁还未曾出门，却因嘉柔郡主的到来，而得知了裴衍被困飞狐城一事。

还未到冬日，靖阳城的天却格外寒冷，一早竟下起了小雪，衬得整个靖阳城愈加萧瑟寂寥起来。

一辆马车在雪地中艰难地疾行着，车中的人按捺不住着急的心态，掀起帘子朝着车夫道："快点，你再快点！"

"郡主，下着雪路上结了冰，再快恐会翻车。您赶紧坐回车里去，外面寒凉，小心冻着了！"车夫劝解道，"奴才一定尽快。"

那马车之中，便是端穆王府的嘉柔郡主姜青璇。听到车夫的话，她心中焦急，也只能无可奈何地坐回车中。

来到裴国公府时，未等车夫将马凳摆好，她便着急地跳下了马车，险些摔一跤，却不顾仪态地朝着府内跑去。

嘉柔郡主自小与裴衍交好，裴府上自是没有人阻拦她，见她这般火急火燎的样子，却也知晓定有什么要紧的事情发生。

见到叶熙宁之时，她已是梨花落雨之态，叶熙宁心中一惊，忙拉了她进屋。

她虽与嘉柔郡主不过数面之缘，多数时候是从裴清懿口中了解，知道她是个性情通达的好女子。陡然见她如此失态，她心下更多的是惊疑。

因着天气寒冷，屋内生着火炉，李微吟本坐在榻上盖着厚毯子，甫一瞧见一个陌生女子神态狼狈地进来，亦是一惊。

她忙起身取了温热的帕子走上前去，一边替她拭去面上的泪水，一边问道："这位姑娘是？这是怎么了？发生了什么事情？"

她不问倒还好，一问之后嘉柔郡主忽然一下跪在叶熙宁面前，抓着她的裙角哭道："熙宁熙宁，求求你救救他，求求你一定要救救他。"她手足无措地伏在地上，情绪慌乱。

身份尊贵的嘉柔郡主没来由地这么一跪，让叶熙宁心头隐隐觉得有什么危险正在发生着，忙将她从地上拽起来。她匆匆与李微吟解释了眼前女子的身份，又满眼询问地看着嘉柔郡主。

李微吟与叶熙宁一道将她扶起来后，拉着她在桌子旁坐下，安慰道："郡主你先别急，把事情好好讲给阿宁听，她若是能帮忙绝对不会袖手旁观。"

嘉柔郡主一边哽咽着，一边道："我方才无意间听到有人向父王禀报，裴衍被困飞狐城，西夜军叛变，与离楚五十万大军联手包围了整座飞狐城，城中只有六万大军镇守，即使飞狐城再铜墙铁壁，弹尽粮绝也是迟早之事。熙宁姑娘，我早就听说你武功高强，父王她不让我插手朝中的事情，这次我是偷偷跑出来的，我只能前来向你求助，你一定要救救裴衍！否则他就活不了了！"

叶熙宁只觉脑中如同被雷劈中一般，脚下虚浮，险些一个踉跄。

西夜叛变！

西夜作为飞狐城的附属城，也是重要的后方之镇，居然叛变了！他们攻打飞狐城，就是为了引诱裴衍去飞狐城，来一个围剿，将裴衍置于死地！

好一个楚照南！居然连西夜城的将领都被他游说叛变，成了他的人！此人的心狠手辣，尤甚从前！

叶熙宁打手语，李微吟则在一边替她翻译道："别着急，你慢慢说。"

嘉柔郡主拭了拭泪，用力点了点头，方才慌乱的神情因叶熙宁的话而渐渐镇定下来，却仍是泪盈于睫，道："我听他们说，楚照南佯攻乌雍关，却想直取飞狐城而被裴衍识破计谋。裴衍调遣二十万大军前往飞狐城一带奋战半月，将士伤亡惨重，只余下六万有余的大军。可是没想到在他逼退离楚大军，率军入飞狐城镇守后，西夜军叛变，致使他被困飞狐城。楚照南以城中十万子民要挟，要裴衍交出飞狐城，若是裴衍抵死相抗，城破之日便是飞狐城血流成河之时，他要屠城！"

当她说到"屠城"之时，嘴唇微微发颤，从小生活在锦衣玉食中的温婉善良少女，从不敢想象那样惨烈的场面。

六万余大军，加上十万城民，最重要的是那里还有一个她极为在意的人——裴衍。她不敢想象屠城之日的满目疮痍。

要多残忍的人，才能如此冷血！

嘉柔郡主颤声继续道："现在云州大军已然包围西夜城，可是两军互相对峙谁也不敢先动手。若云州军动手，西夜军必然会被剿灭，然而战局一开，楚照南必定下令攻城，届时不但两军两败俱伤，飞狐城中所有人都得死！"

叶熙宁被这消息震得眉心突突地跳，她清清楚楚地明白，依裴衍的心性是宁死都不会降敌的。更何况，如果他投降，他身后有着一整个裴氏，会跟着他一起陪葬！

楚照南以一城十数万人的性命，逼迫裴衍投降，若无破釜沉舟之计，裴衍即便有通天能耐，也只是困兽之斗，只有死路一条。

她清楚地明白，无论是为了裴衍也好，还是为了那一城的无辜子民也好，她必须回到那腥风血雨之中，她原本就属于战争和厮杀，此刻安于这片刻的宁静之中，叫她如何做得到？

"我立即去找阿懿，裴衍受困之事皇后娘娘定然已经知晓，为国为私她都不会坐视不理，一定会想方设法解除飞狐城的危险。"叶熙宁冷静地打手语道。

李微吟将她的话说与嘉柔郡主听之后，嘉柔郡主立即道："我和你一起去。"

叶熙宁摇了摇头，示意她在此等候消息，便飞身飘然离去。

嘉柔郡主看着风雪之中，那女子翩然独行的身影，此时心中万般羡慕，若自己有她一样的本领，是不是就能与他并肩而行？

而此时，她却只能等着，等着旁人去营救，等着他生，或者死的消息。

她亦不得不承认，叶熙宁与裴衍之间，虽然身份悬殊，但自己与裴衍之间的鸿沟，更胜于他们。

李微吟将站在风口处浑然不知寒冷的嘉柔郡主拉了回来，关上房门，拿了手炉给她取暖，又倒了一杯热水递给她道："阿宁要救的，不只是裴将军，还有飞狐城十几万子民。"

嘉柔郡主呆滞的神色在听到李微吟的话时，方微微变了变，犹疑地道："熙宁姑娘虽然武功厉害，但是仅凭她一人之力，怎能力挽狂澜？李姑娘，其实我来求她我自己心里却是清楚的，即便她有本事和裴衍合力冲出重围，可是那又有什么用呢？他们会扔下几万大军和城中十几万百姓不管不顾吗？"

她顿了顿，手上捂着温热的手炉，却仍如冰在怀。她摇着头否定，心头一片冰凉，道："不会的，届时他们即便拼了性命，也会以死相抗。我怕，我是真的怕。我也恨我自己，只能眼睁睁地看着这一切发生，却无能为力。"

她从未想过有一天，生死会与她如此靠近。

李微吟扬手覆上她因为用力而紧绷着的手，那手面的凉意直透李微吟的心间，宽大的衣袖将两人的手遮掩住，李微吟坐近了几分，与她并肩靠着，道："正如你说的，此刻我们都无能为力，可是我相信我的阿宁。她想救裴衍，她想救飞狐城的百姓，她就必定不会将自己的生死拿去做赌注，若非有把握，她决计不会将所有人的生死置于险地。"

她的阿宁，可是昔日的镇南宣威将军——宁朝歌！

那个神话一般的女子。

那个曾经让离楚百万雄师驻扎荣水河畔不敢越雷池一步的神祇。

那个曾经让楚照南险些丧命的巾帼女将。

那个在世人眼中光芒披身战无不胜的奇女子。

因着屋内生的炉火以及手上的暖炉，嘉柔郡主原本因寒意而紧绷的身体，渐渐得到舒缓，连带着听着李微吟的劝慰，心头也不似方才那般慌张。

她点了点头，却不知李微吟的信任从何而来，只勉力笑了笑道："但愿如此。"

叶熙宁一路前去找裴清懿之时，因内力催动，雪霰子一落下来，便被挡在身周之外，整个人好似隔着一层透明的帘子，将她与外界隔开，那雪霰子半点都未曾落到她身上。

裴清懿这些时日常在宫中陪伴皇后，叶熙宁便径直去寻了裴府的管家常叔，他正满面愁虑地将双手藏在袖中，在亭中着急地来回踱步。

在叶熙宁比画之后知道她要找三小姐，他便道："姑娘不知，裴国公和夫人听闻二少爷被困飞狐城一事从外地赶了回来，方才皇后娘娘便差人来报信，说是二少爷有危险，想通知老爷和夫人赶紧回靖阳，恰巧碰上了刚回府的老爷和夫人，现在已经进宫了。姑娘此时要寻三小姐，三小姐怕是一时半会儿回不来。"

叶熙宁一听，心下焦急，忙在地上写了两个词：进宫，救人。

常叔一愣，立即会意，点了点头，吩咐旁边的下人道："赶紧去牵一辆马车来，我送熙宁姑娘进宫。"

两人行至宫门口，常叔出示裴国公府上的腰牌，言明身份之后，守卫宫门的将领立即通传，待得了皇后口谕之后，两人才被放行入宫，直向太央宫而去。

叶熙宁一路被领至太央宫，裴国公和夫人以及裴清懿都在皇后宫中，她跪拜皇后之后，未等皇后开口让她起身，裴清懿已经跑到叶熙宁面前，将她扶起来展露笑意，道："师父姐姐，你怎么来了？"

叶熙宁朝她抿了抿唇，眼中焦急的神色并未减轻，又朝着裴国公夫妇行了

286

礼后，才抬手做了一个握笔写字的手势，示意她需要纸笔用于交流，又在裴清懿掌心写了"地图"二字。

裴皇后立即吩咐身侧的宝玺道："差人给熙宁姑娘取文房四宝和地图过来。"

宝玺道了声"是"，便转身交代一边的宫女去取。

因事态紧急，众人也顾不得诸多虚礼，裴皇后请叶熙宁入座后道："今日一早，本宫便得知阿衍的事情，父亲和母亲也正是为此事赶来宫中，皇上正与群臣商议飞狐城之事，还在等候玄武殿那边传来消息。"

她面色亦是百般愁虑，虽有心让裴衍历练，将来可堪重任，可是未曾想到云州的局势这样瞬息万变，裴衍孤身一人，身陷险境，叫她分外担忧。倒是裴国公夫妇终究比他们这些后辈多经历了些风雨，尚算镇定。

裴清懿因二哥被困一事，心中焦急，骂道："这个楚照南真是太卑鄙了，竟然使出这么下作的手段，逼二哥交出飞狐城！"

她的话让原本就心中甚是担忧的裴国公夫人重重地叹了一口气，道："离楚这是在逼我大姜交出飞狐城，一旦失去飞狐城，从今往后我大姜就如同向敌国打开了大门，飞狐、西夜两城若是被离楚所占，后果不堪设想。"

叶熙宁听着他们的话，沉着脸色。不一会儿宫女已将文房四宝和地图取来，放下之后便退了出去。

叶熙宁立即将地图展开，又往砚台之上倒了些水，宝玺上前柔声道："姑娘我来吧。"

她朝宝玺感谢地笑着点了点头，将手收了回来。

那洮砚石质细腻，色泽秀润，发墨极快，叶熙宁蘸了蘸墨在纸上写道："不能等朝堂之上的决断，可有云州那方最新的消息？西夜城的守将是何人？"

"驻守西夜城的人是杨煜宁。"裴皇后面色凝重地回道。

叶熙宁在陡然听见这个名字之时，握着笔的手不禁一颤，一点墨汁从笔尖滑落，在纸上晕开，她极力掩饰着自己心中的震惊与慌乱。

这个名字曾伴随她多年，如今竟以这样的方式，从别人口中再次听见。

杨煜宁昔日曾在宁家军麾下，从小小的士兵做到先锋将领，性格冷静，且有大将之风。他一手疾猛的枪法在宁家军中，尤为耀眼。

他能将一连串的枪法动作在一瞬间完成，枪枪直刺敌人的要害，狠、利、准、快、猛，是他枪法的厉害之处，这一手极妙的枪法让他扬名，是以当年在云州军中"小枪王"杨煜宁的名号几乎无人不知。

叶熙宁想起往事，有片刻的出神，紧紧抿唇盯着地图上西夜城的位置，听见自己的心急促地跳着，脑海中闪过无数想法，原来当年宁家军解散后，他被调遣至西夜做了守将。

她无论如何也不能相信，那个意气风发誓要守卫大姜的少年，竟会成为叛军！

裴国公在听见这个名字的时候，亦是沉默，对此人他也曾有耳闻。当年宁国侯府一案发生，宁国侯和萧常绎死后，杨煜宁曾想携宁家军攻往靖阳城，被端穆王爷阻拦，要他为宁家军留存最后的实力。

只是未曾想到，他被派去西夜城做了守将。西夜城不过飞狐城的附属城，因飞狐城的特殊性，西夜城连年不战导致几万将士疏于训练，不过是放置于西夜的一群乌合之众。因此西夜城的守将，便成了极为微妙的身份。那些曾忠心报国的将领，一旦被调遣至西夜城，等于他这一生戎马征战的生涯名存实亡。

与其说是封将，倒不如说是惩罚。

裴国公凝眉问道："姑娘可有解围之法？"

叶熙宁微微屏息，收回心神，沉了沉心思抬手在纸上写道："裴国公可否借我裴氏暗卫调用？"

裴国公夫妇看见纸上所写，不由得对视了一眼。朝中门阀世族，皆有自己的暗卫影士，早已不是什么稀奇之事。这些暗卫影士多半是江湖中遭人追杀无处立命的绿林之人，武功高强又欲寻求庇护而极度忠诚于这些门阀世族。

"裴氏影士不过百人，且并非裴国公府一门所有，难堪重任。"裴国公当即摇了摇头道。

叶熙宁听到裴国公所言，不急于解释，反而目光明亮起来，也不顾裴国公的否定，弯了弯唇角，继续写道："八大暗卫足矣。"

裴皇后见她如此自信，忙问道："姑娘何以如此自信？皇上与众位大臣未曾商议出办法来，姑娘却说得如此轻巧。"

若换作旁人，她未见得会有如此信心，可那人是杨煜宁，即便她没有十分把握，却起码有七八分的胜算。

叶熙宁心知众人会有质疑，写道："去昭云观之前，我曾在云州郡多年，极为熟悉云州各处地形。裴国公若能让八大暗卫听我差遣，我必定保证，保裴衍平安，且飞狐城十几万人安然无恙。"

如此严峻的情势，眼前的女子却如此自信，只求裴国公府上的八大暗卫，这怎能不叫众人惊讶？

裴国公一怔，仍有不信之色，疑道："姑娘并非开玩笑？"

裴清懿忍不住道："爹爹，我师父姐姐是极厉害的，她说有办法救二哥就一定能救二哥，我信她！"她上前抱住裴国公的臂膀，凑到他的耳边，眼神瞧着叶熙宁，面露狡黠之色，与裴国公耳语了一番。

裴国公的神色微妙地变化着，看叶熙宁的神色也不同起来，道："既然如此，那就拜托姑娘了。"

叶熙宁不知道裴清懿说了什么话，才叫裴国公忽然转变了态度，却也如释重负，朝裴清懿感激地笑了笑。

裴清懿看着裴国公，道："爹爹，我也要去，我也要去救二哥。"

裴皇后闻言，忍不住剜了小妹一眼，平日端庄温和的后宫之主，此刻面色肃然，道："阿懿，这并非你胡闹的时候！"

"长姐……"裴清懿遭到训斥之后，不满地嘟着嘴，求助地看向自己的父亲与母亲。

裴国公不置一词，而裴国公夫人朝她告诫地摇了摇头，裴清懿又气馁地扯了扯熙宁的衣角，委屈地道："师父姐姐，我一定不会添乱的，我向你保证我什么都听你的。"

叶熙宁一笑，写道："若皇后娘娘、裴国公与夫人信任民女，多一人也是助益。"

裴清懿未曾料到叶熙宁竟真的会帮她说话，雀跃道："我就知道师父姐姐待我最好了！爹爹、娘亲，你们就让我去吧，这半年多来我跟着师父姐姐学习武艺，已大有长进，不信你们问她。"

她将希冀的眼神投向叶熙宁，只见叶熙宁点了点头，写道："裴三小姐聪颖过人，可堪重用。"

叶熙宁又指着地图，将如今云州的军事布防一一做了标记，重点对飞狐城一带的地势做了详解。

飞狐城位于两国交界处，南接离楚的灵桑城，北壤本国西夜城。原本灵桑城也驻扎了与西夜城一般的离楚将士，两国为持平飞狐城的经济命脉所在，默认了这两座城池中的军队只做守卫用。如今楚照南既已包围整座飞狐城，原本镇守灵桑城的军队必然已经被离楚的雄师铁骑所代替。

叶熙宁将她所策划的营救计划一一做了解释，叙述完后已然近午时。众人惊诧于她对云州城的熟悉程度，也佩服她一介女子，竟有如此心思。

裴皇后不由得叹道："想不到熙宁姑娘竟有此惊人之才，怪不得阿衍会对姑娘如此上心。"

裴皇后忽然在众人面前提及此事，裴国公夫妇看向叶熙宁的目光变得微妙起来，叶熙宁只觉脸上一热，又不能解释，面露尴尬之色。

此时裴清懿的话打破了这种诡异的气氛，她道："原先我是极崇拜宁将军的，只是自从认识师父姐姐之后，她才是我最崇拜的人。"

她的唇边浮着笑意，神态颇为自豪，可也让其余人不由得想起昔日的宁朝歌来。

裴国公原本忧色明显的面庞，在听完叶熙宁的一番见解之后，已然增了几分信任，将怀中的一枚令牌交与叶熙宁，道："从今日起，裴府的八大暗卫听凭姑娘差遣。"

裴国公夫人也朝着叶熙宁郑重地点了点头道："既是衍儿看上的姑娘，我相信定然是不会有错的。"

叶熙宁心头微微一跳，面对这一份重托，手中那一枚温热的令牌好似有千斤之重。她朝他们点了点头，以示定不负相托。

裴国公又道："事不宜迟，此事就交托于姑娘了，不管此行成功与否，本侯皆感激不尽。"他当下朝皇后一礼，道，"皇后娘娘，臣与夫人先行告退。"

西夜城外，李豫白带着数十万将士与西夜军僵持不下，谁也不敢轻举妄动。

叶熙宁与裴清懿带着八大暗卫飞马奔驰，风雨兼程地朝着云州郡赶去。每到驿站便更换马匹，一路之上所有人像是不知疲倦一般只知赶路。

而此时裴衍正坐在飞狐城的瞭望台之上，身侧是两坛酒，一坛子已然空空如也横倒在地。入冬后夜间的风便似锋利的刀子一般刮在脸上，即便心中郁结难纾，此时孤身一人在此喝着酒，他都不曾让自己看起来有一丝颓败狼狈之态。

他料到了飞狐城的危险，却没想到中了楚照南的计谋，西夜城竟已归顺离楚。如今城中百姓人心惶惶，不断有人为了活命到营帐前闹事，要裴衍尽快投降，已经闹得军心不稳。

他不得已斩杀了几名想要投降的士兵，又下令捉拿闹事者，查明这些人的身份，唯恐是离楚派来的奸细，故意挑起民怨。

只是一旦有人起了这个头，在惶恐不安的生死存亡关头，便会有更多被挑起心中求生欲的人。

这些人极易被煽动情绪，而身为保护他们的朝堂将士，却绝不能以强硬的手段镇压。

有时候，暴民比敌人可怕得多。

头一次，他觉得有些力不从心。

而给他这种感觉的，正是他所要守护的人。

四天三夜，官道之上一小队人马不停蹄地朝着往南的方向飞驰而去，一路风尘仆仆到达云州郡境内。

马上的骑士们衣衫素简，领头之人却是一名女子，远远地将身后跟着的几人甩开，倒像是一群人在追赶着领头的女子。因为急于赶路，策马扬鞭之声不绝，她只觉得身侧风声呼啸，凉气渗体，身体已然冷得麻木。

越是靠近飞狐城的方向，叶熙宁心中越是镇定冷静。自从他们踏入云州郡境内开始，对于这一片土地的熟悉感让她不住地想起曾经随父镇守云州的十几年人生，金戈铁马，征战沙场。

她的一生早已与这里，不可分割。

待靠近西夜城之时，叶熙宁远远地瞧见驻扎在西夜城后方的大军，想必是李豫白的人马，当即夹紧了马肚子，奋力扬鞭，向军营方向奔驰而去。

搭建的瞭望塔上的士兵瞧见远处有人飞快地朝着这方奔来，待那人靠近之时却见是一名女子，当下一边向下示警，提醒营中的将士，一边高声朝那方喊道："来者何人？报上名来！"

前方之人并未回应，那士兵又喊道："前方来者何人？报上名来！"

叶熙宁目光冰冷地瞧着瞭望塔上的士兵，那士兵见她未回应，已然紧张地扬手示意营中弓箭手准备，齐齐对着她。

"前方何人，胆敢独闯大军阵营，乱箭射死！"

她丝毫未将那些人放在眼中，毫不犹豫地朝着营中方向继续飞驰。

"弓箭手准备！放！"

一声干脆利落的命令之后，呼啸之声响起，几百支箭齐齐向她射来。

电光石火之间，谁也没看清她手中的马鞭何时已经换成了游龙一般有力的长鞭。只见那长鞭在她手中一收一击，鞭身便随着她迅速挥舞的手臂卷成一道回旋的圆环，那些射向她的箭矢好像中了邪术一般改变了方向，齐齐被她手中的鞭子吸了过去。

不过转瞬之间，那些箭矢便均被鞭子捆住，这一系列动作下来，她的马也已行至大军之前。

耳边一阵马嘶声，未及众人反应过来，已见她勒马停在眼前不远处，众人心中骇然，犹未及反应，她扬手一掷，那些箭尽数被掷回营前。

李豫白正在营帐中查看军事布防图，听见下属来报有人独闯大军，心中一惊急忙走出营帐。他刚出营帐便看到远处一人扬鞭策马，踏尘而来，而下一刻，弓箭手们已然拉弓放箭。

那马上的身影分明就是叶熙宁！

他心中啐骂了一声，看着那些弓箭就要射向她，急得心脏都快跳出嗓子眼了，想发令住手都无法喊出口。

那一瞬间他想，要是叶熙宁在他的营帐前被乱箭射成刺猬，裴衍不拧下他的脑袋才怪！

他正两眼冒火之时，却见叶熙宁从马上凌空飞起，镇定自若地从箭雨之中突破重围，动作快得几乎让人看不清，身形已经到达军营前。

所有人都被叶熙宁此举震慑住，惊醒过来时欲刀剑相向，只听身后暴跳如雷的一声怒骂："都给老子住手，她死了你们都别活了！"

众人惊诧之下，只见李豫白火急火燎地跑到叶熙宁面前，大松一口气后又抚着快速跳着的心口，满是庆幸地道："还好是你，伤不了你，要不然裴衍非得杀了我不可！"

他一想到如果此刻来的是裴清懿，可能已经被射成马蜂窝了，就觉得心惊肉跳。

在众将士惊诧的目光下，李豫白亲自绕过她将她的马牵了过来，又朝着叶熙宁看去，见她满面风霜之色，眼圈周围略有青黑，显然是听闻裴衍的情况后，赶了几天的路来的。

李豫白朝她笑了笑，问道："从靖阳城到这里，快马也需五日的时间，从我将这里的军情传递回靖阳至今也不过八日，熙宁姑娘是换了多少马日夜兼程赶到的？"

叶熙宁毫无波澜的眼神朝他看了一眼，眼神又朝方才来时的方向看去，目光所及之处仍未有身影。

李豫白狐疑地顺着她的目光看去："看什么呢？"他四处看了一圈，没有发现什么异常，直到远处与天交接的地方，忽然出现蚂蚁般大小的身影，约莫十人，正集结着朝这方行来。

他不由得一愣，神色警惕地问道："追兵？"

叶熙宁朝他看了一眼，唇角若有似无的笑容让她冰霜般的面容添了几分狡黠之色，她的眼中光芒微闪，看着来人。

李豫白略一思忖便反应过来，霎时惊道："不会吧？她也来了？你怎么把她给我带来了？"

叶熙宁没有否认，只是无声地笑了笑，拍了拍他的肩头，询问似的目光朝营帐方向看去，似乎在问哪儿是休憩之所。

李豫白忙招呼一名士兵将马牵下去，指了指正中最大的营帐道："先上主营休息。"随后又吩咐手下安排餐食和营帐。

看着叶熙宁走向营帐，又看看那方正往营中行来的裴清懿一行人，李豫白的心情却没有丝毫放松，反而愈加凝重起来。朝廷的消息还未到，却等来了裴国公府的人马，不知朝中近况如何？叶熙宁的到来，即便能救出裴衍，可大敌当前，那飞狐城十几万百姓和将士们又该如何？

裴清懿遥遥便看见站在营前迎接她的李豫白，神色愈加兴奋。谁能想到，堂堂裴国公府娇生惯养的裴三小姐，这一路上非但没有拖后腿，反而不输男儿。

她拿着马鞭的手朝李豫白挥舞着，高声喊道："豫白——豫白——"

李豫白听见她的声音，知道这一路上她安好，便也放了心，朝着她的方向撮口而吹，一阵响亮的口哨声响起，回应着她的呼唤。

不过片刻，一行人便驶至营前。勒马的长嘶声和马儿突突的喘气声纷乱响起，裴清懿一下从马背上跳了下来，冲到李豫白面前紧紧抱住了他，从他身上汲取着温暖，娇声道："这一路吹着风，快把我冷死了。"

身后八大暗卫齐齐从马上下来，看着眼前的一幕，纷纷相视而笑。

李豫白伸手狠狠揉了揉裴清懿的脑袋，将她从自己怀中推开，佯怒道："谁让你来的！打仗是好玩儿的事情吗？你就这么爱凑热闹，唯恐天下不乱！等这事儿过去，看我不好好收拾你！"

裴清懿看着李豫白的神色一垮，他可从未用过这样的口气和自己说话，且是当着这么多人的面，不给自己留一点情面，真是过分。

她转身看了看身后的裴氏暗卫，又朝着周围看着这边的将士们扫了一眼，负气道："见到我你就这么不高兴？那我回去算了！"说罢便旋身朝回走去。

"站住！"李豫白急声朝着她的背影无奈地道，"你给我回来！"

裴清懿背着身问道："那你还凶不凶我了？"

李豫白抚了抚额，叹了口气道："不凶了不凶了，你给我回来。"

裴清懿这才憋着笑意回过身来，道："你过来。"

李豫白上前几步，走到她跟前道："你又想干什么？"

她笑了笑，一展双臂，又是得意又是要挟地道："我累了，不想自己走了，你背我。"

李豫白看了看四周朝着他们看的目光，咳了一声凑近她耳畔，轻声道："丫头，我是无所谓，可你好歹是个姑娘家，在外人面前总要矜持些。"

裴清懿仰头，弯了弯眉眼，毫不在意地笑了笑，亦是学着他的模样凑近他耳边道："那又如何，我迟早都要嫁给你。"

"你知不知道'羞'字怎么写？"李豫白绷着的脸上，全是掩饰不住的笑意。

裴清懿按着他的肩膀将他转了个身，自己跳上他的后背挂在他身上，脑袋一歪靠在他的肩头上，用委屈而困倦的声音道："我赶了好几天的路才到这儿，真的累了。"

那声音松松软软的，让他心头一颤，再也不迟疑，背起她就朝着营中走去。

叶熙宁一行人用过餐后，便与李豫白商讨如何解飞狐城之困一事。

李豫白吃惊地道："朝廷的命令还没下来，你准备带着他们几个便行事？"

他一脸难以置信地看着叶熙宁，他知道她身手不凡，放眼整个姜靖国，也难有能与之匹敌的人物。只是这战场之上刀剑无眼，她要对付的可不是一个楚照南，而是数十万的离楚铁骑。

他信她的能力，也信八大暗卫有这个本事，能够掩人耳目悄然潜入飞狐城内不被发觉。

可纵然她再厉害，以一人能敌千军之力，也无法解困飞狐城。

叶熙宁知他心中的疑惑，便将自己的计划一一写下。

"早年我曾游历云州，对此处的地形十分熟悉。西夜城有一条暗河直通飞狐城，与西夜城和飞狐城毗邻的赤炎城，因多火山而闻名，连通西夜城与飞狐城的这条暗河，也与赤炎城地底的河流相通。水流从飞狐城而下，在西夜城中形成天然的温泉。"

她略一沉思，西夜城的兵素来松懈懒散，毫无行兵打仗的能力，根本不足为惧，这一次竟然能投靠离楚，想必在杨煜宁驻守西夜城之后，在他的管束之下西夜城的兵马已经今非昔比。

"如今西夜城的守将乃昔日跟随宁家军的先锋杨煜宁，此人才智过人，心思敏捷，绝非池中之物。"

叶熙宁将众人所需做的事情一一做了安排："等潜入西夜城内，甫生和孤煞去找他们的粮草营地。"

她又在地图上圈了几处，写道："这几处是城中的水源，宋枭、无绝、掠影、破月以及拂衣分别去看守水源，追鹃轻功最好，由你从暗河进入飞狐城，尽快通知裴衍我们的计划。"

"那你呢？"李豫白问道。

"我要留在西夜城，会一会杨煜宁。"她提笔写道，眸中光芒微闪。她要

296

亲自问清楚，那个曾与她并肩征战沙场，守卫疆土的少年，难道真是因为宁家而选择叛国？

"你是想劝降？"李豫白领会到她的用意，蹙眉道，"若是劝降不成，你便要他们摧毁城内的一应粮草物资和水源，可到时候你自己怎么脱身？"

面对李豫白的询问，叶熙宁眼中温和淡然，写道："我自有脱身的法子。"

"那我呢？"裴清懿见她已安排好其余人的分配，唯独没有提到自己，问道。

"你留下来。"叶熙宁在纸上写道。

裴清懿不服气地道："为什么？师父姐姐你好偏心！为什么大家都能和你一起去，我却要留在这儿？"

叶熙宁看着她笑着摇了摇头："你和豫白一起守在后方，如若行事失败，我便发响箭通知你们，到时候你们领兵攻城，若一切顺利，我派人出城通知你们。"

裴清懿这才缓下着急的神色，点头道："既然这样，那我就留在这儿吧。"

李豫白却为他们的安危担忧："万一不成功，你们怎么办？杨煜宁必定全力捉拿你们。"

叶熙宁面色变得凝重，定定地看着李豫白，垂首写道："没有万一，我们毫无退路，只许成功，不许失败。"

她的目光格外凛冽，她不知道楚照南是以什么样的条件与杨煜宁做了交换，西夜城的守军是见风使舵还是破釜沉舟决定决一死战，一切犹未可知。如果他们拒不投降，那么她也必将竭尽全力，奋战到底。

战争对所有人来说，从来不是能得以全身而退的。若是犹豫不决，死的人将会更多，而局面也将更加惨烈。

随后叶熙宁又与李豫白一起将飞狐城附近的地形一一做了详解，并且重新调度兵力，排兵布防，以保万全。

待一切整顿完毕，天色已经灰暗，叶熙宁率领八大暗卫，飞快地朝着西夜城的方向行去。

裴清懿看着叶熙宁等人离去后，抬首望着站在自己身侧的男子，浅浅笑道："豫白，我师父是这世上最了不起的女子，他们会成功的，是吧？"

眼前的少女眼中透着明澈与坚信，让他不由得也坚定起信心来，他伸手摸了摸她的头，点头嗯了一声。

恶斗，才刚刚开始。

他们都很清楚明白，这一次，将是以命相抗。

可叶熙宁在临走前留下的那一席话，让他震撼。她说："我们所有人都不能抱着必死的心态去抗争，那样最后只会落个两败俱伤。反抗与守卫的目的，是活着。但凡到了危及性命那一刻，我要你们不管以什么样的方式，必须活下来。"

她说，活着，才是最好的抗争。

她这一段话，让所有面对着她的人，瞬间沉寂和动容。

第十三章　珠联璧合化危机

这晚乌云蔽月，西夜城城楼之上重兵把守。借着黑夜的掩护，叶熙宁等人潜行至城楼之下，她观察着城楼上的情况，示意众人等候命令，由她先行一步。

在得到她的指示后，八大暗卫立即点头，等候她登上城楼后的下一步指示。

面前内敛沉静的女子，似乎有着与生俱来的统帅之势，在如此情况之下，安排得当。他们看着她动作熟练，触动束在手腕上的软钢丝，选中极佳的位置，借着软钢丝之力飞上了城楼的西北角。

浩瀚如海的星空中，被乌云遮蔽的月光似乎成了叶熙宁绝佳的助力，令周围的西夜军无法轻易发现她的行踪。她迅速将城楼这一角上的几名守军点了穴后，放下绳索，让众人顺着绳索攀援而上。

一行人从城楼上悄悄而下，避开了所有巡防士兵的耳目，在安静漆黑的夜色中，成功进入西夜城。

除追鹄外的其余人等，按照之前叶熙宁分配的任务，各自分头行动进行查探。待确定所有粮草物资，以及水源地点之后，隐匿在附近，等待她的命令。

叶熙宁则与追鹍一起，前往城内与飞狐城交界的琼桑山上。

琼桑山上通往飞狐城的暗河出口，是一池温泉。那温泉隐藏在山坳间，若非有意寻找，实难发现。她带着追鹍，一同潜入温泉底下，寻找暗河的方向。

追鹍随着叶熙宁潜入水底之后，才知道原来这温泉之下别有洞天，窄小的出口之下越潜行越宽阔。若非知道暗河通往的方向以及闭气功夫好，实难坚持到最后，找到连通飞狐城的暗河。

她紧紧跟着叶熙宁潜水，奋力朝着暗河方向行去。

约莫过了半盏茶工夫，叶熙宁看见暗河的出口方向，立即朝着那方游出水面，大口地喘着气。她双手使劲捋干了淌在面庞上的水，转头紧盯着水面的动静。

片刻后不见追鹍跟上，叶熙宁再次潜入水中，看到她已呛了水，叶熙宁心下一沉奋力地游向她抓住她的胳膊，拖着她拼命朝岸上游去。

哗的一阵巨大的水声后，叶熙宁拖着追鹍走向岸边，此处仍旧在地底，四处黑暗，两人在水中大步地走着，因水的阻力发出巨大的水花声。

追鹍不断地咳嗽着，好一会儿才缓过劲来，只见身旁的叶熙宁将做了防水处理的密封竹筒取出，倒出火折子来。

刚在鬼门关走了一遭回来的追鹍，原本发紫的唇色渐渐恢复正常，将目光投向身边正将火折子放在一旁石头上的女子，只见她正绾着一头湿漉漉的长发挤着水。

待她整理完毕，回首时正迎上追鹍带着好奇和探究看着她的眼神。

叶熙宁朝她笑了笑，心中明白追鹍想问什么。如此隐蔽之地，她怎么会知道？

她随父镇守边疆十余年，这十余年间她渐渐成长为一代女将，却也将整个云州郡玩了个遍。她想，整个姜靖国都不会再有第二个人，比她更熟悉这云州的每一寸土地。

叶熙宁又笑了笑，在一旁的地上捡了一块尖石头，画了一张简略的地图，在一旁写道："顺着这条暗河往上去，便可抵达飞狐城中。"

经过方才惊险的一事，追鹚虽惊魂未定，却能极为迅速地投入到接下来的事情中，她点了点头道："请姑娘放心，我们一定将姑娘正想方设法解困飞狐城一事告知裴少爷。"

叶熙宁一点头，抬脚将地上的痕迹抹去，将一旁的火折子捡起来交到追鹚手中，眼神中充满信任与嘱托。

追鹚拿着她递过来的火折子，心中情绪暗涌，看着叶熙宁毫不迟疑地跃入河水之中，消失在她眼前。她看着渐渐平息的水面，转身沿着湿重的暗河走去。

不知道为何，她虽然觉得叶熙宁身上有太多的秘密，自己却能毫无保留地信任她。她举着火折子看着前方的路，不断用袖子擦拭脸上的水珠。

因劫后余生，身体尚未全然恢复，她脚下有些虚浮，行走缓慢。

叶熙宁重新回到琼桑山上后，迅速地挤干衣服上的水。

原本夜间山上温度就低，在离开温泉之后，那一身湿透的衣衫贴在身上，再有凉风一吹，冻得她动作有些僵硬。

为了不被山下的守卫发现，她不能点火，便坐下以内力驱散身上的寒气，将衣衫焐干。

待衣服干了之后，叶熙宁片刻也不耽误，回到西夜城内。

她仔细观察着城中守军的防卫，察觉到这西夜城中的守军并非她想象中散漫和不成规矩。她心中暗暗想着，这几年杨煜宁被调遣至西夜城做守将，已令城中守军训练有素。

她心里存着这样的想法的同时，另一个念头不由得悄然爬上心头。莫非杨煜宁与楚照南的合作，是蓄谋已久？！

她被自己的这一猜想惊了一下。

叶熙宁孤身一人，七拐八弯地绕开巡视的守军，来到西夜城主将府邸之中。

以她的身手，轻易便避开了所有人的视线，进入杨煜宁府中。不一会儿她便找到杨煜宁所在，似乎是他的卧房。

他房中的窗户未合上，叶熙宁悄悄隐在一旁，视线越过窗子，见他正靠坐在桌子旁的椅子上喝酒。他脚边东倒西歪着几个空了的酒坛子，那桌子上还有几坛子未开封的酒，旁边赫然是一个断了的红缨枪枪头。

叶熙宁定睛一看，那枪头甚为眼熟，一回想才记起那是她曾经所用的一把兵器，只是在一次战役中，为救杨煜宁被山上敌军投下的大石击中，枪身折断。回想起这红缨枪枪头的来历，她心中猛然一惊。

看着杨煜宁颓然消沉地一口又一口喝着酒，她从来没有想过，曾经那个刁钻机灵、乐观好动的浑小子，喝一口酒就会脸红醉倒的少年，竟会变成这副模样。

而桌上的那一个红缨枪枪头，似乎也透露着他隐藏多年的心事。

待她消化完这个结论之后，回忆起当年的军中之事，方觉得那个常常与她一起练兵的少年，对她的关照与依赖，从来不是因为他们年岁相仿而来的惺惺相惜。

而是他由始至终，对她都存着另一份别样的心思。

然而他如今的所作所为，很可能正是因为她宁氏满门向来所忠心的朝堂，却将整个宁国侯府和宁家军一举摧毁，他所实行的报复。

他欲为她报仇，却选择了这样一条出卖自己灵魂的路。

叶熙宁心中微微刺痛，略一沉思，开口道："小宁子，几年不见，没想到你竟学会了喝酒。"

"谁？"屋子里的人霍然起身。

他看向声源处，只见窗台之上坐着一人，背靠着窗棂，一脚踏在窗台上，竟是一名身形窈窕的少女。

她的眉目清朗秀丽，他看着那眼神竟有几分莫名的熟悉感，细看脸上，搜遍记忆中所有见过的女子模样，却非他曾经相识之人。

他警觉地盯着窗台上的少女，眼神凛冽而警惕："你是何人？竟敢闯我府上！"

叶熙宁摇了摇头，啧啧了两声，唇线微动："不仅连酒都会喝了，说话的口气还变得这么老气横秋，倒是有一件事情还是没什么改变。"

她含笑从窗台上旋身轻轻跃下，落脚的时候却毫无声响，这让杨煜宁暗暗吃惊，来人的功夫竟如此之高。若不是她开口说话，他恐怕尚未察觉她的存在。

杨煜宁打量着眼前的女子，又听到她略带嘲笑的话："还是一样蠢。"
他的神情极为微妙地变化着，若换作平时，何人敢跟他这样说话？

可眼前这女子的眼神如此熟悉，连声音都这样相似，说话的口气更是如出一辙，可是她的脸，明明是另一副模样。

眼看着叶熙宁一步步靠近自己，他心中虽觉危险，四肢却像是不受控制似的，做不了任何反应。

她唇边绽开轻柔的微笑，一步步走到他对面，与他相隔着一张桌子，伸手去取他放在桌上的红缨枪枪头。

他内心暗潮汹涌，极力压抑着自己的情绪，死死地盯着她手上拿着的物件，心中的答案呼之欲出。他却始终难以置信，他心里的那个人，早就死了，又怎么会再次出现在他眼前？

杨煜宁忽然自嘲地苦笑了几声，又跌回座椅上，自顾自地道："我是喝酒喝浑了，你早就死了，早就死了……嗝……"

他打了一个嗝，又去拿桌上的酒坛子来，刚凑到唇边张嘴想喝，便听见那清冷的女子道："那年被巨石砸断了的枪头，你什么时候瞒着我偷偷将它取了回来？"

杨煜宁眼中瞬息万变，又听得她说："小宁子，几年不见，你变了很多。"

他脑中霎时犹如晴空之中炸开霹雳闷雷，难以置信地看着叶熙宁的面庞，这世上唯有一人会喊他"小宁子"！

手中的酒坛子砰的一声落地，他克制不住颤抖着的身体，眼眶中已是一片

303

殷红之色，氤氲着雾气，颤声道："你别诳我……这天下我只信你一人，你莫要诳我！"

七尺男儿，竟不可抑制地朝着她哭出声来。

叶熙宁眼中亦是一热，只见他快步绕过桌子走到她身边，抬手想抚摸她的脸，却又在半空中顿住，像是不敢相信似的倒退了一步："你怎么变成了这个样子？！"

变得连他都认不出来了。

叶熙宁努力深吸一口气，面容平静而沉重地看着他，唇畔微微苦笑，转而神色变得凌厉责怪："我也没想到你会变成这个样子！"

杨煜宁一惊，只是片刻便明白她所指，怒道："你替天下替朝廷尽力守护着这山河，可皇帝是怎么对你们的！宁国侯府被满门抄斩！朝歌，你就不想报仇吗？"

"想，我每时每刻都想报仇！可是我要的不仅仅是报仇，我要宁家污名尽雪，我也要这天下太平安定。"她言辞铿锵，犹如银瓶乍破，又似刀剑相击。

见眼前男子的神色，似被什么惊醒一般，却又流露着痛苦，她内心微苦，终是不忍心地软声道："小宁子，宁家的冤屈不能就这样白白承受。我宁氏满门忠烈，绝不能背着这样的污名载入史册。你也是！我不允许任何一名宁家军，背着谋反叛逆的罪名！"

她的一席话，直直地击中杨煜宁的内心。

他眉峰一聚，面对她的指责，无力反驳。

两人眼神对峙，杨煜宁忽然颓然地笑了笑，看向她的眼神复杂而又受伤，问道："朝歌，你既然没死为什么从来不来找我？既然不来找我，那今日你出现在这里又是为何？"

叶熙宁面色微微一变，又听他带着怀疑与试探，颤声问道："你是来杀我的？"

"是！"她眼神坚毅，"如果你仍旧执迷不悟，要与离楚勾结背叛大姜，背叛我们曾经的信念，那么我宁愿你死在我手上！好过你将来下场凄惨，名声尽毁！"

若他当真有叛国之心，她绝不能留下这祸患。

当断不断，必受其乱。面对这样的大是大非，她从军多年，从未有过半分犹豫。

叶熙宁的这一席话让杨煜宁心神俱震，也因她的质疑而被激得内心血气翻涌。

杨煜宁忽地笑了起来，片刻后又一掌拍向桌子，咬着牙怒目瞪着眼前之人，恨道："执迷不悟？朝歌，我从不曾想过这些话会从你嘴里说出来！我做这一切是为了什么？我是为了替你替宁帅替宁国侯府一百三十多口人还有萧将军以及那些受冤而死之人报仇！"

叶熙宁怔怔地看着他暴怒的神色，心中骇然，不知该以何种心情来面对。

杨煜宁自嘲地笑着，道："若说执迷不悟，或许是吧。"

"你就是我的执迷不悟。"他心道。

可他唯有苦涩地看着她，难以将这话说出口。

"大错特错！"她急道，"你要为宁氏平反，靠的绝不是这样谋反叛逆的手段！即便你成功了又如何？等到离楚大军灭了大姜，改朝换代，你以为楚照南会替一个昔日与他为敌的敌军将领洗清冤屈吗？退一万步讲，大姜都不复存在了，我宁氏能不能平反又有何意义？"

叶熙宁神色沉痛，见杨煜宁面色震撼，似有动容，她将手中的红缨枪枪头指向自己，伸手抓住他的手迫使他握住那断了的枪身，逼迫似的让他不得不面对这个事实，道："若是你仍旧一意孤行，那就杀了我！只要我活着一天，我便会不遗余力地守护大姜的天下，朝廷对我宁氏不仁，我却不能对天下不义。你也莫要拿着为我宁氏雪恨的名义，行这叛国谋逆之事！我宁氏一族，承担不起！"

她是劝，是逼，也是赌。

她的铮铮言辞，让他脸色骤变。

面对宁朝歌的指摘，杨煜宁深深觉得这几年来在西夜城中，极力收服这一群更像痞子的兵，将他们训练得与正规军一样，甚至与虎谋皮，成了一个笑话。

他隐藏实力，为的就是有朝一日，能为宁氏雪恨。

所以在离楚大军再次攻打之时，他见时机已然成熟，便暗中与楚照南取得联系，以云州的布防图为交换取得楚照南的信任，条件是待离楚取得天下之时，留皇帝一条狗命，待他亲自为宁朝歌、为宁氏复仇。

然而此刻他手上冰冷的红缨枪枪头，好似滚烫的烙铁，让他握不住。

他猛然一抽手，锋利的枪刃一动，便将叶熙宁的掌心划破一道口子。

叶熙宁不防被伤，掌心的刺痛引得她蹙了蹙眉，发出咝的一声倒吸气声。

杨煜宁察觉到自己的动作弄伤了她，忙靠近一步，懊恼地夺了她手中的枪头，泄愤似的扔了出去，那铁质枪头磨着地面，发出铿然之声。

他心急地一把抓住叶熙宁的手看着她的掌心，殷红的鲜血已经从掌心滑向掌边，他愧疚地连声道："朝歌，对不起对不起。"

听着这一声称呼和他满含歉意的声音，叶熙宁心头一颤，心顿时软了下来。方才指责他的言辞，虽确有其意，但也是多年未见对他心意的试探。

她不敢轻信任何人，即便是曾经的挚友，她亦不知道这几年间的变化是不是会令一个人彻底改变。

叶熙宁忽又想起陆澈来，心也跟着像是被刺了一下。望着眼前这位神色毫不掩饰地透着真切关心的男子，她心中微微一酸，又欣慰地笑了起来。

她信他由始至终都没有改变，他还是当年那个浑小子"小枪王"杨煜宁。

如果他仅仅是因为宁国侯府而做出这般错事，她的出现，必能将他从这一条路上拉回。

"小宁子，现在回头还来得及。"她毫不在意自己手上的小伤，从他手中抽回手，看着他的眼神道，"难道你就忍心亲手将曾经自己用生命去守护的百姓，推至万劫不复之地吗？"

她看着他的眼睛，眼神很深很用力，那眼中闪烁的微光，仿佛是她心底对

306

他寄予的所有希望。

杨煜宁倏然闭上眼睛，大惊大喜之下，那些隐藏在看不见也摸不着的地方的痛，此刻正铆足了劲儿在他胸腔里翻涌。

"朝歌，你知道吗？我初到这里之时，费了多少劲吃了多少苦头，才将整个西夜城的军队收编归整。我为的就是今天！我为的就是替宁帅报仇！替宁国侯府报仇！替我以为已经死去的你报仇！"

他的满心愤慨，无处发泄，却仍旧牵挂着她手上的伤口，不容置喙地将她拉到他的座位上，一把按住她让她坐好，道："现在什么都别说了，我先帮你包扎伤口。"

叶熙宁看着他急忙转身取了绷带和剪刀来，替她将血水擦去之后消毒包扎好。

她抿唇看着他低头做这一切，心绪难言，又回想起曾经一起在云州镇守的日子，更是如鲠在喉。

那时候杨煜宁初出茅庐，在军中崭露头角，碰上性格霸道的宁朝歌，又是宁帅之女，所有人都自然对她忍让一些，他也是其中之一。

别人练兵，她习武，别人打仗，她看兵书，宁帅见女儿颇有为将风范，更是寻遍名师教她，对她悉心栽培。几年下来军中老将无一是她的对手，她甚至对行军布阵也多有见解。因着与杨煜宁年岁相仿，又脾气相投，两人格外亲厚一些。

只是宁帅念她年纪尚小，又是女儿身，行军打仗多有不便，一直没有同意她随军上战场。

后来几次与离楚的交战中，杨煜宁偷偷帮着她藏在队中在战场上一同抗敌厮杀，直到后来那次在离楚的巨石阵中，她为了救杨煜宁，折了父帅给的那杆红缨枪，却也万幸将杨煜宁从鬼门关拉了回来。

至此才被宁帅发现他们两人暗地里的所作所为，虽是生气，却也从此肯定了宁朝歌的能力，准许她从此之后随军出征。

宁朝歌被宁帅一路提携，不负众望，短短几年内，便扬名立万，成了姜靖国开国以来唯一的女将军。连带着一介小兵的杨煜宁，也大放异彩，成了军中人人艳羡的少年小将。

她一直称呼他为"小宁子"，即便杨煜宁极力反对，她依旧我行我素地这样叫着。

直到某次他翻了脸，宁朝歌拿着刚烤好的鸡去找他，见他大快朵颐，她说道："鸡都吃完了，再生我的气就太没男子汉的气概了！不许再生我的气了啊！"

杨煜宁涨红着脸道："我这一身男子汉气概都是让你给叫没的！"

她分外吃惊："怎么就是让我给叫没的？"

杨煜宁憋着一口气瞪着她，半晌才道："你知不知道别人私底下都叫我宁公公！你这称呼就像叫宫里的公公！"

她又是吃惊地瞪圆了眼睛，好一会儿才反应过来，捂着肚子笑了半天。

鹅黄的烛火之下，叶熙宁看着曾经与她争一口气都会涨红脸的少年，经历风霜磨炼后，增添了老成与稳重。

他替她收拾好伤口，又抬首去看她，语气艰难地问道："这几年，你去了哪里？既然活着，为什么不让我知道？"

这几年里他唯一的信念便是报仇，可是当他以为这一切即将实现的时候，她却换了一副面孔，活生生地站在这里，站在这里指责他的残忍，指责他的不仁不义。

两人对视着，叶熙宁闭了闭眼，轻笑一声，而这笑声里毫无愉悦，只有浓重的无奈和沉重。

她长长地呼出一口气，摇了摇头道："那些事情我一点都不想回忆。"

那些事情于她来说，是能吞噬灵魂一般的痛苦。

他紧紧拧着的眉宇间，泛着极为深沉的痛，看着眼前这张陌生的脸神色克制冷静地和他说着话，他半晌才颤着手又惊又惧地想要去触碰她的脸，却在靠近之时收拢掌心，将手收回，苦涩而艰难地问道："你的脸……怎么了？"

见他问起，叶熙宁也不再隐瞒，蓦然一笑道："还记得宁国侯府没了之后，整个大姜下了两个月的雨，随后梓阳县爆发了一场瘟疫吗？"

杨煜宁点了点头道："有所耳闻，所以当年传闻甚嚣，说是宁国侯府冤情甚重，这是老天给的惩罚，报复在了这一群宁国侯府极力守护却在他们有难时辱骂他们的愚钝百姓身上。"

她从不信什么鬼神之说，可那年的反常让她相信了，她甚至责问老天既然有眼，为何如此对待宁家！

"那时候我好不容易逃出生天，结果在路经梓阳县的时候也染上了瘟疫。因为一时间无法找到对症的方法，而疫情传染太快，官府四处抓捕得了瘟疫的人，活活将他们烧死。幸好我逃了出去，是昭云观的静慈法师救了我。"

她伸手抚了抚自己的脸颊，苦笑道："我的脸因为瘟疫溃烂得不成样子，只能刮去腐肉重新生肌，如果不是幸得静慈法师相救，我早就死了。"

叶熙宁刻意对他隐瞒了些实情，没说她的脸治好了，可是她要报仇却不能再以从前的面目示人："既然所有人都以为宁朝歌死了，那我就不该再以宁朝歌的样子出现在旁人眼前，或许这就是天意。"

杨煜宁的脸色变了变，她轻描淡写的几句话，让他忍不住去想她独自承受这一切痛苦时，心里究竟要有多坚忍，才能支撑着她活下去。

"你为什么不来找我？我不知道你活着，如果我知道你活着我一定不会让你一个人！"他喟然一叹。

他一直在为之努力，而她竟想撇开他，若不是今日这一局面，她是不是永远都不会出现在他眼前？

叶熙宁微微一昂首，长长的眼睫在灯火下扇了扇，冷静得让他心底发凉地道："告诉你又如何，只不过这世上又多一个像我一般行尸走肉的人。"

那年张扬明媚、神采飞扬的少女，蜕变成如今这幽幽烛火之下，克制而又沉静的女子。

杨煜宁心中微微一跳，却又忍不住想，是了，这些年里，连他都已经变了，又怎么能要求一个遭逢巨变的少女，仍旧保持着原来的纯真和善良？

　　叶熙宁深深吸了一口气，直视他的目光，问道："我只问你，你是降是战？"

　　杨煜宁只觉从头到脚都有些发凉，如同这深夜下的西夜城，静得可怕，冷得彻骨。

　　"你说我是降是战？"他的语气已含怒意，忽然生分而又嘲讽地看着她，"如果今日我不答，你是不是当真会杀了我？"

　　叶熙宁心绪复杂，极力平缓着呼吸，面色沉静如水，如同幽蓝的湖水，深而凉。

　　"我不会杀那个曾经和我并肩作战的小宁子。"她语气淡然，忽又转为铿锵，"但是我会杀了那个叛国谋反的西夜城守将杨煜宁！"

　　明知道她的选择，但听到她亲口回答，他心中还是被震得酸楚，他后退一步，颓然地坐在一旁的椅子上，又伤又怒道："好……好……"

　　叶熙宁见他如此模样，心内也涌出难以克制的伤感，却又不得不这么做。

　　因为她不敢，她不敢拿裴衍的性命做赌注，她不敢冒一点点风险。

　　她早知杨煜宁非池中之物，早晚有一天会出人头地，可若他当真选择投靠离楚，即便起初是为了替宁家雪恨，可如今又怎能保证他没有真的改变？

　　杨煜宁极力平缓着自己的情绪，眼神扫过桌上的酒坛子，随手抓过一坛开了封，昂首将酒灌入喉中。

　　此刻唯有这烈酒入喉，才能解他五内俱焚般的难受。

　　叶熙宁看着他大口喝酒，又见他将酒坛子重重扔在地上，惊起一声脆响。

　　"我本就是为你留在此处，为你叛国为你谋反！如今为你投降又如何！"他大笑道，却觉心中无比畅快，"从今夜此时此刻起，我将这西夜城，拱手赠予你，是降是战，悉听尊便！"

　　他这一番言辞，让她心头潮涌，竟不知该如何以对。

　　身前的影子突然罩了下来，杨煜宁身上的酒气亦是不容拒绝地侵袭而来，如同他现在霸道而逼人的样子。

杨煜宁的神色变了又变，有心酸，又有苦涩，最后只是无奈地道："朝歌，都说英雄难过美人关，那是因为只有英雄才能引得世人关注，像我这样的凡夫俗子，更容易陷在这欲望里沉浮，不能得救。"

叶熙宁脑中突然一空，像是海水退潮后的岸，像是千鸟飞过后的空山，像是明月之下群星遮蔽的夜色，明明是空是静，却让她心头奔涌沸腾，像是要将她整个人都燃烧。

她怔怔地面对着眼前的男子，因为紧张而不可抑制地指尖微微发颤。

他虽未言明，可这一席豪情柔意排山倒海般冲击着她的心。

她知道他在说什么，可心里竟然一瞬间便想到了正在飞狐城中与她相距不远的裴衍，下意识地便想避开杨煜宁炽热的目光。

她说："谢谢你，为我做的这一切。"

她没有想到，最后竟是她落荒而逃。

在她拉开门想要离开的时候，听见身后的人道："朝歌，我在这儿等你。"

等你的命令，和你的心意。这是他未说出口的话。

他上前几步，走到她身后，拉过她的手，将一样沉重的东西塞入她的手中："从此以后，唯你是从。"

寒夜将叶熙宁的头脑冲得清醒了，接下来却有种失魂落魄的感觉，让她长久以来第一次有了些茫然。

一夕之间与故人重逢，又得知他始终未变而心生欣喜，以及面对他忽然交付出来的心意的沉重，让她下意识地想要回避。她甚至不敢看他给自己的东西，那东西一到她手中，她便知道是什么——西夜城的兵符。

她朝着如同深渊一般的天空长叹一口气，使劲摇了摇头，投入黑暗的夜色之中，继续完成她未完成的任务。

她很快寻到藏在附近水源处的拂衣，命她即刻出城，将西夜城的情况传递给李豫白，告知他一切顺利，随后又召集了其余的裴氏暗卫，拿着杨煜宁给的兵符，直取大道而至飞狐城。

想着裴衍此刻定然已经得到消息，并做着下一步计划，她越靠近飞狐城，心头越是焦急，夜色里疾行的速度越发迅速。

深夜，飞狐城。

裴衍自从见到追鹘得知城外的消息之后，又得知叶熙宁此刻正在西夜城中，心中又重新燃起希望。

他喜欢的女子正为他奔波，他又有何资格轻言失败？

他展开了云州郡的地图，以及飞狐城一带的地形图，烛光之下略带倦色的面容认真而又仔细地查看着飞狐城一带的军事布防，想着该以怎样的对策来配合叶熙宁的计划。

若是叶熙宁成功将西夜城的势力瓦解，届时纵然有余兵反抗，待李豫白攻入城内，他也无后顾之忧。若是她不成功……他的手指在地图上轻轻点着，目光深沉，心思游转。

若是她不成功，到时候必是一场恶战，他必须尽早做好应对之策。

他正在沉思间，忽然有衣衫翻飞的声音轻轻传来，门外似有窈窕的身影行来。

裴衍眼中一亮，心中欣喜，叶熙宁此时抵达飞狐城，必有好消息带来。

他在屋内看见门外之人抬手欲推门而入，忙阻止她的动作："等等！"

叶熙宁刚欲推门的手顿了顿，只听得裴衍朗声道："千里迢迢，夜奔而来，怎好再劳你亲自动手？"

他的话语中含着七分笑意，如同春日里芬芳的桃李林。

叶熙宁听着这久违的声音，心中竟有些许情绪波动，眼神柔和地看着隔着门框的身影。

门内的那道身影抬手拉开门，门轴随着他的动作吱呀一声转动，门外之人，在风霜中穿行，那浓浓的倦色下，眼角眉梢带着微末笑意，让他心疼又欣喜。

裴衍忙伸手拽住她的手，将她拉进屋内关上门。

他的目光亮如星辰，激动地看着她道："为了我你都甘愿冒这生死之险了。"

裴衍握着她冰冷如霜雪的手，又是一阵心疼，克制不住地将她揽入怀里，道："最舍不得你吃苦的人是我，可让你吃这么大苦的又是我，阿宁，我是不是罪该万死？"

叶熙宁有些哭笑不得，裴衍像八爪鱼似的紧紧抱着她，嘴上又说着这么不着调的话，却反倒让她心中安定下来，她忍不住道："裴衍，你命里是不是欠揍？"

他才不管她说的是什么，说的又是对是错。

他想，只要是她说的，那便是对的吧。

谁让他将她捧在心尖尖上，不肯放了呢？

裴衍唇上笑意深深，声音如春风拂面，酥酥痒痒的，说道："是，我的阿宁，说什么都是。"

"我什么时候是你的了，呜……"

一瞬间，四片唇相碰，惊得她身子颤了颤。

尚未说完的尾音被他含入唇齿之间，这陡然而来的触碰仿佛能摄人心魄，让她心旌摇曳，似春水被激起了涟漪，缓缓漾开。

任凭她武功盖世，在这样的情状下，也只能束手就擒。

直到两人愈来愈重的喘息声再也无法被忽视的时候，叶熙宁才犹如被惊醒般，慌不迭地挣开去，向后大大地退了一步。

她抬着手臂抵在裴衍胸口，阻止他的靠近，脸上红潮未褪。

叶熙宁暗暗咬牙，这该死的裴衍，居然敢调戏她！那原本抵在他胸口的右手，一翻便拽住了他的领口。

裴衍猝不及防被她勒得脖子生疼，还没等开口求饶，又见她面上浮起危险的笑，抬起手便拧住他的耳朵。

裴衍吃痛，一边被她拽着，一边喊："疼疼疼疼疼！"

叶熙宁拉着他往桌子旁的地图前一带，松手将他推开几分，气道："裴衍，我也是你能随便轻薄的吗？"

裴衍龇牙咧嘴地捂着耳朵，抗议道："你怎么能这么冤枉我！我哪里随便了！我这么认真地轻薄你！"

叶熙宁嘴角一抽，扶额道："裴衍，你给我闭嘴！"

这世间怎么会有如此厚颜无耻，并以此为荣之人？

裴衍不怀好意地看看自己凌乱的领口，又看看她。叶熙宁这才发现他在笑什么，脸上又是一烫，将手撑在地图上一转，正色道："这仗你还打不打了？"

裴衍尝到甜头，自然她说什么都应，道："打！自然要打。"

叶熙宁狠狠剜了他一眼，转身对着地图，一指西夜城和西夜城周围一带的方向道："我给你带来了好消息，杨煜宁已经归顺，如此一来，我们只需要守住灵桑城的进攻便可……"

裴衍嗯了一声，她忽然感觉到背后一暖又一重，他已然从身后抱住她，将下巴支在她的肩头上，双臂环着她的腰身让她动弹不得。

叶熙宁见他如此不着调，抬起胳膊肘就往后击去，道："喂，你有没有认真在听？"

裴衍这次反应机敏，一下躲开，含着笑意道："你的每一字每一句，我都认真记在脑子里，就差刻下来抄写背诵了。"

杨煜宁投降归顺的消息传至李豫白处，让他又惊又喜。

原本他早已做好了攻城的准备，没想到竟不费一兵一卒，便让西夜城投降。

此刻他方明白裴衍为何会对叶熙宁情有独钟，这个女子身上的秘密以及本事，足以让向来不将任何人放在眼里的裴衍，为之倾倒。

当夜裴衍便按照与叶熙宁商讨的守城战略，命令裴府的八大暗卫，各自带领三千人马，守住各个可能被攻破的据点。

他的神情是少有的严肃坚毅，整齐的行军之声在他耳边不断响着，他眼中沉郁，虽然没有说话，但叶熙宁还是看得出来，他有些紧张。

飞狐城原本是热闹的商旅聚集之地，此刻人人自危，透着一股沉沉的死气与不安。

西夜城之危已经解决，一旦开战，李豫白便会派兵从飞狐城两侧截断敌军，如此一来，原本被整个包围的飞狐城，两侧与后方的死路便成了生路，唯有飞狐城与灵桑城相通的南门是离楚军唯一的攻城之地。

叶熙宁立在不远处，看着裴衍的面容，跨步走近他身旁，道："两军交战，切忌心浮气躁。"

裴衍的目光朝她看来，只见眼前的少女面色沉静，以极为平淡的神色看着大敌当前的局面，他心中隐隐生出钦佩之意。

此时天色尚有些朦胧的灰白，从他们商议完布防之事，过去不过一个小时，他问道："怎么这么早就起来了？"

叶熙宁难得莞尔一笑道："睡不着，索性起来了。"

看着她眼内透着的疲倦之色，裴衍心有自责，眉眼间透出几分心疼来。

两人相视一笑，默契地不再说话。

对于叶熙宁的身份，裴衍心中早就存疑，只是一直不敢确定。

为了解飞狐城之困，她未曾好好歇息，赶了几天的路，到了之后又来回奔波，他不知道她是以什么样的条件，竟然将杨煜宁说服，归顺朝廷，思来想去，唯有一种最不可能的可能。

这种猜测在他心中滋生已久，如今因为她几乎毫不掩饰的种种行为，裴衍更加确定。只是宁家一案尚未昭雪，他想再等等。

等她有朝一日，亲自告诉他，她是谁。

裴衍尚在思索，叶熙宁微微偏首，朝他道："裴衍，飞狐城就交给你了。"

315

"嗯？"裴衍有些不解地看着她，"你不和我一起？"

她勾了勾唇角，原本清冷的面色因此柔和了几分，清秀的脸庞绽开一丝笑意，道："我去西夜城，你的后路，由我来守。"

裴衍闻言一震，看着眼前柔和的女子，心潮微微涌动，清俊的眉眼间绽着笑意，含笑道："你说你这么善解人意又体贴入微，我要怎么才能少喜欢你一些？"

裴衍想着，叶熙宁定要骂他一句"不要脸"，想着她那副又羞又恼的神态，他的心情莫名舒爽起来。

叶熙宁却狡黠地笑了笑，待敛了笑意之后微微仰首，抬着下颌道："无论我是什么样子，对你来说都极具吸引力，不是吗？"

裴衍轻轻一扬眉，她此言一出，就好似代表着她的心意已定，那曾经无论何时都刻意与他保持着三分距离的女子，正朝着他笑得柔和，让他的心莫名激荡起来。

叶熙宁看着他有些出神的模样，勒着马缰绳，留下一句话："裴衍，等你凯旋，我便告诉你一个秘密。"说完便策马扬长而去。

他看到她的眉眼里清冷依旧，却多了几分温和灵动。

靖阳城内，满朝文武都时刻等待着云州的消息。

林慎思全力排查着所有有关平西王一案的事情，谢闾枳却将二十多年前的一场夺嫡之争翻了出来。

当年康王谋位失败的最重要原因，便是向来与他交好的宁国侯世子宁盛泽，始终拒绝参与党派之争，更是坦言"只忠朝廷而不择主"，导致康王失去军中支持，与离楚里应外合之际反被宁盛泽抓捕斩杀。

先帝膝下六子，齐王因得裴国公府的倾力支持，在夺嫡之争中胜出，然后当年除了端穆王爷以外的其余四王，均被派往封地，非诏不得入靖阳。

谢闾枳面对这一场旧案当中的纷争，只能感叹在皇权争夺当中，稍有不慎便会满盘皆输。康王当年若非求位心切，排除异己，甚至为了谋位与外朝勾

316

结，以南疆三郡做交换获得离楚的支持，动摇国之根本，待先帝驾崩之后，何愁皇位不是他的？

而在这一场夺嫡之争中，向来处于弱势的当今圣上，却机缘巧合因娶了裴皇后而走上皇权之路。当年的端穆王爷因受康王牵连失去争夺之力，却也因此意外得以留在靖阳。

而当年尚为世子的宁帅，也因此得以重用，先帝将全国大半兵权交与他。当今圣上登基之后，他更是成为圣上的股肱之臣，镇守云州。

若说世事无常，倒不如说因果循环，自有它的定律。

若说宁国侯府这一场血案是被陷害，那么它的存在必定阻拦了一些人的路，才招致杀身之祸。而唯有谋朝篡位之事，才足以让人卧薪尝胆，苦心谋划蛰伏多年，一举将其歼灭！

谢闾枳不断地翻查着旧案，以盼能从中发现一些蛛丝马迹，揪出究竟是谁，藏在这罪恶的背后，主使着这一切！

得出此结论后，谢闾枳心中豁然开朗，可答案就摆在眼前，却隔着一扇门，缺了一把将它开启的钥匙。

他心急如焚，一时间又难以着手，叹道："小衍啊小衍，这一次你若不活着回来，对得起我这番挖空心思地帮你查清这桩旧案吗？"

夜幕已沉，飞狐城外的五十万离楚大军已大举压境，威逼裴衍交出飞狐城。

裴衍一身银白战甲风姿俊秀，站在城楼之上亲自安排着弓箭手们待命。

城外的敌军黑压压一片，像是等待猎物已久的恶狼，正等待着时机一到，便全力扑上来。

与此同时，叶熙宁奔波于西夜城与驻扎在西夜城北侧的云州军军中。

是夜，李豫白率云州军攻打围困在飞狐城东侧的大军，而原本叛变的西夜军偷袭围困在飞狐城西侧的大军，两军兵分两路，与离楚敌军开始了正面交锋。

遥闻两军开战之声，驻扎在飞狐城外的离楚军，慢慢开始沸腾起来。

裴衍知道，叶熙宁的计划已然成功。他站在城楼之上，看着朝飞狐城方向压来的敌军，眼内俱是清寂与锋芒。

他所深爱的女子，为他护住了整个飞狐城后方的安危，接下来便是他与离楚决战之时。

离楚军攻势甚猛，城中十几万民众本就处于惴惴不安之中，听闻周围传来的交战与厮杀声，开始惶恐不安，生怕敌军破城而入。

就在此时裴清懿身披战甲，骑马飞驰，从西夜城赶往飞狐城。

待她飞驰至飞狐城中时，城中的百姓已然焦躁不安，她大喝一声："西夜军已归顺朝廷，云州军必护尔等安危！"

戎装少女高呼的这一声，犹如石破天惊，在人群中轰然炸开。

被恐惧和不安所笼罩的人群，看着风尘中疾驰而来的少女，不过是寥寥一语，却让所有人眼中看到了熠熠的希望。

骚动的声音渐渐平和下来，片刻之后，又爆发出惊人的欢呼声。

这个生活在安稳岁月里的少女，面对忽然爆发的欢呼声，心中亦是被这一激荡的场面所震惊。此刻站在这一片被战火所扰的城池，和眼前这一群从未谋面的人庆贺，仿佛之前的煎熬都成了磨砺。

裴清懿被簇拥上来的人从马背上抬下，一次又一次地抛至空中又回到他们的臂膀之上，她就这样一路被人群一步一步地从北城门簇拥至南城门。

直到她被放下那一刻，耳边还充斥着掌声，她抬首望着城楼之上那个身着银白盔甲的男子，他正回首与她对视。

裴清懿觉得，此时的裴衍像是被光芒包围着的神祇。

那是她至亲至爱的人，她的无法无天，她的天真纯善，都是这个从小与她一同长大，嬉笑打闹的兄长一面嫌弃一面纵容中宠溺出来的。

那一瞬间，她倏然有种想哭的感动。

她努力拨开人群，朝着城楼之上行去。

裴衍心绪难言地看着站在眼前的少女满面风尘，伸手去抚摸幼妹的脸，为她拂去脸上的灰尘，轻轻拍了拍她的肩头道："想不到我们娇生惯养的裴三小姐，也有让我特别骄傲的时候。"

少女从他怀中退开，长发被风吹得飞扬，目光熠熠，昂首一脸傲色道："我也想不到我那个被视作纨绔子弟的二哥，也有一天会挡在这万万人面前，为他们拼命。"

她笑着又道："从今天开始，我大姜会出现第二个女将军，就是你妹妹我！"

裴衍灿烂地笑着，在她的脑袋上轻轻敲了一下，道："那就看我妹妹有没有这个本事了。"

仿佛一瞬间，他们都在彼此的目光里，看到了什么是壮志豪情，什么是家国天下。

从小锦衣玉食、受尽宠爱的少女，像是忽然长大了。

此时叶熙宁与杨煜宁一同带着西夜军，将镇守在飞狐城西侧的离楚军压制，西夜军忽然违背盟约，与云州军一起突袭，导致离楚军被杀了个措手不及。

烽火之中，叶熙宁如同在黑夜中绽放的昙花一般，引人注目。

那铿锵肃然的容色，在敌军之中穿行，从容不迫，所到之处无一是她的对手。

杨煜宁看着在烈烈火光中游走的少女，心潮澎湃。时隔四年，他以为她早已化作黄土白骨，不想还有机会与她一同出征。

在两军纷乱交战，几乎分不清敌我的情况下，叶熙宁依旧清醒如夜鹰，手中的长鞭势头凌厉，在火光剑花之中飞掠，已然率先冲进敌方主力军中，将原本敌军的阵形打得稀碎。

杨煜宁砍杀着人群中的敌人，一步步来到她身边。两人相背而立，面对着各自眼前的敌人，默契地回首相视一笑。

在嘈杂的厮杀声中，她朗声道："想不到一个浑小子，竟然把一群乌合之众操练得如此训练有素。"

杨煜宁闻言一笑，那笑容自信又张扬，道："几年不见，你的功夫也越发精进了。"

两人处于敌军主力中央，四面对敌。

他们互相掩护，一个手起刀落，一个扬鞭挥舞，杀得痛快，有股抵挡千军之势。

不断奋勇冲上来的离楚士兵，几乎是一副不怕死的姿态，即使看着自己面前的同伴一个个不断倒下，仍然杀红了眼。

他们每一个人都像是有着一股坚定的信念，仿佛在不断激励着他们，只要杀了眼前这两个人，就能立下军功。

杨煜宁微笑，手上抵挡的招式不停，听到身后鞭子的挥舞声凌厉而迅猛，轻笑道："喂，他们很想杀了我们。"

叶熙宁目光清冷，如苍山岿然不动，又一鞭子缠住一人的脖子将他绞杀，紧接着旋身舞动鞭子。处在所有敌军目光聚焦的地方，她始终犹如神灵一般，一次又一次地将围攻上来的敌人轻松击退。

她的耳朵在势如巨浪般的喊杀声中，灵敏地捕捉到他的声音，冷笑一声道："别这么霸道，既然做不到总要给他们想想的资格。"

自信到几乎自负，张扬却又不至嚣张。

这就是他们曾经的战神，姜靖国的第一女将——宁朝歌。

这方大破敌军，几乎将镇守在飞狐城西侧一带的四五万兵马屠杀殆尽，原本剩下的那些敌军见大势已去，只得四下逃散，西夜军无比振奋激昂。

在萧瑟的寒风中，叶熙宁满身沾染着鲜血，面容上含着清冷的笑意，如同这寒风中的夜色一般，孤寂苍凉。

为防备离楚军再度侵犯，杨煜宁吩咐所有士兵就地休整，并安排人员救伤。

她看向同样显得狼狈不堪的杨煜宁，看到他正帮着一旁的士兵抬受伤的人，他的动作极为小心，并且叮嘱旁人手脚轻稳，她心底不由得动容。

四年的时光，他已从一个不知天高地厚的少年，成长为稳重而又深得人心的一方将领。

这是他的成长，也让她明白了，他是以何种能耐，驯服了这一群不受管束的兵痞。

是仁心，与仁爱。

此时暮色中已然泛起微光，几个时辰的拼杀后，这些活着的士兵许多已经因为体力不支而瘫坐在地上。还有一支队伍正在人群中搜寻着受伤的士兵，将他们抬去医治。

叶熙宁微微合上眼眸，此处与飞狐城相距不远，四下的群山与眼眸之中的飞狐城，在辽阔的四野与天际之下，显得如此渺小。她听见了隐约的杀伐声，一下一下地敲击着她的心。

叶熙宁将手中的银丝软鞭重新收回腰间，突然跨步走向一旁的战马，飞身而上。

杨煜宁听见异响，敏锐地朝声源处看去，见她骑马欲走，忙几步飞快地跑到她身边，关切地问道："打了一夜的仗，你还要去哪儿？"

叶熙宁一低头，目光与他相视，又望向飞狐城的方向，唇角微微一提，淡然道："飞狐城。"

那里还有一个她牵挂的人。

叶熙宁正欲策马离开，却被杨煜宁夺步上来，抢先拉住了马缰绳，阻了她的去路，只听他急道："等等！"

她以为他要阻止自己，微微蹙了蹙眉，却见他吹了一声口哨，抬头绽着笑容，指着远方道："朝歌，我为你准备了一样礼物，原本是想回去的时候送给你。"

神态睥睨的女子，看着眼前语气轻快的男子，只微微笑道："哦？"

她正疑惑着，便瞧见远处飞驰来一匹浑身雪白的骏马，不由得会心一笑道："出征前不送给我，打完仗才送给我，这是什么道理？"

叶熙宁满面笑意地翻身从马上下来，绕过杨煜宁身旁，看着那一匹骏马由远及近，奔行至自己身前，这马长得极像她从前的那一匹乌夜。

叶熙宁心头微微一怔，深深吸了一口气，内心有些激动地伸手抚上马头。那马居然像是极为不屑地看了她一眼，高傲地别开了头，嘴中发出突突的响声。

"哟！脾性还不小！"她有些诧异地看着马儿，抱起双臂来了兴致，回首瞥了一眼杨煜宁，眼内却满是惊喜。

看见叶熙宁这副神色，杨煜宁便知她极为中意他的这一份礼物。

他知道，她最爱的就是这样有脾性的马，就和她的脾气一样。

"还有一样重要的东西。"杨煜宁高深莫测地笑了一下，以眼神示意她看看马的另一侧。

此刻叶熙宁的神情，就像是一个等待着惊喜的孩子，微微侧身朝着一旁看去。入眼便是鲜红的枪穗，那枪头绽着银光。

她面上一怔，随即便跨了一大步上前，手中内力一运，随着她的手一扬，那杆红缨枪便从马上飞了出来，落在她的手中。

"你竟将它修好了！"叶熙宁面容上晕开了轻柔温和的笑。

杨煜宁眉尖一挑，几乎有些得意地道："一鞭一枪一马，可是你上战场不会少的三样东西。怎么样？可还满意？"

叶熙宁难掩心中的激动，拿着手中的长枪爱不释手，看了又看，由衷地朝他感谢道："小宁子，谢谢你。"

杨煜宁只是温柔地看着眼前的女子久违的笑容，心想，如果她要的不过是拿回从前的一切，那么他将穷极一生，为她寻回那些失落的东西。

她的欢喜不过是因为这些东西对于她而言，赋予了太多情感和回忆。

他此刻万分笃定，这个被他放在心中最重要位置的人，还是当年那个宁朝歌。虽然她的性格大有改变，甚至连容貌都和从前相去甚远，然而那一双亮如星辰的眼，笑起来的时候，仍然是那么夺人心魄。

"你我之间还用得着一个'谢'字？"杨煜宁声音低缓，"只要是你喜欢的，曾经那些属于你的、属于你宁家的，我都会为你讨来。"

叶熙宁神色微微一怔，敛了笑意。几年不见，从前只知道和她插科打诨的人，忽然时不时地将心中的心意表白，让她有些无措。

"不管怎么样，我都要谢谢你为我做的这一切。"她握着手中的红缨枪，语气轻柔，心中涟漪微起，"在我以为只剩下我一人为宁家战斗的时候，你让我知道，还有一人在我不知道的时候，为我做了这么多。"

当真面对她直白的感谢时，杨煜宁面上显露出几分羞赧，偏头摸了摸身侧的马头，转而言他，道："快走吧。"

叶熙宁当下一点头，迅速上马，将那一杆枪提在手中，接过他递过来的马缰绳，忽然郑重道："小宁子，过去的宁朝歌已经死了。"

她看到他面色一怔，又道："叶熙宁，'熙熙攘攘'的'熙'，'宁静'的'宁'，这是我现在的名字。"

他愣怔之下，还未及有什么反应，她已经夹了夹马肚子，"驾"一声策马远去。

看着她骑着马离去的背影，他原本蹙着的眉心渐渐平整下来。

他沉吟良久，唇齿间才念出陌生的名字："叶熙宁。"

第十四章　故人相逢不相识

楚照南带领的离楚军攻城之势凶猛无比，若非此时已无后顾之忧，裴衍实难想象若到了万不得已的地步，他依旧坚守着不肯投降奉上飞狐城，会是什么样的情形。

天际已露白，瑰丽的红正慢慢地吞噬着黑暗，光芒在人间渐渐重现。

叶熙宁赶到之时，裴衍正镇定自若地指挥着弓箭手们射杀敌军。叶熙宁面色冰冷似霜雪，在与裴衍的目光对上之时，才有了些许温和。

裴衍见她归来，立即欣喜地上前抓着她的肩膀，见她身上沾着斑斑血迹，上下看了又看，确认没有任何伤口，才又问道："没受伤吧？"

叶熙宁微笑，摇了摇头。

本站在一旁的裴清懿看到叶熙宁前来，亦惊喜地跑了过来，道："师父姐姐，你终于来了。"

因军情紧急，叶熙宁朝她一点头后，跨步上前望向城楼下的情况，也不再顾忌其他，开口问道："敌军在这里有多少人马，能预估吗？"

裴衍随着她的问题，也迅速进入作战状态，凝重地摇了摇头，沉声道："天色太暗，照目前的情况来看，至少有三十万大军驻守在城外一带。"

离楚号称百万雄师，即便只出动了一部分，便已叫他们颇感棘手。

想到此番敌军领军的将领是楚照南，叶熙宁不由得想起当年的束原之战，种种艰辛仍旧历历在目。依照她对楚照南的了解，他既然冒着这么大的风险，绝非只安排了三十万大军在此，他必定力求速战速决，是以灵桑城中必然还驻守着不少离楚的人马。

裴清懿陡然听见叶熙宁开口说话，诧异地张大了嘴，瞪着眼瞧着他们交谈。

她始终反应不过来，她的师父姐姐不是哑巴吗？怎么突然间会说话了？为什么看她二哥的样子，一点都不奇怪？他们两个一向不太合拍，怎么突然间觉得他们之间默契十足，似乎有着不寻常的关系？

一个个问题，让裴清懿消化不过来。

"除了各个守城据点的兵马，召集其他人马，开城门！回击！"叶熙宁当下做出决断，冷静地道。

"当真要这么做？万一敌军全力压制，我们最多调遣十万人马，几乎是以卵击石。"裴衍惊讶地看着她。

叶熙宁缓缓一笑，道："天一亮，他绝不会让你在城内待着，届时城门必破，唯有反攻击退，方能守住飞狐城。"

"可是现在城内的人手根本不够，怎么抗敌？"裴衍急急地道。

她对上裴衍的目光，坚定地道："成大事者，没有壮士断腕的勇气怎么行？最多再有两个时辰，李豫白的人马便可解决飞狐城东侧的离楚军，别忘了他手上的，可是三十万大军，只要能撑住这两个时辰，飞狐城便可安然无恙。"

"你确信？"裴衍犹疑地看着她问道。

叶熙宁沉着地捡起一旁地上的羽箭，一面在地上画着简略的地图，一面语速极快地为他分析着此刻飞狐城的局势。

她清亮的声音充斥在裴衍耳边："城中的百姓，虽以姜靖国的子民居多，却不乏诸多离楚的重要商旅，这些商旅大多是离楚财力雄厚的商客。若是当真

325

两军久持不下，或者这些人的性命被我方当作人质要挟，纵使楚照南不受胁迫，这些商客在离楚的家眷也必定向朝廷施压，到时候离楚朝内一片混乱，楚照南的北伐之计谋也必定受阻。"

听到叶熙宁如此说，裴衍眼中亮了亮，接着她的话道："我明白了！"

他笑道："四年前的束原之战，楚照南败北而归，如今在朝中举步维艰。听闻离楚皇帝身染重病，却将他打发来此地北伐，楚照南如此不择手段地想要拿下云州，不过是想要尽快班师回朝。而如今飞狐城一战，若不能速战速决，他会失去多年以来在朝中苦心经营的威望。为了云州一郡而失去民心，绝非一个正处于皇权斗争中的皇子所期望看到的。"

叶熙宁见裴衍领会了她的意思，清浅一笑，道："是，他绝不会允许自己的计划就这样被破坏。所以，此战不胜，楚照南必定会转移目标，再次将大军撤回灵桑城。"

听过叶熙宁的分析之后，裴衍虽处于她对战局以及楚照南的了解程度的震惊当中，可正是这一份震惊更让他确信，她的判断不会有误。

两人随即做了新的部署和应对之策，将城内的百姓往西夜城疏导，以免城破之时伤及无辜。

在天亮之前，叶熙宁与裴衍稍作整顿，召集城中的六万将士，以及留守于西夜城中的部分兵力，重整旗鼓，聚集于城门后，只待裴衍一声号令，大开城门，便可攻向城外的敌军。

叶熙宁重新回到城楼之上，点足从城楼上飞身而下，以迅雷不及掩耳之势扫除城门口的障碍。随着裴衍一声令下，城门大开，身后数万大军齐声呐喊着，朝着城外的敌军奋勇冲杀而去。

一瞬间，云州军士气万分高涨，喊声震天，响彻云霄。

裴衍和叶熙宁带领着身后的士兵们奋力杀敌，迎来了第一场与楚照南正面交锋的战役。

两军在飞狐城城门处厮杀，云州军虽无离楚军勇猛，但在叶熙宁的指挥下，不见颓势。这使得军中士气大涨，越战越勇。

交战已过一个时辰，敌方阵营中忽然冲出一匹白马，马上之人神态威严，仿佛将一切掌握在手中，傲视群雄，唯我独尊。

他起手提剑，直往裴衍的方向冲去。

当他出现之时，原本身后源源不断地想要往前冲的离楚军忽然静默下来，渐渐地连两军正在交战的士兵们，也停下了手中砍杀的动作，屏息望着那一人犹如从神殿中行来的人物，带着与生俱来的威慑力。

"小心！"叶熙宁见情形惊险，自己已来不及上前，紧张万分地惊呼一声，提醒裴衍。

裴衍听到叶熙宁紧张的声音，与此同时感受到身后怒马飞驰的气势，立即旋身正对，迅速反应，手中的长枪往前一挡，足下一点，运气向后退去。

叶熙宁的一颗心仿佛提到了嗓子眼，几乎是千钧一发之时，只听当的一声响，裴衍以全力挡开那力道极为凶猛的一剑，安稳地定下身姿，迎风而立。

叶熙宁见他无碍，才松了一口气。

裴衍望着马上之人，只见他周身透着沉冷的气势，剑刃之上沾着温热的鲜血一滴一滴地往下滴着，有种与生俱来的王者霸气。

裴衍长枪横握，银白的盔甲之上血迹斑驳，盯着前方之人，唇畔微微一提，朗声问道："阁下就是鼎鼎大名的定远王楚照南？"

楚照南注视着裴衍，忽然纵声而笑，四野之下回响着他的笑声，笑罢他才道："姜靖国唯有一人能入本王之眼，如今此人已死，没有他人能敌本王。"

他的眼神骤然一冷，道："这飞狐城，十日之内，本王必将取之！"

楚照南此言一出，离楚军中忽然爆发出激昂的高喊之声，声声不绝，振聋发聩。

"西夜城已重新归顺朝廷，阁下原本屠城之计怕是要落空，此时说这话未免太过狂妄。"裴衍又是一副懒懒散散的模样，丝毫未被楚照南的气势所影响，让叶熙宁暗暗定下心来。

"哦？西夜城？"楚照南像是努力回想了一下，才做恍然之状道，"本王

327

想起来了，是有那么一回事，只不过原本本王就没把西夜城的投靠当作计划中的一部分，看来要失望的是你。"

裴衍眼神注视着他，眼前之人自负、狂妄且浑身充满杀气。

裴衍毫无惧色，说道："那就要看阁下，有没有这个本事了！"

他笑意慵懒，而下一刻握在手中的长枪掉转，沾着血迹的枪头光芒微闪，他纵身跃起，身形极为迅速，那闪烁着微光的枪头犹如阴雨天中的一道闪电，朝着楚照南直刺而去。

随着他的动作，四周厮杀之声忽然爆发，所有人都拼尽了全力，想将对面的人斩杀殆尽。

四处都是血肉横飞，手起刀落便是哀鸣之声、刀剑的当当之声、弓弦的射杀之声、战鼓声，充斥着所有人的耳膜。

楚照南抬剑轻松挡开裴衍的一击，冷哼一声道："你就这点本事？"

裴衍不怒反笑："对付你，足矣。"

说话间，他抬手将正欲斩向他的一名离楚士兵一枪刺杀，瞬间挑起那人手中的剑，提起内力将它一拨，飞剑刹那间插入楚照南所骑之马的脖子中，贯穿而入。

楚照南反应极为迅速，点足而起，抬剑朝着裴衍旋身而去，两人的交战真正开始。

叶熙宁见裴衍面对楚照南霸道的攻势应付自如，当下放下心来，毫无顾忌地投入厮杀中，为他扫除障碍。

离楚的雄师铁骑，向来训练有素，而经过四年的时间，显然实力更进一步。她面色沉冷，身体里的杀性突然爆发。

在她眼里，此刻眼前不断向她围攻而来的敌军，像是手无缚鸡之力的无能之人一般任她宰割。渐渐地她原本一身鲜红的战衣，被敌军的血染成了深褐色。

叶熙宁虽不断变换着攻打的位置，却始终游走于裴衍周围。她所到之处，便是杀出一片空间，几乎以一人之力抵挡着千军，替他扫清身后所有的障碍。

久而久之，裴衍后方周围躺着的离楚敌军，竟像是一堵由尸体堆砌而成的圆弧形屏障。

叶熙宁杀死一个，便将尸身一脚踢向尸堆之上。

她像是不知疲倦似的，将一拨儿又一拨儿围攻上来的敌军斩杀。她身体里的力量像是不会枯竭似的，周身散发出强大的杀气，她的眼神如刀锋般锐利。

被围成一圈的尸墙，更像是对离楚军最大的嘲讽与震慑，渐渐让面对她的离楚敌军军心动摇，不敢靠近她。

楚照南面向着叶熙宁那方，原本不甚在意，却渐渐因为那一堆尸墙所带来的冲击力，不由得在对付裴衍之时，向她投去审视的目光。

与其说她在为裴衍扫清后方的障碍，倒不如说斩杀离楚的血性男儿在她眼中，跟捏死一只蚂蚁一般容易。

这般极具挑衅与不屑的行为，似乎在无声地用行动反驳方才他那狂妄之言。

她的行为，告诉所有人：姜靖国，并非没有能人！

她这样的举动，在无形中鼓舞了大姜的士兵。随着叶熙宁的调度，他们越杀气势越高昂，即便已经接近力竭，仍是在每一声战鼓响起之时，提刀砍下，竟渐有反攻之势。

裴衍似乎察觉到楚照南的分心，在抵抗他直刺的一剑时，横枪格挡，电光石火之间，两人持着兵器全力向对方压制着。两个僵持的人，手上的武器皆因被注入内力而犹如千钧之重，几乎就要脱手。

从一开始高手之间的较量，到现在全凭武力拼杀，两人皆已微微喘息。

裴衍心中亦被叶熙宁的行为所震撼，然后这种震撼之下，便是全然的信任与安宁，仿佛他此刻面对的，不是千军万马，不是以命相搏。

他尤为骄傲与嘲讽地道："阁下或许要为今日所说的话后悔了！"

她曾对他说"你的后路，由我来守"，诚不欺他。

裴衍微一后退，跃开数步，银枪如游龙一般收回手中。

楚照南被他强大的内力生生逼退几步，定在原地。他深沉如渊的眼眸眯了起来，似乎在重新审视自己的对手，缓而沉地回道："这一战，才刚刚开始。"

"你是一个好对手。"他又道。

裴衍长声而笑，将手中的银枪一立，道："我早说了，对付你足矣。"

叶熙宁朝着裴衍投去赞许的目光，她从未像此刻一样，觉得裴衍这种气死人的功夫让她如此身心愉悦。

飞狐城一役，两军僵持大半个月，仍旧未能分出胜负。

然云州已收复西夜军，虽未大破离楚，但飞狐城得以解困，暂缓了云州紧急情势。

消息传至靖阳城时，举朝振奋。谁也没有想到，那个看起来懒散随性，什么都不会的纨绔子弟裴衍，竟有如此能耐，居然有本事在四下围困之时，解决西夜城叛变困境。

至此云州大战，正式拉开帷幕。

果如叶熙宁所料，楚照南一战不成，因飞狐城牵涉两国重要商旅贸易的特殊性，遭受离楚朝中压力，放弃攻打飞狐城之计。

驻扎在飞狐城外的几十万大军，即刻退至灵桑城，不日便从灵桑城撤离。

离楚军沉寂月余之后，大举进往云州郡东部的琥珀川一带。

琥珀川地势险峻，崇山环绕，又有流域覆盖，而流域大多呈琥珀色，由此得名。

沿河流一带，两岸峰高雪深，景色分外壮丽。而离楚大军所埋伏的地点，两侧因冰川常年侵蚀而形成险峻峡谷——巨鹿峡谷，成了贯穿琥珀川南北的唯一通道。

巨鹿峡谷的北端有一平原地带，名为北鹿原。由北鹿原分为两条道路，一条通往峡谷之上的天穹岩，另一条则通往进入云州郡腹地的要塞嘉榆县。

整个地域由上往下看，仿佛一只躺在琥珀川的巨鹿，那峡谷就是鹿颈，而通往嘉榆县和天穹岩的两条道路为鹿的两角，整个巨鹿峡谷因此而得名。

原本此处易守难攻，然而姜靖国国处九决之北，冬季较长，可耕地少，农业资源匮乏，与离楚的常年交战使得国库几近亏空，举国兵力也日渐衰微。而离楚地产丰富，兵强马壮，以迅雷之势便将驻扎在巨鹿峡谷一带的云州军逼退至嘉榆县。一旦离楚军攻占嘉榆县，便可由巨鹿峡谷一带长驱直入，进入云州郡腹地，后果不堪设想。

裴衍在军报呈上之时，当即令杨煜宁西夜军继续镇守着飞狐城一带的安危，他则挥师往东，支援嘉榆县，以嘉榆县为据点，在北鹿原一带与离楚军交战。

时节已入冬季，万物萧条。

因离楚军率先占据巨鹿峡谷一带的地势优势，云州军奋力攻打半月有余，折损了近一半的兵力，才以惨烈之势将盘踞在北鹿原的离楚军逼退至巨鹿峡谷之中。

裴衍与大军驻扎在北鹿原，叶熙宁则率一部分精锐兵力前往天穹岩。

天穹岩的整个地势，似跪拜在巨鹿峡谷之上双手掌心朝上向天祈祷的巨人。叶熙宁命人结绳，一个个沿着天穹岩的峭壁从上往下而去，落在巨鹿峡谷的东山之上，以巨石阵出其不意地将原本驻扎在峡谷之中的离楚军驱逐，从而将巨鹿峡谷一带收复。

离楚军不得不将兵力撤回，退至巨鹿峡谷南端的南鹿原。

从飞狐城一役，至此番峡谷一战，云州军接连两胜，令军心大振。恰在此时，中宫又传出皇后身怀龙种的消息，令连日来被军情所烦忧的皇帝龙心大悦，更因此大赦天下，将除犯死罪以外的犯人尽数赦免。

皇后有孕一事传至飞狐城之时，裴衍正与叶熙宁商议着下一步的计划。

听闻此消息时，裴衍甚为高兴，毫不掩饰内心的欣喜，直道："长姐终于得偿所愿，真是可喜可贺。"

他当即传了家书回靖阳城，在家书的末尾又添了一句，待小外甥出生之时，他这做舅舅的，定将这锦绣江山的安稳作为贺礼。

叶熙宁瞧见他信上所写，抬手就将手中的毛笔飞向裴衍，道："仗还没打就夸下海口，还是先顾好你自己的安危吧。"

"阿宁如此关心我的安危，真是让我受宠若惊。"裴衍一面说着，一面从容地抬手将飞来的毛笔握住，但是没考虑到笔头上的墨水因为他截住了笔杆一下溅上了他的脸颊。

当他感受到脸上星星点点的冰凉墨水时，叶熙宁看到他俊俏的脸上此刻一脸黑麻子，忍俊不禁。她笑容潋滟，黑瞳如琉璃，正落落大方地笑看着他。

裴衍心中一动，将手中的笔放下，抬手便去抹自己一脸的墨水。

她哎了一声要阻止他，正欲开口让他去清洗，裴衍已然抹得满面满手尽是墨水，望去只见他一双含笑的眸子正看着她，甚为滑稽。

叶熙宁笑得不可抑制，下一刻却被突如其来覆在她脸上的手狠狠揉了揉，一股浓烈的墨水味在她鼻腔里蔓延开来。

裴衍收回手时，看见眼前原本肤色白皙的女子此刻一张黑脸，加之一副吃惊愣神的模样，亦爆发出巨大的笑声，抖着手指着她一张花猫似的脸道："看你还得意！"

"什么事情笑得这么开心？"李豫白远远便听见营帐里面的笑声，掀起帘子进帐，抬眼便看见两张黑不溜秋的脸，顿时吓了一跳倒退一步，惊恐地道，"哇！你们做什么呢！裴衍你不是最爱干净吗？还有熙宁你不是最讨厌他动手动脚的吗？居然任由他在你脸上胡作非为！"

连叶熙宁自己都不曾意识到，自己会有这样的改变。

她正了正脸色，口中却像说着"今天天气不错"的样子，道："换成你肯定不行，我去洗脸。"

在李豫白的错愕之下，叶熙宁已然飞快地走了出去。

"会说话和不会说话的区别，有这么大吗？"李豫白自言自语地问道，又一边不解地看着叶熙宁离去的方向，一边朝着裴衍走去。

他回过头来，看着一脸黑墨的裴衍，张开手臂夸张地比了很大的距离，肯定地道："真的有这么大！"

说完后，李豫白忽然意识到一件事情，对此深感痛心，一脸嫌色地看着裴衍，撇嘴道："自从熙宁姑娘会说话之后，我怎么觉得她越来越像你了？真是近墨者黑啊！世风日下，人心不古啊！"

李豫白这话虽是取笑，却让裴衍极为受用。

他听着这话，面上笑得让李豫白有些毛骨悚然，李豫白警觉地看着他，警告道："喂！你知不知道你现在的样子很丑，笑起来就更恐怖了？"

裴衍拿眼横他，一提袍也往外走去，道："豫白，这你就不懂了，阿懿那丫头只知道胡作非为，不懂什么叫情调，我家阿宁就不一样了。"

他话里有几分傲色，李豫白岂会听不出来，可更多的是肉麻。

李豫白翻了个白眼，不服气地冲着裴衍的背影喊道："行，你们有情调，情调就是互相往对方的脸上擦墨水，抹黑对方是吗？"

裴衍人已掀帘离去，外面传来他的声音："替我把家书寄了。"

见两人都离开营帐，李豫白笑了笑，眼神瞥到裴衍那封摊在桌上的家书，替他折叠好装进信封。他刚想拿着信往外走，派人将信送走，就有士兵上前来报："将军，离楚敌军进犯，请速速调兵！"

李豫白微微一怔，将手中的书信啪的一声放回桌上，立即果断地大步从营帐内往外走，问道："敌军有多少兵力？"

"应是离楚的先锋队，并未全力主攻，尚未得知来了多少人马。"跟在他身后的士兵立即回复。

李豫白脚步一顿，身后的士兵差点撞上他。

飞狐城一役战胜，实属有侥幸的成分。如今在琥珀川一带，云州军已经折损了一半兵力，若是此时离楚军大举进犯，即便重新占据峡谷的地理优势，也未必抵挡得住离楚军的强烈攻势。

李豫白沉吟片刻，才问道："可有派人通知裴帅？"

"还未曾。"

333

李豫白闻言，边抬步继续疾走，边道："你赶紧去通知裴帅，对了，将熙宁姑娘也叫上，去大营商量退敌之策！"

"是！属下这就去。"那士兵领命之后，连忙前去通知裴衍和叶熙宁。

裴衍和叶熙宁赶到之时，李豫白已经召集大军，几人商议之后决定由李豫白带领一支队伍为疑军，前往南鹿原支援，再假意败退引敌军入巨鹿峡谷，裴衍则亲率主力军守在峡谷一带与离楚军交战，叶熙宁和裴清懿前去嘉榆县防守，以防前方战局失利，嘉榆县沦陷。

几人商议好作战计划之后，李豫白立即带领队伍出发。

因楚照南疑心慎重，这一战，李豫白与离楚军纠缠数日，仍然在南鹿原一带的城镇之中僵持不下。

敌军多次偷袭之后又撤退，迟迟未曾大举进攻，令得李豫白渐渐失去耐心。

而在这几日之间，楚照南命人破坏这一带的水源，在源头下毒，致使李豫白所率领的人马逼不得已放弃了山下的城镇，又被截断后路，全军被离楚军逼得退居巨鹿峡谷的西山之上。

而在此之后，又遭到楚照南的大军包围，离楚军大举进攻西山，大破李豫白一方，令李豫白所带的三万云州军士卒四散，溃不成军。

得知前方局势，裴衍万分焦急，紧急之下，叶熙宁为其出谋，命士兵大肆擂鼓，奋力喊杀，而裴衍率主力军全力于南鹿原与离楚军交战，令楚照南怀疑后有伏兵，不敢再度逼近。

然而裴衍赶至南鹿原营救之时，李豫白已不幸被楚照南所擒。

云州开战以来，历经佯攻乌雍关以及飞狐城被困之后，姜靖国头一次遭受重创。裴衍不得已领兵撤回，退居北鹿原。

嘉榆县。

叶熙宁正在营中训练士兵，有人急匆匆地来报，南鹿原一役云州军遭受重创，李豫白被擒。她心中一沉，当下便要前往前方大营，与裴衍商量如何营救

334

李豫白之事。

此时甫生却火急火燎地冲到她面前，喘着大气瞪着她，面色一片惨淡，道："不好了，三小姐刚刚骑马离开了。"

叶熙宁面色骤然巨变，阴沉着脸，难得动怒斥责道："你们一群人，连一个姑娘都看不住！要你们有什么用！"

甫生知道她得知这个消息之后会动怒，却是第一次看到她清冷的面上显露出焦急的神态，亦被她这怒气所震慑，几乎是咬着牙道："我去找三小姐！"他拔腿便要跑去马厩的方向。

叶熙宁怒气未平，又被甫生这鲁莽的举动挑起心头的火气。她抬手便将手中的红缨枪一掷，那枪呼的一声风啸，枪头铮然插入离甫生脚下一指之距的地方，枪身因为这奋力一掷而来回振动，发出嗡嗡的回响声。

"现在去找有什么用！你能带她回来？"叶熙宁厉声道。

裴清懿做事向来冲动，今日必然比她先得知了李豫白被俘的消息，依照她的性子必定是独闯离楚大营，她必须赶在裴清懿闯下大祸之前阻止她。

甫生被这一枪震得浑身一颤，面色煞白地转身看向她。他头一次见叶熙宁发这么大的火，一下不知该如何是好，可一想到裴清懿的处境，只能嗫嚅着问道："那我们现在该怎么办？"

看着他不知所措的模样，叶熙宁极力迫使自己冷静下来，深吸一口气，抬首望向天空。

天际的黑云压在头顶，似乎山雨欲来，她的眼神显得愈加沉郁。

想到此，她心中凛然，迁怒于甫生的怒气已然消去大半，谁也不会料到会发生这样的意外，况且除了自己，在此处根本没有人能看住裴清懿。

叶熙宁静默片刻，当下几步上前，一把将深入地面的长枪拔出，伸手将这杆枪递给甫生，冷声道："带着它去西夜城，请杨将军暗中前来嘉榆县。"

甫生深深吸了一口气，因着之前飞狐城一役，他对叶熙宁甚为崇敬，立即点头道："我马上就去！"

待甫生离开后，叶熙宁立即命宋枭镇守此处，又令掠影立即前往大营将裴清懿之事转告裴衍，以及事关李豫白被抓一事让他少安毋躁，切忌轻举妄动，一定不能失了后方屏障，自己则立即动身去追裴清懿。

　　裴清懿一路上奋力扬鞭策马，赶往南鹿原一带离楚大营驻扎的地方。

　　当她惊闻李豫白被擒之时，几乎站立不住，二话不说便抢了前来报信士兵的马。她一双眼通红，极力忍着眼泪，告诉自己不要哭。

　　她的豫白，向来无所不能，她想要什么，他都能给她。所以为了她，他也必定会好好活着。她不断告诉自己，李豫白一定不会有事。

　　"驾——"

　　"驾——"

　　"驾——"

　　……

　　她一声一声的策马声响彻幽深的峡谷。

　　头顶黑云密布，天色阴沉得像是已入夜，距离南鹿原前方的小镇愈来愈近。此时天上渐渐落下雨来，不消一会儿，雨势便愈来愈大。

　　阵阵马蹄声在滂沱的雨声中显得愈加响亮，沉闷地踏破积在地面上的水潭，发出的踏响声，犹如擂鼓之声，响彻耳边。

　　裴清懿身上的衣衫，已然被凉彻心扉的雨水浸湿，她娇小单薄的身形显得越发清瘦，却像不知寒冷似的，驾着马往前赶路。

　　她偶尔抬手抹去迷糊了眼睛的雨水，面色坚毅。

　　裴清懿单枪匹马奔赴离楚大军营前，敌方士兵率先发现了她，她欲开口叫阵，才发现自己已然被冻得四肢僵硬，想开口声音却哽在喉咙间。

　　"前方来者何人！"离楚军的守卫大声喝道。

　　裴清懿握紧双拳，指甲掐进掌心，传来的钝痛让她稍稍恢复了些知觉，她缓缓调整着内息抵御沁入体内的寒气，沉声道："无名小卒，不配知道我是谁！叫楚照南出来见我！"

此时已有将领听人禀报，出营查看，听见裴清懿的话，怒道："狂妄之徒，王爷岂是你想见就见的！"

　　"想不到堂堂离楚定远王，竟不敢见我一个小女子，说出去怕是要叫天下人耻笑！"裴清懿冷声嗤笑，故意激怒对方。

　　在暴雨的冲刷之下，裴清懿几乎睁不开眼，而她身下的马在大雨中似乎也显得焦灼不安，不断地来回踏着马蹄。

　　那人身材高大，已是四十有余的年纪，看见营外的小女子竟如此嚣张，瞋目叱道："姜靖国是没有男人了吗？竟叫一女子前来叫阵！还不速速离去！"

　　裴清懿不欲再多废话，撩起挂在马上的弓箭，拉弓绷弦，动作极快，箭矢瞬间穿过雨帘钉入那人脚边，惊得那人向后退了一大步。

　　"一个大老爷们儿说话这么啰唆，还不叫楚照南出来见我！对付你们这种宵小之徒，岂用得着我大姜七尺热血男儿！"她高声讥讽，那一箭的举动，已然引起对面阵营士兵们的不满。

　　那人大怒，轻骑出阵，上前道："无知女子，待我先会会你！"

　　"来者何人，留下姓名！本将不与无名之辈交手！"裴清懿策马上前，不输气势。

　　"哼！"那人见眼前女子不过十几岁的模样，不由得嗤之以鼻，道，"我乃离楚虎威将军崔成义，小娃娃，我看你还是回家找你娘去，回头莫要说我这老爷们儿欺负一个小姑娘！"

　　"废话这么多，先吃我一剑！"裴清懿已然抽出清凝剑，从马背上一跃而起，率先出招挑衅，朝着崔成义攻去。

　　崔成义不料她竟然如此胆大，提枪格挡，却被她那一柄软剑，以极为不可思议的弧度，眨眼间袭向他的脸。

　　慌乱之下，他奋力向后一仰，清凝剑薄如蝉翼的剑身青芒闪烁，在大雨之下，剑身暗沉的光芒在他眼前一闪，他脸上一阵刺痛。待他反应过来之时立即骑马绕开，抬手一抹，手中已是一片血色。

　　崔成义被裴清懿这一举动激怒，睁大了眼眸恨恨地瞪着她，忍不住呸了一声。他未曾想到眼前这小女子竟还有些本事，倒是小瞧了她。而且此人出招极为刁钻，故意在他脸上划了一道口子，叫他在身后众将士面前失了脸面。他当下大喝一声，横枪一扫，便朝着她扫去。

裴清懿身体柔韧，轻易就躲开了他这一枪，忽然闪身离开马背。

她飞起之时，身上带着的雨水突然溅开，水珠进到崔成义脸上，他本能地一闭眼，那方的少女已然运足内力，朝他反攻而来。

那剑势凌厉，却又刚中带柔，一把柔软的剑身却处处透着锐利的剑气。

崔成义心头一惊。

清凝剑的剑身此时因被注入内力而通体泛着森冷的剑光，如狂澜般的气息直冲他而来，心念电转之间，他只能奋力抵挡她这一击。

大雨之下，看似实力悬殊的两人，局面却截然相反。

裴清懿的这一招直接将崔成义从马上逼得落到地上，他不承想这小女子，竟有这般本领。

因方才的轻敌造成此刻的困局，崔成义心中懊悔已然来不及。可他终究是身经百战的老将，几招应对下来，已渐渐扳回局势。

裴清懿目光冷凝，不知是哪里来的惊人爆发力，两人缠斗两百余回合，不见她落于下风。

泥水践踏纷飞，溅到她的脸上之后又被冰冷的雨水冲刷干净。她肃然而认真的面容在雨水中，有股不达目的誓不罢休的气势。她的一招一式，无论是攻是守，都几近完美。

惊天的雷电之下，少女目光中带着隐约的挑衅和轻蔑，霍然一跃而起至不可思议的高度，又冲天而下。这一招用尽了她全部的内力，像是殊死一搏。

崔成义未料她宁愿两败俱伤收场，也不甘打个平手，心下大骇，想要抵挡已然来不及。

那惊天动地的光芒直射而来，他惊恐之下败局已定，却在电光石火之间，有一道身影忽然袭来，力挽狂澜。

崔成义被一股巨大的内力拖住，将他从裴清懿的招数下救出。来人在救人之余，居然还能抵挡住裴清懿那全力的一击。

与此同时，谁也不清楚到底是什么时候又出现一道身影，将那道身影反击的一招化解开去。他们甚至没有看清到底是怎么一回事，那原本缠斗的两人，停下之时已然是四人两两对立。

"小徒顽劣，竟惹得堂堂定远王与虎威将军联手对付，不知该说是小徒荣幸，还是阁下仗势欺人？"来人身披蓑衣，头戴斗笠，微微低着脑袋，让人看不清她的脸。

可她一开口，裴清懿便惊诧又兴奋地上前两步叫道："师父姐姐，你怎么来了？"

叶熙宁微微一偏首，将背在身后的斗笠摘下罩在裴清懿头上，看着被雨淋得面色苍白的徒弟，伸手将她的斗笠戴好，抹去她脸上淌着的水，无奈地道："若你出了事，我如何向你二哥交代？好好的一个妹妹交与我，我却将你弄丢了，他要向我讨人，我可赔不起。"

见裴清懿安然无恙，她放下心来，嗔怪地看了她一眼，也未对她今日这番鲁莽的举动多加责备。说完她又立即将背上的蓑衣解下，一扬手迅速替她穿上，遮挡住雨水。

楚照南面色平静地看着眼前两位女子，她们旁若无人地交谈着，似乎并未将方才一战当回事，也未曾觉得自己身处险境。而这穿着蓑衣而来的女子，武功高深莫测，他不想姜靖国竟还有如此高手，探究的目光不由得朝着叶熙宁看去。

"呸！怎么又来一小女娃，姜靖国的男人是死光……"

还未等崔成义说完，叶熙宁身形一动，抬手一扬，那雨水竟化作暗器般击向他，只听他一阵痛呼，双手捂着嘴，一副痛苦不堪的模样，露出的眉眼都挤到了一块儿。

崔成义捂着嘴的双手指缝间，渐渐有淡红色的液体渗出，痛得他眼泪都给生生逼了出来。

叶熙宁冷冷地看着他，道："东西可以乱吃，话可不能乱说，会闪了舌头。"

崔成义听见这话，刚又连连吃了亏，已是怒火中烧，刚想开口骂回去，见楚照南蹙着眉瞥向他，眼神冷得可怕，不由得噤了声。

此时离楚营帐中有士兵举着伞跑了出来，替楚照南挡雨，他身上的衣衫已然湿透。

崔成义心知楚照南的脾性，识趣地退下，朝着营中走去。走了几步，他松开捂着嘴的手一看，掌心之中全是血水，瞬间又被雨水冲刷了去，伸舌一舔，两颗门牙竟这么一舔就落到了口中！他看着自己吐在掌中的两颗门牙，不由得骂道："臭娘儿们！"又疼得去捂嘴，骂骂咧咧地回了营中。

刚刚那惊险的一战，楚照南虽有十足的把握，却仍是将目光留在了叶熙宁身上。

那清冷的女子似乎丝毫不在意此刻的危险，一副轻轻巧巧之态，瞧着身材娇小的少女叮嘱道："若有下次，绝不轻饶。"

那少女敛了锋芒的气息，委屈地吸了吸鼻子道："我要救豫白。"

听闻此言，楚照南才知她们前来的目的，想必这姑娘与李豫白关系匪浅，而当他的目光落在这少女身上时，倏然眯了眯眼。他原本静如死水般的心，微微起了涟漪，而那涟漪随着他盯着裴清懿的目光，掀起阵阵惊涛。

楚照南的心一寸寸收紧，这面色清冷苍白的少女，因被雨水淋湿，发丝黏在了双颊之上，整个人惨白得惊人。她盈盈的目光看着她的师父，分外委屈和忧心，却让他心情莫名烦躁。

即便是这样的狼狈之态，他仍然能看出她当年巧笑倩兮玲珑微笑的模样。

"不要怕，我会救你的。"

"放心，我一定不会告诉别人你在这里。"

"离楚人又怎样？是命，我就得救。"

"我今天救了你一命，来日若是有机会，你也还我大姜一条人命如何？"

……

他脑中不断盘旋着当年那个轻手轻脚替他包扎伤口，将他照顾周全的少女，心潮涌动。

裴清懿感受到一道目光在自己身上徘徊，侧首朝楚照南看去，神色不满，愤然道："你就是楚照南？快把豫白还给我！"她的声音娇憨清越，带着一股少女的脾性。

楚照南微微沉了脸色，明显感觉到自己的不悦，连带着周身的气息也冷了下来。

站在他身后替他打着伞的侍卫，不由得战栗了一下，他知道王爷向来沉冷，却甚少动怒，然而此刻这莫名的不悦，不知从何而来。

楚照南打量她一番，缓缓启唇道："你是何人？"

"我是大姜裴国公府的三小姐，我姐姐可是大姜的皇后，上次飞狐城大败你的人，是我的二哥裴衍！"她微微昂着头，一脸傲色。

楚照南听她道来，微微挑了挑眉，心道原来当年救他的，竟是裴国公的小女儿。他苦寻这么多年，都未曾想到那个看似流落江湖的孤身女子，竟有这样的身世。

怪不得他这几年寻遍离楚，都不曾找到她的踪迹。

可看她的模样，她对他似乎早已毫无印象，非但如此，现在她心心念念的还是被他所擒的阶下之囚——李豫白。

"裴三小姐胆识过人。"楚照南唇畔微提，只是这笑意让裴清懿感受到莫名的危险。

裴清懿微微一退，将半边身子掩在叶熙宁身后，警惕地看着他道："我胆识过不过人，与你何干？方才一战，若是没有你从中作梗，我早已取了那人性命。阵前败阵，还不速速交人！"

楚照南一双深沉如渊的眸子注视着她，目光微闪，蓦然笑道："和你打的，又不是我。况且，他说了不算数，我说的，才算数。"

"你！"裴清懿气结，论无理取闹，长这么大，还没有人比得过她，可眼前这位离楚定远王，竟然比她有过之而无不及，真是岂有此理！

"你到底要如何才能放人？"她气红了脸，这才让冻得面色苍白的脸看着有了一些血色。

楚照南面上竟然隐隐含笑，淡淡地看着她，一字一顿道："一命换一命。"

裴清懿霎时一怔，不知为何，楚照南虽未言明，可他那迫人的眼神，让她有种他对自己有着莫大兴趣的压迫感，而这种意识让她不由得害怕。

她咬着唇看着对方，极力告诉自己不要畏惧，微抬下颌，问道："怎么交换？"

她这一小小的动作，早已落入楚照南眼中。

他神色微妙地看着她道："既然裴姑娘向我要人，那就……拿自己换吧。"

"那就……拿自己换吧。"裴清懿脑中一直回旋着这句话，她不知道楚照南为何会提出这样的要求。红晕渐渐从脸颊上浮现，她绞着手指，敢怒不敢言，身上也开始发烫，原本分外寒凉的雨水，此时竟让她觉得舒畅。

叶熙宁冷笑道："人，我们是要定了，只不过换与不换，可不由你说了算。"

"哦？"楚照南将目光重新落回她身上，这个武功高强的女子，不知为何总给他一种熟悉的感觉。可是凭他过目不忘的本领，他确信自己从未见过眼前这位女子，然而从她这般从容不迫的神态来看，她对自己，似乎甚为了解。

她刚欲开口，眼角的余光忽然看到人影一晃，心下一惊忙伸手一揽，将裴清懿稳住，盯着她一看，见她面色潮红得有些异常，抬手一摸才发现烫得吓人，面色一沉道："阿懿，你发烧了。"

裴清懿只觉脑袋昏昏沉沉的，连视线都变得模糊不清，只嗯了一声，便晕了过去。

叶熙宁当下抱住昏迷过去的裴清懿，偏首朝着楚照南道："我们会再来，届时，我会让你不得不交人。"

说罢，她抱着裴清懿点足飞跃，一下便落在不远处的马背之上，轻叱一声

"驾"，便穿雨而去。

站在楚照南身后的侍卫见状，忙问道："王爷，要不要追？"

楚照南望着两人离去的方向，心道："下一次见面，就不会这么轻易地让你离开了。"

暴雨渐渐平息，直到视线中那两道身影在灰蒙蒙的天色之中消失不见，楚照南方沉默地转身回去。

裴衍接到叶熙宁命人传来的消息之后，一直在营中等候消息。一直到她带着昏迷不醒的裴清懿回来，他才微微松了一口气。

看着叶熙宁怀中靠着的人，裴衍立即将她抱了下来，叶熙宁也从马上跳了下来。两人自从来到琥珀川之后，已有许久未曾见面，此时再见，不承想是这番光景。

他深深地看了她一眼，眼中含着深深的眷恋，也夹杂着数日来的疲惫。一身战甲之下，他依旧丰神俊朗，看着叶熙宁的灼灼目光中有着一片温柔。

她身影窈窕，蓑衣斗笠，额前的碎发与面庞沾着雨水，原本就清冷的面色，此时看起来愈加苍白。

裴衍眼神里含着一丝歉意，若不是为他，这两个他至爱的女子，都不会如此奔波，她们本应待在闺阁之中与世无争，此时却在风雨中穿行。

可他连一句话都没有时间多说，立即将裴清懿抱进营帐中放在床榻上，抬手摸了摸她的额头，烫得吓人，又想到她从小就没吃过什么苦头，这一病让他这做兄长的心疼不已，问道："只是发烧，没什么大碍吧？"

叶熙宁点了点头，叫他放心了许多。

叶熙宁道："幸亏及时赶到，才无大碍，只是淋了太久的雨，又紧绷着神经与崔成义一战，耗尽了力气，才发了高烧昏迷不醒。"

叶熙宁的解释，让裴衍放下心来。

他朝她感激地看了一眼，道："阿宁，谢谢你。"

叶熙宁只是笑了笑，又轻轻拍了拍他的肩头，示意他让开，轻声道："去准备一桶生姜水让她沐浴驱寒，我先替她将身上的湿衣服换了。"

裴衍立即起身让了位置，点头道："好。需要我让军医过来看一下吗？"

叶熙宁摇了摇头道："不必了，回来的路上我已为她输过真气，也把过她的脉，并无大碍。"她抬眼向他看去，催促道，"赶紧准备水去。"

裴衍长舒一口气，快步朝外走去，吩咐伙房立即准备生姜水，又亲自拉了屏风将营帐隔开，吩咐侍卫们将水桶抬来。等一切准备好，才将裴清懿放入浴桶之中。

裴衍一直在营帐外守着，直到叶熙宁处理完掀了帘子出来，才稍稍放下心来。

他仍是蹙着眉，言语中不乏忧心，道："这丫头做事总是这么冲动，醒过来要是又擅自跑去救豫白可就没这么好运了。"

叶熙宁看了他一眼，看他明明一副担忧的模样，却总是在嘴上与裴清懿过不去，低眸一笑道："她有你这么好的兄长在，无论何时都会好运。"

裴衍闻言，心中微微一动，将注意力放到许久未见的女子身上。

他伸手覆上她冰凉的手，缓缓握紧，收在手心里，心疼道："等她醒来看我不狠狠揍她一顿，害你也担惊受怕。"

叶熙宁眉若远山，含笑看着他，略有挑衅，道："我的徒弟，你也敢动？"

那张沉静清雅的面容微微一笑，犹如盛雪之下独自傲开的寒梅，清冽而美艳。

裴衍与她靠得极近，清晰地看着眼前这一张带着温色的面容，他平静的眼底渐渐生出惊喜来。

他心口微微一烫，像是小虫爬过引得心头一阵酥酥麻麻的感觉，令他心尖透出欢喜的感觉。她这短护得可真是太合他的心意了，于是他连连道："不敢不敢。"

裴衍拉着她回到营帐中，看看昏睡中的裴清懿，又看看叶熙宁，忍不住摇

344

头叹道："这丫头姓嚣名张，敢情是名师出高徒啊！"

他一副痛心疾首的模样，嘴角却是微扬着的，仿佛刚才看到不省人事的小妹而忧心紧张的那个人不是他。

叶熙宁不由得瞪了他一眼，道："有空想这些，不如好好想想如何把李豫白救回来。"

她话音落下，心中却暗道："是啊，我原本也姓嚣名张。"眼中便有些黯然。她对裴清懿格外照顾与喜欢，恰是因为她身上的张扬率真，活脱脱就是当年宁朝歌的脾性。

那些她曾经拥有又失去的东西，在另外一个人身上看见，令她想尽最大的努力去守护那些如今在她看来难能可贵的美好。

自从裴清懿等人离开后，楚照南便独自待在营帐中不曾出来。他手中拿着一块帕子，上面绣着一朵染了淡淡血迹的青梅。那是当年他落难之时，被她救起时她留下的。

他一直带着，从未离过身。

与她相处的那十余日，是他毕生都不曾感受到的安心与快乐时光。之后他便被救走，那时她出去替他买吃的，两人未来得及告别，便匆匆分开，他就再也没有了她的消息。

方才认出她来时，他又是惊诧又是欣喜，当年那个豆蔻年华的少女，如今已然亭亭玉立，出落得像清水芙蓉般美丽。

他曾无数次想象过她现在的样子，却没想到是在这样的情况下，以这样对立的身份再次重逢。

第十五章　百密一疏陡生变

裴清懿这一病，昏迷了一天一夜，云州郡从大雨过后的阴沉，转入了暴雪天，迫使两军停止交战。这对于刚刚吃了一场败仗的云州军来说，倒是一件好事，给了他们缓冲的时间。

裴清懿醒来时，裴衍正与叶熙宁在屏风后轻声讨论着下一步的应对计划。几番交战下来，单从兵力而言，离楚军的迅猛已让裴衍心头的压力渐渐沉重。若非叶熙宁几次相助，将局势转危为安，恐怕此时的情况更为堪忧。

而在此时，天降大雪，将整个巨鹿峡谷的通道封阻，令离楚军队难以进攻，才使云州军得以有喘息休整的时机。待大雪退去，离楚军必定会攻往北鹿原一带。北鹿原连通巨鹿峡谷、嘉榆县还有天穹岩，倘若此一战再失利，离楚军在琥珀川的局势便会得到扭转，届时嘉榆县将会成为琥珀川的最后一道屏障。

裴衍指着地图沉思良久后道："守不住北鹿原，嘉榆县就将成为烽火之地，即刻命人将嘉榆县的百姓迁移。"

"你是做好了将嘉榆县作为两军交战之地的准备？"叶熙宁吃了一惊。

这一战云州军未必会处于下风，就目前的形势而言，离楚军只能通过巨鹿峡谷到达北鹿原。而北鹿原的两条退路，嘉榆县和天穹岩，均是云州军的地盘。

裴衍眼底浮现出难以确定的幽深："北鹿原一旦沦陷，势必会影响整个琥珀川的战局。现在我军虽看起来与离楚军势均力敌，可是离楚军今时不同往日，我不能不考虑百姓的安危。"

他顿了顿，抬眼看向叶熙宁，灯火之下他的面上阴影加重，微微叹息道："这四年离楚军养精蓄锐，我军却是松劲懈怠，不过几月的交战，已显露出人困马乏之态，这样悬殊的实力，怎能与离楚百万雄师相抗？"

叶熙宁怎会不明白裴衍所言，她曾在云州待了十余年，再也没有人比她更熟悉姜靖国的兵力了。

叶熙宁目光深邃复杂，难掩连日来的疲惫焦灼，她愁眉深锁，想开口说话，但又无以反驳。即便她如何不想承认，也不得不面对这样的事实，云州早已不是当年她所镇守的疆土。

"我们现在不得不做最坏的打算。"裴衍看着她难言的神情，仍是道，"将琥珀川一半的兵力调遣至嘉榆县，即刻派人将嘉榆县的百姓疏散。将两成兵力调往巨鹿峡谷，卡住峡谷一带，其余三成兵力守住北鹿原以做防御。若是巨鹿峡谷一带的离楚军攻势太猛，即刻退去北鹿原，若是情况没有我想象的糟糕，在北鹿原的三成兵力可前往巨鹿峡谷一带支援。"

叶熙宁眉心微微蹙起，道："巨鹿峡谷一旦失守，北鹿原必定成为两军交战的战场，届时天穹岩也会随之沦陷。离嘉榆县最近的是樊阳城，可从樊阳调兵支援嘉榆县，将镇守嘉榆县的一半兵力分至天穹岩，如此一来，天穹岩便有兵力驻守，一旦这里局势危险，便可来个螳螂捕蝉黄雀在后，暂时延缓离楚军攻陷嘉榆县的时间。"

"樊阳城到嘉榆县即便畅通无阻，几万大军到达嘉榆县也需一日行程，一来一回便是两日。如今大雪阻道……"叶熙宁蹙了蹙眉，估量着大军支援嘉榆县的时间，看向裴衍，肯定地点了点头道，"可以试试。"

裴衍深黑的眼眸在听到这话之时，不由得一亮，道："如此我们的胜算便大了许多。"

叶熙宁点了点头，蹙着的眉心却没有舒展开。

裴衍见叶熙宁神色凝重，眼里的兴奋之色也渐渐褪去。他明白叶熙宁的担忧，若是离楚军当真攻破云州军的防线，来不及从樊阳城借兵，他们将失去峡谷东西两山的地理屏障保护，无异于将镇守天穹岩的将士们送上了退无可退的绝路。

裴衍虽知此时无论说什么，都显得像是自我安慰，仍旧说道："我们一定能守住这里。"

叶熙宁目光暗了暗，看着站在自己身侧的男子，她无奈地道："裴衍，你忘了，楚照南手上还有一个人。"

裴衍神情一动，双手不由得握紧，艰难地道："楚照南会把豫白怎么样？"

叶熙宁缓缓摇了摇头，道："我不知道，可是我知道，他绝不会放过一丁点机会。昨日阿懿营前叫阵，若是我没有推测错误，楚照南必定会另有动作。"

她垂了眼睑，愧疚地道："裴衍，对不起，若是我拦住了阿懿……"

裴清懿醒来后听了许久两人的谈话，待听到此时，心头不由得一怔，她心急火燎地前去离楚大军前叫阵，险些吃了大亏不说，也未曾想到这一层面。

她的举动，竟让原本就被俘的李豫白，愈加危险。

她原本是想救他，不承想竟害了他，她心头顿时如坠冰窖，只觉浑身冰凉。

裴衍并不知晓裴清懿已经醒过来，只看着叶熙宁安慰道："阿懿的性子我是知道的，除非你把她绑起来看着她，让她一刻也不离开你的视线，否则无论如何她都会跑去救豫白的。"

"裴衍，你不知道楚照南，他行事狠辣，李豫白落到他手上绝不会……"她一急，一时忘记了自己现在的身份，看着裴衍疑惑的眼神，她心头暗暗后悔，忙顿了话语，改口道，"我是说，他……我的意思是他都可以视飞狐城中

348

离楚的百姓与商贾之士的性命于不顾，遑论李豫白了。既然已经知道我们要救他，他一定会拿李豫白的性命来交换，得到他想要得到的。"

她咬了咬牙，问道："若是他以李豫白的性命相要挟，要你以琥珀川交换，你……答不答应？"

裴衍内心震撼，他不是没有想过这一局面，只是此刻被叶熙宁挑明，他仍是不想面对，眉宇间的倦色更重。

他喟然叹了一声，艰难地道："在其位谋其政，我身为云州军之帅，不能不以大局为重。"

裴衍的言外之意已非常明显，若是当真到了那一步，他只能舍弃李豫白，保护琥珀川的安危。他不能因为一个人，将整个琥珀川拱手让给楚照南。

"若是让豫白选择，我相信他也会这么做。"他沉重的语调里，含着决然与不舍。他心中明白，像李豫白这样的人物，绝不会允许自己成为大姜的罪人。与其如此，倒不如舍生取义，来得痛快潇洒。

裴清懿听到裴衍的话，死死咬着唇，克制着不让自己发出声来，眼泪却不受控制地大颗大颗从眼角滑落。

叶熙宁无言地看着裴衍，心中怅然。

李豫白之于他，是手足兄弟，若能相救，他绝不会袖手。

然而他，不得不做好随时舍弃李豫白的准备。

大雪下了两日后终于停了下来，却将整个琥珀川覆盖了厚厚的素白银装。

裴清懿醒来后，一直由叶熙宁照料着，她高烧退下之后，身体虚弱，终日只是神色恹恹地待在营帐之中，叶熙宁则在得空时与裴衍一同部署防守的兵力。

谁也没注意到，裴清懿就在醒来后第二日，又悄悄避开所有人的耳目离开了。

她只留下一封书信给裴衍，信上写她听见了他与叶熙宁的谈话，是她害了李豫白，既然救不了他，那她要和他一起，同生共死。

裴衍看着信，都快急疯了，提了剑便要赶往离楚大营，却被叶熙宁阻拦了下来。

"阿懿行事不计后果，你也是吗？身为主帅如此冲动不顾大局，你有何颜面面对你手下的将士！"她气急，指着裴衍大骂，"裴衍，我以为你懂得权衡李豫白和琥珀川之间的利害关系，就是你心中早已做好了最坏的打算，可是没想到你如此令我失望！"

裴衍被她这一席话，责问得一个字都说不出来。

裴清懿是他的亲生妹妹，李豫白亦是他的手足兄弟，他可以为了大姜舍弃李豫白，为什么轮到他的妹妹就不行？他是昏了头，才这么情急地想要冲到敌营去。

裴衍心中困苦的情绪一时间无以发泄，只能狠狠地踢了一脚地上的积雪，极力忍着心中的焦急。

战争，永远都会逼迫着你去接受失去你不想失去的东西。

叶熙宁沉着脸道："为今之计唯有调集所有精锐将士，和我们一道前去，马上派人前往嘉榆县通知杨煜宁，将原本驻扎在嘉榆县的兵马调往北鹿原，我们没有时间等待樊阳城的支援了。"

裴衍又是一惊，未曾想到她心中已有计划，立即毫不犹豫地道："好！"

待兵马集结之后，两人率军前往南鹿原，朝着离楚大营前去。

两日的大雪让狭长的峡谷积满了厚厚的雪，积雪之上有马匹行过的痕迹，沿着峡谷一路延伸。

裴衍与叶熙宁带着两万精锐兵马，顺着巨鹿峡谷往前行去。原本不过一个时辰的路程，却因道路之上的积雪而拖延。

裴清懿再一次来到离楚大军营前之时，崔成义一眼便认出了这是前两日让他差点丧命的小女子，立刻遣人去禀报楚照南。

她一身浅紫色衣衫，披着白色貂绒大氅，站在寒风之中，裙裾被风吹得鼓鼓而动。

楚照南掀帘从营帐中出来，抬眼便看见立在风中身姿单薄的少女。他原本就面无表情的脸上，此刻深黑的眼中又是一沉，薄唇略微抿紧，跨步朝着她走去。

连他自己都未曾察觉，他脚下的步子比平时快了一些。

见楚照南走近，裴清懿放下了牵着的马缰绳，拢了拢身上的大氅，将身子掩在里面，方才觉得透凉的身体有了些许暖意。

楚照南未曾想到她会去而复返，只见她面色微微发红，明显带着病容。

裴清懿神色坚毅，却是与那日张扬的样子截然不同。她微微抬着下颌，朝着楚照南问道："王爷上回说，若是要向你拿人，便用我自己来换，不知此话当真与否？"

她说这话的时候，声音不稳，藏在大氅之下紧紧抓着的手，不安地揉着。

裴清懿的一举一动，以及强撑的傲气里带着的倔强和怯懦，被楚照南看得一清二楚。他掩在广袖之下的双手缓缓握紧，手指摩挲着左手拇指上的玉指环，眉峰聚在一起，看着她的面庞沉默不语。见她凝神屏息等待着他的回答，他才启唇道："裴三小姐是决定好了，要拿自己来换人？"

踏雪而来的少女，听到他这么一问，好似胸口松了松，面容沉静而平缓，朝着他点了点头道："是，用我来换李豫白。王爷说过的话要是作数，我愿意。"

楚照南低眸一笑，俊美的面庞上原本微蹙的眉峰舒展开来，眼眸中不起一丝波澜，唇畔微微提着，那笑意却甚为凉薄。他淡淡地道："拿一位云州军的副将，换你？"他一笑，缓声道，"这交易并不划算，我后悔了。"

裴清懿面色一滞，胸口犹如一团火在烧着，却颓然无力。她被楚照南的话一激，心中着急，刚欲开口说话，却猛烈地咳嗽起来。

她想到裴衍与叶熙宁的谈话，心中感到一阵酸涩苦闷，好不容易压下咳嗽，问道："那王爷现在要什么样的条件才肯交换？"

看着往日里娇俏可人、个性张扬的少女，此刻因为另外一个男人肯如此低声下气地与自己商谈条件，楚照南感受着心中从未有过的一番异样波动，却只能用更大的力量握紧双手，提醒自己克制情绪。

裴清懿见他目光总是落在自己身上，眼内是毫不掩饰的打量与关注，令她的心微微发紧。她几乎能感受到楚照南看着自己的眼神中，带着侵略的危险意味。

两人眼神对峙间，楚照南牵动唇角，轻笑道："我在此摆下擂台，只要你打得过我，我就放你和李豫白一同归去。如若不然，你们两个都得留下，如何？"

裴清懿一怔，她不知道楚照南的武功到底有多高，可单凭那日他从她剑下救走崔成义那一招来看，她绝非他的对手。他说这话的意思，摆明了是要告诉她，他现在两个人都不想放走。他压根就不想放了李豫白，而她，也逃不了了。

她咬了咬唇，道："好，但是我有一个条件。"

"你说。"楚照南像是没有看见她脸上的神色变化，轻描淡写地道。

"我要见他一面。"她说出这话之后，仿佛松了一口气。

他答道："好。"

裴清懿被带至关押李豫白之处，他被困在囚笼之中，背向营帐的门口，听到有人进来，不甚在意地道："怎么？要拿我做筹码去要挟裴衍了？"

他声音清朗，丝毫没有被擒的窘困，转首时，那掩在阴暗光芒之中的眼眸，温和干净，眼神清亮。

李豫白侧首抬眸，视线所及之处的那一抹淡紫色裙摆，却让他心头一惊，下一刻便警觉地立刻起身抓着囚笼狠狠地盯着她，手上、脚上的铁链当当作响。他几乎是咬牙问道："你怎么会在这里？"

少女笑容潋滟，视线与他相对，似乎全然没有看见他的暴怒和担忧："我来看你呀！"

裴清懿走近笼子旁边，看着他紊乱的发丝和浑身脏兮兮的样子，心中一阵抽痛，面上却仍是平静地笑问："怎么？你见到我不高兴吗？"

李豫白紧张地盯着她，眼神中充满疑惑，道："你还没回答我你怎么会在这里！"

裴清懿笑看着他紧张的模样，踮了踮脚俏皮地回道："因为我神通广大啊！"她捻了一撮青丝，绕着指尖一圈一圈地环着。

这时楚照南也掀帘进来："她答应和我比武，赢了我放你们一起走。"

李豫白面色一惊，难以置信地看向裴清懿，一字一句咬牙问道："输、了、呢？"

"输了你们两个都要留下来。"

楚照南平淡的口吻，却惊起李豫白心中的惊涛骇浪。

"我不同意，你赶紧给我回去！"李豫白急怒道。

裴清懿却笑了笑，摇了摇头，伸手覆上他抓着囚笼木栏的手，暗暗用力一握，像是在安抚他道："豫白，由不得你我了。"

由不得你不同意，也由不得我走了。

既然已经选择了这条路，就算是死，也要死在一起。

"我李豫白还不用一个女人来救！"他怒吼道，"裴清懿，你清不清楚你在做什么？"

她不管不顾，只道："我只知道我在乎你，要走我们一起走，要死，我们也要死在一起。"

楚照南淡淡地看着眼前这一对痴情男女，面色越来越冷。他寻了这么多年的少女，在他面前与另一个男人诉着衷肠，却早已将他忘得一干二净。

他的不悦已显而易见，嘲讽地道："裴小姐，他似乎并不希望你救他呢。"

裴清懿心中一痛，勉力笑着，又摇了摇头道："因为他在乎我，所以不想我以身犯险，豫白你说是不是？"

李豫白气急，不知该如何说服她："是，我是不想你以身犯险！只因为你是裴衍的妹妹！我也将你当作亲妹妹一般疼爱，若是你有个三长两短，我即便

353

是死了，又有何颜面面对裴衍？你让我如何向他交代！如何向裴国公和夫人交代！"

裴清懿面色一震，两道柳叶眉蹙在一起，双眸中盈着泪水："只是这样？"

她的身体抑制不住地颤抖起来，握着他的手也松开垂了下来，眼泪委屈地簌簌而下："可是我想和你在一起，我们生死都在一起。"

李豫白从未见过她这副模样，他从前捧在手心里的少女，如今却是他亲手伤害着她的心，他心中苦涩，却极力表现出坦然的神色，道："傻丫头，哪有什么比命更重要的，我不需要你为我这样做，我承担不起。这只会让我心中有更重的负担，若是死了，我也死得不安心，你懂吗？"

他看到裴清懿不住地摇头否认道："我不懂，我也不想懂，我只知道我不能让你死，如果非要死，我们也要死在一起！"

"你太让我失望了！由始至终你都在用你的任性消磨别人对你的耐心！我从前宠你疼你，不是让你给我看你这副刁蛮任性的样子！你能不能别这么胡搅蛮缠！"李豫白情急之下，只能拿言语来刺激她。

裴清懿死死地咬着唇，瞪大了眼睛看着他，良久才颤声道："豫白，你想赶我走，又何必说这样的话来伤我。"她的心口一阵刺痛，笑容凄清。

她不信他当真觉得她刁蛮任性、胡搅蛮缠，在旁人眼中，她或许确如方才他所言，只是从他口中听到这样的定论，仍是让她难过得不能自已。

李豫白内心钝痛，焦灼疲倦与担惊受怕的感情混杂在一起，让他在囹圄之中不知道该如何处之。

裴清懿定了定心神，隐忍又高傲地微微抬起下颌，极力平心静气道："我既然已经做了这样的决定，就没有回头的道理了，你答应也好，不答应也罢，都已经不重要了。"

李豫白的瞳孔中映着她清秀的面庞，她因高烧刚退仍带着一丝病容，他从未见过她这样的神情，无限不舍之中带着奔赴终场的决然，明知希望渺茫却依旧抱着同生共死的决心。

他的目光定在她身上，眸中流转着难以诉说的情感，只能喟叹一声："阿懿……"

一瞬间，少女愣怔，颔首努力笑着，那泪眼蒙眬的眸中，焕发了无尽的生机一般，光芒万丈，道："身为大姜的子民，你我都没有贪生怕死的理由。你是，我亦然。"

楚照南站立在一侧，看着两人眼神交会，那无言之间的眷恋，在他眼中显得分外刺眼。他的手越握越紧，几乎有些后悔应了她的条件，也后悔跟进来见到这样一幅痴恋缱绻的场景。

裴清懿转身朝楚照南看了一眼，深吸一口气，朝着营帐外走去。

李豫白的目光随着她的身影移动，直到她消失在自己的视线之中。

"裴三小姐身为女子尚有破釜沉舟之魄力，然她看上的男人，也不过如此。"楚照南冷嘲一声，在他眼里，眼前这个男人懦弱无能，实在不与她相匹配。

李豫白却懒得理他，沉默地背过身去重新坐回原来的地方。

楚照南亦不再多言，掀帘离去。

裴清懿立在营帐之外，心中凄苦，连日来的心焦与未退的病气，让她心头压抑，又因冒着寒风长途赶路，忍不住咳嗽起来。

楚照南上前几步，神色如常，吩咐身旁的侍卫道："给裴三小姐安排住处。"

"是，属下这就去办。"那侍卫接了命令，便立刻转身离开。

裴清懿因咳嗽掩着唇，听见他的话，向他投去诧异的目光。

楚照南读懂她的疑问，坦然地道："你带着病，若是本王赢了你，岂不叫天下人说本王乘人之危？"

她一怔，那一瞬间竟然觉得他与传闻之中的样子有些不一样。只是他们有不同的立场，生来就是针锋相对，没有选择的余地。

裴清懿不知楚照南为何要这么做，可是她从未忘记，此人是姜靖国的大患，李豫白被他所擒。若非他的原因，她又何至于面对如今的困境?

她昂首傲然，冷笑着讥讽道："这话说得好像你不是这样的人似的。"

楚照南被她这话噎得有些不悦，看着眼前的少女倔强的神态，忽然又笑了起来："那裴三小姐该庆幸本王忽然起的好意，见好就收。"

裴清懿原本就带着病容泛红的面色，此刻被气得有些涨红，倒显得整个人愈加俏丽起来。

见她这副气恼的模样，楚照南的心情反而愉悦起来，虽说心里确实因为她与李豫白的亲昵而心存芥蒂，可是还有什么比她此刻就站在自己面前更好的呢?

他的人生里，从来只有失去。年幼时母妃被害，少年时因亲族陷害而被降罪，待他成年封王时，又面临兄弟相残。裴清懿于他而言，是生命中唯一的一次失而复得，他必须紧紧抓住。

裴衍与叶熙宁带着大军穿过巨鹿峡谷一带时，楚照南早已接到前方敌营的动态，一早便差了崔成义在巨鹿峡谷出口等候。

叶熙宁的目光淡淡地扫向前方候着的几人，与裴衍一同前行一段。

崔成义见两人上前，朝着右前方虚虚一拱手，眍着眼，声音略微不满地道："我家王爷命我恭候在此，二位请吧，裴三小姐此刻正在我军营帐之中做客。"

裴衍与叶熙宁相视一眼后，从对方的眼神之中得到了肯定的答案，便点了点头，回身至身后的大军前，交代所有人原地驻扎，自己则与叶熙宁一道跟随崔成义前往离楚营帐之中。

崔成义领头骑马在前，两人跟在他与几名离楚将士之间。

此处离离楚大营不远，几人缓缓骑着马向前而行。

裴衍索性松下马缰绳，由着马儿自己踏步向前行着，抬手朝叶熙宁招呼了一下，打手语问道："你就不担心有诈?"

叶熙宁挑了挑眉，亦打手语回道："现在后悔还来得及吗？"

裴衍会心一笑："怕是来不及了，我可不会放你离去，留我一人冒险。"

她见裴衍说得如此脸不红心不跳，神态极为蔑视地看着他，摇了摇头道："我们两人以身犯险丢下大军在后，你说要是真出了事情，要如何交代？"

他甚为不在意地朝她摇头，继续打手语道："我可没考虑这些，不过现在倒是在想你既然愿意与我一同赴险，那便是要与我同生共死了。"他神色得意，笑看着她。

叶熙宁不置可否地撇了撇嘴，心想也就裴衍此时还能想这些风花雪月之事了。若非亲眼见证，连她都不信裴衍这样玩世不恭之人，能与楚照南周旋至今，依旧立于不败之地。

如此想来，裴衍这嬉笑之态下，倒还藏着一颗凌云之心？这着实有些令她匪夷所思，也令她有些刮目相看。

她只是笑了笑，不再回应他。

裴衍便将这当作默认，心情怡然。

裴清懿未曾想到，裴衍与叶熙宁竟然为她冒险来到离楚大营。崔成义将二人带去与裴清懿见面之后，便回去禀报楚照南。

楚照南正看着兵书，听见崔成义的禀报只点了点头，未有其他反应。

崔成义犹豫着想将心中的疑惑问出来，又不知道该如何开口，直到听见楚照南说道："崔将军有什么话，直说便可。"

崔成义一听，神色微微一肃，抱拳道："卑职只是不明白王爷的做法，卑职只会打仗，不懂这些弯弯绕绕的东西。不过卑职实在是忍不住想问王爷，既然云州郡必攻不可，那又何必多此一举？朝中可是大有人盯着王爷您的举动，上次飞狐城一战已对您颇有微词，这万一出了什么状况，王爷您当真要放走李豫白？我们可是好不容易才抓住人，这一放走多可惜啊！"

崔成义说的话，楚照南自是清楚的。如今他虽在朝中地位举足轻重，可领兵这些时日，郁都城中暗潮汹涌，都盯着他盼他出错。

楚照南放下手中的兵书，抬眸看了他一眼，忽然想到那日崔成义与裴清懿一战，裴清懿虽说年轻，却机灵聪慧，饶是崔成义这样身经百战的老将，竟也差点吃了她的亏。

楚照南平日里甚少露笑，此时面上忽然浮现的笑意，让崔成义有些莫名其妙之外，更有些悚然，讪讪地问道："王……王爷您笑什么？"

楚照南难得一愣，没来由地道："崔将军是那日被打怕了？"

崔成义一愣神，才反应过来楚照南指的是那日裴清懿营前叫阵，自己差点命丧黄泉，脸上不由得一臊，急忙辩解道："哪里！我怎么会怕她！臭丫头狡猾，倒是我小看了她，差点吃了亏！"

看着崔成义羞恼的样子，楚照南又是轻轻一笑，摇着头道："崔将军不必多言了，本王看得真切。"

崔成义脸上又是一热，只得将话题转移开："王爷，您当初可是在朝中说了，不解决姜靖国大患，便不接下那储君之位，您可千万别心软，误了前程啊！"

楚照南唇线慢慢抿紧，沉思着，玄色的常服衬得整个人越发深不可测，他道："此事本王心中自有计较，崔将军你退下吧。"

崔成义还欲多言几句，见楚照南已然一副不愿再听的模样，知道他的性子，也只得憋着话退了下去。

待他离开之后，楚照南方抬头看了看门口处，营帐的帘子尚在来回摆动，方才心中尚有一言，他未说出口：或许姜靖国之事，并非一定要靠打仗来解决。

当裴衍得知裴清懿与楚照南的约定时，震惊万分，一方面气恼裴清懿竟会不自量力到去挑战楚照南，另一方面也诧异于楚照南会提出这样的条件。

叶熙宁却镇定地将手指放在唇边，做了个噤声的动作，示意他们少安毋躁。

她压低了声音，用只有几人才听得见的声音道："我有一计，不过需要你们配合我演一出戏。"

她将心中的计谋说与两人听:"我们可以借此机会攻打离楚军,等下你们演一出兄妹决裂的戏,裴衍立即回营。樊阳城的兵力此时应已在前往嘉榆县的路上,樊阳守将林沛忠也随军前来。届时嘉榆县便由林将军镇守,裴衍你立即前往晋宁城,率军绕过琥珀川截断离楚后方支援,我们原来所有的兵力便可由杨煜宁正面与离楚交战。我会留在营中陪着阿懿,确保她的安全。"

叶熙宁所言,令裴衍眼前一亮,虽然如此一来,战线便会拉得很长,万一有什么状况,便是不可预估的后果,然而此时此刻,却再也没有比这更好的决断了,他不由得对她刮目相看。

"你要我们怎么做?"裴衍问道。

"楚照南此人心思深沉,疑心极重,想要取得他的信任几乎不太可能。我也只能兵行险招,方才之计贵在迅速,即便他看破我们的计谋,也需要时间应对,这样,我们即便不能大破离楚军,至少也能将李豫白和阿懿带回。"叶熙宁轻声迅速说着,又将如何迷惑楚照南的计划一一陈述。

裴衍一面听着她的话,一面想着,自她前来云州,虽刻意隐藏着一些事情,却总在他陷入困境之时出手相助。他越发确信,眼前的女子,绝非常人。

裴衍心中对她身份的怀疑越来越深,那呼之欲出的答案,让他心潮澎湃,兴奋无比。

然而此刻他不得不压抑着心中的狂热,配合她所说的,与裴清懿演一场戏。

楚照南听到外面的争吵声时,示意身旁的侍卫出去查看。不一会儿那侍卫便回来禀报道:"启禀王爷,外面是裴氏兄妹在争执,是为了裴姑娘与王爷的约定之事。"

楚照南闻言,放下手中的兵书,起身朝外走去。

"裴清懿,你现在要是不跟我走,我就没有你这个妹妹!"裴衍狠狠拽着裴清懿的手腕将她往外拉。

"我不走!豫白是你的兄弟,你宁可牺牲他也不救他!那天你们在商量的时候我都听见了，琥珀川和豫白之间，你选择放弃豫白。你不救他，好，我不强求，可是你不能阻拦我救他！"裴清懿极力挣扎着，想要挣脱裴衍的束缚。

"裴清懿我告诉你！只要我在一天，我就不允许你这么做！除非你不姓裴，你不是裴氏的人！你这么做想过爹娘没有？想过长姐的处境没有？你置裴氏于何地！楚照南要是拿你的性命要挟爹娘，你让他们怎么办？送你去死吗？！"裴衍气得额头上青筋暴起。

叶熙宁上前劝道："裴衍你别这样，你先将她放开！"

裴衍却依旧强硬地抓着裴清懿的手腕，道："她从前刁蛮任性也就算了，现在还这么不懂事，你让我怎么做？长兄如父，现在由不得她自己做决定，我说了算，你也别管！"

"我是她师父，她的事情我也有说话的权利，裴衍如果你再这样，休怪我动手解决了！"叶熙宁神色一凛，颇有要挟的意味。

裴衍一怔，有些难以置信地看着她道："阿宁，我以为你心思玲珑，做事向来考虑周全，却没想到连你也这么叫我失望！"

他不由得苦笑一声，放开了拽着裴清懿的手，失望地看着她们后退了几步道："好！很好！"

叶熙宁看他神色不对，忙上前一步解释道："裴衍，我不是这个意思，我只是想让你冷静一下，你这样非但无济于事，反而会伤害到她。"

"比起性命之虞，你觉得还有什么是更重要的？"裴衍质问道，见叶熙宁一噎无从回答，他冷笑两声，目光再次投向裴清懿道，"我只问最后一次，你走是不走？"

裴清懿一只手揉着被拽得通红的手腕，倔强地摇了摇头道："我不走！"

裴衍忍着暴怒，深吸了几口气，转身便离开离楚大营。

裴清懿像是大松一口气，肩膀一塌，整个人便像失去力气似的摇摇欲坠。

叶熙宁刚想追着裴衍的脚步往外去，便看见裴清懿不稳的身形，这时楚照南已率先一步飞掠至她身旁，将裴清懿扶住。

叶熙宁面色不悦，出手便推开楚照南扶在裴清懿身上的手，将她拉到自己身边扶着，凉凉地看了他一眼，道："听闻离楚国最讲究男女大防，王爷可要自重！"

楚照南神色一怔，没想到她会如此反应，他倒真像轻薄女子的登徒子了。未等他开口，叶熙宁已然扶着裴清懿往她的营帐中走去。

听到争吵声，崔成义立即往这方走来，路上看见裴衍气冲冲地往外走，刚想阻拦，眼神所及之处便是楚照南出手扶住裴清懿，却被叶熙宁推开的场景。

崔成义愣神之下再朝裴衍看去，见他早已骑着马离开，他只得按住身上的佩剑跑向楚照南。

看到楚照南的眼神一直看着裴清懿的背影，崔成义心中满是疑惑地道："王爷，您不会是看上这小妮子了吧？属下还从未见您伸手扶过哪位姑娘，更别说方才您的动作那么迅……"

他话还未说完，看到楚照南飞来的凌厉眼神，吓得他将最后一个尚未吐出口的字硬生生吞回了嘴里。

"如果崔将军能将你的聪明才智多用在行军打仗上，本王会很高兴。"楚照南冷冷地抛下这么一句话，便抬步离开。

原本热闹的围观之处，瞬间只剩崔成义丈二和尚摸不着头脑地站在原地，看着楚照南的背影喃喃自语道："王爷这是在夸我聪明吗？真是稀奇了！"

他一边琢磨着楚照南话里的意思，一边往回走继续去巡视，忽然恍然大悟道："王爷肯定是喜欢裴姑娘，让我给说破了不好意思！"他轻轻拍了拍自己的嘴懊恼地道，"瞧我这张笨嘴！"

三日之后，离楚军后方军备物资遭到偷袭，三十万大军深入琥珀川腹地，遭受前后围攻，楚照南命崔成义率精锐主力大军抵抗后方突袭，突破重围，自己则携其余军队正面迎敌。

崔成义坚决不从，坚持要留在南鹿原迎敌，让楚照南突破重围率先离开。最后楚照南不得不以崔成义若违抗军命将处以斩刑而迫使其接下命令，率军抗敌。

两军开战之后，李豫白关押之处仍有重兵把守，叶熙宁只得先带裴清懿离开离楚大营，与率军前来的杨煜宁会合。

叶熙宁与楚照南多次交手，决战于此。

这一战开打十余日后，离楚军虽遭前后夹击，却仍是骁勇善战，未显败局。

叶熙宁迫于大军实力较弱，不敢正面开战，快速部署着兵力，多面扰敌，以游军之形，乍动乍静，避实击虚，离楚军一旦有正面攻打之意，立刻退回峡谷，大有诱敌深入坚决不正面迎敌之意。

楚照南看穿叶熙宁之计，云州军进，离楚军则迎，云州军退，离楚军则守。但几日对阵下来，叶熙宁安排不同队伍，分时偷袭敌营，导致离楚将士不得安稳休息，不堪其扰，已见焦躁之态，此时她方下令正面攻击敌营。

因叶熙宁独特的作战之术颇见成效，云州军士气大涨。

杨煜宁率大军主攻敌营，叶熙宁则牵制着楚照南。几百回合下来，两人不分胜负，可每一招，都带着绝杀的意味。

"你很像我的一位故人。"楚照南如鹰隼般的目光落在叶熙宁身上，忽然纵声大笑，沉声道，"只是你比她差远了，畏首畏尾毫无大将之风，拿你和她相提并论实在是有辱她的名声。"

叶熙宁霎时心中震撼难言，一面是因为楚照南言辞虽凌厉不屑，却透着对宁朝歌的欣赏，一面却是因为，他所说的无一错漏。

她握着剑柄的手紧紧地抓着，那久经风霜而显得粗粝的手指，也因过度用力而指节泛白。

"这世上纵然有相似之人，却无相同之人。"他凌厉的目光直刺叶熙宁，那话语像最凌厉的剑锋一下又一下地扎在她的心上，"你永远无法成为第二个宁朝歌。"

杀人，先诛心。

叶熙宁极力克制着情绪，在战场上她甚少尝到失败的滋味，她被对手忌惮，却也有惺惺相惜之态。

她冷笑一声后，道："无论是她，还是我，你无法从我们任何一人身上踏过，夺取大姜一丝一毫的领土。费尽心思，不过是一场充满硝烟的空梦！"

杨煜宁带着一队士兵杀入敌营之中，破开楚照南摆下的阵形，那方裴清懿欲趁乱去救李豫白，却被楚照南的话止住了脚步。

"早已料到其中有诈，你认为我还会将李豫白关押在那里？"楚照南高声道。

裴清懿情绪激动，冲着他大声喊道："你把豫白藏哪儿了！"

楚照南冷哼一声道："你以为你这么做，就能瞒过我？"

他话音落下，身后集结而成的离楚大军之中，忽然自觉地开一条路，人群之中，李豫白正被绑在十字绞刑架上。

"楚照南！你卑鄙无耻！"裴清懿忍不住骂道。

"两军交战，兵不厌诈，哪一个成王者不是饱受着争议踩着尸堆而上？何况你我分属两方阵营，裴三小姐心中的正义于我而言，犹如草芥，不值一提。"楚照南居高临下地看着裴清懿，"更何况，我本以诚相待，是你们使诈在先，'卑鄙无耻'四字，悉数奉还！"

裴清懿原本惊怒的神色，因楚照南的一席话而撼动。她咬着唇瞪着他，眼里的迷茫一闪而逝："你到底要如何才肯放人？"

楚照南微微冷笑："你以为，你有跟我交换的筹码吗？"

他一抬手，李豫白便被一名士兵用刀挑断了右手手筋。李豫白死咬着牙未发出任何声音，只是额头暴出的青筋显露出了他身体上的痛苦。

楚照南没有回头，只是看着裴清懿惨白的脸色，道："我要姜靖国，你给得起吗？"

"那也要看你要不要得起！"叶熙宁陡见楚照南用此招数逼迫，高喝一声后，手中的长鞭率先击出。

她身随鞭动，强大的气场之下，两侧的离楚军竟未能阻止。

楚照南掠身飞去，以千钧之势挡开了叶熙宁那一招，可虽阻断了她的去路，那长鞭挥击之下，绞刑架旁的那士兵胸口却已被击出了一个窟窿，应声倒下。

众人惊骇，忙将李豫白往后拉去，掩在重重士兵之中。

楚照南面色微动，冷声道："左手！"

他与叶熙宁互相掣肘，分毫不能退让，打得难舍难分却也让旁人难以靠近。

那方又有人上去，抬手便将李豫白的左手手筋挑断。

裴清懿发了疯似的冲上去，想要救李豫白，却被乱刀砍下来，闪躲不及伤了左臂。

她痛呼一声，未及她有所反应，只见砍伤她的那名离楚士兵，已然被楚照南抬脚踢起地上的剑一剑穿过胸膛，当场毙命。

裴清懿震惊地立在原地，那一瞬间她似乎明白了什么，未等众人反应过来，她已然将剑架在了自己的脖子上，微微一用力，一道血痕突现："楚照南，你不放了他我就死在你面前！"

"阿懿！"李豫白在看到她脖子上的伤口之时，震惊而又担心的声音暴起，"把剑放下来！"

可裴清懿像是没有听到李豫白的声音似的，将目光投向楚照南。当她在楚照南脸上看到一闪而过刻意压抑的神色之时，她笑了。

她一步步走近，对着楚照南道："放了他，不然我就死在你面前。"

叶熙宁都被她这样的举动牵动着每一根神经，惊呼一声："阿懿！"

裴清懿就像看不见除了楚照南以外的人，也像是听不见他们的声音。

楚照南深黑的眼中风云变幻，可神色仍是半分不动，面色沉冷地道："命可是你自己的，裴小姐以为你有什么资格和立场，能要挟本王就范？"

他心中暗潮汹涌，她是看出来了，看出了自己对她的关心，就以此要挟。女人真是最狠心也最健忘的动物。

她手中薄如蝉翼的剑身又靠近脖子一分，脖子上的伤口加深，鲜血瞬间涌出，刺得他眼中一片殷红，触目惊心。

好像是笃定他会妥协，她就这样肆无忌惮。

未等众人反应过来，楚照南果决地撤出与叶熙宁的对峙，迅速掠身向她而去，还未看清他的动作，裴清懿便已被他卸下了手中的剑，他一手将她控制在怀中，冷声道："你以为我不动你，是因为没有机会？"

他眼中像是藏着苍狼雪山峰顶上终年不化的冰雪，冷而耀目，带着嗤之以鼻的神色，道："天真！"

与此同时，叶熙宁攻向李豫白所处的方向，全力运气，强大的内力将周围一干离楚将士纷纷压制，她动作利落地削去绑着李豫白的铁链，带着人往己方阵营掠去。

几乎是刹那间，局势转变，原本因这情况而停止争斗的两方将士，又拼杀起来。

叶熙宁将李豫白带至安全之处，离他们最近的宋枭立即从战斗中撤回，来到两人身旁。他伸手扶住虚弱的李豫白，道："送李将军回嘉榆县？"

叶熙宁立即摇头，语速极快道："你即刻启程，送他去商州城的昭云观，"她一边沉声说着，一边将挂在腰间的那个荷包解下，作为信物交给宋枭，"带着它去昭云观找静慈法师，她自会救人。"

宋枭立即点了点头，道了声"好"，想要扶着李豫白往一旁的马走去，李豫白却站着不动，眼神越过眼前的千军万马，望向裴清懿的方向。她被楚照南挟持着，衣襟之上满是鲜血，却笑看着他。

"我不能走，阿懿还在他们手上……"他喃喃道，整个人失魂落魄的样子，丝毫不似往日那个潇洒恣意的李豫白。

那个被他呵护在手心里的少女，却最终因他而身陷险境。若是她有什么不测，他永生永世都不会原谅自己。

"如果你这个时候还犯浑，那就枉费阿懿拿自己的命来救你了！"叶熙宁见他如此优柔寡断，不由得心中怒起，抓着他的衣襟拽过来训斥道，"如果你不想阿懿再有什么危险，你最好听我的话，立即走！"

李豫白脸色惨白，垂在两侧的手已被自己手腕上流下的鲜血染红。此刻他骄傲的心，如同这一双废手一般，颓然无力。

他被叶熙宁这句话震了震，胸口像是被什么堵着，难受的情绪充盈着整个胸腔，慢慢地撕扯着他的心，让他难以反驳，沉默不语。

叶熙宁顾不得他此刻失神的样子，松开他的衣襟，将旁边的马拉了过来，神色肃然地朝着宋枭道："赶紧带着李将军走！"

被叶熙宁这么一吼，宋枭立即拽住李豫白的胳膊，将他扔上了马，将叶熙宁交与他的荷包收好后，亦翻身上马，道："熙宁姑娘放心，在下一定尽快将李将军送往昭云观。"

两人郑重地对视一眼后，宋枭夹着马肚子，勒起马缰绳，"驾"一声，扬长而去。

见李豫白已被宋枭带走，裴清懿强撑着的身体终于因失血过多而支撑不住，眼前一黑便失去了知觉。

楚照南一惊，迅速封住她的穴道，将她打横抱起，足下运功，越过千军万马朝着营地而去。

叶熙宁则和杨煜宁与离楚的几位副将周旋于此，却终因离楚铁骑骁勇善战，两军将士实力悬殊，叶熙宁只得以退为进，从南鹿原一带退到北鹿原。

离楚军前后遭受攻击，必不敢深入敌军腹地自寻死路。可就在两军相持不下之时，传来裴衍所率领的晋宁城将士节节败退的消息，离楚军最终突破重围，得了喘息之机。

裴衍遭受离楚军精锐之士追击，于苍狼山断壁坠崖，离楚军全力搜捕后未找到其人，裴衍生死不明。

传递回这个消息的，是与裴衍一同而去的掠影、孤煞和破月。

三人回来之时，掠影已失去左臂，身受重伤，昏迷不醒。

叶熙宁听闻这个消息时，整个人惊得脸色煞白。

她看着躺在床上没了一条胳膊的掠影，仿佛凝聚起身体里所有的勇气，克制着颤抖的双唇，抬头朝着满身血污的孤煞和破月问道："那甫生呢？"

那个看起来羸弱不堪的少年，却有着坚忍的内心，永远都只是默默地替他们扫清所有障碍，他去了哪里？

她如此一问，孤煞脸色一变，而破月已然落下眼泪。

眼前的两人眼睛通红，紧紧握着拳头。

"甫生他……他多半是活不成了。"孤煞嘶哑的声音响起，"他为救少主，身中数箭，与少主一同跳下断崖了。"

掠影断臂，甫生身死，裴衍下落不明，这三个消息让叶熙宁浑身一虚，几乎站立不住。

仿佛方才好不容易才凝聚起来的力气，此刻又忽然被抽离身体，她身形晃了晃，抬手扶住一旁的墙壁，才稳住身体。

叶熙宁缓缓开口，颤声道："是我的错……我不该让你们去的……我明知道楚照南会将所有精锐兵力调往后方，却未曾考虑周全致使你们……致使你们……"

她声音哽咽，再也无法说下去。

她紧紧合眸，大滴的眼泪从眼眶里滑落。

她恨自己，如同当年眼睁睁看着所有的亲人离自己而去，也是因为自己的错信，才导致全家一夜之间遭人杀害。

所有的人都不是她杀的，可所有的人，都是因她而死。

叶熙宁整个身躯都因痛苦而瑟瑟发抖，破月察觉到她的异常，抬手抹了抹眼泪上前扶着她，道："熙宁姑娘，少主他信你，我们也信你！掠影她一定不会怪你，甫生……甫生他……"

提到甫生，破月心中忍不住难过，深深吸了一口气，继续道："他为救少主而死，我相信他也不会责怪你。"

叶熙宁睁开眼，缓缓转首看向破月，这个昔日沉默寡言的女子，竟也在这种时候开始安慰她，这让她更加自责。

"信我……"叶熙宁苦笑道，"信我的下场，便是如此。"

她容颜惨淡，深受打击。

第十六章　绝处逢生心相许

经此一战，两军均遭受重创，离楚军粮草被毁大半，短期之内必定不会再轻举妄动。

叶熙宁命杨煜宁镇守北鹿原，若离楚发难则由他作为主帅，与之周旋，牵制住离楚军的注意力；令破月前往昭云观，请静慈法师亲自前往嘉榆县医治掠影，顺道将宋枭和李豫白带回；让拂衣留下照顾掠影，孤煞、无绝和追鹘三人则前往天穹岩镇守，利用天险要塞的优势，万一北鹿原有难，可立即派兵支援。

将所有事宜安排妥当后，叶熙宁动身前往苍狼山一带寻找裴衍的踪迹，却只在断崖之下寻到一片血迹，毫无裴衍与甫生的任何踪迹。

她不敢想象他们从这么高的悬崖之上掉下来，是不是还有命活着。

她想，从这么高的悬崖上掉下来，裴衍肯定是没命了。如今尸身都找不到，说不准被附近的雪狼叼了去。

可是她不甘心，裴衍这样的人，怎么会轻易就死了？

她几乎要将自己的唇咬出血来。

苍狼雪山的断崖之下，荒凉一片，俱是丛生的灌木和已经枯败的杂草。

叶熙宁下了马，徒步而行，寻着附近的山头，一座座地翻越眺望四周的踪迹。

她心里一遍遍地骂着裴衍这个骗子，心想，你把你的心放在我这儿还没取回去呢，如果你要死的话，至少也要让我亲口告诉你，我放不下你了，不打算把你的心还给你了。

再次见到裴衍的时候，她几乎是踉跄着扑向了他，他腰腹之上一大块地方已经被血染透。那个嬉笑无赖的人，此时昏迷不醒，遍体鳞伤，面上毫无血色，就好像已经失去生命迹象一般。

叶熙宁的眼泪一下夺眶而出，大颗大颗地砸在雪地上，砸在裴衍身上。

她一面慌乱地将他身上的积雪拂去，一面哭着道："你说你这一生都会等我，好不容易诓我对你敞开了心，接受了你这颗真心，现在怎么忍心，怎么舍得扔下我一个人？"

她哭得无助，她曾拥有全天下最好的，也曾一无所有。当她准备余生都孑然一身之时，他却出现了，给了她承诺和真心，让她破败的人生突然有了新的希望。

叶熙宁颤抖着身体，伏下身，将耳朵贴向他胸口的位置，安静的环境下，听到的一下又一下微弱的心跳声，仿若是这世间最美妙的声音。

她喜极而泣。

叶熙宁头一次深切地感受到喜极而泣这个词，是怎样一种心境。

她感激于他的出现，让自己灰暗的人生，从此出现了璀璨光明。这一次的事情，差点就让她失去他，想到此，她便忍不住心惊。

叶熙宁将他拉了起来，给他一个温暖的怀抱，握着他的手，不断地将真气渡入他的体内，让他冻僵的身体缓缓回温。

她朝着周围看去，寻找着哪里有地方可以藏身。这种时候，她是真的害怕离楚的人找到他们。裴衍昏迷不醒，万一碰上离楚的军队，他们怕是九死一生。

她做不到就这样抛下他，看着他死，她必须尽快带着裴衍离开这里。

离楚主帅军帐之中，裴清懿脑袋沉沉，终于醒转，蒙眬间看到不远处有人正坐着看书。

她想动，一抬身脖子上的伤口便痛得她咝的一声倒抽一口冷气，才想起来自己脖子上的伤口，也瞬间从混沌中清醒过来。她抬手护着脖子上的伤口，眼神投向那人。

楚照南早已听见响动，放下手中的书走到她的床榻边。

裴清懿却警惕地向后退了退，冷声道："你站住，别靠近我。"

他像是没有听见她的话，跨步走到她身边，伸手过来想查看她的伤口，却被她一把打开。

"别碰我！"裴清懿激动地看着他，因着这一动作，脖子上的纱布又渗出血来。

看到她如此提防自己，楚照南只觉得胸口闷闷的，两道剑眉微微蹙起："你的脑子都是用来干吗的？"

裴清懿被他这一问，问得愣神。

"如果我要对你做什么，你以为你护得了自己？"他神色淡然地看着她，"方才你昏迷的时候，你能阻止我做什么？"

裴清懿这才反应过来，忙看了眼身上的衣衫，原本的衣服早被血水染得不能穿，此时早被换上了干净的衣服。

她看了眼帐内，没有其他人，又想到军中均是男子，不可能有其他女子替她换上衣服，气得面色涨红，抓起枕头便朝着楚照南砸去："你无耻！"

楚照南微微一侧，便躲开了砸向他的枕头，面对她的任性无礼，他却坦然处之，看到她脖子上的纱布又已通红，只轻松道："裴三小姐若是再有什么举动，身上这一身衣服又脏了，本王不介意在你清醒的时候，再替你换一次。"

见他无耻得如此坦然，裴清懿倒是怒极反笑，讽刺道："不知道若是贵国上下知道他们引以为傲的王爷，为了区区一个女子，放弃大好局势，会怎么想？”

楚照南依然神色淡然地看着她，那云淡风轻的模样，似乎对她方才所说之事毫不关心。他静静地看着她，良久才道：“这些事情不必你操心。”

裴清懿看着那一张几乎看不出情绪的脸，那双深沉的眸子之中，是深不见底的平静，仿佛无人能探个究竟。

她紧紧握着的拳渐渐放松下来，极其沉着而嗤之以鼻道：“你想多了，我操心的只有你什么时候才能退出我大姜境内，我操心的唯有你什么时候——死！”

楚照南微微眯眸，不太在意她言语间的刻薄，轻柔的笑意稍稍浮现，慢慢地开口道：“把你的牙尖嘴利都收起来，否则我不介意麻烦一点帮你都拔了。”

裴清懿呼吸一滞，他平淡的话语里充满了警告，却用这么轻巧的语气说出来，让她一时间难以应对。

可偏偏越是这样，她越知道他说的都是真的，竟真的不敢再多言一句，只瞪大了眼睛极度憎恨地看着他。

见裴清懿吃瘪的样子，他的心情似乎又好了一些，方才面容之上轻浅的笑似加深了几分，令他看起来少了些许危险的气息。

楚照南又将眼神落在她脖子上的伤口处，起身道：“既然醒了，那就把煎好的药喝了吧，我唤人过来替你换药。”

他离开营帐不久，便有一名丫鬟端着一碗温热的药进了帐中，盘子上还放了一罐药和纱布。

“姑娘先将药喝了吧。”那丫鬟长得眉清目秀，甚是伶俐的样子，端了药碗，动作娴熟地舀了一勺药递到裴清懿跟前喂她。

裴清懿看了她一眼，又看了看药，道：“我自己来吧。”便从她手中取过药，一饮而尽。那汤药的苦涩味瞬间呛得她咳了几声，引得脖子上的伤口又裂开了。

那丫鬟惊了惊，忙从她手中将空了的药碗取过来放在一边，抚着她的后背替她顺气，道："姑娘您的伤口……"

裴清懿气顺了后，拨开她的手，轻声道："不碍事。"

她看了一眼这丫鬟，神色冷淡，问道："你是谁？"

"奴婢名叫芯和，是王爷身边的侍女。"芯和声音甜柔，样子乖巧。

听到她这么说，裴清懿才意识到自己被楚照南耍了，他明明是让这丫鬟帮自己换的衣裳，却不否认她的辱骂，甚至还……想到此处，裴清懿不由得又是气从中来，忽然伸手掀翻了芯和端进来的东西，哐啷一声，她怒道："滚！"

她这突然的举动，吓得芯和一抖，忙跪了下来。她不知道自己说错了什么话，惹得裴清懿这么生气，一边低着头将被打翻在地的药罐和纱布放回盘子上，又将被打碎了的药碗碎片一一捡起来，一边小心地道："姑娘您别生气，奴婢这就出去。"生怕又说了什么不该说的话，触怒了她。

看着芯和吓得浑身战栗，端着东西朝帐外走去，裴清懿又将人喊住了，道："等一下，你回来。"

芯和听见声音，立刻停了脚步，慌慌张张地转过身来，那一张被吓得惨白的脸害怕地看着她，等着她发话。

裴清懿忽然有些懊悔自己将气迁怒到这个无辜之人身上，张了张嘴道："替我把药换了吧。"

芯和一怔，又听裴清懿道："愣着做什么？"

她这才反应过来，面色一松道："是，奴婢马上替您换上。"

她的动作十分轻柔，除了替裴清懿清洗伤口时有些痛以外，其他都好。

裴清懿心中歉然，咽喉里却是一阵酸涩，不知该怎么开口，良久方道："好了，你可以向你的主子交代了。"

芯和似未想到她会这么说，又一愣，面带感激之色，忙道："多谢姑娘。"

裴清懿瞥了她一眼，自顾自地躺回去背对着她道："我可不是为了你，伤在我身上，疼的是我，又不是别人，我为的是我自己，药得喝，药膏也得换。"

不想她有此想法，芯和神色愣怔，像是怔住了，片刻后才回道："姑娘说的是。奴婢一会儿给姑娘送吃的过来，姑娘昏迷了一天，想是饿了。"

裴清懿没有再回应她，倒是被她这么一提，真觉得有些饿了，且愈想愈饿。

已是十二月，姜靖国位于九泱之北，饶是最南方的云州，经过前几日的大雪，也已天寒地冻，风雪覆盖。

面对又一阵簌簌而落的风雪，叶熙宁从来没有如此庆幸过自己找到这么一处隐蔽的藏身之所。除了能躲避忽然降临的风雪，还能避开随时有可能发现他们踪迹的离楚军。

因为裴衍昏迷不醒，又遭风雪，这一路之上他们走得极为困难。待她带着裴衍安顿在此处之后，又急着替他疗伤，一番功夫下来，自己也累得昏睡过去。

她醒来之时，偌大的风雪已将洞口覆盖大半，她自己也已饿得肚子作响，这才想起来临行之前拂衣为她准备的干粮被她忘在了马上。不过幸好从前多年行军，她习惯在身上带两张饼，以在与敌军交战被困之时解燃眉之急，想不到此时竟用上了。

叶熙宁将饼取出来，又借着山洞外照进来的微弱光芒，看了看裴衍，想到他已有几日未进食，心中又是一下抽痛。

她将饼放下，起身走到洞口，双手捧了一大捧干净亮白的雪，回到裴衍身边。

她跪坐在裴衍身边，含了一口冰雪，在口中化成水之后，一口口喂给裴衍喝下。而裴衍昏昏沉沉间，觉得自己的唇上有柔软的温热触碰着，让他贪恋，随之入了喉咙的，是带着一丝丝凉意的甘甜。他贪婪地汲取着这一份甘甜，直到餍足才罢休。

叶熙宁来回几次以口化雪，将雪水渡给裴衍吞下之后，才自己就着雪吃了几口饼。

山洞内虽能遮挡风雪，却也甚为阴冷，她伸着腿，让裴衍枕着她的腿靠着，她的手臂环着他的头，将他的上半身揽在怀中，将自己的披风盖在了他的身上。两人这样依偎着，她方觉得裴衍的身子不至于冰凉得让她担心。

不知过了多久，裴衍终于恢复意识，动了动身子，发出不适的闷哼声。

叶熙宁心中一阵欣喜，却克制地道："小心点，别乱动。"

裴衍以为自己从断崖之上坠落，已是必死，却没想到还能听见这熟悉的声音，心中竟觉得无比放心。

"裴衍，你受伤了。"叶熙宁轻轻说道，像是连说话声大了，都怕惊到他牵动他身上的伤口似的。

裴衍在黑暗里牵动嘴角，无声地笑了笑。山洞内一片漆黑，他看不清她的样子，却能想象出她此刻的神色，定是微微蹙着眉，绷着脸，明明心疼却又极为隐忍。

她的动作反应，可比她的心和嘴诚实多了。

裴衍轻轻地嗯了一声，语气舒朗，声音却喑哑："那很好啊，这样我就更离不开你了，离开你我可是会死的。"

他轻柔的一句话，却像是雪山崩裂般震得叶熙宁心口发疼发酸，霎时有泪盈眶。她努力吸了吸鼻子，将那一股酸楚压抑下去，见他还能开玩笑，总算有些放下心来。

一向坚毅的女子，软了声音，那声音里带着浓浓的不舍与哭过后的鼻音，嗔道："你这个人，这种时候怎么还这么无赖？"

裴衍又震了震，面上有轻柔的呼吸拂过，知道她此刻定是低着头看着自己，摸着黑她才敢这样放松警戒。

这个女子，征战沙场杀伐果决，他未见过她受伤的样子，却能想象到依着她要强的性子，就算伤得极重也会忍着，绝不会哭。

"阿宁。"

"嗯？"

"你怕我死了？"

374

"嗯……"

"今后不要再哭了。"

"哦。"叶熙宁难得乖顺地应承着他。

"我没想那么早进我们家祖坟。"

"哦……"

黑暗里，两人的声音此起披伏，在空旷的山洞中，几乎是低语的声音也显得极为清晰。

"至少得先让我的灵位上出现'先夫'两个字，我才能安心进祖坟。"裴衍低低咳了两声，声音虚弱无力，却一副分外不甘心地补充道，"还有我一定会立下遗训，不准遗孀改嫁！"

裴衍一面说着，一面仿佛已然预见自己万一不小心晕厥过去没醒来，她就跟着别人跑了的场景。

叶熙宁觉得心里有那么一瞬间，很想把靠在她怀里的裴衍扔出去。可是一想到裴衍现在的伤势，她又觉得自己也就是想想，才不会舍得那么对他。

她很有耐心地回应道："除非你拽我一起进你们家祖坟，要不然我肯定转头就找个小白脸逍遥快活去。"

裴衍听见她的话，心中有股异样的情绪流动，连带着身上已经痛到麻木的伤口，都像是被敷了镇痛药似的，令他身心舒坦。

他闷声笑道："阿宁就是不一样，这么特殊的求婚方式我可是头一次见，不过我觉得挺好的，我答应了，和你一起进祖坟。"

"裴衍，有时候我真的很想揍你！"叶熙宁翻了翻白眼，咬牙切齿地道。

"可是你现在一定不舍得。"他声音微弱，却分外笃定。

"嗯……"她撇了撇嘴，轻轻叹了一口气。

这个世界上，真的是一物降一物啊。

两人又说了一会儿话之后，她将饼撕碎一点点喂给裴衍。因为失血过多，他很快又陷入昏迷。

叶熙宁抱着他，心中又是难受又是慌乱。她怕他每一次睡过去之后，就再也醒不过来，想着想着，竟有些无助地哽咽起来。

她又担心自己吵着裴衍休息，强忍想哭出声的情绪，抬手抹干净脸上的泪痕，深吸一口气，又长长地吐出。

裴衍一直靠在她的腿上，直到她的双腿已经麻木得失去知觉，她也不敢动。

她只能等，等着他休息够了醒过来。她时不时地伸手去摸摸他的脸，害怕他就这样昏死过去自己却不知道。

叶熙宁一个人胡乱想着，不知道他什么时候能醒来，心中的内疚也越来越深，如果自己再考虑周全一些，如果她陪着他，就不会发生这样的意外了。

楚照南是什么人，他不知道，自己还不知道吗？

她又想着裴衍的伤势，想起从见到他的第一眼开始，裴衍就不断出现在她的人生里，任凭她如何冷眼相对，他都不恼不怒照单全收。

不知道过了多久，裴衍终于又醒了过来，发觉自己还靠在叶熙宁的腿上，他想开口，却因为身上的伤而痛得皱起眉来，动了一下。

叶熙宁发觉怀里的人有了反应，忙轻声问道："你醒了？"

"嗯。"裴衍应了一声，问道，"我睡了很长时间？"

"是啊，我都想叫醒你了。"她的声音有些压抑，心底那股担心与紧张长时间吊着她的一颗心，见他醒来都有些茫然。

因为躺了很久，背上有些不适，他微微动了一下，下意识地反手一摸她的腿，又凉又僵，他又气又心疼地道："你是傻吗？"

他一急，撑着手就要爬起来，一下牵动了腰腹上的伤口，闷哼一声，疼得快晕过去，却还是强撑着挪开身靠在一边的石壁上。

裴衍身上盖着的叶熙宁的披风从他身上滑落。他伸手压着自己腰部伤口周围，感觉又有血渗出。

她听见声音，亦着急地往前一动，却忘记自己的双腿已经麻了，一个趔趄上身便扑了出去，却被裴衍抬手一挡，稳住了身子。

两人鼻息相缠，叶熙宁震了震，伏在裴衍身上，倒像是投怀送抱的姿势，几乎与他贴面，只听他喑哑着声音道："你急什么？"

　　她霎时心微微一收，呼吸变得急促起来，身子向后退开几分，那原本已经被压得失去知觉的双腿，因为血液循环而渐渐恢复感觉。

　　叶熙宁深吸口气，定了定神，责怪他道："好端端的动什么，你不知道自己有伤吗？刚刚是不是疼了？伤口是不是又流血了？"

　　虽然看不见她此刻的样子，但听着她着急忙慌的声音，感觉到她的手在自己身上探着，裴衍心里像是被点燃的草原似的，越烧越旺，一手按着伤处，一手按住她乱动的手，低低地笑了起来，道："你乱摸什么，死不了，嗯……"

　　叶熙宁被那"死"字一惊，心猛然一抽，抬手便捂住了他的嘴，薄怒道："不准说那个字，以后再也不准说那个字！听到没有？"

　　裴衍本以为她是气自己这种时候还要取笑她，却没想到这向来淡然冷静的女子，竟因为这一个字情绪紧张，便再也没有了玩笑的心情。

　　他松开按住她的手，将她捂着自己嘴的那只手拿下来，稳稳握了握，道："好，以后你不准的事情，我都不做了。"

　　叶熙宁松了一口气，动了动被他握着的手，仍是赌气地道："不准碰我。"

　　裴衍一愣，听着她嗔怪的声音，才反应过来，她这是在使小性子？他伸手一带，将她拉进怀里，声音嘶哑地低笑道："那可不行，今天不碰，以后总还是要碰的。"

　　她脸上一红，心想，所幸的是他看不见自己脸上的表情，要不然一定会借机取笑一番，又要拿着此事借题发挥。

　　"阿宁，天知道我有多喜欢被你管着。"叶熙宁耳边忽然响起裴衍轻微的声音。

　　听见他这么说，她的心酥酥麻麻地软了下来，什么气都没有了。此时她只庆幸，他还活着。

　　"嗯，"她应了一声，把头埋在他胸前，闷声道，"可是你一点都不好管。"

她向来行事果决从不拖泥带水，可是没想到会遇上像他这么无赖的人，一次又一次地侵犯进她的领域，一次又一次地突破她的底线，毫无道理可言，却又让她无可奈何。

　　可是不知怎的忽然就想起了另一个人，叶熙宁不由得蹙了蹙眉。她已经很长时间没有再想到那个人，恍惚间想起自己曾经和他相处的情景，心中一阵酸楚，而这种感觉很快又被压了下去。

　　她忽然意识到，为什么自己会一次又一次地忍受裴衍的厚颜无耻，那活脱脱就是曾经的宁朝歌。

　　他们，本就是一类人，这大抵就是臭味相投。

　　换作裴衍的话来说，这叫惺惺相惜、心心相印。

　　叶熙宁想了想，低声唤他的名字："裴衍。"

　　"嗯？"

　　她静默片刻，道："我有心事，困我余生，只能说与你一人听。"

　　裴衍一怔，待明白她要说什么时，心中仿佛有什么晕开。习惯了她向来对自己一副恶言恶语的样子，如今听着她又闷又委屈的声音，他的心情居然有些不知该如何描述。他已经明白她的心意，即便她不说出口，也足够叫他开心。

　　裴衍语气里带着几分笑意，揶揄道："早知道打个仗受个伤，就能让你变得这么温柔可爱，我倒巴不得叫楚照南早点攻打云州了。"

　　她好不容易才放下骄傲，想要将心事告诉他，又听他说着这么混账的话，忍着想揍他的心道："我看你伤的不是腰，是脑子吧？"

　　裴衍又是闷声而笑，懒懒地道："我的脑子要是坏了，你还要我不？"

　　叶熙宁却伸手将裴衍揽着她的手臂拿开，从他怀里退出来，幽幽地道："对不起……"

　　面对她的忽然道歉，裴衍心中一怔，半晌才问道："怎么了？"

　　他听见她微微叹了一口气，忧伤地回答道："方才是我说错话了，你怎么可能是才伤的脑子，你的脑子本来就没好过。"

　　裴衍一时间竟找不到话来回答。

叶熙宁见他吃瘪，扑哧一声笑了出来，郁闷一扫而空，心情舒畅地轻声道："我们已经在这里待了很长时间，也没有吃的东西了，迟早会饿死的。如果你可以了，我就带你回去。"

"嗯。"裴衍应了一声，顺势坐起身来。

叶熙宁已经迅速站了起来，弯下身去扶他起来。她动作小心，生怕牵动他的伤口让他的伤势加重。

裴衍站起来后，靠在她的肩头微微喘着，将方才没有说完的话继续补充完："就是，虽然有喝的，迟早也会饿死。"

他刻意舔了舔唇，那声音在她耳边尤为清晰。

叶熙宁脑中突然嗡的一声，一股血气上涌，想起之前自己捧着雪回来，用嘴化成雪水喂给他喝，此刻裴衍却故意舔唇发出这样的声音来提醒她，真是……欠揍！

她的脸红得发烫，咬着牙恨恨地想，这混账裴衍，真是无时无刻不放弃占她便宜的机会，等他伤好了看她不好好收拾他。

叶熙宁忍了忍，耐心地道："回去就有了，我好不容易才找到你，你可千万给我撑住。"

裴衍听她说这话，心情很好地回道："你是不是想着等我好了，欺负回来？"

叶熙宁一边扶着他，两人跟跟跄跄地在黑暗里朝着洞口行去，一边回道："你知道就好。"

"这么正人君子的做派？"

"你想说什么？"叶熙宁警觉地问道。

"要是受伤的是你，我肯定尽我所能地乘人之危。"裴衍认真地道，口气一副替她遗憾惋惜的样子。

叶熙宁哧了一声道："你当我傻吗？乘你之危，吃亏的到底是谁？"

裴衍忍不住闷声笑了起来，道："我媳妇儿不傻啊。"

"闭嘴，谁是你媳妇儿！"叶熙宁气道，"好好走路！"

待他们走到洞口时，微亮的光芒透过封住洞口的积雪照进来，叶熙宁掌中凝力，一掌朝着洞口推去。

因着她这一掌，封住洞口的雪轰然塌陷下去，连带着四周的积雪像是雪崩了一般，轰轰往下掉，等了好一会儿，才安静下来。

"走吧。"她将裴衍的手挂在自己的肩上，扶着他前行。

刚走到山洞口，已经适应黑暗的眼睛被刺眼的阳光照得刺痛，叶熙宁一眯眼，低首才发现裴衍身上触目惊心的伤口，几乎将他半身白袍染红。

她感受到自己脸上有温热的眼泪淌了下来。

她不知道自己有多心疼，眼泪才会这样不受控制地流下。

裴衍擦了擦被阳光刺得眼疼而渗出的眼泪后，看见叶熙宁的异样，心头一惊忙问："眼睛怎么了？"

叶熙宁正看着他，眼眶里的泪水不断往下流着，裴衍才发现她不太对劲。

她少有表现出现在这样无措的样子，一下靠进裴衍怀中，抱着他道："裴衍，你都伤成什么样了，流了这么多血！"

她的话让裴衍有种难以名状的情绪，心头又是难言的高兴，抬手揉了揉她的头道："傻子，我已经没事了，你救了我的命。"

叶熙宁听着他的话，那种害怕从此又失去一个人的惶恐感觉，才渐渐淡了下去。她松开双臂，低着头用力抹去脸上的泪水，抬眼朝他笑了笑，可眼睛都是红的。

她的声音仍旧带着哭过后浓浓的鼻音，又哭又笑道："以后你的命就是我的了，没有我的允许，你连根头发丝都不准丢。"

"好。"他眼里都是笑意。

叶熙宁拖着受伤的裴衍，两人缓步在山坳间艰难地行走着，因为受伤，走了一段路之后裴衍已然体力不支。她扶着他在旁边坐下，四处看了看道："你在这儿等着，我去去就来。"

裴衍抬手拉住她的衣袍道："你去哪儿？"

见他神色紧张，叶熙宁一笑，道："放心吧，我去去就回。"

她蹲下来将手中被抓住的那一角衣袍抽出，笑得有些得意，道："不知道这里有没有豺狼虎豹，你要是害怕，记得喊我回来救你。"

这女人好不容易温柔一下，刚刚他才有些感动，又原形毕露了啊……

裴衍干脆配合着她，用委屈又依赖的眼神看着她，叮嘱道："那别走远了。"

她扑哧一声笑了出来，大度地拍了拍他的肩头，道："放心吧，我不会丢下你不管的。"

叶熙宁绕过这片雪山石，走到后面看见一片已经被积雪挂满枝头的树林，不禁惊叹于这雪景树林的壮丽，只是想着裴衍，却没了欣赏的心情。

她抽出绕在腰间的长鞭，将真气注入鞭身，运气劈向树枝，那长鞭竟像刀剑一般锋利，瞬间将树枝劈断，不一会儿，便收集了一堆一般大小，形状又直的树枝。

她将披在身上的披风解下，毫不犹豫地将它撕成一条条碎布，将几条碎布拧成一股，把地上的树枝绑成了小榻，正好可以躺下一个人。

叶熙宁得意地看着自己的作品，将鞭子缠在树榻上，拖着往回走去。

裴衍偏首看着那道回来的身影，见她肩上挂着她的鞭子拖着一张树榻，心中不由得感动。等她走近，他方懒懒地道："你再不回来，我还以为你要将这山头都给掀翻了。"

他瞧着地上的树榻，心里有些难受，嘴上却说着玩笑的话，一挑眉道："你不会是要让我躺在这上面让你拖回去吧？"

"你有两个选择。"叶熙宁看着他，正色道。

"嗯？"

"一个是你自己躺上去。"

"另外一个呢？"

"我把你打晕了扔上去。"

裴衍抽了抽嘴角，看了看她，计算了一下自己此刻的伤势决然不是她的对手，又无比确信她会干出给自己一棍打晕这种事情后，十分屈辱地长叹一口气，将那树榻向自己拉了拉，自觉地在上面躺了下来。

裴衍虽然心疼她，却清楚地明白若是此时自己坚持走回去，只会让她更加担心。

他躺下后，看着叶熙宁居高临下俯视着他的一张脸，长叹一声道："怎么觉得我是被土匪婆子拉上山的压寨相公。"

叶熙宁与他对视一眼，看着他此刻别扭的神色，忍不住笑了笑，清秀的面容上顿时添了几分明艳娇柔。

她心情甚好地拉着鞭子拖着树榻向前走着，道："要是半路上我心情不好了，就寻个山头把你卖给这儿的土匪婆子。土匪婆子肯定最喜欢像你这样长得俊俏好看的公子哥儿了，一定会好好疼你的。"

"那我宁死不从。"

"哟，没瞧出来裴二少这么有志气。"

"一女不侍二夫，一男也不从二女，我已经许了人家，不能再从土匪婆子了。"

裴衍这句话说得一板一眼，颇为正经，却让她想起两人在山洞里时说的话，那是不是算订终身了？

裴衍半晌听不见她的回应，奇怪地问道："阿宁这是被我的忠贞所感动了？"

"不，我只是在想，是土匪婆子先逼奸了你，还是你为保清白，以死明志。"

裴衍听见"逼奸"两字，瞬间脑门充血，像是此刻已然被腰圆臀肥的土匪婆子按在了床上，一想到那画面，他喉头一呛险些咳嗽起来，惊恐地道："士可杀不可辱，光听着我就想死了，你还是心情好点别把我卖了。"

叶熙宁笑得无辜。

她一边拖着裴衍前行，一边想着，真好，他活着，自己也活着。

只是她一直不敢相问，甫生去了哪里，裴衍又是如何死里逃生的。

叶熙宁并未接过裴衍的话，裴衍也不在意。因为她的笑声里，他能听出她此刻心情轻松愉悦，他的眼内便温柔渐起。

笑过之后，叶熙宁又忍不住庆幸地长舒一口气。经此一事，她方确信裴衍在自己心中的位置早已非同寻常。她原本想等到宁家洗清冤屈之时向他表明身份，可现在她想着等他们两人安然回去之后，便告诉他真相，作为他劫后余生的一份惊喜。

与裴衍相处这些时日，她虽未言明自己的身份，却也能感受到裴衍对她的身份早有疑虑。她未曾刻意掩饰，前来云州之时，她也做好了有一天要亲口告诉他的打算。此刻想着裴衍知道自己便是他口中那个曾令他魂牵梦萦的宁朝歌时的样子，叶熙宁的心情便如同春花般绽放。

回到嘉榆县，已是三日之后。

裴衍虽强撑着，却因长时间没有得到医治，回到嘉榆县之时，伤势加重并且高烧不退。叶熙宁也累昏了过去。幸好叶熙宁临行前已命破月将静慈法师请至嘉榆县，并且昭云观中众多弟子也前来帮忙，替军中将士们医治。

掠影的手臂虽然没有了，好在命已保住。李豫白的双手手筋也已被静慈法师接好，再休养一些时日便可恢复。

这些日子，离楚那边竟也没有什么动静。自离楚军带走裴清懿之后，两军一直相安无事。

这些事情，都是后来叶熙宁醒来听拂衣说起的。裴衍因伤势过重，昏迷了好几日才醒来。醒来之后，又因药力，多是睡着的状态。叶熙宁一直守在他身边，悉心照料着。待裴衍伤势恢复一些后，她原本打算将自己就是宁朝歌一事告知于他，心中却忍不住先告诉他，他坠崖之后发生的这些事情。

裴衍神色平静，叶熙宁又说起甫生的事情，说派过人前往断崖下寻找，断崖之下似有雪崩的迹象，却未能寻得他的遗体。

裴衍听着此事，也没有什么特殊反应，好像就这么接受了这样的状态。

可越是如此，叶熙宁心中越清楚裴衍极为在意。于甫生而言，他存在的意义是保护裴衍，他做到了，他走的时候必定无憾。可于裴衍而言，却是他连累了甫生，害了他的性命。

叶熙宁不知该如何安慰裴衍，却忽然听裴衍道："阿宁，你不必想着如何宽慰我。我知道，这已经是我们所承受的最轻的伤害。"

叶熙宁沉闷的心情，因这一句话而微微一动。

巨鹿峡谷一役，云州军死伤惨重，裴衍、李豫白、掠影皆身负重伤，甫生为救裴衍而死，裴清懿落入楚照南之手，原本驻扎在北鹿原一带的军队折损大半，而裴衍所带领前往晋宁城方向截断敌军后路的十万大军，也几乎全军覆没。

然而这一役下来离楚军也未讨得什么便宜，驻扎在琥珀川一带的五十万大军，遭受云州军的前后夹击，将士损伤近二十万，精锐部队遭受重创，粮草被毁过半。

云州城的冬天终日下着大雪，两军也像是某种原因之下，默契地停止了激烈的交战。

等裴衍伤势好起来，已近除夕。

这日一早，追鹞过来，顺便将裴衍和叶熙宁的早点送了过来。

裴衍受伤这些日子，都是叶熙宁陪着他一起在屋中吃饭。追鹞放下早点后，说静慈法师好像正在整理行装，似乎是要回商州去。

叶熙宁正要拿起筷子吃早点，听闻静慈法师要辞别一事，惊讶地问道："师父要走？"

追鹞摇了摇头道："好像是，我也不太清楚，所以想着和你说一声，姑娘要道别的话现在过去还来得及。"

这些日子叶熙宁照顾裴衍，几乎寸步不离。明眼人都瞧得出来，她与裴衍之间的情谊。追鹃说完之后，便识相地赶紧离开，以免惹来裴衍责怪她不懂事的眼神。

静慈法师要走，叶熙宁自然是要去见的。裴衍要一同去，却被她阻止了。

"你去做什么？"她不愿裴衍走动，一副不容反驳的样子，"好好待着吧，我去去就回。"

裴衍还想力争，看着已经起身往门口走去的叶熙宁忽然回身，朝着他道："裴衍，有件事情我要告诉你。"

他望着门口背光的女子，看见她眼里的笑意柔软明净，让这一张清秀寡淡的脸因这一笑，像是要融化在阳光下的冰雪，有着一种说不出的柔和平静之色，却又有掩饰不住的夺目神采。

不知为何，看着她的眼神，裴衍仿佛知道她要说的是什么，期许地等着她开口。

叶熙宁笑着说道："在告诉你这件事情之前，你先回答我一个问题。"

裴衍按捺着激动的心情，道："阿宁要问什么，我都会毫无保留地告诉你。"

"你曾告诉我，你心系宁朝歌，若是她还活着，我和她之间，你当如何选择？"

裴衍对叶熙宁这样直白的问题有些意外，又不太意外。他望着叶熙宁的笑容渐渐放大，道："原来阿宁一直别别扭扭的，是因为吃醋了。"

叶熙宁嗔怪地瞪了他一眼，道："想好了如何回答这个问题，我再告诉你要说的事情。"

她正欲提步离去，却听身后的人不急不缓道："明月将照彩云归，阿宁，于我而言，这不是选择，而是宿命。"

叶熙宁脚步一顿，背着裴衍无声地笑了笑。裴衍说的对，于他们而言，这不是选择，而是宿命。

叶熙宁又回首望着他，淡笑道："我想，你是希望能够听我亲自告诉你答案的。"

"裴衍，我是宁朝歌。"她郑重地告诉他，"叶熙宁就是宁朝歌。"

即便对叶熙宁所说的事情并不十分意外，听她亲口承认，裴衍心中仍是涌起一股血潮，好一会儿才压抑住胸口那些几乎将自己淹没的激动情绪。

"阿宁，你这么聪明，一定知道此刻我心中是有多欢喜。"裴衍眼中的灼灼光华，仿佛将她的灵魂烫到。

叶熙宁不由得避开了他的目光，只点了点头，应了一声，便赶紧离开了此处。

此前静慈法师已了解过叶熙宁现在的一些情况，也知她不再执着于报仇一事，心中便也放心许多。

见叶熙宁来见自己，知她已经得知自己要走的消息，静慈法师道："原本我担心你执念太深，如今看来，你做得很好，多余的话你也不必说了，当年宁将军于我有恩，我能将这恩情赠还他的一双女儿，心中也十分欣慰。"

"对于微吟而言，您是她的师父也是她如同亲娘一般的亲人……"叶熙宁还想说些什么，却终是住了口，她知道如静慈法师这般超脱红尘之人，不会在意这些事情。

静慈法师一扬手中的拂尘，恬淡地笑了笑，道："水善利万物而不争，处众人之所恶，故几于道。看到你能放下曾经的那些怨恨，我很高兴，相信宁将军泉下有知，也会替你高兴。"

听她提及父帅，叶熙宁心中柔和起来，又不知该如何感谢她的多番相助，只能道："谢谢师父。"

静慈法师却笑着摇了摇头，道："熙宁，你最应该感谢的人是你自己。"

叶熙宁静默了一瞬，明白她所指的是什么。

不过四年光景，却长到让她感觉像过完一生那么久。曾经繁华多姿的生活，早已湮灭。她在心里恨过、厌恶过，却最终还是选择了一条光明的道路。

她曾璀璨如繁星的人生，终将不会因恨而被黑暗吞噬，她该多么感谢自己。

叶熙宁站在雪地里，目送着静慈法师离去，耳中却犹自回响着她临行前的那一番话，站在风雪里不动，直到身上积了薄雪。

身后传来沉重的脚步声，她闻声回头，看见裴衍步履蹒跚，撑着伞吃力地朝她走来。她心中一暖，想必他是等自己太久了，便忍不住前来看一看。

叶熙宁忙转身朝他小步跑去，躲到他的伞下。她从裴衍的手中接过挡雪的伞，眼角眉梢都带着笑意，取笑他道："走路像个瘸子，还要我扶你回去，不是让你好好待着吗？"

裴衍伸手掸去她身上的落雪，扯了自己身上的大氅将她罩住，换了一副神色道："谁让你是个撒谎精，说一会儿就回，这都快成雪人了，也不知道回来。"

叶熙宁连连点头，伸手挽着裴衍，认错道："是是是，是我不好。"

两人边说笑，边一道走回去。

除夕那日，杨煜宁一早就从北鹿原赶往嘉榆县，叶熙宁见到他时虽有些奇怪，倒也立即笑了笑，以为他是心急，没等到自己派人过去就率先来了，忙请他进屋坐下道："正想着让人去通知你，今晚过来一起守岁，想不到你自己先过来了。"

杨煜宁却没有接她的话，而是从怀中取出一封书信递给她，示意她先看。

叶熙宁见他如此反常，立即拆开书信来看，眼神迅速扫过之后，抬眼看他，问道："你看过了？"

杨煜宁点了点头道："是崔成义亲自送的议和书，假不了。"

叶熙宁微微变了脸色道："我早有耳闻离楚朝内储君之位争夺激烈，楚照南想要拿下云州亦是为了巩固自己在军中的势力，好助他谋夺天下。当年你我与他交战多年，以他的性格，怎么会做出如此出人意料之举？"

杨煜宁十分赞同她的说法，道："其中必有隐情，我恐有诈。"

"你觉得他是假借议和之名，想要打我们一个措手不及？"叶熙宁 心头一惊，眼底思绪繁杂，道，"我去找裴衍。"

两人前去裴衍的住处之时，却见有朝中派来的人刚刚离开。

叶熙宁见裴衍神色不悦，手中执着一道圣旨，便确定了自己的判断，又看到他未披大氅站在风里，恐他身体不适，忙疾步上前将他拉进了屋子里，问道："方才那几人是朝廷派来的？"

"嗯。"裴衍眉头微蹙，一回首才见同行来的还有杨煜宁，"杨将军也来了？"

三人落座之后，叶熙宁立即将手中离楚的议和书递给裴衍，道："你看，这是今日一早送过来的议和书。"

裴衍看完之后却对此毫无惊讶之色，不急不缓地将手中的圣旨一拨，那圣旨唰一下铺展开来，上面所写正是有关于议和一事。

叶熙宁与杨煜宁迅速阅完圣旨之后相视一眼，皆从对方眼里看到惊诧之色。

"此事已成定局，皇上已下了班师回朝的诏书，令我十日之内返回靖阳城。"裴衍眉峰皱起，说起回靖阳之事，神色终于有些变化。

叶熙宁立即问道："你是担心阿懿？"

裴衍点了点头，道："阿懿在他手上已经许久，他却没有任何举动，若说和豫白相比，阿懿岂非更好的要挟筹码？"

那日两军交战之时，裴清懿以自己的性命相要挟，令楚照南为她放走李豫白。依照楚照南的为人，他绝对不会受此要挟，楚照南却照做了。叶熙宁着实震惊于他的这一举动，如今这一封议和书和一道诏书下来，令她不得不联想到裴清懿。

楚照南提出议和，必是与裴清懿有关。他们之间，一定达成了什么约定，才让他做出这样的决定。

叶熙宁沉默了一瞬，终于将心中的疑惑问了出来："裴衍，阿懿可与楚照南曾有牵扯？"

388

裴衍眉头挑了挑，反问道："怎么可能？"

离楚军营之中。

近一个月来，裴清懿的伤势早已大好。在这期间，她几次三番想要闯出大营，却次次都被抓了回来。昨日晚上她企图逃跑，又被楚照南逮了个正着，被关在营帐中后，气得快将整个营帐都掀翻了。

芯和劝阻无果，只能战战兢兢地躲在一边看着她砸着一切能砸的东西。这位裴小姐的气性不小，毫无离楚女子的温柔贤惠，却不知为何王爷对她百般纵容。

等裴清懿骂累了，摔累了，便一屁股坐回床榻之上，这是营帐之中唯一没有被破坏的地方。她气冲冲地看着芯和，道："我饿了。"

芯和心头一喜，心知她说这话的时候，就是已经发完脾气了，忙道："奴婢这就命人将早膳拿来。"然后又喊了人迅速将营帐中被砸得破烂不堪的一地东西收拾干净，重新换上了。

用餐时，楚照南又来了，芯和见他示意她退下，便福了福身退了出去。

营帐之中只剩下两人，看着坦然用着膳食的楚照南，裴清懿始终闷声坐着，一双手放在桌子下绞得指节发白。

他吃了几口后抬眼看她："方才我已命人将议和书送到你二哥手中。"

听到这个消息，裴清懿脸色一怔，原本堵在心口的一口气瞬间缓了缓，放在腿上的双手抬起，拾起碗筷，低眸看着桌上的膳食，没好气地问道："你什么时候让我回去？"

楚照南的眼神自始至终不曾离开她的面颊，可是她始终没有抬眼看他。

"等议和书签订，我便陪你回靖阳城，向皇帝求娶你为我的王妃。"他声音平淡，好似在谈论今日的天气如何。

裴清懿难以置信地看着他，陡然扬声问道："什么？王……王妃？"

楚照南贵为离楚四王爷，如今权倾朝野，早已是离楚储君的不二人选。她是姜靖国门阀世族之女，身份虽比不得公主尊贵，却也因其长姐乃姜靖国皇后而身份显赫，可这对于楚照南而言并无裨益。

于离楚国而言，她是异族女子，他要娶她为正妃，这无疑是在告诉她，他楚照南倘若有朝一日登基为帝，她也是他的皇后。

对于裴清懿的反应，楚照南毫不意外，只道："本王已派使臣前往姜靖国，以和亲一事签订两国协议。"他看着她风云变幻的神色，又道，"如果本王没有计算错误，今日到裴衍手上的，不但有本王的议和书，还有皇帝的诏书。"

"你有病吧？"裴清懿脱口而出，"你们离楚国难道挑不出一个能看的女子了吗？我不会嫁给你的！我死都不会嫁给你的！"

楚照南心头仿佛被针刺中，原本平静的神色立即冷了起来。他放下手中的碗筷，起身跨步走到她身旁，将她拽起禁锢在自己怀中道："这可由不得你了。"

裴清懿被他这突如其来的举动惊吓到，瞪圆了眼睛害怕地看着他。因被他强硬地圈在怀里，她浑身僵硬，连呼吸都屏着，小心翼翼的。她见识过他的厉害，不敢惹他，只嗫嚅地问道："我这么刁蛮任性，你到底看上我什么了？况且我又不喜欢你……"

"你当真一点都想不起来了？"楚照南静静地看着她，她眼中清晰可见的惶恐和抗拒，让他不由得心里发紧。

裴清懿一怔，不由得反问："想起什么？"

被她一问，他的神色显得有些迟疑，终究还是微不可闻地叹了一口气，放开了她："不妨事，以后有的是机会。"

裴清懿的喉咙像是被什么堵着了似的，木愣愣地看着他。

楚照南神色阴郁，看着她的眼神里带着无奈和苦涩，沉默片刻后，终是转身径直离开。

裴清懿惊诧于他方才的反应，心中一直存着疑问，在她被困在这里之前，与楚照南见了不过寥寥几面，为什么他总是一副认识自己已久的模样？

又或者说，其实他是错将自己当成了旁人？

想到此，她不由得松了一口气，自言自语地安慰道："一定是他认错了人。"

这方诏书和议和书刚到，这日下午裴衍又收到谢闫枳的一封书信，书信之中提及楚照南派遣使臣前往靖阳城谈议和协议，并求娶裴清懿，以和亲联姻之事增加两国友好，并承诺他在朝之际，两国永不起战争，而圣上已有意答应楚照南的要求。

裴衍收到书信之时，李豫白正在场，这一天之内一连三方的消息，让众人措手不及，原本已做好与离楚决一死战的准备，却不想局势突转。

李豫白面色一滞，夺步上前抢过裴衍手中的书信，双眸犹如寒冰入骨，一时间竟无法相信中所写。确认过上面所写，他深深吸了一口气，委实有些难以置信地道："不可能！"

他惊愕之余，更是害怕。

谢闫枳平时虽喜夸张，却从不拿这些事情开玩笑，这信上虽只提了一笔圣上已有此意，却多半早有决断，只差两国相谈议和之事后，一道圣旨昭示了。

裴衍在看过谢闫枳的书信后，也紧锁着眉头，道："看来，这回我们是不得不回靖阳城了。"

谢闫枳这一封信，虽只字未提让他赶紧回靖阳之事，然信上所言，无不催促提醒着他，若是不赶在议和之事谈拢之前回去，局势一定，将再无扭转之机。

叶熙宁见他神色凝重，心知这局势转变必有缘由，一想到如今裴清懿仍在离楚军中，心不由得一沉："此时楚照南必定加强了军中防卫，以阻止我潜入离楚营中见阿懿，我们想再见阿懿，唯有……"

她话语一滞，没再说下去。事已至此，谁都明白，若想再见裴清懿，只能等到楚照南携裴清懿前往靖阳城之日了。

叶熙宁看着李豫白失魂落魄的样子，不由得深深一叹。

李豫白心神一凛，拿着书信的手渐渐握紧，那封信随着他的动作被捏得簌簌作响。他语气坚定，可话中带着十分的悲凉，道："我不能就这样让阿懿成为这场战争的牺牲品，她不应该是这样的结局。"

他抬步想要往外走，被裴衍喊住："你要去做什么？！"

"我要把她带回来。"李豫白几乎失去理智，眼眶发红，"我不能再让她一个人在那里待着！"

说罢他又要往外走，裴衍气结，恐他这作为又生事端，朝着门口的宋枭和无绝冷冷地道："给我拦住他！"

裴衍气急攻心，一时间气血翻涌忍不住猛烈地咳了起来。

叶熙宁一惊，忙上前握住他的手腕，以真气渡入他体内，稳住他的气息，却被裴衍一手拂去，蹙眉看着她道："我没事，不要为我再耗费你的内力。"

叶熙宁朝他浅浅一笑道："我无妨的。"又转头看向李豫白道，"你若真的想救阿懿，就不该自乱阵脚，让自己成为楚照南拿捏阿懿的把柄。"

李豫白心中蓦然抽痛，若非自己，裴清懿又怎么会落得如此田地？

众人发怔间，叶熙宁上前几步，朝着拂衣道："拂衣，立即安排一下回靖阳城之事。"

拂衣听到命令，立即肃容道了声："是。"

其余几位暗卫也立即跟着拂衣一道离去。

此时屋内只剩裴衍、李豫白、杨煜宁和叶熙宁四人。

叶熙宁又朝着杨煜宁无奈地道："看来今年不能一起守岁了。"

杨煜宁的目光有意无意地从裴衍身上掠过，又回到她身上，道："无妨，不差这一年，你我从前在一起守岁的年头还少吗？来年你可不能再失约了。"

杨煜宁用一贯亲近熟稔的口气说着，这话落在裴衍耳里却另有一番用意。他有些不耐烦地催促叶熙宁道："不是立马要走吗？还不帮我收拾行李？"

叶熙宁回头瞪他，方才还心疼他身上的伤未好，此时见他这副模样，气不打一处来，没好气地道："你自己收拾吧！"又朝着杨煜宁道，"小宁子我们走！”

　　裴衍眼见叶熙宁拉着杨煜宁跨门而出，又见杨煜宁那臭小子竟然得意地回头朝他笑着，心中气得抓狂却只能忍耐着。

　　他看了一眼颓然的李豫白，想到如今裴清懿的处境，上前拍了拍李豫白的肩头道：“不只是你，我也不会让阿懿嫁去离楚受苦。”

　　李豫白听到好友的话，勉力笑了笑，心情却如同被巨石压着，喘不过气来。

　　因裴衍伤势初愈，不便骑马赶回靖阳城，拂衣安排了马车，与破月、宋枭陪同他们一起回靖阳。无绝和孤煞代为镇守天穹岩，而掠影虽经静慈法师妙手回春，人已无大碍，却不宜舟车劳顿，故此追鹞留下来照顾掠影。

　　几人道别之后，立即朝靖阳城赶去。

第十七章　峰回路转破僵局

　　靖阳城，谢府。

　　正是正月初一，谢闫枳才从一年一度的大朝会回到府上，刚下马车便有仆从上前，将一早收到的从云州送来的加急书信交与他。

　　马车上又探出一人来，正是如今的刑部尚书林慎思。今日下朝之时，他正与谢闫枳闲谈如今朝局之势，两人便顺道一起坐了马车从宫里回来。

　　林慎思挑着帘子看着他，只见谢闫枳立即拆了仆从奉上来的书信，原本浮着浅笑的唇角微微一勾，加深了笑意，看完之后便收了书信朝他看来，道："小衍要回来了。"

　　林慎思一怔，狐疑地看着他，道："圣上下了圣旨让他班师回朝，这事朝中之人都知道。"

　　谢闫枳却摇了摇头，那笑隐含着莫名的深意，道："他这一趟回来，可有好戏看了。"

　　林慎思原本只是顺道绕一趟谢府，听闻此言，却忍不住干脆起身下了马车。见谢闫枳笑容狡猾，他无奈地叹了口气道："谢大人你别这么瞧着我，总让人觉得你不怀好意。"

谢闫枳一副高深莫测的样子，抬手一请道："林大人走吧。"

两人便一道进了谢府。

听闻林慎思到了府上，灵姝大长公主亲自安排下人送了些糕点、茶水过来。她与谢闫枳的一双儿女谢双绛与谢怀瑄原本闹着要谢闫枳与他们一同放爆竹，被灵姝大长公主劝了下来，说父亲要与林叔叔议事，待事情一结束便好好补偿他们，才将一双闹腾的小儿女带走。

林慎思看着这一家人和睦的样子，大抵因着过年的气氛，心中竟有几分艳羡，看着灵姝大长公主领着一双儿女离去的背影，微微笑道："谢兄真是好福气。"

谢闫枳揶揄地瞧着他道："不如趁着这几日得空，我让长公主替林大人物色几位看看？"

林慎思闻言却面色尴尬，忙摆了摆手，讨饶似的将话题转回，道："裴将军信上怎么说？"

谢闫枳这才敛了取笑林慎思的心思，道："小衍已经在回靖阳的路上了，如果不出所料，再过两三日便可到靖阳了。"

"这么快？"林慎思有些意外，转而一想，离楚国提出议和亲之事，事涉裴氏三小姐，他多少也听闻过一些关于这位裴三小姐的事迹，是裴国公极为宠爱的掌上明珠，心中便也释然，道，"听闻皇上已经派了礼部的人着手安排和亲之事。"

圣旨未下，口谕却已传达，这已是既定之事。裴衍前些日子先是下落不明，后身受重伤而归的消息传回靖阳城时，举朝震惊。如今他伤势未好，便如此着急赶回靖阳城，所为之事必定与和亲有关。

提及此事，谢闫枳心思显得有些沉重，嗯了一声后，又顿了顿道："这些日子以来，你我所查得之事，也足以让这朝堂哗然了，不过因着小衍一直在云州，按兵不动而已。此番他回靖阳，你我便可行动了。"

他眼内沉沉，不见方才嬉笑之态。

林慎思蹙着眉头，迟疑地点了点头，总觉得有哪里不对劲，刚想开口相问，忽然恍然大悟道："你不会是想借宁国侯府一案，搅和和亲之事吧？"

谢闾枳见他洞悉自己的用意，一笑，纠正道："不是想，而是正要如此。"

林慎思只觉头大，原本宁国侯府一案已叫他头疼，若再牵扯上别的事情，更不知事态将会发展到什么地步，他想责备终是有些无奈地叹了一声，甩袖道："你们这些人，胆子也太大了！"

"林大人也不遑多让，要不然怎会与本官'同流合污'呢？"谢闾枳笑意舒展。

林慎思无奈地摇了摇头，有些人啊，真是唯恐天下不乱。

正月初三，裴衍一行六人，从崇安门入。

裴衍一回到靖阳城，便直奔太央宫而去，叶熙宁和其余人等一道回了裴国公府等候裴衍的消息。

这年尚未过完，朝中已因诸事风云暗涌。

先是离楚定远王楚照南提出议和之事，并求娶裴国公府的三小姐为定远王妃，谁知裴衍得知消息之后急速赶回靖阳城，反对议和及和亲之事。却未料两日后，皇帝一道圣旨，将裴国公府的三小姐封为嘉懿公主，并着其前往离楚和亲。

此事风波未定，大理寺卿谢闾枳主审的宁国侯府一案又有了新的线索，平西王一案与宁国侯府一案背后的干系牵涉甚广，幕后仍有主使尚未露面。

此消息一经传出，朝野震惊。

如此一来，朝堂的局势开始变得有些微妙。原本忌讳与宁国侯府牵涉上一丝半毫干系的官员，在谢驸马爷正式重新开审宁国侯府一案后，竟纷纷呈递奏折，历数平西王数年来的罪行，好像此时踩上平西王一脚，便可立时证明自己对朝廷的忠心耿耿，又有些从侧面暗示宁国侯府受冤的意味。

这些呈上来的奏折，倒也不是全然没有用处。平西王不光私自开采铁矿打

396

造兵器，意图谋反，且多年来以权谋私，在南方各个郡以征收军资为名，搜刮民脂民膏，强迫各地官员每年为其上供军需银两。而平西王这些年来所私吞的银两钱财，不知去向。

经各地官员呈报，所涉及之数庞大，竟是如今国库银两的数倍。

此事令皇帝万分震怒，下旨命谢闫枳一定严查彻查。

而正在此时，定远王楚照南携嘉懿公主前往靖阳城，皇帝命陆澈全权督办和亲一事，并与定远王商议议和细节，又指了靖阳城一处大宅作为定远王的临时府邸。

裴清懿回靖阳之后便被留在了太央宫中，不日将正式受封。

这一道道圣旨下得急，令裴衍措手不及，本想回朝阻止此事，却不想已无力回天。

就在裴清懿回靖阳之日，身在御林军军营的李豫白被看押了起来。

璟瑄殿乃太央宫偏殿，裴皇后迈入偏殿之时，看着殿内凌乱不堪的陈设、地上被剪烂了的嫁衣，以及跪了一地噤若寒蝉的宫女，示意跟在身侧的宝玺让众人退下。

裴清懿背向着她，也不起身请安，听见身后宝玺的声音，只怒道："走，你们都给我走！"

她伸手欲砸东西，目光所及之处却已无物件再让她发泄心中之气。

"宝玺，你也先退下吧。"裴皇后吩咐道。

"是，娘娘。"宝玺福了福身，看着这一地狼藉微不可闻地叹了一口气，然后退了下去。

裴皇后小心地绕过地上被砸的东西，走到裴清懿身前，看着她一脸倔强的神色，温和地看着她，手覆在自己微微隆起的小腹上，道："阿懿，这世上不会有人事事如意，即便贵为公主如遇和亲之事，也应当仁不让，何况身为世族女子。"

裴清懿将眼神投向裴皇后，强烈的抵触从她的神情之中显露出来，她道：

397

"可我不愿意，我根本就不喜欢他。"

裴皇后虽知幼妹的性情，一旦认定的事情任谁劝解也没有用，却仍是道："定远王非但承诺两国立下议和协议，且许你王妃之位，足见诚意。他虽城府极深，待你之心却不薄，将来若继承离楚大统……"

裴清懿知晓长姐要说什么，急切之下面色涨得通红，也顾不得什么礼节，立即打断了皇后的话，道："我才不稀罕什么王妃之位，我也不稀罕将来他当上什么劳什子皇帝，我更不稀罕那个什么破皇后之位，我只想和我喜欢的人在一起，我只想嫁给豫白。"

裴皇后面色一沉，无奈地看着她。

裴清懿亦觉方才自己的无礼，放软声音，委屈地上前一步抓住皇后的手道："姐姐，我求求你了，你帮我向皇上求情，皇上向来敬重你，如今你又身怀龙子，若是你开口求他，皇上一定会答应的。"

裴皇后无奈地看着她叹了口气，狠心将手从她掌心抽离。

裴清懿几乎要哭出来，只听裴皇后道："阿懿，从前你的任性与小脾气大家都宠着放纵着，如今这件事情却万万不能再让你恣意妄为了。你若再这样胡闹，李豫白的性命便堪忧了。"

裴清懿脸色一白，急急地问道："豫白怎么了？"

裴皇后欲言又止，只叹了口气道："皇上知道你是因他不愿出使和亲，已命人将他关押起来，你自己想想该怎么做吧。"

裴清懿蓦然听到这个消息，惊得脸色又苍白了几分，难以置信地看着站在自己眼前的长姐，一面向后跟跄了几步，一面颤声道："你们……你们竟然为了逼迫我使出如此下作的手段。"

这一瞬，裴清懿忽然觉得自己是那么可悲且又可笑，想到李豫白如今的处境是被自己所连累，她的眼泪哗哗落下，心中委实难以相信，自己至亲至信之人，最终选择以这样的方式，来逼她答应和亲。

她原以为回到姜靖国，所有人都会帮她，却未想到是这样的结局。

她只觉心头冰凉，难以抑制心酸和不甘，想努力维持表面的镇定，却又忍不住哭了起来。

"阿懿?"裴皇后心惊于她的反应，欲上前扶她。

裴清懿却像是受了惊吓一般，忙向后又退了几步，像只受了惊的小鹿，警惕而又防备地看着她道："别碰我！"

宝玺听到屋内的动静，生怕两人起争端，又想着皇后有孕在身，唯恐伤及龙胎，担心之下便顾不上皇后未曾召唤，推开了屋门疾步进来看一看。

她几步上前，扶住裴皇后，见她并未有什么异样，仍旧不放心地唤了一声："娘娘?"

裴皇后双手冰凉，只见幼妹眼中微有泪光，已是到了伤心处。她深吸一口气，唯有坚定冷硬地道："你好好想一下，和亲之事已是定局，你的任何一个举动都会危害到你身边的人，届时后悔……可就晚了。"

她握了握宝玺的手，道："我们走。"

裴清懿看着长姐离去的身影，感受着这四周的安静与空旷，这自幼起便熟悉的太央宫与亲人，此时却叫她觉得分外孤寂与陌生。

裴衍此时已被诸事弄得焦头烂额，李豫白因裴清懿和亲之事被关押，令他始料未及。他开始觉得自己想扭转的局面，或许付出再多的努力，最终裴清懿也会因为李豫白的安危而选择妥协。

他太清楚裴清懿的性子了，若是强求，她大抵宁为玉碎不为瓦全，可若是问题转嫁于李豫白身上，情况就会大有不同。

正当他为此事焦灼之时，大理寺却于靖阳城郊外前朝古墓中发现大量藏于古墓之中的珠宝钱财，怀疑这批巨大的财富正是平西王所留下的宝藏。

这日皇帝设宴宴请定远王，朝臣百官皆在，正商定和亲事宜，谁知裴清懿忽然闯入殿中，令皇帝皇后大为意外。

裴皇后立即起身，被宝玺搀扶着上前，生怕裴清懿胡闹。

她严厉地扫向裴清懿身后的宫人道："公主前来，为何不先禀报?"

身后的宫人跪了一地，裴清懿微微昂首，语中带有讽刺地道："皇后娘娘都说了，我是大姜的嘉懿公主，既是公主，本公主想做什么，还需征得他们的同意？"

她的目光越过裴皇后，投向那方悠然坐在宾客坐席之上的楚照南，道："今日皇上与皇后娘娘宴请我未来夫君，又怎么能少了我呢？"

裴皇后未料她是如此反应，伸手上前想要劝阻，却被她闪躲开去，径直走向御前，微微行了一礼道："参见皇兄，皇兄吉祥。"

她的称谓已随着她的身份改口，皇帝神色一动，抬手道："皇妹无须多礼，入座吧。"

裴皇后的一颗心尚提着，回了座位之上，眼中带有忧色，朝着身侧的皇帝看去。皇帝不动声色地朝她微微摇了摇头，示意她静观其变。

裴清懿命人将她的席位设于定远王边上后入座，原本因这一小小风波而停下交谈的各位大臣，又重新投入交谈之中。

楚照南侧首朝裴清懿看去，只见她拿起面前的酒杯，朝着皇帝一拱手道："清懿敬皇上一杯，愿我大姜江山永固，永享太平。"

裴皇后一怔，看到皇帝亦拿起手中的酒杯，目光扫视群臣，道："好！愿我大姜江山永固，永享太平！"

席下众臣纷纷举杯附和："愿我大姜江山永固，永享太平！"

楚照南微微噙着笑意，看着席间众人饮下手中的酒，亦抿了一口酒，静静地看着裴清懿的举动。

他清楚她的个性，既然闯到御前，必有举动，哪会是来共享两国联姻喜悦的。

裴清懿忽然又起身，朝帝后一拜道："皇上，清懿即将远嫁，但心中有一心愿未了，不知皇上能否答应臣妹？"

皇帝眼眸微微一敛，道："哦？皇妹有何心愿？"

"请皇上放了李豫白，清懿自会老老实实前往离楚和亲。"她言辞铿锵，掷地有声，让原本一直挂着笑容的大臣们大惊失色，纷纷将目光投向她身侧的

400

楚照南。

裴皇后的脸色亦因为她这一句话而惊得煞白。裴清懿此言，无疑是在要挟皇帝，如若皇帝动怒，后果不堪设想，非但放不了李豫白，就连裴氏一族都会遭殃。她惊愕震惊之余，语气里已带了一分呵斥，道："阿懿！休要胡闹！"

裴皇后平日里端庄温和的面容上，眉头紧蹙，放置在双腿上的手掌握紧，已是在克制颤抖。令她未曾想到的是，身侧的皇帝伸过手来，覆上她紧握的双拳，轻轻一握，似在安慰她，让她担忧的心思渐渐放松下来。

她眼神温柔地看向皇帝，与他相视一笑，心中已然安定许多。

皇帝的这一举动，无疑是在告诉她，他对裴清懿并无责怪之意。

皇帝的眼神回到裴清懿身上，脸色微微一沉，冷声道："阿懿，你知道你在说什么吗？谁准许你提这样的要求？"

裴清懿一脸无畏之色，只是一双灵动的眸子之中已隐有泪水充盈，她刚欲开口，身侧之人忽然开口，声音洪亮："这是本王的意思。"

满座皆惊，诧然地看向突然站出来说话的定远王。

裴清懿与李豫白素来关系匪浅，这李豫白又与裴衍同在御林军中供职，向来兄弟情义颇深，这些年来裴国公府对这位裴三小姐的婚事，也是听之任之，若非云州战事突起，指不定已然订下婚约，这是满朝文武皆知的。

楚照南此话一出，就连裴清懿都骇然、惊诧地慢慢回首向他看去，眼内俱是惊疑。

在众人的注视下，楚照南坦然起身，上前一步与裴清懿站在一处，朝着座上的皇帝虚虚行了一礼，复道："这是本王的意思，裴三小姐心中有牵挂，是本王的过失。本王与裴三小姐从前错过，本王对此深感遗憾，却也庆幸余生能与她相守。若是此举能让裴三小姐放下心中执念，本王何乐而不为？"

他说得坦坦荡荡，已然表明了自己丝毫不介意裴清懿心中另有所属。

这令所有人一时间都深感意外，连裴清懿都错愕地看着他。

楚照南唇角微微弯起，在众人的目光之下伸手牵住了她的手。他感觉到手中的手一颤，想要退缩，便立即紧紧握住，不让她有半点机会逃脱。

楚照南含笑看向她，在众人眼里，他的目光中少有地带着一丝宠溺之色。唯有站在她身侧的裴清懿才听清了他低语的一句话："如果你想李豫白活着，最好不要轻举妄动。"

裴清懿眼眶内的泪水滚动着，勉力笑着，眼前这城府极深的人笑容云淡风轻，却不自觉地给她一种压迫感。

楚照南就这样含笑静静地注视着她，任由她内心天翻地覆，却已然断定了她的选择。

裴清懿不明白他为何要帮自己，手已然抖成一片，只轻声回道："不要以为你救了豫白，我就会领你的情。"

"这情你领不领，都得领。"他依旧浅浅地笑着，原本沉郁的面容此刻如沐春风，眉眼间尽是温柔之色。两人的轻语旁人未曾听见，倒成了一副和睦亲昵的互动之举。

裴清懿抿唇默然地看着他，令楚照南心中胜券在握。

他转头声音洪亮，朝着皇帝再一次开口，道："所以，还请皇上成全了三小姐这个心愿。"

上座的皇帝望着并立的两人，沉思着楚照南的用意，静默片刻后终于挥了挥手道："既然如此，就将李豫白放了吧。"

裴皇后终于舒了一口气，不管其中缘由为何，此事若能这样结束，便再好不过了。

裴清懿一声未吭，只木然地随着楚照南的动作坐了回去。直到大宴结束众人退尽，两人一同朝外走去之时，她才忍不住开口问道："你为什么要这么做？"

楚照南清浅一笑，道："方才在殿内本王已经说明缘由了。"

裴清懿又是一怔，沉着脸道："是你害他如此，我不会感激你。"

"我从未想要你感激我，"他逼近一步，忽然抓住她的手腕将她带入怀里，另一只手扣在她的腰间，力气大得令她挣不脱，"我想要的是你，还有你的心。"

402

少女清秀的脸庞因他这番举动和言语，涨红起来。她恨恨地看着他，叱道："你放开我，快放开我！"

她的面色因怒气而如同染上了胭脂般绯红，怒斥之色在他眼里亦化作了娇嗔。

楚照南低首靠近她的耳畔："这只是一份小小的礼，我手中还有一份大礼，就看你要不要了。"

裴清懿下意识地问道："什么？"

楚照南忽然放开她，理了理衣衫，长身而立，一双深邃的眼眸看向她，道："据我所知，裴三小姐的兄长此时正为宁国侯府一案以及平西王一案头疼不已。"

"那又如何？此事朝中之人皆知。"裴清懿不知他为何忽然提及此事。

楚照南面上的笑意暗含深意，看了她许久才道："等你我大婚之日，我会送上一份最好的聘礼。"说罢，他拂袖转身，跨步缓缓离去。

裴清懿看着他白色大氅之下的身影渐行渐远，心中的疑虑却更深。

楚照南知道什么？他怎么会知道本朝都不曾查明之事？重重疑云渐渐压在她的心头。

这个看似肆意而无忧的少女，再与自由无关。

正月初六，皇帝命陆澈与定远王签订议和条约。

正月初八，裴氏一族的三小姐裴清懿正式受封为嘉懿公主，不日将以公主之名前往离楚和亲，大婚之日便定在正月十五元宵佳节。

正月初十，离楚大军正式从云州退往离楚北境，并退离两国国界五十里以外，以示诚意。

所有诏书一下，诸事已成定局。

然而此时，令所有人意外的却是，皇帝在早朝之后，忽然提及陆澈的婚事，欲将尚在闺中的景安长公主指婚于他。原本陆澈可以三言两语推托此事，岂料他竟不知吃错了什么药，当庭拂了皇帝的面子，坦言自己已有心仪之人。

皇帝再问，得到的回复竟是他欲娶李微吟为妻，皇帝虽未表态，却已起猜忌之心，只一句"陆爱卿是念旧之人"，便已叫众人暗暗为他捏了一把汗。

这念的"旧"是谁，即便不说，也再清楚不过。

裴衍从宫中回府之时，叶熙宁正在军营之中替他练兵，见裴衍前来，便叮嘱将士们继续，与他一道进了屋子。

"今日早朝结束之后发生了一件事情，或许你有兴趣知道。"裴衍与叶熙宁一道坐在生着暖炉的小桌旁，眼神望着她的脸庞。

叶熙宁也不相问，只向他投去疑问的眼神。

裴衍取了正煮着的茶水倒了两杯，抬眼与她对视道："皇上要给陆澈赐婚。"

叶熙宁刚拿起茶盏的手蓦然一抖，泼了些滚烫的茶水出来，不由得呲了一声立即放下茶杯。

她刚欲拭去手背上的茶水，被烫着的手已被裴衍抓了过去，只见他干脆地拿自己的衣袖吸去了她手上的茶水，蹙着眉头不悦地道："就算你心里介意，也用不着在我面前这么失态，故意刺激我吧！"

裴衍这话里一股酸味，手上的动作却极轻柔，又替她轻轻吹着手，看着烫红了一片的手分外心疼。

叶熙宁心中一软，道："皇上怎么忽然提及此事？"

裴衍抬眸看了她一眼，道："景安长公主爱慕陆相多年，这事你又不是不知道。"

说到这儿，他没好气地看了她一眼，面上的神色活脱脱就是在指责她红颜祸水，酸溜溜地说道："早些时候还有宁朝歌挡在前头，现在宁国侯府的事情都过去这么久了，陆澈也一直未曾娶妻，景安长公主是皇上这些妹妹里唯一一个还未曾出嫁的。她与陆澈同岁，过了这个年，就二十有五了，全靖阳城再找不出比她年纪还大尚未出阁的女子了，皇上就想成全了他们。"

裴衍话里有话，叶熙宁岂能听不出来？可如今她没工夫理会裴衍这醋坛子，像是松了一口气似的，缓缓抽回了手，轻声道："原来是景安长公主啊……"

裴衍深深地看了她一眼，又道："不过事情峰回路转，陆澈非但推辞了皇上的赐婚，还当着众人的面说他已有心仪之人。"

他望着叶熙宁的眼神别有意味，让她有些奇怪。

他接着道："那个人，便是李微吟李姑娘。"

叶熙宁惊得一下站了起来。看到她反应如此激烈，裴衍心中又有些吃醋了，跟着起身追问道："你心里终究还是放不下他？"

叶熙宁略微一怔，见裴衍满是憋气的神态，心知他是误会了，瞪了他一眼没好气地道："乱吃什么飞醋，你拿我当什么人了？"

裴衍听她这么说，不由得松了一口气，欣喜道："你当真不在意了？"

她肯定地点了点头，道："不管是从前的宁朝歌还是如今的叶熙宁，从不轻易许诺，可我所说的每一件事情都会尽我所能去完成。"她微微一笑，柔声说道，"裴衍，这一生错付一次就足够了，我既决意与你一起，今后便不会再改变主意。我不是三心二意之人，不会做那样的事情，除非你变了心，可若有那日……"

"没有那一日，绝不会有那一日。"裴衍急急地打断她的话，听她这么说，心中喜不自胜，道，"这是我盼了多年才等到的，阿宁，我裴衍绝不会负你。"

"倘若有一天，你心里不再这么喜欢我了呢？"叶熙宁听着他的话，偏首笑着问道。

他头一次听她这么问，心中欢喜难抑，又道："我认定了的人，说什么也不会放手，除非天地尽倾，此生不换。"

裴衍这一声承诺，令叶熙宁眼圈忽然泛红，眼眶里也随之蒙上一层薄薄的雾气。

裴衍看着她的神态，微微一怔，然后又释然地舒展双眉，上前执起她的手握在掌心，轻声道："谢驸马爷已经全面着手替宁国侯府翻案一事，等此事一结束，你我便成亲可好？"

这回轮到叶熙宁怔了怔，瞧着他诚恳的模样，她忍不住点了点头，应承了他的要求，道："好。"

裴衍心中高兴，只见她清秀干净的容颜，此时微微泛着红色，像是染了胭脂一般，变得娇俏起来，这副模样引得他心口微微一烫。

他才微微一低头，叶熙宁便知他要做什么，忙抬手挡在唇前，往后退了一步警告道："裴衍，这是大白天！"

他觉着好笑，反问道："那又如何？"

他一面说着，一面逼近一步。

她又退了一步，道："万一有人进来怎么办？"

"谁这么不识好歹，坏我好事，我便打得他以后再也不敢迈进这间屋子。"他又逼近一步，笑得肆无忌惮。

"况且我是亲我自己的媳妇儿，别人管得着吗？"他欺身上前。

待她退无可退之时，便是他得手之机。

陆澈虽未主动提及婚事，消息却很快传遍了整个靖阳城。靖阳城的人茶余饭后最爱谈论这些小道消息，这几日朝中知晓此事的大臣们回到家中，自然免不了与家中女眷提及此事，一来二去，这事便迅速传开了。

有人替景安长公主扼腕，她恋慕陆相多年不肯出嫁，拒绝了所有王公贵族的亲事，就为了等陆相有朝一日能点头，谁知半路竟冒出个与宁朝歌长得一模一样的李微吟来，多年恋慕无果不说，如今还成了靖阳城的笑柄。

温韶筝惊闻此事时，正在商行采购府中所需用品。她失魂落魄地丢下一众人，不顾府中下人的呼喊，失魂落魄地走在大街上，朔风呼啸，吹得她心头寒意彻骨。

她又哭又笑地走着，街上的人看着她发疯似的样子，指指点点地议论着，可她像是没有看见一般。她心中有太多的苦，又毫无立场去质问他。

这些年陆澈不说，她不问，可她知道他对她从来都是刻意保持距离。他不

406

忍伤她的心，以为用这样的方式，可以让她渐渐死心。

她以为，只要她有足够的耐心和坚持，终有一日，陆澈会看到她的好，陆澈会不忍心让她再如此等待下去，蹉跎岁月。

"陆澈，你放不下她，你心里终究还是只有她。

"可笑，可笑至极！

"李微吟，赢的那个人始终不是你，我们都输给了宁朝歌。

"陆澈，当年亲手对付她的人是你，我以为给你时间你就能忘记，为什么？为什么？"

温韶筝心中不断地问着，不断地怨恨着，这股恨意浇得她心头的狠意遏制不住地生了出来。她忽然停下脚步，收敛了神情，喃喃道："不行，我不能让她嫁给陆澈，我等了这么多年，怎么能输给那个贱人！"

她抬手将脸上的泪水抹去，转身朝着另一个方向迅速行去。

嘉懿公主出嫁一事已成定局，纵使裴衍再怎么想改变，已然无济于事。

皇帝早已下旨，等嘉懿公主成亲之日，李豫白便可释放。

叶熙宁在听闻陆澈与李微吟之事后，去过一趟陆府。在李微吟处得知陆澈并未向她提及过此事，叶熙宁心下气愤，欲前去寻陆澈问个究竟，却被李微吟拦了下来。

"他既然当着满朝文武这么说了，却从未亲自向你说起此事，为何你不向他问个究竟？"叶熙宁忍着心中的不满，蹙眉问道。

李微吟笑得柔和，被叶熙宁扶着回了榻上，因方才着急阻拦，她面色有些涨红未退，道："阿宁，此事你就不要管了，我从未想过要嫁给他。"

叶熙宁盛怒的目光未减，却仍因李微吟而压制着心中的怒气，道："如果他不想娶你，就不该来招惹你！"

李微吟抓住了她的手，笑得无力，摇了摇头道："阿宁，或许你不信，他心里从来没有放下过你。我离他越近，就越清楚他心里的人是谁，我不过是他拿来搪塞景安长公主的借口而已，况且他可从未向人说过，他心仪的那个人是我。"

心中虽明白，可这话从自己嘴里说出来，李微吟却清晰地感觉到心忍不住有些难过，可正因为如此，她时时刻刻警醒着自己。

叶熙宁眉峰紧蹙，显然极为厌恶听见这种话："他心里如何想的唯有他自己知道，当年我没有看清，如今更看不清，我只希望他不会再来伤害你。他越是这样暧昧不清，对你的伤害才越大。阿吟，你跟我去裴府住吧，现在就走！"

见叶熙宁拉着她便要往外走，李微吟急忙阻拦道："阿宁！"

"你舍不得他？"叶熙宁警觉地反问道，见李微吟神色难言，又肯定地道，"你舍不得他！你真的对他动了心！"

李微吟笑得苦涩，从那时候陆澈将她从京兆衙门带回时，她便知道自己逃不开了。面对叶熙宁的责问，她从不敢宣之于口的感情，却无法再否认。

她颤声道："阿宁，对不起。我不知道自己的身体还能支撑着走完多少时间，能在这有限的余生中遇上一个自己喜欢的人，我已经很欢喜了，只是我觉得自己很对不起你。"

眼前的女子痛苦而又苍白的神色，如同秋风扫过后的百花，开始枯败凋零。

瞧着李微吟瘦削的身体，仿佛随时可能倒下，叶熙宁心头一惊，将她扶到一边坐着。

她想起曾经痛苦的岁月里，这个身体羸弱的女子却给了她从未有过的安心与信任。

那个时候，李微吟时时刻刻待在她的身边，在她惊慌无助的时候，用瘦弱的肩膀轻轻揽着她，抚着她的后背，陪着她熬过一个又一个充满梦魇的夜晚。

她安静得就像一道影子，始终静静地陪伴在叶熙宁身边。

"你没有对不起我，"叶熙宁轻声道，"宁朝歌早在四年前就已经死了，她永远都不可能再活过来了。"

李微吟微微一怔，伸出双臂将她紧紧抱住，仿佛只有这样用力地抱着她，自己的心才能得到片刻安宁，好一会儿才听见她隐约又压抑的哽咽声。

外面风雪又起，叶熙宁听着李微吟平缓的呼吸声，才发现她已经睡了过去，便将她放在榻上，取了被子替她盖上。

叶熙宁细细替她将有些凌乱的发丝整理好，低声道："好好睡吧，等这风雪过去，或许有另一番天地。"

"如果他能给你你想要的幸福，我希望他不会辜负你。"她轻声道。

裴清懿大婚那天，刮了几天风雪的老天，终于放晴。

她穿着火红的婚服，于玄武殿中拜别皇帝皇后。定远王的迎亲车驾，正于玄武殿外候着。今日一去，她恐无再回靖阳城之日。

她决然地踏过大殿的门口，眼前的山河她从小看到大，从未像此刻这样叫她觉得她需要为了这如画江山牺牲自己一生的幸福。她平静地走至御道前，背后一众大臣屏息侧首望着她。

她的眼，就看着御道之下的人，掩藏在婚服之下的手紧紧握拳。

看着李豫白已被释放，她心中多少还是放心了一些。她深吸一口气，缓步往下走去。如今她能做的，不过是"舍弃"二字。

她明明不舍得，却不得不舍。

几步之后，她忽然驻足回身，遥遥望着正互相执手站在金殿之上的皇帝和皇后，他们是她的姐夫和姐姐，却要将她送去离楚。

"我要嫁豫白。"第一声，平静轻柔，像是最受宠的小妹妹对长姐倾诉她心中欢喜的、最想嫁的那人是谁。

她的任性和自由，从此都将不再。像是为了发泄这最后的怨怼和内心的不平一般，这一声虽不大，却令满朝文武骇然失色。

不承想有如此狂放大胆的女子，在出嫁之日还这般言之凿凿要嫁与他人。

裴皇后脚下微微一晃，似要摔倒，身侧的皇帝忙伸手稳住她。

"我要嫁豫白！"第二声，坚决坚定，她在告诉这满朝文武官员，她一个女子心中最期盼的愿望，即便如今被迫和亲，她亦不曾有所改变。

"我、要、嫁、豫、白！"这第三声，她向着这一方天地道，决绝而痛苦。

她就是要告知天下，她心中所爱是谁。

裴清懿一步一步地往前走着，走过李豫白身侧时，顿足转头看他。

　　她绽起笑容，两人之间只差一个转身，她的脚步朝着他的方向动了动，像从前那样笑着，踮起脚伸过左手捂住他的双眼，轻声道："别看我，豫白，永远别看我离开的背影。"

　　她的右手郑重地放置在他的胸口，轻柔的动作却像有千斤重般压在他的心上，她道："无论从今以后我会成为谁，我都不会忘记曾经跟在你身后那个小丫头，心里有多欢喜能和你在一起。"

　　"你能再叫一回我的名字吗？"

　　裴清懿久久未能听见李豫白的回应，心中的难过像是一双无形的手，扼住了她的喉咙，叫她不能呼吸。

　　她笑得凄切，哽咽道："从小到大我要什么有什么，爹疼娘爱哥哥宠，我姐姐是皇后我姐夫是皇帝，裴氏并不需要用我的婚姻来交换更稳固的地位。我最大的心愿，就是能和你一起平平淡淡地过日子。可是偏偏最后我要嫁的人，不是你。"

　　裴清懿终是麻木地退开一步，极尽全力地弯了弯唇角，积蓄的泪水却因为这个笑容从眼眶里滚落。她像是自我安慰似的又笑着点头："没关系，我知道你心里是有我的，这就足够了。豫白，无论我嫁给谁，你都要记得，我心里始终只有你一人。今生我们不能在一起，来日到了黄泉，你可一定要记得将我带回来。"

　　她轻声叮嘱着，温缓的声音却像一把最锋利的剑，在他心上刻着。直至多年以后，他调往云州驻守，仍旧清楚地记得她出嫁时的模样，脸上是他从未见过的温柔和哀伤。

　　这个女子一生的骄纵和自由，在这一场政治婚姻中败落。

　　至此姜靖国与离楚国联姻，享太平盛世。

　　而天下之人很快就会遗忘，那是一个女子用她一生的幸福所换。

第十八章　落子无悔几多悲

因靖阳城郊外古墓宝藏一事，谢闫枳追踪线索，命人逐个排查附近曾出现的可疑人物。

可是每当他们稍有线索之时，所要找的人不是搬走就是失踪，那隐藏在身后的黑手，总是快他们一步，将线索切断。

"越是如此，我越觉得我们离真相不远了。平西王背后确实有人，当年宁国侯府之事，并非平西王所谋害，而是隐匿在这背后之人。"说到此处，谢闫枳的神情渐渐凝重起来，仿佛他们的一举一动，皆在这人的掌握之中。

裴衍双眉一动，话却不着边际，忽然问道："古墓那批宝藏听说价值不菲，足以抵上几个国库的数额，户部近来忙坏了吧？"

谢闫枳了解裴衍的个性，倒是没有多少反应，只应了声"是"。

刑部尚书林慎思却被他这一语给惊到了，两颊的肌肉忍不住抽了抽。

"你们准备怎么处理这批钱财？"裴衍忽又问道。

"怎么？"谢闫枳问道。

裴衍只是极为平常地提醒他："你说如果它有主人，那这主人肯定比我们更急于拿回这一笔钱财吧？"

谢闫枳一拍脑袋道："我真是糊涂了，最近急于破案，却忽略了这件事情！小衍啊小衍，还是你聪明！"

听着他们两人你一言我一语地说着，林慎思的脸色却不大好，若有所思地来回踱了几步，面上神色凝重。谢闫枳狐疑地看着他，问道："林大人这是怎么了？"

林慎思重重地呼了一口气，道："你们不觉得出了这样的事情，现在太过于平静了吗？"

谢闫枳愣怔地看看他，又看看裴衍，忽然觉得林慎思方才说的这一句话，让他原本有了底气的心，像是被砸了一个无底的黑洞似的，深得可怕，静得可怕。

裴衍渐渐凝住目光，朝他们问道："户部那边准备何时将这批财宝转移至国库？"

"充入国库之前户部之人清点数额便要花上十日左右。"谢闫枳答道。

"裴大人是担心对方会趁着户部转移这笔财宝之时下手？"林慎思深深地看了裴衍一眼，问道。

裴衍点了点头，反问："如果换作你们，这时候是不是最好的下手机会？"

谢闫枳凝眉，裴衍向来聪慧剔透，经他这么一提点，他才意识到自己最近所做之事全走向了一个误区。他眯了眯眼，道："小衍说的有道理，如此说来，其实之前我派去查访之事有些过于冒失了，反倒让对方警惕了。"

"非也，"林慎思忽然松了一口气，语气轻松地含笑道，"在本官看来，这反而会稳住对方。如果我们什么举动都不采取，才会叫那人疑心。隐藏了这么多年，任何反常的举动，都会让他忌惮。"

裴衍亦向林慎思投去赞赏的目光，肯定道："林大人说的是，谢兄照常派人查访，让对方放松警惕，其余事情，就交给我跟林大人来处理吧。"

几人开始商榷下一步的行动。

正月尚未过完，户部清点完所有靖阳城郊外古墓中的财宝后，运往国库的途中，御林军突遭偷袭。

裴衍和叶熙宁赶到案发现场时，大夫正替李豫白包扎手臂上的刀伤。只见四处就地休息的御林军弟兄们多多少少受了一些伤，所幸的是没有人有性命之忧。

"看起来这帮人只是想劫财，并不想与官兵以命相搏。"叶熙宁扫视一眼后道，"这做法倒是有些像江湖人的手法，掩人耳目，必有猫腻。"

裴衍点了点头道："林大人早就预料到这个结果，在这批官银上动了手脚，追鹃和拂衣已经行动，相信很快就有结果。"

他们再次将目光投向李豫白时，李豫白手臂上的伤口已经被包扎好，只见他动作十分不便地抬着手，将手往衣袖里套。

裴衍上前几步，道："我来吧。"

李豫白笑了一下，道："你平时不总觉得我们在军营里待着不干净吗？怎么现在居然主动替我穿衣服？"

两人说话间，裴衍已经帮他将衣袖穿上，听到这话蹙着眉头一脸嫌弃地道："自己系上。"

李豫白见他这副样子，觉得这才是裴衍，摇了摇头笑着将衣服系上。

裴衍又问道："你怎么会受伤的？不应该啊。"

"呵，不小心呗。"李豫白长长地呼出一口气，解下腰间的酒壶来想要喝酒，被裴衍一把夺下，又扔回他身上。

"都受伤了就少喝几口。"

"你什么时候连这事儿也管了？"

"阿懿不在我就得管着你！"

裴衍这话一说出口，两人都愣了愣。

叶熙宁见他们忽然提及裴清懿，心中也是一阵唏嘘难过，道："没事就好。"她朝裴衍看了看道，"接下来怎么做？"

裴衍抬手拍了拍李豫白没有受伤那方的肩头，无言地安慰着他，长叹一口气道："接下来准备去挨骂。"

413

光天化日之下，竟有人敢明劫朝廷官银，还在京畿重地来去自如，皇帝听闻此消息后，震怒之下，将所有涉案人员关押，一一审讯排查。

半月之后，案件毫无进展，皇帝越发不满，盛怒之下命大理寺和刑部一干人务必在十日之内查清此案，否则革职查办。谢闫枳和林慎思因此遭受了巨大的压力，而其中的原因，却是此案所牵涉出来的隐藏着的巨大阴谋。

因宝藏被劫一案，朝中风声鹤唳，靖阳城中亦加强了守卫，实行宵禁。

然而此时，又传来各地藩镇势力异动的消息，才解决云州大患，内乱又起。皇帝立即派遣朝中使臣前往各地藩镇安抚，却未料所派去的官员，无一回朝。

那日在玄武殿上，裴衍与谢闫枳一同提议，请端穆王爷出面前往各地藩镇游说。端穆王爷贤名在外，又是皇室宗亲，藩王此次起兵发难本就师出无名，倘若再对深得民心的端穆王爷下手，即便夺下江山也必将失去民心，因此不敢轻易对端穆王爷下手。

皇帝听后，无奈之下准了裴衍的提议，并命其亲自前往端穆王府。

可是令裴衍与谢闫枳没有想到的是，他们刚到端穆王府，就被王府的下人拦了下来。当裴衍言明来意后，王府的下人仍是拒绝通报。他们正气恼，见到王府的老管家出来，裴衍立即道："老管家，我与谢大人有要事想见王爷，还请老管家禀报通传一声。"

老管家无奈地看了一眼裴衍和谢闫枳，朝着两人行了礼后，叹了口气摇了摇头道："裴大人、谢大人，不好意思，我家王爷身体抱恙，闭门不见客，两位还是请回吧！"

裴衍不想竟得到这样的回复，不依不饶地道："王爷既然身体有恙，不如在下跑一趟陆相府，将李姑娘接到王府，替王爷诊治一二？"

老管家却仍是摆摆手道："不必了，已召太医瞧过了，就不麻烦裴大人了。"他叹了口气又道，"两位今日前来，想必是为了朝廷的事情。我家王爷说了，没有皇上亲下的手谕诏书，他绝不会再涉朝政。"

当年因宁国侯府一案，端穆王爷被夺去参政之权，今日在大殿之上皇帝虽

414

默许了他们的提议，却未曾言明归还端穆王爷参政之权一事。

裴衍本欲再说些什么，但听到老管家如此说，心中已然明了端穆王爷心中所想，随即不再耽搁，果断地与谢闫枳告辞离开。

马车之上，谢闫枳不由得讪讪一笑，看着裴衍道："虽然我早已料想到会是这个结果，可没想到竟连大门都进不去。"

裴衍面对谢闫枳的苦中作乐，只道："阿宁和裴氏暗卫已经出发两日，想必不日便能各自达到目的。"

"这些日子发生的事情太多，刑部那边接连发生这么大的案子，自从魏良毓被贬去黔岭做了知县，林大人的日子可不太好过。"谢闫枳的话停了停，又道，"小衍，这网要再不收，恐怕我和林大人一样，要顶不住这压力了。"

裴衍的面色变得凝重起来，成王败寇，在此一举。

他几乎已经感受到这满城风雨欲来，靖阳城里隐藏最深的一头饿狼，将不再甘愿蛰伏于黑夜之中。

劫银案尚未侦破，朝廷又接到紧急军报，各地藩王已携军队前往靖阳城，这无疑是谋反之举！

皇帝收到军报之后，立即下诏书，命裴衍以最快的速度调集兵马，平定内乱，解靖阳城之困。

令朝廷始未及的是，几日之内，兵部忽然无法联系上所有镇守在外的将军，能为皇室所调动的兵马，除了三十万御林军，便只有远在云州受杨煜宁所管辖的八十万云州军。

各地藩王所领的军队，已然逼向皇城！无兵可调，这无疑令皇城陷入巨大的危机之中。皇帝立即召集众大臣商议对策。

近日来一贯称病的端穆王爷，却无诏进宫面圣，令皇帝大为不悦。看着殿中之人，皇帝心中甚是厌烦，道："朕听闻王爷近日来身体有恙，闭门不出，今日有何要事无诏进宫？"

这位被当世之人称为"贤王"的端穆王爷，并未在意皇帝刻意的刁难，只娓娓回道："近日朝中诸事，令皇上不堪其扰，臣弟病中听闻此事，甚为忧心，今日听闻皇上急召百官进宫商议此事，臣弟特进宫面圣。"

龙椅之上的人却并未领情，蓦然冷笑一声，已是面沉似水，道："王爷似乎忘记了，朕在四年前已罢黜你参与朝政之权，今日你无诏进宫，是想违抗圣旨不成？"

在场的官员心头均是一震，无一人敢言。

然而面对如此咄咄逼人的皇帝，端穆王神色竟无一点退缩之意，安然道："臣弟不过是想替君分忧而已。"

他这一席话，说得云淡风轻，可言辞之间大有顶撞之意。这让满朝文武惊呆一片，纷纷难以置信地偷偷抬眼向着站立在群臣面前的人看去。这端穆王爷向来以温和贤德闻名，今日的举动实在令人匪夷所思，像是变了一个人似的。

皇帝心中已经大为不悦，抬手不耐烦地指着他道："你！"

众朝臣本以为皇帝即将雷霆震怒，却不想他忽然止住了声音，缓缓放下手臂，挥挥手道："今日之事，不必你参与，既然你身体抱恙，赶紧回府休养吧！"

陆澈看向皇帝，只见他满面阴云，此时以退为进，请端穆王爷下朝，已是隐忍之态。

朝廷之上片刻静默后，端穆王爷却突然朗声笑道："怎么，皇上还想像四年前一样，利用你至高无上的皇权，一道圣旨便将臣弟逐出玄武殿吗？"

那笑声虽明朗，却暗含一股讥讽的意味。

他此言一出，满殿文武俱惊。

连向来处变不惊的陆澈，都忍不住惊诧的神色，朝着端穆王爷看去。裴衍与谢闫枳更是难以置信地相视一眼，亦将眼神落到端穆王爷身上，静观其变。

原本已是声色俱厉的皇帝，此时却意外地显得平静，仿佛长久以来他所预料的事情成了事实，并无意外，而大殿之中瞬间陷入了漫长而可怕的死寂。

"王爷……此话何意？"皇帝的声音变得阴郁。

"臣弟的意思，难道皇上还不明白？"端穆王微微抬起下颌，神态睥睨，毫无从前的温和之态，反显出一股前所未有的阴冷。

看着下方不卑不亢站着的人，皇帝竭力维持自己的帝王风度，不想在众人面前失了气度，道："满朝文武在此，朕不需要你替朕分忧。"

端穆王爷面色不改，话语里似带着逼迫的意味，坚持道："可臣弟觉得皇上需要。"

皇帝此时已是怒不可遏，气得双手发抖，暴怒道："你什么意思！竟敢抗旨不遵，是想造反吗？"

随着皇帝这声怒喝，整个玄武殿中一片沉寂。原本一些怀着好奇心态投去打量目光的朝臣，霎时全都收回了目光，纷纷低首。唯有陆澈、谢闫枳、林慎思三人依旧挺立着身姿，看着这一幕的发生。

端穆王爷神色镇定，与皇帝对视着，像是早已预见到了龙椅之上的人将勃然大怒，反而正中他下怀，心情显得异常舒畅。他声音亮而沉地道："靖阳城外各地藩王集结两百万大军，都等着皇上的一道诏书呢！"

他此言一出，朝堂之上原本屏息静默的朝臣们，被震惊得难掩心中的讶异之情，恐慌瞬间在人群之中蔓延开来。

"你这是什么意思？"皇帝面上带着疑云。

端穆王爷没有回答他的问题，反而问道："皇上近日来不是在查靖阳城郊外宝藏被劫一案吗？或许臣弟能为皇兄解惑。"

皇帝眉峰一聚，已察觉出他话中的意味来，咬着牙问道："那是被你劫走的？"

端穆王爷藏在双袖之下的手缓缓垂下，方才进宫的路上天寒地冻，这大殿之中虽生着炭火，却仍未驱去他身上的寒气，听见皇帝的话，他忽然扬手指着龙椅上的人，情绪激动地道："那原本就是我的东西，还有这皇位！我不过是拿回本就属于我的东西！"

他此言一出，朝臣们脸上纷纷变色。安静的玄武殿中，气氛一下紧张起来。

端穆王爷和皇帝两人眼神对峙着，皇帝已是即将彻底暴怒。

见事态发展得如此不可控制，裴衍内心焦急地等待着。

谢闫枳微微侧过身来，在裴衍耳畔压低了声道："熙宁姑娘什么时候回来？等得及她回来吗？"

未等裴衍回答，众人只见皇帝终于从龙椅上起身，一步一步地朝下走来，直到走至端穆王爷身前，强自稳住心神，与眼前之人对视着，咬牙问道："你在威胁朕？"

"威胁？"端穆王冷笑一声，忽然抬起双臂振臂高呼，"成王败寇，谁得到了这天下，谁才有资格主宰这一切！"

看着皇帝渐渐失去血色的脸庞，和因震怒而发颤的身体，他满腔得意："你如果够聪明就要学会面对现实！不要再做无谓的挣扎！"

端穆王爷转身朝着身后的朝臣们看去，高声道："整个皇宫已经被我控制，你们今日若愿意归降于我，高官厚禄自当等着你们，否则你们都将命丧于此！"

众人犹自不敢相信，眼前这位充满戾气的人，竟会是誉满天下的"贤王"——端穆王爷！

端穆王爷的话语刚刚落下，玄武殿的大门忽然被打开，寒风一下灌入殿中，随之而来的是重兵闯入，将整个局面控制住。

朝臣百官面对如此情景，恐慌难当，有人大骂其狼子野心，阴险至极，也有人忧心于自己的性命，一时间陷入混乱的场面。

此时忽然遥遥传来号角擂鼓之声，声音震天，传至玄武殿中。这声音令端穆王爷无比兴奋，整个人好似陷入了魔怔之中，惊喜地向众人炫耀道："听！两百万大军已然兵临城下！只要我一声号令，即刻便可攻入靖阳城，直取皇宫！"

看着已经陷入疯狂的端穆王爷，皇帝眼中寒意逼人，眼皮急速地跳动了一下，他狠狠地盯着端穆王，几乎是咆哮道："乱臣贼子！乱臣贼子！朕当初就不该那么仁慈留下你的性命！"

"晚了！"端穆王怒吼道，这一声震得众人心中一骇，"皇兄，如今想来，我还要感激你不该有的仁慈，你是想要这天下的臣民们认为你勤政爱民恩泽八方吗？那我就比你更加爱民如子！更加关心天下之事！今日这朝堂之上的事，永远都不会有人知道，就算你不肯禅位，等你死了，在场愿意归降之人自当继续为国尽忠，不愿意归降之人，将会陪着你一起到黄泉路上！我会告知天下人你突发疾病而亡！"

当裴衍听见城外号角声吹响之时，与殿中所有人紧张的神态相反，他长舒了一口气，眼内有喜悦的神色一闪而过。他侧首看向谢闫枳时，谢闫枳亦神色欣喜地看着他，两人相视一笑后，皆松了一口气。

谢闫枳轻声道："终于来了。"

裴衍眼神明亮，朝他一点头后，忽然转身对上那方神色得意的端穆王爷，大喝道："王爷！"

大殿之上的众人正为这急转而下的情势紧张万分，陡然听见有人出头与端穆王爷作对，纷纷小声议论起来，朝着裴衍投去探究和不安的眼神。

端穆王爷听见裴衍的声音，缓缓向他看去，轻笑了一声道："原来是裴大统领啊！"

裴衍上前一步，神色肃然地道："皇上正当盛年，身体健壮，此等大逆不道欺君犯上之言，怎可乱说！"

若换作平时这话从裴衍口中说出来，谢闫枳必定要嘲笑他一番。而此时面对如此险境，裴衍的话仿佛在场的所有人镇定了心神。

端穆王爷仿佛有些意外地看着他，目光在他身上停留片刻之后，缓缓地道："裴衍，你我相交一场也算是知音，本王奉劝你一句，识时务者为俊杰，今日你若归降于我，我担保裴氏一族将来一定拥有锦绣前程，否则……"他冷哼一声，拂衣转身，那衣袂飞扬之声如浪翻涌，霎时又将在场之人震慑住。

"否则，格、杀、勿、论！"端穆王爷眼内爆发出强烈的杀意。

裴衍冷静的声音在殿内响起："王爷似乎忘了，靖阳城中还有三十万御林军待命，纵使你现在控制了玄武殿，可你别忘了你如今身在皇城之中，有的不过几千兵马，如何抵挡我御林军三十万大军？"

他直直地看着面色渐渐阴鸷的端穆王爷，继而道："即便城外的两百万大军攻入靖阳城，王爷觉得是你等着大军攻破靖阳城活着登上皇位比较快，还是三十万御林军平定王爷所带的几千兵马重新掌握皇城更快？"

裴衍的话，令众人仿佛看见了新的希望。

端穆王爷耐心地听着裴衍说完，神色非但没有慌乱，反是阴恻恻地笑了起来，当所有人都狐疑地看向他时，他的笑声越发得意，令在场之人越发不安起来。

他忽然疯狂地指着包围着玄武殿的弓箭手们，讥讽地问道："裴衍，纵使你再有能耐，你能自保，可在场之人，你能保几个？"他忽然话语一顿，"还有！你以为御林军还会听你的号令吗？"

端穆王爷的这一席话，令裴衍如坠冰窖，心里大起不祥之感。

"你什么意思？"裴衍冷冷地问道。

"你让李豫白防守这皇宫，可是你到现在都没有发现，整个玄武殿已经被包围，可是他人在哪里？"

裴衍面色霎时灰白："你把豫白怎么样了！"

"别急，你看——"他的手霍然朝着玄武殿门口一指，只见被反军重重包围的大殿门口，忽然自觉地分开一条道。

那方有人步伐沉稳，背光而来，一步一步走向大殿之中。

那一声声的脚步声，令所有人的心一下一下地随之而紧张地跳动着。

当李豫白的脸出现在裴衍眼前时，裴衍几乎眼睛通红，即刻脚下一动冲到了李豫白面前，狠狠地将拳头击在了他的面颊之上。

这一拳未使内力，更像是发泄情绪，用了最大的蛮力。

李豫白未曾闪躲，生生挨了这一拳，整个人被打得连连倒退几步，被身后的侍卫扶住才不至于摔倒，血腥味瞬间充盈了他的感官。

裴衍几乎不能相信，他最好的兄弟，和他笑谈风云把酒当歌，和他出生入死并肩作战之人，他全心全意托付信任之人，竟然背叛了他！

他上前一步，狠狠一把拎住李豫白的衣襟，怒道："为什么？为什么！"

"裴衍，你错就错在太过重情重义！太过相信所谓的兄弟义气！"端穆王爷如愿看见裴衍失控的模样，心中越发兴奋。

裴衍睁大双眸死死地盯着李豫白，像是要把牙齿咬碎一样。

李豫白舔了舔充满血腥味的脸颊内侧，苦笑了一声，别开头啐了一口嘴里的血唾沫。他眼神发狠，抬手一擦唇角的血，一把将裴衍拎住他衣襟的双手甩开。

裴衍无力地被他推得向后退了几步，眼内满是震惊和失望，再一次不敢相信地问道："为什么？你告诉我你为什么要这么做！"

李豫白的眼神缓缓地从裴衍身上移开，落到他身后不远处的皇帝身上，他抬手指着皇帝声音清晰而狠狠地道："如果不是他！阿懿她就不用被迫嫁给楚照南！云州一战我们牺牲了多少兄弟才扭转整个局面！甫生为了救你连命都没了，掠影没了一条胳膊！而你，你也差点连命都没有了！"

李豫白的眼神里充满愤怒和沉痛，而他所说的这一切，仿佛一根根尖锐的刺扎在裴衍的身上。

裴衍垂在两侧的手一寸寸收紧，看着李豫白绝望而痛苦的神色，内心的酸楚溢满胸腔。

"裴衍！我走到这一步，都是他逼的！"李豫白几乎是咆哮着道。

"你浑蛋！"裴衍破口大骂，"如果阿懿知道你做了这样的事情，她一定不会原谅你的所作所为！因为这里不但是她的国，还是她的家！你所痛恨的人是她的亲人！"

裴衍极其失望地看着李豫白："我相信如果阿懿在的话，她一定会阻止你这么做的，她也不希望看到你为了她做出如此大逆不道之事，害人害己！"

李豫白神色惨淡，看着裴衍的眼神有些飘忽不定，仿佛已然被他的话动摇了。

"可是现在说什么都没有用了，事情已成定局，投降吧。"李豫白忽然悲戚地笑了笑，整个人像是失去了力气似的，"投降你还有命活，裴氏一族也不会因此遭受牵连。"

裴衍未曾想到自己一番推心置腹，竟换回他这样的答复，眼中涌起惊人的怒意。此时此刻，面对这样的李豫白，他竟不知该如何劝他回头。

　　"哈哈哈哈！"身后响起端穆王的笑声，"裴衍，被自己的好兄弟出卖的滋味如何？"

　　裴衍深黑的眼内越发沉寂，只听端穆王爷又挖苦道："一定很不好受吧？"

　　裴衍努力克制着自己的愤怒，缓缓闭上眼睛。

　　此刻再多的言语，都像是徒劳无功的挣扎，反而让原本握在手中的尊严，拱手让与他人，任其肆意地被踩在地上践踏侮辱。

　　所有人看着这一幕，从怀着一丝希望，到绝望，仿佛看到大局已定，任谁也无力回天。

　　皇帝颓然地向后退了几步，缓缓瘫坐在通往龙椅的阶梯上。

　　他低下头，心中想的是他该如何应对接下来要发生的一切。

　　他是委曲求全写下那一份传位诏书，去换取皇后和她腹中尚未出生的皇儿一条生路，从此苟活于世受人监视，战战兢兢等待着不知在哪一天被人不露痕迹地除掉，还是以死相搏，纵使他姜綦阳能命史官粉饰太平，此等谋逆之事终究瞒不过天下万民，让他落得个弑兄篡位的恶名？

　　想到此，他心中万分不甘，作为大姜的皇帝，纵然是死，也不能做贪生怕死之徒！可倘若是前一种选择，他或许还能为皇后和皇儿争取一线生机，将来能逃出生天。而后一种选择，无疑是带着他们一同赴死。

　　正在他两难之际，众人忽然听到殿外传来一阵急促的脚步声，紧接着便听见有人焦急地喊着："父王！父王！"

　　未等端穆王爷有所反应，已见嘉柔郡主闯入玄武殿中，身后跟着的侍卫们停在了门口。看着急急奔向自己的女儿，原本满是杀气的人，瞬间换了一副神色，慈爱地看着她问道："青璇，你怎么来了？"

　　嘉柔郡主满面焦急地抓着端穆王爷的双臂，毫不在乎他方才关心的问话，只是急切地问道："父王，他们说你要当皇帝，说你要谋反，女儿不信，所以女儿要亲自来问一问父王，你不会这么做的是不是？他们说的都不是真的，是不是？"

昔日明朗单纯的少女，努力克制着自己的焦虑，期许地看着他。

端穆王爷闻言，神色立即不悦，冷冷地将她推开，警觉地问道："谁跟你说的这事？"

"谁说的不重要，父王，你告诉女儿，这是不是真的？"嘉柔郡主期许地看着向来对她疼爱有加的父王，希望他能给自己一个否定的答案。

她如何都不能相信，一向贤德的父王，会做出这样弑君谋反的事来。

端穆王爷听见嘉柔郡主如此说，眉头蹙了蹙，立即向一旁走开一步，用眼神示意李豫白将嘉柔郡主带下去。

李豫白刚欲上前一步，裴衍便跨步上前挡在他身前，阻拦住他的去路，不让他动嘉柔郡主。周围的弓箭手们看见他们的举动立即拉开手中的弓，齐齐对向裴衍。

嘉柔郡主听见动静，诧异地看着周围的弓箭手们，神色紧张地看看裴衍，又看看端穆王爷，颤声道："父……父王，原来他们说的是真的，是真的。"

裴衍也因弓箭手们的动作而心中一惊，不敢再轻举妄动。

如今他要做的，只是等，等着事情的转机。

城外的反军已到，那么——叶熙宁也将归来！

嘉柔郡主的出现虽在他的意料之外，却能为他争取不少时间。

李豫白冷笑一声，命人将裴衍拿下。裴衍恐自己的举动会让端穆王爷和李豫白做出伤人之举，只能束手就擒。

然而他们这一举动，让嘉柔郡主面如死灰，她难以置信地看着她的父王，一步一步惊惧地向后退着，直到撞到站在自己身后的李豫白，方受了惊一般往一旁站了站，停下脚步颤声问道："为什么啊父王？"

她的这一声，让端穆王爷冰冷的神色微微动容。

嘉柔郡主的眼眶里滚着泪水："为什么非要做这个皇帝，我们父女两个向来过得好好的，父王你为什么要冒这天下之大不韪？"

"你不懂！"端穆王爷忽然厉色道，"朝堂之上的事情，你不会懂的，我不知道是谁在你面前讲了这些不该让你知道的事情，可你是本王的女儿，你应该理解父王所做的任何事情！"

说罢，他朝着李豫白使了使眼色，道："还不赶紧带着郡主下去！"

李豫白闻言，道了声"是"，便伸手钳制住嘉柔郡主的手臂，强硬地想将她带下去。她却怎么也不肯走，依旧固执地站在原地质问道："父王！你听女儿一句劝吧！收手吧！否则你会死的！"

她痛苦地看着自己敬重的父王，却听到他无情地道："谁允许你跟为父说这种丧气的话！难道你没有看到如今大局已定了吗？等为父登上皇位，你是朕唯一的女儿，你就是这天底下最尊贵的公主！"

嘉柔郡主不敢相信这些话竟出自她父王之口，他的样子也变得狰狞可怕。她恐惧地摇着头道："父王，你怎么会变成这个样子？"

"哈哈哈哈，问得好！问得好！"端穆王爷听见这话，狂笑了几声后来回走了两步，他的手按在自己的右腿上，渐渐收紧用力掐着，仿佛身体上的疼痛才能减缓他心里的痛楚，"我也想知道为什么会变成这样！这天下本来就该是我的！"

"当年诸王争位，康王兵败，原本这皇位就该是我的！"他忽然怒指着皇帝，"是你！枉我一向敬重你为我最好的兄长，表面上你装作好人鼓励我振作，可暗地里为了这皇位故意在我的马上动了手脚，想置我于死地！"

他的话让坐在地上的皇帝，脸色变了变。

"可是你没想到我没摔死！我活了下来！你以为你做的那些事情没有人知道，其实我早就查清楚整件事情的始末！"端穆王爷浓黑的眼眸里，翻滚着憎恨和不甘，"你为了这个皇位，做的那些兄弟相残的事情，你以为没有人知道吗？"

面对端穆王爷的步步相逼，皇帝竟然没有了任何驳斥他的力量，只是颓然地坐着，声音像是将死的老人一般："这并非朕所愿……当年康王起兵谋逆，你是他的同胞亲弟，此事虽与你无关可终究被父皇忌惮。是父皇……是父皇他

424

怕你会为了康王心中有怨，才让我……"

端穆王爷的脸色渐渐铁青，他不敢相信自己所听见的这个事实，粗暴地打断皇帝的话："不会的！父皇那么疼爱我，怎么可能会这么做！"

他像一头暴躁的狮子，不停地走来走去，暴怒地道："是你！是你怕我抢了你的皇位，故意设计害我坠马！你虽未除掉我，可是一个瘸了腿的皇子如何还能做将来的一国之君！是你让父皇疏远了我！是你为了争夺储君，想要扫清我这个最后的障碍！"

所有人都没有想到，当年端穆王爷坠马一事，竟有此缘由。这一段往事被揭出来，一时间竟让人生出同情之意。

皇帝将手撑在地上，想要站起来，却一个趔趄险些跌倒。一旁的内侍眼明手快，将他扶住，关切地提醒了一句："皇上小心！"

皇帝站直之后，那内侍方松了手向后退了一步。

众人看到皇帝与端穆王爷对峙着，听到皇帝努力用最稳的声音道："朕若要扫清你这个障碍，何必只断你一条腿，何必留你的性命到如今来夺朕的江山！"

"那是因为你虚伪！你要做这手足相护的假象来博得你的虚荣！"

皇帝面色一滞，脸色苍白地看着已经陷入疯狂的端穆王爷，知道无论自己说什么，都无法阻止他固执的想法。

"可是纵使如此，你仍旧不甘心，当年青璇出生的时候，你生怕我生的是儿子，派人加害，王妃她便是被你害死的！这么多年来，我处处隐忍，你却苦苦相逼，造成今日局面的罪魁祸首，是你自己！"

嘉柔郡主不想其中的缘由竟如此曲折，震惊地看看皇叔，又看看父王，喃喃地道："母妃……母妃她原来不是难产而死的！"

"你！撒！谎！"

在众人尚沉浸在端穆王爷痛苦的回忆之中时，忽然而来的不速之客掷地有声的三个字，将这原本的安静打破。

425

第十九章　仁者无畏定乾坤

玄武殿的门口，叶熙宁一身红衣劲装，英姿飒爽。

她一面朗声说着，一面大步流星地朝着大殿内走来，仿佛归来的王者。

她这铿锵有力的三个字，在这危急的时刻将在场的所有人震慑住，又让众人觉得等来了一个扭转乾坤的救星，令所有人都将目光投向她。

叶熙宁走至裴衍身侧，与他相视一眼，轻松地笑道："幸不辱命，完成任务又平安归来。"

裴衍无奈地朝她看了看，示意自己正受制于人，只能笑笑道："我从未怀疑过你的能力。"

看见叶熙宁突然出现在这殿堂之上，陆澈眉头微微一挑。

叶熙宁又与裴衍默契地相视一笑，环视周围将目光落在她身上的人群，道："众位不要听信他的连篇谎言！"

她的手直指站在她前方的端穆王爷，目光如炬地盯着他道："当年争夺储君之位时，你就已经通敌叛国！勾结朝廷重臣，意图谋反！只是当年康王挡在了你的前面，替你背下了全部罪名。你根本没有资格坐上这个皇位！这一切不过是你的阴谋！"

叶熙宁的这一番话，令端穆王爷面上伪装的痛苦渐渐淡去，那平静的面色之下仿佛有什么正举着利爪，欲将眼前忽然出现的女子撕碎。他看着她横眉冷对，眼神坚毅地看着自己道："当年是你联合离楚外敌，引发云州之战，唆使康王谋逆才导致那一场叛乱！就连这一次云州大乱，也是王爷你的手笔！"

叶熙宁所说的话，令玄武殿中的众人震惊万分。连皇帝的面色都变了变，看向这位忽然出现将局面打破的陌生女子。

端穆王爷冷笑了几声后道："你是什么人？如果我说的话都是假的，那谁又能证明你说的话是真的？"

他沉着地应对着这个意外，丝毫没有将叶熙宁放在眼里："仅凭你这一面之词，就以为能扭转乾坤？即便你所说的是真相，那又如何！自古以来便是成王败寇！所有反抗我的人，今日都要死在这里！"

大殿之上的人，原本脸上因叶熙宁的出现而显露的期望之色，因为端穆王爷的这一席话，又瞬间黯然。

叶熙宁没有理会他的话，学着他的模样冷笑一声，道："今日我出现在此处，为的可不是证明究竟是谁在撒谎。不过王爷你有一句话说的不错，成王败寇。只是尚未走到最后一步，谁又知道赢的会是谁呢？"

"哼，好一张伶牙俐齿的嘴！"端穆王爷不屑地冷哼一声，"那本王今日倒要看看，你究竟有何能耐！"

"在王爷想要看我的能耐之前，我给在场所有人还原一下事情的真相。"叶熙宁面色一凛，扫视着玄武殿中所有的人，道，"原本你想拉拢宁国侯府，却不想被宁国侯拒绝，是以多年来你都在暗处默默培植端穆王府的势力。可你没想到在利用平西王铲除宁国侯府之后，你以为会成为你的傀儡的平西王逐渐拥有了自己的势力，并且越来越大之后，渐渐不受你的掌控，所以宁愿损失一整个平西王府，你都要将他拉下马！"

端穆王爷双手掩在广袖之下，静静地听着叶熙宁的话，她所说的话将他内心的虚伪一层层地撕开，可他竟觉得有些解脱，反而笑了笑看着她道："这番推测听起来似乎很合理。"

叶熙宁没有理会他的冷嘲，道："平西王虽已逃脱，但他不知道幕后主使之人竟然是你，所以一直将矛头对向与他不和的陆澈与裴衍，甚至在潜逃之后，还想着回来报仇，将陆澈重伤！可他至死都没想到，他会不明不白地死在自己的同谋手上。"

叶熙宁的话，让整个玄武殿中的人震惊不已，而这其中最不敢相信自己所听的人，是陆澈。

陆澈脸色越发苍白，目光始终落在那方与端穆王爷对峙的女子身上。她的每一言，仿佛都重重地敲在他的心头，令他的心如坠深渊。

叶熙宁继续说道："解决完平西王之后，你勾结外敌，承诺以整个云州郡为交换，好让你在所有人将注意力放在云州战局上之时，联合各地藩镇势力，举兵造反。可是你没想到的是，在你天衣无缝的计划里，出现了裴清懿这个意外，定远王竟会为了她，而放弃整个云州郡！"

叶熙宁的话，令整个玄武殿中安静得掉落一根针都能听见。

端穆王爷不想叶熙宁竟会查到如此多的消息，可无论真相到底如何，也改变不了现在的局面。他的眼神中带着狠色，道："你知道了又如何？你既然来了，那就和他们一起去死吧！"

"恐怕要让你失望了！"叶熙宁清冷的面庞之上绽出笑容，"其实我早就来了，目的就是让你自己彻底将你的阴谋暴露。"

"可凭你一己之力又能如何！"端穆王爷几乎是咆哮着道。

"凭我一己之力当然不能如何了。"叶熙宁冷笑道，"可如果凭借城外两百万大军之力，你说我能如何？"

"你说什么？！"端穆王面色一惊，难以置信，可是片刻之后又平复下来，道，"不可能！这绝不可能！那些藩王怎么会听你的驱使！"

"他们自然不会乖乖听我驱使。"她跨步走近几步，朝裴衍看去。

裴衍朝她会意一笑，瞬间从押着他的两名侍卫手中挣脱，走至叶熙宁身旁与她并肩而立，接着她的话道："可若是他们的家眷受到威胁，自然会有人放弃和你一同造反。"

"早在十几日之前，我就收到定远王的密信，将你与他多年来的交易悉数相告，作为阿懿出嫁的一份大礼。"裴衍自信地笑道，"王爷，你一定不会想到，在你私通各地藩王率军出发的同时，阿宁和裴国公府的七大暗卫已经带着人，将各藩王的家眷控制住。他们之所以会依你所言来到靖阳城，不过是我们的将计就计！"

"怎么可能！"端穆王爷犹不敢相信，"定远王早与我有约，即便放弃云州也绝不插手我大姜之事！等我登基之后，自会送南疆三郡作为他的新婚贺礼！"

叶熙宁冷哼一声，故意激怒他道："王爷你苦心经营那么多年，竟还会相信此等哄骗之词，一着不慎满盘皆输！"

端穆王爷瞬间像是失去了全身力气，向后踉跄了一步，忽然又像是想起了什么，眼内闪过狠意，朝着四周的弓箭手们命令道："你们！给我放箭！杀了他们！都给我杀了！"

"啊！"裴衍忽然一拍脑袋，仿佛现在才想起这回事，颇为为难地开口道，"不好意思，还有一件事情忘记告诉你了。"

他笑着上前几步，朝着李豫白问道："怎么样，方才那一拳疼不疼？"

李豫白狠狠地瞪了他一眼，啐了一声，舌头舔着脸颊处，捂着脸道："不是说假装吗？居然打这么狠，脸都肿了，等事情一结束，看我不揍回来！"

兄弟两个说笑着，众人才恍然明白，这不过是一招反间计，李豫白假意投诚，令端穆王爷放松戒备，以为整个御林军都已叛变。

当他以为他已经掌控整个局势之后，才会如此迫不及待地露出他的真面目。

一瞬间端穆王爷便明白了一切，不想自己竟如此一败涂地，面色惨淡，再也按捺不住，暴怒地叫道："你们！你们！你们可恶！"

他看着李豫白与裴衍，心知自己大势已去，不过是强弩之末，却仍是万分不甘，发疯似的喊道："如果不是楚照南出尔反尔，我的计划天衣无缝！你们不可能打倒我！不可能打倒我！"

可是令所有人没想到的是，嘉柔郡主竟然趁所有人都未注意之时，一把抽出了李豫白的佩剑，在众人始料未及之下，将皇帝挟持！

嘉柔郡主拿着剑架在皇帝的脖子上，以皇帝的性命威胁道："放了我父王！否则我杀了他！"

"嘉柔！"

"嘉柔郡主！"

裴衍和叶熙宁同时惊呼。

裴衍焦急地劝说道："嘉柔，放下剑，千万不要做傻事。"

嘉柔郡主含泪看着裴衍，无措地道："对不起裴衍，我不想我父王死，我自小就没了娘，是父王独自带我长大，我不想他也离开我。他是做了很多错事，可他是天底下最好的父亲。"

她哽咽地看着端穆王爷，继续道："他疼我爱我，将他所能给我的都给了我。我相信他并非十恶不赦之人，我只求你们留他一条性命，圈禁也好，流放也罢，我只想他活着，只要他活着就好！"

她恳求地看着裴衍，又看向被她挟持的皇帝。

"嘉柔，你知不知道你这样做是死罪？"裴衍生怕她真的会做出让她后悔的事情来，动之以情道，"快放了皇上！"

"哈哈哈哈哈！"端穆王爷突然爆发出一阵得意的笑声，"不愧是本王的好女儿！乖女儿，父王怕是活不成了，可是你杀了他就能替父王报仇！"

"父王！别说了，你求求皇叔，求求皇叔饶了你！"嘉柔郡主哭着道，几乎不敢相信眼前这个近乎丧心病狂之人，是向来对她疼爱有加的父王，是万人敬仰的贤王。

端穆王爷怒道："如果你不杀了他，他会杀了我们的！"

皇帝听着他们的对话，神色镇定，丝毫没有因为脖子上近在咫尺的剑而有所担忧，道："嘉柔，朕相信你是一个好孩子，你至善至孝，只要你放下手中的剑，朕会赦免你的罪，不予追究。"

"别听信他的谎话！"端穆王爷诱导着嘉柔郡主，道，"乖女儿，你慢慢带着他到父王这边来！来，乖，听父王的话！"

嘉柔郡主含泪痛苦地摇了摇头，手中提着的剑离皇帝的脖子又近了些，道："对不起啊父王，我不能这么做！"她又哭着对皇帝说道，"对不起，皇叔，嘉柔求您下一道圣旨，放过我父王的性命，否则……否则嘉柔只能……只能……"

"好。"未等嘉柔郡主说完，皇帝忽然截断了她的话，"朕答应你，放过你父王的性命。"

嘉柔郡主闻言，一阵欣喜，松了松手中的剑，转忧为喜："当真？！"

"朕金口玉言，说的话就是圣旨，岂能有假？"皇帝平静地道，似乎一点都不恼怒于她竟以自己的性命要挟，"嘉柔，你是朕看着长大的，朕知道你下不了这个手，你所说的话都是为了你父王，朕不会追究。朕也答应你，不会要了你父王的性命。"

她听到皇帝当着满朝文武许下的承诺，渐渐放下了手中的剑，当所有人都松了一口气的时候，她眼神眷恋地看了一眼裴衍，又看了看端穆王爷，忽然扬起手中的剑，决然地刺向自己的腹部。

"青璇！"

"嘉柔！"

"呃……"在众人的惊呼声中，嘉柔郡主痛苦地喘息着，嘴角有鲜血溢了出来。她低头看着自己的腹部，大片殷红的血迹将白色的衣裙染得触目惊心。她感觉身体里的力气在渐渐流失，无力地往下倒去。

就连皇帝亦惊得下意识地伸手想去扶住她，却被裴衍抢上前抱在了怀里。

端穆王爷欲上前看她，可一动便被身后的侍卫控制住。

叶熙宁震惊地快步走到她身边，欲伸手封住她的穴道，止住她不断涌出的血，却被嘉柔抬手挡住。

叶熙宁又反手抓住郡主的手，果决地替她封住穴道，急道："你怎么这么傻？你为什么要这么做？"

"所有人……所有人都要为自己做的事情……付出代价。"随着不断失血，嘉柔郡主的面色渐渐苍白起来，"谁都不能例外……我……我已经求得了皇上格外的恩赐，保我……保我父王一命，我不能再奢求皇上免我的死罪。"

皇帝看着躺在地上满面痛苦的皇侄女，眼中满是痛惜地道："嘉柔，朕并没有怪罪你的意思！你从小心地善良，朕知道你下不了手的，朕知道你不会害朕的。"

嘉柔郡主勉力地笑着，道："我知道……喀喀……皇叔金口一开，必不会欺骗嘉柔。"她把目光移到端穆王爷身上，"我只希望，用自己的性命……告……告诉父王，千万不要再辜负皇叔的恩泽，不要……不要再……再……做……"

她的话还未说完，却已经再也没有机会开口。

"青璇！"端穆王爷痛苦地惊喝一声，奋力挣脱了押着他的侍卫，冲到女儿面前，将她从裴衍的怀中抢过来，拼命地摇着，痛心地喊着，"青璇你醒一醒！青璇！父王听你的话，以后再也不做错事了，青璇，你醒过来，父王的乖女儿……青璇……"

他疯狂地喊着，企图用这些忏悔的话语唤醒怀中已经逝去生命的女儿。可任他怎么呼喊，昔日那个贴心温和的女儿再也没有回应他。

当他不得不接受嘉柔已经死去的事实时，忽然转头盯着叶熙宁和裴衍道："是你们！是你们害死了我的女儿！"

叶熙宁看着如此神态的端穆王爷，虽尚未从嘉柔郡主的死中缓过神来，却十分痛恶他此时此刻仍旧将所有的责任推卸到他人身上的行为，怒道："害死她的不是我们，是你自己！"

叶熙宁红着眼盯着他，道："当年你栽赃陷害宁国侯府，致使宁国侯府被满门抄斩，你可曾想过，你所犯下的所有罪恶，最终由你的女儿替你偿还了！"

跪在地上的端穆王爷悲痛的神色忽然一顿，盯着她，缓缓地放下了嘉柔郡主的尸身，站起来道："我说怎么忽然好端端地出现一个与宁朝歌长相一模一样的人，身边还带着一个武功深不可测的哑巴护卫。"他像是想通了什么似

432

的，继续说道，"而这个哑巴竟然突然间又会说话了！原因就是你根本不是一个哑巴！你是在装哑！"

皇帝忽然神色一凛，狐疑地看向叶熙宁。

端穆王爷继续说道："你装哑不过是为了掩饰你的身份，你怕你一开口就暴露了你的身份，宁！朝！歌！"

他此话一出，在场之人满是惊异的神色。

这半日之内，如此多的转折，让他们一时间难以消化。

"什么？这怎么可能？"

"就是，当年宁朝歌被斩首可是好多人看见的！"

"要说静慈法师那位弟子是宁朝歌，我还能相信，世上怎么会有如此相像之人？"

"对啊对啊，她肯定不是宁朝歌。"

"或许这是真的，你们难道忘记了当年宁朝歌被斩首的时候，她的脸已经被烧得不成样子了吗？"

"对！我记得是有这么回事，当年萧常绎劫狱，引发天牢火灾，宁朝歌在大火中被毁了容貌，死的时候根本就分辨不出到底是谁！"

……

朝臣们的议论声，令皇帝疑心更甚。

端穆王阴笑着看向陆澈："看来深得皇帝信任的丞相大人，在欺君罔上！当年你根本就没有杀宁朝歌！那个被毁了容的人，不过是宁朝歌的替身！"

方才叶熙宁进殿之时，陆澈一瞬间便听出了这个声音。他从难以置信到迫使自己相信，一直跟在李微吟身边的那个哑女叶熙宁，就是昔日的宁朝歌。此时被端穆王爷揭开她的身份秘密，他神色镇定淡然，让众人不禁怀疑他是真的早已知晓叶熙宁就是宁朝歌一事。

所有人都等着陆澈的反驳，可他面对端穆王爷的指控，竟然沉默不语，像是默认了他所说的一切。

叶熙宁却忽然冷笑一声，讥讽道："我宁家满门被杀，没有陆相的推动，又何至于被王爷你的奸计所谋害？"

"哈哈！果然！"端穆王爷心中得意于自己的猜测被证实，"我是乱臣贼子，那你们也好不到哪里去！"

叶熙宁不再隐瞒自己的身份，坦然地抬手，在众目睽睽之下，揭下了那一张几乎与她的脸贴合得完美无缺的人皮面具。

陆澈原本平静的神色，骤然如风云变幻。当那一张隐藏在人皮面具之下的脸暴露在众人眼前之时，所有人几乎都惊呆了。

"你……你果真是宁朝歌？！"皇帝震惊地看着眼前这张熟悉的面孔。

此时大殿之中静得仿佛连掉落一根针都显得突兀。

"是！"叶熙宁微抬下颌，将手中的人皮面具一松，以她原本的样子一回身，朝着在场所有人看去，"我就是当年被诛杀的宁氏反贼——宁朝歌！"

"当年我侥幸逃出生天，为的就是这一天，为我宁氏满门申冤，洗清我宁国侯府被天下人所误解的屈辱！"她两道凌厉的目光扫向端穆王爷和陆澈，怒道，"当年陆澈将我父帅以谋反罪名告发，致使我宁国侯府上下一百三十余口人死于莫须有的罪名！陆相可有话说？"

她的话句句如刀，步步相逼，让陆澈面色惨淡。

他从未想过，有朝一日竟以这样的场景再次相见。

皇帝狐疑地看向陆澈，只见他神色冷寂，上前几步，朝着皇帝一拜道："臣……无话可说！"

叶熙宁没想到陆澈竟无一句辩驳，心中却如同压着一股怒气，不得发泄，脱口而出道："你怎么会无话可说！"

她欲上前与他理论，却被裴衍拦住。他抓着她的手臂，摇了摇头，继而朝着陆澈道："陆相就不说说当年你这么做的原因吗？"

面对宁朝歌的质问，陆澈自始至终闭口不言，好似无论此时何种罪名加之于身，他都不打算有辩驳之言。

可他越是如此，叶熙宁心中越是愤怒。

裴衍见此情况，朝着皇帝一拱手，道："当年宁将军身旁有一位副将，也姓陆，不知道皇上是否还有印象？"

陆澈听裴衍如此一问，神色微微一变，但仍旧保持着静默。

此时倒是皇帝开口缓缓地道："朕倒是有印象，当年宁……"当他说到宁盛泽时，停顿了一下，微不可闻地叹了口气，继续道，"宁将军身边有位情同手足的好兄弟，叫陆文渊。"

叶熙宁看见微垂着眼睑的陆澈颤动了一下睫毛，凝声道："陆文渊，就是陆澈陆丞相之父。"

叶熙宁口中的话，连皇帝都不禁动容，如果他没有记错的话，陆文渊之死与宁盛泽大有干系，他未曾想到，陆澈竟是陆文渊之子。

"当年我父帅与陆文渊一同镇守云州，陆文渊却因冒进致使与他一同出征的十万大军溃败，损失惨重，被我父帅以军法处死。"叶熙宁眼眶湿润，眼睛一直看着陆澈，双唇颤抖地道，"陆澈，你为了一己之私，竟然伪造谋反罪证，假借温韶筝之手将书信藏于我宁国侯府中，诬陷我父帅不忠不义！"

陆澈怔怔地看向她，嗓音干涩艰难地道："所有谋逆书信，皆是从宁国侯府所得，绝无虚假！"

她眼中的眼泪终于滴落下来，那原本就伤痕累累的回忆，随着陆澈这一言，像是被撕裂一个巨大的口子，让她怒不可遏："你敢说你从未做过亏心之事？"

她双眼通红，与陆澈对视着。

陆澈的脸上亦满是痛苦之色，静默片刻后道："我这一生，唯亏欠一人，此生难以偿还。"

叶熙宁顿时愕然，那一瞬间回忆起的往事，像是千刀万刃在她五脏六腑之上乱割乱砍，仿佛将她的五脏六腑都绞烂了，痛得她连质问都发不出来。

陆澈的目光变得沉痛，看向皇帝，仍坚持道："然当年宁国侯府一案，臣绝无虚言！如有违事实，天诛地灭，不得好死！"

叶熙宁的愤怒几乎淹没了她所有的理智，她绝不允许眼前这个人，再说一句污蔑她宁国侯府的话！她上前几步甩手啪的一声打在了陆澈的脸上，阻止他再说下去。她心底的恨因为他这一句话而被彻底激发出来，她一下又一下狠狠地朝着他的脸打去。

朝堂之上的所有人都惊愕地看着叶熙宁激动的举动，而那位曾经高高在上的陆相——陆澈，像是一个呆滞的木偶般定定地站在原地，任由她这般发泄着，纵使脸颊已被打得红肿也未曾退让和还手。

裴衍无法看着叶熙宁如此失控的样子，他心疼她所遭受的所有不平和冤屈，忍不住上前将宁朝歌往后一拉，揽入自己的怀里，安抚着她激动的情绪，说道："够了阿宁！够了！"

他听到叶熙宁哽咽的声音，她将整张脸埋在他的胸口，从哭声压抑到放声痛哭。

而陆澈惨白而又红肿的脸上，那一双黑色的眸子，空洞无比。

"如果这几巴掌，能让你心里的痛苦减少一点，我心甘情愿。不管你信与不信，你我相识之初，我并不知晓我父亲与你宁家之事。"陆澈的声音低沉沙哑，与平时清越的声音迥异，仿佛透着无比的痛苦和压抑。他望着靠在裴衍怀中的女子，一双眼深深地凝视着她。

曾经，他确实很想替他的父亲报仇。他从未想过自己这一生唯一动心的女子，其父竟然与自己有着杀父之仇。

他恨，恨命运为什么如此残酷，开了这样大的一个玩笑，可为了她，他也甘愿独自承受这一切，放下上一代的恩怨。而当温韶筝无意间将宁盛泽与康王往来的书信交给他时，当他得知他所放弃报复的人，是一个背叛兄弟、阴险狠辣、意图谋反叛国的小人之时，他的内心再也无法平静。

当年他虽为官不久，但向来执法严峻，不畏权贵。当看到那些谋反书信的时候，仇恨不断折磨着他，最终让他决意揭穿宁盛泽的虚伪面具，驱使着他将所有罪证呈至御前。他甚至狠心地亲手将她从宁国侯府的密道之中抓捕。可是在她临刑之前，他又后悔了。他舍不得她死，也不能亲眼看着自己最爱的人死在自己手中。

他故意前往大牢之中，刺激她，想要激起她的求生欲望，凭着她的本事，他有心放她走的话，她怎会逃不出这天牢？

可是那时的宁朝歌仿佛是一心求死。在他得知萧常绎想要劫狱一事时，又故意放了他和他的女儿萧碧芸进死牢，希望能为她留下一线生机。

萧常绎没有让他失望，他的女儿纵火毁容，以宁朝歌的身份替她赴死。

这一切都是在他煞费苦心的纵容之下发生的。

为了她，他又多背负了害死两条性命的罪孽，只因为想以此激起她心中的恨。

他想，恨他至少她能活下去。

所以由始至终，他都知道，宁朝歌没有死。

所以当初在商州城中遇见李微吟的时候，他看见李微吟的第一眼时也将李微吟错认成宁朝歌，才会如此耿耿于怀。

陆澈看着裴衍怀中的女子，心痛如绞："由始至终，我从未利用过你来陷害宁国侯府。"他咬着牙，缓慢而艰难无比地说着，"当年你我订下婚约，我……我从无半点虚情假意。那几封谋逆的书信，也确实是你父帅所有。"

"我母亲从未向我提及我父亲之事，从我出生开始，我就不知道我父亲是谁，"陆澈慢慢地闭上眼睛，深吸了一口气，"直到你我订下婚约之后不久，有一次我与你一道回宁国侯府，无意间听闻你父帅与端穆王爷的谈话，我才知道我父亲是谁。当时我难以接受这个事实，曾向王爷再次求证，才知道我陆家与宁家，原来有此渊源。"

他惨淡地笑了一声，那笑声却极尽讽刺："没想到这渊源却是如此孽缘！"

听陆澈提及往事，端穆王爷却忽然笑了起来，他越笑越疯狂，所有人都不明白他为什么忽然变得如此疯狂，一群人纷纷议论着，看着他有些癫狂的举动，直到他笑得有些力竭。

端穆王爷看向陆澈，面上的笑意让所有人都紧张起来，他缓缓开口道："宁盛泽根本就没有谋反！"

端穆王爷的话，令所有人色变。

叶熙宁也因这一声而心神俱震，她靠在裴衍怀中缓缓转头，震惊地看着端穆王爷，不敢相信地再次问道："你说什么？你再说一遍！"

她费尽心思努力想为宁家洗清冤屈，陡然听见这一句足以证明宁家清白的话，令她浑身失去了力气，脚下一软几乎要瘫软倒下。

裴衍注意到怀中之人的变化，忙伸手稳住她的身体，叶熙宁才站稳。

看见众人如此惊愕的神态，端穆王爷面上闪过报复性的痛快之色，又重复道："宁盛泽根本就没有谋反！从头到尾他都是被冤而死！陆澈，我要好好谢谢你，替我铲除了宁国侯府这个最强劲的对手，哈哈哈哈……"

陆澈身体里的血气被这话激得再也无法平静，咬着牙质问道："你说什么？"

"你们永远都不可能知道当年的真相，永远都不可能知道宁国侯府一案的真相了。"他又阴恻恻地笑了起来，那笑声瘆得所有人发慌。

"你们所有人都不可能知道真相了！哈哈哈哈哈！"端穆王忽然向着玄武殿外冲去，立即被侍卫给压制住，他不断回头看向躺在地上的女儿，如痴如狂地念着，"璇儿！我的璇儿！"又不断重复着，"你们永远都不可能知道真相了！"

陆澈冲上前去抓住他的衣领，怒问道："你给我说清楚！到底是怎么回事？"

端穆王爷只是疯癫地又哭又笑，根本无法回答他的问题，在皇帝的命令下被拖了下去。

端穆王爷的阴谋败露，玄武殿一事终得平息。

皇帝留下宁朝歌一人相谈，出殿之时，陆澈与裴衍一同候在玄武殿外，只见她面色苍白地从大殿之中出来。

裴衍面色紧张地上前问道："如何？"

叶熙宁勉力牵动着唇角道："裴衍，如果这一辈子我都无法替宁家洗脱谋逆的罪名，我这一生都不会快乐。"

"你……皇上他……"裴衍小心翼翼地问道，怕自己的话戳了她的痛处，又焦急地叹了一声，掠过她跨步上前，嘴中说着，"不行，我去找皇帝姐夫说个清楚。"

叶熙宁忽然回身，拉住他的手拦住他的去路，道："当年是皇上亲自下的命令，将宁国侯府满门抄斩，若是如今替宁国侯府翻案，那就等同要他曾经所犯下的错误，杀错忠臣。"

她神色悲然，看着裴衍着急担忧的神色，忽然笑容一绽，道："可是今日之事，我立下功劳，解了靖阳城之困，皇上说，他会还宁家一个公道。"

裴衍一听神色怔了怔，才反应过来她所说之事，一时间被她气笑了，心中却是难言的欢喜，道："好啊！你现在都学会耍我了！"

叶熙宁忍不住笑了笑，见裴衍的目光忽然落到陆澈身上，她的眼神也随着他的目光，朝着陆澈看去。

陆澈正看着她。

"朝歌……"他低声叫她的名字。

叶熙宁的手连同心，微微一颤，原本抓着裴衍的手渐渐松了开来，快要松开时，却被他反手一握。她转过头，望着裴衍的面容，他未曾说什么，只是朝着她微微笑着，让她的心安定了许多。

叶熙宁的眼神落到陆澈身上，她看着这个自己曾经不顾一切爱过的男子，又经方才的变故，得以证明宁家的清白，此时面对陆澈，她内心仍旧做不到毫无波澜。

她极力克制着自己的情绪，神色几乎冷漠地看着他，道："你不配叫我的名字。"

见陆澈欲言又止，她又冷冷地道："这世上所有人都可以叫我的名字，唯独你，没有这个资格。"

陆澈面容惨淡，她的话仿佛冰凉的锥子一般刺痛着他。他的身体因她的话克制不住地发抖，喑哑着声音道："是，我永远也……得不到你的原谅了。"

深冬里的靖阳城萧瑟寒冷，裴衍紧紧握着她的手，她与他十指交缠。她低下头，看着两人交握着的手，这是让她足以支撑下去的信念，温柔而有力量。

叶熙宁缓缓开口道："对于天性凉薄之人，何需我的一腔热血给予同情？当年之事虽非全然你的过错，可是你永远都是宁家的罪人，宁家一百三十几口人，和那些为宁家求情蒙冤而死的人，都是因为你的凉薄，失去了性命。"

她脸上平静无波，可越是这样，就越像一把凌迟着他的刀："陆澈，你想求得谅解，活着的人可以，但死了的人呢？你能求得他们的谅解吗？"

陆澈的目光停留在她的身上，身体因为她的话而微微颤着。他看见她的唇齿动着，却仿佛是从遥远的天际传来的声音。

"宁朝歌已经死了，她永远都不会原谅你。"

"你这样的人，本就和'被原谅'三个字，毫无干系。"

陆澈站在原地，看着叶熙宁转身与裴衍离去的背影，寒风吹得他刺骨地痛。

不知怎的，他忽然想起与她初识那年的盛夏，在他的小院之中与她耳鬓厮磨的场景。

那时他执着书卷躺在院中大树底下的椅子上，身姿清瘦如青竹。日光洒落在大地上，透过树荫照得他满身斑驳的光辉。离他不远处有一口古井，身着红衣的女子趴在井边朝里瞧着，许久都没有动静。

他微微侧首，将目光投向井边的女子，微眯着眼，打量着她，好一会儿才道："瞧着井能瞧出花来？"

宁朝歌双臂叠在井沿之上，下巴支在手背上，眼神也不移动，摇了摇头道："井里没花，可井里有瓜啊……"

"……"陆澈有些无言以对，堂堂宁国侯府的大小姐，竟像一个贪嘴的孩童一样盯着井里的瓜，他摇了摇头，继续看书。

"阿澈，什么时候能捞上来？"她又盯着那瓜问道。

"才放下不过一盏茶的时间。"

"哦……"宁朝歌长长地叹了一口气，她可是听出他的言外之意来了。

又过了一炷香的时间。

"阿澈，可以了吗？"

陆澈翻了一页书，摇了摇头。

又过了一盏茶的时间。

"阿澈，可以了吗？"

陆澈叹了口气，早知道如此，方才回来的时候就不买这个瓜了。他缓缓放下拿着书册的左手，右手朝她招了招："过来。"

宁朝歌立即撑着手臂，起身走到他身边，弯腰倾身，笑靥如花。那随意绑在身后的长发随着她的动作轻轻地从她背上滑落，发梢扫过陆澈的面颊，仿佛心口被轻轻挠了一下。

她又黑又亮的眸里透着探究的询问，看向躺在椅子上的陆澈道："你要跟我说什么？"

陆澈看着眼前的少女，她安静的时候，秀丽的面庞像是带着特别的艳丽和柔光，张扬又青涩，搅得他的心湖微微起着涟漪。

他低声道："再下来些。"

那声音像是有魔力般，让她听话地又弯了弯身子。

嗯……这个高度刚刚好，陆澈笑了笑，微微抬起头，手掌覆上她的后脑拉向自己，那一刻从唇上传来的异样感觉，像是春日里的繁草肆意生长，随着他轻柔的吻，那草就好像变成了身旁的这棵大树一般，在她的生命里扎根生长。

她的身子就好像失去了力气似的软软的，朝着他的身子靠去。

此刻她就犹如一只蜷缩在他怀中的小猫，他的手从她的身后环到她的腰间，那原本握着的书册不知何时已经落在地上。

宁朝歌双颊绯红，腼腆而又渴望着这种奇妙的感觉。

陆澈轻轻啃着她的唇，甘甜柔软。直到他克制地将头靠回椅子上，看着怀中目光盈盈，面带羞怯的人，那愉悦的感觉仿佛从心底渗出来，令他贪恋。

忆起往事，陆澈五内俱焚，自嘲地笑了笑。

这些回忆曾令他讳莫如深，却也支撑着他走过了这些年。他后悔的是他一心想要护着的人，因他而痛苦不堪。所以他宁愿宁朝歌永远不知道，当年她能逃出生天，是因为他的不舍得。

即便没有萧常绎劫狱一事，他也早已悔不当初，他会想尽办法救她出狱。

那时他心底还存着一线希望，只要她还能原谅他，哪怕是亡命天涯，他也会不顾一切，和她一起走。可如今他彻彻底底明白，这一点点希望都不会有。

端穆王爷的证词，令他心如死灰。

他亲手错害了一百三十多口无辜的性命，成了他与她之间永远无法逾越的鸿沟。

第二十章　道是无情还有情

玄武殿之变后，端穆王爷被打入天牢，整个端穆王府暗中所培植的势力被连根拔起，朝中涉案之官员，几日之内纷纷落马。

风波稍有平息，皇帝亲下诏书，为宁国侯府平反。

宁国侯府一案虽仍有疑点未曾查明，但端穆王爷那日在玄武殿中所言，足以证明宁家无罪，且因叶熙宁及时赶到，解了皇城之困，救驾有功，皇帝当着满朝文武与天下人，还宁家一个清白。

皇帝也下令重开宁国侯府，重建宁家宗祠，并下诏追封宁国侯宁盛泽为一等公爵，为其风光大葬。同时李微吟改名宁朝阳，入宁家族谱，又因其精湛的医术，被封"第一女国医"。

宁家之案平反后，叶熙宁将李微吟一同接回了宁国侯府住下。

万事尘埃落定之时，又是大半个月过去。叶熙宁与李微吟虽已替宁家正名，宁家宗祠也已重建，却仍以从前的名字相称。

这日叶熙宁与裴衍到天牢中看端穆王爷，端穆王爷接连遭受重创之后，已然神志不清。他们本想问清当年之事，可面对一个已经疯癫之人，却无从下手。

从天牢中出来，二人坐着马车缓缓朝着宁国侯府行去。

一路上，裴衍都睨着她，叶熙宁转过头来望着他，又抬手摸了摸自己的脸颊，问道："你是不习惯看我这样子？"

裴衍摇了摇头，朝她傻笑着道："你什么样子我都喜欢。"

叶熙宁心口蓦然一烫，回想起两人初见时的情景，忽然问道："那日在靖阳城初见，你是认出了阿吟的样子？"

裴衍被她忽然这么一问，一愣。

又听她问道："你曾见过我？"

裴衍微笑，想起第一次见她时的情景，那时她姿容光华，明媚飒爽，就这样晃了他的眼，也迷了他的心智。

她不明白他为什么要笑，询问地看着他，抬手用胳膊肘轻轻碰了碰他，喂了一声。

裴衍却忽然倾身在她耳畔道："是，曾在梦里见过你，这可是前世未尽的缘分。"

叶熙宁看了看他，忍不住笑了出来，将他推开一些。她想着这几个月来经历的事情，如今一切尘埃落定，他又回到如此不正经的模样，她心下却觉得一阵暖流涌过。

不消多时马车便停了下来，两人嬉闹着跃下马车，朝着门口走去。未走几步，叶熙宁便看见陆澈正候在门口，神色不由得一冷。

陆澈看见叶熙宁和裴衍二人牵着的一双手时，心中微微刺痛，只是一瞬间的愣神，便快步朝着他们走来。

"阿吟有危险。"陆澈声音清冷，气息有些不稳。

叶熙宁面色一沉，急问道："怎么回事？"

陆澈急忙解释道："韶筝，是韶筝假借我的名义说我身体不适将阿吟骗出来，挟持了她。东亭正看着她，以免她做出什么事来。"

叶熙宁眉头微蹙，心中有一种不好的预感，一时间心乱如麻，面色如雪，颤声道："他们在哪儿？"

"在五里亭旁边的废弃寺庙中。"陆澈答道。

裴衍握住叶熙宁的手，微微用力安抚着她，立即道："赶紧去！"

几人一同上了马车，朝着五里亭方向的破庙行去。

马车行到破庙外，陆澈正欲与他二人一同进入寺庙内，却被叶熙宁拦了下来。

"温韶筝为何抓阿吟，我想你比谁都清楚。"叶熙宁冷眼道，眼中是毫不遮掩的责怪，"你既然要将她留在身边，我以为你有保护她的能力。若非阿吟坚持，我绝不会同意她待在你身边。"

陆澈望着她的面庞，面色微苦，原本清冷的面色此刻显得有些苍白无奈，道："是我大意了，我以为韶筝不过耍些性子……"

"温韶筝爱你，她为了你什么都做得出来！"叶熙宁气急地截断了他的话语，目光如刺，"当年我只将她当作你的妹妹，未曾在意她的一举一动，可你有没有想过，这一年以来阿吟在陆府之中所发生的每一件事情，不是温韶筝故意引导便是与她有关。"

陆澈张了张嘴，哑口无言。叶熙宁所说的，他不是不曾意识到，可他刻意回避了。他内心的骄傲与自负，让他无法承认他看错了人，也让他无法面对自己一直以为正确的，却都是错的这件事情。

叶熙宁冷然地看着他，微微偏头，不欲再与他多言："是非对错，你不是不明白，而是你不想明白。"她冷笑着挖苦陆澈，"也是，并非所有人都有勇气面对真相，有些人宁愿沉浸在自己所愿意相信的谎言当中，也不愿意清醒过来。"

陆澈的神情瞬间变得有些微妙，那一双黑瞳也随着叶熙宁的这一番话而黯了下去，他勉强牵了牵嘴角，终是没有再开口。

曾经相爱的两个人，如今却变成现在这般针锋相对。

陆澈望着她，此时，任何言语都是多余的。

445

裴衍见气氛尴尬，打着圆场，朝着陆澈道："温姑娘不会武功，我和阿宁一同进去应该不会有什么事情。"

陆澈点了点头，看着他们二人一同进了寺庙中，他自己则在马车旁候着。

破庙内，李微吟被反绑着双手靠在一旁的柱子上。

一旁的火堆烧得正旺，温韶筝坐在火堆旁，面色呆滞，如同行尸走肉一般，一下又一下地折着手中的柴火。

李微吟神色淡定，一直审视着她的神情，许久才道："如果你是想阻止我和陆澈的婚事，那大可不必多此一举。"

温韶筝的手因为她的话停顿了一下，然后继续手中的动作。

李微吟看着她，用平静的声音道："陆澈心里的人不是你也不是我，我想你一直知道。即便你抓了我，对陆澈而言也只会让他对你有成见。温姑娘，你这么聪明，为什么会做这么愚蠢的事情？"

温韶筝被李微吟的话刺痛，面上忽然起了一股狠厉之色，她将手中的柴火一掷，怒道："如果不是你和叶熙宁突然出现，说不定我们已经成亲了！"

李微吟默然地笑了笑，不置一词。

"你笑什么？"她那笑容在温韶筝眼里，显得格外刺眼。

"我笑你在陆澈身边这么多年，都没有看透他的心思。"李微吟深吸了一口气，眼神飘得远了一些，低声平缓地道，"你我都不是他心上的人，即便他说要娶我，亦是出于愧疚和弥补之心，更何况他从未亲口说过要娶我。"

李微吟的话令温韶筝脸上微微变色。

她见温韶筝有所动容，又道："你知道为什么皇上虽然替宁家洗清了冤屈，也替宁家重建了宗祠，恢复了我和阿宁的身份，可是阿宁仍以叶熙宁的名字继续活着吗？"

温韶筝不明白她问这话是什么意思，不由得皱眉，问："为什么？"

李微吟与她对视，平静地道："因为她不想再以宁朝歌的身份活下去。"

温韶筝一怔："这与陆澈又有什么关系？"

李微吟见她仍旧不明白，不由得一笑，道："阿宁不愿回到宁朝歌的身份，陆澈自然明白他与她再无可能。陆澈明白，阿宁不会再回头，而我……"

她说到此处，忍不住咳了起来，好一会儿才平复下来，缓了一口气道："而我虽精于医术，却已命悬一线，你又何必……何必这么做呢？无论我和阿宁谁出了意外，陆澈他都不会原谅你。"

温韶筝心中的怨气化作阴寒的笑意，她望着李微吟道："那若是旁人做的呢？"

李微吟面色微微一变："你什么意思？"

"陆澈永远都不会知道你是我抓来这里的，你和宁朝歌今日都会死在这里，可是这和我一点关系都没有！"她脸上的笑容越发得意，十分笃定地道，"你们都死了，陆澈他就会娶我的。"

温韶筝的笑声变得有些可怕，话语中的意思让李微吟有些不安起来。

"你想干什么？"

"我告诉你，已经有人去通知宁朝歌了，等她来了，今日此处就是你们两个的葬身之处！"

李微吟面色一惊，忽然反应过来，道："你抓我来是想引阿宁前来，你的目的在于阿宁而非我！"

当李微吟意识到温韶筝的真正目的时，心中渐渐害怕起来。如果她的目标是叶熙宁而非自己，那么今日此处一定还有埋伏！

李微吟霎时面色如雪。

"你还不算太蠢，不过已经晚了，我想宁朝歌此刻已经在赶往这里的路上了。"温韶筝看到李微吟的神色变化，心中越发高兴起来。所有的事情，都按照计划一步一步地进行着。

她居高俯视着李微吟，仿佛睥睨蝼蚁一般："你不过是一颗诱饵，我根本就没有把你放在眼里！"

一直站立在门外的叶熙宁与裴衍相视一眼，此刻见她得意，立即现身道："我倒想知道，你要如何对付我？"

447

温韶筝听见声音，慢慢回过神来，眼波落到叶熙宁身上，毫无慌乱之色，看着叶熙宁与裴衍一步步走进破庙的大殿之中，她眉尖一挑，道："你终于来了！"

她的目光有些兴奋，如同身旁正烧得噼啪作响的火堆，时不时蹿起来的火焰一不小心便会烫着人。

"你将阿吟抓到这里，我怎么能不来？"叶熙宁神色镇定，一副运筹帷幄之态，丝毫没有因为李微吟被绑架而有所慌乱，她朝李微吟笑了笑，"你知道我一定会来的。"

她这话是说给李微吟听的，也是说给温韶筝听的。

温韶筝冷笑一声，若是在平时，她定妒恨于她面对此刻的困境还是一副毫无危机和自信狂妄的样子，可此时她喜欢极了叶熙宁这种不可一世的样子："想不到你我还有再见之日，你早该死了！你为什么还活着，你为什么还要活着！"

她越说越恨，整个人因情绪激动而颤抖起来。

"我也没有想到，当年那个温柔善解人意的温韶筝，竟然会变成这个样子！"叶熙宁看到她这副模样，反倒释然了。

温韶筝望着她，笑得得意，道："我是什么样子轮不到你来置喙！今日我会让你们有来无回！"

"那你也太小看我这姜靖国军中第一高手了。"叶熙宁的神色毫无波澜，并未将她的话放在心上。她朝着靠在柱子旁的李微吟示意让她放心，李微吟亦回以一笑。

此时温韶筝突然像是看到了什么好笑的事情，狂笑起来，那神态让叶熙宁不由得蹙眉，不知为何，现在的温韶筝竟与那日在玄武殿中的端穆王爷有几分相似。

叶熙宁当机立断，掠身飞向李微吟，温韶筝察觉到她的动作想要阻止之时，被叶熙宁迅速袭来的一掌推开。

温韶筝胸口猛然一痛，喉咙一腥，鲜血喷出。她仓皇狼狈地后退了几步，当她退至门口之时，忽然又笑了起来。

叶熙宁刚欲开口，裴衍猛然察觉到有些异样，忽然抓着她的手道："不好，中计了！"

叶熙宁与李微吟同时神色一变，只听温韶筝收了笑厉声道："晚了！"

她抬手狠狠抹去嘴角的血迹，目露凶光。此时破庙内突然出现一群黑衣人，将他们团团围住。

"我说过，今日就是你们的死期！"温韶筝眼里尽是杀意。

叶熙宁眉目一动，不予理会，蹲下身来替李微吟解开绑着她的绳子，将她扶了起来，在确认她安然无恙后，才说道："千军万马我都未曾放在眼里，区区几个人，你以为能奈我何？"

"是！你是很厉害！你可以以一敌十、以一敌百！可是你们还带着一个累赘！"温韶筝诡异地笑了笑，道，"更何况等着你们的，可不只是他们。我既然引你到这里来，又怎么会轻易让你离开？"

裴衍听着温韶筝的话，心中隐隐生出不安来。宁朝歌昔日为姜靖国第一女将，无论从智谋与武功来说，大姜鲜少能找出能与之匹敌之人，温韶筝岂会不知？可看着她仍旧猖狂的神色，他的心情越发沉重起来。

方才立于门口时，他已觉有些异样，此时因与温韶筝的位置变化，才察觉出异样的源头，他沉声问道："阿宁，你有没有闻到奇怪的味道？"

叶熙宁被他问得一愣，她一直担心着李微吟，忽略了周围的细节，此时被裴衍一提醒，脸上忽然变色，两人对视一眼后，脱口而出道："是火药的味道！"

此时此刻，裴衍才知温韶筝的疯狂并非以卵击石，而是胸有成竹！她早就做好了万全之策，想要将他们炸死在这里！

此生此世，叶熙宁从未像此刻一样冷汗涔涔。

温韶筝站在门口，看着他们紧张的神色，心中像是出了一口恶气，疯狂地笑了起来，面目变得狰狞可怕："没想到吧？武功再高又怎么样？难道不是一样要被炸死在这里？"

叶熙宁只觉得温韶筝疯狂而又放肆的笑声像是被隔在了天外一般,她只能感觉到自己耳边嗡嗡作响,根本无暇理会她所说的话。

她难看的脸色让温韶筝越发得意。

裴衍闻言,立即扫视着四周的出口,他不清楚此处到底埋了多少炸药,他们要如何才能安然退出。

温韶筝看着裴衍的动作,嘲弄地笑了起来,不屑又同情地看着他们,道:"别枉费心机了,四周我都埋了炸药,而且周围都埋伏了杀手!外面全是我的人,全是弓箭手,即便你们能侥幸从这儿逃出去,一出这个门你们也会死于乱箭之下!今日,你们必死无疑!"

叶熙宁脸上微微变色,她知道温韶筝说的是事实,强自按捺住心中的寒意,问出了疑惑:"你哪里来的那么多炸药?你到底是什么人,怎么会和杀手扯上关系?"

温韶筝面露冷笑,吼道:"这都是你逼我的!如果不是你,我怎么会做这么多自己不愿意做的事情!我怎么会一步步走到这种境地!如果不是你,我怎么会受人挟制,一次又一次地被迫深陷在这原本和我毫无关系的阴谋之中!"

"路是你自己选的!有些人迫不得已,你却是因为贪心!因为你想得到原本就不属于你的东西!"叶熙宁咬着牙驳斥她的话。

"你胡说!"温韶筝被她的话刺激得大喊,"只要你死了,陆澈他会爱我的!他会爱我的!"

她不断拍着自己的胸口,仿佛这样的动作,能让她更加笃定自己的想法。

外面的寒风吹进来,李微吟禁不住打了个冷战,用一种怜悯的眼神看着她。

温韶筝对陆澈的爱,让她没有了自己。

李微吟声音有些虚弱,却铿锵有力地反驳道:"你错了!就算阿宁死了,我死了!陆澈他也不可能爱你!你如此执迷不悟,只会伤人伤己,却无法改变陆澈他根本就不爱你的事实!"

李微吟的话令温韶筝大受刺激,她指着李微吟,愤怒地道:"你胡说!他是在意我的！他心里是有我的！我和他青梅竹马从小一起长大，他心里怎么会没有我！如果不是她出现，陆澈根本不会变心！既然她已经让所有人都以为她死了，为什么还要出现？你为什么又要出现？如果不是你们，我们会好好的，会好好的！"

眼前这两张几乎一模一样的脸，不断搅动着她心头的愤恨与辛酸。她的整个身躯都在抑制不住地颤抖，仿佛那些悲愤正在她的身体里激荡着，寻找着发泄的突破口。

李微吟看着眼前的温韶筝，觉得她可怜又可悲，不欲再与她争辩这个问题。温韶筝固执地认为只要没有宁朝歌的出现，陆澈就会爱她，只要没有李微吟的出现，陆澈就会忘了宁朝歌和她成亲。

可李微吟清楚地知道，陆澈心里，唯有一个宁朝歌。

她摇了摇头，道："陆澈要娶我，不过是因为他已经清楚地知道，他和阿宁再也无法续前缘，而他心里对阿宁的愧疚和自责，让他想用这一生回报她在这世上唯一的亲人，我不过是阿宁的替代品。"

李微吟的话，令叶熙宁内心一阵酸楚和震惊，眼内瞬间氤氲起水汽。

裴衍见到叶熙宁这副神色，知她亲耳听见李微吟道出这个事实，心中必定难过，抬手轻轻拢了拢她的肩头。他轻柔的动作令叶熙宁的心略略安稳下来，感激地看着他，朝他无声地笑了笑。

李微吟继续劝说温韶筝，道："温姑娘，你如此执迷不悟，只会伤人亦伤己。为什么就不能放下这一切？陆澈他不是你活下去的唯一理由，你应该有自己的生活，去过自己应该过的日子，你的人生里并非只有一个陆澈！"

温韶筝听着李微吟的话，神色悲戚，眼里含着泪。在陆澈来靖阳城之前，她原本过的就是她一生最渴望的日子。她的世界里只有陆澈，而陆澈身边也只有她。

对她来说，她从前所有的人生都是为陆澈而活的。

可现在告诉她，她的人生里，可以不只有陆澈，怎么能让她接受和面对？

固执的不甘和疯狂在她胸腔里作祟，令她痛苦不堪，温韶筝朝着李微吟反驳道："不！只要你们死了，一切就都结束了！不会再有人跟我争他！我现在所承受的一切，也会随着你们的消失而消失！"

她发狠地朝着身旁的黑衣人道："你去，听我的命令，等所有人撤出去之后把炸药的引线点燃！"

"是！"她身旁的人立马从门口退出，朝着门外埋藏炸药之地走去。

温韶筝果断地朝外退了出去，吩咐道："你们，慢慢退出来，将门堵死，我要他们插翅难飞！"

叶熙宁见温韶筝吩咐人行动，还要将他们堵死在这破庙内，正准备动手，忽然听见外面有打斗的声音，心下略感不妙，朝裴衍看去，他也正看向她。

裴衍沉默了一瞬，沉声道："陆澈还在外面。"

当温韶筝听到陆澈的名字时，脸上瞬间失色，她朝着裴衍急道："你说什么？陆澈怎么会在这里？"

裴衍见她慌神，刻意扰乱她的心神，道："难道你没有发现你派去通知我们的人没有回来吗？"

温韶筝面色一片苍白，慌慌张张地跟跄着后退了几步，愕然道："是陆澈通知的你们？不可能，不可能……他根本就不知道这件事情！"

"在这世上最想要阿宁和李姑娘死的人就是你，如果我们都死在这里，你以为陆澈这样聪明的人会查不到线索？如果他知道是你亲手害死了他最爱的人，你觉得他会不会恨你，恨你一辈子？"裴衍继续扰乱她的心神。

他目光锐利，看着这一群黑衣人道："还有，如果我没有猜错的话，这些人都是昔日端穆王府的死士吧？虽然我不知道温姑娘怎么会和端穆王府扯上关系，但是我知道如今最想陆澈死的人，是端穆王爷！"

温韶筝的心脏仿佛一瞬间停止跳动，胸腔里泛起巨大的波澜。

裴衍的话令她越想越害怕，她神色慌张地转身朝破庙外走去，且越走越快，到后来，因为恐惧而浑身战栗地扑倒在地，爬起来又继续向外跌跌撞撞而去。

破庙外的马车旁，穆东亭正与一群黑衣蒙面杀手对峙着，护着陆澈的安全。一旁的马车已被劈碎，显然方才有过惊心动魄的打斗。

在众多杀手的围剿之中，陆澈仍旧是舒朗而镇定的姿态，令温韶筝心惊，却也终于长长地舒了一口气。

听见身后的动静，陆澈回头，看见温韶筝立在他身后不远处。她眼睛泛红，急促呼吸着看着他，气息间带着克制的哽咽声。

两人眼神对视时，温韶筝颤抖得厉害的身体努力地克制着，让自己平静。

因为温韶筝的出现，原本剑拔弩张的紧张气氛竟得以缓解。那一群黑衣人，似乎因为她而在犹疑。

温韶筝强自镇定着自己的情绪，却终究因为心虚，因为害怕陆澈知道她的所作所为而不知道该如何开口，甚至连与他对视的勇气都没有。

陆澈的脚动了动，将身体转向她走了过去。

温韶筝死死地咬着牙，看着他离自己越来越近，看着他神色平静地看着自己，以最为寻常的口吻道："韶筝，我们回家。"

温韶筝面色微变，几乎不敢相信地看着他。当她欲开口回应之时，忽然破庙内爆发出剧烈的轰响声，整个破庙因为这一巨响而被撼动，地面都被震得一颤。

就在同一瞬间，陆澈几乎是毫不犹豫地冲进了破庙。

"陆澈！"温韶筝惊恐地尖叫一声，"回来！"

陆澈仿佛没有听见她的声音，随之而来的轰响声不断充斥在他耳边。

破庙内埋了数量巨大的炸药，她不知道她出来之后里面究竟发生了什么，令他们提前引爆了炸药。她追赶在陆澈身后，想要阻止他的行动。

破庙内，整个庙宇已经被不断引爆的炸药震得摇摇欲坠，不断有房梁砸下来。叶熙宁拉着李微吟，被裴衍护着往外逃命。

在领头黑衣人的命令之下，所有人都举着弓箭蓄势待发。

陆澈看见破庙内的场景，浑身的血液仿佛凝固了，他颤抖着身体，重重喘着气。

　　身后的温韶筝追上他后，拉着他慌乱地道："这里很快就会被炸没，快走！"

　　"你疯了！"陆澈难以置信地盯着她，"你怎么会变得这么狠毒！"

　　他狠狠甩开温韶筝抓着他的手臂，又重复地道："你真是疯了！彻彻底底疯了！"

　　温韶筝被他一甩，整个身子一个趔趄，向后踉跄地退了几步，被同样追赶上来的穆东亭接住才稳住没有摔倒。

　　"韶筝，你没事吧？"穆东亭担心地看着她和陆澈。

　　温韶筝伤心至极，霍然大笑起来，推开穆东亭质问道："是不是你？"

　　穆东亭浑身一震，嗫嚅着不知道该如何作答，只听陆澈冷声道："事到如今你不但不知悔改，还责怪东亭！你什么时候变得这么心狠手辣了？"

　　温韶筝双眼泛红，心中涌起一阵激烈的情绪，含泪看着他，颤声道："悔改？"

　　她的话音刚落，破庙门口那领头的黑衣人　声令下："放箭！"

　　陆澈一把抓住她的手腕，几乎是咬牙切齿地道："快让他们住手！"

　　"陆大人还想救人？你已自身难保！"那领头的黑衣人忽然冷笑道。

　　他话音一落，破庙四周忽然又出现一群架着弓箭的人，齐齐对着他们。

　　那方叶熙宁与裴衍护着李微吟逃至门口，却被不断射来的箭矢阻挡。

　　裴衍一个旋身，压低身躯，在箭雨之下冲到黑衣人群面前，一个翻身抬脚迅速将那群人齐齐打翻在地，为叶熙宁争取时间。

　　破庙内的炸药还在不断引爆，叶熙宁扶着李微吟努力想拉着她出去，却被一阵阵巨大的震动和不断从顶上砸下来的房梁、碎瓦片阻挡去路。

　　见裴衍已将门口的人解决，叶熙宁面色一松，忙护着李微吟朝外逃去。

　　而就在此时，一阵巨大的爆炸声响起，有那么一瞬间叶熙宁的耳朵几乎疼到失聪。她被一股巨大的热浪推得身体一晃，抓着李微吟的手亦被这突如其来的爆炸震开。

裴衍、陆澈惊恐地看着站在门口的两人，同时惊呼出声。

"阿宁！"

"朝歌！"

叶熙宁耳边嗡嗡作响，耳朵疼得听不见任何其余的声音，她看见李微吟身后一股巨大的火光推来，几乎是本能地想要去抓她的手。

李微吟被身后巨大的热浪往前推着，看着眼前拼命向她伸手过来的叶熙宁，她回头看了一眼身后几乎要吞没她们的火光，拼尽全力踏步冲向叶熙宁。她看见叶熙宁抓住她的手后容色一喜，可身后巨大的爆炸声让她知道，如果叶熙宁带着她，她们几乎没有任何可以逃生的可能。

李微吟看见屋外的裴衍和陆澈拼命地想要朝着里面冲进来，虽听不清他们的喊声，可她清楚地看见陆澈嘴里喊的是"朝歌"。

她的脑海里回想起与陆澈初次见面时的场景，那时他居高临下地看着她，震惊犹疑的神色让她几乎陷在他的眼神里。

如果有来生，她想比阿宁更早一步遇见陆澈。

她想做阿宁这样敢爱敢恨的女子，和陆澈携手一生，厮守到白头。

李微吟心中悲戚，眼神投向叶熙宁，朝着她一笑，挣脱她抓着自己的手。她看见叶熙宁惊恐错愕的眼神，看见叶熙宁喊着"不要"，她用尽自己全身的力气，将叶熙宁一把推向门外，朝着裴衍和陆澈喊道："救她——"

轰——

砰——

火光冲天，所有人都被这巨大的爆炸声以及迎面袭来的热浪冲翻在地。

叶熙宁眼前一片白光笼罩，整个人被巨大的热浪推向门外。当她看见李微吟眼中含泪，笑看着她，被吞没在这火光中时，仿佛浑身的血液都冷了下来。

裴衍见叶熙宁从里面被冲了出来，却仿佛死了一般没有任何自保的动作，心惊地立即从地上爬了起来，飞身过去接住她的身体。

裴衍护着她，两人狠狠坠落在地。他顾不得身上的剧痛，忙去查看叶熙宁的情况，见她安然无事，终于松了一口气。

爆炸还在持续，整个破庙已经摇摇欲坠，而李微吟早已被吞没在这火光、爆炸之中，所有的黑衣人已顾不得截杀陆澈和裴衍等人，纷纷朝外逃去。

叶熙宁被推出门外后倒在地上一动不动。裴衍将她拉起，陆澈亦抢步上前，帮着他一起将叶熙宁扶起。

叶熙宁睁着眼睛，死死咬着嘴唇，任由他们拉起自己。

裴衍见她一副失魂的样子，心知李微吟的死对她的打击，片刻不再犹疑，一把抱起她朝外跑去。他一口气还未歇下，身后的破庙轰然倒塌。

所有死里逃生的人，仍是惊魂未定。

看着仍在大火之中的破庙，众人一片死寂。就在此时，那领头的黑衣人率先反应过来，命人迅速将叶熙宁等人团团围住。

裴衍见情势紧张，立即将叶熙宁放在地上，交给陆澈道："好好照顾他。"

陆澈愣神片刻后，郑重地朝着他点了点头，裴衍方起身去对付那些黑衣杀手。

陆澈扶着叶熙宁的身体，看着她固执地不肯落下的眼泪，心中愧疚难当。那方裴衍已与黑衣人打斗起来，穆东亭也帮着抵挡他们的攻势。

裴衍招招狠厉，只求速战速决，将围攻之人斩杀与逼退。那领头的黑衣人见己方已显颓势，忙命令弓箭手准备。

弓箭手们将他们围住之后，领头的黑衣人忽然朝着穆东亭道："穆爷，都已经到这个时候了，你的任务已经完成了。等解决了他们，我们便去天牢救王爷。"

这一语，犹如晴天霹雳，令所有人惊愕不已。

连温韶筝几乎都不敢相信自己所听见的话。

事已至此，穆东亭渐渐垂下手，转身神色悲戚地看着陆澈，道："对不起，相爷。"

陆澈深深地呼吸着，压抑着几乎要将他吞没的愤怒与难以置信，微启的双唇发着抖，想说些什么，却像是被扼住了喉咙，一句话也说不出来。

他紧紧攥着拳头，怒目看着穆东亭，死寂之后，终于蹙眉颤声问道："为什么？"

这三年里，他将穆东亭当成亲人，当成真正的兄弟一般对待。

"哼！"那领头的黑衣人冷笑道，"穆爷本就是王爷的人，不过是王爷安插在你身边的眼线，你的一举一动都在王爷的掌控之中。"

他看着众人惊诧的目光，得意地大声笑了起来。

当所有人都未曾从这个令人震惊的事实当中回过神来时，领头的黑衣人已下令放箭。

几乎就在这一瞬间，裴衍与穆东亭同时冲向了叶熙宁与陆澈。

"住手！"温韶筝看着齐齐射向陆澈的箭矢，发出一声悲呼，紧张地转身抓着领头的黑衣人哭着求道，"你快叫他们住手！快叫他们住手！"

"原本陆澈不在这次的计划之内，但既然他也来了，那正好一起解决！"那领头的黑衣人一把将温韶筝推开，盯着她道，"温姑娘，还真是多亏了你这妙计啊！"

裴衍飞掠至叶熙宁身边后，与穆东亭一同挡开射来的箭矢。数招之后，裴衍凝聚了全身内力，将射来的箭全部挡住，悉数震到地上。

若非此时叶熙宁心神受创，已无心对抗杀手，他恐自己对付那领头之人时，穆东亭又武功低微，无力招架其余人的围攻，定先将那杀手头领斩杀！

穆东亭一边吃力地抵挡着，一边冲着陆澈喊道："大人，快扶熙宁姑娘起来！"

陆澈一怔，见他仍旧站在自己这一方，已然顾不得深思，立即伸手，欲将叶熙宁扶起。

而此时叶熙宁忽然抬手拂去陆澈伸过来的双手，整个人仿佛从沉睡中被惊醒的猛兽，眼神狠厉地盯着温韶筝。

在众人始料未及之下，她抓起地上的箭矢，如猛虎般飞身扑向前方。

温韶筝眼神恐慌，看着叶熙宁发狠地朝着自己扑过来。

陆澈和穆东亭同时惊呼出声。

"不要啊！"

"朝歌！"

在这千钧一发之时，叶熙宁手腕一翻，将手中的箭狠狠地插进了站在温韶筝身侧的领头黑衣人的心脏。

那人难以置信地看着叶熙宁，又惊恐地看着那支直穿自己心脏的箭矢，甚至来不及说一句话，便痛苦地从喉咙里发出几个音节，瞪大眼睛缓缓倒了下去。

方才还站在自己身边的人就这样死了，而那一支箭原本对向的人是自己，温韶筝屏息看着近在咫尺的人，她几乎断定叶熙宁要杀的人是自己。

当她大松一口气以为自己逃过一劫之时，叶熙宁缓缓转头，那仿佛要杀人一般的眼神逼得温韶筝心神一震，害怕地向后踉跄退着。

"你……你想干什么？"温韶筝盯着她的举动，不安地问道。

这突如其来的变故令穆东亭分神，他着急地想要阻止叶熙宁，大声道："熙宁姑娘，别杀她！"

话语刚落，他身上忽然一痛，一支箭穿膛而过。

陆澈看到站在眼前的穆东亭受伤，浑身一震，想要去扶住他，却又听他道："大人小心！"

穆东亭一把将他推开，闪身挡在了他的面前。

"东亭！"陆澈痛呼一声，却只能眼睁睁地看着穆东亭用身体替他挡住了所有射向他的箭，缓缓地在他面前跪了下去。

裴衍无暇顾及其他，片刻也不停，手起刀落，血腥的味道飘散在空气中。

杀手们根本不是裴衍的对手，又因领头之人已死，狼狈之下已乱了阵脚，更加难以抵挡，不过半盏茶工夫，便已被裴衍尽数解决。

因为穆东亭身受重伤，叶熙宁原本想要杀了温韶筝的举动停顿下来。她转头看向因乱箭穿身而跪在地上的人，心中震撼。

她看到陆澈眼中隐隐含泪，神色亦变了。

温韶筝见穆东亭已性命垂危，顾不得害怕，忙扑向他哭道："东亭！东亭你怎么了？"

她一边哭一边慌乱地撕碎身上的衣衫拿去堵他身上不断流着血的窟窿。她神色哀戚，不能接受穆东亭快要死去的事实，口中不断说着："别流了别流了。"

可是鲜血不断从伤口中渗出，染透了她手中的布条，她双手沾满了穆东亭的血。

"怎么办，怎么办啊！"温韶筝哭着喊着，无助地看看穆东亭又看看陆澈，期望陆澈能告诉她，他一定会救活穆东亭。

穆东亭见她哭得伤心，勉力笑了笑，抬手抓住她的手腕，道："韶筝，看……看到你为我……为我哭，我很开心，真的很开心！"

他口中吐出鲜血来，令温韶筝发了疯似的尖叫着："别说了别说了！我带你去找大夫！我带你去找大夫！"

穆东亭死死地抓着她的手，张了张嘴朝陆澈道："大人，看在……看在东亭救了您的分儿上……原谅……原谅韶筝吧……"

这一句话仿佛耗尽了他所有的力气，他大口喘着气，乞求地看着陆澈，希望他看在自己以命相护的分儿上，能够原谅温韶筝的所作所为。

陆澈被这一幕骇住，忙扶着他，看着他身上的血瞬间染透衣衫，声音发颤地道："好。"

穆东亭见他答应，松了一口气，又道："对……对不起大人，我骗了您。"

陆澈阻止他再说话："别说了，我带你去找大夫！"

穆东亭笑了笑，吃力地摇了摇头道："别费劲了……我活不了了……可能这就是报应！喀喀……"他猛烈地咳了两声，听到温韶筝的哭声，安慰她道，"韶筝你……你别哭了……有些事现在不说，可……可能以后再也没机会说了……"

他嘴角的血不断向下流着，看着温韶筝道："我一直……一直很喜欢你，你想要做什么……那我就陪你做什么……这辈子我唯一对你隐瞒的事情，就是……就是我的身份……"

他又咳嗽了两声，呕出几口鲜血。

温韶筝痛哭着看着他，不停地点着头道："我知道我知道，我一直知道你对我的好！我一直知道！"

穆东亭听她这么说，笑得像个孩子似的，道："原来你一直知道啊……"

身上的血越流越多，穆东亭的神志渐渐有些模糊。他勉力摇了摇头让自己清醒一些，伸手将藏在怀中的一块透雕龙纹玉佩取出，放入陆澈手中，看着他道："其实……其实我是……我是端穆王爷的……"

陆澈不忍他如此痛苦，也心知无力回天，朝着他摇了摇头示意他不要再说下去了，安慰他道："不管你是谁，你一辈子都是我的兄弟，我们是一家人，等你好了，你还要一直替我打理府上的事情。"

穆东亭听见他的话，放心地笑了起来。他的意识渐渐模糊，觉得身体乏力得很，头缓缓靠在陆澈的身上，他用最后的力气将温韶筝与陆澈的手牵过来，三人的手握在一起，含笑道："好啊……到时候我还要吃韶筝做的菜……我们一家人……"

穆东亭的声音渐渐微弱到无声，那握着两人的手缓缓松开，重重地摔在了自己的腿上。他的头无力地垂下，眼角落下大颗滚烫的泪珠，砸在了温韶筝的手上。

这一颗泪，是他留下的最后一丝温暖。

"啊——"温韶筝撕心裂肺的哭喊声响彻四周，仿佛唯有这声嘶力竭的喊声才能将她心中的痛苦抽走。

这个陪在她身边总是嬉笑的少年，再也不会开口说话。

陆澈抓在穆东亭肩头的手克制不住地发着抖，他垂首闭眼，终于忍不住喉间发出呜咽的声音。他想，是不是所有伴随着一场阴谋结束的结局，只有到两败俱伤之时，才算真正收场？

当陆澈出现在天牢中时，昔日受天下万万人敬仰的端穆王爷嘲弄地看着他道："我以为陆相会忍住不来问，可没想到你还是来了。"

陆澈淡漠的脸上看不出什么情绪，只是将手中的一枚玉佩交给了他。端穆王爷原本嘲弄的眼神瞬间变得怨毒可怕，他盯着陆澈放在他眼前那张破旧的案几上的玉佩，目眦欲裂。

他的手颤抖着，艰难地拾起那块色泽温润的玉佩，抓在手心。那块玉佩，是他多年以前亲手赠予穆东亭母亲的定情信物。

陆澈看着他愤恨的目光，只觉得喉咙干涩。若非眼前这个人，他父亲也许不会卷入康王谋反一事中，他也不会被误导认为宁盛泽害死了他父亲。温韶筝也不会被引入歧途，为一己私欲构陷宁国侯府，他也不会亲手毁了他与宁朝歌之间的感情。李微吟应当还在昭云观中替人诊治看病，穆东亭也不会出现在他身边，为救他而死。

陆澈静静地看着端穆王爷因痛苦而剧烈发抖的身影，平静地道："你的债，有人替你还了。"

在他转身离开时，狱卒重新关上了大牢的房门，在铁链上锁的沉重声中，原本安静如死寂一般的天牢内，那位被终生囚禁在此，已被贬为庶民的王爷，忽然像疯了似的冲到牢门口，拍打着那一根根隔绝着牢房内外两个世界的木柱子，朝着陆澈嘶吼："陆澈！陆澈！"

"陆澈！你真狠！你真狠！"

……

陆澈像是没有听见身后那一声声撕心裂肺的叫喊，毫不犹疑地朝着天牢外走去。

当他走至天牢外，重见明日高悬时，仿佛觉得自己对这一世的期望和憧憬，一同被锁在了身后那一座牢内。

穆东亭没有说完的那一句话，他今日在此处得到了证实。

他想，穆东亭如果泉下有知，得知今日之事，心中或许会有些安慰。他并

461

非只是一颗棋子，至少当端穆王爷得知他的死讯时，也曾痛苦疯狂，也曾撕心裂肺。

穆东亭去世之后，陆澈在他的墓边造了一间木屋，将温韶筝安置在此处，终日派人看守不准她离开半步。他要她为她的所作所为赎罪，他要她用余生来忏悔。

温韶筝不信陆澈会这么对她，会这么狠心。

可她等来的不过是他的一句话："此生不复相见。"

开始的时候，她日日发火，砸毁屋内的东西，哭喊着要见他，要亲耳听他说这一句话，她才能死心。

她砸毁多少东西，陆澈便派人再添置多少，却始终没有再出现。

温韶筝渐渐明白，这是陆澈对她最狠绝的惩罚——此生不复相见。

陆澈越发勤于政务，终日忙于朝廷之事，只是身侧再无像穆东亭一样尽心之人。

几月之后，裴皇后诞下小皇子，举朝欢庆。皇帝在小皇子满月之时，便下了诏书，立他为太子。

与此同时，皇帝赐婚裴衍和叶熙宁，择日完婚。

在婚宴之上，陆澈看着人群中的一双璧人，叶熙宁双颊红润，带着娇羞，让他仿佛看见了多年以前，宁朝歌朝着他笑时的模样。

他错过的，是他这一生最爱的人。

他的余生，都活在愧疚中偿还他欠着的人。

尾声

商州城，翠薇山昭云观。

叶熙宁正跪拜在三清殿中，便听见外面有人莽撞地闯了进来，道观中的师姐一路追赶着阻拦："这位施主您找谁？施主，施主！"

那人急促的脚步声停在殿外，叶熙宁闻声回头，错愕地看着出现在三清殿外的人。裴衍正一脸气急败坏地看着她，冲进殿内便拉起她朝着大殿外走去。

他一边走，一边气愤地质问道："不过是被人伤了一回，就打算看破红尘了？打算心里装上别的男人说的话了？"

他这愤愤不平，为的是她忽然不告而别，叶熙宁自是清楚的。

前两日她去见了陆澈，自李微吟和穆东亭之事后，温韶筝道出了当年之事的原委。原来宁国侯府谋反一案的罪证，乃当年陆文渊与康王来往意图谋朝篡位的书信。端穆王爷在得知陆澈的身份之后，便利用温韶筝对陆澈的感情，设计陷害宁家，令陆澈误以为这些书信乃宁盛泽所有，借此除去宁国侯府这一心腹大患。

叶熙宁在听陆澈说这些事情的时候，整个人都怔在那里。她说不清自己心里是什么感受，李微吟的死对她而言，就像是斩断了她与陆澈之间唯一的干系。

她一次次看着自己最亲近的人死在眼前，却无能为力。

命运就是这般爱捉弄人，越是不想放手的，却偏要叫你放手。

你以为对的，却偏要告诉你是错的。

原来在这一场足足谋划了二十余年的阴谋里，陆澈和她一样是被算计的可怜人。她曾经爱他至深，也恨他至深，如今才知道恨错了人，却也让她明白自己爱错了一个人。

临走前，陆澈问她裴衍是个什么样的人。

她告诉陆澈："裴衍他很好，对我来说他就是令我余生都想要好好过的人，所以我不会守在原地不肯走。"

他又问："若是阿吟还活着，你会不会原谅我？"

叶熙宁摇了摇头，道："不会。"

即使那一切的误解和缘由，都是因他人而起，可她这一生所经历过的最大痛苦，是因陆澈而起。

是裴衍的出现叫她明白，这世上还有一人始终义无反顾地守候着她。

在她曾不知道他存在的时候，他就已经为她默默地付出。

无论对错，无论旁人眼里的是非，他始终坚信着一个清白的真相。若非经历这一切，怎叫她明白，两个人在一起，信任弥足珍贵。

此时殿外春光正好，温暖的阳光铺泻下来，将连日来的料峭春寒都驱散了许多。叶熙宁看着眼前牵着她匆匆前行的人，唇角微微弯起，心里仿佛有什么正悄然破土而出。

她想，这世间再不会有一人像裴衍一样，将一颗真心奉到她眼前，坦然又毫无羞愧之色地乞求她收下，好似这是再正常不过的事情。

可是啊，他肉麻、无赖、厚脸皮也就算了，还学会了小肚鸡肠。

她不过是回了一趟道观，他便以为她要看破红尘，火急火燎地追了八百里质问。

你看，他连三清老祖的醋都要吃，真是太不讲道理了。

他可知，他的心便是她一生皈依的城。